Kwestie van vertrouwen

RIA VAN DE VEN

Kwestie van vertrouwen

Manteau

Voor alle vrouwen met ambitie, zij weten waarom.

© 2004 Uitgeverij Manteau / Standaard Uitgeverij en Ria van de Ven
Standaard Uitgeverij nv, Belgiëlei 147a, B-2018 Antwerpen
www.manteau.be
info@manteau.be

Omslagontwerp: Gestalte
Omslagfoto: Bart Van Leuven

ISBN 90 223 1849 4
D 2004/0034/355
NUR 340

Personages

Ellen De Ridder	Gescheiden van Marc Suetens, makelaar en directeur van het makelaarskantoor Company 21
Tom Suetens	Haar zoon
Robert De Ridder	Haar vader, rechter
Louise De Ridder	Haar moeder
Lieve De Ridder	Haar zus
Dirk Nolens	De man van Lieve
Louis, Filip, Jens en Jo	De kinderen van Lieve en Dirk
Marc Suetens	Ex van Ellen, vader van Tom
Myriam Verbeeck	Vennoot van Ellen, makelaar
Grietje Verstraeten	Administratief medewerkster van het makelaarskantoor
Yves Lombart	Zakenrelatie, bouwkundige ingenieur
Vader Lombart	Zijn vader en zakenpartner
Ruud Schouten	Zakenrelatie, bankdirecteur, Nederlander
Jacques De Deyne	Grootste makelaar van Vlaanderen en aartsvijand van Ellen
Van den Broucke (VDB)	Koper en bewoner van een appartement in het gebouw in Kontich
John Staelens	Conciërge in een gebouw in Kontich
Ben Verswijfelt	De man van Grietje Verstraeten
Ben Jr.	Het zoontje van Grietje
George Pools	De baas van Marc. Hij heeft een bedrijf in informatica en heeft grote toekomstplannen.
Chrisje	Zijn vrouw en een van de maîtresses van Marc

Koen Verhulst	Nieuwe medewerker van het makelaarskantoor
De Boeck Fernand	Zakenrelatie, makelaar aan de Belgische kust
Notaris Van Biesen	Notaris te Antwerpen
Notaris Decanque	Notaris te Brussel
Karl Van Langenaeken	Makelaar, hotelmanager en project-ontwikkelaar in Spanje
Isabella	Zijn dochter, ook Bella genoemd
Juan Real Cortez	Schoonvader van Karl en grootvader van Isabella. Stichter en directeur van het Spaanse megabouwbedrijf dat hij samen met Karl runt
Reinhilde Deconinck	Contactpersoon van Robert De Ridder in het Belgische parlement

1

Myriam nam het kopje koffie aan dat Ellen in de kantoorkeuken voor haar had ingeschonken. Ze hadden niet dikwijls de tijd om dat te doen. Hun makelaarskantoor was heel arbeidsintensief en bij elke afwezigheid van een van de medewerkers gaf dat problemen. Myriam had er vandaag bijna de hele dag alleen voor gestaan en was blij dat ze even kon rusten.

'Je bent al zo vlug terug?'

'Tja, je weet hoe dat gaat na begrafenissen. Al die familieleden die elkaar in jaren niet gezien hebben. Ik voelde me daar niet op mijn gemak. Ik hoorde daar gewoon niet.'

'Onzin, Ellen. John stond erop dat je kwam.'

'Hij vroeg naar Tom.'

'Wat heb je gezegd?'

'Dat hij geen toestemming had de lessen te missen. Ik kon moeilijk zeggen dat hij niet wilde meegaan. Ik snap het trouwens zelf niet. Na al wat Treeske voor hem betekend heeft.'

'Dat is het juist. Hij kwam daar zo vaak aan huis. Ik denk dat Tom het overlijden van Treeske gewoon niet aankan.'

'Onzin. Hij wist al weken dat het elke dag kon gebeuren en dat zij én John er zelf in berustten. Ik heb het er meermaals met hem over gehad dat het tijd was dat aan haar lijdensweg een einde kwam.'

'Voor hem is het zijn eerste confrontatie met de dood. Dat is heel moeilijk op deze leeftijd.'

'Hij is vijftien en dus geen klein kind meer.'

'Vijftien is een verschrikkelijke leeftijd. Je weet met jezelf al geen raad, laat staan met dergelijke problemen.'

'Misschien. Maar ik had niet verwacht dat hij zijn schoolwerk als excuus zou gebruiken.'

'Val hem niet zo hard, Ellen. Ben je je eigen puberteit misschien vergeten?'

'Tom heeft daar blijkbaar veel minder last van dan ik destijds. Hij is niet opstandig, zoals ik dat was. Alleen wat minder communicatief. Misschien is dat nog niet zo slecht. Mijn moeder en ik hadden toen elke dag ruzie. Tom en ik schieten meestal goed met elkaar op.'

'Niet moeilijk. Tom heeft een hekel aan ruzie.'

'Dat klopt. Toch vind ik dat hij door weg te blijven op deze begrafenis in zijn vriendschap met John tekort is geschoten en daar wil ik hem over spreken. Als ik de kans krijg tenminste. Hij is de laatste tijd een kei in het ontwijken van vertrouwelijke gesprekken.'

'Hoe was het trouwens met John, heb je nog met hem kunnen praten?'

'Nauwelijks. Alleen even voor de dienst in de kerk. Hij heeft zich goed gehouden.'

'Laten we hopen dat het zo blijft. VDB klaagde de laatste tijd enorm over John. Volgens hem zat hij meer met zijn gedachten in het ziekenhuis dan bij zijn werk.'

'Daar zat ik daarnet in de auto ook al aan te denken. John zal zijn werk snel moeten hervatten. Ik hoop dat hij dan zijn verdriet niet op de bewoners zal afreageren. Die nemen dat niet, al is hij bij een aantal van hen erg populair als conciërge. En wat zijn problemen met VDB betreft, mogelijk wakkert het overlijden van Treeske die oude vete weer aan. Je weet hoe VDB over Treeske en haar ziekte dacht. Hij wilde een conciërge-echtpaar dat de taken onder elkaar verdeelde. Als hij daar tegen John opnieuw over begint, komen er sowieso problemen en die zullen wij dan moeten oplossen.'

'Het zal wel loslopen. Maak je geen zorgen op voorhand. Dat is een slechte gewoonte van je.'

'Is dat zo? Misschien heb je gelijk. Laten we eerst onze eigen problemen proberen op te lossen. Heb je nog nagedacht over mijn voorstel?'

'Meer zelfs. Ik heb je voorstel en al je berekeningen met zorg doorgenomen. Het resultaat is positief: wij kunnen een nieuwe kracht aannemen. Op voorwaarde dat onze omzet snel stijgt.'

'Dat zei ik je toch.'

'Ja, natuurlijk. Anders komen we in korte tijd in moeilijkheden. Goede medewerkers met een makelaarsdiploma zijn zeldzame én dure vogels. Kortom, uitbreiden blijft altijd een risico.'

'Als we geen nieuwe projecten binnenkrijgen, komen we ook zonder bijkomend personeel in de knoei. We hebben dringend iemand nodig die de gewone dossiers van mij overneemt, zodat ik me vrij kan maken voor het grote werk. De laatste tijd hebben we het moeten stellen met wat losse opdrachten. Een appartementje hier, een huisje daar, af en toe een villaatje of een winkel. Dat was mooi, Myriam, maar het is niet genoeg. Belangrijke dossiers hebben we nodig, projecten zoals dat in Wemmel.'

De verkaveling voor het project in Wemmel was aan Yves Lombart verkocht toen Ellen nog werkte voor de Amsterdamse Bouwbank. De bouw gebeurde in verschillende fases. De eerste daarvan was nu afgewerkt en door haar en Myriam vlot verkocht. De commissie die ze daarmee gerealiseerd hadden, had Company 21 overeind gehouden.

'Jammer dat Yves nog niet met de tweede fase wil beginnen.'

'Geduld, Ellen. Dat komt wel. Aangezien we de eerste fase vlot hebben verkocht, mogen we ervan uitgaan dat hij ons opnieuw een exclusieve verkoopsopdracht zal toevertrouwen.'

'Akkoord, en dat is weer een groot project. Maar een ter vervanging van een project dat afgelopen is. In Brussel dan nog, en daar ligt onze toekomst niet. Het is hier in Antwerpen dat we moeten doorbreken. Met grote projecten. Anders blijven we kleine garnalen en je weet, die worden zonder pardon door de haaien van de immobiliënwereld opgeslokt.'

'Kom, we staan sterker dan je denkt.'

'Alleen met exclusieve en grote projecten kan Company 21 overleven. Als je die eenmaal hebt, komt het andere werk vanzelf binnen. Kijk maar naar het kantoor van Jacques De Deyne, die massa's grote projecten heeft en filialen in elke Vlaamse stad én in Brussel. Ondanks alle schandalen waarbij hij betrokken was, blijven de opdrachten toch binnenstromen. Geloof me, Myriam, met ons tweetjes alleen kunnen we dat soort concurrentie niet aan en gaan we roemloos ten onder zodra de vraag wat terugloopt.'

'Onze sector heeft altijd cycli gekend van goede periodes, afgewisseld met slechte. Dat geldt voor alle makelaars.'

'Inderdaad, maar wanneer de vraag daalt, verdwijnen telkens weer veel kleine makelaarskantoortjes. Ik wil niet dat Company 21 die weg opgaat.'

'Dat zal niet zo vlug gebeuren, zwartkijker. Nee, Ellen, je enige motief om uit te breiden is dat je nog altijd De Deyne de loef wilt afsteken. Het is een persoonlijke vete, beken het maar.'

'Oké, ik geef het toe. Ik kan inderdaad niet vergeten wat hij mij allemaal heeft aangedaan. Toch geeft mijn persoonlijke oorlog met hem niet de doorslag voor onze uitbreidingsplannen. Onze, zeg ik, want denk eraan, we nemen samen de beslissing. Je kent mijn standpunt, dus moet jij de knoop doorhakken. Als je niet akkoord gaat, breiden we niet uit. Zo simpel is het.'

Myriam antwoordde niet. Ze keken elkaar intens aan alsof ze elkaars krachten wilden meten. Hun verschillende temperament maakte het niet altijd eenvoudig om samen een makelaarskantoor te runnen. De blik van Myriam ging over in een brede glimlach. Ze had dan misschien niet de gedrevenheid van Ellen, zonder enige ambitie was ze niet.

'We nemen één verkoper aan. Geen twee, zoals jij voorstelt. En op voorwaarde dat jij achter grote projecten aangaat zodra die verkoper, of verkoopster, is ingewerkt. Ik zou niet weten hoe ik daaraan zou moeten beginnen.'

'Ik eigenlijk ook niet, maar ik vind er wel wat op. We hebben zo hard moeten knokken om te raken waar we nu staan dat ik niet tevreden ben met een klein plaatselijk makelaarskantoortje. Ik wil meer!'

Myriam lachte om de vastberadenheid van Ellen.

'Jij niet misschien?' vroeg die met een tikkeltje onrust in haar stem.

'Ik ben met veel minder tevreden. Vast werk, een leuke werkomgeving en je eigen baas zijn, is voor mij al genoeg. Je weet dat ik niet jouw drive en ambitie heb.'

'Maar goed ook. Anders vlogen we elkaar misschien voortdurend in het haar. Waarschuw me alsjeblieft als ik onverantwoord veel risico's neem. We zijn niet alleen partners, maar ook vriendinnen.'

'Ik ga wel aan de noodrem hangen. Geef nu die advertentie maar door aan de kranten.'

'Hoe weet je... ?' Ellen stopte en lachte. Myriam kende haar veel te goed. 'Oké, ik heb ze inderdaad al opgesteld, maar ik zou ze niet geplaatst hebben zonder jouw akkoord.'

'Dat weet ik wel. Schiet nu maar op, want je moet dadelijk met Yves Lombart naar notaris Decanque. Ik heb de dossiers op je bureau klaargelegd.'

'Bedankt. Vanavond neemt Yves me mee uit eten. Hij ontvangt straks een pak geld en zal dus extra goedgehumeurd zijn. Het geschikte moment om hem ervan te overtuigen onmiddellijk aan die tweede fase te beginnen.' Ellen ging naar haar bureau. 'Wanneer komt Grietje terug?'

Grietje werkte al enkele maanden als bediende bij Company 21. Haar zoontje was ziek en ze had een paar dagen vrij genomen.

'Morgen. Ben Jr. is aan de beterhand. Ze had ons gemist, zei ze aan de telefoon. Wij haar trouwens ook.' Myriam wees naar de stapel documenten die dringend geklasseerd moesten worden.

'Je bent toch niet vergeten dat ik morgenmiddag niet op kantoor ben?'

'Nee, nee. Je hebt een afspraak met je ouders die na vijfendertig jaar huwelijk voor drie maanden op tweede huwelijksreis gaan. Hoe romantisch!'

Het ironische toontje van Myriam ontging Ellen niet. Enkele maanden geleden was ook haar tweede huwelijk op een scheiding uitgelopen. Nu waren ze allebei vrijgezel. Een positieve kijk op het huwelijk en de mannen hadden ze er geen van beiden aan over gehouden.

'Ik had een dergelijk initiatief nooit van mijn vader verwacht. Drie maanden! Soms is het al te veel dat mijn moeder hem vraagt om een dagje zijn dossiers te laten rusten.'

'Gaat Tom morgen met je mee?'

'Nee. Van Tom en van de man en de kinderen van Lieve hebben ze vorig weekend al afscheid genomen. We zijn maar met ons vieren. Mama en papa en hun twee lieftallige dochters.'

'Ik hoop voor jullie dat het goed afloopt', lachte Myriam, die de gespannen sfeer tussen Ellen en haar zus maar al te goed kende. 'Maar dat zal wel', voegde ze er vlug aan toe omdat ze zag dat Ellen er inderdaad niet gerust op was.

Ze ging niet graag naar het kantoor van notaris Decanque in Brussel. Bij hem werden de aktes voor het project in Wemmel verleden. Ze kon van die man geen hoogte krijgen. Hij was wel altijd uiterst galant, hij flirtte zelfs een beetje met haar, maar toch had ze het gevoel dat hij op haar neerkeek en haar op zakelijk gebied niet voor vol aanzag. Ellen veronderstelde dat het kwam doordat ze als makelaar nog niet lang genoeg meedraaide. Of zag hij vrouwen niet als volwaardige zakelijke partners? Zoals VDB, die destijds koppig weigerde haar als directeur van de firma te aanvaarden en haar behandelde als de koffiejuffrouw. Wat had ze zich toen doodgeërgerd.

Zij had deze verkopen in Wemmel veel liever met Van Biesen in Antwerpen afgehandeld. Ellen werkte het meeste met hem samen. Notaris Van Biesen was een joviale en hartelijke man. Bovendien was hij geïnteresseerd in haar carrière en altijd bereid iets uit te leggen. Het schoot haar te binnen dat Van Biesen misschien de man was die ze zou kunnen polsen over eventuele nieuwe projecten. Een notaris was immers bij een nieuw project betrokken vanaf het ogenblik dat er over de grondaankoop onderhandeld werd, lang voor de aanstelling van een makelaar ook maar aan de orde kwam. Misschien zou hij haar met enkele grote projectontwikkelaars in contact kunnen brengen.

Dat was een prima idee! Zodra die verkoper bij hen in dienst was, zou ze er Van Biesen over aanspreken. Waarom hem niet een keer uitnodigen voor een etentje? De notaris was een al wat oudere man, een liefhebbende echtgenoot en vader van zeven kinderen. Ze kon zich moeilijk voorstellen dat hij zich iets in het hoofd zou halen bij een uitnodiging van een jonge vrouw.

Eerst moest ze een geschikte verkoper vinden, iemand die paste in hun team. Zij en Myriam werkten al meer dan twee jaar samen en ze besefte het gevaar dat het aantrekken van een derde makelaar inhield. Met zijn drieën bestond de mogelijkheid dat er bij beslissingen spanningen zouden ontstaan. De verhoudingen lagen dan anders. Vooral omdat ze bij voorkeur een man in dienst wilde nemen. Met vier vrouwen zou hun makelaarskantoor op een vrouwenclubje lijken. Niemand in de sector, zeker geen notaris Decanque of een VDB, zou hen nog au sérieux nemen. Een man vinden die het evenwicht en de vriendschap tussen haar, Myriam en Grietje niet zou verstoren maar kon aanvullen, was dus de opgave.

Hopelijk verliep alles goed vanmiddag. Het was belangrijk dat Yves tevreden was over de afhandeling van zijn eerste project. Omdat de aktes elkaar de laatste maand snel waren opgevolgd, had notaris Decanque de gelden van een aantal verkopen nog niet overhandigd, wat niet naar haar zin was. Bovendien was het ongebruikelijk en zelfs niet helemaal correct. Yves Lombart en Company 21 moesten daardoor langer wachten op de bedragen waarop ze recht hadden.

Alle verkopen van de eerste fase waren afgehandeld en Yves wilde, eerst met de notaris en dan met Company 21, vanavond afrekenen. Ellen was blij dat ze eindelijk betaald zouden worden. Het was een niet onaardig bedrag en ze hadden het geld hard nodig. Ze had zich er trouwens niet lekker bij gevoeld toen de notaris voorstelde te werken met uitgestelde betalingen tot alle te verlijden aktes gepasseerd waren. Aangezien Yves, die als bouwpromotor het laatste woord had, onmiddellijk met het voorstel akkoord was gegaan, had ze geen bezwaar gemaakt.

Yves was onervaren in het vak en nog jong, hoewel hij maar

net iets jonger was dan zij. Hun relatie was intussen meer geworden dan louter zakelijk. Af en toe nodigde hij haar uit voor een toneelvoorstelling, een concert. Of zoals vanavond, op een etentje. Ze had de indruk dat hij in hun relatie wel een stap verder zou willen gaan, maar ze moedigde hem niet aan. Gelukkig maakte de afstand tussen Brussel en Antwerpen dat ze elkaar niet vaak zagen. Daarbij, Yves had tot nu toe niet echt aangedrongen. Misschien beeldde ze zich maar iets in. Dat hoopte ze, je kon een goede klant immers niet té kordaat afwijzen.

Toen ze de parkeerplaats van notaris Decanque opreed, stond Yves naast zijn sportauto op haar te wachten. Zoals ze hem daar zag staan, vond ze het jammer dat ze niets voor hem voelde. Hij was een knappe man. Bovendien zat hij als bouwkundig ingenieur nog in het vak ook. Hij zou tenminste niet zeuren en klagen wanneer ze haar makelaarskantoor verder wilde uitbouwen. Ze vond hem echter iets te jong, of liever te onvolwassen. Ze had altijd het gevoel dat hij niet stabiel was. Voor zijn vader daarentegen, de oude Lombart, zou ze eventueel kunnen bezwijken. Die was helaas te oud. Het was een schat van een man en met hem had ze vanaf hun eerste ontmoeting een goed contact gehad. Misschien zat er dus toch een grond van waarheid in het verwijt van Marc dat geen enkele man een eerlijke kans bij haar had, omdat ze, volgens hem, een kopie van haar vader zocht en niet een partner.

Wat zou ze de komende maanden haar vader missen! Ze gunde hem deze reis naar Italië van harte. Het was mooi meegenomen dat mama dan een tijdje niet op haar zenuwen kon werken. Haar kritiek op de levenswijze van haar dochter als zelfstandige zakenvrouw begon Ellen danig te irriteren.

'Ik snap het niet! We hadden toch een afspraak en dan laten ze ons zo lang wachten zonder een woordje uitleg. Dit lijkt werkelijk nergens op.'

Ellen liep geërgerd in de wachtkamer heen en weer.

'Maak je niet druk. Waarschijnlijk is de notaris buitenshuis en kan hij niet tijdig terug zijn. Het verkeer is hels rond deze tijd van de dag.'

'Dan kan hij toch even bellen, Yves. Je gaat me niet wijsmaken dat hij geen telefoon in de auto heeft. Ik ga uitleg vragen.'

'Wacht nog even. Het zal wel niet lang meer duren.'

Ellen ging gespannen op het randje van haar stoel zitten. Er was iets mis, dat voelde ze gewoon. Toen ze meer dan een uur geleden aankwamen, deed de receptioniste heel vreemd. De klerk, die hun dossier behandelde en hen gewoonlijk onmiddellijk kwam begroeten, had zich zelfs niet laten zien. Ze luisterde maar half naar Yves, die uitleg gaf over het verloop van zijn patentaanvraag voor zijn nieuwe bouwprocédé. Volgens vader Lombart zou de uitvinding van Yves wel eens een hele omwenteling in de hoogbouw teweeg kunnen brengen. Een reden te meer om de connectie met de Lombarts in ere te houden, overwoog ze. Ze wilde Yves even meer aandacht geven toen ze achter de glazen afscheiding van de receptie het gemakkelijk te herkennen silhouet van mijnheer Tilquin zag verschijnen. Een man zo mager dat hij ziekelijk leek en met de gebogen schouders van een ernstige ruglijder. Ze veerde op en tikte heftig tegen de afscheiding.

'Mijnheer Tilquin! Ellen De Ridder. Hebt u een ogenblikje?'

Ze zag dat hij aarzelde, weer wilde verdwijnen naar de achterliggende kantoren, maar uiteindelijk toch de wachtkamer binnenkwam.

'Mevrouw De Ridder, mijnheer Lombart. Hoe maakt u het?'

'Prima. Wat is de reden voor deze vertraging?'

'Ik zou het niet kunnen zeggen, mevrouw, maar ik ben er zeker van dat de notaris dadelijk zal komen opdagen.'

'Hij is dus nog niet op kantoor? Kunt u hem niet bellen en om uitleg vragen?'

'Nee...' Het kwam er aarzelend uit.

'Kom, mijnheer Tilquin. U gaat mij toch niet vertellen dat u niet weet waar de notaris is. U bent zijn rechterhand én eerste klerk.'

'Natuurlijk weet ik waar de notaris is. Enfin, was. We proberen hem al de hele dag te bereiken.'

'De hele dag! Waarom hebt u ons niet op de hoogte gebracht? We hadden de afspraak kunnen verplaatsen.'

'Omdat ik veronderstelde dat hij in de loop van de dag zou komen. Hij wist dat hij met u een afspraak had. Voor hij vertrok, hebben we het er samen nog over gehad.'

'Voor hij vertrok?'

'Donderdagmiddag. Hij is voor een extra lang weekend naar Spanje vertrokken. Hij heeft daar ergens een boot liggen.'

'Naar Spanje! En u hebt intussen niets meer van hem vernomen!'

Yves kwam tussenbeide.

'Kunt u ons niet voorthelpen, mijnheer Tilquin? Zoals u weet zijn alle aktes verleden en moet er alleen nog afgerekend worden. Waarschijnlijk liggen de cheques klaar in de kluis, een voor mezelf en een voor mevrouw De Ridder. Dat was de afspraak.'

'Ik weet niet of ik...'

'Natuurlijk kunt u dat', pleitte Yves.' U kunt ons hier toch geen uren laten wachten op iemand die vandaag misschien terugkomt uit Spanje.'

'Bovendien, u was bij alle aktes aanwezig', voegde Ellen er vlug aan toe. 'U hebt ze voorbereid en de gelden zelf in ontvangst genomen. U weet zelfs meer af van het dossier dan de notaris. Laat ons hier niet langer nodeloos wachten. Het was op jullie verzoek dat de afrekening van deze verkopen werd uitgesteld. Een erg ongebruikelijke procedure die nooit mijn goedkeuring had. Haal dus de cheques uit de kluis, wij tekenen de nodige kwijtingen en de zaak is eindelijk afgehandeld zoals het hoort. Ik schrijf de notaris wel een briefje dat u vrijspreekt.'

Mijnheer Tilquin aarzelde, maar bezweek onder haar dwingende blik. 'Goed. Ik ken de combinatie. Maar wat u van mij vraagt, is ongebruikelijk en de notaris zal het niet waarderen.' Hij wachtte in de hoop dat Ellen van gedachten zou veranderen, maar zag aan haar kordate houding dat het nutteloos was en verdween toen schoorvoetend naar de kantoren.

'Kun je je dat voorstellen? Wat een gedoe!' Ze werd meer en meer ongerust. 'In ieder geval vind ik het niet normaal. Ik raad je aan een andere notaris te nemen voor je met de tweede fase begint.'

'In de veronderstelling dat ik met de tweede fase begin. Ik zou het er met jou vanavond over willen hebben. Ik heb een bod gekregen op het terrein en misschien verkoop ik het wel. Eerlijk gezegd zou ik liever een hoogbouwproject starten. Zo kan ik mijn bouwprocédé beter uittesten.'

Ellen schrok. Daar ging het eerste grote project waar ze zo op gerekend had!

'Aan de andere kant is het een erg leuk project en verliep de eerste fase prachtig. Het zou ook mooi zijn ons spaarpotje wat aan te dikken voor we met die hoogbouw starten.'

Nog voor Ellen kon antwoorden, kwam Tilquin de wachtkamer binnengestrompeld. Hij was lijkbleek en wiste met een hagelwitte zakdoek de zweetdruppels van zijn voorhoofd.

'Wat is er aan de hand?' Ellen ging snel naar hem toe. Het leek wel of de man op het punt stond een hartaanval te krijgen.

'*Le coffrefort! Mon Dieu, mon Dieu! Que vais-je faire?*' In zijn zenuwachtigheid vergat de Brusselaar Tilquin Nederlands tegen haar te praten.

'Wat is er met de kluis? En wat bedoelt u met "wat moet ik doen"?'

'*Vide!* Leeg! De kluis is leeg. Geen geld en geen cheques!'

Louise De Ridder zette in de hal nog een laatste reistas bij de bagage en kwam de ruime woonkamer van hun Luxemburgse villa binnen.

'Ben je eindelijk klaar met inpakken?'

Robert zat bij een glaasje cognac zijn krant te lezen. Omdat hij tijdens hun afwezigheid geen enkel dossier in huis wilde laten rondslingeren, had hij voor één keer geen werk om handen. Hij had zijn vrouw bij het inpakken willen helpen, maar dat had Louise vriendelijk afgewezen. Haar man vond dat ze altijd te veel bagage meesleurden en Louise kon zijn opmerkingen bij elk kledingstuk dat ze inpakte, missen als kiespijn. Bovendien ging het allemaal veel vlotter en vlugger als hij er zich niet mee bemoeide.

'Ik hoef alleen nog de nachtbagage voor Brussel gereed te maken. Dat doe ik pas morgen. Onze toiletspullen moeten erin en die hebben we morgenvroeg nog nodig.'

'Juist. Je hebt, zoals steeds, alles onder controle, mijn lieve Louise. Ik geef trouwens toe dat je gelijk had. Het was een goed idee van je om in Brussel te overnachten.'

'Omdat we de meisjes drie maanden lang niet zullen zien, vind ik het belangrijk dat we, voor we vertrekken, de nodige tijd samen met hen doorbrengen. Ik wil niet dat het tussen die twee om de haverklap tot ruzie komt terwijl we in Italië zijn. Dat wil ik ze nog eens goed op het hart drukken.'

'Je behandelt hen nog altijd als je kleine meisjes die je voortdurend in de gaten moet houden. Gaat dat niet een beetje te ver?'

'Nee. Ik blijf hun moeder, ook al zijn ze in de dertig.'

'Het zijn volwassen vrouwen met een eigen leven, Louise. Eigengereide en eigenzinnige vrouwen op de koop toe. Geen moederskindjes meer. Als ze ruzie willen maken, dan doen ze dat maar. Ze lossen het daarna wel zelf op, zonder jouw hulp.'

Louise antwoordde niet. Robert keek gelaten weer zijn krant in.

Dat Ellen en Lieve niet goed overeenkwamen, was voor een groot deel de schuld van haar echtgenoot, vond Louise. Ze verweet Robert dat hij de uiterst intelligente en kordate Ellen steeds meer aandacht gaf dan hun onzekere en minder begaafde jongste dochter. Daardoor had Lieve het gevoel dat ze niet goed genoeg was en dat haar vader niet van haar hield. Robert vond dat onzin. Hij bleef erbij dat zijn beide dochters hem even dierbaar waren, maar dat zijn relatie met Ellen nu eenmaal anders was. Ze was een betere gesprekspartner en geïnteresseerd in dingen die hem ook boeiden. Met Lieve wist hij nooit goed waarover hij moest praten. Zelfs haar vier kinderen, waarbij een schattige tweeling, waren voor hem als onderwerp van gesprek vlug uitgeput, hoe gek hij ook op zijn kleinkinderen was. De frustratie van Lieve werd met de jaren almaar groter en stond als een muur tussen de twee zussen.

Louise zag dat met lede ogen aan. Daarom deed ze al wat in haar macht lag om het verstoorde evenwicht te herstellen. Zo hielp ze Lieve waar het mogelijk was en stopte haar af en toe wat extra geld toe. Het kind had het moeilijk met vier kleine kinderen en een man waar niet veel fut in zat. Dirk was een brave jongen, daar niet van, maar zwak van karakter.

Het was al laat toen Ellen de autosnelweg opreed om van Wemmel terug naar Kontich te rijden. Nadat ze nog een tijd in het notariskantoor waren gebleven, waar de stemming van verbazing vlug in regelrechte paniek was omgeslagen, besloten ze hun etentje uit te stellen. Op uitdrukkelijk verzoek van Yves was ze daarna meegereden naar zijn vader. Hij durfde hem, zonder de steun van Ellen, niet te vertellen dat er misschien een groot deel van de opbrengst van de eerste fase verdwenen was. Het geld dat in het project zat, was immers het geld van zijn vader. Zijn vader had hem daarmee de kans willen geven een eigen project te ontwikkelen. Nu liep het misschien allemaal verkeerd door zijn schuld.

In het notariskantoor had Ellen zijn ontreddering zien toenemen en ze had geprobeerd hem gerust te stellen. Notaris Decanque zou wel komen opdagen. Terwijl ze op hem inpraatte en hem moed insprak, besefte ze echter dat ze zelf begon te twijfelen. Welke notaris haalde het in zijn hoofd om zijn kluis leeg te maken als hij voor een weekendje naar Spanje ging? Ze had een bang vermoeden dat er kwaad opzet in het spel was. Natuurlijk bestond de mogelijkheid dat Decanque ergens anders een kluis had, in zijn flat of bij de bank, en dat hij tussen Spanje en België werd opgehouden. Het gaat er in zuiderse landen immers soms chaotisch aan toe. Deze laatste argumenten gebruikte ze om het slechte nieuws bij vader Lombart een beetje af te zwakken.

Daarna hadden ze nog lange tijd zitten praten en alle mogelijke opties overwogen. Zoals de garantie van de Kamer der Notarissen, die hen eventueel kon vergoeden als zou blijken dat er kwaad opzet mee gemoeid was. Ze besloten ten slotte de zaak nog vierentwintig uur op zijn beloop te laten. Daarna zouden ze de politie erbij betrekken en rechtsbijstand vragen.

Gelukkig was Yves zo correct om zijn vader te vertellen dat Ellen hem had afgeraden in te gaan op het verzoek van de notaris om de gelden van de laatste groep verkopen bijeen te laten komen alvorens af te rekenen. Helaas veranderde dat niets aan het probleem. Als het geld verdwenen was, betekende dat voor de Lombarts dat ze hun eerste project met verlies afsloten. Voor Yves persoonlijk kwam het erop neer dat hij zijn bouwprocédé pas veel later verder kon ontwikkelen. Voor Ellen betekende het dat ze de nieuwe medewerker kon vergeten, net als een snelle doorbraak als makelaar in Antwerpen.

Bovendien zou het uitbreken van een schandaal, als gevolg van het verdwijnen van de gelden, de reputatie van Company 21 ernstig kunnen schaden. Het was immers als makelaar haar taak geweest om Yves ervan te overtuigen het voorstel van de notaris om de betalingen uit te stellen te weigeren, besefte Ellen. En daarin had ze jammerlijk gefaald.

Toen ze thuiskwam, was ze nog te opgewonden om onmiddellijk in bed te kruipen. Ze ging zoals gewoonlijk even kijken in de kamer van Tom en klopte zachtjes op de deur in de overtuiging dat hij al zou slapen. Hij antwoordde dat ze binnen kon komen. Waarschijnlijk had hij weer de hele avond op het internet gezeten. Daar moest ze dringend wat aan doen, alhoewel ze zich ook wel schuldig voelde omdat Tom al te vaak de avonden alleen moest doorbrengen.

'Dag mams. Ik ging net naar bed.'

Tom had zijn pyjama al aan en zette met een ondeugende glimlach zijn pc op non-actief. Straks zou hij wel verder doen.

'Was het etentje gezellig? Hoe was het met Yves?'

Tom had hem, in de maanden dat zij en Myriam aan het project werkten, beter leren kennen. Het klikte niet echt tussen hen, maar hij had ontzag voor de manier waarop Yves de pc gebruikte om erg ingewikkelde dingen te tekenen en kostprijzen te berekenen. Tom was, net als zijn vader, een computerfreak en iedereen die hem iets nieuws kon bijbrengen, gaf hij zijn volle aandacht. Yves had hem geholpen met het installeren van een uiterst gesofistikeerd webcamsysteem waar Tom wild over deed. Ellen had geen flauw idee wat het inhield. Technische dingen lagen haar niet.

'Met Yves gaat het niet zo goed. We zijn zelfs niet gaan eten.'

'Hoezo?'

'Er waren problemen bij de notaris. Problemen die Yves, zijn vader én Company 21 veel geld kunnen kosten.'

'Oei! Dat is niet zo mooi. Is het jouw schuld?'

'Natuurlijk niet, Tom. Waarom vraag je dat?'

'Dat zou toch kunnen. Je hebt het altijd zo druk. Het is best mogelijk dat je eens een steek laat vallen, want je bent altijd met drie dingen tegelijkertijd bezig.'

'Wees gerust, het is niet mijn schuld. Maar we zitten nu wel met een reuzegroot probleem. Het zou me niet verwonderen als het om fraude en diefstal zou gaan. Het is allemaal heel vreemd en mysterieus.'

Ze bracht hem op de hoogte en onmiddellijk kwam Tom met allerlei verhalen voor de dag die het verdwijnen van de notaris en van de inhoud van de kluis konden verklaren. De jongen had een tomeloze fantasie. Ze liet hem begaan omdat zijn gekke veronderstellingen haar paniek wat deden afnemen. Het leken verhaallijnen voor een detectivereeks. Na een poosje vond ze het welletjes en ze legde hem met een kus het zwijgen op.

'Nu ga je slapen, jongeman, morgen is het vroeg dag. Heb je gevraagd of je morgenavond bij Hans kunt blijven slapen omdat ik in Brussel ben?'

'Yep.'

'Vraag aan Hans om ook eens te komen logeren. Een weekend of zo. Dan doen we samen wat leuke dingen.'

Ze zag dat Tom aan haar voorstel weinig geloof hechtte, maar er niet verder op in wilde gaan. Zijn hele houding gaf duidelijk te verstaan dat hij wist dat zijn moeder toch haar eigen weg ging.

We vervreemden meer en meer van elkaar, stelde ze geschrokken vast. Zou Myriam gelijk hebben en moest ze meer aandacht geven aan de gevolgen van de puberteit? Het was niet omdat ze geen ruzie maakten dat Tom er geen last van had.

Ze besloot nog maar eens in de toekomst wat meer tijd voor hem vrij te maken. Als ze een nieuwe medewerker in dienst kon nemen, zou het haar zeker lukken.

Kort voor de middag kwam er een telefoontje met de melding dat de notaris in Spanje omgekomen was. Zijn boot was teruggevonden op zee, met zijn kleding, portefeuille en polshorloge. Van hemzelf geen spoor. De politie ging ervan uit dat hij tijdens het zwemmen door een hartaanval was getroffen en verdronken, want hij stond bekend als een uitstekende en ervaren zwemmer. Men was nu op zoek naar het lichaam. In de buurt lag echter een aantal kleine eilandjes, wat de zoektocht niet eenvoudig maakte. Er werd zelfs rekening mee gehouden dat zijn lichaam door de stromingen nooit geborgen zou worden.

Mijnheer Tilquin was afgereisd om ter plaatse de nodige formaliteiten af te handelen. Intussen was het notariaat verzegeld tot er meer klaarheid was. Er bleef Ellen en de Lombarts niets anders over dan bang af te wachten.

'Heb je hem gevraagd of de notaris nog ergens anders een kluis had, in zijn villa in Ukkel of misschien in Spanje?' vroeg Ellen aan Yves, die haar had gebeld nadat mijnheer Tilquin hem op de hoogte had gebracht.

'Nee. Daar heb ik niet aan gedacht. Ik was in shock.'

'Kun je mevrouw Decanque niet bereiken?'

'Nee, ze wordt goed afgeschermd. Ik vermoed dat er met dat huwelijk iets aan de hand was.'

'Ik heb haar slechts één keer ontmoet. Ze was toen niet erg

spraakzaam, maar alles leek prima te gaan tussen haar en de notaris. Hoe reageert je vader?'

'Rustig, moet ik zeggen. Voor hem is het blijkbaar belangrijker dat ik het er als projectleider en ingenieur goed vanaf heb gebracht dan dat we winst gemaakt hebben. Toch verliest hij een groot deel van zijn spaargeld als we die cheque niet kunnen recupereren. Ik denk niet dat mijn broer dat leuk zal vinden. Hij was ertegen dat vader me financierde.'

'Wacht nu maar af, Yves. Misschien komt dat geld alsnog terecht. Als er kwaad opzet in het spel is, blijft er altijd de garantie van de Kamer der Notarissen.'

Ze hoorde hem aan de andere kant van de lijn zuchten en deed onbewust hetzelfde. Het kon heel lang duren voor de zaak uitgezocht was.

'Brengt het jullie in grote problemen, Ellen?'

'Het is een serieuze tegenslag, dat kan ik niet ontkennen. Company 21 zal er echter niet aan ten onder gaan. We zullen wel een aantal plannen weer in de ijskast moeten leggen.'

'Dat spijt me. Je had me nog zo gewaarschuwd dat voorstel niet te aanvaarden.'

'Yves, het is jouw schuld niet. Je bent nieuw in het vak en Decanque was erg overtuigend. Het klonk allemaal goed en praktisch. Niemand kon voorzien dat die gelden zouden verdwijnen. Van een notaris mag je verwachten dat hij correct en eerlijk met geld omgaat. Toch kan ik nog altijd niet geloven dat hij iets stoms zou gedaan hebben. Waarschijnlijk heeft hij de inhoud van de kluis om een of andere reden ergens anders opgeborgen en belt Tilquin ons straks met het goede nieuws. Wie zegt trouwens dat Decanque dood is? Misschien wacht hij, zoals Robinson Crusoe, geduldig op een minuscuul eilandje om opgepikt te worden. Hij moet die wateren toch door en door kennen als hij daar al zoveel jaar naartoe ging.'

'Maar dan zal hij ons verdomme een goede verklaring moeten geven waarom dat geld niet in zijn kluis lag! Hij heeft niet het recht ons geld onbeschikbaar te maken.'

Daar kon ze niets tegen inbrengen.

'Dat ziet er niet goed uit, is het niet?'

'Nee, Grietje.'

'Heb jij op de makelaarscursus Karl Van Langenaeken nog gekend?' Myriam, die het telefoongesprek met Yves van haar bureau had gevolgd, leunde achterover in haar stoel.

'Vaag. Ik heb wel gehoord dat hij een toffe kerel was. Waarom vraag je dat?'

'Hij woont in Spanje. Ik heb gehoord dat hij er getrouwd was met een schatrijke Spaanse. Hotelwezen, jachthavens en immobiliën! Ze hebben een dochtertje dat een jaar of tien was toen zijn vrouw enkele jaren geleden omkwam in een auto-ongeval.'

'Wat deed hij dan hier in Antwerpen op die cursus?'

'Na het overlijden van zijn vrouw heeft hij opnieuw een tijd in België gewoond. Er waren problemen met zijn schoonvader, die hem de dood van zijn dochter verweet. Het fijne weet ik er ook niet van. Hij zat in het laatste jaar toen ik met de cursus begon. Toen jij erbij kwam, is hij korte tijd daarna weer naar Spanje vertrokken. Zijn dochtertje kon hier niet wennen. Je zult hem zeker wel eens gezien hebben in de cafetaria. Herinner je je hem niet meer, Ellen?'

'Niet echt. Waarom begin je daar nu over? Kende hij notaris Decanque misschien?'

'Geen idee. Hij woont in Spanje. Misschien kan hij daar iets te weten komen.'

'Denk je dat hij die moeite voor ons zou willen doen?'

'Het is een heel toffe en vlotte kerel. Tijdens de cursus was hij altijd bereid een medestudent te helpen. Zeker de dames!'

'Een vrouwenzot, ik hoor het! Maar waar ergens in Spanje zit hij? Misschien vinden we hem nooit.'

'Niet zo pessimistisch. Het loont de moeite om het te proberen, dunkt me. Tussen haakjes, ik zou hem eerder een charmeur noemen dan een vrouwenzot. Hij valt best mee.'

'En hoe kom je aan zijn adres?'

'Dat kan ik opvragen. Ik ben er zeker van dat ze de adressen van oud-leerlingen op het secretariaat van de makelaarscursus bijhouden.'

'Doe maar. Als die Van Langenaeken nee zegt, is er nog niets verloren. Hoe vlugger we weten waar we aan toe zijn, hoe beter. Ik zou het verschrikkelijk vinden als we een aantal kandidaten uitnodigden voor een baan waarvoor we het geld niet hebben.'

'Ik maak er vanmiddag nog werk van. Moet jij niet vertrekken?'

Ellen keek verschrikt op haar horloge. Ze had al een uur op weg naar Brussel moeten zijn. Haar vader zou het wel begrijpen, maar mama en Lieve zouden weer beginnen te zeuren. Niet direct een ideale start voor de familiebijeenkomst.

In Brussel aan de Sint-Katelijnekerk lunchten ze samen in een van de restaurants waar je heerlijk kreeft kon eten. Daarna nam vader hen mee op wandel door de binnenstad. Hij had hier vroeger als jonge advocaat gewerkt en kende Brussel door en door. Hij zorgde ervoor dat elk van hen aan haar trekken kwam. Zo konden moeder en Lieve rustig rondkijken in de mooie boetieks, terwijl hij en Ellen hun hartje ophaalden in de boekenwinkeltjes met een rijk aanbod aan tweedehandsboeken en oude manuscripten, waarvan Robert een uitgebreide verzameling bezat. Een passie die zijn oudste dochter met hem deelde.

Hij was in een opperbeste stemming en verwende zijn dochters. Voor Lieve, die niet wist wat haar overkwam, kocht hij een heel dure, chique jurk. Ellen werd bedacht met een prachtige reeks ingebonden boeken over bouwstijlen in de grote steden van België. Zijn dochters waren zo in de wolken dat ze vergaten ruzie met elkaar te maken. Dat tot grote vreugde van Louise.

In een oude patriciërswoning, dicht bij de Zavel, genoten ze in de prachtige tuin in het zonnige lenteweertje van een Engelse high tea. Lieve raakte maar niet uitgepraat over al de mooie jurken die ze had gezien en zei dat ze haar negatieve kijk op Brussel moest herzien. Zo veel charme had ze nooit van de hoofdstad verwacht.

'Op voorwaarde dat je er de weg kent', merkte Ellen op. 'Je kon aan de buitenkant van dit prachtige huis nauwelijks zien dat er een restaurant is. Ben je hier vroeger al eens geweest, papa?'

'Ja. De laatste tijd kom ik zelfs vaak in Brussel.' Ze zag dat haar moeder hem snel aankeek en kort nee knikte. Alsof ze hem vroeg te zwijgen. Ellen besloot daaruit dat deze samenkomst in Brussel meer betekende dan een gezellig samenzijn. Ze keek vragend naar vader, maar hij ontweek haar blik. Er viel een stilte. Lieve, die niets had gemerkt, voelde dat de sfeer plotseling anders was. Meteen was Ellen het doelwit.

'Wat zei je daarnet? Waarom doet iedereen zo vreemd?'

'Niemand doet vreemd. Ik vroeg alleen of papa hier al geweest was.'

Lieve wilde in de aanval gaan, maar Ellen gaf haar de kans niet en richtte zich tot haar vader.

'Waarom kom je tegenwoordig zo vaak in Brussel? Houdt het verband met je werk?'

Mama legde snel haar hand op die van Lieve, die boos wilde reageren, om haar te doen zwijgen.

'Misschien kunnen we er beter nu over praten, Robert. Luister, kinderen. We hebben jullie niet alleen voor de gezelligheid hier in Brussel uitgenodigd. We hebben ook iets met jullie te bespreken. We hadden dat pas vanavond willen doen, maar Ellen heeft ons blijkbaar doorzien.'

'Hoezo? Weet zij dan meer dan ik?' Onmiddellijk nam de stem van Lieve dat klagende toontje aan van een kind dat zich tekortgedaan voelt. Ellen werd er kregelig van.

'Maar nee! Ik weet niets meer dan jij. Ik ving een blik tussen papa en mama op die niet voor mij bestemd was. Dat is alles. Stop met zeuren en laat hen vertellen waarover het gaat.'

'Doe niet zo kattig! Is het niet genoeg dat je ons daarstraks meer dan een uur liet wachten? Wil je ook nog hun plannen in de war sturen? Het is altijd wat met jou!'

'Rustig, meisjes', suste Louise. 'Het heeft geen belang wanneer we het vertellen. Onze bedoeling was om met jullie in alle rust en kalmte te overleggen. Dat kan evengoed hier en nu.'

Lieve wilde het daar niet bij laten, maar Louise gaf haar een teken met een vertrouwelijk knipoogje. Ellen voelde weer de onmacht in zich opkomen die de band tussen haar moeder en haar zus haar steeds bezorgde. Haar hele leven lang behandelden die twee haar als iemand van een andere planeet. Snapten ze dan niet dat dat haar pijn deed en dat zij zich buitengesloten voelde?

Robert De Ridder bracht zijn dochters ervan op de hoogte dat hij een verandering in zijn carrière overwoog. Hij was vanuit de net aangetreden regering gevraagd om naar Brussel te komen als juridisch raadgever met een speciale en geheime opdracht. De regering plande namelijk tijdens haar legislatuur een nieuwe en belangrijke stap in de federalisering. Meer kon hij er niet over zeggen. Geheimhouding was noodzakelijk omdat de regeringspartijen de diverse mogelijkheden nog dienden te bestuderen alvorens met een voorstel naar het parlement te gaan. Het werk zou een ware uitdaging voor hem zijn en het zou zijn naam als grondwettelijk jurist voor eens en voor altijd vestigen.

De keerzijde van de medaille was echter dat hij zelf ontslag zou moeten nemen als rechter bij het Hoger Gerechtshof in Luxemburg. Het betekende ook dat hij en Louise de hem daar toegewezen villa moesten verlaten. Ze zouden weer in België komen wonen en tot de geheimhouding door de regering werd opgeheven, zouden hij en zijn familie de echte reden voor zijn vertrek uit Luxemburg moeten stilhouden. Brussel was bang dat de nieuwe plannen vroegtijdig zouden uitlekken. De mogelijkheid bestond immers dat het allemaal nog op een sisser kon uitlopen en dat de plannen moesten opgeborgen worden. Als dat gebeurde, was zijn opdracht in Brussel afgelopen en had hij zijn prachtige functie in Luxemburg misschien voor niets opgegeven.

Het was typisch, dacht Ellen, dat Lieve meteen een gesprek met mama begon over de keuze van een nieuwe woonplaats. Geërgerd richtte ze zich tot haar vader en vroeg naar de plannen van de regering en wat het werk juist inhield. Ze kreeg slechts vage antwoorden te horen. Bovendien wees Louise erop dat Robert nog niet besloten had om op het aanbod in te gaan. Hij hield van zijn werk als rechter. Waar ze zich dus eventueel zouden vestigen, was voorlopig niet aan de orde. Toch wilden ze wel graag weten wat hun dochters van het voorstel dachten vóór ze een beslissing namen.

Voor Lieve was het antwoord vrij eenvoudig. Het feit dat haar moeder in België gemakkelijker bereikbaar zou zijn voor haar en de kinderen, was een fantastisch vooruitzicht. Geen ogenblik dacht ze aan de eventueel nadelige gevolgen voor de carrière van haar vader. Integendeel, ze begon al plannen te maken om voor haar ouders uit te kijken naar een geschikte woning. Misschien ergens tussen Hasselt en Brussel?

Ellen verbeet haar ergernis en besprak met haar vader de voor- en nadelen van de nieuwe baan en de noodzaak van een nieuwe grondwetswijziging. Was het wel verstandig het voorstel aan te nemen? Er waren toch veel onzekerheden, terwijl hij in Luxemburg zijn loopbaan als jurist probleemloos tot een goed einde kon brengen.

'En, aangezien je er voorlopig niets over mag zeggen, is er nóg een probleem dat je kennelijk is ontgaan. Om welke reden ga je ontslag nemen en wat gaat de pers ervan denken? Een rechter bij het Hoger Gerechtshof in Luxemburg is een publiek figuur en je benoeming kwam in alle kranten en op televisie. Weet je nog hoe de pers erop sprong toen Tom weggelopen was? Je ontslag zal ongetwijfeld vragen oproepen, roddels doen circuleren. Misschien zelfs verdachtmakingen.'

'De regering vindt er wel wat op. Ontslag om gezondheidsredenen, weet ik veel.'

'Vind je het niet vervelend dat je moet liegen? Je bent kerngezond.'

'Er moet een verklaring gegeven worden. Gezondheidsredenen lijken mij het meest voor de hand liggend.'

'Kun je nog terug naar Luxemburg indien de plannen voor de staatshervorming niet doorgaan?'

'Jammer genoeg niet. Ik word ginder onmiddellijk vervangen. Als het niet doorgaat, zal ik noodgedwongen mijn carrière in mineur moeten beëindigen.'

'Doe het dan niet! Je hebt zo hard gewerkt om aan de top te raken.'

'Ik kan met deze uitdaging nog hoger. We hebben in België misschien een recordaantal staatshervormingen tegenover andere landen, maar het blijft een zeldzame en moeilijke wetgeving. Het is een eer om een dergelijk project in goede banen te leiden. Bovendien heeft de politiek me altijd al geïnteresseerd. Met deze wereld kan ik nu eindelijk kennismaken. Als rechter mocht ik mij daar niet mee bemoeien.'

Ellen begreep de situatie van haar vader maar al te goed. De keuze tussen zekerheid en ambitie was niet eenvoudig. Dat had ze ondervonden voor ze besloot om zelfstandig makelaar te worden.

'Dus jullie gaan eigenlijk op reis om alles eens op een rijtje te zetten?'

'Zo zou je het kunnen stellen. Hoewel het ook echt onze tweede huwelijksreis wordt. Ik heb je moeder al die jaren vaak teleurgesteld. Altijd kwam mijn carrière op de eerste plaats. Wees maar voorzichtig dat jij genoeg tijd overhoudt voor je privé-leven.'

'Mama heeft het nooit anders gewild. Ze was gelukkig met haar rol als je trouwe, thuisblijvende echtgenote.'

Robert moest lachen om haar ietwat cynische toon. Het was duidelijk dat zijn Ellen deze rol nooit zou ambiëren.

'Toch wil ik het goedmaken, ze heeft daar recht op. Vóór ik een beslissing neem, gaan we eerst samen genieten van een verdiende vakantie. Weet je dat we al vier jaar nooit langer dan een paar dagen samen weg waren? Pas nadat we na enkele weken allebei wat afstand hebben genomen, gaan we praten over de keuze die ik, én zij, moeten maken. Doe jij me intussen een plezier en let een beetje op je zus.'

Hij bekeek haar met zoveel warmte en liefde dat de tranen in haar ogen sprongen.

Yves Lombart belde enkele dagen later met Myriam en deelde mee dat Tilquin, de klerk van de verdwenen notaris, onverrichter zake uit Spanje was teruggekomen. Het lichaam van Decanque was niet gevonden en de opsporingen waren gestaakt. Hij werd nu als vermist beschouwd. Het zou nog dagen, zo niet weken duren voor er stappen ondernomen zouden worden om de verdwenen gelden uit de kluis van het notariskantoor op te sporen. Indien ze werden gevonden, dan nog zou er een onderzoek volgen voor de rechtmatige eigenaars uitbetaald werden.

De kans dat ze hun geld nooit zouden zien, was, volgens een somber klinkende Yves, heel reëel. De notarisklerk had het aan de telefoon duidelijk laten verstaan. Yves zou later terugbellen om met Ellen, die naar notaris Van Biesen was, te overleggen wat hun te doen stond.

Myriam besloot niet te wachten en probeerde onmiddellijk het adres en telefoonnummer van Karl Van Langenaeken te bemachtigen bij het secretariaat van de makelaarscursus. Het was zo druk geweest dat ze niet meer aan haar eigen voorstel had gedacht. Nadat ze de nodige informatie had gekregen, draaide ze een beetje zenuwachtig het nummer van Van Langenaeken in Spanje. Ze hoopte maar dat hij zich haar nog herinnerde.

Na wat verwarring aan de Spaanse kant van de lijn – hij werd daar Carlos genoemd en zijn familienaam werd er onverstaanbaar uitgesproken – kreeg ze hem aan de telefoon. Ja natuurlijk, hij kende Myriam nog. Ook Ellen, die nogal wat commotie had veroorzaakt op de makelaarscursus door haar open oorlog met De Deyne, een van de leraren, herinnerde hij zich goed.

Toen ze Karl het verhaal had gedaan over de mysterieuze verdwijning van notaris Decanque, was hij bereid een en ander ter plaatse uit te laten zoeken. Hij had trouwens het bericht in de krant gelezen. Hij zou via een van zijn projectleiders onopvallend wat navraag laten doen. Zodra hij iets te weten kwam, zou hij Myriam bellen.

'Kan hij iets te weten komen?' vroeg Grietje.

'Hopelijk wel.'

'Ken je hem goed?'

'Niet echt, maar ik vond hem een leuke man en knap! Je zult wel zien. Hij beloofde langs te komen bij zijn volgende bezoek aan België en hoopt met ons te gaan eten. Als Ellen erop ingaat, natuurlijk. Ik geloof niet dat hij haar type is.'

'Dat zal wel lukken.'

Myriam keek verbaasd op. Wat kan Grietje soms toch vreemd uit de hoek komen, dacht ze.

'Waarom ben je daar zo zeker van?'

Grietje keek dromend voor zich uit en het leek of ze de vraag van Myriam niet gehoord had. Een ogenblik daarna was ze weer helemaal aanwezig. 'Sorry. Ik vermoed dat maar.'

'Oh nee, je klonk heel zelfverzekerd. Je hebt weer van zo'n voorgevoel. Beken het.'

'Zolang je me maar niet uitlacht. Om eerlijk te zijn, het was zelfs veel sterker dan een vaag voorgevoel.'

'Wat voelde je dan?'

'Dat die man voor ons en vooral voor Ellen nog veel gaat betekenen.'

Myriam begon te lachen, maar hield op toen ze zag hoe ernstig Grietje keek.

'In positieve of in negatieve zin?'

'Dat is juist het gekke. Beide, vrees ik. Ik word er zelfs een beetje ongemakkelijk van.'

'Overdrijf je nu niet?'

'Nee. Wat ik daarnet voelde, is voor mij een duidelijk teken, zowel van slechte als van goede dingen. Ik kan het alleen niet beter duiden.'

'En die notaris, voel je daar ook iets over? Komt die nog boven water?'

'Ja.' Grietje zei het zo beslist dat Myriam zich dit keer niet kon inhouden van het lachen.

'Sorry, maar dan had je me dat telefoontje beter niet laten doen', zei ze, toen Grietje haar boos aankeek.

'Nee, die telefoon is oké. Daar had ik heel goede voorgevoelens bij. Toch weet ik niet of die Van Langenaeken nu een gunstig voorteken is of niet. Ik ben wat in de war.'

'Zo is het genoeg, madame Soleil! Nu ben ik ook al in de war. Als ik jou zo hoor, vraag ik me af hoe je ooit getrouwd bent met iemand die zo nuchter is als Ben.'

'Ben gelooft niet in die dingen, dus praat ik er met hem niet over. Trouwens, ik ben altijd voorzichtig tegen wie ik zoiets zeg.'

'Hou dat maar zo. Ellen en ik zouden niet graag willen dat onze klanten denken dat we hun advies geven met een wichelroede en een kristallen bol. De concurrentie zou ons nogal uitlachen.'

Sinds De Deyne anderhalf jaar geleden veroordeeld was in het door Ellen De Ridder aan het licht gebrachte omkoopschandaal, bleef hij in zijn bedrijf wijselijk op de achtergrond. Toch hield hij de touwtjes strak in handen: de manier waarop hij zijn personeel behandelde had meer weg van een schrikbewind dan van een menselijk personeelsbeleid. De dagelijkse gang van zaken en het directeurschap had hij aan een ondergeschikte overgelaten, aangezien zijn naam aangebrand was en sommige klanten zou kunnen afschrikken.

Hij haatte het elke dag meer en meer op het tweede plan te moeten blijven en leed onder het feit dat hij in bepaalde Antwerpse kringen minder welkom was dan vroeger. Hij werd niet meer gevraagd op belangrijke recepties en vernissages en in politieke kringen werd hij zoveel mogelijk gemeden. De burgemeester en schepenen die hij vroeger tot zijn vrienden mocht rekenen, lieten hem links liggen. Hadden zij dan schone handen? Het ene schandaal was nog niet uitgestorven of er dook een nieuw op! Het hele land volgde de Antwerpse soap.

Maar zijn reputatie was onherroepelijk aangetast en daar had Ellen De Ridder schuld aan. Die verwaande trut dacht hem, Jacques De Deyne, de doorgewinterde makelaar in onroerend goed met de grootste omzet van Vlaanderen, de loef af te steken. Wel, hij zou haar een lesje leren en haar definitief uitschakelen. Vernietigen zou hij haar, voor eens en altijd. Eerder zou hij niet rusten.

Hij volgde wekelijks nauwlettend haar advertenties in de immobiliënsector en zond zijn verkopers uit op oorlogspad. Tot nu toe was hij er echter nog niet in geslaagd haar stokken in de wielen te steken. Voor elk pand dat ze in verkoop of verhuur had, bleek die bitch een sluitende exclusieve overeenkomst te hebben afgesloten zodat zijn personeel haar dossiers niet kon inpikken. Volgens hun verslag waren haar klanten zelfs niet bereid in te gaan op hun voorstellen om aan een lagere commissie de verkoop, nadat de exclusiviteitstermijn van Company 21 verstreken was, aan De Deyne Immobiliën te geven. Bovendien, de meeste panden waren dan al lang verkocht. Om wanhopig van te worden!

Op deontologische fouten kon hij haar ook al niet betrappen en elke maand stegen zijn ergernis en woede. Vandaag had hij echter, louter toevallig, een ontdekking gedaan die het tij kon doen keren!

Zoals gewoonlijk pluisde hij de personeelsadvertenties uit om te zien of er collega-makelaars waren die personeel zochten. Je moest je concurrentie goed in de gaten houden en altijd een stap voor zijn, was zijn motto. Vandaag wierp deze tactiek nogmaals vruchten af. Bijna was dat stomme advertentietje van De Ridder aan zijn aandacht ontsnapt! Te klein om meteen op te vallen en te goedkoop om indruk te maken. Zo'n jong ding besefte natuurlijk niet dat een personeelsadvertentie ook een visitekaartje was van je bedrijf. Soms plaatste hij er een, uitsluitend om indruk te maken en om zijn concurrenten om de tuin te leiden. Toch was het niet de lay-out van haar advertentie die hem interesseerde, maar wel wat erin stond. Het stond er zwart op wit: Company 21 zocht dringend een extra medewerker, met een makelaarsdiploma én ervaring, ook in buitenlandse projecten.

Het kreng! Ze voelde zich blijkbaar al sterk genoeg om haar kantoor uit te breiden. Verdomme! Het kon toch niet zo moeilijk zijn voor een bedrijf als het zijne om zo'n prutskantoortje uit de markt te drukken. Hij was van plan zijn personeel op het matje te roepen, zelfs met enkele ontslagen te dreigen indien ze er niet snel in slaagden deze twee vrouwen het leven onmogelijk te maken.

Toen drong het tot hem door dat hij wel eens dankbaar gebruik kon maken van deze advertentie. De Ridder zelf had hem het wapen gegeven dat haar ondergang zou veroorzaken. Want hoe kon je beter een bedrijf ondermijnen dan van binnenuit?

Dat was het! Hij zou een infiltrant plaatsen bij Company 21. Iemand met de juiste opleiding en met onbetwistbare verkoopskwaliteiten. Iemand die hem informatie kon doorspelen, dossiers verkeerd kon opbergen en geheimen kon verraden. Hij wist wie hij voor dat judaswerk kon inschakelen. Iemand die, net als hij, aangebrand was en die zich dus geen zorgen hoefde te maken over zijn reputatie. Iemand die er niet voor zou terugschrikken tegen stevige betaling alle deontologische regels van het vak aan zijn laars te lappen.

Hij tikte een nummer in en genoot volop van het feit dat hij dadelijk zijn 'paard van Troje' aan de lijn had. Als hij eenmaal dat paard binnen de vestingwallen van Company 21 had gedropt, zou de strijd met De Ridder definitief in zijn voordeel beslecht worden. Eindelijk zou hij haar genadeloos de doodsteek toebrengen!

2

'Ik kan het niet geloven. Die kerel was dus vergezeld van een vrouw?'

'Ja en het was zeker niet zijn echtgenote. Iedereen in het dorpje praatte erover nadat Decanque vermist werd. Niet met de Guarda Civil natuurlijk. Als die iets vragen, weten ze plots nergens meer van. In Spanje moet de politie niet veel hulp van de bevolking verwachten.'

'En die vrouw werd na de verdwijning niet meer gesignaleerd en niemand kent haar naam? Kom zeg, Karl, hoe kan dat nu?'

'Volgens onze bron is ze korte tijd nadat Decanque met zijn boot is uitgevaren met haar bagage vertrokken in een huurauto. Niets liet veronderstellen dat ze bij hem hoorde omdat ze niet bij hem op zijn boot verbleef, maar logeerde in een klein hotelletje in het dorp.'

'Dan moeten ze daar toch weten wie zij is.'

'De reservatie was op naam van een zekere "Mrs. Jones".'

Myriam vloekte.

'Inderdaad niet erg origineel bedacht. De identiteit werd door het hotelpersoneel niet nagekeken. Ze stelden geen fiche op omdat ze maar één nacht bleef.'

'Ook typisch Spaans?'

Karl haalde zijn schouders op. 'Wat wil je dat ik daarop antwoord!'

'Dus ze verbleef een nacht alleen in dat hotel, maar ze hoorde wel bij hem. Hoe weten ze dat zo zeker? Werden zij soms samen gezien?'

'Ja, toevallig. Zondag in de vroege ochtend. Toen Decanque met zijn boot vertrok, zag een van de kelners van het hotel die naar zijn werk kwam, dat ze afscheid van elkaar namen en dat ze hem daarna van op het balkon uitwuifde. Het was voor hem duidelijk dat ze samen hoorden.'

'Toch heeft ze zich niet bij de politie gemeld toen hij vermist werd?'

'Nee. Ze was toen al met de noorderzon verdwenen en ze was zeker niet met hem op de boot. Verscheidene getuigen hebben verklaard dat de notaris alleen aan boord was toen hij het haventje uitvaarde.'

'Toch klopt er iets niet met die verdrinkingstheorie! Decanque kwam daar al zoveel jaar en was, volgens de kranten, een ervaren zeiler. Iemand met zijn ervaring verdrinkt zomaar niet in voor hem vertrouwde wateren. Hij kende ongetwijfeld de plekken waar het gevaarlijk was en waar niet.'

'Ik geef toe dat het verdacht is, maar meer ben ik hier niet te weten gekomen. Misschien dat jij in Brussel kunt uitzoeken of hij een vaste vriendin had? Want de onbekende schone was geen Spaanse. Ook daarover bestond geen twijfel.'

'Ik kan het proberen. In ieder geval ben ik er meer en meer van overtuigd dat Decanque er met ons geld vandoor is en dat deze mysterieuze vrouw hem geholpen heeft om spoorloos te verdwijnen.'

'Gelukkig kun je dat geld recupereren bij het fonds van de Kamer der Notarissen.'

'Alleen bij fraude, Karl. Decanque is echter officieel vermist, mogelijk overleden. Zolang er over dat laatste geen absolute zekerheid bestaat, wordt dat verdwenen geld niet beschouwd als een geval van fraude. Men zal ervan uitgaan dat hij het geld voor zijn vertrek naar Spanje ergens veilig heeft opgeborgen.'

'Dan is het erg stom geweest van hem om aan niemand te vertellen waar.'

Er viel een stilte. Geen van beiden zag enige klaarheid in de zaak. Uiteindelijk hervatte Karl het gesprek.

'Hoe verklaren ze dan de aanwezigheid van die vrouw?'

'Een slippertje. Meer zal men er niet achter zoeken. Bovendien, wie is die vrouw? Als ik er de Belgische politie op afstuur, zal men in dat hotel zeker niets zeggen. Ten eerste heeft men verzuimd haar officieel in te schrijven. Ten tweede, je zei zelf dat ze daar een afkeer hebben van alles wat naar politie ruikt. Kortom, Karl, het verdwijnen van de notaris zal als een dramatisch ongeval bestempeld worden en niet als een vlucht na fraude. Met als resultaat dat wij naar onze centen zullen kunnen fluiten.'

'Behalve indien die kerel, al of niet vergezeld van die vrouw, ooit ergens weer opduikt.'

'Mogelijk, maar onwaarschijnlijk als hij niet als verdachte gesignaleerd staat. Een onderzoek naar een vermiste persoon kan jaren aanslepen. Nee, ik ben bang dat men ervan zal uitgaan dat hij verdronken is en dat de hele zaak geklasseerd wordt. Zelfs in het beste geval zullen we dus heel lang moeten wachten op ons geld.'

'En dat is voor jullie een probleem?'

'We waren van plan om uit te breiden. Om dat te verwezenlijken, zonder risico te lopen, is er geld nodig. Indien we blijven werken met slechts twee makelaars, Ellen en ikzelf, kunnen we deze inkomsten eventueel wel missen. Al blijft het natuurlijk een harde noot om te kraken. We hebben hard gewerkt voor deze commissies en dat geld behoort ons toe. Bovendien zal onze klant, van wie een aanzienlijker bedrag verdwenen is, waarschijnlijk geen nieuw project met ons beginnen. Het ergste is nog dat we deze personeelsuitbreiding hard nodig hebben om echt door te breken. De concurrentie in Antwerpen is moordend. Ellen is er zeker van dat we het niet redden als we er geen grote dossiers kunnen bijnemen.'

'Het spijt me dat ik niet meer kan doen om jullie te helpen. Spanjaarden zijn tegenover vreemdelingen erg gesloten, anders ging ik zelf op onderzoek uit.'

'Geeft niet. Je hebt ons al fantastisch geholpen. Ik denk dat ik je raad ga volgen en in Brussel op onderzoek ga. Kijken of ik iets meer te weten kan komen over die vrouw.'

'Doe dat. Ik hou je in ieder geval van elke evolutie hier in Spanje op de hoogte.'

'Bedankt, Karl. We staan bij jou in het krijt.'

'Dat hoor ik graag! Twee knappe grieten die bij mij in het krijt staan. Dat belooft voor mijn volgende bezoekje aan Antwerpen!'

'En wanneer denk je te komen?'

'Spoedig. Als ik hier niet af en toe kan ontsnappen, word ik gek.'

'Woon je dan niet graag in Spanje?'

'Toch wel. Hoewel ik hier niet zou blijven als het niet was voor mijn dochtertje, Isabella.' Hij aarzelde. 'Ik heb nogal wat problemen met de vader van mijn overleden vrouw, maar dat is een lang verhaal en vertel ik je later wel. Doe Ellen de groetjes en succes met je detectivewerk, Miss Marple!'

'Ik ben wel een stuk jonger dan de eerbiedwaardige Miss Marple!' protesteerde ze.

'Weet ik! En knapper ook!'

Toen verbrak hij de verbinding.

'Een stad met kleuren zoals in Rome vind je nergens ter wereld.' Robert stond op het balkon dat uitkeek op de ruïnes van het Foro Traiano, dat gescheiden was van het oude forum door de drukke Via dei Fori Imperiali. 'Vooral bij zonsondergang zijn al die warme aardekleuren uniek. Eens je hier geweest bent, vergeet je het nooit meer. Vind je ook niet?'

Louise antwoordde niet en hij ging weer naar binnen. Tot zijn verbazing lag ze gekleed op het bed.

'Scheelt er iets, Louise?'

'Ik heb een beetje hoofdpijn. Daarnet voelde ik me misselijk worden.'

'Je bent ongetwijfeld vermoeid van de voorbereidingen voor de reis. Ik had het gemakkelijk. Het enige dat ik hoefde te doen was in het vliegtuig stappen. Jij hebt je de laatste weken echt te moe gemaakt.'

'Maar nee. Ik voelde me prima, tot daarnet. Ik denk dat het de warmte is.'

Hij bekeek haar bezorgd. Haar gezicht zag er rood en verhit uit. Toch was het helemaal niet warm in de kamer, de airconditioning werkte uitstekend.

'Wil je dat ik het eten straks op de kamer laat brengen?'

'Nee. Laat me gewoon een uurtje rusten. Maak ondertussen een wandeling of doe een terrasje. Je kunt toch niet genoeg krijgen van deze stad. Ik heb je al in geen jaren zo enthousiast gehoord. Behalve wanneer het over je vak gaat natuurlijk.'

Hij negeerde het laatste. Hij wilde niet over werk of carrière praten. Hij ging op de rand van het bed zitten.

'Wil je niet liever dat ik bij jou blijf? Of dat ik een dokter laat komen?'

'Ben je gek! Voor een beetje hoofdpijn? Vooruit, maak dat je wegkomt. Ik ben er zeker van dat je nu al weet waar je naartoe wilt. Ik zie jou al een paar dagen kijken naar al die oude boekenwinkeltjes. Ik had me al afgevraagd hoe lang het nog zou duren voor je me er mee naartoe zou nemen.'

'Omdat ik wachtte tot jij een kledingboetiek zou binnengaan.'

Ze glimlachten naar elkaar met de vertrouwde glimlach van twee mensen die elkaar door en door kennen.

'We zullen allebei eens een dagje afzonderlijk gaan winkelen, maar niet vandaag. Ik wil rusten en straks hier in het hotel eten, in het restaurant op het dak. Daar is het 's avonds lekker koel en kunnen we genieten van het uitzicht en van al de kleuren waar jij zo lyrisch over doet.'

'Afgesproken. Dan ga ik nu een wandeling maken, maar alleen omdat je het vraagt.'

'Ik vraag het niet, Robert, ik beveel het!'

'Tot uw orders, kolonel! Maar als je je morgen niet beter voelt, roep ik er een dokter bij.'

'Ga nu maar! Als ik een paar uurtjes rust, ben ik weer de oude.'

'De oude?' Hij lachte. 'Dat woord past helemaal niet bij jou.'

'Vleier.'

'Ik meen het. Voor mij ben je nog altijd de jonge vrouw die me veroverde. De enige die erin slaagde me van mijn boeken weg te halen. Ik heb het je, helaas, te weinig gezegd, maar ik hou van je, Louise.'

Ze zweeg, maar hij zag dat de tranen in haar ogen niets te maken hadden met haar hoofdpijn. Ze zag er plots erg kwetsbaar uit. Hij gaf haar een kus op haar verhitte voorhoofd, sloot de luiken en verliet de kamer. Er kwamen nog dagen genoeg om samen te genieten van deze reis en om haar te vertellen dat hij wroeging had over al die eenzame jaren die hij haar had bezorgd en misschien nog zou bezorgen. Nu wachtte Rome echter op hem, de stad waarmee hij zich vreemd genoeg steeds verbonden had gevoeld. Je zou bijna al die theorieën over reïncarnatie geloven. Misschien had hij hier in het oude keizerrijk ooit geleefd. Toen er wetten werden bedacht die nu nog altijd in de wetboeken stonden.

Hij wandelde vlug van het forum weg en belandde in een wirwar van kleine straatjes. Hij wist, zoals Louise geraden had, inderdaad heel goed waar hij naartoe ging nu hij enkele uurtjes voor zichzelf had: de omgeving net voor de klim naar het presidentiële paleis. Daar wist hij enkele boek- en antiekhandels met prachtige oude manuscripten.

Ruud Schouten kwam haar persoonlijk afhalen aan de receptie. De lange, wat slungelachtige bankier zag er geen dag ouder uit dan vijfendertig. Misschien wel een handicap in zijn functie, bedacht ze terwijl ze met een glimlach naar hem toe ging.

'Ellen! Dat is lang geleden!'

'Te lang, Ruud!'

Eerst gaven ze elkaar een hand, maar toen trok hij haar erg onhollands naar zich toe en gaf haar twee hartelijke zoenen. Ze hield zich net op tijd in voor de derde zoen, die in België gebruikelijk is. Hij had haar aarzeling opgemerkt.

'We blijven toch verschillend, de Nederlanders en de Belgen, vind je niet? Hoe is het in dat prachtige Antwerpen van jullie en hoe maakt Myriam het?'

'Goed! Ik moest je haar hartelijke groeten overmaken. Wat België betreft, laten we daar maar over zwijgen. Het lijkt soms wel of onze politici volledig de pedalen kwijt zijn.'

'Deze federalisering heeft volgens mij de wantoestanden bij jullie alleen nog doen toenemen.'

'Niet moeilijk. We hebben nu meerdere regeringen die bijdragen tot de schuldenberg. Maar wat kun je daar als gewone burger tegen beginnen? Soms heb ik spijt dat ik geen Politieke en Sociale Wetenschappen als studierichting gekozen heb. Een politieke carrière, dat lijkt me ook wel een uitdaging.'

'Geloof me, je zou het binnen de kortste keren tot premier brengen! Kom binnen, ik heb koffie laten komen.'

Ze volgde hem in het prachtige bureau dat uitzag op een van de mooiste grachten. Een heel dure plek om een kantoor te hebben in Amsterdam, wist ze. De Amsterdamse Bouwbank was dan ook van oudsher een zeer welstellende onderneming. Ze realiseerden bouwprojecten zowel in Nederland als in het buitenland, onder meer in België. Daar was het echter goed misgegaan. De Nederlandse bouwstijl was er niet aangeslagen en de projecten verkochten slecht. Myriam en Ellen hadden toen enkele projecten aan interessante voorwaarden kunnen overnemen. Deze vormden een goede basis voor het op gang trekken van hun nieuwe makelaarskantoor.

Company 21 beheerde nog altijd enkele dossiers van de Amsterdamse bankiers. Wel geen verkoopopdrachten meer, enkel privatief en syndicusbeheer. Net over verkoopopdrachten kwam ze vandaag Ruud Schouten polsen.

Gelukkig was Wiertsma ontslagen. De ouder wordende en verbitterde directeur en rechtstreekse chef van Ruud had zich laten omkopen in een Belgisch project. Niet alleen om Ellen het dossier afhandig te maken, maar ook om zijn jonge collega Ruud Schouten, die hem op enkele fouten gewezen had, een lesje te leren. Ellen had op het nippertje de nodige bewijzen kunnen verzamelen en de hele fraude aan het licht gebracht. Ze hoopte dat sommige heren van de directieraad zich nu zouden herinneren dat zij destijds in die zaak aan hun kant had gestaan.

De contacten met Ruud Schouten waren hartelijk gebleven. In de bank werd het echter niet in dank aanvaard dat hij zich tegen zijn vroegere mentor Wiertsma had gekeerd.

'Zet dat uit je hoofd, Ruud. Het was je plicht hem op zijn fouten te wijzen.'

'Toch heeft die hele affaire me geen goed gedaan. Een jonge collega die zich tegen zijn mentor keert, dat geeft, ondanks mijn gelijk, een wrange bijsmaak. Ik heb het stille vermoeden dat men mij in de directieraad nooit meer als een volwaardig lid zal aanvaarden. Dat ik voor hen een risico inhoud.'

'Het zal slijten, Ruud. Daarbij, de directieraad zal zich met de tijd verjongen. De nieuwe mensen zullen Wiertsma niet of nauwelijks gekend hebben en jij zult meer ervaring hebben dan zij. Bovendien, zolang jij je werk goed doet, kunnen ze je toch niks maken. Vertel eens, waarmee ben je momenteel bezig?'

'Hoofdzakelijk met projecten in Frankrijk en Italië. We hebben ons de laatste tijd vooral gespecialiseerd in vakantieparken en winkelcentra. De periode van de grote flatgebouwen is voorbij. Onze projecten voor woningbouw zijn nu, op enkele uitzonderingen na, kleinschalig. Ze zijn voor ons financieel niet interessant genoeg.'

'Vakantieparken, zei je? Zijn die dan wel renderend?'

'Leuke projecten lopen goed. Vooral bungalowparken zijn goede investeringen en verkopen dus vlot. Ze hebben een centraal gedeelte met de nodige infrastructuur zoals zwembad, restaurant, speeltuin enzovoort. Meestal ook een eigen water-zuiveringssysteem en dies meer. Helaas worden de steden-bouwkundige verplichtingen steeds strenger en die maken het ons moeilijk om serieuze winstmarges te halen. Dat vinden onze aandeelhouders niet zo leuk.'

'Wiertsma zou dat ook niet geapprecieerd hebben', lachte Ellen.

'Nee en de huidige directieraad ook niet. Hier in Nederland weet ik hoe we die bouwverplichtingen moeten aanpakken, maar in het buitenland krijg je als bouwpromotor nooit een duidelijk antwoord. Er zijn de taalproblemen natuurlijk, wij Nederlanders zijn bijvoorbeeld niet zo vlot met het Frans en er is ook een totaal verschillende aanpak. Soms is er zelfs ronduit vijandigheid. In Frankrijk speelt dat laatste heel erg. Ik lijk er soms tegen een betonnen muur te lopen. Eigenlijk vind ik dat de bank uitsluitend in het noorden van Europa projecten zou moeten financieren en verwezenlijken. Die mentaliteit ligt dichter bij die van de Nederlander. Ik voel me in ieder geval niet zo gelukkig met mijn huidige opdracht en met de gang van zaken op de bank.'

Het was pijnlijk de jonge en begaafde bankdirecteur zo te

zien twijfelen en Ellen bracht vlug het gesprek op de reden van haar bezoek.

Ze hoopte dat de Amsterdamse Bouwbank enkele dossiers zou hebben waaraan Company 21 zou kunnen meewerken. Hun makelaarskantoor was nu een gezond bedrijfje en ze zouden er zelfs niet voor terugschrikken aan buitenlandse projecten mee te werken. Die vakantieparken bijvoorbeeld? Frans was in elk geval geen probleem voor haar en Myriam en Italiaans was ze bereid te leren. Om een grote makelaar te worden, en dat was toch haar ambitie, was het nodig hun aanbod te variëren en niet voor dergelijke inspanningen terug te deinzen, voegde ze er eerlijk aan toe.

Ruud, die altijd haar dynamisme en durf gewaardeerd had, beloofde dat hij het er met de directieraad over zou hebben. De bank had zelfs nog een dossier in België dat hem zorgen baarde. Hij beheerde het zelf. Een appartementenproject aan de Belgische kust. Het zou volgens de gedane studie heel goed moeten verkopen, maar de realiteit was anders. Misschien kon het voor Ellen een testcase zijn om te laten zien dat haar makelaarskantoor de bank nog andere diensten kon bewijzen dan louter beheer. Ruud zou eens aftasten of hij directieleden voor het idee warm kon maken. Hij zou haar op de hoogte houden. Eerst gingen ze samen heerlijk lunchen en het beheer van het gebouw in Kontich bespreken. De bank dacht eraan de appartementen die vrijkwamen niet langer te verhuren, maar ze te verkopen. Het werd tijd dat de Amsterdamse Bouwbank dat dossier definitief kon afsluiten. Het gebouw had hen al genoeg ellende bezorgd. Het zou voor hem een stuk gemakkelijker worden in de bank als zijn naam niet langer aan al die feiten gelinkt werd.

Myriam probeerde met haar auto de weg te vinden naar het adres dat ze gekregen had.

Tot nu toe was haar onderzoek goed van start gegaan. Ze was het kantoor van de notaris binnengestapt met een grote ruiker lelies, vergezeld van een persoonlijke boodschap, en verzocht de bloemen af te geven aan mevrouw Decanque. De jonge dame die de receptie bemande en er erg van onder de indruk leek dat een andere, haar vreemde notaris met zijn personeel de dossiers aan het inkijken was, zei dat notaris Decanque niet woonde waar het kantoor gevestigd was. Ze kon de bloemen dus tot haar spijt niet aan mevrouw Decanque bezorgen. Myriam deed of ze heel teleurgesteld was. Ze diste een verhaal op dat ze de vrouw van de notaris kende van een vakantie in Spanje en dat ze ginder zo goed bevriend waren geraakt. Daarom had ze blijk willen geven van haar medeleven in deze voor mevrouw Decanque zo moeilijke periode. Het ging erin als zoete koek. Na wat aarzelen had de receptioniste, die waarschijnlijk ook vreesde voor haar baan, haar vlug een briefje toegeschoven met het privé-adres van de notaris. Nog voor iemand anders de kans had gekregen haar een vraag te stellen, had Myriam ijlings het kantoor verlaten.

Eindelijk had ze de laan in een chique residentiële buurt van Ukkel gevonden. Langzaam rijdend kwam ze aan de plaats waar het genoteerde huisnummer had moeten zijn, maar daar lag een park. Toen ze er bijna voorbij was, zag ze tot haar verbazing dat het geen park was, maar een enorme privé-tuin. De bezigheden van notaris Decanque waren, zo te zien, heel winstgevend. De woning lag midden in een prachtig aangelegde tuin en leek meer op een kasteel dan op een villa. Ze aarzelde even, maar reed vervolgens resoluut de brede oprijlaan op. Ze mocht zich niet door de weelderige omgeving laten afschrikken. Al woonde deze vrouw in de grootste luxe, ze was, net als zij en Ellen, het slachtoffer van een schurk. Ze hadden haar maar één keer ontmoet toen hij haar en Ellen bij aanvang van het dossier had uitgenodigd voor een korte zakenlunch in een restaurant. Zijn vrouw vergezelde hem toen, maar ze kon zich niet herinneren dat ze vijf woorden had gezegd.

Sinds het telefoontje van Karl vermoedde Myriam niet alleen dat de notaris er met die andere vrouw vandoor was, maar ook met het geld van zijn klanten, en, waarom niet, met het geld van zijn echtgenote. Ze moest en zou haar ervan op de hoogte brengen. Want als zijn vrouw zich aan hun kant zou scharen en een klacht indiende bij de politie, konden ze een diepgaand onderzoek eisen.

Toen ze haar auto parkeerde aan de voet van de monumentale trappen van het huis, bekroop haar een gevoel van twijfel of ze mevrouw Decanque wel te zien zou krijgen. Hier kon ze niet komen aandraven met haar verhaaltje over hun zogezegde vakantievriendschap. Ze liet daarom de ruiker weeïg ruikende lelies in de auto liggen en belde aan. Het duurde even voor een wat oudere dame, waarschijnlijk een huishoudster, de deur opendeed.

'Goedemorgen. Ik ben Myriam Verbeeck. Kan ik mevrouw Decanque spreken? Het is dringend.'

'Mevrouw ontvangt geen bezoek.'

Myriam kon net op tijd verhinderen dat de deur voor haar neus werd dichtgeslagen. 'Sorry, maar het is echt dringend. Ik denk dat ik gegevens heb over het verblijf van de notaris in Spanje. Ik kan er natuurlijk ook mee naar de politie gaan, maar ik ben ervan overtuigd dat mevrouw Decanque een meer discrete aanpak verkiest. Waarom vraagt u het haar niet?'

Myriam bleef de vrouw strak aankijken in de hoop haar te overbluffen. De huishoudster bezweek ten slotte en liet haar binnen in de grote hal.

'Wacht hier. Ik zal kijken of mevrouw u kan ontvangen.'

Een poosje later kwam de huishoudster terug en duidelijk tegen haar zin verzocht ze Myriam haar te volgen. Ze werd naar een prachtig ingerichte salon gebracht dat meer leek op een museum. Bij de open haard stond een vrouw met de rug naar haar toe.

'Mevrouw Decanque. Het spijt me dat ik u in deze omstandigheden moet lastig vallen.'

'Wie bent u?'

Myriam schrok zo erg dat ze vergat te antwoorden. Dit was niet de dame die ze tijdens de zakenlunch ontmoet hadden. Misschien een schoonzus of zo?

'Sorry, ik zou mevrouw Decanque, de echtgenote van notaris Decanque, persoonlijk willen spreken.'

'Ik ben mevrouw Decanque.'

Myriam stond perplex. Wie was dan de vrouw die met hen geluncht had? Ze herstelde zich voor de vrouw een vraag kon stellen.

'Ik ben Myriam Verbeeck. Ik heb zakelijk contact met uw man en ik...' Ze stopte. Hoe moest ze in godsnaam uitleggen dat ze zich aan een andere echtgenote had verwacht?

'Ik weet niets van de zaken van mijn man. Daarvoor moet u zich melden bij het kantoor. Er is een notaris die de lopende dossiers overneemt. Hij is daar momenteel met zijn personeel en heeft toegang tot alle dossiers.'

Ze greep naar een belletje om de huishoudster te roepen.

'Ik kom niet voor een zakelijk gesprek. Excuseer mij, ik ben wat in de war. Ik dacht dat ik u al ontmoet had, anders had ik u niet durven lastig te vallen. Ik heb namelijk informatie uit Spanje die u aanbelangt.'

'Hoezo?'

Myriam slikte even. Kon ze deze vrouw zeggen dat haar man in Spanje met een andere vrouw rondhing? In ieder geval moest ze deze vrouw laten zitten voor ze haar alles vertelde.

'Mag ik gaan zitten? Het is een vrij lang verhaal.'

Mevrouw Decanque aarzelde, maar wees ten slotte naar een van de mooie empire stoelen. Myriam ging zitten en wachtte tot haar gastvrouw hetzelfde deed. Nu was ze wel gedwongen om met haar verhaal voor de dag komen. Paniek sloeg haar om het hart. Hoe had ze het in haar hoofd gehaald een rouwende weduwe te overvallen met wat vage verdenkingen aan het adres van haar man? Maar toen ze dacht hoe smerig de stinkend rijke notaris had gehandeld om met hun zuurverdiende centen te verdwijnen, begon ze het verhaal. Mevrouw Decanque luisterde zonder de minste emotie te laten blijken. Toen Myriam uitgesproken was, viel er een lange, pijnlijke stilte. Myriam voelde zich steeds ongemakkelijker worden. De zweetdruppels op haar rug voelden koud aan. Ze besefte dat ze zich in een idiote situatie had gewerkt. Hoe ze zich er weer moest uitwerken, was haar een raadsel. Waarom was ze toch zo impulsief geweest? Wat zou Ellen zeggen van deze onvergeeflijke flater?

Plotseling verbrak mevrouw Decanque de stilte. Haar stem klonk heel sereen.

'Wat u me vertelde, verbaast mij niet. Mijn man introduceerde regelmatig zijn vriendin als zijn echtgenote. Hij kan toch moeilijk zijn maîtresse voorstellen aan zijn zakenrelaties, niet? Ik had er persoonlijk geen moeite mee. We leven al jaren niet meer samen. Het is dus niet ondenkbaar dat hij een of andere vrouw mee naar Spanje nam.'

'Het spijt me. Ik zou u echt niet lastig gevallen hebben als ik niet in de overtuiging was geweest dat we elkaar al ontmoet hadden. Het spijt me ook dat uw huwelijk fout liep.'

'Ons huwelijk werd door onze ouders gearrangeerd. *Un mariage de raison*, zoals dat heet. Wij hebben, ieder van zijn kant, steeds ons eigen leventje geleid, volgens de van bij het begin gemaakte afspraken.'

'Is de politie daarvan op de hoogte?'

Mevrouw Decanque liet haar quasi-nonchalante houding achterwege en viel scherp uit.

'Wat heeft de politie met onze privé-afspraken te maken?'

'Misschien weet die vriendin van uw man meer over zijn verdwijning.'

'Mijn man is niet verdwenen, beste mevrouw. Hij is verdronken op zee. Hij was altijd gek op de zee. De zee was zijn passie, nu is het zijn graf.'

'Ik weet niet of men u op de hoogte heeft gebracht, maar er is geld uit de kluis van het notariskantoor verdwenen, heel veel geld. U moet de politie op de hoogte brengen van het bestaan van deze vriendin.'

'Mijn man is verdronken en met de afspraken tussen mij en mijn man heeft niemand iets te maken.'

'Maar die vrouw in Spanje en het geld dat verdwenen is...'

Mevrouw Decanque onderbrak haar heftig.

'Daar heb ik evenmin iets mee te maken! De notarisstudie zal verkocht worden en de opvolgende notaris moet dat allemaal maar uitzoeken. Als u nu wilt gaan?'

Mevrouw Decanque keek haar koel, afwachtend aan. Myriam begreep dat ze niet op haar medewerking hoefde te rekenen. Deze vrouw was te trots om de vernederende afspraken waarmee ze akkoord had moeten gaan, openbaar te maken.

Myriam stond op en verliet de kamer na een vage verontschuldiging en een korte afscheidsgroet.

Ze wist nu genoeg om de politie te contacteren.

Robert zag onmiddellijk toen hij de straat van het hotel insloeg dat Louise op het balkon zat. Hij wuifde haar enthousiast toe, maar ze leek hem niet op te merken. In het hotel wachtte hij niet op de lift, maar nam met grote stappen de mooie, marmeren trap. Het was of hij hier in Rome over meer energie beschikte.

De luiken waren geopend en het bed was weer gladgestreken. Niets wees er nog op dat ze zich niet goed had gevoeld. Hij ging opgelucht bij Louise op het balkon.

'Beter?' Hij gaf haar een kus op haar wang, die heel wat frisser aanvoelde.

'Ja, hoor. Hoe was je wandeling?'

'Prachtig. Ik heb enkele mooie manuscripten zien liggen, maar nog niets gekocht. Anders weet ik niet meer waar naartoe als jij zou beslissen je garderobe aan te vullen. Daarna heb ik koffiegedronken bij het Pantheon.'

'In die drukte?'

'Niet op de drukke terrasjes bij de fontein zelf, natuurlijk. Die zijn het territorium van de rondtrekkende jongeren en voor hun lawaai ben ik te oud geworden. Een rustig, maar duur terrasje aan de zijkant van de tempel met heerlijke koffie. Daarna ben ik nog een keer de jezuïetenkerk binnengegaan. Je weet wel, San Ignazio, mijn lievelingskerk in Rome.'

'Omdat je vroeger bij de jezuïeten gestudeerd hebt.'

'Klopt. De verering van Sint-Jan Berchmans kende in mijn jonge jaren zijn hoogtepunt en wij, studenten, dweepten allemaal met hem. Nog steeds ben ik getroffen als ik in die monumentale kerk voor zijn praalgraf sta. Een eenvoudige Vlaamse jongen als heilige begraven in Rome! Van een blitzcarrière gesproken.'

'Doe niet zo cynisch, Robert. Zal ik een aperitiefje bestellen?'

'Nee, blijf rustig zitten. Ik doe het wel. Wat wil je?'

'Gewoon wat spuitwater. Ik heb nog steeds last van hoofdpijn. Vanavond ook geen wijn bij het eten.'

'Ik zal voor jou spuitwater en een alcoholvrije bitter bestellen en voor mij een whisky on the rocks. Goed?'

Vanaf de eerste dag hadden ze de gewoonte aangenomen om op hun balkon te aperitieven.

'Voel je je goed genoeg om straks te gaan eten? Anders laat ik het op de kamer brengen.'

'Nee, ik heb al gereserveerd op het dakterras. Ik was bang dat er geen plaats meer zou zijn als ik wachtte tot je terug was. Oh ja, Lieve heeft gebeld.'

'Alles goed ginder?'

'Zoals gewoonlijk. Ze vertelde dat Ellen niets meer van zich had laten horen, ondanks haar belofte.'

'Ellen heeft het te druk.'

'Zoals altijd.'

Robert wist dat de bitterheid in de toon van zijn vrouw niet zozeer te wijten was aan het drukke leven dat zijn dochter Ellen leidde, maar vooral aan het feit dat hij ook altijd de drukte van zijn carrière als excuus gebruikt had. Eigenlijk was haar negatieve houding tegenover Ellen ingegeven door fouten die hij gemaakt had in zijn huwelijk. Het was dus zijn taak Ellen een beetje te beschermen.

'Je kunt geen carrière maken als je slaafs enkel de normale kantooruurtjes klopt.'

'Alsof ik dat niet weet. Daarom ben ik ook bang dat jij die aanbieding in Brussel gaat aannemen. Langs de ene kant ben ik niet ongevoelig voor het voordeel om terug in België te wonen, dicht bij mijn kinderen en kleinkinderen. Als je opdracht in Brussel je echter weer een paar jaar helemaal in beslag gaat nemen, dan maakt het niet veel uit waar ik zit. Ik zal sowieso ook daar alleen zijn.'

'Overdrijf je niet een beetje? Ik heb altijd geprobeerd tijd voor je te maken, hoe druk ik het ook had.'

'Ja, geprobeerd. Het lukte je alleen niet al te vaak. Ik ben soms zo moe, Robert. Ik bewonder je dynamisme en je werkkracht. Ook die van Ellen. Soms heb ik echter het gevoel dat mijn leven voorbij is gegaan met op jullie te wachten. Het lijkt of Lieve en ik aan de kant van het leven staan. Jullie twee daarentegen staan er midden in, op een centrale en belangrijke plaats. Wij zijn toeschouwers, vage gezichten in de massa.'

'Ik noch Ellen hadden kunnen bereiken wat we bereikt hebben zonder jouw steun.'

'Jij misschien niet, maar Ellen heeft mij nooit nodig gehad.'

'Vertel geen onzin. Natuurlijk heeft ze jou nodig. Misschien niet zoveel als Lieve. Ellen is veel zelfstandiger, maar ze heeft evenzeer behoefte aan je steun en waardering.'

'Maak jezelf niets wijs. Ellen is zoals jij. Vrouwen zoals Lieve en ik leven ten dienste van de mensen van wie we houden. Zonder hen zijn we niemand en we hebben eigenlijk ook niets of niemand anders nodig om gelukkig te zijn. Jij en Ellen kunnen allebei gerust alleen leven. Jullie zijn blij dat we er zijn, maar we zijn niet levensnoodzakelijk voor jullie. Jullie werk is dat wel. Dat kunnen jullie niet missen.'

Hij wilde haar tegenspreken, maar ze gaf hem de kans niet.

'Kijk maar naar Ellen, het lijkt wel of ze nooit met Marc getrouwd was. Na vijftien jaar huwelijk! Ze praat zelfs niet meer over hem. Het enige dat nog telt voor haar is dat makelaarskantoor.'

'Haar huwelijk is voorbij, Louise, al zijn de wonden zeker nog niet geheeld. Ze weet ze alleen goed te verbergen.'

Louise zuchtte. Het had geen nut met Robert over het huwelijk van Ellen te praten. Hij had zijn schoonzoon Marc nooit gemogen en ze verdacht hem ervan dat hij eigenlijk best tevreden was dat Ellen gescheiden was.

'Misschien was je zelf ook beter nooit getrouwd? Dan hoefde je nu niet te piekeren over de beslissing of je wel of niet naar Brussel zou gaan. Dan deed je gewoon je zin.'

'Hoe kom je daar ineens bij?'

'Ellen en jij, jullie zijn allebei getrouwd met jullie carrière.'

'Dat is onzin. Mijn gezin is voor mij altijd het belangrijkste geweest. Misschien heb ik het alleen nooit genoeg laten zien.'

'Doe niet of ik me beklaag over jou, Robert. Daar gaat dit gesprek niet over. Ik heb het over Ellen, die weer eens geen tijd heeft voor haar zus. Voor een vrouw zou dat anders moeten zijn. De obsessie van Ellen voor haar carrière is volgens mij niet normaal. Ik heb de stellige indruk dat ze altijd en overal in het middelpunt van de belangstelling wil staan en zich niet meer ten dienste kan stellen van iemand anders.'

'Onzin. Ze zorgt prima voor Tom.'

'Als ze tijd voor hem heeft, ja.'

'En in haar vak staat ze ten dienste van heel veel mensen.'

'Omdat die haar verder brengen in haar ambitie.'

'Je ziet het allemaal veel te zwart-wit. Ellen heeft, net zoals ik, een gezonde ambitie. Wij zijn niet tevreden met half werk. Wij willen de top bereiken, en in ons huwelijk willen we een partner die dat begrijpt. Ik heb het geluk dat ik die in jou gevonden heb. Ellen had dat geluk niet en daarom is ze uit haar huwelijk gestapt. Neem van mij aan dat ze daar niet echt gelukkig mee is. Het enige wat wij kunnen doen is haar steunen en hopen dat ze ooit iemand vindt die haar ambitie aanvaardt en haar gelukkig maakt. Zoals jij mij in mijn carrière altijd gesteund hebt en mij op persoonlijk vlak heel gelukkig hebt gemaakt.'

Even bleef het stil en het rumoer in de straat drong opeens duidelijk door.

'Meen je dat?'

Hij keek haar aan en schrok van de vermoeidheid die haar gezicht tekende en die haar op slag ouder maakte dan ze was.

'Natuurlijk, Louise. Waarom twijfel je plots aan jezelf?'

'Misschien omdat je me deze dingen zo zelden hebt gezegd.'

'Ik dacht dat ik je tijdens al die jaren mijn waardering getoond had, maar er moet iets misgelopen zijn met de communicatie. Dat spijt me. Ik hoop dat ik nog de kans krijg het goed te maken.'

'Het is goed zoals het is, Robert. Ik ben er altijd trots op geweest je vrouw te zijn. Het spijt me dat ik je nooit een zoon heb kunnen geven die in je voetstappen kon treden.'

'We hebben twee prachtige dochters en dat is meer dan genoeg. Bovendien, jij wilde absoluut een zoon, ik niet.'

'Jongens zijn ook liever tegenover hun moeder. Neem Tom en de jongens van Lieve. Veel aanhankelijker. Ellen trok zich in de lagere school al los van mij.'

'En Lieve is haar hele leven aan je rokken blijven hangen, al was het om de verkeerde redenen.'

'Ze heeft het moeilijk, Robert.'

'En ze heeft aan jou een heel grote steun. Stop dus met piekeren en probeer te genieten van ons verblijf in Rome. Als we beslissen naar Brussel te gaan, lukt het je wel om beter contact te hebben met Ellen. Je zult zien.'

'Ik betwijfel het. In ieder geval, Tom zal ik dan meer zien. Daar kun je op rekenen. Ik blijf het nochtans spijtig vinden dat hij zijn vader moet missen. Ellen had nooit mogen scheiden.'

Robert wist dat hij zijn vrouw nooit zou kunnen overtuigen van het tegendeel en verkoos dit discussiepunt te laten rusten.

'Kom, maak je klaar om te gaan eten. Als je niet te moe bent, maken we straks nog even een wandeling. Het Forum Romanum is zo mooi verlicht 's avonds. Heel indrukwekkend. We maken er een wandeling zoals twee Romeinse geliefden dat eeuwen geleden gedaan hebben. Je zult er al die sombere gedachten bij vergeten.'

'Ik weet zelf ook wel dat de studie van de notaris niet onder uw gebied valt, inspecteur. Ons kantoor is echter hier in Kontich gevestigd en bijgevolg dienen we hier klacht in. Het is ons geld en dat van onze klant dat verdwenen is.'

Myriam was doodmoe. Het had heel wat moeite gekost voor ze op het politiebureau iemand te spreken kreeg. Nu deed die man net of ze een halve idioot was.

'Notaris Decanque is verdronken op zee. Wilt u soms klacht indienen tegen een dode?'

'Volgens mij is hij niet dood. Hij was daar met een maîtresse. Hij was een ervaren zeiler en kende ongetwijfeld de verraderlijke plekjes. Die kerel is niet verdronken, maar ondergedoken, met de hulp van die vrouw én met ons geld en dat van onze klant en wie weet van hoeveel andere klanten die zich tot nu toe nog niet gemeld hebben.'

'Met een boot kunnen varen én een maîtresse hebben, maakt van iemand nog geen dief.'

'U luistert niet. De notaris en die vrouw werden samen gezien net voor hij uitvaarde. Zij vertrok korte tijd later in een huurauto met al haar bagage. Ze verbleef niet bij hem in zijn boot, maar in een hotelletje. Vindt u dat niet vreemd?'

'Hij zal niet met haar te koop hebben willen lopen.'

'Maar hij stelde haar tijdens een zakenlunch wel aan mij en mijn vennoot voor als zijn echtgenote. Niet erg consequent, niet? Bovendien hadden hij en zijn vrouw duidelijke afspraken gemaakt betreffende hun relatie. Waarom zou hij zijn maîtresse dan verborgen moeten houden?'

De inspecteur drukte zijn sigaret uit en stak een nieuwe op. Was het algemeen rookverbod in openbare gebouwen hier dan niet van toepassing? Ze schoof haar stoel een eind achteruit en wuifde geërgerd de rook weg.

'Inspecteur, die maîtresse was daar om hem te helpen om zijn verdrinkingsdood te ensceneren. Zij is hem gaan oppikken op een plek waar hij naartoe kon zwemmen. Dat is toch evident!'

'Vindt u? Uw aanwijzingen zijn toch maar zwak. Daarmee ga ik me in Spanje niet belachelijk maken.'

'Hoe legt u uit dat deze vrouw zich niet in Spanje noch hier in België gemeld heeft toen de notaris vermist werd?'

Hij bleef het antwoord schuldig. Zou er eindelijk iets door-dringen in dat afgestompte hoofd van hem?

'Volgens mij is dat duo van plan ergens in Zuid-Amerika lek-ker te genieten van ons geld. Gaat u dat zomaar laten gebeuren?'

De inspecteur zuchtte verveeld. Het liefst van al wilde hij deze vrouw gewoon wegsturen. Ze was tot bij hem geraakt omdat haar partner de dochter bleek te zijn van een of andere belangrijke jurist. Toen diens naam zijn overste ter ore kwam, had hij haar onmiddellijk naar hem doorverwezen. Hij had meteen orders gekregen de zaak correct te behandelen volgens het boekje.

'Oké. We zullen eens zien of we iets kunnen doen. Hoe is de naam van dat dorp? De juiste naam van de notaris. De identiteit van uw klant en van uw kantoor. Het juiste bedrag dat vermist is en een duidelijke beschrijving van deze vrouw en waar en door wie ze gesignaleerd werd.'

Nu was het de beurt aan Myriam om te zuchten. Ze zou hier nog uren vastzitten. Hopelijk redde Grietje het op kantoor.

De vijfendertigjarige man die voor hem zat, deed zijn uiterste best om zelfverzekerd over te komen, maar aan allerlei kleine dingen zag De Deyne dat hij het in het leven niet gemakkelijk had. Zo was de kraag van zijn hemd vuil en duidelijk versleten. Ook zijn maatpak had zijn beste tijd gehad. De ideale persoon dus voor zijn plannen. Een makelaar die het voor de wind ging, zou nooit op zijn voorstel ingaan.

'Maar u hebt geen gevangenisstraf gekregen?'

'Ik werd zelfs niet veroordeeld. Er was wel een schandaal, maar de zaak is in der minne geregeld en het makelaarskantoor werd gesloten.'

'Maar u hoeft het ginder in Engeland als makelaar natuurlijk niet meer te proberen?'

'Nee.'

'En in België? U bent al een tijdje terug.'

'Een maand of zes, maar ik ben nog niet zo lang naar werk aan het zoeken.'

Dat lieg je, kerel, dacht De Deyne, maar je liegt zonder verpinken. Goed zo.

'Het zal hier ook niet gemakkelijk zijn. U kunt geen attesten voorleggen van de tijd dat u in Engeland werkte. U kunt ook niet pronken met het feit dat u daar betrokken was bij een onroerendgoedschandaal dat de pers haalde. Ik ben bang dat uw carrière als makelaar erop zit.'

De man, destijds een van zijn beste studenten in de makelaarscursus, antwoordde niet. Het was tenslotte zijn vroegere leraar die hem had uitgenodigd voor dit gesprek.

'Tenzij...' Even zag De Deyne een glimp van hoop in zijn ogen en hij wachtte met opzet om zijn zin voort te zetten. Laat hem maar afzien, dacht hij, des te gretiger zal hij toehappen. Uiteindelijk verloste hij hem uit zijn lijden. 'Tenzij u bereid bent voor mij te werken.'

Wat een plotselinge verandering in zijn houding! Deze kerel zat nog dieper in de knoei dan hij gedacht had. Nu nog even voorzichtig zijn, hem niet te veel vertellen voor hij er zeker van kon zijn dat de kerel op zijn voorstel zou ingaan. Hij kon een nieuw schandaal missen als de pest.

'Ik heb misschien iets voor u, maar niet bij mij op kantoor. U moet er zelfs voor zorgen dat u voor deze baan uitgekozen wordt. Ik bezorg u een attest dat uw periode na uw verblijf in Engeland verklaart. Het werk dat u moet doen is zeer goed betaald. Dubbel betaald!'

De man keek De Deyne vol verwachting aan. Hij stelde echter geen vragen, dat was een goed teken. Een goed onderhandelaar liet de andere partij de voorstellen doen.

'Ik wil dat u voor mij gaat werken, maar bij een andere makelaar.'

'Een concurrent?'

Hij knikte.

'Bedrijfsspionage?'

Die vent had verdomd meteen gesnapt waarover het ging! Hij zou hem in de gaten moeten houden. Hij had zijn medewerkers graag iets minder gewiekst, maar volgzaam en onderdanig. Die zijn instructies nauwgezet uitvoeren en geen eigen initiatieven namen. De noodlottige gevolgen daarvan waren trouwens legio. Goed, veel keuze had hij niet.

'Schrikt het idee u af?'

'Nee. Waarom zou het?'

'Het is niet deontologisch, zelfs niet wettelijk! U zou tegen de lamp kunnen lopen. U zou in de problemen kunnen raken. Een tweede schandaal en u kunt uw carrière in de makelaardij definitief vergeten.'

'Weinigen in België zullen die zaak in Londen gevolgd hebben. Wat de problemen betreft om in België werk te vinden, daarin heeft u echter gelijk. Als ik over Londen zwijg, kan ik dat gat in mijn loopbaan inderdaad moeilijk verklaren. Daarom wil ik alles doen om in België weer in de makelaardij aan de slag te kunnen. Als ik hier een paar jaar werk bij een erkend makelaar, vraagt niemand nog naar mijn vroegere periode. Ik ben dus tot alles bereid, mits de juiste vergoeding natuurlijk. Dergelijke opdrachten zijn hun prijs waard.'

Dat kereltje was ad rem! Al meteen durfde hij eisen te stellen. Die zou zich door De Ridder niet in de luren laten leggen. Ja, zijn instinct had hem de juiste weg gewezen. Deze oud-student had alles om voor hem bij Company 21 te infiltreren. Vakkennis, ambitie, durf en geen al te sterk ontwikkeld geweten. Bovendien opgezadeld met een geheim waarmee hij hem steeds onder controle kon houden. Eindelijk had hij het middel gevonden dat De Ridder op de knieën zou krijgen. Zes maanden gaf hij zichzelf, zes maanden en dat makelaarskantoortje was geschiedenis!

'Ik ga naar mijn kamer, mama.'

'Oké. Myriam en ik hebben nog heel wat te bespreken. Op tijd naar bed, ik kom straks nog even kijken.'

'Doe niet flauw. Ik ben geen kind meer. Dag Myriam!'

'Slaap lekker, Tom.'

Zodra hij de woonkamer uit was, begonnen Myriam en Ellen te lachen.

'Dat was niet erg diplomatisch van je. Al knuffel je hem elke avond halfdood, je zegt dat niet in het bijzijn van anderen.'

'Heb je dat gezicht gezien!'

'Hij lijkt toch meer op jou dan ik dacht. Vooral als hij zo boos kijkt.'

'Wie doet er nu flauw?'

'Een beetje respect voor mijn persoontje, alsjeblieft. Zeker na wat ik vandaag gepresteerd heb.'

'Ik kan het nog altijd niet geloven. De politie gaat dus een onderzoek instellen. Hier én in Spanje.'

'Eerst wilden ze die klacht niet aanvaarden. Er waren geen bewijzen, hij woonde en werkte in Brussel en dat is hun territorium niet. Ik moest maar naar Brussel gaan enzovoort. Ik bleef echter aandringen en gooide al mijn charme in de strijd.'

'Je gaat me niet vertellen dat die de doorslag gaf.'

'Onderschat me niet. Nee, ernstig. Ik denk dat het feit dat die mysterieuze vrouw zich niet gemeld heeft na het vaststellen van de verdwijning, de doorslag heeft gegeven.'

'Dat is toch maar een zwakke aanwijzing. Ik snap niet dat het voldoende was.'

'Oké, ik beken. Ik heb de naam en functie van je vader vermeld.'

Ellen wilde een opmerking maken, maar Myriam gaf haar de kans niet. Ze wist heel goed dat haar vriendin er een hekel aan had op te scheppen over de hoge functie van haar vader.

'Ik heb, na overleg met Yves, klacht ingediend, zowel in onze naam als in die van hem en zijn vader. Het gaat dus over verduistering van een vrij groot bedrag. Ze hebben mij beloofd dat er een onderzoek wordt gestart en als onze vermoedens bevestigd worden, zullen de internationale luchthavens gewaarschuwd worden. Er is dus nog een kleine kans dat ze die bedrieger en zijn vriendin ergens oppakken. Of ze zouden ergens moeten zitten waar niet wordt uitgeleverd.'

'Ik hoop dat ze hen pakken, want we maken een goede kans op een paar dossiers van de Amsterdamse Bouwbank. Ruud Schouten reageerde in ieder geval enthousiast. In dat geval hebben we meer mankracht nodig en dus meer financiële middelen. Ik zou, als jij ermee akkoord gaat, zelfs morgen toch maar al een aantal sollicitanten willen uitnodigen.'

'Wat als het geld niet gerecupereerd wordt?'

'Er zijn twee mogelijkheden. Ofwel ontslaan wij de nieuwe kracht net voor het einde van de proefperiode, maar dat is niet erg netjes. Of we brengen extra geld in de firma in.'

'Sorry, ik zou dat met plezier doen, maar ik heb er niet de middelen voor.'

'Dat hoeft ook niet. Ik kan het dit keer alleen of ik kan papa er eens over polsen. Laten we nu klinken op een nieuwe toekomst voor Company 21 met een of twee nieuwe medewerkers. Daarna beginnen we aan ons huiswerk.'

Binnenkort was het eindexamen en er moest heel wat gewerkt worden.

'Ik zal toch blij zijn als de makelaarcursus achter de rug is. Het wordt steeds moeilijker om ze te combineren met het werk.'

'Indien we buizen, emigreren we allebei naar Spanje. Die Karl van jou heeft wel een baantje voor ons.'

'Het is niet mijn Karl en het is ook helemaal mijn type niet. Ik denk trouwens dat hij liever bij ons zou willen werken. Hij liet verstaan dat hij in Spanje niet erg gelukkig is.'

'We zullen hem wat opkikkeren bij zijn bezoek, als dat er ooit komt. Laten we nu maar beginnen met ons werk. Ik gun het De Deyne niet dat hij opmerkingen heeft over een van onze thesissen. We moeten allebei cum laude slagen, want al zit hij niet meer in de examencommissie, hij heeft er nog altijd veel invloed.'

'Heeft mama niet gebeld terwijl ik boven was?'

Dirk legde de laatste stukken speelgoed die rondslingerden in een grote mand. De vier kleine kinderen maakten van de woonkamer altijd een puinhoop. Lieve trok zich er zoals gewoonlijk niets van aan. Ze schonk een glas sherry in.

'Ging ze bellen?'

'We hadden dat niet afgesproken, maar ik verwachtte toch een telefoontje.'

'Ze heeft al eens gebeld en jij ook.'

Maar Lieve luisterde niet naar haar man en ging door met haar zeurtoontje. Het werd een vervelende gewoonte. Steeds maar zagen en klagen.

'Naar Ellen hoef ik ook niet te bellen. Die zegt me toch niks, zelfs als ze iets weet.'

Oh nee, dacht Dirk, niet weer een hele avond doordrammen over Ellen! Hij moest proberen haar daarvan af te brengen.

'Als je moeder belt, doet ze dat eerst naar jou.'

'Denk je dat echt?' Haar stem klonk aangenaam verrast.

Oef, dacht hij. Misschien is het gevaar afgewend en krijgen we eens een rustige avond.

'Je hebt gelijk', ging ze voort. 'Mama ziet natuurlijk ook wel dat Ellen niet echt om haar geeft. Die is alleen maar bezig met haar stomme makelaarskantoor. Ze maakt zelfs geen tijd meer voor Tom. Weet je dat ik hem al in maanden niet meer gezien heb?'

'Rij er dan op een zondag eens naartoe als hij bij Marc is. Ik let wel op de kleintjes.'

'Dat is een idee. In Kontich ben ik toch niet welkom.'

Hoewel Dirk een hekel had aan ruzie, werd het hem nu toch iets te veel. Ellen had hen al tientallen keren uitgenodigd, maar Lieve wilde er nooit op in gaan.

'Je bent er wel welkom, maar je weigert ernaartoe te gaan. Jij lijdt tegenover Ellen gewoon aan een levensgroot minderwaardigheidscomplex.' En met deze impulsieve opmerking gooide hij zijn hoop op een rustige avond definitief aan scherven.

'Hoe durf je zoiets te zeggen! Jij beseft niet wat het betekent steeds op de tweede plaats te komen. Je had moeten zien hoe zij en papa die avond in Brussel zaten te discussiëren over de meest idiote dingen. Mama en ik bestonden niet meer voor hen. Ze legde volledig beslag op hem, net zoals ze dat altijd gedaan heeft. Ze probeert zelfs mama naar de tweede plaats te duwen.'

'Jouw vader en moeder hebben een heel goed huwelijk. Zo erg zal het dus niet geweest zijn, anders zou je moeder wel geprotesteerd hebben. Zij is niet het type om over zich heen te laten lopen. Ze lijkt heel zacht en lief, maar binnenin zit dezelfde kracht als in Ellen.'

'Ellen heeft helemaal niets van mama. Zij is helemaal papa, of liever, dat denkt ze. Want zij is niet zo slim. Zij is maar een gewoon makelaartje.'

Dirk mocht dan wel geen psycholoog zijn, hij besefte dat de problemen tussen Lieve en Ellen aan hun relatie met hun vader te wijten waren. Het was zelden dat ze iets positiefs over hem zei.

'Ik had het niet over haar carrière, maar over haar karakter. Jouw moeder kan ook heel gedreven zijn, tot zelfs in het extreme. Dat herken ik ook in Ellen. Neem nu die echtscheiding. Je moeder hoopt nog steeds, tegen beter weten in, dat het weer in orde komt. Belachelijk gewoon.'

'Natuurlijk hoopt ze dat. Ellen heeft Marc slecht behandeld. Ze schoof hem aan de kant alsof hij een versleten meubelstuk was. Ze is een lelijke egoïste.'

'Geloof dat maar niet! Het was Marc die zijn vrouw in het verdomhoekje schoof.' Voor Lieve kon reageren, vervolgde hij. 'Ik weet wat ik zeg. Hij bedroog haar al van in het begin van hun huwelijk.'

Lieve schonk opnieuw een glas sherry in. Het zoveelste vandaag. Gelukkig dat ze er goed tegen kon. Of was dat misschien juist een slecht teken?

'Hoe kun jij zoiets weten?'

'Omdat hij het me zelf verteld heeft. Hij schept zo graag op over zijn veroveringen.'

'Dat lieg je.'

'Hij nodigde me zelfs eens uit om met hem én op zijn kosten naar de hoeren te gaan. Hij vond het idioot dat ik je trouw bleef tijdens je zwangerschap van de tweeling.'

'Was je me trouw?'

'Natuurlijk. Wat is dat voor een stomme vraag?'

'Maar goed ook.' De geruststelling kalmeerde haar, maar ze kon even hardnekkig zijn als haar moeder en liet het daar niet bij. 'Indien Marc haar bedroog, zal hij zijn redenen hebben gehad. Misschien ging het niet goed in bed.'

'Dat weet ik niet. In ieder geval had Ellen het met hem niet getroffen.'

'Niets van! Zij woonde in een prachtig huis, had altijd geld genoeg, twee keer per jaar op vakantie, maar één kind om groot te brengen. Tom is dan ook nog een rustig kind. Wat kwam zij in godsnaam tekort?'

'Heb jij soms spijt van onze vier kinderen? Vind je dat je door hen tekortkomt?'

Lieve haalde met een nukkig gebaar haar schouders op.

'Je hebt ze zelf gewild.'

'Natuurlijk heb ik geen spijt. Al had ik er niet op gerekend dat het derde een tweeling zou zijn. Ik zie ze alle vier even graag. Met vier kinderen heb je als vrouw echter geen eigen leven meer. Ellen heeft dat wel. Zij heeft alles, een kind, vrijheid, een carrière en waarschijnlijk regelmatig een boeiende liefdesrelatie. Ik zit hier vast, in de rommel en het lawaai. Ik heb niks. Dat is jouw schuld.'

'Mijn schuld? Bedankt! Oké, ik weet dat je meer van het leven verwachtte. Dat ik maar een eenvoudige werkman ben, wist je voor je met me trouwde. Toen was je echter je chique, intellectuele familie moe. Ze stelden te hoge eisen, weet je nog wel?'

Lieve antwoordde niet.

'Hoe hard ik ook mijn best doe op mijn werk, veel verder zal ik niet raken. Ik kan ermee leven dat je mij een mislukking vindt. Dat je onze vier kinderen een blok aan je been noemt, is voor mij echter beneden alles. Je verdient hen niet.'

'Snap jij dan niks? Ik ben gebonden door hen. Het is of ik zelf niet meer besta, alleen nog als hun moeder. En jij bent gewoon te lui om hogerop te komen. Elke arbeider die zijn werk goed doet en zorgt dat hij op goede voet staat met de baas, kan voorman of ploegbaas worden. Zo eenvoudig is het, maar zelfs dat lukt jou niet. Je bent nu aan je zesde job bezig in vier jaar tijd!

Dirk verbeet zijn machteloze woede. Misschien had ze wel gelijk. Was hij maar niet met haar getrouwd. Ze verdiende een beter leven, maar dat betekende niet dat hij zich zomaar liet kleineren.

'Weet je wat jouw probleem is? Jij bent jaloers op iedereen die iets meer bereikt dan jij. Waarom doe je daar zelf niets aan? Ga lesgeven, er is vraag genoeg naar kleuteronderwijzeressen. De kinderen kunnen in de opvang of bij jou op school. Het probleem is dat je daar de moed niet voor hebt. Want dan moet je jezelf bewijzen en dat maakt je doodsbang. Wanneer je zou gaan werken, heb je ook geen tijd meer om je te verdoven met sherry en aan zelfbeklag te doen. Zie je niet in wat voor een mislukking je zelf van je leven hebt gemaakt?'

Hij ontweek het tijdschrift dat ze hem driftig naar zijn hoofd wierp. Het leek alsof ze daarvoor al haar krachten had moeten aanspreken en ze zakte als een hoopje ellende op de sofa in elkaar. Dirk had medelijden met haar. Ze was een goede moeder voor zijn kinderen en hij hield nog altijd van haar.

'We zouden het samen goed kunnen hebben, Lieve. Als jij die eeuwige jaloezie op je zus uit je hoofd kon zetten. Als je eindelijk kon aanvaarden dat je niet meer zo nodig in de gunst van je vader hoeft te komen en dat je niet met Ellen hoeft te concurreren. Begin je eigen leven te leven. Als dat leven voor jou niet goed genoeg is, probeer er dan wat aan te doen en stop ermee mij en de kinderen het leven zuur te maken. Zij verdienen dat niet en ik houd het zo niet lang meer vol.'

Voor ze een antwoord kon geven verliet hij de woonkamer.

Tom wist niet goed wat hij moest doen. Vroeger ging hij 's woensdags altijd langs bij Treeske en John. Hij mocht John helpen bij de onderhoudsklussen in het gebouw en daarna kreeg hij boterhammen met koffie en een groot stuk taart. Toen moest Treeske naar het ziekenhuis om er een tijd later te sterven. Hij wist dat John terug in zijn appartement was, maar kon hij er zomaar aanbellen? Wat moest hij dan zeggen? Hij had John even gezien toen hij met mama naar de gebedswake was geweest en het verdriet van John had hem zo aangegrepen, dat hij niet had willen meegaan naar de begrafenis. Telkens wanneer mama probeerde uit te vissen of hij het overlijden van Treeske wel kon verwerken, begon hij vlug over iets anders. Hij wilde er met haar niet over praten. Want mama zat helemaal fout met haar vragen.

Natuurlijk kon hij de dood van Treeske verwerken. Treeske had afgezien. Hij had haar maand na maand zwakker zien worden, steeds meer pijn zien hebben. Hij had gezien hoe ze vocht om bij John te blijven. Hoe John haar niet wilde laten gaan. Tot ze een uitgemergelde, levende dode was geworden. Alleen in haar ogen brandde nog wat vuur en warmte. Getuige te zijn van haar aftakeling had hem zo bang gemaakt, dat hij er soms zelfs een beetje misselijk van werd. Nog nooit was hij van zo dichtbij met de dood geconfronteerd. Of met alles wat de dood deed met je lichaam. Het lichaam van Treeske leek al gestorven terwijl zijzelf nog leefde. Het was verschrikkelijk.

Toen hij vernam dat ze gestorven was, 'ingeslapen' stond er in het doodsbericht, was hij meer opgelucht dan verdrietig. Eindelijk zouden haar ogen in de holle oogkassen hem niet meer aanstaren. Het beeld van haar nog levende doodshoofd wilde hij zo vlug mogelijk vergeten.

John kon hij niet vergeten. Nooit. John was zijn vriend en John was nu alleen. John, die hem zo vaak gezegd had niet te willen leven zonder zijn Treeske. Hij durfde niet naar hem toe te gaan omdat hij niet wist hoe het met hem was. Wat moest hij doen als het slecht met hem ging? Hoe kon je iemand met zo'n groot verdriet troosten? Zo gingen de dagen voorbij en het werd steeds moeilijker.

Maar hij kon John niet in de steek laten. Hij had hem ook altijd geholpen. Als Tom in de put zat omdat papa weer geen tijd voor hem had, of omdat mama altijd met haar werk bezig was, had hij hem weer aan het lachen gemaakt met zijn bazige manier van optreden tegen de bewoners. Vooral de discussies tussen John en VDB waren een echte circusact waar hij steeds weer van genoot.

John en opa Robert waren de enige volwassenen die hem niet behandelden als een kind. John behandelde hem als een werkmakker. Werkmakkers lieten elkaar niet in de steek, zei hij steeds, dat zijn vrienden door dik en dun. In goede en in slechte tijden. Nu was het een slechte tijd voor John.

Tom slenterde dus met schoenen als lood naar het gebouw in Kontich. Tot op het ogenblik dat de deur openging, had hij er geen idee van wat hij zou zeggen of hoe hij John kon troosten.

'Ik vroeg me al af waar je bleef, kerel! We moeten dringend de ondergrondse garage poetsen. Of dacht je soms dat de kabouters dat deden?'

Opgelucht dat John het niet over Treeske had, trok Tom vlug zijn werkkleren aan en even later begonnen ze, elk aan een kant, de garage schoon te maken. Ze besloeg de volledige kelderruimte van het grote gebouw en Tom vond het er griezelig. Alleen zou hij er zich niet op zijn gemak voelen. John zou hem zeker uitlachen, als hij daar iets over zou zeggen. Hij probeerde daarom het werktempo van John te volgen, zodat ze elkaar zagen telkens wanneer ze de middengang tussen de nissen met parkeerplaatsen schoonmaakten. Na meer dan een uur werken, stonden ze weer vlak bij elkaar in de helft van de garage. Hij had zich niet laten kloppen door de veel handigere, maar oudere man. Moe ging hij op zijn hurken zitten om op adem te komen.

'Je hebt het werken toch niet afgeleerd, zo te zien. Of ben je niet tot in de hoeken geweest?'

'Natuurlijk wel, John. Ik ga VDB het plezier niet gunnen om daar opmerkingen over te maken.'

'VDB moet zwijgen of ik maak gehakt van hem.'

De naam van VDB was genoeg om John een hele tijd aan de praat te houden. Terwijl ze de borstels schoonmaakten en het

vuilnis dat ze op de parkeerplaatsen naast en onder de auto's gevonden hadden, wegbrachten, gaf John een volledig overzicht
van al de pesterijen die VDB hem de laatste weken gelapt had.
Tom had ze allemaal al wel eens gehoord, weliswaar in licht
afwijkende versies. Alles liever dan over Treeske te praten. Toen
VDB als onderwerp uitgeput was en er een stilte dreigde, begon
hij vlug te vertellen over het bezoek van zijn moeder aan Ruud
Schouten. Toen hij daarna begon over de problemen met die
notaris in Brussel, nam John meteen de verdediging van Ellen
op zich. Hij had Tom ooit terloops gezegd dat hij voor eeuwig
bij haar in het krijt stond, maar had niet gezegd waarom.

Toen het poetsen in de garage gedaan was, gingen ze samen
naar het appartementje. Daar drong het plotseling tot Tom
door dat Treeske hier nooit meer zou terugkomen. Hij probeerde zich groot te houden, maar toen hij de lege plek zag waar
tot voor kort het ziekenbed had gestaan waarin Treeske de laatste jaren had gelegen, voelde hij de tranen opwellen.

'Niet flauw doen, manneke. Ons Trees is nu beter af. Ze heeft
heel lang gevochten, maar ze leed te veel pijn.'

'Ja, John.'

'Ja, John. Is dat alles wat je kunt zeggen?'

'Ja, John. Sorry!'

'Dat bedoel ik niet. Je moet niet bang zijn om over Treeske te
praten. Verdomme, toch! Niemand durft met mij over haar te
praten. Ik wil juist wél over haar praten. Ik wil dag en nacht over
haar praten, maar iedereen zwijgt angstvallig. Nu jij ook al.'

'Ik wil wel praten over Treeske, maar ik was bang dat het je
pijn zou doen.' De onmacht was zo sterk dat de tranen hem in
de ogen stonden. Was hij maar niet langsgekomen!

'Natuurlijk doet het pijn om over haar te praten. Wat had je
gedacht? Maar het doet nog meer pijn als iedereen zwijgt. Ik mis
haar, jongen. God, wat mis ik haar.'

Hij ging op een stoel aan tafel zitten en legde zijn hoofd in
zijn handen terwijl zijn brede schouders schokten van het
huilen. Tom legde aarzelend zijn arm om zijn oude vriend en
huilde snotterend met hem mee.

'Ik mis haar ook, John.' Het kwam er benepen uit, met een kinderstemmetje dat hij al een tijdje ontgroeid was. 'Maar ik denk dat ze boos zou zijn als ze ons hier zo zag. Je hebt zelfs je laarzen nog niet uitgetrokken.'

John vloekte en schoof zijn stoel zo brutaal achteruit dat Tom verschrikt wegsprong. Waarom zei hij zoiets stoms!

'Zie je nu! Dat komt ervan als je sentimenteel gaat doen. Er zit maar één ding op, makker. We herstellen samen de schade. Vooruit, haal de stofzuiger en een dweil terwijl ik mijn pantoffels aantrek. Het is zoals je daarnet zelf zei: Treeske is hier nog steeds de baas. Als we ons best niet doen, zal ze ons dat verdomd goed laten voelen.'

Nadat ze hadden schoongemaakt, zaten ze samen koffie te drinken terwijl ze over Treeske praatten. Niet zonder pijn, maar met een pijn die draaglijk was omdat ze hem met elkaar deelden.

De laatste sollicitant was pas om vijf uur de deur uit. Toch drong Ellen er bij Myriam en Grietje op aan dat ze nog even zouden blijven om na te praten. Ze gingen rond de grote vergadertafel zitten met een kopje koffie.

'Was er iemand die jullie zeker niet zien zitten?'

'Die oudere man die deed of hij ons eens ging leren hoe we moeten makelen. We zoeken personeel, niet iemand die de zaak overneemt.'

'Akkoord, Myriam. Hem had ik ook al geëlimineerd.'

Ellen richtte zich tot Grietje, die bescheiden haar oordeel gaf.

'Als ik het voor het zeggen had, zou ik die met zijn vieze tanden niet aannemen. Voor zo ver ik op mijn goede reukzin kan voortgaan, had hij ook nog een lijfgeur. Dat kun je onze klanten niet aandoen.'

Ellen en Myriam keken elkaar lachend aan.

'Oké, Grietje. Die tanden tot daaraan toe, maar die lijfgeur was er inderdaad te veel aan. Al wist hij wel waarover hij sprak.'

'Ik vond die twee vrouwen niet slecht. Moet het nu absoluut een man worden?'

'Ja, Myriam. Dat hebben we zo afgesproken. Als we er nog een tweede kracht bijnemen, komt eventueel een vrouw in aanmerking.'

Ze bespraken uitvoerig de drie overgebleven kandidaten. Elk had iets in zijn voordeel, maar ook in zijn nadeel. Ze kwamen er maar niet uit.

'Moment!'

Ellen en Grietje keken ietwat geschrokken op van de plotse uitroep van Myriam.

'Wat voelt Grietje? Kom, meisje, voor de dag ermee. Wat zegt je zesde zintuig?'

Grietje glimlachte verlegen, maar leek zich toch te willen concentreren. Na een poosje van opperste concentratie flapte ze het er in één adem uit.

'Die kerel die net afgestudeerd is, daar voel ik me het beste bij.'

'Omdat hij van jouw leeftijd is, ja, en knap! Hij heeft helaas nog geen enkele ervaring in de makelaardij.'

'Die krijgt hij hier wel. Hij was ook bereid de makelaarscursus te volgen.'

'Nee, we moeten iemand hebben met ervaring. Zo niet verliezen we kostbare tijd om hem op te leiden en kan ik ondertussen niet achter die broodnodige, grote dossiers aan. Ik heb volgende maandag al een afspraak met Schouten voor dat project aan zee. En notaris Van Biesen heeft beloofd me bij een paar projectontwikkelaars te introduceren. We moeten iemand in dienst nemen die direct kan inspringen.'

'Dan valt ook de derde kandidaat weg. Die moest zijn opzeg nog geven. Dat neemt ook minstens enkele maanden in beslag. Hij was al meer dan vijf jaar bij die makelaar.'

'Jammer. Het was niet echt wat je zou noemen een vlot type, maar hij wekte vertrouwen. Ik zag hem wel zitten.'

'Vond je hem niet wat te rustig, Ellen?' Haar oordeel verbaasde Myriam enigszins. Meestal verkoos ze vinnige, gedreven mensen. Zoals zijzelf was.

'Nee, helemaal niet. Grietje heeft echter gelijk. Hij kan ten vroegste over twee maanden in dienst komen. Misschien moeten we hem nog even aan het lijntje houden tot ik één of twee dossiers binnengehaald heb.'

'Als ik het goed begrijp, wordt het dus die knappe kerel?'

Het plagende gejoel dat ontstond was uitgelaten. De kerel die overbleef was inderdaad een knappe en vlotte verschijning. De drie vrouwen hadden tijdens zijn bezoek al veelzeggende blikken gewisseld.

'Het belangrijkste voor mij is dat hij ervaring heeft en de juiste leeftijd. Hij heeft de makelaarsopleiding gevolgd en dat hij bij De Deyne heeft gewerkt, vind ik een pluspunt. Wie het bij die man heeft overleefd, kan de moeilijkste problemen aan.'

Myriam was niet helemaal overtuigd. 'Hij bleef wel vaag over de projecten waaraan hij in Engeland gewerkt had.'

'Discretie over de zaken van zijn vorige baas is een bewijs dat hij zijn mond kan houden wanneer nodig. Hij is betrouwbaar.'

Myriam, die wist dat ze Ellen niet van haar standpunt zou kunnen afbrengen, deed nog een laatste poging.

'Grietje, geen slechte voorgevoelens?'

'Sorry, geen signaal meer. Het was de voorlaatste kandidaat en ik werd moe.'

'Oké. We vinden hem de beste van de mannen en die vrouw houden we als reserve. Akkoord?'

'Akkoord. Ga je hem schrijven of bellen?'

'Bellen. Voor het einde van de maand wil ik dat hij op eigen houtje verder kan.'

Na het telefoongesprek sloten ze samen het kantoor af met het opwindende gevoel dat ze een nieuw stadium bereikt hadden. Company 21 ging het nu echt maken!

Robert was op het balkon gaan zitten. Het was er om elf uur eigenlijk al veel te warm, maar hij kon het telefoongesprek van Louise met Lieve niet langer aanhoren. Steeds dat klagen en jammeren over de kinderen en over haar man. Wat een verschil toch met Ellen.

'Sorry. Het duurde wat langer dan verwacht.'

'Problemen?'

'Het gaat niet goed tussen haar en Dirk. Ze zit ook altijd thuis opgesloten met die kleintjes.'

'Was dat niet haar keuze? Zoals Dirk ook haar keuze was?'

Louise voelde de spanning dreigen.

'Laten we erover zwijgen voor we er ruzie over hebben.'

'Ga je Ellen nog bellen?'

Louise wilde haar twee dochters aan de telefoon gehad hebben voordat ze 's anderendaags naar Napels reisden.

'Nee. Daar is het te laat voor. Ik bel haar wel vanuit Napels.'

Ze vertrokken morgen voor een rondreis in het zuiden van Italië, om daarna terug te keren naar Rome waar ze buiten het centrum voor zes weken een appartement gehuurd hadden. Robert had alles tot in de puntjes voorbereid. Hun hotels waren geboekt en documentatie over de bezienswaardigheden stak zorgvuldig in een map, elk met de naam van de stad. Het leek wel op de voorbereiding van een schoolreis. Louise zag ertegenop. Ze voelde zich moe en had nog steeds last van hoofdpijn en misselijkheid. Ze vond het ook vreemd dat ze onzeker was. Ze was verstrooid, vergat dingen en ze kon zich moeilijk concentreren. Ze wilde het plezier van haar man echter niet bederven en hoopte dat een paar dagen aan zee haar goed zouden doen. Ze wilde het hem nog niet vertellen, maar ze had al besloten Pompeï en Herculanum en het archeologisch museum van Napels aan zich voorbij te laten gaan. Zij was van plan wat te rusten aan een van de stranden van de prachtige baai terwijl haar man volop kon genieten van kunst en cultuur.

De laatste middag in Rome brachten ze door met een bezoek aan hun lievelingsplekjes. De ijsbar op de Piazza del Risorgimento waar meer Romeinen dan toeristen kwamen, de Via Julia met de antiekwinkeltjes én natuurlijk een rustpauze in de joodse rozentuin aan de voet van de Aventino. Daarna zouden ze gaan eten in hun favoriete restaurant dicht bij het Colosseo.

Het zicht op de ruïnes van de Palatino vanuit de wat hoger

gelegen rozentuin was wondermooi en Robert kon er niet aan weerstaan om er telkens weer foto's te nemen. Volgens hem waren de kleuren geen twee avonden hetzelfde. Louise was blij op een bank wat te kunnen rusten. Het was niet meer zo warm, maar toch voelde ze zich moe en ongemakkelijk. De druk in haar hoofd werd steeds groter.

'Vind je dit niet een van de mooiste plekjes ter wereld? De geur van rozen en het zicht op imposante overblijfselen van het Romeinse imperium.'

Ze knikte nauwelijks merkbaar. Af en toe werkte het enthousiasme van Robert vermoeiend. 'Zullen we gaan eten? Ik ben toch wel wat moe.'

'Natuurlijk, liefste. Sorry. Ik kan een zeur zijn als ik over mijn Rome begin.'

'Jouw Rome, ja. Je voelt je hier helemaal thuis, is het niet? Weet je zeker dat je die rondreis wilt maken? We kunnen ook hier blijven als je dat verkiest.'

'Jou je vakantie aan zee afnemen? Geen sprake van, Louise. We gaan naar Napels en naar Sorrento. Daarna naar de Amalfitaanse kust. Dit wordt de mooiste huwelijksreis die ik voor jou kon bedenken en je verdient het honderdvoudig.'

'Ik wou dat ik me beter voelde. Die vervelende hoofdpijn ook.'

'Heb je daar nu nog altijd last van?'

'Vandaag erger dan gisteren. Het is net of mijn hoofd op barsten staat.'

'Maar waarom zeg je dat niet eerder! Ik heb hier een halfuur rondgelopen voor enkele stomme foto's. We stappen op en nemen een taxi. In het hotel roep ik er een dokter bij.'

'Je hebt geboekt in het restaurant en ik wil je reisplannen niet in de war sturen.'

Ze stond moeizaam op, wankelde alsof ze haar evenwicht niet kon vinden. Geschrokken nam Robert haar bij de arm. Krampachtig steun zoekend wandelde ze aan zijn zijde voetje voor voetje langs de met rozen omringde paadjes, aangelegd in de vorm van een joodse kandelaar. De rozentuin was vroeger immers een joods kerkhof geweest. Er heerste nog steeds een vreemde soort rust.

Toen ze bijna bij de uitgang waren, zakte Louise plotseling in elkaar. Robert probeerde haar nog op te vangen, maar hij kon niet beletten dat ze met een harde smak neerviel. Het laatste wat ze hoorde, was zijn stem die om hulp schreeuwde.

'*Aiuto! La mia moglie e malata. My wife is sick, help me please! Somebody help me!*'

Er kwamen enkele mensen toegelopen terwijl hij, geschokt door haar lijkbleke kleur, zich over haar boog.

'Louise, hou vol. Het spijt me. Ik besefte niet dat het zo erg was. Er komt hulp. Alsjeblieft, Louise, vecht.'

Iemand zei iets in het Italiaans tegen hem. Robert probeerde de man hardhandig weg te duwen.

'Laat me met rust.' Opeens drong het tot hem door dat de man zei dat hij een dokter was. Verdwaasd knielde Robert naast zijn vrouw, haar hand hard tegen zijn hart gedrukt alsof hij zijn levenskracht in haar wilde doen overvloeien. De dokter nam haar pols en lichtte daarna haar oogleden op. Robert zag met verbijstering dat haar ogen in het ijle staarden. In het niets. De dokter schudde zijn hoofd en riep iets naar een toegesnelde politieagent.

Robert bleef, geknield naast het roerloze lichaam van Louise, steeds maar herhalen: 'Ga niet dood, Louise. Ga niet dood...'

Tot de tranen zijn stem verstikten.

3

Eindelijk was ze alleen. Niet dat ze ondankbaar tegen Myriam wilde zijn. Sinds het telefoontje van papa op kantoor had die haar zo goed mogelijk bijgestaan en geholpen.

Haar gedachten maakten wilde sprongen, dan weer naar haar moeder, dan weer naar haar vader. Zou hij zich sterk kunnen

houden? Zijn stem aan de telefoon had een voor hem onge-
wone klank. Ze hoefde niet te schrikken, klonk het rustig en
beheerst, maar Louise was plots ziek geworden.

Ze had er zich in eerste instantie al over verbaasd dat hij het
was die belde. Gewoonlijk was het haar moeder die contact
hield met het thuisfront wanneer ze op reis waren.

Daarna had hij haar beetje bij beetje geïnformeerd. Ze had
met groeiende ontsteltenis naar hem geluisterd, tot hij haar uiteindelijk mededeelde dat mama een beroerte had gekregen, in
coma lag, en dat de dokters weinig hoop gaven.

Toen was ze heel boos geworden, ze had hem allerlei verwijten gemaakt dat het onverantwoord was om rond deze tijd van
het jaar naar Italië reizen, dat het er veel te warm was, dat de
lange reis te vermoeiend was geweest en ten slotte was ze wanhopig beginnen te roepen dat het niet waar was, dat het niet
waar kon zijn, dat de dokters ginder er niets van kenden...

De hele tijd was haar vader op haar blijven inpraten tot hij
erin geslaagd was haar tot bedaren te brengen. Op het einde had
hij haar zelfs moed ingesproken.

Daarna besefte ze hoe egoïstisch ze was geweest, hoe onfair ze
tegen hem tekeer was gegaan. Zij had hém moeten steunen en
troosten. Papa stond er in Rome alleen voor en moest minstens
even wanhopig zijn als zij. Ze probeerde hem nog terug te bellen, maar zijn gsm gaf geen antwoord. Waarschijnlijk had hij
die in het ziekenhuis moeten afzetten.

Verteerd door verdriet om haar moeder, voelde ze zich ook
schuldig tegenover haar vader. Ze had alles willen geven om het
gesprek opnieuw te kunnen voeren. Om hem te zeggen dat ze
ontzettend veel spijt had en dat hij op haar kon rekenen. Dat ze bij
hem zou willen zijn om hem te troosten en moed in te spreken.

Daarvoor was het nu te laat. Papa was onbereikbaar en zou
deze lange, vreselijke nacht alleen met zijn verdriet moeten
doorbrengen. Ze zou het zichzelf nooit vergeven.

Dan was er nog Tom. Ook tegenover hem had ze gefaald. Ze
had hem vrij bruusk gezegd dat oma ziek was, ernstig ziek. Ze

was nog te zeer in shock geweest om het hem voorzichtig te vertellen. Het wat in te kleden, wat te verzachten. Toen hij daarna huilend vroeg of hij mee naar Rome mocht, was ze boos geworden. Ze kon nu niet voor hem zorgen, had ze geroepen. Oma en opa kwamen nu op de eerste plaats. Hij moest naar papa, Myriam zou hem morgenvroeg naar Grobbendonk brengen en daar moest hij blijven tot ze terug was!

Ze zag dat ze hem gekwetst had, maar zoals al te vaak sinds de scheiding, zweeg hij en hield hij zijn gevoelens verborgen. De pijn dat de kloof tussen haar en haar zoon groeide, maakte haar verdriet nog groter. Al die emoties dreigden haar te verstikken. Vroeger kon ze Tom lezen als een open boek, nu wist ze niet meer wat haar jongen werkelijk dacht of voelde.

Dat probleem was echter nu niet aan de orde. Het had geen zin om met hem te praten over wat er misschien met zijn oma kon gebeuren. Dat haar vader haar op het ergste had willen voorbereiden, daar weigerde ze zelfs maar aan te denken.

Met Lieve had ze er ook niet over willen praten. Ze hadden, na de eerste emoties, alleen praktische afspraken gemaakt over de vlucht naar Rome. Het leek wel of ze het verschrikkelijke, door er niet over te praten, konden doen verdwijnen.

Ze wist dat ze de realiteit onder ogen moest zien. Papa had het duidelijk gesteld: hun moeder zou nooit meer uit de coma ontwaken en de dokters zouden hen, haar man en haar twee dochters, toestemming vragen om de machines af te koppelen zodat mama kon sterven.

'Luister. Ik heb je niet eerder kunnen bereiken, maar we moeten vandaag een en ander terug naar jouw magazijn brengen.' Hij wees naar de voorraad koelkasten, afwasmachines, kookplaten, verwarmingsketels en andere toestellen die in de parkeergarage van het appartementsgebouw opgeslagen waren.

'Ben je gek? Waarom?'

'Kom mee naar mijn bureau, dan leg ik het je uit.'

De Boeck ging alvast voorop. Hij was een grote man, zwaargebouwd en met de buikomvang van een Bourgondische levens-genieter. Persoons, de man die hem wat schichtig volgde, was van het tegenovergestelde type. Graatmager tot op het ziekelijke af.

De Boeck was makelaar en projectontwikkelaar aan de Belgische kust en Persoons was aannemer in werken aan centrale verwarmingen, liften en keukeninstallaties. Samen hadden ze al heel wat nieuwe gebouwen afgewerkt. Hoewel de term 'afwerking' niet helemaal klopte met wat ze deden. Want al zagen de appartementen er op het eerste gezicht fraai uit, toch kwamen de kopers vrij vlug tot de ontdekking dat de kwaliteit van de door hen duur betaalde inrichting en afwerking niet was wat hen beloofd was. De Boeck en Persoons gebruikten daarvoor een truc die typisch Belgisch was en bovendien zo oud als de straat.

De Boeck was namelijk zo slim om, op zijn Belgisch, zijn kopers ervan te overtuigen een groot deel van de aankoopprijs van de appartementen in het zwart te betalen. Om zich veilig te stellen voor een controle van de fiscus, hoefden ze alleen nog een document te ondertekenen waarin ze verklaarden dat de vermindering van de prijs te wijten was aan het feit dat de inrichting van hun flat niet door De Boeck en zijn onderaannemer moest uitgevoerd worden. Daarna werd dat gedeelte van de aankoopsom in het zwart geregeld, handje contantje, en de notariële akte werd verleden voor een veel lager bedrag. Geen haan die ernaar zal kraaien, zei een trotse De Boeck steeds tegen de overblufte en dankbare kopers.

Maar later, wanneer de problemen met de verwarmings- of de keukeninstallatie zich manifesteerden, kon de klant geen kant meer uit. Klaagde hij De Boeck en zijn onderaannemer aan voor de gebreken, dan kon hij hun verantwoordelijkheid immers niet bewijzen. Want de nieuwe eigenaar stond volgens het door hem ondertekende document zelf in voor deze werken.

Voor veel kopers werd het droomappartement aan de Belgische kust dan ook een constante bron van ergernis en kosten.

Het ene defect volgde op het andere. Problemen waar ze angstvallig over moesten zwijgen om van de fiscus geen extra aanslag met bijhorende boetes aan hun been te krijgen.

De slim opgezette zwendel had de twee aannemers de laatste jaren geen windeieren gelegd. Op een andere plaats dan aan de kust zou het spelletje waarschijnlijk niet zo lang kunnen duren, want zoiets wordt uiteindelijk toch rondverteld. De Boeck adverteerde echter in het binnenland en in verscheidene regio's voor zijn appartementen aan zee. De kandidaat-kopers kenden elkaar dus niet, en voor ze contact kregen met mensen aan de kust die al door De Boeck waren bedrogen, hadden ze al de noodlottige beslissing genomen om de fiscus te bedriegen. Door De Boeck in de waan gebracht dat zij de enige kopers waren bij wie deze manier van werken was toegepast, durfden ze er met hun nieuwe buren zelfs niet over te praten.

Maar er waren problemen op komst, vertelde De Boeck aan zijn onderaannemer. De Nederlandse bank die zijn gebouwen financierde, was niet tevreden over de verkoopresultaten. Het zwarte gedeelte dat de klanten betaalden, werd natuurlijk niet aan de bank overgemaakt en mogelijk hadden ze in Amsterdam iets opgevangen van de steeds duurdere verkoopprijzen aan de Belgische kust. Er waren vervelende vragen gesteld over de betaalde prijzen en nu vond de bankdirecteur die het dossier beheerde, het nodig een andere makelaar mee op de verkoop te zetten. Maandag mochten ze de directeur in kwestie én de makelaar verwachten. Ze moesten dus, vóór maandag, de voorraad toestellen die niet conform was aan het officiële lastenboek terug naar het bedrijf van Persoons brengen. Aan de liften, waar ook met goedkoper materiaal was gewerkt aangezien de bewoners er toch niets van kenden, zou een bordje komen met 'Buiten Gebruik Wegens Werken'. Persoons en zijn personeel mochten zich maandag de hele dag niet laten zien.

'Maar ik moet nog vier appartementen afwerken voor het einde van de maand. Dat heb je zelf gezegd. Ik heb zelfs personeel opgeroepen voor het weekend.'

'Die bel je af.'

'Zo gemakkelijk is dat niet.'

'Het zijn zwartwerkers. Wat denk je dat ze gaan doen? Naar de vakbond gaan?'

'Wat met je klanten? Er zijn er bij waar de oplevering al maanden geleden had moeten gebeuren. Hoe gaan zij reageren op het nieuwe uitstel?'

'Als ze protesteren, kalmeer ik ze wel met een verhaaltje over een controle van de fiscus. Dan kruipen ze wel terug in hun muizenhol. Begin er maar aan, Persoons. Ik wil hier niets zien dat die twee nieuwsgierige neuzen op het spoor kan zetten. Die Hollanders zetten me tegen de muur als ze ontdekken hoe wij het hier samen regelen.'

'Hoe ga je verhinderen dat ze met je klanten die hier al wonen, gaan praten?'

'Dat is al opgelost. Eerst kijken we de papieren na op mijn kantoor, dan ga ik met hen uitgebreid eten bij Chantalleke aan de jachthaven! Ik heb haar al gewaarschuwd dat ze een zware wijn moet serveren en daarna een straffe pousse-café, zogezegd van het huis. Die Hollanders zijn gek op alles wat gratis is. Na dat etentje hebben die twee geen fut meer om nog veel rond te neuzen.'

'En die andere makelaar? Als die mag meeverkopen, ziet of hoort hij toch wel iets zodra hij hier begint rond te lopen?'

'Maar nee. Die mag meeverkopen, dat kan ik niet beletten. Aan de officiële prijzen natuurlijk! Dus verkoopt hij niks, man! Laat alles maar aan mij over en geen gezeur. Zorg gewoon dat wat in het gebouw aanwezig is, conform is aan het lastenboek en laat de rest aan mij over.'

Persoons knikte. Het was vervelend, maar de deal die hij met De Boeck had, bracht hem goed geld op.

Toen hij naar buiten ging, viel hem nog iets te binnen. 'Ik kan tweedehandskabels en motoren op de kop tikken voor de liften in de twee andere ingangen van het gebouw. Dat zou ons ook een heleboel geld kunnen opbrengen.'

'Toch niet te versleten, hoop ik?' Je hoefde het spel nu ook weer niet al te grof te spelen, vond De Boeck. Een lift was wel iets anders dan een doodgewone koelkast.

'Ze houden het wel uit. Zeker tot jij binnen een paar jaar weer van BVBA veranderd bent, nadat je de huidige failliet hebt laten gaan.' Ze konden er luidkeels om lachen. Ze hadden dat trucje immers al meer dan eens toegepast. 'Als die liften daarna problemen veroorzaken, ben jij al lang niet meer persoonlijk aansprakelijk. We moeten alleen oppassen dat de architect niets in de gaten krijgt. Gelukkig dat het een neef van je is.'

Ze glunderden omdat ze hun zaakjes zo goed geregeld hadden. Die stomme kopers met hun droomappartementen aan zee waar ze hun oude dag samen wilden doorbrengen! Wanneer een prooi zo gemakkelijk was, dan zouden ze wel stomme ezels zijn om ze niet genadeloos af te schieten.

Dirk was onmiddellijk doorgereden nadat hij Lieve voor de ingang van de vertrekhal in Zaventem had afgezet. Hij moest op tijd op de fabriek zijn, zei hij tegen Ellen. Wat hij er niet aan toevoegde was dat, doordat Lieve vorige week tot tweemaal toe niet uit bed was geraakt, hij het zich niet kon veroorloven deze maand nog eens te laat te komen of hij verloor zijn baan.

Hun bagage was ingecheckt en de beide zussen stonden te midden van enkele groepjes uitgelaten toeristen somber voor zich uit te kijken.

'We hebben nog een uur voor we moeten inchecken. Heb je ontbeten?'

'Hoe kun je zelfs maar aan eten denken? Terwijl mama...'

Lieve wendde haar blik af om niet te laten zien dat ze tranen in haar ogen kreeg. Ze praatte liever niet met Ellen.

'Denk na, Lieve. We hebben een lange dag voor de boeg. Wanneer we in Rome aankomen, moeten we eerst en vooral aan mama en papa denken. Eten zal wel onze laatste zorg zijn. Als we de hele dag zonder eten blijven, houden we het niet vol. Doe wat je wilt, maar ik ga ontbijten. Ik snak naar een kop koffie, de nacht was lang.'

Dat laatste argument haalde het bij Lieve. Ook zij had 's nachts geen oog dicht gedaan. Omdat ze een halve fles sherry op had, voelde ze zich misselijk. Iets eten zou dat misschien verhelpen.

In het restaurant dat uitzag op de startbanen, werden ze opnieuw geconfronteerd met vrolijk pratende reizigers en drukdoende mensen die familieleden kwamen afhalen. Toen Ellen de radeloosheid in de ogen van Lieve zag bij al die familietafereeltjes, zocht ze vlug een rustig plekje zonder uitzicht op de startbanen. Behulpzaam zoals je met een kind doet, liet ze Lieve op een stoel plaatsnemen en ging daarna wat broodjes en twee dubbele koffies halen.

Toen ze terug aan hun tafeltje kwam, viel het haar op dat haar zus de laatste tijd erg mager was geworden. Ellen nam zich voor er niet over te beginnen. Ze moesten zonder ruzie in Rome zien te raken. Later zou ze er eens met papa over praten. Lieve zag er echt niet gezond uit.

Terwijl ze hun koffie dronken en een broodje aten, probeerde Ellen een gesprek op gang te houden en informeerde naar de kinderen. De antwoorden waren kort, maar het vulde de tijd. Tot er een stilte viel in het moeizame gesprek. Even keken ze elkaar recht in de ogen en lazen daarin hetzelfde, immense verdriet.

Ellen voelde tranen opwellen, de eerste tranen sinds het telefoontje van papa. Ze stak haar hand uit naar die van Lieve om het verdriet met haar te delen en ook om haar te troosten. Lieve trok echter brutaal haar hand terug en stak een sigaret op. Het duurde even voor Ellen zich herstelde.

'Sinds wanneer rook jij weer? Je was toch gestopt toen je zwanger was van de tweeling?'

'De tweeling is ondertussen wel bijna drie. Wanneer heb je ze voor het laatst gezien? Bij de doopvont?'

'Natuurlijk niet.' Pas op, dacht ze, geen ruzie maken. 'Maar je hebt gelijk, ik zie ze te weinig', gaf ze grif toe.

'Marc bezoekt zijn petekind wel regelmatig. Leuk voor Jo,

maar pijnlijk voor Jens natuurlijk, want hij ziet zijn meter bijna nooit.'

Ellen zuchtte. Ze kon Lieve niet tegenspreken, want ze had haar plichten als meter van de kleine Jens schandelijk verwaarloosd. Haar bezoeken aan Lieve verliepen nooit zonder spanningen en ze had al zoveel stress en problemen op de zaak te verwerken dat ze het meestal niet kon opbrengen ernaartoe te gaan. Die enkele vrije uren die ze zich in het weekend veroorloofde, kon ze beter besteden dan naar Hasselt te rijden en het risico te lopen er wegens de eeuwige ruzies met Lieve nog gestresseerder van terug te komen.

'Ik heb het druk gehad. Sorry. Ik weet het, het is een flauw excuus. We gaan uitbreiden, er een makelaar bij nemen en dan krijg ik meer tijd.'

'En die ga je gebruiken om naar Hasselt te komen? Dat geloof je toch zelf niet?'

De kloof, daarnet even overbrugd door hun verdriet, gaapte weer diep tussen hen beiden. Ze dronken in stilte hun koffie.

'Waar is Tom nu?' vroeg Lieve na een tijd.

'Bij Marc. Myriam brengt hem. Hij blijft daar tot...'

Ellen brak haar zin af. Ze keken elkaar weer aan als zussen die bang waren voor wat hen te wachten stond.

Het moest toch mogelijk zijn opnieuw een echte band met elkaar te hebben, dacht Ellen wanhopig. Ze hadden elkaar in deze moeilijke momenten meer dan ooit nodig.

'Luister, Lieveke, het spijt me. Echt. Ik weet dat ik voor jou de laatste jaren niet de beste zus ben geweest. Eerst de echtscheiding, dan de nieuwe zaak. Laten we nu proberen al die dingen opzij te zetten. Goed?'

'Je doet wat je niet laten kunt, maar ik ben geen onnozel wicht. En noem me geen "Lieveke". Ik weet heel goed dat je me veracht. Dat je, zogezegd, je excuses presenteert en tegen me praat als tegen je kleine zusje, verandert daar niets aan.'

'Ik heb je nooit veracht, hoe kun je zoiets zeggen!'

'Je hebt altijd op me neergekeken, Ellen. Jij én papa. Jullie voelen jezelf beter dan mama en ik. Superieur. Als mama zou sterven, weet ik niet of ik het wel kan overleven. Jij hebt papa nog, maar ik ben dan alleen. Ik heb dus geen boodschap aan je verzoenende woorden. Ik geloof je niet. Ik zit hier samen met jou alleen voor mama's welzijn. Omdat ik haar wil helpen. Niet omdat ik je zus ben.'

'Toe, Lieve. We zullen haar samen helpen. Met papa.'

'O ja?' De vraag was er een vol bitterheid en cynisme.

'Wat bedoel je daar nu weer mee?' Welke verwrongen gedachte spookte er nu weer rond in de gefrustreerde geest van haar jongere zus?

'Helpen, zeg je? Op de manier waarover papa het aan de telefoon had? Door de machines af te koppelen, is het niet? Hij zei me dat hij daar ook al met jou over gesproken had. Hij wil dat we samen de beslissing nemen. Dat was heel belangrijk voor hem, zei hij.' Ze lachte weer met dat cynische lachje. 'Ik kan je nu al één ding zeggen. Nooit! Hoor je me? Nooit zal ik uit vrije wil toestaan dat ze de toestellen afzetten. Er zijn mensen die na maanden uit een coma ontwaken.'

'Maar dan is er nog hersenactiviteit, Lieve.'

'Denk maar niet dat ik niet weet waarom jullie daar zo gretig over praten. Dan hoeven jullie niet meer voor mama te zorgen en kunnen jullie vlug weer aan de slag. Want dat is het enige wat voor jullie telt. Jullie werk en jullie carrière!'

De ochtend was moeilijk geweest. Grietje was helemaal van streek geraakt toen ze hoorde waarom Ellen naar Rome vertrokken was en waarschijnlijk de hele week niet op de zaak zou zijn. Ellen was niet alleen haar werkgever, maar vooral haar vriendin. En al scheelden ze heel wat in leeftijd, deze vriendschap was voor Grietje erg belangrijk. Ze had van bij de eerste ontmoeting met Ellen geweten dat die een belangrijke rol in haar leven zou spelen.

Net zoals ze vandaag was opgestaan met een gevoel van naderend onheil. De hele nacht had ze angstdromen gehad waarin zij, Myriam en Ellen telkens opnieuw in de ellende zaten. Hoe vaak al had ze deze voorgevoelens, die haar echt van streek maakten, niet verwenst. Als ze naderhand dan nog gegrond bleken, zoals nu, was het eens zo erg.

Pas op het ogenblik dat de nieuwe makelaar aanbelde, besefte ze dat ze er alleen voor stond om hem op te vangen. Dat de man bovendien ook een van de personages in haar angstdromen was geweest, maakte het allemaal nog moeilijker. Ze zag deze eerste dag met hem alleen op kantoor gewoon niet zitten. Dat zei ze hem natuurlijk niet toen ze hem over de reden van de afwezigheid van de twee partners op de hoogte bracht.

'Daarom moet ik jou vandaag alleen opvangen, Koen. Sorry', rondde ze haar uitleg af terwijl ze zijn kopje koffie bijvulde.

'Jammer, maar je kunt het ook niet helpen. Morgen is Myriam er alweer en hopelijk komt ook Ellen vlug terug met goed nieuws. Ondertussen redden we het samen wel. Wat verwachten ze dat ik vandaag doe? Zijn er afspraken gemaakt?'

'Nee. Ellen zou naar dat project aan zee gaan en Myriam zou je hier wegwijs maken. Er zullen wel veel telefoons zijn. Altijd op maandag.'

'Natuurlijk. De reacties op de advertenties in de zaterdag-kranten. Geen probleem. Alleen weet ik niets van de dossiers.'

'Dat is vlug opgelost. In elke advertentie zetten we een referentienummer. Dat nummer vraag je aan degene die opbelt en aan de hand daarvan kun je onmiddellijk het dossier uit een van deze twee bakken halen. Ze staan op wieltjes en we zetten ze bij degene die de telefoontjes afhandelt. Vandaag jij en ik dus.'

Ze was intussen opgestaan en naar de kantoorruimte gegaan. Ze liet hem de twee rolwagentjes met de dossiers zien.

'Prima. Waar zijn de bijhorende documenten?'

'Die zitten in de kast, maar die heb je niet nodig, Koen. Al wat je moet weten om te verkopen of verhuren staat op deze kaar-ten. Ik heb ze zelf ontworpen en ik houd ze heel nauwkeurig bij. Tweemaal per week hebben we een vergadering waarop we nieuwe gegevens samen aanvullen. Want volgens Ellen en

Myriam leert men bij elk bezoek telkens weer iets nieuws over een pand.'

'Dat klopt. Toch is het beter dat ik ook de exacte identiteit en opdracht van de eigenaars ken.'

'Die documenten liggen in de kast van Ellen en die is op slot. Ik zal je een typecontract geven. Als je dan nog ergens aan zou twijfelen, geef je het telefoontje aan mij door. Ik ben geen makelaar, maar wel aardig op de hoogte van elk dossier. Als de bellers na mijn uitleg een afspraak willen, vraag ik je wel even je agenda te raadplegen.'

Verdomme, dacht Koen. Het ziet er niet naar uit dat ze me toegang gaat geven tot de dossiers van de opdrachtgevers. Terwijl hij zo mooi had kunnen profiteren van de afwezigheid van zijn twee bazen om deze gegevens te kopiëren. De Deyne zou nogal opgekeken hebben als hij al na een dag interessante informatie had verkregen. Niet getreurd, de dag was nog niet om en dat kind kon hij wel in de luren leggen.

'Wat doen we voor de lunch?'

'Shit! Dat ben ik helemaal vergeten. Gewoonlijk bellen we in de loop van de ochtend voor broodjes en brengen ze die rond de middag. Met al deze toestanden is het me totaal ontgaan.'

'Dan haal ik ze wel even. Zeg me waar en wat.'

'Wil je dat echt doen?'

'Geen probleem.'

'Bedankt. Ik blijf liever op kantoor vandaag. Misschien belt Ellen wel. We zijn ook vriendinnen, weet je, we hebben samen al veel meegemaakt. Dat is een lang verhaal dat ik je nog wel eens zal vertellen.'

'Daar houd ik je aan. Misschien kunnen we later eens gezellig met ons tweetjes ergens gaan lunchen. Ik vind het heel belangrijk dat wij ook vrienden worden.'

Grietje knikte. Tegelijkertijd liep er een koude rilling over haar rug. Die vervelende nachtmerries, dacht ze. Nu begin ik al overal spoken te zien.

Myriam was zich al de hele ochtend aan het ergeren. Het feit dat ze het kantoor en de nieuwe verkoper in handen van de nog onervaren Grietje had moeten achterlaten, was op zich al erg genoeg. Toen zij en Ruud Schouten dan eindelijk bij De Boeck aan de kust waren aangekomen, had de man haar als lucht behandeld. Wat ze ook zei of vroeg, hij richtte zich tot Ruud in plaats van tot haar. Hij beging bovendien een onvergeeflijke flater met de vraag wanneer hij de andere vennoot, de mannelijke partner van Company 21, zou ontmoeten. Onder mannen was het gemakkelijker werken, beweerde hij. Toen Myriam hem kregelig zei dat zij en Ellen de enige vennoten waren, deed hij er lacherig over. Ze kreeg zelfs het gevoel dat hij hen voor lesbisch aanzag. Kortom, het gesprek in zijn kantoor was erg moeizaam verlopen en ze was bang dat ze op Ruud Schouten een slechte indruk gemaakt had. Ze was dan ook opgelucht toen ze opstonden. Eens ze in de appartementen waren, zou ze De Boeck eens laten zien dat ze een vakvrouw was. Ruud had haar gevraagd de haalbare verkoopprijs van elk type appartement te schatten. Ellen had de hele zaterdag informatie ingewonnen van projecten aan zee en had die aan haar doorgegeven. Ze had bijgevolg een goed idee hoe ze haar prijs moest bepalen. Nu moest ze enkel de appartementen zelf nog zien. Op een plan had je geen idee van uitzicht, inrichting en atmosfeer.

Toen stelde die dikke idioot ineens voor eerst iets te gaan eten. Bij Chantalleke, vertelde hij er nog bij, terwijl hij haar een vette knipoog gaf. Ze had hem de nek, vier vetplooien incluis, kunnen omwringen. Ruud, die de spanningen tussen zijn twee makelaars met de minuut had zien stijgen, was joviaal op het voorstel ingegaan.

Ze zaten nu al bijna twee uur in het restaurant aan de jachthaven van Blankenberge. Akkoord, het eten was prima, maar moest het echt zo lang duren? Het leek wel of de andere tafels veel vlugger bediend werden. De wijn was helemaal geen tafelwijntje zoals ze gevraagd had. Ze was gelukkig zo slim geweest haar glas niet leeg te drinken, maar Ruud, wiens glas op teken van De Boeck regelmatig werd bijgeschonken, had al een hoog-rode kleur.

'Mag ik u een pousse-café van het huis aanbieden?' De charmante dame die hen bediend had en tevens de eigenares van de zaak bleek te zijn, lachte De Boeck en Schouten die instemmend knikten, vriendelijk toe. 'En u, mevrouw?'

'Zouden we dat wel doen, Ruud? Het wordt al laat en we hebben het gebouw nog niet gezien. Ik wil toch graag van elk type een appartement zien.'

'Hier in West-Vlaanderen zijn wij heel gevoelig wanneer een vriendelijk aanbod zomaar afgeslagen wordt. Chantalleke biedt niet aan al haar gasten gratis een pousse-café aan. We hebben nog tijd genoeg. Er is niet veel te zien aan die appartementen.'

Myriam beet op haar tanden om niet te gillen van ergernis.

'Sorry, ik moet rijden. Ik pas in ieder geval.' Ze richtte zich tot Chantalleke, die ook een beetje bezorgd keek. 'Sorry, mevrouw, liever niet. Toch bedankt en het eten was lekker.'

Ruud leek nu pas te beseffen dat hij al heel wat gedronken had.

'Voor mij ook niet meer. Ik moet nog naar Amsterdam. Een volgende keer dan maar.'

Myriam zag dat De Boeck helemaal niet tevreden was. Wat scheelde er toch aan die kerel? Ze kon begrijpen dat hij liever geen andere makelaars op het project had, maar om zover te gaan om hen dronken te voeren? Nee, ze mocht zich geen dingen gaan inbeelden. Waarschijnlijk was het gewoon West-Vlaamse gulheid.

Toen ze even later buiten waren, deed ze een poging om met de man tot een betere verstandhouding te komen. Goede verkoopresultaten zouden van een goede samenwerking afhangen.

'U hebt een mooi makelaarskantoor, mijnheer De Boeck, met een groot aanbod.'

'Ik ben niet alleen makelaar, maar ook projectontwikkelaar. Dat zijn we hier trouwens bijna allemaal. De markt is hier nog altijd goed.'

'We mogen in Antwerpen gelukkig ook niet klagen. Ons kantoor heeft wel al grote projecten exclusief verkocht, maar zelf doen we geen projectontwikkeling. Uitsluitend verkoop voor derden. We halen een heel mooie omzet. U hoeft dus niet ongerust te zijn, we zullen de verkoop hier ook op een goede manier aanpakken.'

'De verkoop loopt goed. Ik heb daarvoor geen twee Antwerpse poppemiekes nodig.'

De minachting lag er dik bovenop. Oppassen, dacht Myriam, laat je niet verleiden tot een feministische discussie. Dat maakt de zaak alleen maar erger. Dat soort mannen is toch niet bereid hun standpunt te veranderen. Hem pakken waar het pijn doet, dat was de tactiek die ze zou toepassen.

'Nochtans liggen de door u gehaalde prijzen erg laag. Gemiddeld twintig tot vijfentwintig procent lager dan de vooropgestelde verkoopprijzen. Hoe komt dat dan?' vroeg ze hem met een nauwelijks verholen vals lachje.

Waar bemoeit ze zich mee, dacht De Boeck nijdig. Hij keek even naar Schouten, maar die had kennelijk moeite om de fles eersteklas Macon te verteren.

'Halen jullie in Antwerpen misschien altijd de vooropgestelde verkoopprijs?'

'Niet wanneer die door iemand wordt opgesteld die niet van het vak is. Elke eigenaar overschat de waarde van zijn eigen pand, dat is normaal. Van een project dat u zelf bouwt en inricht, moet u echter over een nauwkeurige kosten- en batenanalyse beschikken. Ondanks al deze gegevens hebt u volgens de bank toch sommige appartementen met verlies verkocht.'

De Boeck vloekte binnensmonds. Die trut was niet zo dom als hij had gedacht.

'Dat is gewoon tactiek. Dat doen we om het project op gang te trekken. Daarna halen we dat wel in met de andere verkopen.'

Ze wilde hem net antwoorden toen haar gsm rinkelde, tot zichtbare opluchting van De Boeck, die een blik van verstandhouding probeerde te wisselen met Ruud. Vrouwen met hun telefoontjes altijd! was duidelijk de bedoeling. Even twijfelde Myriam of ze wel zou opnemen, maar misschien was het Ellen.

'Excuseert u mij.'

Ze ging buiten gehoorsafstand staan. Het was Yves Lombart, die informatie had gekregen van de politie uit Kontich. Een koppel, van wie het signalement overeenkwam met dat van notaris Decanque en dat van de vrouw uit het hotelletje, had enkele dagen na de verdachte verdwijning op het dichtstbijgelegen vliegveld een vlucht genomen naar Madrid, met aansluiting naar Rio de Janeiro. Ze waren opgevallen bij het personeel van de kleine luchthaven omdat ze Frans spraken. Niemand had op dat ogenblik een verband gelegd met de verdronken notaris.

De zaak was nu in handen van een Belgische onderzoeksrechter, die samenwerkte met de plaatselijke Guarda Civil. Het koppel zou internationaal geseind worden en mogelijk vertrok er een rogatoire commissie naar Madrid en Rio. Yves beloofde haar verder op de hoogte te houden en bedankte haar voor haar stappen bij de echtgenote van de notaris en bij de politie in Kontich. Nu bestond er tenminste nog een kleine kans dat het voortvluchtige koppel met het geld gevonden werd. Hij en zijn vader zouden het niet vlug vergeten.

Het triomfantelijke gevoel na dit gesprek verdween helaas vlug toen ze in het gebouw van De Boeck rondliepen. De Boeck gaf haar amper de tijd om rond te kijken en nam hen in ijltempo mee van de ene ingang naar de andere, in en uit niet-afgewerkte ruimtes. De verdiepingen konden ze helemaal niet bekijken omdat er aan de liften gewerkt werd en omdat de trapzalen nog niet afgewerkt waren. De benedenverdieping bestond hoofdzakelijk uit winkelruimtes. Hoe kon ze met zo weinig gegevens verkoopprijzen schatten? Ze probeerde een paar keer Ruud een teken te geven, maar hij leek nog steeds niet te zijn bekomen van de zware wijn. Het was in Nederland heel ongebruikelijk alcohol te drinken tijdens een zakenlunch. Bij een werkvergadering op de Amsterdamse Bouwbank had ze eens verbaasd zitten kijken toen men haar een glas melk inschonk en een broodje kroket uit de muur presenteerde als lunch.

Ze besloot wijselijk Ruud vandaag verder met rust te laten. Binnenkort zouden zij, Ellen en Koen hier regelmatig komen en dan konden ze nog altijd aan het verzoek van Ruud voldoen.

Toen De Boeck hen wat later met zachte dwang naar hun auto begeleidde met het excuus dat hij nog afspraken had met kandidaat-kopers, verzette ze zich dus niet. Nog voor ze bij hun auto's waren, was De Boeck alweer naar binnen.

Ze nam op het parkeerterrein afscheid van Ruud en beloofde bij haar volgende bezoek aan De Boeck werk te maken van de verkoopprijzen. Hij bedankte haar hartelijk en had blijkbaar niet veel gemerkt van de spanningen tussen haar en De Boeck. Het leek er zelfs op dat, mede door diens seksistische opmerkingen, Ruud voor het eerst de vrouw in haar ontdekte. Hij hield haar hand iets te lang in de zijne en hoopte haar spoedig weer te zien.

Mannen!

Toen ze wegreed, zag ze dat De Boeck stiekem aan het raam van zijn kantoor naar haar stond te kijken. Plotseling drong het tot haar door dat die vent helemaal niet van plan was met hen samen te werken. Ruud mocht het misschien logisch vinden dat hij Company 21 deze gebouwen mee liet verkopen omdat de bank als financier contractueel het recht had dergelijke beslissingen te nemen, De Boeck was duidelijk vastbesloten deze samenwerking met alle middelen te dwarsbomen. Het zou dus niet eenvoudig worden een goede indruk te maken op de Amsterdamse Bouwbank met dit project. Dat zou Ellen niet appreciëren!

Robert was veel te vroeg naar de Da Vinci-luchthaven gekomen, die vrij ver buiten Rome lag, vlak aan zee. De uren in het ziekenhuis waren verschrikkelijk en hij greep de aankomst van zijn dochters dankbaar aan om de ziekenkamer voor een tijd te verlaten.

De dokters hadden hem vanochtend in een mengelmoes van Italiaans, Engels en Frans uitgelegd dat er geen hoop meer was. De onderzoeken die met regelmatige tussenpozen werden gedaan, hadden uitgewezen dat alle hersenactiviteit opgehouden was en dat de schade die de beroerte had aangericht, onherroepelijk was. Indien de beademing stopgezet werd, zou Louise na enkele ogenblikken voorgoed inslapen.

De cappuccino die hij in de cafetaria had besteld, liet hij onaangeroerd. Hij kreeg niets door zijn keel. Over een halfuurtje zouden de meisjes landen. Hoe kon hij het hen vertellen en hoe zou hij hen kunnen helpen en troosten?

Hoe kon hij het zelf verwerken?

Hij verliet de cafetaria en wandelde terug naar de centrale hal. Hij duwde de deur van de kleine kapel open. De ruimte was sober gehouden. Hij ging naar binnen en nam plaats op een van de houten banken. De vermoeidheid viel als een zware last op zijn schouders. Hij vouwde zijn handen en probeerde te bidden, maar de woorden kwamen niet. Alleen tranen die brandden en een ontredderend gevoel van wanhoop overviel hem. Snikkend bedekte hij zijn gezicht met zijn handen.

Zijn Louise was er niet meer. Van haar bleef slechts een onbeweeglijk lichaam over, maar haar geest was verdwenen. Deze gedachte was zo moeilijk te aanvaarden dat zijn hele lichaam er zich tegen verzette. Hij proefde de smaak van gal en het zweet brak hem uit. Zijn hoofd leek gekneld in een ijzeren band die steeds meer werd aangespannen.

Na enige ogenblikken lukte het hem weer rustiger te worden. Hij moest sterk blijven. Zo meteen kwamen zijn dochters aan. Hij moest hen kunnen opvangen.

'Zou je nog wel iets drinken? Over een twintigtal minuten landen we.'

'Ga je me nu ook al een sherry misgunnen? Deze zal ik zelf wel betalen.'

'Daar gaat het niet over. We hebben nog een moeilijke dag voor de boeg.'

'Daar zal deze sherry niets aan veranderen. Je zou beter zelf ook wat drinken, je bent zo gespannen dat je met moeite stil kunt zitten. Laat mij nu alsjeblieft met rust.'

Ellen gaf het op. Hopelijk kon papa meer bereiken. Al haar pogingen om met Lieve een normaal gesprek te voeren, waren tevergeefs. Ze stond op en ging naar het toilet. Zodra de landingsprocedure ingezet werd, was dat niet meer toegelaten.

Ze waste haar handen en keek in de spiegel. Ze herkende zichzelf niet meer in de vreemde vrouw die haar aankeek. Een vrouw die op haar moeder leek, zag ze plots.

En toen brak de kracht die haar tot nu toe recht had gehouden. Ze huilde met gierende snikken. Ze wilde zich niet langer sterker voordoen dan ze was. Het enige wat ze wilde was dat het stopte, dat het allemaal niet echt was, dat ze wakker werd uit deze vreselijke nachtmerrie. Mama mocht niet sterven. Ze moesten samen nog zoveel uitpraten.

Ze moest mama doen begrijpen dat ze gewoon een moderne vrouw was die hardnekkig probeerde haar carrière en haar persoonlijke leven te combineren. Geen egoïste die enkel gedreven werd door blinde ambitie. Dat ze probeerde voor Tom zowel moeder als vriendin te zijn, maar dat het helaas allemaal zo moeilijk te verwezenlijken was.

Dat ze dikwijls eenzaam was en verlangde naar een relatie zoals mama en papa die hadden. Waar ieder zijn eigen ruimte had en toch met de andere verbonden was. Een relatie waarin men zichzelf mocht blijven.

Plotseling drong het tot haar door dat er op de deur geklopt werd. Ze depte vlug haar gezicht met wat koud water. Na een laatste blik in de spiegel verliet ze de toiletruimte. Van haar innerlijke wanhoop was niets meer te merken.

Grietje begreep niet waarom ze zich zo onbehaaglijk bleef voelen. De hele voormiddag had Koen zich nochtans gedragen als een prima collega. Hij hielp de mensen beleefd aan de informatie die ze vroegen, was soepel in het voorstellen van afspraken zodat de agenda goed gevuld was.

Was het alleen maar een idee of speelde hij net iets té nadruk-kelijk de perfecte makelaar? Ze vroeg zich af waarom de toon van zijn verkoopsgesprekken haar ergerde en niet die van Ellen en Myriam. Was het omdat hij een man was en zij gewoon was met vrouwen samen te werken? Of was er inderdaad iets fout aan de manier waarop hij werkte?

De klanten leken tevreden over hem te zijn. Het was dus waarschijnlijk allemaal inbeelding. Het nieuws van de beroerte van Ellens moeder had haar zo van streek gebracht dat ze overal onheil in zag. Ze moest stoppen met onnozel doen en de jongen een faire kans geven. Wat zou ze vandaag zonder hem gedaan hebben? De telefoon had niet stil gestaan.

'Ik vertrek naar een afspraak.'

Ze schrok op en liet bijna het dossier vallen dat ze in haar hand had.

'Was je vergeten dat ik hier was of ben je altijd zo schrikach-tig?'

'Ik was in gedachten. Ik zit erg met Ellen in.'

'Dat begrijp ik. Ze zal niet zo vlug terug zijn, veronderstel ik.'

'Geen idee. Daar maak ik me ook geen zorgen over, we redden het hier wel. De vraag is of zij het wel redt ginder in Rome.'

'Was ze erg close met haar moeder?'

'Iedereen heeft maar één moeder, Koen. Je ziet haar vertrekken als een levenslustige, gezonde vrouw en dan krijg je zo'n bericht. Je moet al heel sterk zijn om dat te verwerken. Vooral...' Grietje zweeg. Ze wist niet of ze het hem mocht vertellen.

'Vooral wat?'

Tja, ze was eraan begonnen en kon moeilijk zeggen dat hij er geen zaken mee had.

'Vooral omdat, als zou blijken dat de coma onomkeerbaar is, ze misschien de beslissing zullen moeten nemen haar leven te beëindigen. Haar moeder wordt momenteel door een beade-mingsmachine in leven gehouden. Dat is een vreselijke beslis-sing.'

'Maar nodig. Je kunt zo iemand toch niet als een plant laten vegeteren. Hoe vlugger je dat oplost, hoe beter. Je zorgt voor een mooie begrafenis en voor je het weet gaat het leven weer verder.'

Ze stond even verstomd te kijken. Was dat een koele kikker! Of reageerden mannen in dergelijke omstandigheden anders dan vrouwen? Haar Ben in ieder geval niet, die was zelfs sentimenteler dan zij. Ze maakte vlug een einde aan het gesprek en was blij dat hij de deur uit was. Waren Ellen en Myriam maar hier, dan zou ze zich wat meer op haar gemak voelen.

Ze dacht aan Myriam, die nu aan zee was. Nu ze met vier een loon moesten verdienen, waren grote projecten een absolute noodzaak. Misschien, als het allemaal heel goed liep, kon zij binnenkort ook aan de makelaarscursus beginnen. Als ze Koen eens vroeg haar al wat dingen te leren. Ellen en Myriam hadden daar weinig tijd voor. Indien ze hem op de juiste manier aanpakte, zou ze heel wat sterker staan wanneer ze aan de cursus begon.

Gedaan dus met haar bange gevoelens en voorgevoelens over hem, besloot ze. Ze zou Koen als collega aanvaarden en zorgen dat het klikte tussen hen. Ellen en Myriam hadden hen allebei nodig. Met hun vieren zouden ze Company 21 tot een prachtig bedrijf doen uitgroeien. Ze mocht trots zijn daar deel van uit te maken.

Ellen zat aan het ziekenhuisbed. Vader had Lieve, die totaal overstuur was, mee naar buiten genomen. Ze was blij even met mama alleen te kunnen zijn. Voorzichtig wegens het infuus, nam ze de hand van moeder in de hare.

Geen fijne handen meer, een beetje gezwollen zelfs. Ze vroeg zich af of ze vroeger ook gezwollen waren. Het was haar in ieder geval nooit opgevallen. Ze bekeek haar eigen handen en vond toch een zekere gelijkenis. Haar handen waren ook klein en breed. Krachtige handen die veel werk konden verzetten. Wanneer ze later zwaarder werd, kreeg ze waarschijnlijk ook van die gezwollen handen. Oude handen. Handen waar de ring net iets te diep in het vlees zat. Alleen droeg zij geen trouwring meer en mama wel.

'Mama?'

Ze schrok van haar eigen stem.

'Ik wil dat je weet dat ik het beste voor je wil. Ik weet alleen niet wat het beste is. Jij was immers altijd degene die ons zei wat het beste voor ons was.'

Ze aarzelde. Het was moeilijk praten tegen iemand die niet reageert.

'Ik ben bang dat ik een slechte dochter ben als ik je loslaat. Je was al niet gelukkig met wat ik met mijn leven deed. Daarom wil ik dit zeker niet verkeerd doen. Het doet me al zoveel pijn dat je me nu nooit meer zult kunnen vergeven dat ik ben gescheiden. Misschien weet je nu eindelijk waarom ik het deed: omdat het onvermijdelijk was. Marc had me te diep gekwetst.'

Praten over het mislukken van haar huwelijk viel haar nog steeds zwaar en maakte haar intens verdrietig. Zelfs erover praten tegen dit roerloze lichaam was moeilijk.

'Ik probeer goed te zorgen voor Tom, mama, zoals jij dat voor ons deed. Het is niet gemakkelijk, zeker nu niet. Dat besef jij ook wel. Ik zal ook niet zo gemakkelijk geweest zijn in mijn puberjaren. Altijd opstandig en tegendraads, er altijd zeker van dat het gelijk aan mijn kant stond. Altijd in de weer om mezelf waar te maken. Vechtend tegen alles en iedereen om mijn weg te vinden. Een weg die jij niet begreep. Carrièrevrouw, noemde je het smalend. Jij was zo totaal anders. Je had het geluk te leven in een tijd waarin een vrouw slechts vrouw en moeder hoefde te zijn. Je hoopte dat wij dezelfde weg zouden inslaan. Maar ik heb je daarin teleurgesteld. Je hebt altijd zo goed voor ons gezorgd. Ik vrees dat ik het er veel minder goed van afbreng met Tom en ik wou dat je me raad kon geven. Mijn jongen lijkt soms zo onbereikbaar voor mij. Was dat ook het geval tussen ons toen ik zo oud was?'

Ze dacht aan het verdriet dat Tom nog te verwerken zou krijgen en of ze hem daarin zou kunnen helpen en bijstaan.

'Ik herinner me dat ik op die leeftijd vond dat je me helemaal niet begreep. Dat je er geen idee van had waar het echte leven om ging. Troost je, mama, Tom denkt dat nu van mij ook.'

Ze moest er even om glimlachen. Waarom had ze dit nooit eerder kunnen toegeven? Hoe kon ze nu over deze dingen praten terwijl ze vroeger nooit de juiste woorden had gevonden? Was het omdat ze nu geen angst hoefde te hebben voor het antwoord?

'Mama, ik vind het verschrikkelijk wat er gebeurt. Ik zou alles geven om het te veranderen, om alles weer goed te maken. Papa bereidt ons echter voor op het ergste en ik beloof je dat ik hem zal vertrouwen en sterk zal zijn voor hem.'

Ellen voelde de tranen langzaam hun weg zoeken. Ze bracht de hand van haar moeder aan haar lippen en kuste die met al de liefde die ze in zich had.

'Ik gun je rust, mama. Je hebt zo hard en zo lang je best gedaan. Ik heb spijt van alles wat fout ging tussen ons en ik wou dat ik het nog goed kon maken.' Dat was ze altijd van plan geweest, alles eens uitpraten. Ze had het altijd uitgesteld en nu was het te laat. 'Maar ik beloof je dat ik het goed zal maken met Lieve. Van nu af aan zal ik mijn best doen voor haar. Ze zal jou ontzettend missen en nog meer ontredderd zijn dan ik. Ik zal Lieve door dit verdriet heen helpen, dat beloof ik je. Ik hou van je mama en als je het nog kunt, kom dan alsjeblieft terug bij ons. Als je hier inderdaad niet meer bent, zal ik je laten gaan. Je de rust gunnen die je hebt verdiend. In mijn hart zul je altijd aanwezig zijn, een deel van mezelf. Zoals mijn handen die van jou zijn. Geef me kracht, mama. Help me!'

De Deyne had nog altijd zijn bureautje in het gebouw waar de cursussen voor makelaar in onroerend goed gegeven werden. Officieel was hij, zowel uit zijn functie van leraar als die van directeur, ontslagen. Zolang hij bereid was, zij het zonder vergoeding, een deel van het administratieve werk op zich te nemen, liet men hem echter begaan. Mogelijk zou hij, zodra de studenten afgestudeerd waren bij wie zich destijds de problemen hadden voorgedaan, opnieuw enkele lesuren geven in het nieuwe eerste jaar. Als dat zonder problemen verliep, kon hij zijn normale lesrooster van voor het schandaal waarschijnlijk hernemen. Zoveel goede lesgevers die het vak door en door kenden, waren er niet te vinden. Bovendien, makelaars werkten niet van acht tot vijf en er waren weinigen die hun avonden hieraan wilden opofferen. Hij wel! Hij had het altijd graag gedaan en genoot ervan jonge mensen te laten zien hoe goed hij het vak kende. Nochtans had hij zelf nooit enige vakopleiding gehad. Hij keek dan ook verlangend uit naar de dag dat de klas van Ellen de Ridder en Myriam Verbeeck eindelijk de cursus zou verlaten en hij het lesgeven zou kunnen hervatten.

Maar eerst ging hij die twee vrouwen het leven zuur maken. Hij had zijn collega's handig gemanipuleerd. Hij had van zijn twee ex-leerlingen een beeld opgehangen waarin hij de loftrompet stak over hun charmante persoonlijkheden, maar denigrerend deed over hun mogelijkheden als makelaars. De echte finesses van het vak zouden zij nooit kennen, had hij gesteld.

Deze aanpak was tijdens de twee laatste lesjaren niet zonder succes gebleken. De Ridder hoefde niet meer op veel sympathie van de leraren te rekenen en langzaamaan had ze ook haar leidersrol bij de studenten verloren nu ze regelmatig afwezig was. Wat Myriam Verbeeck betrof, dat was slechts een meelopertje, daar hield hij zelfs geen rekening mee. Zonder De Ridder stond zij nergens.

Hij had bijgevolg niet de minste moeite gehad om de collega's die de verdediging van de thesissen zouden jureren, ervan te overtuigen beide kandidaten hun diploma weliswaar te geven, maar met een zo laag mogelijk cijfer. Het makelaarsberoep was een mannenzaak en dat zou het hopelijk blijven, had hij gesteld. Akkoord, vrouwen konden nuttig zijn in de makelaardij, doch uitsluitend in een ondergeschikte rol. Ze waren immers veel te emotioneel. Stel je voor dat elke klant verwachtte dat je hem moreel ondersteunde bij de aankoop of verkoop van zijn pand, waar zou dat eindigen! Die vrouwen met hun psychologische aanpak!

Er werd op de deur van zijn bureau geklopt.

'Binnen!' riep hij opgewekt. Hij had de hele middag naar dit bezoek uitgekeken.

Koen Verhulst kwam binnen en De Deyne gaf hem een teken om plaats te nemen.

'Vertel, hoe is het afgelopen? Ik wil alles weten, tot in de kleinste details. Ik beslis wel wat belangrijk is of niet, begrepen!'

Verhulst knikte geamuseerd. Zat die vent hem heimelijk uit te lachen, of wat?

'Wel, is er iets? Wat is er zo plezierig? Je werkt daar niet om je te amuseren. Ik betaal je meer dan zij je ooit zouden kunnen betalen. Ik verwacht van jou dus de grootste loyauteit.'

'Natuurlijk, mijnheer De Deyne. Ik heb alleen binnenpretjes omdat ik heel goed nieuws voor u heb.'

Toen bracht Verhulst hem uitvoerig op de hoogte van wat hij die dag gezien en vernomen had. De manier waarop de dagelijkse gang van zaken van Company 21 georganiseerd was en dat die op hem geen slechte indruk gemaakt had. Ook het feit dat de twee makelaars vandaag niet op kantoor geweest waren en de reden waarom, leek De Deyne geweldig te interesseren. Vooral de ziekte van de moeder van De Ridder genoot zijn volle aandacht, al had Koen verwacht dat De Deyne meer in het mislukte bezoek van Verbeeck aan het project aan zee zou geïnteresseerd zijn.

Nadat hij zijn verhaal gedaan had, gaf De Deyne hem instructies.

'Luister goed, Verhulst. Zodra je te weten komt hoe lang De Ridder in Italië blijft, kom je het me zeggen. Ze moet namelijk binnenkort haar thesis verdedigen. Bij monde van Verbeeck, zal ze ongetwijfeld uitstel vragen voor haar examen. Welnu, ik kan en zal er ook voor zorgen dat het geweigerd wordt of dat het uitstel althans van korte duur is. Wanneer ze in deze moeilijke familiale omstandigheden gedwongen wordt haar thesis te verdedigen, zal ze geen al te beste beurt maken. Dat geef ik je op een briefje. Jammer dat ik haar voorbereidingen nooit heb kunnen inkijken, anders kon ik de juryleden lastige vragen influisteren. Laten we hopen dat ze het zo danig verknoeit, dat niet alleen haar ego een dreun krijgt, maar ook het imago dat de andere cursisten van haar hebben.'

'Het heeft toch weinig belang met hoeveel punten ze dat diploma behaalt? Ze heeft nu al een goedlopende zaak. Geen mens die interesse zal hebben voor de uitslag van haar examen.'

'Best mogelijk, maar De Ridder heeft het al jaren over een onderlinge samenwerking van jonge makelaars. Een soort club om de macht van de grote makelaars in de beroepsvereniging te breken. We moeten tot elke prijs vermijden dat dat project van de grond komt. Een slecht eindexamen kan ons daarbij helpen.'

Daarna gaf hij Koen nog nuttige instructies voor zijn dagelijkse werkwijze in het kantoor van Company 21 en voor het dossier aan zee. Toen het gesprek ten einde was, bezegelden beide mannen hun samenwerking met een stevige handdruk. Hun doel: het vernietigen van Company 21.

Badend in het zweet schrok Ellen wakker uit een nachtmerrie. Het was stikdonker in de kamer en gedurende enkele ogenblikken wist ze niet waar ze was. Naarmate ze kalmer werd, besefte ze dat ze in de hotelkamer was. Voorzichtig, om Lieve niet wakker te maken, stond ze op en ging naar de badkamer. Toen ze kort daarna weer naar bed wilde gaan, zag ze in het zwakke licht van de badkamer dat Lieve niet in bed lag. Bij papa in de kamer kon ze niet zijn, want die was bij mama in het ziekenhuis gebleven.

Ze was als een blok in slaap gevallen nog voor Lieve het nachtlampje had uitgedaan. Nauwelijks enkele uren nadat ze haar moeder had beloofd voor haar zus te zorgen, had ze haar belofte al verbroken. Ik moet haar vinden, dacht ze in paniek.

Vlug kleedde ze zich aan, nam haar tas en verliet de kamer. Ze had een vaag vermoeden waar Lieve was, maar ze hoopte dat ze ongelijk had. Ze liep de trappen af en ging recht naar de bar. Lieve zat er inderdaad. Aan de manier waarop ze in een mengelmoes van Frans, Engels en enkele woorden Spaans met de barman probeerde te praten, was meteen te merken dat ze dronken was.

'Lieve!'

'Ellen? Je deed me schrikken.'

Het kwam er moeizaam en traag uit, maar helaas, ook luid. Een paar mensen keken verstoord hun richting uit.

'Stil. Kom, ik breng je naar onze kamer.'

'Ben je gek? Moet je dit eens proeven! Grappa, heet het. Ongelooflijk en helemaal niet grappig! Net of je een klop tegen je kop krijgt. Wacht, ik bestel er eentje voor jou, dan word je wat losser, stijve trut!'

Voor Ellen haar kon tegenhouden, riep ze de barman, die zich verwijderd had en het gesprek tussen de twee vrouwen van op afstand volgde. Wat moest die man wel denken? Natuurlijk wist hij, net als iedereen in het hotel, dat hun moeder in het ziekenhuis lag. Hoe kon Lieve zich zo aanstellen?

'Vooruit, je hebt al genoeg op. Kom mee naar bed.'

'Laat me los! Barman!'

'Lieve, laat dat.'

'Laat me los, zeg ik je! De tijd dat je mij kon commanderen, is voorbij. Ik heb dikwijls genoeg gezwegen omdat mama het mij vroeg. Nu zwijg ik niet meer, nooit meer. Je bent een trut, een stijve trut zonder hart.'

Ellen ging naar de barman en vroeg de rekening. Hij liet haar de bonnetjes zien met het nummer van hun kamer en de handtekening van Lieve. Ze betaalde contant en verscheurde ze. Papa hoefde hier niets van te weten.

'*Grazie*', zei ze tegen de barman, die haar een beetje meewarig bekeek.

Lieve was ondertussen in een dronkemansgesprek verwikkeld met een man die een drankje was komen bestellen. Ze liep vlug naar haar toe.

'*Scusi. La mia sorella e malata.*'

Misschien sprak de man gaan woord Italiaans, maar hij leek haar te verstaan. Hij grinnikte, knipoogde en wendde zich tot de barman. Gelukkig.

'Schaam je je niet? Als mama je zo moest zien!'

'Zwijg! Jij hebt het recht niet over mama te spreken. Je hebt nooit om haar gegeven.'

Ellen besloot haar niet tegen te spreken, grabbelde haar handtas van de toog en nam haar bij de arm.

'Je doet me pijn! Laat me los.'

'We gaan naar boven naar de kamer. Je moet slapen.'

'Ik wil naar mama!'

Weer dat gejank van een klein kind dat haar zin niet krijgt. Ellens handen jeukten, doch ze beheerste zich.

Vanuit haar ooghoeken zag ze dat meer mensen naar hen keken. Ze moest Lieve hier zo vlug mogelijk buiten krijgen.

'We gaan op de kamer een taxi bellen en dan breng ik je naar het ziekenhuis als je dat wilt.'

Met een stemmingswisseling eigen aan dronken mensen, liet Lieve plotseling haar agressiviteit varen en begon ze hartverscheurend te snikken.

'Ja, ik wil naar mama, breng me naar mama!'

Met veel moeite lukte het Ellen haar naar buiten te krijgen. Toen de deur achter hen dichtviel, hoorde ze binnen hardop lachen. Wat een geluk dat papa niet in het hotel was en hem dit spektakel bespaard bleef.

Ze bracht Lieve, die snotterend allerlei onzin uitkraamde, naar de lift. Op hun kamer duwde Ellen haar onzacht op het bed en begon haar uit te kleden. Lieve werd onpasselijk. Net op tijd kreeg Ellen haar de badkamer in. Een tiental minuten later bleef er van haar nog alleen een zielig hoopje ellende over.

'Ik heb hoofdpijn', zeurde Lieve.

'Dat zal wel. Ik zal zien of ik iets bij me heb. Als je het binnen kunt houden.'

'Er zit Mogadon in mijn handtas.'

Ellen doorzocht de handtas en haalde er niet één, maar wel drie verschillende doosjes uit. Pijnstillers en kalmeringsmiddelen. Als Lieve dit spul nam samen met alcohol, was dat een explosieve combinatie.

'De blauwe! Twee. Dat zijn de enige die me helpen te slapen. Ik ben zo moe.'

Weer dat verwende kinderstemmetje! Dirk moest een heilige zijn om dat dag in dag uit te verdragen.

Ze gaf haar de pillen en een glas water en hielp haar drinken. Haar tanden klapperden tegen de rand van het glas. Het had geen zin om nu over de pillen of het drankmisbruik te praten, maar zodra ze kon, zou ze er Dirk over aanpakken. Niet moeilijk dat Lieve zo mager was. Ze pleegde gewoon roofbouw op haar lichaam.

Even later hield het snikken op. Lieve was in slaap gevallen, haar arm over haar ogen gevouwen, als een kind dat zijn tranen probeert te verbergen. Ellen spreidde een deken over haar heen en ging naar haar eigen bed. Het nachtlampje liet ze branden. Ze zou toch niet meer kunnen slapen.

Waarom had ze niet eerder ingezien wat er met Lieve aan de hand was? Zou mama het geweten hebben? Natuurlijk moest ze het geweten hebben. Daarom ging ze zo dikwijls naar Hasselt en stopte ze Lieve voortdurend geld toe. Misschien zelfs zonder medeweten van papa. Ze besloot het hem niet te vertellen. Hij had al genoeg te verwerken.

Maar eens ze terug in België was, zou ze maatregelen nemen. Hoe moeilijk de relatie met Lieve ook was, het bleef haar zus, haar jongere zus die toen ze klein was naar haar had opgekeken. Ze zou haar dit keer niet in de steek laten. Dat had ze mama beloofd.

Tom liep lusteloos door het huis in Grobbendonk terwijl hij laden en kasten opentrok. Het eerste jaar nadat zijn ouders gescheiden waren, bleef alles in het huis zoals het was toen ze nog samen waren. Daarna kwam daar telkens weer verandering in bij elke nieuwe vriendin die bij zijn vader kwam logeren. Hij vond het grappig én spannend te ontdekken wat voor nieuws de laatste aanwinst in huis had gebracht.

Tom was allang de tel kwijtgeraakt van de vriendinnen die over de vloer kwamen. Het kon hem ook niks schelen, er was toch niets meer aan te doen. Mama en papa waren definitief gescheiden. Toen hij zijn vader een paar keer erg brutaal tegen mama had zien doen, had hij vlug de moed opgegeven dat het ooit nog goed zou komen.

Nu woonden hij en mama boven haar kantoor in Kontich en het grootste gedeelte van de tuin had plaats moeten maken voor parkeerruimte voor de klanten. Hij woonde er niet graag. Gelukkig was er een grote tuin rond het gebouw waar John woonde. Er waren wandelpaden en zelfs een vijver. Sloeber was daar gek op. Als je hem niet aan de lijn hield, kon je er zeker van zijn dat hij halsoverkop in de vijver sprong. Gekke Sloeber, een echte schat van een hond.

Nu zat hij hier, in Grobbendonk en hij miste Sloeber, zijn kamer in Kontich, de school en mama. In die volgorde.

De vrouw die vanmorgen uit de kamer van papa was gekomen, vond hij een eng wijf. Toen ze weg was, had hij er iets over gezegd tegen papa en die was toen heel boos geworden. Tom moest zich gedragen. Hij ontving in zijn huis wie hij wilde. Als Tom zich daar niet kon mee verzoenen, hoefde hij niet meer naar Grobbendonk te komen.

Hij hield verder wijselijk zijn mond en deed of er niets aan de hand was, zoals hij bij al die andere vrouwen gedaan had. Als hij niet dwarslag, hadden hij en papa ook wel eens samen een echt leuke dag. Bijvoorbeeld wanneer de vrouw van dat moment tijdens het weekend niet vrij was. Of als ze in bed bleef liggen, ziek of zo. Hij ging dan met papa naar het voetbal kijken of ze speelden urenlang computerspelletjes. Soms mocht hij mee naar het bedrijf van papa, waar dikwijls ook in het weekend gewerkt werd. Wat ze er juist allemaal ontwikkelden, begreep hij niet goed en er werd erg geheimzinnig over gedaan. Er hing altijd een nerveuze sfeer van spanning en verwachting. Terwijl papa met George vergaderde, mocht hij zich amuseren in het informaticalab. Het was hem zelfs eens gelukt een programma te maken waar papa echt trots op was geweest. Hij had het aan zijn baas laten zien en die had gezegd dat hij later zijn vader kon opvolgen in de zaak. George zou hem wel opleiden, zoals hij met papa had gedaan. Hij zei dat op een rare toon en papa had het zenuwachtig weggelachen. Sindsdien nam hij Tom niet meer zo vaak mee.

Toen hij gisteren op een weekdag hier aankwam, had papa hem meteen gezegd dat hij welkom was, maar dat hij zich niet met hem kon bezighouden. Hij moest maar naar school bellen en vragen dat ze hem via het internet werk toestuurden. Of hij kon zijn grootouders langs papa's kant nog eens bezoeken.

Tom was er vanmorgen even geweest. Het waren heel lieve, eenvoudige mensen, maar echt ergens over praten kon je niet met hen.

Hij was wel zo slim om zijn school niet te bellen. Zolang hij papa niet lastig viel, kon hij enkele dagen rustig zijn gang gaan. Hij had pornoboekjes gevonden en er zenuwachtig en vluchtig in gekeken. Mama zou woedend zijn als ze hem betrapte, maar zij zat in Rome. Bovendien was het haar schuld dat hij hier was.

Waarom had hij niet mee mogen gaan? Hij snapte nog steeds niet waarom ze zo boos was geworden toen hij er zondagavond op had aangedrongen. Hij was oud genoeg om te begrijpen hoe moeilijk het voor haar was. Hij zou haar in Rome geen last bezorgd hebben, zo stom was hij niet.

Hoewel hij er bang voor was, had hij oma willen zien, en opa. Opa, die zijn beste kameraad was en hem vaak getroost had wanneer hij het moeilijk had. Hij zou er trouwens niets op tegen gehad hebben indien hij enkele uren bij oma had moeten waken. Dan waren ze met vieren geweest om elkaar af te lossen. Het werd tijd dat mama inzag dat hij geen kind meer was. Hij werd vijftien.

Hopelijk werd oma vlug beter. Ze moest wel heel erg ziek zijn, want hij had mama zelden zo van streek gezien.

Als oma maar niet doodging zoals Treeske. Dat kon gelukkig niet, want oma was nooit ziek geweest. Bovendien zou mama het hem verteld hebben als er iets ernstigs met oma aan de hand was. Ze had hem plechtig beloofd dat ze altijd eerlijk met elkaar zouden zijn.

Het was drie uur in de namiddag toen de dokter en de verpleegster binnenkwamen. De priester zat nog aan het voeteneinde van het bed en praatte stil met Robert in gebroken Engels. Hij had Louise zopas de laatste sacramenten toegediend. Ellen was onder de indruk van de plechtigheid, die veel meer een belofte tot eeuwig leven inhield dan een afscheid van het leven. Ze begreep voor het eerst de ware betekenis van de handelingen die haar vroeger vreemd geleken hadden. Het was een begin van aanvaarding. Het leven van mama zou ergens anders verdergaan. Daar moest ze in geloven, of ze zou wat komen ging, niet aankunnen.

Lieve zat naast het bed aan de andere kant, tegenover Ellen. Ze zat erbij als verdoofd, waarschijnlijk door de combinatie van pillen en alcohol. Toch had ze vanmiddag, nadat de dokter in haar bijzijn een nieuwe elektro-encephalogram van de hersenen had gemaakt, haar toestemming gegeven om de beademing stop te zetten. Ze had tevens de nodige documenten mee ondertekend. Niet alleen het onafwendbare had haar overtuigd, maar vooral dat ze zelf aanwezig was geweest bij de verzorging van haar moeder. Hoe voorzichtig en correct het verplegend personeel in hun bijzijn ook te werk ging, het was verschrikkelijk om te zien dat de meest intieme dingen tot techniek en handigheid waren teruggebracht. Niet op een levende mens, maar op een ding dat ademde en waarvan het hart nog klopte omdat het aan een machine verbonden was.

Ellen was er zeker van dat, wanneer zij, Lieve of vader niet aanwezig waren, de verplegers hun dagelijkse praatjes tijdens de handelingen gewoon verder zouden zetten. Aan zoiets konden ze hun moeder niet overleveren, had ze tegen Lieve gezegd. Kort daarna had ze het document ondertekend.

Nu hadden ze een afspraak met de dood, de dood van hun eigen moeder. De dokter sprak nog even met Robert en de priester en nam vervolgens plaats aan het hoofdeinde van het bed waar de toestellen stonden. De priester legde de stola die hij tijdens het sacrament der zieken gedragen had, weer om zijn hals.

'Lieve, Ellen, binnen enkele ogenblikken gaat de dokter de beademing stopzetten. Hij heeft jullie uitgelegd dat mama geen pijn zal voelen omdat ze niet meer in staat is pijn te voelen. Mogelijk zullen er enkele spiertrekkingen zijn, maar dat zijn spasmen, geen bewuste bewegingen. Dat hebben jullie toch goed begrepen?'

Beiden knikten, niet in staat om een woord uit te brengen.

'Laten we samen bidden zodat we mama kunnen helpen om over te stappen naar een nieuw leven.'

Hoewel Ellen de eenvoudige woorden van een rozenkrans reeds lang niet meer uitgesproken had, kwamen vanuit de diepte van haar geheugen de woorden terug die haar moeder haar, heel jong nog, geleerd had. Ook Lieve volgde na een korte aarzeling.

Robert kwam aan de kant van Lieve staan. Hij legde een hand op haar schouder en met de andere nam hij die van Ellen, die de hand van haar moeder vasthield. Op die manier waren ze alle vier met elkaar verenigd.

Minuten gingen voorbij terwijl de zich herhalende melodie van de gebeden in de ziekenkamer een vreemde rust bracht.

Het reciteren klonk plots anders. Ellen keek op. Ze besefte dat het de ontkoppelde machines waren die de kamer in een ijzige, beklemmende stilte hulden. Ze kreeg het heel benauwd en vreesde dat ze elk ogenblik flauw kon vallen. Ook Lieve begreep wat er gebeurd was. Robert gaf haar niet de kans om hysterisch te gaan doen. Met zijn hand op haar schouder dwong hij haar tot ingetogen verdriet terwijl hij nog intenser verder bad.

Ellen herstelde zich. Een serene rust kwam over haar en verjoeg haar hartkloppingen, haar benauwdheid, haar angst voor de dood.

Dan was het of de kamer gevuld werd met de aanwezigheid van iets dat ze altijd gekend had, maar allang verloren had. Vaag was ze zich bewust dat de dokter enkele handelingen deed net buiten haar zichtsveld. Haar blik bleef in die van papa gevangen en haar stem sprak de woorden uit die niet meer uit haar hoofd, maar uit haar hart leken te komen.

De dokter boog zich over het lichaam heen, lichtte even de oogleden op, voelde de pols en knikte ten slotte Robert toe.

Zijn Louise was niet meer.

4

'Hoe klonk ze aan de telefoon?'

'Moe. Ik denk niet dat het al echt tot haar doorgedrongen is. Haar kennende, dwingt ze zichzelf enkel en alleen bezig te zijn met praktische dingen. Dat werkt als een soort verdovingsmiddel.'

'Zoals de organisatie van de begrafenis.'

'Zo ver is het nog niet. Bij een overlijden op reis in het buitenland komt heel wat kijken. Het lichaam moet gerepatrieerd worden en daarvoor heb je allerlei documenten nodig. Dat zal wel een dag of twee in beslag nemen.'

Grietje zuchtte. 'We kunnen dus niets doen om haar te troosten of te helpen.'

'We krijgen daar later nog genoeg de kans voor.'

'Hoe is het met mijnheer De Ridder?'

'Hij houdt zich sterk. Ik bewonder die man.'

'Waar zal de begrafenis plaatshebben, denk je? In Luxemburg?'

'Ik heb geen idee. We horen het wel. In ieder geval zullen we het de hele week zonder haar moeten stellen. Als Koen binnenkomt, moeten we daarover met ons drieën overleggen.'

'Arme Koen. Hij wordt er meteen ingegooid.'

'Geen nood. Hij heeft ervaring genoeg. Het is tot nu toe toch allemaal goed gegaan.' Grietje antwoordde niet en Myriam keek haar onderzoekend aan. 'Of niet soms?'

'Natuurlijk. Al vind ik hem wel eigengereid. Hij wilde direct alle dossiers zien en stelde een paar vragen die ik raar vond.'

'Zoals?'

'Of die en die eigenaar nog andere eigendommen had, bijvoorbeeld.'

'Dat is een blijk van interesse. Hij kent het klappen van de zweep en weet dat je met eigenaar-beleggers extra diplomatisch moet zijn.'

'Toch zal ik blij zijn als Ellen terug is. Ik zit niet graag hier met hem alleen.'

'Daar zul je niet veel last van ondervinden, want ik ben van plan hem hoofdzakelijk naar afspraken te sturen. Eens hij een paar verkopen of verhuringen verwezenlijkt heeft, zal hij zich zekerder van zichzelf voelen.'

'Nog zelfverzekerder!'

'Wees blij dat hij van aanpakken weet, Grietje. Gezien de omstandigheden hadden we het niet beter kunnen treffen. Je begeleidt hem dus alleen waar nodig. Hij zal de juiste toon wel vinden.'

'Dat is het net. Als ik hem bezig hoor, weet ik dat hij niet makelt zoals jullie. Ik kan niet precies zeggen wat, maar er is een verschil. Misschien omdat hij een man is. Vrouwen makelen emotioneler, krijgen vlugger een band met hun klanten. Dat vind ik juist zo leuk aan jullie aanpak.'

Myriam kreeg het stilaan op de zenuwen. Wat is er opeens met dat meisje aan de hand, vroeg ze zich ongeduldig af. Ze probeerde haar kalmte te bewaren.

'Emotionaliteit is niet noodzakelijk om te makelen. Sommige klanten houden er zelfs niet van. Daarom hebben we juist een man in dienst genomen. Luister Grietje, nu Ellen er niet is, rekenen we meer dan ooit op jou. Je zult de zaak mee draaiende moeten houden tot zij terug aan de slag is. Je kunt toch moeilijk van mij verwachten dat ik bij alles je hand vasthoud.'

Grietje knikte. Ze zou haar bange voorgevoelens over Koen voorlopig voor zichzelf houden. Later, eens Ellen over het ergste verdriet heen was, zou ze er met haar wel over spreken.

Myriam begon, drukdoende als teken dat de bespreking afgelopen was, dossiers klaar te leggen om mee te nemen.

'Zoals afgesproken neem ik dus de afspraken van Ellen over. De nieuwe afspraken verdeel je tussen Koen en mij. Jij maakt de afspraken en je zorgt ervoor dat het kantoor blijft draaien. Oké?'

Toen Grietje wat later in de keuken de eerste koffie van de dag klaarmaakte, had ze een ontevreden gevoel. Waarom kon ze Myriam niet duidelijker maken wat ze bedoelde? Het was waar, Koen deed niets verkeerds en deed zijn best om zoveel mogelijk informatie zo snel mogelijk te verwerken. Toch had ze de hele tijd het gevoel dat hij alles van op afstand gadesloeg, hen als het ware controleerde. Alsof zijn integratie als lid van het team Company 21 hem geen barst interesseerde. Ze vroeg zich af of hij de echte betekenis van een team zijn überhaupt kende.

Nee, volgens haar was hij een individualist van het zuiverste soort. Ze twijfelde eraan of ze dat wel een leuke eigenschap vond.

Robert zat met zijn dochters op het kleine tuinterras van een van de vele restaurantjes in de buurt van het Colosseo. Hij had hen hier mee naartoe genomen omdat het personeel in het hotel te opvallend zijn medeleven liet blijken. De directeur was, tot tranen toe bewogen zelfs, hem plechtig komen condoleren. Het was allemaal heel goedbedoeld, maar Robert had het soberder en discreter willen zien, zonder al die zuiderse zin voor tragiek.

Aan de andere kant moest hij toegeven dat men alles deed om hen te helpen. Gelukkig. Want er was veel te regelen en dat besprak hij met zijn dochters liever hier dan in het hotel waar ze konden gestoord worden.

Ellen noch Lieve had veel gegeten. Het viel hem op dat ze voor het eerst sinds het overlijden rustig waren. Hijzelf voelde zich ook rustig. Of was het alleen een gelaten rust, een berusten omdat ze niet anders konden?

Zijn gedachten werden onderbroken door Ellen, die vroeg of hij hier al samen met mama was komen eten.

'Vroeger wel, maar niet tijdens deze reis. Maar wel tijdens een korte vakantie vroeger.'

'Ik heb nooit begrepen waarom je altijd terug hierheen komt. Rome is een vreselijke stad.'

Ellen had veel zin om te reageren en Lieve te zeggen dat Rome inderdaad geen Hasselt was. Een waarschuwende blik van haar vader was voldoende om haar te doen zwijgen. Hij kende zijn oudste en de manier waarop ze dacht over haar jongere zus.

'Je leert Rome kennen op een heel ongelukkig moment, kindje. Daarom ben je blind voor haar schoonheid. 2700 jaar geschiedenis en 2000 jaar christendom hebben van Rome de eeuwige stad gemaakt. Een schatkist waaruit je zo maar kunt putten. Wandel in Rome rond en er is geen piazza, geen straat, geen steeg zonder een of ander monument of bezienswaardigheid. Wat Rome echter voor mij zo bijzonder maakt, is dat deze wereldstad, in al haar grootsheid, in al haar pracht, een dorp is gebleven. Een dorp waar de mensen hartelijk zijn. Ze zijn als kinderen, een beetje wantrouwig in het begin, maar als ze merken dat je hun stad een warm hart toedraagt, zullen ze alles doen om het jou zo goed mogelijk naar de zin te maken. Dat is uniek voor een grootstad, zelfs in het overal gastvrije Italië. In Florence, Venetië en Napels is het moeilijker om contact te krijgen met de bewoners.'

'Natuurlijk dat ze hier vriendelijk zijn. Ze verdienen genoeg aan de toeristen. Heb je gezien wat een rondleiding in het Colosseo kost?'

'Het is zijn geld waard. Het gebouw heeft een eigen dramatiek, het is universeel en toch Romeins. Je moet het zeker bezichtigen voor we terug naar België gaan. Mama zou dat ook gewild hebben.'

De stemming sloeg meteen om. De illusie van een goede verstandhouding verdween op slag en de houding van Lieve verstarde. Robert verkoos wijselijk om over te schakelen op praktische onderwerpen.

'Ik stel voor dat we bij een koffietje eens praten over de dingen die nog moeten geregeld worden.'

Hij riep de ober en bestelde koffie voor hem en Ellen. Lieve knikte nee en bleef mokkend voor zich uit kijken.

'Ik heb met de begrafenisondernemer en met de mensen van de bijstandsverzekering gesproken. Als alles normaal verloopt,' Robert aarzelde en wikte zijn woorden, 'zal mama voor het einde van de week naar België kunnen overgebracht worden.'

'Pas op het einde van de week?'

Ellen had die spontane reactie beter niet gehad, want Lieve greep ze dankbaar aan.

'Kun je misschien niet zo lang gemist worden op je werk? Is dat weer het belangrijkste?'

'Natuurlijk niet. Ik blijf zolang het nodig is, maar ook voor jou en Dirk stelt zich een probleem. Kunnen je schoonouders de kinderen zo lang opvangen?'

Ellen wist dat het een hele opgave was de vier kinderen van Lieve in toom te houden. Het waren echte wildebrassen.

'Dirk moet maar vrij nemen. Daar heeft hij toch recht op, gezien het overlijden van zijn schoonmoeder, of niet?'

'Natuurlijk. Eén dag voor de begrafenis. Mogelijk drie dagen, ik zou het niet met zekerheid kunnen zeggen. Weet jij het misschien, papa?'

'Met dat soort dingen houd ik me al jaren niet meer bezig en de sociale wetgeving wordt wel eens gewijzigd. Er zijn misschien andere oplossingen.'

Zijn dochters keken hem vragend aan. Welke andere oplossing was er dan mogelijk?

'Jullie kunnen bijvoorbeeld ook morgen al terug naar België en ik kom na met het vliegtuig dat het lichaam van mama repatrieert.'

'Wat! Stuur je ons weg?' De agressieve toon van Lieve voorspelde niets goeds.

'Ik probeer alleen praktisch te zijn. Ik zal van het ene bureau naar het andere moeten gaan en dat kan uren in beslag nemen. De administratie is hier allesbehalve vlot. Aangezien jullie me daar toch niet bij kunnen helpen, heeft het geen zin dat we alle drie in bureaus zitten te wachten tot alle formaliteiten vervuld zijn.'

'Maar dan is mama alleen in het ziekenhuis!'

Haar stem sloeg over van verontwaardiging. Een stapje verder en het wordt hysterie, vreesde Ellen.

'Of jullie hier zijn of niet, Lieve, zal niets aan de situatie veranderen. Mama is niet meer. Van nu af aan moeten we haar in ons hart dragen en enkel daar is ze bij ons. Niet in het mortuarium van een ziekenhuis. Ellen heeft trouwens gelijk, Dirk en de kinderen hebben je nodig. Zoals Tom jou nodig heeft Ellen, én de zaak.'

'Je wilt dus liever alleen hier blijven.'

Robert hoorde aan haar gekwetste toon dat ook Ellen zich moeilijk kon verzoenen met het idee dat ze haar overleden moeder zou moeten achterlaten.

'Er is niets in deze hele situatie wat ik graag of niet graag doe. Ook ik wenste dat ik de voorbije dagen kon uitwissen en dat alles terug normaal zou worden.' Zijn stem brak en zijn dochters waren getroffen door het enorme verdriet van hun vader dat hij even niet kon verbergen. Hij had zich de hele tijd al voor hen sterk proberen te houden. Hij herstelde zich echter vlug en vervolgde op een beheerste toon. 'Dat gebeurt, helaas, niet en dat moeten wij aanvaarden. Hier blijven rondhangen zal de zaak niet bespoedigen of gemakkelijker maken.'

'Er waren ook nog andere mogelijke oplossingen, zei je daarnet?'

'Misschien.'

Robert aarzelde. Deze oplossing was wat hij het liefste zou hebben, maar zouden de meisjes hem daarin kunnen vinden?

'Mama en ik komen, kwamen al jaren naar Italië. Vooral Rome heeft op ons steeds een magische kracht uitgeoefend. We hebben hier samen prachtige momenten beleefd. Ik durf zelfs te zeggen, de prachtigste en de meest intense ogenblikken uit ons huwelijk. Als herinnering aan die gelukkige tijden zou ik willen dat ze hier in Rome begraven wordt waar ik later ook begraven zou willen worden, naast haar.' Hij gaf een teken dat ze even moesten wachten voor ze commentaar gaven. 'Er is ook nog een andere reden, een praktische. We woonden al jaren niet meer in België en in Luxemburg hebben wij ons nooit echt helemaal thuis gevoeld. Misschien is een begrafenis hier in Rome dus de beste oplossing.'

De beide zussen staarden hem verstomd aan. Toen de betekenis van zijn woorden eindelijk tot hen doorgedrongen was, brak hun protest los. Robert moest een beroep doen op al zijn gezag om hen tot kalmte aan te manen en zo een schandaal in het restaurantje te voorkomen. Niettemin laaiden de gemoederen hoog op. Lieve zag wit van woede die haar stem verstikte. Zelfs Ellen, die hem steeds in alles volgde, keerde zich deze keer radicaal tegen hem. Ze verweet hem met hen en hun gevoelens geen rekening te willen houden. Ze vond het een waanzinnig idee en begreep niet waar hij het vandaan haalde.

Met spijt in het hart besefte hij dat hij het plan om regelmatig naar zijn geliefde Rome terug te keren en er zijn Louise te vinden op een met zon overgoten begraafplaats op een Romeinse heuvel waar hij ooit zelf zou willen rusten, nooit zou kunnen uitvoeren. Pas toen hij zijn dochters had gezworen dat hij van zijn voornemen afzag, kalmeerden ze.

Terwijl Lieve en Ellen druk discussieerden waar de begrafenis, hetzij in Antwerpen of in Luxemburg, zou plaatsvinden, besefte hij dat hij in de nabije toekomst meer dan ooit met de gevoelens van zijn dochters rekening zou moeten houden. Uit hun overreactie op zijn voorstel Louise in Rome te begraven, bleek dat haar plotse overlijden hen het gevoel gaf niet genoeg voor hun moeder gedaan te hebben.

Ze wilden dat blijkbaar alsnog goedmaken. Maar dat zou leiden tot nog meer onderlinge conflicten en Louise was er niet meer om tussen hen te bemiddelen.

Zijn beide dochters zouden de komende maanden een moeilijke tijd doormaken en of het goed zou aflopen, zou voor een groot deel afhangen van zijn diplomatische talent.

Het was de laatste les van het cursusjaar en de leraar, mijnheer De Vries, had ontstemd gereageerd toen Myriam veel te laat binnenkwam. Dat Ellen helemaal niet was komen opdagen, vonden de cursisten niet kunnen. Waren ze niet van plan om na de les met zijn allen een feestje te bouwen? Zij, de natuurlijke leider van de groep, mocht dus zeker niet ontbreken.

Toen Myriam hen vertelde wat er met de moeder van Ellen in Rome gebeurd was, schrokken ze natuurlijk wel. Ze wilden weten waar en wanneer de begrafenis zou plaatshebben. Myriam beloofde ervoor te zorgen dat er een bericht zou komen ad valvas of via het internet.

'Wat mij meer interesseert is hoe mevrouw De Ridder het denkt te regelen met haar thesisverdediging? Als ik het goed heb, moet ze die nog deze week afleggen.' Door de ietwat schampere opmerking van De Vries was Myriam onmiddellijk op haar hoede.

'Dat klopt. Ik ga na de les uitstel voor haar vragen. Dat moet kunnen in geval van het overlijden van je moeder, niet?'

'Dat betwijfel ik, mevrouw Verbeeck. Er zijn juryleden die voor deze afspraken, maanden geleden vastgelegd, hun zakelijke agenda hebben vrijgehouden. Het is dus vanzelfsprekend dat er nooit verschuivingen toegestaan worden. Deze regel geldt trouwens voor alle cursisten. De data worden dan ook zo vlug mogelijk in het schooljaar aan de laatstejaars medegedeeld.'

'Maar dit is een geval van overmacht.'

'Toevallig is iets dergelijks vanochtend nog besproken in de docentenkamer. Ook daarvoor wordt geen verschuiving toegestaan. Als mevrouw De Ridder erop staat haar diploma dit jaar te behalen, denk ik dat ze er beter aan doet haar persoonlijke zorgen opzij te zetten en haar thesis te verdedigen op de voor haar vastgelegde datum.'

'Maar dat is onmenselijk!'

'U moet niet overdrijven. Je moeder verliezen is uiteraard tragisch, zeker als het zo plotseling gebeurt. In zaken moet je echter keihard kunnen zijn. Dat is precies wat we hier van jullie proberen te maken: keiharde zakenmannen en zakenvrouwen. Het is bijgevolg volkomen terecht dat we niet ingaan op emotionele en sentimentele verzoeken.'

'Maar Ellen is momenteel nog in Italië. Ze heeft niet meer aan haar thesis kunnen werken.'

'Die thesis en de verdediging ervan hadden reeds lang in orde moeten zijn. Of vindt u het misschien de juiste aanpak als zakenvrouw dergelijke belangrijke zaken tot het laatste ogenblik uit te stellen? Nee, mevrouw Verbeeck, tot dat soort makelaars leiden wij u hier niet op. Dit is een eersteklas opleiding en daarom kunnen, nee, moeten we ons ook hard opstellen. Neem contact op met mevrouw De Ridder en geef haar de goede raad zo spoedig mogelijk naar België terug te komen en zich aan haar afspraak te houden. Zo niet vrees ik dat ze nog een jaartje langer zal moeten wachten op haar diploma. Wat op zichzelf natuurlijk geen drama is. Ze werkt reeds als makelaar en kan dat blijven doen.'

Hij besloot niet verder in te gaan op het verontwaardigde geroezemoes van de klas en beëindigde het laatste lesuur wat vroeger. Over een halfuurtje mochten ze hem op hun feestje verwachten.

Eens De Vries in de gang was, kon hij zich niet langer bedwingen om breed te glimlachen. Collega De Deyne stond bij hem in het krijt! Al was die kerel niet meer de leidinggevende figuur in de vakorganisatie van vóór het grote schandaal, hij had nog altijd het makelaarskantoor met de grootste omzet van België. De belofte tot samenwerking die De Deyne gedaan had aan al degenen die hem wilden steunen in het tegenwerken van De Ridder, zou een zeer winstgevend zaakje voor hem kunnen worden.

De sfeer op het makelaarskantoor was al de hele dag gespannen. Eerst was er de reactie van Ellen op het bericht dat ze geen uitstel kreeg en nog deze week haar thesis zou moeten verdedigen. Al was haar woede niet tegen haar gericht, Myriam had toch de eerste storm moeten opvangen.

Vervolgens was een verkoop die zo goed als rond was en die Koen alleen nog hoefde te laten ondertekenen, op het laatste ogenblik afgesprongen. De kopers hadden blijkbaar een ander pand gevonden.

En nu stond John in het kantoor met een resem nieuwe klachten over VDB. Toen hij de reden vernam waarom Ellen niet op kantoor was, had hij verontwaardigd gereageerd omdat hij niet op de hoogte gesteld was van het overlijden van mevrouw De Ridder. Hij was al zo ongerust geweest omdat Tom deze week niets van zich had laten horen, had hij Myriam verweten. Dat Ellen hem niets had laten weten, kon hij haar niet kwalijk nemen. Het overlijden van haar moeder zou wel een vreselijke schok geweest zijn. Grietje of Myriam echter hadden het hem minstens kunnen melden.

Myriam besefte dat ze inderdaad een fout gemaakt had en probeerde het goed te maken door extra geduldig naar zijn klachtenlijst te luisteren, hoewel ze daar eigenlijk geen tijd voor had. Het was duidelijk dat VDB zijn haat- en lastercampagne weer met vernieuwde ijver had ingezet.

'Is er dan iets verkeerd gegaan dat hij ineens zo tekeergaat?'

'Daar hoeft niets voor verkeerd te gaan. Die man is een geboren ruziemaker. Als hij geen herrie kan schoppen, dan leeft hij niet.'

'Overdrijf je nu niet een heel klein beetje, John? Als jij je werk goed doet, heeft hij volgens mij geen reden tot klagen.'

'Ik doe mijn werk goed. Hij vindt altijd wel wat. Nu verspreidt hij het gerucht dat ik Ellen help verborgen gebreken in het gebouw te verdoezelen.'

'Trek je dat niet aan, want dat is niet waar.'

'Nee... Al zou ik de eigenaars toch wel het een en ander kunnen vertellen. Vergeet niet dat ik het gebouw nog mee gezet heb. Helaas weet VDB dat ook en hij gaat dat overal rondvertellen in de hoop dat de eigenaars mijn ontslag zullen eisen. Hij haat de Hollanders die het gebouw gezet hebben omdat het volgens hem niet aan zijn verwachtingen voldoet, én Ellen omdat hij vindt dat hij het appartement dus te duur gekocht heeft. Mij, omdat ik destijds door haar ben aangesteld en maar een eenvoudige bouwvakker ben.'

'Onzin, John. Jij bent daar conciërge en je contract is nog lang niet verlopen. Je zorgt er dus voor dat het er proper is, dat het reglement van inwendige orde gerespecteerd wordt en dat er geen oorlogen ontstaan tussen de bewoners. Van de rest trek jij je gewoon niets aan. Wij zijn de syndicus en beslissen over jouw aanstelling. We hebben trouwens geen tijd om ons met burenruzies bezig te houden. Dat ze dat onder elkaar oplossen.'

Haar weigering zijn klachten ernstig te nemen, kwam hard aan, zag ze. Ze had het anders willen aanpakken, maar het werd haar allemaal een beetje te veel. Trouwens, John moest eindelijk eens leren zijn eigen boontjes te doppen en niet steeds als een kleine jongen aan Ellens rokken te hangen. Ze kon hem niet eeuwig de hand boven het hoofd houden.

'Laat je door VDB niet doen, maar blijf steeds beleefd en correct. Uiteindelijk kun je alleen ontslagen worden als een meerderheid van de eigenaars dat wil én als ze er gegronde redenen voor hebben. Zolang jij je voor de bewoners van het gebouw inzet en je werk goed doet, zal dat niet gebeuren, al staat VDB op zijn kop.'

'Wie is die VDB eigenlijk?' vroeg Koen, die bij haar had gezeten toen John het bureau kwam binnengestormd en aan zijn klaagzang begon.

'Pierre Van Den Broucke. Hij was de eerste die een appartement kocht in het gebouw in Kontich. We doen er nu nog uitsluitend het privatief en syndicusbeheer en af en toe een herverkoop of verhuring. Wat mij betreft, lieten we dat syndicusbeheer voor wat het was. We hebben er niets dan last mee. Voor Ellen heeft dat gebouw echter een speciale betekenis.'

'Ik woon er, zo leerde ik Ellen kennen. Zij heeft er ook gewoond', voegde Grietje er van op haar plaats aan toe. 'Die VDB is inderdaad een walgelijk mannetje. Volgens mij zit die kerel met een levensgroot probleem dat hij op alles en iedereen uitwerkt.'

Ze stond op en ging naar John toe.

'Trek het je niet aan. Ik zal eens met enkele eigenaars praten en hen vertellen wat VDB je weer allemaal aandoet. Zo kunnen ze hem alvast wat tegenwind geven. Kom mee naar de keuken, dan maak ik een lekkere kop koffie voor je. Myriam en Koen hebben het erg druk nu Ellen weg is.'

Terwijl ze hem meenam naar de keuken, knipoogde ze naar Myriam. Ze was handig in het opklaren van een vervelende situatie.

Myriam slaakte een zucht van opluchting. Mensen zoals John lagen haar helemaal niet. Hij zag alles zo zwart-wit. Zoals zijn reactie van daarnet op het overlijden van mevrouw De Ridder! Net of ze het met opzet voor hem verzwegen hadden. Wanneer je dan op zijn gezeur inging, kwam er geen einde aan zijn eeuwige klachtenlijst over VDB. Ellen nam hem echter steeds opnieuw in bescherming en Tom was gek op hem. Gelukkig dat Grietje wist hoe ze hem moest aanpakken.

'Wat een temperament, die conciërge!' merkte Koen lachend op. Myriam haalde haar schouders op. Hij wachtte even om niet de indruk te wekken dat hij nieuwsgierig was en vroeg toen, langs zijn neus weg: 'Is dat verhaal van hem waar? Weet hij meer over eventuele gebreken aan dat gebouw?'

'Dat denk ik niet. Hij was wel ploegleider op de bouw en is er daarna conciërge geworden. Eigenlijk is hij voor die baan helemaal niet geschikt. Veel te ongeduldig, veel te opvliegend.'

'Waarom kreeg hij die baan dan?'

'Dat moet je Ellen maar eens vragen. Het is een lang verhaal. Laten we nu die andere dossiers nakijken. Ik wil morgen Ellen niet vertellen dat we nog meer verkopen zijn misgelopen. Niet dat ik je iets verwijt, Koen. Het overkomt ons allemaal wel eens dat een verkoop op het laatste nippertje afspringt. We mogen echter nooit iets aan het toeval overlaten.'

Terwijl ze hem uitvoerig briefte over de volgende afspraken, verheugde hij er zich over dat zijn werk voor De Deyne steeds beter verliep. Niet alleen was hij erin geslaagd die kopers 'per toeval' een pand van het kantoor van De Deyne onder de aandacht te brengen zodat ze het bod op het door Company 21 aangeboden pand lieten vallen, maar nu wist hij bovendien dat een van de zwakke plekken van Ellen te maken had met deze onbehouwen conciërge. Dat de afspraak voor de verdediging van haar thesis niet naar een latere datum verschoven was, had De Deyne ook aan hem te danken. Als hij hem niet had ingelicht over het overlijden van haar moeder, had De Deyne er nooit kunnen voor zorgen dat het uitstel niet werd toegestaan.

Bij de eerste gelegenheid die zich zou voordoen, ging hij proberen ook die VDB eens te contacteren. Als hij, zoals John beweerde, Ellen inderdaad intens haatte, zou hij een bondgenoot kunnen worden in de ondermijning van haar makelaarskantoor. Of minstens van het syndicusbeheer dat ze in het gebouw deed. Hij vatte het plan op om voor een fictieve klant een bezichtiging te organiseren in dat gebouw om eens poolshoogte te gaan nemen.

Het afscheid van papa op de Da Vinci-luchthaven was moeilijk geweest. Ze waren bijna halfweg voor ze de eerste woorden met elkaar wisselden. Tot dan toe waren ze beiden in gedachten verzonken. Het was zo onwezenlijk terug naar België te vliegen met het besef dat mama nooit meer zou thuiskomen.

De stewardess had net een maaltijd gebracht en Ellen besloot toch wat te eten. Ze was van plan na aankomst meteen naar kantoor te gaan. Marc zou later op de avond Tom terugbrengen en ze wilde nog zoveel mogelijk regelen voor hij thuiskwam. Haar zoon zou immers al haar aandacht nodig hebben. Nog altijd twijfelde ze eraan of ze hem toch niet beter onmiddellijk van oma's overlijden op de hoogte gebracht had. Alleen, hoe vertel je een kind zoiets via de telefoon? Ze wist zelfs niet hoe ze het hem straks zou moeten zeggen.

'Eet je niet?' vroeg ze aan Lieve.

'Ik heb geen honger.'

'Maar wel dorst.'

Lieve, die aan haar derde martini was, antwoordde niet en draaide zich naar het raampje.

'Sorry. Ik bedoelde het niet zo.'

'Dat zal wel.'

Ellen zuchtte wanhopig. Hoewel ze zich vast voorgenomen had om het niet meer te verknoeien, bleef ze steeds de verkeerde dingen zeggen tegen Lieve. Het was gewoon sterker dan haarzelf. Dat koppig niet willen eten, weigeren te slapen, het zich verdoven met alcohol en medicijnen, gaf haar de kriebels. De hele houding van haar zus had niets te maken met verdriet om haar moeder. Het was pure aanstellerij.

'Ik laat het dat je zoveel drinkt omdat ik me zorgen maak over je gezondheid. De medicijnen die je neemt gaan niet samen met alcohol. Je weet het en toch doe je het. Kun je het me dan kwalijk nemen dat ik me zorgen maak?'

Lieve zweeg. Of liever, ze zocht naar een geschikt antwoord.

'Ik drink, maar ik heb het onder controle. Ik geef zelfs toe dat ik het nodig heb, maar ik ben niet verslaafd zoals jij altijd wilt insinueren. Het is het enige dat me een beetje ontspant. Mag dat misschien?'

Daarom juist is het zo gevaarlijk, dacht Ellen, drinken om je problemen te vergeten. Aangezien ze nu eindelijk aan het praten waren, ging ze er liever niet verder op in.

'Ik ben blij dat de begrafenis in Antwerpen zal plaatshebben waar we zo lang alle vier samen gewoond hebben. Luxemburg was nooit een echte thuis voor ons. Zelfs niet voor hen, papa gaf het zelf toe.'

'Het is natuurlijk praktisch voor jou. Je hoeft je kantoor niet langer dan een halve dag in de steek te laten.'

Niet reageren, dacht Ellen, ze probeert je alleen maar op stang te jagen.

'Maar het is beter dan Luxemburg', ging Lieve na enkele ogenblikken verder. 'Ze zijn in de Sint-Jacobskerk getrouwd en wij zijn er gedoopt. Het is goed dus dat wij en papa daar afscheid van haar nemen.'

Ze keken elkaar aan en in hun ogen stond alleen maar immens verdriet te lezen. Het zou nooit meer zijn zoals het vroeger was. Ellen zag dat ze zich aan een nieuwe huilbui van Lieve mocht verwachten.

'Toe, Lieve. We moeten ons sterk houden. Mama zou niet gewild hebben dat je je liet gaan.'

Lieve lachte bitter door haar tranen heen. 'In godsnaam, wat weet jij nu van wat mama wilde of niet wilde? Je had de laatste jaren nauwelijks contact met haar.'

'Te weinig, dat geef ik toe. Dat waren de omstandigheden. Ik zal daar nu altijd spijt van hebben.'

'Je hebt mama veel pijn gedaan. Ze wist niet eens meer hoe ze met jou moest praten.'

Ellen ging met een schok rechtop zitten en zei bijna ademloos: 'Heeft ze je dat gezegd?'

'Ze heeft me de laatste maanden meer dan eens gezegd dat je een vreemde was geworden voor haar. Dat je haar en de opvoeding die ze je gegeven had, negeerde. Je deed je eigen zin, zonder rekening te houden met wie dan ook. Dat maakte haar diep ongelukkig. Je mag er trots op zijn.'

Op die laatste sneer wilde Ellen niet reageren. Het was duidelijk bedoeld als uitdaging. Toch wilde ze zich wel verdedigen.

'Ik heb geprobeerd mama uit te leggen dat ik een andere weg volgde dan zij. Zij koos er in de eerste plaats voor echtgenote en moeder te zijn en ik heb daar alle respect voor. Voor mij is dat echter niet genoeg. Ik heb ook de genen van papa. Ik wil iets doen met mijn leven. Ik wil ergens mijn stempel op drukken.'

'En veel geld verdienen.'

Ellen aarzelde. Was dat een doorslaggevend motief? Financiële onafhankelijkheid, dat misschien wel. Geld op zich niet. 'Geld heeft nooit echt meegeteld. Al is het wel een manier om te meten of je succesvol bent of niet. Het is voor mij veel meer dan geld verdienen. Ik vind dat wij vrouwen de wereld niet meer alleen aan de mannen kunnen overlaten. Kijk maar naar alles wat er gebeurt. Ben jij zo gelukkig met wat ze ervan gemaakt hebben? Gaat het soms goed in de wereld? In de wereld die beheerst en geregeerd wordt door de mannen?'

'Makelaartje spelen in Antwerpen, van je man scheiden en je kind verwaarlozen, zal dat aan de wereld iets veranderen? Doe niet zo stom, Ellen. Beken dat je een ambitieuze egoïste bent. Je hebt je huwelijk, je relatie met je moeder en je familie opgeofferd aan je ambitie.'

'Misschien moet je inderdaad een beetje egoïstisch zijn om iets te bereiken. Je kunt nu eenmaal niet op alle vlakken perfect zijn. Ik heb keuzes moeten maken.'

'Je koos er dus voor je eigen gezin en je familie te verwaarlozen omdat je dacht dat je de wereld kon veranderen? Voel je zelf niet hoe stom dat klinkt? Dat gelooft toch geen mens.'

'Omdat je het op die manier stelt, maar zo is het niet gegaan. Ik heb de scheiding niet gewild, al zul jij dat nooit willen geloven. Ik wilde alleen een huwelijk met een echt partnerschap, een liefde waarin ik ook vrij was om mezelf te ontwikkelen. Marc kon dat niet aan. Hij wilde vrijheid voor zichzelf en een vrouw die onderdanig de boel draaiende hield zonder eisen te stellen. Ik was de jaren voor de scheiding erg ongelukkig, Lieve, en gekwetst. Ik heb dat nooit aan iemand in de familie verteld. Misschien had ik het beter wel gedaan. Goed, dan doe ik het nu. Marc bedroog me stelselmatig, zelfs in ons eigen huis. En niet met één vrouw. Ik kon die vernederingen niet meer aan. Een van zijn avontuurtjes was de directe aanleiding dat ik de eerste stappen nam.'

'Dat lieg je.'

'Vraag het hem zelf. Vraag hem wanneer ik voor het eerst over scheiden gesproken heb. Wat er net daarvoor gebeurd was, in onze eigen slaapkamer. Het is een verhaal waar hij niet erg fier op is. Het is het begin van het einde van ons huwelijk geweest.'

Een moment zag Ellen de twijfel in de ogen van haar zus, maar daarna werd haar blik weer hard en koel afstandelijk.

'Dus omdat je gekwetst was, vond jij dat je het recht had je gezin op te geven, je zoon van zijn vader te vervreemden en je familie te verwaarlozen om achter je carrière aan te gaan?'

'Niet omdat ik gekwetst was. Omdat ik goed ben in wat ik doe. Omdat ik geloof dat ik nog veel meer kan bereiken. Waarom zou ik de talenten die ik heb, niet mogen gebruiken?'

'Er zijn mensen die hun talenten ontwikkelen en gebruiken, maar daarom niet hun familie negeren en kwetsen. Je hebt mama veel verdriet gedaan en dat zal ik je nooit vergeven.'

'Ik heb dat niet gewild.'

'Dat is altijd jouw verhaal. Je hebt niet willen scheiden, je hebt niet gewild dat Tom wegliep omdat hij verdrietig was over de scheiding en je hebt het hart van mama niet willen breken.'

Ellen wilde haar onderbreken, maar Lieve gaf haar geen kans. 'Maar je deed het, Ellen. Je deed het en enkel en alleen om je blinde ambitie achterna te gaan. Wel, ik wens je veel geluk. Misschien word je de beste zakenvrouw van de wereld, misschien doe je ooit de grote dingen die je ambieert. Mama om vergeving vragen voor wat je haar aandeed, dat zul je echter nooit meer kunnen doen. Daar moet jij de rest van je leven maar mee leven.'

Ellen en Myriam slenterden zwijgend langs het strand. Toen Ellen plots bleef staan en naar de golven keek die rustig kwamen aanglijden, liet Myriam haar begaan en stapte alleen een eindje verder. Ze waren aan zee om het dossier van De Boeck op te starten en Ellen had gevraagd om na het eten een wandeling te maken. Myriam ging zitten op de volgende golfbreker, ze wilde Ellen even de tijd geven die ze blijkbaar nodig had.

Na een drukke dag gisteren op kantoor waar Ellen een onwaarschijnlijk aantal dingen geregeld had, had ze Myriam voorgesteld het project aan zee toch nog op te starten voor de begrafenis plaatshad. Het was erg belangrijk dat ze een goede indruk maakten op de Amsterdamse Bouwbank, had ze gezegd. Niet alleen voor hun projecten in het buitenland waarvan ze hoopte de medeverkoop te krijgen, maar ook omdat het een introductie kon betekenen naar veel andere nieuwbouwprojecten. Misschien kon de Amsterdamse Bouwbank hen zelfs het kapitaal verschaffen dat nodig was om eigen bouwprojecten te ontwikkelen? Daar was veel geld mee te verdienen.

Meer dan ooit was Myriam zich bewust van het feit dat de ambitie van Ellen die van haar mijlenver overtrof. Ze liet zich meedrijven en probeerde zich niet te veel zorgen te maken over de toekomst. Bovendien besefte ze dat, sinds ze terug vrijgezel was, ook voor haar hun bedrijf thans het enige belangrijke in haar leven was. De kans dat ze ooit een nieuwe partner zou vinden na twee mislukte huwelijken, leek haar zo goed als onbestaande. Zolang Ellen het voortouw nam, zou ze haar dus volgen. Ze vertrouwde haar vriendin en zakenpartner volledig.

Ellen zag er vreselijk uit, maar Myriam had niet anders verwacht. Gisteravond had Tom op het droeve nieuws bijzonder slecht gereageerd. Waarom Ellen hem na het overlijden van haar moeder niet had gebeld vanuit Rome, begreep ze nog steeds niet. Tom was toen bij zijn vader en die had de eerste schok kunnen opvangen. Nu was het des te harder bij de jongen aangekomen. Ze hoopte dat de begrafenisplechtigheid hem het geruststellende gevoel zou geven dat hij toch nog afscheid van zijn oma had kunnen nemen. Ze had in ieder geval zelf het initiatief genomen John te bellen om hem te zeggen dat Tom het heel moeilijk had. Misschien kon hij hem vanmiddag wat opvangen.

'Vind je ook niet dat de zee helend op je werkt?' Ellen was naast haar komen zitten. Ze had gehuild, maar Myriam deed of ze het niet merkte.

'De oneindigheid misschien? De rust die van het oneindige uitgaat. Het eeuwige gaan en komen van de golven.'

Ellen keek haar aan en er gleed een zweem van een glimlach over haar weemoedige gezicht. 'Ik wist niet dat jij een filosofe was, Myriam.'

Ze haalde haar schouders op. 'Ben ik ook niet. Het kwam ineens zo in me op. Meer niet.'

Ellen stond plotseling op, met een energie die Myriam van haar vriendin op dat moment niet verwacht had.

'Kom. We moeten dringend beginnen aan onze inspectieronde. Het was te moeilijk om de sleutels los te krijgen dat we er geen nuttig gebruik van zouden maken. Reken maar dat de samenwerking met De Boeck niet van een leien dakje zal lopen!'

'Gelukkig heeft Ruud hem vanochtend gefaxt dat hij ons een set van de sleutels moest overhandigen. Heb je gezien wat een gezicht hij trok toen die fax binnenkwam?'

Ze hadden napret en begaven zich lachend naar het gebouw. Myriam had de indruk dat Ellen iets van haar dynamisme teruggevonden had. Misschien had ze hier aan zee toch een beetje troost gevonden.

Ze liepen samen van appartement naar appartement en stelden elk afzonderlijk een verslag op en een schatting van de te halen verkoopprijs. Ze werkten wel meer op deze manier. Naderhand vergeleken ze dan beide resultaten.

Bouwkundig bleek het gebouw in orde te zijn. De schrijnwerkerij was wel slordig uitgevoerd en getuigde niet van echt vakmanschap. Sommige deurstijlen waren zeer slecht afgewerkt of trokken nu al krom. Dat laatste wees op het gebruik van een minderwaardige houtsoort. Andere zaken konden ze niet beoordelen. De keuken- en badkamerinrichting bijvoorbeeld. De Boeck had hen er vooraf op gewezen dat nog geen enkel toestel gemonteerd was. Dat zou pas na de verkoop gebeuren en dan nog alleen indien de kopers er niet voor kozen die werken onder eigen beheer te doen. Er werd hier aan de kust trouwens veel te veel gestolen op bouwwerven, had hij gezegd.

De liften functioneerden wel inmiddels. Toch hadden ze problemen ondervonden in twee van de drie liften. Dat was waarschijnlijk te wijten aan de gebruikelijke kinderziekten.

Van enkele appartementen hadden ze geen sleutels gekregen omdat ze al verkocht waren. Jammer, want die zouden volledig afgewerkt zijn en dus ideaal zijn voor de schatting.

'Zullen we eens aankloppen?'

'Waarom niet? Als de kopers nee zeggen, is er niets verloren.'

Ze hadden al vruchteloos bij een van de verkochte appartementen aangebeld op de eerste verdieping. De meeste eigenaars kwamen waarschijnlijk alleen in het weekend in hun nieuwe appartement werken. Uiteindelijk lukte het. Een man van midden in de zestig deed open. Ellen stelde zich voor en vertelde de reden van hun verzoek. Ze werden hartelijk ontvangen en kregen onmiddellijk een rondleiding in het appartement waar de man en zijn vrouw, die iets jonger was dan hijzelf, druk aan het schilderen en behangen waren. Daarna werd hen gevraagd of ze frisdrank wilden. Ze moesten wel uit het flesje drinken, want er waren maar twee kopjes en twee glazen en die waren al in gebruik. Na de gebruikelijke babbel over het weer en het goede wonen aan de kust, stak mijnheer Van Dam als een schooljongen schuchter zijn vinger op. Het was grappig om te zien.

'Mag ik u eens iets vragen?'

'Natuurlijk.'

'Kunnen jullie tussenkomen bij klachten?'

'Klachten? Wat soort klachten?'

'Over de afwerking. Er wordt niet gewerkt volgens het lastenboek.'

'Daar hoeven wij niet voor tussen te komen. U moet de bouwheer daar gewoon attent op maken. Hij moet zich aan het lastenboek houden.'

Mijnheer en mevrouw Van Dam keken elkaar aarzelend aan.

'Wat zijn die klachten bijvoorbeeld?' vroeg Myriam, die zag dat er blijkbaar iets was waar ze niet goed durfden over te praten.

'Wel, de toestellen die geleverd zijn voor de keuken en de verwarming zijn niet van de voorziene kwaliteit en prijsklasse.'

'Dat moet u zeker niet aanvaarden en het is gemakkelijk te bewijzen. Stuur gewoon een aangetekende brief.'

'We hebben het al gemeld, maar De Boeck zegt dat we alle recht op klachten verloren hebben.'

'Dat is onzin.' Ellen rook onraad. Hier was iets dat niet klopte. Die De Boeck was voor geen cent te vertrouwen.

Mijnheer Van Dam keek weer vragend naar zijn vrouw, die hem ten slotte instemmend toeknikte.

'Kijk, u bent makelaar. Met u kunnen we er wel over praten. U mag gerust zijn, we zijn heel voorzichtig en weten wanneer we onze mond moeten houden. U weet toch hoe dat gaat bij verkopen in België?'

Ellen had het onmiddellijk begrepen.

'Zwart geld?'

'Juist. Bij onze aankoop hebben we een vrij belangrijk deel in het zwart betaald aan De Boeck. Om dat tegenover de fiscus te verantwoorden, hebben we, geheel pro forma natuurlijk, een verklaring ondertekend dat we zelf zouden instaan voor de inrichting. De Boeck beweert dat we dus niets meer te zeggen hebben en nu gebruiken hij en zijn onderaannemers minderwaardig materiaal. Als we verwijzen naar het lastenboek, haalt hij er die pro forma verklaring erbij. Hij lacht ons gewoon uit, zegt dat we maar naar de rechtbank moeten stappen en meteen langs de fiscus moeten gaan waar ze de fiscale bijbetaling en boetes graag zullen incasseren.' Hij keek even schichtig naar zijn vrouw, die hem een teken gaf dat hij moest verdergaan. 'Misschien kunt u, die ook voor de bank van De Boeck werkt, wel iets voor ons bereiken. Die bank moet immers weten dat er een deel in het zwart werd betaald. Zij kan druk uitoefenen op De Boeck zodat hij de juiste materialen gebruikt.'

Ellen aarzelde niet. 'Toont u ons even de betreffende toestellen en uw kopie van uw lastenboek. Ik kan u niets beloven, maar zodra wij meer weten, neem ik terug contact met u op.'

'Heel erg bedankt. We zijn trouwens niet de enigen. Ik heb toevallig van onze buurman gehoord dat hij ook problemen heeft met zijn centrale verwarming. Ik vermoed dat het om een gelijkaardig probleem gaat. Hij durfde in ieder geval niet te klagen bij De Boeck. Daarom heeft hij er zelf een andere installateur bij geroepen, die zei dat zijn verwarmingsketel gewoon moet vervangen worden wegens totaal waardeloos. Goedkoop spul uit het Oostblok! Voor onze buurman is een nieuwe ketel blijkbaar geen probleem, maar wij hebben daar het geld niet voor. Al ons geld hebben we besteed om dit appartement te kunnen kopen. We zullen het enkele jaren zuinig aan moeten doen, maar we hebben het er graag voor over. Het is altijd onze droom geweest na ons pensioen hier te komen wonen.'

Ellen beloofde de zaak ten gronde uit te zoeken. Als er iets was waaraan ze een hekel had, was het wel aan dat soort dingen in haar sector. Een makelaar die zijn opdrachtgever, in dit geval de Amsterdamse Bouwbank, bedroog bij de verkoop, was de naam makelaar niet waard. Dat hij dan ook nog de kopers bedroog, daar waren zelfs geen woorden meer voor. Nu pas begreep ze waarom de bank zo teleurgesteld was over de gehaalde verkoopprijzen. De Boeck gaf alleen de verlaagde prijzen door en hield het zwarte geld voor zichzelf. Want dat de bank zou ingegaan zijn op De Boecks verzoek om de verkopen gedeeltelijk in het zwart af te handelen, was volgens haar onmogelijk. Het leek erop dat ze op een kwalijke zaak van bedrog en diefstal waren gestoten.

Tom lag op zijn bed toen er gebeld werd. Weer een dommerik die het verschil niet zag tussen de bel van de zaak en privé, dacht hij smalend. Dat ze het maar uitzoeken, ik kan het me niet aantrekken. Hij was boos omdat mama vandaag was gaan werken terwijl oma net overleden was. Ze had toch een paar dagen vrij kunnen nemen in plaats van hem hier alleen te laten.

De bel ging weer en heel nadrukkelijk. Hij vloekte hardop, wat hij in het bijzijn van mama nooit zou durven, stond op en slofte naar de parlofoon.

'Wie is het?'

'Zou je nu eindelijk eens willen opendoen, snotneus! Ik sta hier al een kwartier te bellen.'

Verdomme! John! Een kwartier? Hij moest natuurlijk weer eens overdrijven. Vlug drukte Tom op het knopje om de deur te openen, liep daarna naar zijn slaapkamer om de deur dicht te gooien, zijn kamer zag er niet uit en hijzelf trouwens ook niet, stormde naar de badkamer en ging vlug met een kam door zijn haar. Net op het ogenblik dat John op de deur van het appartement wilde kloppen, deed hij open.

'John? Wat doe jij hier? Moet je vanmiddag de garage niet poetsen?'

'Fantastisch! Eerst laat je mij zitten met al het werk en dan ga je mij nog verwijten dat ik er niet mee bezig ben. Zijn dat je nieuwe manieren?'

Tom haalde zijn schouders op. Hij was niet in de stemming voor de flauwe grappen van John. 'Kom binnen, maar mama is niet thuis.'

'Dat weet ik, ik kom net van het kantoor. Ik dacht dat je misschien wel wat gezelschap kon gebruiken. Ik weet wat er met je oma gebeurd is.' De blik van John werd heel zacht. 'Het spijt me, jongen, meer dan ik kan zeggen.'

Hoe hard Tom ook op zijn tanden beet, hij kon niet beletten dat de tranen hem in de ogen kwamen. Toen John zijn grote arbeidershanden om zijn schouders legde, brak de stoerheid die hij de hele dag had proberen op te houden en begon hij te huilen als een klein kind.

'Huil maar eens goed door. Daarna gaan we een wandeling maken.'

'En de garage dan?' vroeg Tom door zijn tranen heen.

'Die kan wachten. Zo heeft VDB deze keer tenminste eens reden tot klagen en zagen.'

Een tijdje later stapten hij en John zwijgend naast elkaar als twee gezworen kameraden. Tom moest zich af en toe reppen om hem bij te houden. Hij doet het om me te pesten, dacht hij, maar hij vond het wel leuk. John behandelde hem nooit als een kind, gewoon als een werkmakker. Daar zou hij zijn stap ook niet voor vertragen.

John kon niet langer zwijgen en begon over het rotgedrag van VDB en over de voor hem onbegrijpelijke weigering van Myriam om daar iets aan te doen. Tom sprak hem moed in en zei dat mama hem wel zou helpen om die vervelende klier tot andere gedachten te brengen. Zeker omdat ze op John rekende om in het gebouw de orde te handhaven.

Toen ze bij de vijver kwamen die in het park rond het gebouw was aangelegd, bleven ze staan kijken naar de eendjes. 'Over enkele weken zal het beter gaan', zei John, die de gedachten van Tom leek te raden.

'Denk je?

'Ik ben er zeker van.'

Toen vertelde Tom dat hij niet naar school wilde voor de begrafenis achter de rug was. Anders zou iedereen hem allerlei vragen stellen en hij wilde er het liefst niet over praten.

'Dat snap ik wel. Ik had het daar ook moeilijk mee. Tot ik begreep dat al die mensen die over Treeske met mij wilden praten haar ook misten, of dat ze alleszins aanvoelden hoe erg het voor mij was haar te moeten missen. Toen ik dat eenmaal besefte, ging het iets beter om steeds opnieuw hetzelfde verhaal te moeten vertellen. Het zou zelfs egoïstisch van me zijn geweest als ik het niet deed. Ze wilden alleen hun medevoelen laten blijken.'

Tom knikte. Daar had hij niet aan gedacht. Misschien dat hij morgen het best toch naar school ging. De begrafenis was pas zaterdag, hij had er zijn buik van vol om in zijn eentje thuis te zitten.

'Weet je wat ik nog het ergste vind?'

John stopte met steentjes in het water te gooien en bekeek hem vragend.

'Dat mama zo stil is. Ze lijkt het zelfs niet te horen als ik iets zeg. En haar ogen zijn anders.'

'Anders?'

'Ja. Het klinkt misschien stom, maar het is net of het licht eruit is.'

John kon niet antwoorden omdat hij een krop in de keel

kreeg. Hij snapte maar al te goed waar Tom het over had. Voor hem was ook het licht uit zijn leven verdwenen. Daar mocht hij nu niet aan denken. Hij moest zijn jonge vriend helpen.

'Dan denk ik dat jij extra lief voor haar zult moeten zijn, kerel. Jij bent nu de enige persoon bij wie ze een beetje tot rust kan komen. Dat is geen gemakkelijke opdracht, zoals het voor mij evenmin gemakkelijk was om voor Treeske te zorgen. Maar wij mannen kunnen dat aan, is het niet?'

Tom knikte. Wat kon John het allemaal goed uitleggen. Hij voelde zich helemaal opgelucht en wilde over iets anders beginnen toen een boze VDB op hen toe kwam gestapt. De vijver was vanuit het gebouw goed te zien en dat VDB iedereen bespiedde met een verrekijker was algemeen geweten.

'Weer aan het babysitten tijdens de werkuren, Staelens?'

'Het is een beetje een noodsituatie, mijnheer Van Den Broucke.'

'Een auto heeft een grote olievlek gemaakt in de parkeergarage. Dat is een noodsituatie waar jij voor moet zorgen en niet voor het zoontje van mevrouw De Ridder. Alweer een inbreuk die ik de andere eigenaars zal moeten melden.'

'Ik kom direct, maar ik breng Tom even naar mijn appartement.'

'Nee, ik ga mee naar de garage en ik zal helpen met poetsen. Dan haalt John de verloren tijd in, mijnheer Van Den Broucke. Het is trouwens allemaal mijn schuld. Mijn oma is in Italië op reis plotseling gestorven. Ik was nogal van streek en John heeft geprobeerd me te troosten. Sorry.'

Een ogenblik wist VDB zich geen houding te geven. Had die man dan toch een hart? Hij kuchte een paar keer heel kort om zich te herstellen.

'Dat wist ik natuurlijk niet.'

Toen wendde hij zich weer nijdig tot John. 'Maar elk uur dat je minder gewerkt hebt, doe je vanavond extra. Begrepen! De eigenaars hoeven niet het slachtoffer te zijn van jouw liefdadigheidswerken.'

'Ga maar vlug, Grietje. Ik sluit wel af.'

Het was later dan gewoonlijk en Ben Jr. was vandaag bij de onthaalmoeder en niet bij een van zijn oma's. De uren om de kindjes af te halen bij de onthaalmoeder waren niet zo flexibel. Ze zou zich nu al moeten haasten.

'Bedankt, Koen. Tot morgen.'

Tevreden sloot Koen de deur achter haar. Ellen en Myriam hadden daarnet gebeld dat ze vertrokken aan zee. Het zou dus ruim een uur duren voor ze hier waren, genoeg om eindelijk eens een en ander op te zoeken.

Eerst zocht hij in de gegevens van het gebouw in Kontich de lijst van de eigenaars. Vrij vlug vond hij het appartements- en het telefoonnummer van die VDB. Daar zou hij bij het naar huis rijden even langsgaan. Eens polsen of hij inderdaad zo een hekel had aan Ellen en, zo ja, of hij hem en De Deyne zou willen helpen. Hoe meer problemen Ellen in de komende weken te verduren kreeg, hoe beter. Een oorlog mocht je nooit op één enkel front uitvechten. Meerdere fronten verzwakken de tegenstander. Zolang je zelf maar op goede bondgenoten kunt rekenen. Hij had in zijn jeugd heel wat gelezen over Napoleon en daar wat van opgestoken!

In de hoop haar sleutels te vinden en de dossiers van de eigenaars in te kunnen kijken, ging hij daarna naar haar bureau. Hij had gezien dat ze dat voor haar vertrek niet afgesloten had. Helaas, ze had haar sleutels meegenomen en de kasten waarin de dossiers lagen, waren op slot. Hij kon wel in de laden van haar bureau, al was er op het eerste gezicht niets interessants te vinden. Enkele privé-spullen zonder enig belang, een afsprakenboek. In de laatste lade die hij opentrok, vond hij alleen wat documenten van de makelaarscursus, kopieën van taken die ze had ingediend en ook losse notitities. Onder de losse documenten lag een dossier. Hij nam het nauwlettend uit de lade om het daarna exact op dezelfde plaats terug te kunnen leggen. Toen hij het nader inkeek – hij kon nauwelijks een juichkreet onderdrukken – dacht hij er echter niet meer aan het terug te leggen.

Dit was een unieke kans! Zelfs wanneer ze vandaag nog tot de ontdekking kwam dat het dossier verdwenen was, zou ze zich door de ellende en de drukte van de laatste dagen toch niet meer exact herinneren waar en wanneer ze het dossier voor het laatst gebruikt of gezien had. Misschien kreeg Grietje wel de schuld. Dat zou dubbele pret zijn, want dat wicht begon danig op zijn systeem te werken. Hij was er zeker van dat ze hem voortdurend in de gaten hield en dat ze hem wantrouwde.

Hij borg het dossier weg in zijn tas en verliet snel het kantoor nadat hij zorgvuldig alles afgesloten had.

Nog dezelfde avond belde hij De Deyne en vroeg of hij hem dringend kon spreken. De Deyne wimpelde hem af met het excuus dat hij nu geen tijd had, maar dat hij wel wilde weten waarover het ging. Koen vertikte het echter aan de telefoon enige uitleg te geven. Hij zou gek zijn. Wat hij De Deyne te bieden had, was geld waard, veel geld. Geld was momenteel het enige wat hem interesseerde. Hij had er dan ook alles voor over, zelfs zich de hele dag door drie vrouwen de les te laten spellen, al werd hij er kotsmisselijk van. Lang zou hij dat niet kunnen volhouden. Indien hij echter slaagde in zijn opdracht en Company 21 hielp kapotmaken, zou hij, Koen Verhulst, de grootste makelaar van België volledig in zijn macht hebben! De Deyne mocht dan een smeerlap én een zakelijk genie zijn, maar aan deze consequentie van zijn complot had hij duidelijk nog niet gedacht!

De voormiddag verliep zonder problemen. Myriam en Koen deden de afspraken buitenshuis en op kantoor was het niet druk. Ellen keek verlangend uit naar de komst van haar vader, die tot na de begrafenis bij haar zou blijven logeren.

Ook voor Tom zou het goed zijn om zijn opa weer te zien. Ze was ervan overtuigd dat het zou helpen in het verwerkingsproces dat hij moest doormaken na het overlijden van zijn oma. Nadat hij die middag samen met John doorgebracht had, had hij eindelijk met haar willen praten. Ze was erg geschrokken toen hij haar had verweten dat zij hem in al haar verdriet buitengesloten had. Toen ze hem verzekerde dat dat niet haar bedoeling was geweest, hadden ze lange tijd over oma gepraat en voor het eerst sinds het telefoontje van haar vader, nu bijna een week geleden, had ze wat beter geslapen.

Het deed haar goed opnieuw aan de slag te gaan. Ze was vooral trots dat zij en Myriam zo snel de zwendel van De Boeck ontdekt hadden. Al moest ze toegeven dat er enig toeval mee gemoeid was geweest. Ze had die ochtend al een lang telefoongesprek gehad met Ruud Schouten en die wist met zekerheid dat de bank niet op de hoogte was van eventuele fiscale fraude bij de verkopen. Hij zou vandaag nog contact opnemen met De Boeck en hem tot de orde roepen. Ellen en Myriam moesten het echtpaar Van Dam bij hun volgende bezoek aan het gebouw geruststellen. De toestellen voorzien in het lastenboek zouden op kosten van De Boeck geplaatst worden. De bank stond daar borg voor, had Schouten haar verzekerd.

Grietje behandelde de hele ochtend de telefoontjes om Ellen de kans te geven enkele uren aan haar thesisverdediging te werken. Nu alle lopende zaken afgehandeld waren, trok Ellen de lade open waar ze dacht dat haar voorbereidingen lagen. Ze lagen er echter niet. Wel haar thesis, of liever een exemplaar ervan. Maar niet het exemplaar met de notities voor de verdediging die ze wilde uitwerken. Waarschijnlijk had ze het ergens anders gelegd. Ze begon, geenszins verontrust, in haar bureau te zoeken. Zonder resultaat. Daarna ging ze naar haar appartement in de veronderstelling dat ze het daar had laten liggen, voor ze overhaast naar Rome vertrokken was. Ook daar vond ze niets. Ze vroeg Grietje in de andere kasten van het kantoor te zoeken, terwijl zijzelf ging kijken in de auto of ze het daar toevallig in had achtergelaten. Een halfuur later stond het vast: nergens was er een spoor te vinden van de verdediging van haar thesis. Alle notities waren spoorloos verdwenen.

'Heb je ze misschien meegenomen naar Rome en daar vergeten?'

'Nee. Enfin, dat denk ik toch niet. Die thesis was wel het laatste waar ik aan dacht.'

'Misschien heb je ze onbewust meegenomen?'

'Ik heb geen thesis of notities gezien of in mijn handen gehad. Waarom zou ik ook? Nee, ik ben er zeker van dat ze hier moeten zijn, op kantoor of in het appartement.'

'Maar ze zijn nergens te vinden. We hebben alles afgezocht. Waar heb je er het laatst aan gewerkt?'

'Hier, dacht ik, maar het kan ook in het appartement zijn geweest. Wat ik zeker weet is dat ik ze bij me had de laatste maal dat ik mijn promotor heb bezocht. Ik heb toen alles met hem besproken en hoefde het alleen nog uit te typen.'

'Goed, we kijken allebei nog één keer, ik waar jij daarstraks gezocht hebt, en jij waar ik zocht.'

Samen zochten ze koortsachtig in alle kasten en laden, zowel op kantoor als op haar appartement, maar de notities bleven onvindbaar.

Myriam en Koen waren intussen terug en hielpen mee zoeken. Ook zij vonden niets en de tijd drong. Ellen had nog slechts enkele uren voor haar afspraak met de jury. Ze was de wanhoop nabij. Na al de ellende en het verdriet van de voorbije week, was dit er echt te veel aan.

'Bel dat je ziek bent', suggereerde Koen.

'Dat kan ze niet. Dan wordt het eenvoudig verschoven naar de volgende examensessie en zal ze een jaar langer moeten wachten op haar officiële status van makelaar. Dat is niet goed voor het kantoor.'

'Toch heeft Koen gelijk. Ik kan het niet zonder die notities. Dan buis ik zeker en heb ik mijn diploma ook niet. Er is dus geen uitweg. Het spijt me, Myriam, maar het ziet ernaar uit dat ik voorlopig een kruis kan maken over dat diploma.'

'Ik zie niet in waarom je het nu al opgeeft.'

'Ik dacht dat je slimmer was, Grietje', viel Ellen ongewoon scherp tegen haar uit. Grietje was gelukkig niet zo vlug van streek te brengen.

'Je laat je leiden door je paniek. Denk er eens rustig over na. Vooruit, ga zitten en drink een glas water. Niet tegenpruttelen, doe wat ik zeg.'

Een beetje overdonderd ging Ellen zitten en nam het glas van Grietje aan.

'Ik vind het lief van je dat je me probeert te helpen. Een glas water drinken zal helaas mijn diploma niet redden. Laat me dus alsjeblieft met rust en begin zeker niet over goede voorgevoelens en zo, of ik ontplof.'

Maar Grietje liet zich niet van de wijs brengen. Ze wilde en ze zou Ellen helpen.

'Het heeft niets met voorgevoelens te maken, maar met logica. Die thesis, daar ken je toch de inhoud van?'

'Natuurlijk!'

'Wat is dan in godsnaam het probleem?'

'Hoe? Wat voor onzin is dat nu weer?'

'Ellen, ik zeg alleen maar wat iedereen denkt maar niet hardop durft te zeggen. Luister. Jij bent meer dan normaal intelligent.' Ellen wilde haar onderbreken, maar Grietje ging gewoon verder. 'Je hebt hard aan die thesis gewerkt. Ik heb Myriam zelfs horen zeggen dat het veruit de beste was die ze ooit op de cursus gezien had en dat ook oud-leerlingen die mening waren toegedaan. Waar of niet, Myriam?'

'Dat klopt. Iedereen sprak er vol lof over. Men sprak over een nieuwe gedragscode voor de makelaardij.'

'Hoe wil je dan mordicus geloven dat je vanavond die prachtige thesis niet zult kunnen verdedigen? Omdat je notities verdwenen zijn? Dan doe je het toch gewoon uit je hoofd. Alles zit daarin. Je hebt echt die stomme notities niet nodig.'

Ellen keek Myriam vragend aan.

'Grietje heeft gelijk. Je hebt het altijd over de deontologie van het vak. Het is al van in het begin van de cursus je stokpaardje.'

'Omdat ik me zo woest maakte op De Deyne, die er wel les over gaf, maar de regels zelf aan zijn laars lapte.'

'Juist, en je hebt voorbeelden genoeg uit de praktijk. De Boeck heeft je er gisteren nog een cadeau gedaan. Je hebt genoeg te vertellen. Je moet alleen je zelfvertrouwen terugvinden en dan praat je iedereen, zelfs het meest negatief ingestelde jurylid van de plank.'

'Hear! Hear!' riep Koen instemmend. Inwendig vloekte hij. Hij was er zo zeker van geweest dat ze de verdediging van haar thesis zou uitstellen. Nu kon hij naar de dikke premie fluiten die De Deyne hem in dat geval beloofd had.

Ellen gaf geen reactie.

Was de zaak verloren? Grietje en Myriam wachtten bang af.

Dan stond Ellen plotseling op en zette haar glas met een klap op haar bureau.

'Oké. Jullie sluiten af, ik ga naar boven en neem een verkwikkend bad om me te ontspannen. Als ik me daarna goed op mijn thesis concentreer, ben ik zeker dat ik me elke paragraaf van mijn verdediging visueel zal kunnen herinneren zonder mijn notities. Ik geef me niet gewonnen.'

Myriam en Grietje sprongen op haar toe en omhelsden haar. In hun enthousiasme zagen ze niet dat Koen zich afzijdig hield.

Op de luchthaven van Buenos Aires ging het er zoals steeds hectisch aan toe. Het Argentijnse, explosieve temperament maakte van de internationale luchthaven een grote chaos. Drommen reizigers liepen elkaar in de hal voortdurend in de weg. Degenen die het vliegtuig namen, verdrongen zich aan de check-inbalies en zij die net aangekomen waren, baanden zich met hun bagage brutaal een weg naar buiten. Overal stonden groepjes families als een kudde samen gedrumd. Krijsende en zeurende kinderen trokken aan de rokken van hun moeder, die zelf nog een baby in haar armen hield, terwijl vader alle moeite had om het overzicht over zijn kroost te bewaren. Een grote groep jongeren die blijkbaar al te lang naar hun zin op het vliegtuig hadden moeten zitten, werkten hun frustratie op elkaar uit met duwen en trekken tot ergernis van iedereen die ze daarmee lastigvielen.

Het paar dat zich zwijgend aanbood bij de exit, viel dan ook niet op. De man met zonnebril en panamahoed hield de vrouw die hem vergezelde, stevig bij de arm, waarop de witte vlekken verraadden dat zijn greep iets te stevig was. De vrouw, eveneens met donkere zonnebril, droeg, hoewel ze modieus gekleed was, heel ouderwets een sjaal over haar korte kapsel. Langzaam schoven ze aan tot bij de paspoort- en bagagecontrole voor buitenlanders.

De wat lome, ogenschijnlijk niet geïnteresseerde ambtenaar nam hun paspoorten aan en bladerde ze vluchtig door. Op het moment dat hij ze wilde sluiten en teruggeven, hield hij zich in. Hij gaf een teken dat ze opzij moesten gaan staan. De man probeerde deels in het Spaans, deels in het Frans de ambtenaar ervan te overtuigen hen door te laten waarbij hij telkens weer wees op zijn polshorloge om te beduiden dat hij weinig tijd had. Een Argentijn liet zich echter door een Europeaan niet zo gemakkelijk overbluffen. De ambtenaar wenkte een politieman in uniform die het paar naar een lokaal bracht waar ze moesten gaan zitten en wachten. De man vroeg hem in het Spaans wat het te betekenen had. Een routinecontrole was het antwoord. Het zou slechts even duren.

De agent glimlachte vriendelijk en verliet het lokaal. Buiten vatte hij post voor de deur en wachtte op verdere instructies.

Myriam parkeerde de auto, zette de motor stil en wachtte geduldig. Ellen bleef moedeloos voor zich uitkijken en leek geen aanstalten te willen maken om uit te stappen. Ze had daarnet in het appartement woorden gehad met Tom, die boos was geworden omdat hij zijn opa bij diens terugkeer alleen moest opvangen. Bovendien slonk haar overmoed van vanmiddag gaandeweg nu het bijna tijd was om haar thesis in het openbaar te verdedigen.

'Maak je toch geen zorgen. Je slaat je er wel doorheen.'

'Nog maar eens? Er komt ooit een tijd dat mijn geluk opraakt. Misschien is dat vandaag wel. Soms heb ik het gevoel dat ik helemaal verkeerd bezig ben. Een carrière combineren met al de rest wordt steeds moeilijker. Ik heb tijd te kort en te veel gewetensproblemen. Neem nu Tom. Ik laat de jongen weer aan zijn lot over.'

'Omdat je de lat almaar hoger legt. Je laat je opjagen door je ambities. In zekere zin is dat positief, maar het eist veel van jezelf.'

'En van mijn omgeving. Vooral dat laatste beangstigt me. Wat als ik het niet meer kan combineren met mijn taak als moeder?'

'Tom wordt ook ouder. Hij zal je steeds minder nodig hebben.'

'Misschien wel, maar het is rottig dat je als vrouw steeds opnieuw keuzes moet maken. Als ik voor mijn werk kies, faal ik zo goed als zeker in mijn privé-leven. Ik wil niet kiezen, ik wil het allemaal, carrière én huiselijk geluk. Als het mogelijk is, ook nog een hele brok romantische liefde daarbovenop. In plaats daarvan moet ik voortdurend tegen nieuwe obstakels opboksen. Alles gaat er steeds slechter uitzien.'

'Zet dat nu uit je hoofd, Ellen. Concentreer je alleen op wat zo meteen komen gaat. Pas daarna zie je verder. Je hebt een vreselijke week achter de rug. Je wilt niet toegeven aan je verdriet, maar je lijdt eronder. Nu krijg je ook nog die spanning van je examen. Het is gewoon te veel. Iedereen zou eronder bezwijken, maar jij niet. Jij kunt het aan.'

'Misschien heb je gelijk. Als vrouw mag je nooit bezwijken in deze mannenwereld of ze lopen je onder de voet. Ik mag me dus niet laten nekken door een stel mannen in de jury die vrouwen liever in ondergeschikte functies zien, om ons te kunnen blijven domineren.' Ze haalde eens diep adem en rechtte strijdlustig haar schouders. 'Bedankt dat je meekwam, Myriam. Zonder jou had ik vanavond zelfs niet de moed gehad hiernaartoe te komen.'

'Niets te danken. We zijn partners, weet je nog, én vriendinnen. Ga nu maar. Ik zie je straks. Oké?'

Ellen knikte alleen maar, bang om nog iets te zeggen. Sinds het overlijden van mama waren de tranen nooit veraf.

De Vries, wiens laatste les ze gemist had en die er meteen een nijdige opmerking over maakte, liet haar binnen in het leslokaal waar ze nog even haar notities kon doornemen voor het haar beurt was. Ze wist van Myriam dat hij op de hoogte was van de reden van haar afwezigheid. Ze vertikte het dan ook zich te excuseren.

'Die rouwkleding gaat u niet helpen bij de jury.'

'Pardon?'

'U hebt me duidelijk genoeg verstaan, mevrouw De Ridder. Iemand die een makelaar als mijnheer De Deyne in diskrediet gebracht heeft, hoeft bij een vakjury niet op veel begrip te rekenen. Zelfs uw rouwkleding zal niet helpen.'

'Mijn conflict met mijnheer De Deyne en zijn daaruit voortkomende veroordeling hebben niets te maken met vanavond. Bovendien ben ik cum laude geslaagd in al mijn examens. De verdediging van mijn thesis is louter een formaliteit.'

'Daar vergist u zich in, mevrouwtje. Er zijn collega's in de jury die u kwijt willen. Er is stevig tegen u gelobbyd.'

Ellen voelde het bloed uit haar gezicht wegtrekken. 'Dat geloof ik niet.'

'U zult het straks wel merken. Ik mag u daar eigenlijk niets over zeggen, maar de vragen die ze voorbereid hebben...! Ik hoop dat u stevig in uw schoenen staat.'

Ellen raakte weer in paniek. Dit had ze niet verwacht. Ze was niet klaar voor een aanval van het kaliber waarop De Vries insinueerde.

'Dat recht hebben ze niet. Het is niet fair.'

'Wie trapt, moet zelf tegen een trap kunnen. Dat is de les die men u vanavond gaat leren. Veel van uw collega's in de sector vertrouwen u niet meer. Uw roep om hervorming kan schade veroorzaken.'

Ellen liet zich op de stoel zakken. Het duizelde haar en ze was bang dat ze flauw ging vallen.

'Ik voel me niet goed. Ik kan dit nu niet aan, ik ben moe, ontredderd door het overlijden van mijn moeder. Alstublieft, mijnheer De Vries, help me. Kunt u er niet voor zorgen dat ik per uitzondering een paar dagen uitstel krijg?'

'Een paar dagen, dat gaat niet. Helaas, mevrouwtje. Een jaar uitstel, dat kan ik wel regelen. Het zou naar mijn mening alleszins verstandiger zijn dan u vandaag onsterfelijk belachelijk te maken. Er zijn zelfs mensen van de pers aanwezig, heb ik gehoord. Hebt u die misschien uitgenodigd? Een beetje te overmoedig geweest?'

'Natuurlijk niet! Daar heb ik niets mee te maken. Ik wil ook geen jaar meer wachten op mijn diploma.'

De Vries lachte cynisch. 'Dan kunt u er, jammer genoeg, niet onderuit. Toch zonde dat u zo emotioneel bent. Typisch vrouwelijk natuurlijk. Daarom juist telt de zakenwereld op het hoogste niveau zo weinig vrouwen.'

De kleinerende toon waarop hij dat zei, deed bij Ellen de stemming omslaan. Voor de zoveelste maal probeerde een man haar eronder te houden. Geen sprake van dat ze dat zou laten gebeuren.

'Als de juryleden me nu willen boycotten, doen ze dat volgend jaar ook. Ik win dus niets met uitstel, mijnheer De Vries. Ik ga ervoor.'

'Ik zou dat niet doen als ik u was. Denk aan de pers!'

Goed dat daarvoor gezorgd is, dacht hij. Het volstond niet alleen dat De Ridder afging voor een jury van vakmensen, maar ook de buitenwereld moest er getuige van zijn, had De Deyne gezegd.

'Ik verdedig vanavond mijn thesis. Pers of geen pers.'

'Daar gaat u nog spijt van krijgen, maar u moet het zelf weten. Ik heb u gewaarschuwd. U hebt nog exact vijf minuten. Geen seconde langer.'

De Vries verliet het lokaal en sloeg de deur hard achter zich dicht.

Vermoeid door alle opwinding, sloot ze even haar ogen. Het had geen nut de weinige notities die ze vanmiddag gemaakt had, nog eens in te kijken. Wat ze nu moest doen, was proberen haar evenwicht terug te vinden en al haar reserve aan energie en wilskracht aanboren om niet roemloos ten onder te gaan.

Grietje keek zenuwachtig rond. Er was veel meer volk komen opdagen dan toen Myriam haar thesis verdedigd had. Toen was het maar een saaie boel geweest.

De juryleden hadden zojuist in de zaal plaatsgenomen, toen er langs de deur waar de kandidate zou komen, een man binnenkwam en naar de tafel van de jury ging.

'Wie is dat?'

Myriam keek in de richting die Grietje aanwees. Ze was in gesprek met Ben en had De Vries niet zien binnenkomen.

'Een van onze leraren.'

'Die komt iets over Ellen zeggen, ik voel dat gewoon.'

Myriam wilde meer uitleg vragen, maar Ben kwam tussenbeide.

'Hou op met die onzin, Griet. Dat is al meer dan een week dat je van die krankzinnige voorgevoelens hebt.'

'Maar er is toch veel uitgekomen, of niet soms? De dood van mevrouw De Ridder, de problemen met dat project aan zee en...' Grietje beet op haar lip als een klein kind dat zich betrapt weet.

'Wat nog meer?' drong Myriam aan.

'Niks.'

Ze kon niet beginnen over Koen omdat die aan de andere kant van Myriam zat en hun gesprek kon horen. Na het verdwijnen van de notities voor de thesis van Ellen, had ze vaag het gevoel dat hij er iets mee te maken had. Ze had bovendien opgemerkt dat er nog andere dossiers van plaats veranderd waren. Dat ze net gisteren Koen voor het eerst alleen gelaten had in het kantoor omdat ze Ben Jr. moest gaan afhalen, gaf haar nog meer het onbehaaglijke gevoel dat Koen niet zuiver op de graat was.

Ze keek gespannen naar de openstaande dubbele deur waarlangs geregeld publiek binnenkwam. Zouden degenen die ze had kunnen bereiken bijtijds komen opdagen? Ellen zou hun morele steun nodig hebben.

'Gelukkig. Daar is mijnheer Schouten al.' Ze wuifde naar hem, waarop hij zichtbaar opgelucht naar hen toekwam.

Myriam was volkomen verrast toen ze elkaar de hand drukten. Ze had al altijd een boontje gehad voor de knappe Nederlander.

'Ruud. Wat doe jij hier? Heeft Ellen je gevraagd?'

'Nee, hoor. Grietje heeft me, na die paniek bij jullie, vanmiddag gebeld. Ze vond dat Ellen wat steun verdiende. Na wat ze allemaal voor ons bedrijf heeft gedaan, vond ik een rit naar Antwerpen het minste wat ik kon doen. Er zijn er nog die dat denken. Kijk maar.'

Bij de ingang stond John, die ongeduldig op iemand leek te wachten.

'Heb je John ook uitgenodigd?' vroeg ze aan Grietje.

'Yep! Normaal gezien was hij vanavond bij Tom gebleven. Ik heb ze allebei gevraagd hierheen te komen. Er zou ook nog iemand anders bij moeten zijn, maar dat was niet helemaal zeker.'

Terwijl Grietje de ingang in de gaten bleef houden, maakte Myriam van de gelegenheid gebruik om te informeren naar het project aan zee. Ruud zei dat De Boeck al hun beschuldigingen van de hand wees. Hij beweerde zelfs dat het echtpaar Van Dam gemene leugenaars waren. Daarom stelde hij Myriam voor om over een tiental dagen, aangezien hij morgen naar Frankrijk ging voor een nieuw project, samen met haar of Ellen een controlebezoek te doen. Dan zouden ze deze zaak eens en voor altijd ophelderen.

Plots werd hun aandacht getrokken door commotie aan de ingang van de zaal, waar een aantal persfotografen elkaar verdrongen om foto's te nemen van een blijkbaar belangrijke prominent. Grietje was opgesprongen van haar stoel en gaf enthousiast een teken dat ze een plaats had vrijgehouden. Toen de man zich eindelijk een weg kon banen, bleek het Robert De Ridder te zijn, met Tom.

'Hij belde naar kantoor en zei dat hij vandaag aankwam. Toen vertelde ik dat Ellen vanavond haar thesis moest verdedigen en drong erop aan dat hij van Zaventem direct naar hier zou komen', liet Grietje weten.

Robert was intussen bij het groepje gekomen. Zowel Myriam als Grietje en Ben betuigden hun medeleven bij het overlijden van mevrouw De Ridder. Ook Schouten, die hem bij de oprichting van Company 21 had leren kennen, bood hem zijn blijken van deelneming aan. Als laatste kwam Koen, die door Myriam werd voorgesteld.

'Bedankt, allemaal. Nu moeten we al onze aandacht op Ellen richten. Toen ik haar vanuit Zaventem belde, zei ze me dat het een moeilijke avond voor haar ging worden. Ik begrijp niet wat de mensen bezielt die haar dat diploma willen ontzeggen.'

'Het is niet moeilijk te raden wie erachter schuilt', antwoordde Myriam.

'Bedoel je De Deyne? Ik dacht dat de man uit zijn functie als leraar ontheven was?'

'Dat is ook zo. Hij heeft echter nog niets aan invloed ingeboet in de sector. Hij wil de markt blijven controleren en een steeds groter monopolie verwerven voor zijn bedrijf. In Ellen ziet hij een te duchten concurrent die hij met alle mogelijke middelen zal proberen uit de markt te werken. De jury beïnvloeden is voor hem een kleine stap. Door haar te buizen, loopt haar reputatie in de vakkringen onherstelbare schade op. Dat is zijn bedoeling.'

'Ellen zal zich niet laten doen.'

'Daar twijfel ik niet aan, mijnheer De Ridder. Maar haar tegenstander staat sterk.'

De lichten in de zaal werden gedoofd. Een teken dat Ellen haar thesis ging verdedigen. Robert beduidde Tom om vlug naast hem te komen zitten. Ze hadden nauwelijks plaatsgenomen of daar verscheen Ellen op het podium. In haar rouwkleding zag ze er kwetsbaar uit en ze keek met een onzekere blik de zaal in. Tom had even de neiging om zijn hand op te steken en zijn moeder duidelijk te maken dat hij er was, maar durfde het niet.

Het was ook niet nodig want, na een korte aarzeling, knikte ze glimlachend in hun richting. Tom zocht de hand van zijn opa, die zijn hand op die van zijn kleinzoon legde als om hem gerust te stellen.

Ellen stapte resoluut naar het spreekgestoelte, legde haar papieren voor zich neer, wachtte nog even en begon toen met een vaste stem.

'Geachte juryleden, collega's en toehoorders. Ik dank u voor uw talrijke aanwezigheid bij de verdediging van mijn thesis met als titel: De Noodzaak van een Ethiekcode in de Onroerendgoedsector.'

Dat hij nooit getwijfeld had aan het welslagen van zijn dochter, werd duidelijk toen na afloop bleek dat Robert iedereen had uitgenodigd op een kleine receptie die hij per telefoon had geregeld. In het restaurant vlak bij het cursuscentrum heerste een opgewekte sfeer. Ellen had enkele interviews moeten geven en Myriam verdacht Robert ervan dat hij van zijn positie gebruik had gemaakt om de pers op haar af te sturen. Aan haar vader had Ellen voortaan een medestander die in haar strijd met De Deyne van groot belang was.

Omringd door een groep collega's nam Ellen de felicitaties in ontvangst. De Vries, die ambtshalve op de receptie aanwezig was, moest van op afstand machteloos en geërgerd toezien hoe ze met volle teugen van haar succes genoot. Dat een meerderheid in de jury haar niet had geboycot, zou hem door De Deyne zwaar aangerekend worden. Hij wilde daarom stilletjes verdwijnen, toen hij hoorde dat haar gsm rinkelde. Hij besloot nog even te wachten. Je kon nooit weten dat het belangrijk genoeg was om het De Deyne te melden. In de gegeven omstandigheden zou dat meer dan welkom zijn. Ellen verliet het groepje en ging een eindje verderop buiten hoorbereik staan. Hij hield haar nauwlettend in de gaten en weigerde het glas champagne dat een kelner hem in het voorbijgaan presenteerde. Hij had trouwens helemaal geen zin in champagne. Hij zag haar knikken, glimlachen en afsluiten. Die glimlach voorspelde niets goeds, dacht hij.

Op haar teken kwam Myriam, die met Ruud Schouten stond te praten, naar haar toe. Ze wisselden beiden enkele woorden waarop ze elkaar prompt in de armen vielen. De Vries brandde van nieuwsgierigheid om te weten wat er aan de hand was. Hij was er allerminst gerust op. De Deyne zou al lastig genoeg zijn dat hij het niet had kunnen beletten dat De Ridder haar diploma behaalde.

Toen vroeg Ellen hardop om de aandacht van de aanwezigen.

'Voor degenen die om een of andere reden geïnteresseerd zijn in de verdwijning van notaris Decanque, Myriam en ikzelf behoren daar uiteraard bij, heb ik heel goed nieuws.'

De Vries kreeg plotseling last van een droge keel.

'Notaris Decanque is in de vooravond op de luchthaven van Buenos Aires gearresteerd.'

Er viel een stilte alsof het nieuws niet ten volle tot iedereen was doorgedrongen. Toen barstten van alle kanten de commentaren los. Grietje sprong van blijdschap haar Ben om de hals en begon hem zo wild enthousiast te zoenen, dat hij er verlegen van werd. Iedereen wilde van Ellen vernemen hoe het allemaal gegaan was. De Vries kon het niet langer aanzien. Zijn stem stak schril boven iedereen uit.

'Dat is allemaal onzin! Notaris Decanque is in Spanje verdronken op zee. Ik deed al jaren zaken met zijn kantoor en ik word door zijn hoofdklerk persoonlijk van de zaak op de hoogte gehouden.'

Ellen wendde zich tot hem.

'Is dat zo, mijnheer De Vries? Wel, de politie meldde mij zo even dat zijn verdrinkingsdood geënsceneerd was en dat Decanque bekend heeft dat hij miljoenen euro's van zijn klanten heeft verduisterd. Hij heeft enkele dagen ondergedoken geleefd in Madrid en was nu van plan in Argentinië een luxeleventje te gaan leiden.'

De Vries schrok. Hijzelf en sommige van zijn klanten hadden

nog bedragen te ontvangen van Notaris Decanque. Hij had er gewoon op vertrouwd dat het geld door de vereffenaars van de nalatenschap spoedig zou worden gevonden in een of andere kluis bij een bank. Dat de notaris met opzet verdwenen zou zijn had hij weggelachen. Een kwaadaardige roddel van onbekwame makelaars, had hij gesteld.

Ellen richtte zich nu tot de aanwezigen.

'Wij hadden in naam van Company 21 een klacht neergelegd. Een van onze cliënten liep namelijk het risico gedupeerd te worden. Daarom gingen wij, zowel in Spanje als in hier Brussel, eerst zelf op onderzoek uit en brachten zo de zaak aan het rollen. Het heeft echter niet veel gescheeld of we hadden noch de notaris noch het geld ooit teruggevonden. Gelukkig voor al de makelaars die met hem samenwerkten, is het geld nu inderdaad terecht. Het staaft nogmaals mijn thesis, waarin ik stelde dat wij als makelaars een morele verantwoordelijkheid hebben tegenover onze klanten. Ik ben ervan overtuigd dat ook mijnheer De Vries die mening deelt, of niet?'

De Vries was echter reeds op weg naar de uitgang.

'In ieder geval, ik hoop ooit, samen met veel van mijn collega's, een vereniging op te starten om deze houding in ons beroep te promoten. Ik ben er zeker van dat de directie en de leraren van onze beroepsopleiding ons daarin zullen steunen.'

Grietje zag dat Koen in de commotie die op de verklaring van Ellen volgde, de enige was die opvallend koel bleef. Misschien lag dat in zijn aard van koele kikker.

5

De woonkamer en de keuken waren eindelijk helemaal in orde, plafonds geschilderd, deurlijsten en deuren gevernist en de muren behangen. Hij raapte de laatste snippers behangpapier op en stopte ze in een van de grote vuilniszakken waarin hij op bevel van zijn vrouw zorgvuldig elk afgesneden stukje papier had verzameld. Als het op behangen aan kwam, was zij de expert en werd hij gedegradeerd tot simpele, eerder onhandige assistent. Je zou hem zelfs een dommekracht kunnen noemen, want van behangen had hij geen kaas gegeten. Dat bekende hij eerlijk.

Maar in schilderen was hij de beste, al zag hij er nu wel tegenop én de plafonds van de hal én die van de slaapkamers te moeten doen. Vroeger zou hij dat met plezier gedaan hebben, nu was het een karwei waar hij liever niet aan begon. Gelukkig kon hij eerst nog een paar dagen rusten, want hij voelde zich echt geradbraakt. Het ergste was dat hij niet kon klagen omdat zijn vrouw hem meermaals had gezegd dat ze de plafonds het best door een vakman lieten doen. Iemand die in het zwart werkte. Met eens rond te vragen, zouden ze wel iemand vinden.

Hij was er niet op ingegaan. Sinds ze aan De Boeck een gedeelte van het appartement in het zwart hadden betaald en daardoor in de problemen waren gekomen, had hij gezworen nooit meer iets in het zwart te laten uitvoeren. Even had hij gehoopt dat het nog allemaal in orde ging komen, toen die twee dames van dat Antwerpse makelaarskantoor hem hadden beloofd de bank in Nederland te informeren. Maar dat was nu al een tijdje geleden en ze hadden niets meer van zich laten horen.

De Boeck was op een keer wel van zijn oren komen maken. Hij had hen uitgescholden voor idioten en achterlijke Limburgse boeren. Hij had zelfs gedreigd hen het leven aan zee onmogelijk te maken. Want hij kende iedereen hier aan de kust en hij zou overal gaan rondvertellen dat het echtpaar Van Dam hem had belogen en bedrogen. Ze zouden niet meer durven buiten te komen van pure schaamte omdat ze zijn goede naam door het slijk hadden gesleurd. Hij raadde hen dus aan om over zijn manier van werken nooit meer hun beklag te maken. Ze hadden dat document uit vrije wil ondertekend en moesten daar maar de gevolgen van dragen.

Nadat De Boeck weg was, had zijn vrouw uren zitten huilen.

Ze was er pas mee opgehouden toen hij haar plechtig had beloofd verder geen stappen meer te ondernemen om De Boeck te verplichten de slechte toestellen te laten vervangen.

Het was allemaal zijn eigen schuld. Alles was misgegaan vanaf het ogenblik dat hij dat aanbod van De Boeck aanvaard had en de fiscus voor veel geld had bedrogen. De vermindering van de registratierechten en BTW die hij daardoor had gekregen, ging hen nog jaren een pak geld kosten. Toen hij daarstraks de gasboiler in de badkamer had proberen aan te steken, had dat hem meer dan een kwartier geknoei en een half doosje lucifers gekost. Het was trouwens compleet maf om in zo'n duur appartement een ordinaire gasboiler in de badkamer te plaatsen. Helaas, ook dat hoorde, volgens het door hem ondertekende document, bij de inrichting die hij nu zelf moest bekostigen.

Intussen was hij klaar met opruimen. Hij bond de zakken met de restjes behangpapier dicht, droeg ze naar de hal, zette ze bij de voordeur en klopte op de deur van de badkamer.

'Alles oké, schat?'

'Is er iets?'

'Nee, nee. Ik wilde alleen zeggen dat ik de zakken met papierafval naar beneden breng. Was rustig verder de behangerslijm uit je haren, want met een punk ga ik de dijk niet op.'

Elke dag dat ze kwamen werken, sloten ze af met een lange wandeling op de dijk en een ijsje of een wafel met slagroom. Ze konden nog steeds niet geloven dat ze hier binnenkort zouden wonen. Ondanks het harde werk en de problemen met het appartement, leek het hier altijd vakantie. Dat maakte veel van de zorgen en de ergernis goed.

'Breng zes flessen water mee van de winkel op de hoek, wil je?'

'Kunnen we ze niet van thuis meebrengen? De winkel hier is duurder.'

'We hebben er geen meer thuis. Breng er twee mee naar boven, de andere zet je in de auto voor thuis.'

'Oké. Tot straks.'

Hij hoorde dat ze de warmwaterkraan weer liet lopen. Zijn

vrouw hield ervan een lang, warm bad te nemen en zorgde ervoor dat het badwater constant op de juiste temperatuur was. Wat een geluk dat hij die boiler aan de praat had gekregen, dacht hij. Toch moest hij hem eens laten nakijken. Maar op een dag dat hij hier alleen was, anders zou zijn vrouw weer over haar toeren raken.

Hij haalde zijn portefeuille uit de keukenlade waar ze bij aankomst steeds hun spullen legden bij gebrek aan kasten en nam de zakken op om naar buiten te gaan.

'Straks zal ik je rug komen afdrogen!' riep hij nog. Er kwam geen antwoord. Alleen het geluid van de warmwaterboiler en de warmwaterkraan was te horen.

De dag na de thesisverdediging van Ellen was het op kantoor vreselijk druk geweest. De pers die de avond tevoren aanwezig was, had het verhaal van notaris Decanque en de rol die Company 21 daarin gespeeld had, uitgebreid gecoverd. Ellen en Myriam werden meermaals geïnterviewd en 's anderendaags publiceerden sommige kranten delen uit de thesis om de aandacht te vestigen op het feit dat de onroerendgoedsector dringend aan een herziening van de praktijken toe was. Een van de kranten schreef zelfs dat Ellen De Ridder in haar eentje aan een soort kruistocht bezig was. Dat had enkele verantwoordelijken van de cursus en van de vakverenigingen naar de telefoon doen grijpen. Maar ze had er kalm op gewezen dat zij de aanwezige pers niet had uitgenodigd. Dat een journalist haar in vertrouwen had gezegd dat een van de leraren van de cursus zelf de pers had uitgenodigd, ging ze niet aan hun neus hangen. Het kon niet anders dan dat De Deyne erachter zat in de hoop dat ze openlijk zou falen. Het tegendeel was gebleken. Ze had haar diploma behaald en daar zou niks of niemand nog iets kunnen aan veranderen.

De boze, negatieve telefoontjes die ze had gekregen, waarschuwden haar echter dat ze het bij veel mensen uit de sector had verkorven. Al waren er ook positieve reacties van enkele jonge makelaars, die zich ook ergerden aan de praktijken van sommige grote kantoren.

Ellen was niet gelukkig met de aandacht van de pers en werd boos toen een journalist foto's van de begrafenis van haar moeder gebruikte om zijn artikel over haar te illustreren. Ze had gedreigd met gerechtelijke acties indien men haar privacy niet respecteerde.

Toch moest ze toegeven dat alle belangstelling voor haar persoon mooi meegenomen was. Meer en meer klanten kwamen bij Company 21 aankloppen met de opdracht hun pand in verkoop of verhuur te nemen.

Ze werkten zich alle vier uit de naad. Middagpauze was er nog nauwelijks bij en Ellen, Myriam en Koen bleven tot lang na sluitingstijd. Grietje kon niet nablijven wegens Ben Jr., dus nam ze elke avond haar laptop en een tas vol werk mee naar huis.

Koen draaide nu voltijds zelfstandig mee. Al had hij reeds enkele keren gescoord, toch lagen zijn cijfers lager dan ze met zijn ervaring hadden verwacht. Myriam had Ellen er attent op gemaakt, maar die vond het nog te vroeg om er conclusies uit te trekken. Koen had een aantal jaren niet in België gemakeld en had tijd nodig om weer te wennen aan de mentaliteit en de manier van werken.

Voor Ellen was al deze werkdruk welkom. Het hielp haar om met haar verdriet in het reine te komen. Het was een mooie en ingetogen begrafenisdienst geweest. Het had haar gesterkt en getroost te zien dat velen afscheid van haar moeder kwamen nemen. Iedereen in de kerk had ontroerd geluisterd toen Tom als haar oudste kleinzoon een gedicht had voorgelezen dat hij aan zijn oma had opgedragen. Ellen was erg trots dat hij zich sterk had gehouden.

Gelukkig waren er die dag geen conflicten geweest met Lieve, die de handen vol had met haar vier kindjes. Ook de aanwezigheid van Dirk had waarschijnlijk remmend gewerkt op een mogelijke agressieve uitval. Ellen zelf had de hele tijd haar vader bijgestaan. Door zijn functie waren er op de begrafenis een aantal hooggeplaatsten uit gerechtelijke en politieke kringen die daarna tijdens de koffietafel met haar vader een persoonlijk gesprek hadden. Ongetwijfeld was zijn eventuele overplaatsing naar Brussel daarvan het onderwerp.

Ze vroeg zich af welke beslissing haar vader uiteindelijk ging nemen toen ze plotseling uit haar gedachten werd opgeschrikt door de stem van Grietje.

'Heb je even tijd voor een zekere mijnheer Arnoud, Ellen?'

Ellen keek verdwaasd op. Ze had de bezoeker helemaal niet zien binnenkomen.

'Kan Myriam hem niet helpen? Of Koen?'

Ze moest dringend nog een aantal administratieve zaken regelen die in de drukte waren blijven liggen.

'Die zijn alle twee bezig met klanten en ik heb de indruk dat deze mijnheer Arnoud belangrijk zou kunnen zijn.'

'De indruk of het voorgevoel?' Ellen knipoogde. 'Oké, laat hem maar komen. Waar gaat het over?' wilde ze nog vlug weten.

'Beheer of zoiets. Hij vroeg speciaal naar jou.'

Ze zuchtte. Of het nu De Deyne was geweest of wie dan ook die de pers had uitgenodigd, het had haar niet alleen extra klanten opgeleverd, maar ook de last van een aantal gedupeerden die dachten dat zij alle conflicten kon oplossen. Mensen die kwamen vertellen dat hun makelaar en/of syndicus hen had bedrogen. De mistoestanden in de sector waren nog erger dan ze had gedacht. Hoewel er ook klachten bij waren die ongegrond bleken. Een eigenaar die meende dat zijn pand veel meer waard was dan het bedrag dat de makelaar schatte en een bewoner die vond dat de algemene lasten van zijn appartement veel te hoog waren, het waren klassieke voorbeelden.

'Mevrouw De Ridder, dit is mijnheer Arnoud.'

Ellen stond op om hem te begroeten. Een man rond de vijftig, duur maatpak, vlotte en zelfverzekerde houding. Zeker geen type om te komen klagen over banaliteiten. Misschien werd het toch interessant.

'Ik ben terug, schat! Sorry dat het zo lang geduurd heeft. Ik kwam mensen van de derde verdieping tegen. Die met die teckel. Weet je dat hun hond zijn pootje heeft gebroken? Aangereden op de stoep door een jonge kerel op een skateboard. Je moet niet vragen!'

Er kwam geen antwoord.

'Ik moest je de groetjes doen.' Hij wilde naar de badkamer gaan toen hij van onder de deur water in de hal zag lopen. In paniek duwde hij de deur open en moest blijven staan omdat zijn bril aandampte. De warmwaterkraan liep nog steeds. Hij ging voorzichtig, om op de kletsnatte vloer niet uit te glijden, naar het bad om de kraan dicht te draaien. Toen hij zich vooroverboog, zag hij dat het lichaam van zijn vrouw helemaal onder water lag.

'Alice!'

Hij probeerde haar recht te trekken, maar hij gleed tot tweemaal toe uit. Eindelijk slaagde hij erin haar op de rand van het bad te trekken. Haar hoofd viel als een dood gewicht op haar borst.

'Alice! In godsnaam, word wakker. Ik kan je bijna niet rechthouden.'

Zelf werd hij duizelig van de inspanning.

'Toe schat, help even mee.'

Toen ze nog steeds niet reageerde, lukte het hem met veel moeite zijn vrouw tegen de kant van het bad te leggen. Hij draaide haar gezicht naar hem toe. Levenloze ogen staarden hem aan.

'Als ik het dus goed begrepen heb, mijnheer Arnoud, heeft het pensioenfonds waarvoor u werkt in het Antwerpse alleen al een beleggingsportefeuille in onroerend goed van om en bij de vijfentwintig miljoen euro.'

Ellen, die er intussen Myriam had bijgeroepen, had heimelijk plezier in de verbaasde uitdrukking op het gezicht van haar vennoot.

'Dat is een omvangrijke portefeuille.'

'Niet voor een pensioenfonds.'

'Belegt u alleen in onroerend goed?'

'Natuurlijk niet. We spreiden onze beleggingen, dat is een wettelijke verplichting. Maar ons pensioenfonds beheert de pensioenen van een grote multinational die zijn Europese hoofdzetel hier in België heeft. Het gaat dus om zeer grote bedragen.'

'En waarmee zouden wij u kunnen helpen? Wenst u nieuwe panden aan te kopen?' vroeg Myriam.

'Mijnheer Arnoud vertelde dat hij een makelaar zocht die voor hem beheer kan doen.'

'Dat kunnen wij natuurlijk ook', voegde Myriam er vlug aan toe. 'Maar om heel eerlijk te zijn, we doen het voor het ogenblik slechts op kleine schaal. Een beheerportefeuille opbouwen kost nu eenmaal tijd en we zijn nog een relatief jong bedrijf.'

'Dat vertelde mevrouw De Ridder me ook al. Wat ik vooral zoek, is een overnemer voor het privatieve beheer. Het verhuren van onze eigendommen aan particulieren en bedrijven, het beheren van de huurcontracten, de incassering en alles wat daar nog bij komt kijken. Hebt u daar ervaring in?'

'Momenteel doen we dat voor de Amsterdamse Bouwbank in een gebouw hier in Kontich. Maar dat is geen beleggingsportefeuille zoals die van u. Ze willen deze appartementen verkopen zodra de initiële verhuurperiode is afgelopen en de appartementen vrijkomen. Of, indien mogelijk, vroeger aan beleggers. Het is een heel mooi project met een goede huuropbrengst. Misschien iets voor uw fonds?'

'Dat kunnen we later misschien bekijken. Nu zou ik een klein gebouw bij u in beheer willen geven als... een soort test.'

'Pardon?' reageerde Ellen stekelig. Wie dacht die kerel wel dat hij was?

'Wat voor een gebouw?' vroeg Myriam onmiddellijk, die aanvoelde dat Ellen hem meteen ging duidelijk maken dat ze niet meer 'getest' hoefden te worden, want dat ze gediplomeerde makelaars waren. Wanneer het haar vakkennis betrof, kon Ellen vlug op haar tenen getrapt zijn.

'Heel gewoon. Een typisch flatgebouw in het centrum. Allemaal studio's of appartementjes met één slaapkamer.'

'Verhuurcontracten op korte termijn?'

'Meestal wel. Maar goede huurprijzen.'

'Akkoord. Maar het betekent vaak ook onbetrouwbaar cliënteel', antwoordde Ellen. Zoals elke makelaar in Antwerpen kende ze de sector van de kortetermijnverhuringen waar studio's en kleine appartementen op een jaar of twee door tijdelijke bewoners totaal uitgeleefd werden.

'U weet blijkbaar waarover ik praat. Maar het is dan ook een proefproject en hoeft dus niet per se een gemakkelijk dossier te zijn. Ik verheel zelfs niet dat wij in dat gebouw al veel problemen hadden. Slecht onderhoud, wanbetalers, beschadigingen. Daarom is het net ideaal als proefproject. Als u daar het beheer in goede banen kunt leiden, laten we zeggen binnen een termijn van zes maanden, dan ben ik bereid u ook onze grotere en gemakkelijkere projecten in beheer te geven. De vraag is natuurlijk of u deze uitdaging aandurft.'

Ellen en Myriam keken elkaar aan. Privatief beheer kon heel tijdrovend zijn en de opbrengst matig omdat er vaak onder de vastgelegde tarieven gewerkt werd.

'Aan de tarieven en voorwaarden zoals officieel voorzien in de sector?'

Arnoud knikte. 'We zijn veeleisend, maar voor kwaliteit betalen we de tarieven zonder problemen. Als u eerst onderling wilt overleggen, heb ik daar alle begrip voor.'

Ellen keek Myriam vragend aan en die knikte instemmend. De grootte van de beleggingsportefeuille van dit pensioenfonds maakte het waard het risico te nemen. Als ze voor hen als beheerder konden optreden in dit gebouw, zouden er misschien andere volgen. Het zou hun vastgoedportefeuille met een sprong uitbreiden.

'Dat is niet nodig. Wij zijn bereid dat proefproject aan te

nemen onder voorbehoud van bezichtiging. U begrijpt dat we het pand willen bezoeken en een offerte maken voor we een definitieve beslissing nemen.'

'Dat lijkt me logisch en verstandig. Het zou over krotwoningen kunnen gaan, nietwaar?'

Hij lachte even, maar zijn ogen lachten niet mee. Hoewel schijnbaar rustig en handelbaar, begreep Ellen dat hij keihard zou zijn als er iets misging.

'Misschien komt het wat onverwacht, dames, maar indien het u schikt zouden we er nu meteen naartoe kunnen rijden. We willen graag deze zaak zo snel mogelijk afhandelen. In de auto kunnen we dan de verdere details bespreken. Als u het pand hebt gezien, kan ik u morgen een ontwerpcontract bezorgen. Dan weet u meteen hoe we het graag hebben. Snel en accuraat.'

'Alles wijst op verdrinking na koolstofvergiftiging, waarschijnlijk veroorzaakt door een probleem met de warmwaterboiler.'

De dokter zat zijn verslag te schrijven aan de wankele behangerstafel die bij gebrek aan iets beters als tafel dienstdeed, terwijl een politieagent ijverig notities nam. Mijnheer Van Dam zat, ziekelijk ineengedoken, naast de dokter op de enige andere stoel. Op een stretcher in de hal, toegedekt met een laken, lag het lichaam van zijn vrouw. De ambulanciers wachtten nog op de officiële overlijdensverklaring voor ze het lichaam naar het mortuarium van het ziekenhuis mochten brengen. Het was immers mogelijk dat er een gerechtelijk onderzoek zou volgen.

'Alice wou dat het warme water bleef lopen als ze in bad zat. Ik heb haar zo dikwijls gezegd dat het ongezond was.'

'Als uw badkamer voldoende verlucht was geweest, was er niets gebeurd. Maar er zijn zelfs geen verluchtingsroosters. Noch boven het raampje, noch onder aan de deur. Dat was bijzonder onvoorzichtig, mijnheer Van Dam'

'Dat is zijn schuld!'

Van Dam stond bruusk op zodat zijn stoel omviel en wees naar De Boeck, die in de hal met de ambulanciers aan het praten was. De Boeck verliet juist zijn kantoor toen de ziekenauto was aangekomen en was met de ambulanciers meegelopen.

'Hij en zijn onderaannemer hebben een minderwaardige boiler in onze badkamer geplaatst. Hij en niemand anders moest die roosters geplaatst hebben in de deur! Zo was het voorzien. Hij is een bedrieger en een moordenaar!'

'Mijnheer Van Dam, maak het nu niet erger dan het al is.' De Boeck, die op de beschuldiging naderbij was gekomen, richtte zich tot de agent. 'Het appartement is onafgewerkt verkocht. Ik heb hen nog gezegd dat ze een betere kwaliteit toestellen moesten nemen. Je moet altijd uitkijken met tweedehandsspullen.'

'Smerige leugenaar!'

De arme man wilde De Boeck te lijf gaan, maar de agent hield hem op tijd tegen.

'Rustig maar, mijnheer. Gaat u terug zitten.'

Van Dam zakte op het kleine stoeltje in elkaar als een poppenkastpop waarvan plotseling de touwtjes braken.

'Ik zal de commissaris een kopie bezorgen van de verkoopovereenkomst. Daaruit blijkt duidelijk dat ik niet voor de afwerking insta. En een kopietje van mijn brief over die roosters. Ik heb mijnheer Van Dam onlangs nog gewaarschuwd dat hij die moest aanbrengen.' Hij zou straks dat briefje vlug typen met een datum van enkele weken terug. Zoiets verstuurde je niet aangetekend, bijgevolg zou niemand kunnen bewijzen dat hij het nooit verzonden had.

'Hij is een leugenaar! De verkoopovereenkomst is niet correct en dat weet hij heel goed. En een brief over roosters heb ik nooit gezien.'

'Tut, tut, mijnheer Van Dam. U weet heel goed dat het allemaal zwart op wit staat.'

Mijnheer Van Dam bleef hem heel even strak aankijken. Dan boog hij zijn hoofd en huilde jammerend als een gekwetst kind.

'We hadden ons nooit mogen laten ompraten, nooit, nooit.'

De agent wisselde een blik van verstandhouding met De Boeck. Hij kende hem goed, want hij sponsorde elk jaar het jaarlijkse bal van de politie. Een gulle en joviale man, die De Boeck. Heel wat plaatselijke verenigingen klopten bij hem aan als ze steun nodig hadden, en nooit tevergeefs.

'Kom, gaat u nu maar met ons mee, mijnheer Van Dam. Wij zullen op het politiebureau uw verklaring opnemen.'

'En mijn vrouw dan? Alice...'

Toen hij haar naam uitsprak, barstte hij in snikken uit. Hij verloor zo de controle over zichzelf, dat het snot uit zijn neus droop en zich vermengde met speeksel en tranen die zijn hemd besmeurden. Vol afkeer draaide De Boeck zich om. De agent, getroffen door de wanhoop van de man, haalde een schone zakdoek uit zijn zak en duwde hem in de handen van Van Dam.

'Breng uzelf niet nog meer van streek, mijnheer. De dokter zal voor alles zorgen. Kom nu maar mee.'

De Deyne zat in zijn auto, een zwarte Mercedes met verduisterde en spiegelende ramen. Perfect passend bij zijn demonische karakter, dacht Koen. Hij deed het portier open en stapte in.

'Ik hoop voor jou dat het belangrijk is wat je me te vertellen hebt. Ik laat me niet commanderen, vriend! En ik sta hier al bijna een halfuur. Ik dacht dat het zo dringend was?'

'Ik ben eerst even langs een klant gegaan, kwestie van een alibi te hebben. Het is druk op hun kantoortje. Ik kan zomaar niet ongemerkt verdwijnen.'

'Wat is er zo belangrijk en dringend?'

'Als we geen actie ondernemen, haalt Company 21 een schitterend contract binnen van privatief beheer. Van Cefab, een pensioenfonds. Ze krijgen een gebouw zes maanden op proef, en doen ze het goed, dan krijgen ze nog meer gebouwen.'

De Deyne vloekte en sloeg met zijn hand op het stuurwiel.

'Dat is verdomd te danken aan de persaandacht die ze gekregen hebben. Ik heb vorige week nog een offerte gestuurd voor dat beheer en mij hebben ze geen project op proef voorgesteld.'

'Als we dit laten gebeuren, breken ze definitief door. Zelfs zonder de portefeuille van Cefab zijn ze al aardig op weg. Je moest eens zien wat er deze week allemaal is binnengebracht. Het lijkt wel of ze de enige makelaars in Antwerpen zijn.'

'Van jou werd verwacht dat te voorkomen. Daar word je, verdomme, dik voor betaald!'

'Jij ging ervoor zorgen dat ze haar diploma niet haalde en zich publiekelijk belachelijk zou maken. In de plaats daarvan krijgt ze de pers achter zich! Je hoeft me dus niks te verwijten. Vertel me liever hoe we het verder moeten aanpakken.'

'Zorg dat je zoveel mogelijk betrokken bent bij dat dossier van Cefab. Voorlopig gaat dat voor op al de rest. Je doet valse beloftes aan de huurders, je brengt de administratie van de huurinkomsten in de war, je veroorzaakt technische problemen in het gebouw. Kortom, je doet alles wat je maar kunt bedenken om hun beheer te laten mislukken. Je hebt zes maanden, het kan niet mislukken.'

'Toch is het niet zo eenvoudig. Ik moet oppassen dat ik niet tegen de lamp loop.'

'Waarom zou je? Hebben ze al enig vermoeden dat je een aantal van hun klanten bij hen hebt weggehaald sinds je bij hen werkt? Nee. Wel dan. Ze vertrouwen je blindelings. Doe wat ik je zeg.'

'Oké, oké. Ik zal doen wat ik kan. Wat doen we met het gebouw in Kontich? Met die VDB valt te praten. Het dossier is natuurlijk niet zo belangrijk als dat van Cefab, maar het is wel een gebouw dat voor Ellen belangrijk lijkt te zijn.'

'En of! Het was haar eerste project en ze is er, ondanks een gijzeling en ernstige problemen met het dak, in geslaagd het in de markt te houden. De verkoopprijzen zijn nu zelfs een pak hoger dan toen.'

'Je kunt dus niet ontkennen dat ze het vak onder de knie heeft.'

Weer vloekte De Deyne uit onmacht. 'Ze heeft zich van het begin af opgesteld als een Jeanne d'Arc. En met welk recht, vraag ik je? Doet zij misschien nooit iets in het zwart? Als ze dat kantoor moet runnen met uitsluitend eerlijk verdiend geld, kunnen we beter al onze activiteiten stoppen en wachten tot ze vanzelf over de kop gaat. Ze krijgt het op die manier nooit rendabel.'

'Tot hiertoe lukt het haar toch.'

'Beginnersgeluk, heet dat.'

'Ik denk het niet. De consument is bewuster geworden, hij is niet meer zo gemakkelijk te bedriegen. Haar houding van "eerlijk zaken doen" en "beter geen deal dan een slechte deal voor de klant" slaat aan. En door die persaandacht...'

'Het is al goed. Daar is nu niets meer aan te doen. Die aandacht zal trouwens vlug voorbij zijn. Zo gaat dat nu eenmaal met de pers, even ben je "in" en even later ben je "out".'

De Deyne spreekt uit ondervinding, dacht Koen. Die had zijn deel van de persaandacht wel gehad. Eerst toen hij de grootste makelaar van Vlaanderen en leidinggevende figuur in de sector was, en later toen hij na het grote schandaal door Ellen De Ridder naar de verdomhoek werd verwezen. Koen had alle persknipsels eens doorgenomen, maar was wel zo slim dat niet aan De Deyne te vertellen.

'Wat doen we met dat gebouw in Kontich?'

'Laat dat aan mij over. Ik neem contact met die VDB of hij ons concreet kan helpen. Jouw eerste zorg is dat project van Cefab. Maar probeer intussen ook zoveel mogelijk verantwoordelijkheid te krijgen in dat gebouw in Kontich. Bezorg me alle technische gegevens en wie de firma's zijn die er het onderhoud doen. Ik kan wel wat "ongelukjes" bedenken die eenvoudig te organiseren zijn.'

'Maar pas op voor die conciërge. Die staat om een of andere reden voor honderd procent achter Ellen.'

'Misschien moeten we eens uitzoeken hoe dat komt. Weet hij misschien iets over dat gebouw dat het daglicht niet mag zien? Kunnen we hem niet aan onze kant krijgen?'

'Vergeet het. Haar zoon trekt trouwens regelmatig met die man op.'

'Vreemd. Ik zal eens horen wat die VDB daarover te vertellen heeft. Concentreer jij je nu in de eerste plaats op Cefab. Die trutten mogen onder geen beding de volledige portefeuille van dat pensioenfonds in handen krijgen. Wat je daar ook voor nodig hebt, je krijgt het.'

Het was een lange dag geweest en toen ze eindelijk het kantoor achter zich afsloot en naar boven ging, voelde ze zich zo moe dat ze vreesde niet tot aan de voordeur van haar appartement te raken. Het was alsof ze niet genoeg lucht in haar longen kreeg en dat ze zich voortsleepte alsof haar gewicht verdrievoudigd was. Ze bleef staan en moest steun zoeken tegen de muur door de duizeligheid die haar overviel. Was het dat allemaal wel waard? Als ze aan dit tempo bleef doorgaan, brandde ze zichzelf op als een kaars. Ze zat aan het einde van haar energievoorraad en als ze zich niet vlug wat ontspanning en rust gunde, wist ze niet of ze nog lang zou kunnen blijven functioneren.

'Ik dacht al dat ik iets hoorde.' Tom keek verbaasd vanuit de open deur. 'Waarom sta jij hier op de trap?'

'Ik sta hier niet, ik kom naar boven.'

Tom keek bezorgd. Hij had een paar minuten geleden gehoord dat zijn moeder beneden het kantoor afsloot. Gewoonlijk had ze niet zoveel tijd nodig om de trap van twaalf treden op te komen.

'Ik heb al gegeten, hoor. Ik heb de frieten gebakken die in de diepvries lagen.'

'Je weet dat ik niet graag heb dat je frieten bakt als ik niet thuis ben.'

'Er was niets anders meer. Het wordt tijd dat je gaat winkelen.'

'Sorry, jongen. De laatste weken zijn echt hectisch geweest. Tijdens het weekend zal ik de diepvriezer vullen zodat we er weer een tijdje tegen kunnen. En morgen zal ik de werkster vragen het nodige te halen voor de eerste dagen.'

'Ik heb een lijstje gelegd op het aanrecht van wat er zeker allemaal moet gekocht worden. En ik heb gestofzuigd. Sloeber ruit weer verschrikkelijk.'

'Jij wordt later de perfecte echtgenoot', lachte Ellen.

'Niet zoals papa dan. Die deed nooit iets thuis.' Ze keek hem verrast aan. Tom gaf zelden commentaar op zijn vader. 'Maar toen had jij tenminste meer tijd. Je was meestal 's avonds thuis.'

Ze waren intussen in de keuken beland en ze schrok ervan hoe alles erbij lag. De werkster deed haar werk, echt vuil kon ze het dus niet noemen. Maar als haar moeder de keuken in deze staat gezien had, zou ze ontsteld gereageerd hebben. Bij die gedachte kwamen de tranen haar in de ogen.

'Zo erg is het nu ook weer niet, mama. Ik wil niet klagen omdat ik weet dat je het niet kunt helpen. Maar soms is het niet plezant voor mij.'

Ze lachte door haar tranen heen 'Dat kan ik me voorstellen en ik beken dat ik me soms schaam. Ik doe mijn best, weet je, maar ik kom altijd tijd te kort.'

'Dat zegt papa tegenwoordig ook.'

'O ja? Werkt hij dan ook zoveel overuren?'

'Hoe langer, hoe meer.' Tom grinnikte. 'Ik geloof zelfs dat hij voor het ogenblik nog amper tijd heeft voor zijn vriendinnen.'

'Dan moet het erg zijn', reageerde Ellen spontaan voor ze goed besefte dat ze deze bedenking in het bijzijn van haar zoon niet hoorde te maken. 'Misschien is het maar tijdelijk. Hij zei me op de begrafenis van oma dat George een grote fusie is aangegaan met een ander bedrijf en dat hij promotie krijgt. Ik heb geen details gevraagd omdat mijn hoofd er niet naar stond. Weet jij misschien meer?'

'Niet veel. Alleen dat het iets met televisie te maken heeft. Maar hij klopt tegenwoordig bijna net zoveel overuren als jij.'

'Je treft het niet met je ouders.' Ze bedoelde het als een grapje en schrok toen Tom het heel ernstig opnam.

'Nee, en soms haat ik het. Het is niet leuk hier altijd alleen te zitten en niet te weten wanneer en of er iemand thuiskomt. Als ik tijdens het weekend naar Grobbendonk ga, wil ik met papa samen zijn. Ik verveel me dood alleen. De vrienden die ik daar had, hebben nu allemaal nieuwe vrienden.'

'Wat doe je dan de hele dag?'

'Op de computer spelen. Soms ga ik mee naar het bedrijf of naar Chrisje en George thuis. Ze hebben eindeloze besprekingen en vergaderingen. Maar bij hen thuis is het wel leuk, want dan mag ik zwemmen in hun zwembad.'

'Als het warm genoeg is.'

'Heb ik het je niet verteld dat ze nu ook een binnenzwembad hebben, met sauna en alles wat je maar kunt bedenken? Je moest het zien, mama, het is net zoals in een film. Er is zelfs een groot scherm waar je dvd's op kunt afspelen zodat je kunt kijken terwijl je ronddobbert. Maar toch ga ik er niet graag naartoe. Chrisje is oké, al vind ik dat ze onnozel doet tegen papa. Maar George vind ik een engerd.'

'Hoezo?'

'Ik weet het niet. Misschien omdat hij mij altijd probeert uit te horen over jou.'

'Wat! Je vertelt hem toch niks? Ik kan die kerel niet uitstaan.'

'Natuurlijk niet. Is het waar dat je een heel erge ruzie met hem hebt gehad?'

'Nee. Of liever, ja. Niet echt ruzie, maar ik wil nooit meer iets te maken hebben met hem of zijn vrouw. Ik zal eens met papa praten dat hij je weekends anders moet organiseren. Of je gaat niet meer zo vaak naar Grobbendonk.'

'Wat moet ik dan doen? Jij bent ook nooit thuis in het weekend en ik kan niet altijd rondhangen op de manege. Zeker niet nu jij en Jan niet meer uitgaan samen.'

Ze besefte dat Tom gelijk had. Ze kon Marc moeilijk verwijten dat hij Tom verwaarloosde als ze er zelf niet meer in slaagde tijd voor hem vrij te maken.

'Binnenkort is Koen helemaal ingewerkt en schuif ik meer werk naar hem toe. Dan gaan wij weer samen dingen doen, dat beloof ik je.'

'Gaan we dan eens een weekend naar opa?'

'Hoe kom je daarbij?'

'Ik vind het zo erg dat opa daar nu helemaal alleen zit in dat grote huis.'

160

'Ja, daar heb ik ook al over zitten dubben. Maar opa wil alleen zijn. Soms is het goed alleen te zijn als je heel verdrietig bent. Dan moet je niet altijd doen alsof en je verdriet verbergen om andere mensen niet te ergeren.'

'Zoals John altijd doet en jij ook.'

'Doe ik dat?'

Tom knikte. Hij had de laatste dagen gezien dat mama amper at en dat ze van die rare witte plekken rond haar ogen had. Net of haar huid daar te erg gespannen was.

'En jij, Tom. Verberg jij je verdriet nooit?'

'Soms. Op school bijvoorbeeld. Maar met John kan ik er goed over praten.' Hij zweeg even. 'Dat helpt', besloot hij dan.

'Het zal John ook wel helpen. Hij heeft helemaal niemand meer. Wij hebben elkaar nog.'

'Heb je al iets gedaan aan die vervelende VDB? Hij is John echt aan het pesten, mama. Nog meer dan vroeger.'

'Nee. Sorry. Ik heb er nog geen tijd voor kunnen maken. Maar ik beloof je dat ik dat zo spoedig mogelijk zal doen.'

Tom knikte. Ze wist niet of het was omdat hij haar geloofde of juist omdat hij een dergelijke belofte niet meer ernstig nam.

'Luister, Tom. Ik weet dat ik de laatste tijd te veel dingen die ik beloofde, niet heb gedaan. Ik ga me niet excuseren, want je weet zelf dat ik het niet zou doen als ik het kon vermijden. Maar heb, alsjeblieft, nog een beetje geduld. Als alles goed gaat, kunnen we weldra nog meer mensen aannemen en dan ga ik me veel minder zelf met de verkoop bezighouden. Enkel en alleen nog met het management. Dan worden mijn uren regelmatiger en zal ik veel minder in het weekend moeten werken. Maar tot dan moet je nog geduld met me hebben. Wil je dat voor me doen?'

'Het is niet alleen voor mij nodig dat je het wat rustiger aan doet, mama. Je bent zo moe en toch slaap je 's nachts niet. Ik hoor je wel rondlopen, hoor. Als je niet oppast, word je nog ziek.'

'Maak je daarover maar geen zorgen. Ik ben sterk.'

'Oma was ook sterk. Toch stierf ze.'

Ze schrok, niet alleen van zijn opmerking, maar ook van de bezorgdheid – of was het angst? – die ze in zijn ogen las.

'Oma was ouder, Tom. Maak je over mij geen zorgen. Ik red het wel. En als jij me blijft helpen en steunen, zoals je dat altijd al gedaan hebt, dan komt alles in orde. Oké?'

'Oké, mama. Maar, alsjeblieft, doe iets voor John. Hij heeft het echt moeilijk.'

De Boeck en Myriam deden zelfs geen poging meer om in het bijzijn van Ruud Schouten hun onderlinge vijandigheid te verbergen. Vanaf het ogenblik dat ze waren aangekomen, had De Boeck haar straal genegeerd en zich uitsluitend tot Ruud gericht. Als Myriam een opmerking maakte, deed hij of hij het niet hoorde en ging gewoon over op een ander onderwerp. Ruud had al meermaals geprobeerd haar bij de discussie te betrekken, maar tevergeefs.

'De verkoopprijzen die zij geschat hebben zijn te hoog, mijnheer Schouten. Ik heb het gebouw gezet en zit hier al bijna twintig jaar in die markt. Wat zij vertellen is larie. Punt uit.'

'Nochtans is het algemeen geweten dat de verkoop aan de kust weer een heropleving kent en dat de prijzen gestegen zijn. Toch verkoopt u de appartementen beneden de vooropgestelde verkoopprijs.'

'Pardon. Slechts een paar. Appartementen die we niet zelf hoeven af te werken. Zoals dat appartement waarover de Company 21 madammekes uit Antwerpen bij u zijn komen klagen. Ik heb u de verklaring toch laten zien. Die paar appartementjes zijn van eenvoudige werkmensen en die kunnen heel goed hun handen uit de mouwen steken. Ze gingen dat allemaal zelf doen, zeiden ze. Waarschijnlijk omdat onze inrichting te luxueus is en ze het zelf veel goedkoper kunnen doen. Wanneer ze nu beweren dat het niet waar is, liegen ze en hun verklaring bewijst dat.'

Hij wist dat Van Dam naar Limburg was voor de begrafenis van zijn vrouw en de eerste weken niet naar de kust zou terugkeren. Hij moest absoluut zien te vermijden dat Van Dam opnieuw met die trienen uit Antwerpen praatte, of, nog erger, met die Hollander. Hopelijk zou Van Dam het appartement terug verkopen. Wat kon die ouwe zielenpoot hier trouwens alleen komen doen?

Maar nu ze het over zwart geld hadden, werd het tijd dat hij zijn voorstel aan Schouten deed. Dat zou bovendien de aandacht afleiden van de vervelende zaak met Van Dams vrouw. Beter dat die trut niets over wat gebeurd was ter ore kwam. Anders zou hij niet kunnen verhinderen dat ze dieper op de zaak in zou gaan en zou ontdekken dat die boiler onder zijn verantwoordelijkheid door zijn onderaannemer was geplaatst. Wat een meevaller dat hij een verrassing voor Schouten en zijn bank in petto had.

'Ik vind het trouwens heel vervelend, mijnheer Schouten, dat uw bank niet... "Belgisch" wil werken. Ik heb contacten met iemand die hier serieus wil beleggen. Voor een groot bedrag.'

Meteen stopte Schouten met het lezen van de verklaring van Van Dam over de afwerking van het appartement en keek hem vragend aan.

I've got you, dacht De Boeck, die dikwijls in Oostende met Engelsen omging.

'Helaas zijn ze niet geïnteresseerd in uw strenge voorwaarden.'

'De bank is Nederlands en wij Nederlanders hebben niet de gewoonte om met zwart geld om te gaan.'

'Jammer. Mijn klant wil hier een dertigtal appartementen kopen. Als belegging. Deels van geld dat ze officieel terug uit Luxemburg halen via die speciale regeling. En deels van geld dat nog "donkerder zwart" was dan dat in Luxemburg, zoals ze het zelf uitdrukte.'

Hij lachte er vrolijk om. Het was belangrijk heel dat fiscale gedoe te presenteren als een soort spannend spel met grote winsten. Een soort van monopolyspel, waarbij je echter niet naar de gevangenis moest zolang je het maar slim genoeg speelde.

'Als de bank zou willen ingaan op hun verzoek om op zijn "Belgisch" te werken, kunnen ze dat tweede gedeelte ook witwassen. Op die manier recupereren ze dan de fiscale boete die ze moeten betalen om dat Luxemburgse geld te regulariseren.'

Myriam zag dat Ruud onder de indruk was. Dertig appartementen was natuurlijk een enorme verkoop. Ze wist dat men in Amsterdam niet tevreden was over de verkoopresultaten en dat hem dat werd aangewreven.

'Het is en blijft een enorm risico de fiscus te bedriegen. De bank doet aan dergelijke praktijken niet mee', zei ze kordaat voor Ruud kon antwoorden.

'Is dat zo, mijnheer Schouten? Jammer. Ik begrijp dat toch niet goed. Hebben de directeurs van uw bank dan niet graag af en toe een lekker sommetje dat ze niet hoeven aan te geven? Dat ze onder elkaar kunnen verdelen zonder medeweten van de aandeelhouders?'

Myriam gaf hem weer niet de kans te antwoorden. 'Twee jaar geleden is een van de toenmalige directeurs veroordeeld voor een omkoopschandaal. Dat heeft de bank toen heel veel schade berokkend. Denkt u nu echt dat ze dat risico nog eens zouden willen lopen?'

'Mevrouw Verbeeck heeft gelijk. Wij kunnen ons geen nieuwe schandalen veroorloven.'

'Wie zegt dat er een schandaal van komt? De mensen met wie ik onderhandel zijn geen boeren of dubieuze makelaartjes. Het zijn topindustriëlen die de Belgische textielhandel volledig in handen hebben.'

'Het blijft knoeien en geknoei kan altijd uitkomen. Vergeet dat niet, Ruud!'

'Niet als je het laat organiseren door topaccountants en juristen, mevrouw Verbeeck. Die maken dat zo sluitend dat het zelfs de slimste jongens van de fiscus ver boven hun petje gaat', zei De Boeck nog voor Ruud iets kon antwoorden.

Myriam bekeek De Boeck woedend en wachtte op het antwoord van Ruud. Die dacht even na en richtte zich toen tot De Boeck.

'Zouden ze eventueel geïnteresseerd zijn in meer dan dertig appartementen? Ik zou misschien bereid zijn erover te praten als ze het volledige restant van het gebouw kochten. Dat zijn, hoeveel zijn het er exact, een vijftigtal?'

'Ruud!'

'Sorry, Myriam, maar de bank heeft dat geld nodig voor andere, meer rendabele projecten.'

'Nu wordt u verstandig. Ik kan het er met hen eens over hebben. Maar alleen als ik weet dat ik een deal kan afsluiten. Dat zijn geen mensen die je voor de gek kunt houden. Die hebben hier overal iets in de pap te brokken.'

'Misschien kunnen we een afspraak maken?'

'Je meent het niet?' Ontsteld keek ze Ruud scherp aan, die ter verontschuldiging zijn schouders ophaalde. 'Je denkt dus werkelijk dat de bank met een dergelijke deal akkoord zou gaan?'

'Alleen als het echt de moeite loont en gegarandeerd foutloos wordt georganiseerd. Het gaat hier over grote bedragen, Myriam. Ik kan niet anders doen dan minstens dit voorstel voor te leggen.'

'Je beseft toch dat Company 21 hier niets mee te maken wil hebben. Je kent ons standpunt ter zake.'

'Misschien praat je het best eerst met Ellen. We zouden jullie een vergoeding kunnen betalen, zelfs al is het jullie verkoop niet.'

'Die vergoeding zou je ons sowieso moeten betalen. Wij hebben een officieel contract. Als je onder de vastgelegde verkoopprijs verkoopt, kunnen wij eisen dat je ons de overeengekomen commissie betaalt.'

'Dan nog verdienen we er meer aan dan aan losse verkopen waar steeds weer kortingen worden bedongen en we maanden op ons geld moeten wachten.'

'Je bedriegt de fiscus! Denk aan het risico!'

'Er is geen risico, geloof me. Die industriëlen en hun accountants handelen zoiets foutloos af op de kortst mogelijke termijn. Daar mogen u en de bank gerust op zijn.'

Myriam moest machteloos toezien dat het De Boeck gelukt was Ruud te overtuigen. Ze stond op en nam haar aktetas.

Ruud hield haar tegen. 'Myriam, begrijp het nou toch! Ik kan een dergelijke deal niet afwijzen zonder er minstens de bank in te kennen. Ik moet onderzoeken of de mogelijkheid bestaat en over wat voor bedragen het gaat.'

'Je doet wat je niet laten kunt, zei mijn moeder altijd in dit soort situaties. Jij bent de opdrachtgever, de klant. Ik moet me dus bij jouw beslissing neerleggen. Ik zal in ieder geval met Ellen overleggen. Maar je mag je nu al verwachten aan een officieel schrijven waarin we de bank zullen melden dat we onder geen enkele voorwaarde met deze werkwijze akkoord kunnen gaan.'

'Dat doet Ellen niet. Niet na alles wat we samen hebben doorgemaakt.'

'Ellen is al een keer door een knoeier bijna ten onder gegaan. De integriteit van ons makelaarskantoor brengt ze voor niemand nog in gevaar. Zelfs niet voor jou en je bank.'

Ruud twijfelde en Myriam hoopte dat hij bijtijds zou inzien dat er, door zelfs maar over belastingfraude te willen praten, iets onherstelbaars zou gebeuren. De Boeck had de aarzeling ook opgemerkt en speelde er gretig op in.

'Mijnheer Schouten, er zijn nog genoeg makelaars in België om mee samen te werken. Als die twee madammekes uit Antwerpen heiliger willen zijn dan de paus, laat ze dan. U hebt hen toch niet nodig.'

Ruud antwoordde niet en keek van De Boeck naar Myriam, die nog steeds hoopte dat hij haar kant zou kiezen. Toen viel zijn beslissing.

'Het spijt me, Myriam. Ik heb begrip én respect voor je houding. Als het alleen maar aan mij lag, zou ik er niet verder over willen praten. Maar ik kan niet zomaar nee zeggen tegen een deal die de bank een pak belastingvrij geld opbrengt. Bij ons in Nederland is zoiets moeilijk te verwezenlijken en voor onze buitenlandse projecten hebben we tegenwoordig dat soort geld juist nodig. Als mijnheer De Boeck erin slaagt de deal tot stand te brengen zoals hij mij dat daarnet voorstelde, denk ik dat de bank ermee akkoord zal gaan. Wat voor de bank het beste is, bepaalt mijn beslissing.'

'Dan hoop ik maar dat deze beslissing niet in jouw nadeel uitdraait, Ruud. We hebben steeds graag met je gewerkt en het zou ons pijn doen ermee te moeten stoppen.'

Ruud wilde haar onderbreken, maar ze gaf hem met een kordaat handgebaar te kennen dat haar besluit vaststond.

'Alles in mij zegt dat je in de fout gaat. Noem het desnoods vrouwelijke intuïtie als je niet in mijn zakelijke instinct gelooft. Maar ik garandeer je dat, als de fiscus deze deal op het spoor komt, iedereen hangt die erbij betrokken is. Wij doen niet mee.'

Toen ze even later het kantoor verliet, deed een grijnslachende De Boeck de deur voor haar open.

Pierre Van Den Broucke was blij met de aandacht die De Deyne voor hem leek te hebben. Eerst had hij wel enigszins verbaasd gereageerd op het telefoontje van de man die volgens de media het grootste makelaarskantoor van Vlaanderen had. Maar zijn nieuwsgierigheid was te zeer geprikkeld om niet in te gaan op De Deynes uitnodiging tot een gesprek. Al vond hij het wel vreemd dat de afspraak plaatsvond in een groezelige kroeg waar hij op eigen initiatief nooit zou binnengegaan zijn. Gelukkig was de koffie er drinkbaar.

'Je verwacht dus dat ze de appartementen die nu verhuurd zijn, aan een goede prijs zullen kunnen verkopen.'

'Natuurlijk. Ze zijn oerdegelijk. Ik heb een hekel aan die Hollanders, maar het gebouw is van uitstekende kwaliteit en goed afgewerkt. Pas op, ook omwille van het feit dat ik hen tijdens het bouwen de hele tijd op de vingers keek. Het enige probleem waar ik nooit het fijne van geweten heb, is dat geval met het dak.'

'Het dak? Was er een probleem met het dak?'

'Daar hebben ze twee jaar geleden grote werken aan uitgevoerd. Niet normaal bij een nieuw gebouw, als je het mij vraagt.'

'Heb je in het zwart betaald voor je appartement?'

'Nee. Daar wilden ze niet van weten. Ik heb wel een korting afgedwongen van de makelaar die ze toen hadden, en ook een boeteclausule voor achterstand. Maar dat was allemaal volgens de regels van de wet.'

De Deyne sakkerde en VDB snapte niet waarom.

'Zijn uw belangen zo groot in deze zaak?'

'Ik wil die De Ridder op haar knieën. Dat mens vergiftigt de sector.'

'Ik wist niet dat ze zo belangrijk was. Vergeleken met uw kantoor stelt dat van haar toch niks voor?'

De Deyne wilde hierop geen commentaar geven. Dus zette VDB het gesprek voort.

'Maar ik heb haar van het eerste ogenblik dat ik haar ontmoette, niet gemogen. Het is een typisch voorbeeld van wat zich "de moderne vrouw" noemt. Ambitieus, niet verlegen om als gescheiden vrouw door het leven te gaan, neerkijkend op iedereen die wat ouder is en zonder enig respect voor mensen met levenservaring. En ze heeft totaal geen stijl. Welke serieuze makelaar houdt zich op met een ordinaire conciërge! Een ondergeschikte, een nobody! Zij wel. Ze is bevriend met die John Staelens. Haar zoontje gaat er zelfs regelmatig een nacht slapen. Bij een werkman zonder enige opvoeding, een ex-bouwvakker. Je moet niet vragen.'

'Ik hoorde via mijnheer Verhulst dat je met die kerel nogal wat problemen hebt.'

'Het is een onbeschofte boer. Ik erger me er dood aan. Luister, mijnheer De Deyne, ik heb mijn geld gestoken in een gebouw met standing, niet in een sociaal woonblok. Ik zal dan ook niet rusten voor ik die kerel eruit gewerkt heb. Maar ja, De Ridder beschermt hem.'

'Waarom?'

'Dat snap ik eigenlijk ook niet. Zij heeft hem op eigen houtje destijds in dienst genomen. Zonder mij erin te kennen. Ik was toen de enige nieuwe eigenaar. Nog iets dat ik haar niet zal vergeven. Verdomd arrogant mens!'

De Deyne verkoos dit onderwerp te laten rusten. VDB zou misschien van nut kunnen zijn, maar wanneer hijzelf hem als klant had gehad, zou hij hem met alle plezier een loer gedraaid hebben. Wat een etter.

'Laten we die conciërge nu maar vergeten, mijnheer Van Den Broucke. Hebt u toevallig ooit gehoord dat De Ridder als makelaar dingen doet die niet door de beugel kunnen?'

'Zij? Nooit. Ze is de dochter van een rechter, onbuigzaam en keihard. Dat zie je ook in haar houding tegenover haar zoon. Die jongen is altijd alleen. Laatst is hij zelfs uit pure eenzaamheid bij die conciërge over het verlies van zijn oma en over zijn verdriet komen vertellen. Zelfs toen had zij blijkbaar geen tijd voor hem.'

Daar gaan we weer, dacht De Deyne. Deze man was alleen maar een klein, nijdig burgermannetje waar hij niet veel mee kon aanvangen. Hij had hem geen enkel middel aan de hand gedaan om De Ridder mee te raken. Verloren tijd, dit gesprek. Dat zou Verhulst zuur opbreken. Intussen ging VDB maar door over de conciërge die zo te horen zijn zwart beest was.

'Ze zou nogal in de problemen komen als hij er niet was. Hij vangt haar kind bijna elke dag op omdat ze het op hun kantoor zo druk hebben.'

'Is dat zo?' Hij moest zo vlug mogelijk een einde maken aan dit gesprek, dacht hij ongeduldig terwijl hij van zijn kop koffie dronk.

'Dat ze het zo druk hebben? En of! Vroeger was dat een kantoortje van niks, nu kent iedereen het. Heel Kontich praat erover.'

Dat was nu net wat hij niet wenste te horen. Wat bezielde iedereen toch om dat kantoortje van niks op te hemelen!

'Ik bedoelde of die Staelens inderdaad elke dag haar zoontje opvangt?'

'Na school komt hij meestal rechtstreeks naar hem in plaats van naar huis te gaan. Op woensdag helpt de jongen zelfs bij het poetsen. Kun je je dat voorstellen! Nogal een opvoeding!'

'Niet te geloven.' De Deyne besefte plotseling dat er iets meer moest zijn met die conciërge dan alleen een kinderoppasser. Misschien was dit gesprek toch niet helemaal tijdverlies. 'Nog koffie?'

Van Den Broucke knikte verheugd. Het was lang geleden dat hij nog eens zijn hart had kunnen luchten. Zijn vrouw wilde zijn verhalen over Ellen De Ridder en John Staelens niet meer horen. Ze verweet hem dat hij een oude zeur geworden was. Ook de meeste bewoners hadden altijd heel dringend iets te doen wanneer hij hen erover aanklampte.

Zou die conciërge toch van enig nut kunnen zijn, vroeg De Deyne zich af terwijl ze op de koffie wachtten. Koen had ook al zoiets laten doorschemeren. Het zou niet moeilijk zijn die man in diskrediet te brengen. Spotgemakkelijk zelfs, zeker als hij daarvoor zowel Koen als VDB kon inzetten. Maar zou hij De Ridder ermee uit haar evenwicht kunnen brengen? Dat leek hem onwaarschijnlijk. Maar misschien wel via dat zoontje van haar. Het was smerig dat kind erbij te betrekken, maar totnogtoe had hij niets anders kunnen bedenken. Hij besloot het verder te onderzoeken.

'Luister eens, Pierre', zei De Deyne slijmerig.

VDB ging opeens rechtop zitten, zo trots was hij dat deze grote makelaar hem bij de voornaam noemde.

'Wat zou jij ervan denken als ik jou eens zou helpen om die conciërge daar weg te krijgen? Jij bent van een dagelijkse ergernis verlost en ik raak De Ridder op een zwakke plek, in haar ongeorganiseerde privé-leven. Typisch voor vrouwen zoals zij. Ze eisen het recht op om een carrière uit te bouwen, maar slagen er niet in tegelijkertijd hun huishouden te runnen zoals het hoort. Niet voor niks dat die man van haar het niet vol heeft kunnen houden. Wie wil er nu met zoiets getrouwd zijn?'

'Ik vrees toch dat u John Staelens niet buiten krijgt. Zij staat altijd en in alles achter hem. Ik probeer het al meer dan drie jaar. Zonder succes.'

Omdat jij ook maar een klein, bang burgermannetje bent, dacht De Deyne en schoof de nieuwe kop koffie glimlachend naar VDB toe.

'Geen probleem, mijn beste Pierre. Ik weet hoe ik dat op kan lossen.'

Ze zaten met hun vieren reeds vroeg rond de vergadertafel. Het contract voor het proefproject met Cefab was ondertekend. Het kwam er nu op aan de overname van het gebouw vlot te organiseren. Grietje had koffiekoeken meegebracht zodat ze tijdens de vergadering hadden kunnen ontbijten.

'Jullie zijn dus bereid 's zaterdags te werken?'

Iedereen ging akkoord. Ook Grietje.

'Heb je wel aan Ben Jr. gedacht?' vroeg Myriam enigszins ongerust.

'Daar zal Ben Sr. een dag voor moeten zorgen. Door met jullie mee te gaan, kan ik veel leren. Ik wil makelaar worden.'

'Mooi. Zie het contract met Cefab als een testcase voor je een definitieve beslissing neemt. Ik heb vandaag ook nog een afspraak met vader en zoon Lombart. Laten we hopen dat ze toch aan de tweede fase willen beginnen. Dat zal heel wat werk met zich brengen. Als je dus de moed hebt om na je kantooruren aan je makelaarsopleiding te beginnen, gaat je droom binnenkort in vervulling.'

Ellen zag aan de houding van Koen dat hij zich ergens over leek te ergeren. Wat was er toch met hem? Nu hij tot het team behoorde, kon hij vrijuit zijn mening zeggen wanneer hem iets dwarszat. Ze nam zich voor hem daar later over aan te spreken.

'Nu we ons uit het project aan zee teruggetrokken hebben, zijn Myriam en ik op zaterdag natuurlijk ook vrij. Ik stel volgend plan voor: we schrijven al de huurders aan dat we zaterdag langskomen. Koen en Grietje brengen morgen de brieven rond en steken ze onder de respectievelijke deuren. Dus niet in de brievenbussen stoppen, want het gebeurt maar al te vaak dat in een dergelijk gebouw de bewoners het gewoon vertikken in hun brievenbus te kijken.'

'Waarom?' vroeg Grietje geïnteresseerd.

'Zij wonen in een studio omdat ze schulden hebben, of om-

dat ze aan het scheiden zijn, of nog omdat ze daar slechts tijdelijk verblijven. De meeste bewoners wijzigen zelfs nooit hun
adres en wonen officieel ergens anders. Jullie zullen wel zien,
het is daar een raar volkje. Niet allemaal natuurlijk, maar toch.
Daarom vraag ik jullie omzichtig te werk te gaan. Dat soort
mensen is erg wantrouwig.'

'Myriam heeft gelijk. Het is belangrijk dat we bij het eerste
contact vertrouwen inboezemen, willen we het privatieve beheer goed laten werken. Denk eraan, het is geen sinecure. Wij
moeten ervoor zorgen dat ze hun huur betalen en hun studio
goed onderhouden. Dat ze ons melden wanneer er schade is om
erger te voorkomen. Kortom, als het gebouw er goed uitziet,
verhuurt het gemakkelijker en blijven de huurprijzen min of
meer stabiel.'

'Het eerste wat we zeker moeten doen is de brievenbussen en
kastjes uitmesten en in orde brengen', merkte Myriam op. 'Het
is er een boeltje.'

'Ik zal John vragen of hij dat op zich wil nemen. Hij is handig
in die dingen. Eenmaal we het gebouw definitief in beheer hebben, kunnen we van Cefab eisen om nieuwe brievenbussen en
kastjes te plaatsen.'

Ze richtte zich tot Koen en Grietje.

'Ik zou graag hebben dat jullie de naamkaartjes die niet meer
correct zijn uit de bellen verwijderen en de juiste aanbrengen.
Ik heb hier een lijst. Grietje kan de kaartjes vandaag maken.'

'Hoe gaan we op zaterdag praktisch te werk?'

'Zo georganiseerd mogelijk, Koen. We verdelen het werk onder
ons vieren zodat we, hopelijk, nog wat vrije tijd overhouden.
Het is trouwens niet mijn bedoeling om van zaterdagwerk een
gewoonte te maken.'

'Wat als we verkoopafspraken hebben die dag?'

'Verkoop gaat natuurlijk voor. Ik wil jullie de commissie niet
zien mislopen. Ik reken er nochtans op dat ieder van ons een
paar uur uittrekt om de bewoners van dat gebouw een bezoek
te brengen. Als we het vertrouwen van deze mensen weten te

winnen en de portefeuille te pakken krijgen, zit er voor iedereen een fikse loonsverhoging in. Oké?'

Het ging er bij het etentje met vader en zoon Lombart aangenaam en constructief aan toe. Ellen vond het jammer dat Myriam niet van de partij was, tenslotte had zij de zaak van de notaris Decanque helpen oplossen. Voor vader en zoon Lombart echter stond Ellen gelijk met 'Company 21' en ze hadden haar partner niet mee uitgenodigd. Gelukkig had Myriam er geen probleem van gemaakt. Ze was trouwens nog altijd van streek over de houding van Ruud Schouten. Zelf tilde Ellen er niet zwaar aan. Toegegeven, het was jammer natuurlijk dat ze deze appartementen niet mee konden verkopen. Maar wanneer de bank in Amsterdam willens en wetens toch in de fout wilde gaan, was dat hun probleem niet. Hen ervoor waarschuwen evenmin. Ellen wilde niet betrokken worden bij de fiscale fraude, maar achtte zich niet geroepen om de hele wereld te verbeteren.

Vader Lombart, die zich even verontschuldigd had, nam terug aan tafel plaats.

'Jullie zijn toch braaf geweest terwijl ik even weg was?'

'Breng je zoon niet in verlegenheid, mijnheer Lombart.'

'Laat maar, Ellen. Mijn vader is alleen maar jaloers. Mannen van zijn leeftijd hebben dat wel meer.'

'Ik vind je vader er ondanks zijn leeftijd heel goed uit zien.'

Ellen vond dat haar stem iets te enthousiast klonk en haastte zich om het gesprek opnieuw een zakelijk karakter te geven.

'Hoe zit het met jouw patenten, Yves? Is die zaak nu helemaal geregeld?'

'Ja, intussen zijn we de trotse eigenaar van de wereldwijde patenten op mijn nieuwe bouwprocédé. Vader en ikzelf zijn er allebei van overtuigd dat het furore gaat maken in de bouwwereld. Alles moet steeds sneller gaan en goedkoper worden. Met mijn procédé kan dat. Als we het juist kunnen promoten, moet het lukken.'

'Dat zal het zeker. Je vader vertelde me hoe ingenieus je uit-vinding is.'

'Maar zonder zijn hulp had ik de vervelende toestanden rond de patenten en octrooien nooit tot een goed einde kunnen brengen.'

'Yves overdrijft, zo belangrijk was mijn bijdrage niet. Maar goed, het is ons gelukt. Dat is ook een van de redenen van dit etentje. Jullie correcte en snelle optreden bij het verdwijnen van de notaris...'

'Dat hoofdzakelijk het werk was van Myriam. Ik zat toen in Rome.'

'We zullen haar persoonlijk bedanken. Want het is dankzij haar speurwerk dat wij kunnen beginnen aan de tweede fase van het project Wemmel. Op één voorwaarde nochtans.'

'Die is?'

'We rekenen erop dat jullie weer de verkoop voor ons doen. Wat denk je, Ellen, wil je samen met ons deze tweede fase ver-wezenlijken en verkopen én het procédé van Yves een goede start en de nodige publiciteit geven?'

'Dat is een voorstel waarop ik, en ik spreek ook in naam van Myriam, zonder aarzelen ja antwoord.'

'Goed. Ik had trouwens niets anders verwacht. Daarom heb ik de champagne al besteld.'

Hij wenkte de ober die onmiddellijk de fles en de glazen kwam brengen.

'Op fase twee van het project Wemmel! Op het procédé van Yves en op onze hernieuwde samenwerking met zij het voor-lopig niet de grootste, dan toch de beste makelaar van Vlaan-deren.'

'Ik had je nochtans gewaarschuwd. Die boilers zijn gevaarlijke spullen wanneer er geen verluchtingsrooster in de badkamer is voorzien.'

Een doodnerveuze Persoons zat in het kantoor van De Boeck, die rustig een sigaar had opgestoken en zich over diens opmer-kingen niet de minste zorgen maakte.

'Dan hadden de Van Dams dat rooster volgens de pro forma overeenkomst maar moeten laten plaatsen. Punt uit. Bovendien, zeg nu eerlijk, Persoons, wie laat er nu zo lang het warme water lopen? Het weer zat trouwens tegen, er was inversie. Volgens de gerechtsdokter was het een ongelukkige samenloop van omstandigheden.'

'Allemaal flauwekul. Je kunt de politie wijsmaken wat je wilt, maar mij niet. Het is jouw schuld dat die vrouw gestorven is.'

'Pardon, onze schuld. Als er dan al sprake van schuld zou zijn.'

'Ik wilde roosters plaatsen, ik!'

'Ja, op mijn kosten, niet moeilijk.' De Boeck zag dat Persoons zich steeds meer begon op te winden en wilde geen herrie. 'Laten we nu geen ruzie maken. Zolang onze verklaringen overeenkomen, kan Van Dam ons niks doen. Het is ons woord tegen het zijne. Vergeet ook niet dat in de kopie van mijn brief uitdrukkelijk staat dat hijzelf verantwoordelijk is voor het al dan niet plaatsen van het rooster.'

'Een brief die je nu pas hebt gemaakt.'

'Aan hem om dat te bewijzen.'

Persoons zuchtte gelaten. Hij kon tegen De Boeck niet op.

'Wat doe ik met de andere appartementen waar ik nog toestellen moet plaatsen?'

'Die kunnen wachten. Werk eerst aan de lift waarvoor je die tweedehandsspullen op de kop getikt hebt. Zodra de storm rond dat sterfgeval geluwd is, gaan we gewoon verder. Vergeet vooral niet de bewoners een briefje over de door hen te plaatsen roosters te geven en laat een kopietje ondertekenen voor ontvangst. Ik zal ze voor je klaarmaken.'

'Wat gebeurt er als Van Dam een klacht tegen ons indient? Hij is ervan overtuigd dat wij verantwoordelijk zijn voor de dood van zijn vrouw. Was ik in zijn plaats, ik ging tot het uiterste.'

'Van Dam is een sul en een bangerik. Hij was onmiddellijk bereid om een belangrijke som in het zwart te betalen en die verklaring te ondertekenen.'

'En als hij bekent dat hij een deel in het zwart betaald heeft?'

'Alweer aan hem om dat te bewijzen. Met zwart geld is dat niet evident. In ieder geval, zelfs dan blijven wij uit de *picture* voor dat sterfgeval. Trouwens, wie heeft de toestellen geplaatst? Hij heeft geen factuur en kent geen naam.'

'Ben je er zeker van? Ik wil geen gerechtszaak aan mijn been.'

'Persoons, we werken al jaren samen, denk je nu echt dat ik jou in moeilijkheden zou brengen? Ik heb er geen idee van wie die boiler geplaatst heeft en meer zullen ze van mij niet te weten komen. Wees gerust, zo ver komt het niet, nu niet en later niet.'

'Ik hoop het. Toch ga ik de rest van de toestellen nakijken voor ik ze plaats bij de andere kopers.'

'Op jouw kosten dan. Ik ben niet van plan daarvoor op te draaien.'

'Eigenlijk ben je een smeerlap, De Boeck.'

'Klopt. Het is de enige manier om veel geld te verdienen waarvan jij lekker mee profiteert, vriend.'

Ellen was samen met Myriam en Grietje naar het gebouw gekomen. Ze stonden te wachten op Koen, die gebeld had dat hij nog onderweg was.

'Het gebouw ziet er niet zo slecht uit. Na jullie verhalen vreesde ik het ergste.'

'Wacht tot je binnen bent, Grietje. De algemene delen worden door een poetsdienst in orde gehouden. Maar in de studio's en appartementjes is het soms erg gesteld.'

Ellen had al een paar keer ongeduldig staan uitkijken waar Koen bleef.

'Koen had al lang hier moeten zijn. Hij weet dat ik een hekel heb aan te laat komen op afspraken.'

'Hij zal er zo wel zijn, Ellen. Anders wacht ik hier wel op hem en kunnen jij en Grietje beginnen met jullie eerste afspraken. Ik heb voor elk pand een dossiertje gemaakt en onze sleutels voorzien van duidelijke labels. We hebben volgens de contracten het recht de panden te betreden. Maar bel altijd een paar keer aan en klop ook eens hard op de deur voor je de sleutels gebruikt. En wees voorzichtig.'

'Voorzichtig?' Grietje keek verbaasd van Myriam naar Ellen. 'Waarom?'

'In dergelijke panden wonen niet altijd rustige burgers, maar ook mensen die iets te verbergen hebben. Je weet nooit hoe ze reageren als er plotseling iemand voor hun neus staat.'

'Ik wist niet dat makelen ook een gevaarlijk beroep kon zijn,' giechelde Grietje een beetje zenuwachtig.

'Dat valt wel mee. Denk eraan, we zijn nooit ver uit de buurt. Dus als er iets is dat je verdacht lijkt, ga dan niet naar binnen, maar zoek direct een van ons op. Afgesproken?'

Myriam begon de sleutels en de lijstjes uit te delen. Net toen ze het gebouw wilden binnengaan, kwam Koen de hoek om. Toen hij hen zag, liep hij een stapje vlugger.

'Sorry, ik sta een paar straten verder geparkeerd.'

'Daar moet je in de stad altijd rekening mee houden, Koen. Klanten vinden dat vandaag de dag geen excuus meer voor te laat komen. Myriam zal je een lijstje geven en je sleutels, Grietje en ik gaan al naar binnen. Succes allemaal. Denk eraan, vriendelijk maar zakelijk zijn. Hun vertrouwen winnen. Een contract voor privatieve beheer van een dergelijke omvang kan Company 21 groot maken. Doe jullie best.'

Net een schooljuf, dacht Koen. 'Doe jullie best en jullie krijgen allemaal een snoepje!' Had hij gedurfd, hij had zich ziek gemeld en dan liepen de afspraken van meet af aan al goed in het honderd. Maar De Deyne wou dat hij in het gebouw onrust stookte en spanningen uitlokte. Hoe hij dat moest aanpakken was voor hem momenteel nog een raadsel. In ieder geval was hij niet van plan zich te haasten. Langzaam-aan-acties hadden bij stakingen altijd hun effect. Laat ze zich maar doodwerken. Hij zou wel zeggen dat de mensen hem hadden opgehouden.

Een halfuur later was zijn stemming er niet op verbeterd. Tegen zijn zin belde hij aan bij de volgende deur en was verrast dat er meteen werd opengedaan.

'Dag, jongeman. U bent zeker van die nieuwe firma?'

Het oude vrouwtje keek hem onderzoekend aan over haar brilletje. Een van de glazen was gebarsten en een van de oren hing los aan het montuur.

'Ja, mevrouw. Ik ben Koen Verhulst van Company 21. Mag ik binnenkomen?'

'Natuurlijk, jongen. Ik heb jullie brief goed gelezen en ik keek al uit naar je bezoek.'

Alweer zo'n zielig geval van vereenzaming, dacht hij terwijl hij naar binnen stapte. Waarom gingen zulke mensen niet naar een bejaardenhuis als ze het alleen niet meer aankonden? Hij volgde haar door de piepkleine hal tot in de enige kamer die het studiootje had. Volgens het plan waarover hij beschikte, was er alleen nog een kleine ruimte met douche en toilet. De keuken was ingebouwd in de wand van de woonkamer, die vol stond met oude meubeltjes. Blijkbaar had het vrouwtje ooit betere tijden gekend, want sommige spullen waren echt mooi, misschien zelfs kostbaar antiek. Ook de schilderijen die de muren bijna volledig bedekten, leken waardevol. Daar moest hij beslist meer over zien te weten komen

'Wat hebt u het hier mooi ingericht. Zoveel kunst! Dat zijn toch kopieën van echte kunstwerken en geen originelen?' Hij legde in zijn stem zoveel enthousiaste bewondering dat het vrouwtje begon te glunderen.

'Mijn vader was kunstschilder. Hij kreeg deze werken van enige van zijn vrienden, meer succesvolle schilders uit de Latemse school. Er hangen er ook een paar van mijn vader bij, die eerder een getalenteerde zondagschilder was. Hij is nooit echt doorgebroken en, jammer genoeg, jong gestorven.'

'Ze zijn prachtig.'

Koen bekeek de schilderijen een voor een. Interessant. De Latemse school, daar had hij nog van gehoord. Zodra hij de kans had, zou hij de namen noteren. Misschien kon hij de tip dat hier een aantal blijkbaar waardevolle werken hingen, wel aan een goed prijsje verkopen. In dit studiootje inbreken was klein bier voor iemand die dat durfde.

'Kwam u niet voor mijn huurcontract, jongeman?'

'Sorry. Zoals u gelezen hebt neemt onze firma, Company 21, het beheer over. Daarom heb ik hier voor u twaalf nieuwe betalingsformulieren waarmee u in het komende jaar de huur moet betalen. U hebt immers geen doorlopende opdracht. Zoals u ziet, staat er een andere naam op.' Hij wees naar de naam van de begunstigde.

'Zolang het bedrag maar hetzelfde blijft. Ik weet nu al niet hoe ik moet rondkomen. Ik heb maar een klein pensioentje.'

Verkoop dan een paar van die kunstwerken, dacht Koen. Oude mensen konden zo stom zijn.

'Voorlopig slaat de huur niet op, mevrouw. Al kan ik dat op lange termijn natuurlijk niet garanderen. De huur kan altijd opslaan als er een nieuwe beheerder komt. Maar daar heb ik, helaas, niks in te zeggen. Ik werk daar alleen maar.'

Laat ze nu maar in het gebouw gaan rondvertellen dat er opslag op komst is, hoopte hij. Dat zorgt alvast voor wat onrust, en op onrust volgt meestal tegenkanting en protest. Misschien zeggen sommige huurders hun huurcontract zelfs vroegtijdig op. In ieder geval, het was een heel klein stapje in de goede richting. Hij voelde zich opeens stukken beter.

'Ik betaal dus niet meer met de oude formulieren, maar met deze.' Ze bekeek ze turend over de ene kant van het brilletje. 'Mag ik u eens iets vragen?'

Daar gaan we, dacht Koen. Dat ze niet denken dat ik ook nog de sociale hulpverlener ga uithangen. Voor zijn part kon dat mens ter plekke doodvallen. Maar hij knikte haar minzaam toe.

'Ik moet de huur altijd betalen vóór de derde werkdag van de maand. Maar mijn pensioen komt pas rond de veertiende. Kunt u het niet regelen dat ik mijn huur wat later betaal? Dan moet ik niet voortdurend in het rood gaan. Ik vind het zo vervelend voor de bank.'

Dat mens was onwaarschijnlijk, dacht hij. Ze wist blijkbaar zelfs niet dat het haar rente kostte en de bank er dus rijker van werd.

'Ik zal het doorgeven.'

'Bedankt, mijnheer. Dat doet me een groot plezier.'

'Hebt u verder nog vragen of klachten?'

'Ik kan er niet zo meteen bedenken. Maar wenst u geen kopje thee, of wat water? Bier of sterke drank heb ik niet in huis, dat is veel te duur. Ik heb maar...'

'... een klein pensioentje. Ja, dat vertelde u me al. Het spijt me, ik moet nog andere mensen bezoeken. Dag, mevrouw.'

'Kunt u echt niet wat blijven? Het duurt soms weken voor ik iemand zie. Tien minuutjes maar?'

'Een andere keer. Anders wordt mijn baas boos.'

'Jammer. Maar toch bedankt voor uw bezoek. En de uitnodiging blijft geldig. Als u in de buurt moet zijn, kom gerust langs. Ik ben altijd thuis.'

Ze keek hem zo smekend aan door dat stomme brilletje dat hij bijna medelijden met haar kreeg.

'Tot ziens, mevrouw.'

Hij was al aan de deur toen ze hem bij de arm greep. Hij moest zich beheersen om haar niet brutaal weg te duwen.

'Er schiet me toch een klacht te binnen. De meeste bellen zijn kapot. Al maanden. Er wordt nooit iets aan gedaan en de meeste mensen laten de voordeur beneden openstaan. Kunt u daar niets aan doen?'

'Dat zal wel in orde komen. Maar nu moet ik echt gaan.'

Nog voor ze kon antwoorden was hij de gang in en nam met twee stappen tegelijk de trap naar de volgende verdieping. Wat een rotgebouw! Het stonk hier ook verschrikkelijk. Het zag ernaar uit dat het een rotdag ging worden. Toch was er iets dat hem kon doen glimlachen. Hij zou niet melden op kantoor dat het vrouwtje haar huur later wenste te betalen. Laat ze maar een paar strenge aanmaningen krijgen. Dat zou haar leren zich zo aan hem vast te klampen, griezelige oude zielenpoot. Het zou de reputatie van Company 21 ook weer een duwtje in de goede neerwaartse richting geven. En het feit dat de voordeur openbleef, dat was iets om bij de kennis over die schilderijen op te bergen. Misschien werd het toch nog een lucratief dagje.

Myriam had al een paar keer gebeld en keek ongeduldig op haar horloge. Ze liep al minstens een kwartier achter op haar schema. Ze had al vaker ondervonden dat, wanneer je bij je eerste afspraak vertraging opliep, je dat niet meer inhaalde. Bovendien hadden ze voor hun bezoek aan dit gebouw slechts een beperkte tijd uitgetrokken. Het feit dat Koen ook nog te laat was gekomen, dreigde haar hele dag in het honderd te laten lopen. Enfin, er was niets aan te doen. Ze belde nogmaals, met meer aandrang deze keer. Alweer zonder succes.

En toch zijn ze thuis, dacht ze. Ik heb daarnet duidelijk iets gehoord.

'Hallo! Ik weet dat u thuis bent', riep ze. 'Myriam Verbeeck van Company 21. U hebt een briefje gekregen in verband met onze afspraak.'

Geen reactie. Ze klopte op de deur, eerst bescheiden, dan harder.

'Ik kom nu naar binnen met de sleutel. Uw huurcontract geeft ons hiertoe het recht.'

Ze wachtte nog even en opende toen voorzichtig de deur.

'Hallo! Myriam Verbeeck van Company 21. U had aan de telefoon toegezegd dat ik mocht langskomen.'

Ze raadpleegde vlug het plan in haar dossier. Dit was het bewuste appartementje. Geen twijfel mogelijk. Ze deed de deur open die leidde naar de woonkamer. Het was er rommelig, ingericht met Ikea-meubeltjes, en aan de muur hingen een paar Afrikaanse maskers en lansen als decoratie. Waarschijnlijk de stijl die dit jaar bij jonge mensen in was.

Verder niemand te zien. Ook niet in het keukentje. Zou ze zich dan toch vergist hebben en kwam het geluid ergens anders vandaan? Ze besloot nog even de badkamer en de slaapkamer te bezichtigen om dan te vertrekken. Ze ging terug de gang in en zag dat de slaapkamerdeur open stond. Zonder aarzelen stapte ze binnen.

Als verstijfd bleef ze staan. Op het bed lag een jong koppel verwoed te neuken. Het meisje, blond en slank, op haar knieën voorovergebogen en de atletisch gebouwde kerel met donkere huidskleur achter op haar. Myriam kon niet nalaten de acrobatische houding van het jonge stel te bewonderen. De hijgende jongeman stopte zijn geneuk, draaide zich om zonder zijn greep op zijn partner te lossen en glimlachte naar haar.

'Blijf je kijken of kom je erbij?'

Myriam, die met open mond stond toe te kijken, herstelde zich.

'Sorry. Ik wacht wel even in de woonkamer. Geen probleem, doet u rustig verder.'

Toen ze terug in de gang stond, besefte ze wat een stom antwoord ze gegeven had. Even twijfelde ze of ze weg zou gaan. Nee, een afspraak was een afspraak.

Wat een lichaam had die kerel!

Grietje had al drie huurders bezocht zonder moeilijkheden te ondervinden. Ellen was haar tussen twee bezoekjes in komen vragen hoe het ging. Dat had haar deugd gedaan.

Nu ging ze naar haar volgende afspraak. In de gang waar ze moest zijn, liep een oud mevrouwtje rond met een gek brilletje in haar hand. Ze hield één hand tegen de muur, net of ze bang was haar weg niet meer te vinden.

'Kan ik u helpen, mevrouw?'

Geschrokken stond het vrouwtje stil. Blijkbaar zag ze inderdaad slecht, want ze had Grietje niet zien staan. Ze kneep haar ene oog dicht en gluurde bang door het andere waar ze haar kapotte brilletje voor hield.

'Wie bent u? Ik ken u niet.'

'Ik ben Grietje Verstraeten van Company 21.'

'Bent u de vriendin van die jongeman die daarstraks bij mij was?'

'Ik ben een collega van hem.'

'Weet u waar hij is?'

'Hier ergens in het gebouw. We hebben allemaal een lijst van appartementen die we moeten bezoeken. Kan ik u misschien helpen?'

Het vrouwtje probeerde haar duidelijker te zien en tuurde nog feller door dat ene oog.

'U klinkt in ieder geval beter. Ik wed dat u wel even tijd had gehad om thee te blijven drinken. Of mag u dat ook niet van uw baas, zoals die jongen beweerde?'

Stomme Koen, dacht Grietje. Zag hij dan niet dat ze behoefte had aan wat gezelschap?

'Nee hoor. Weet u wat, ik breng u naar uw studiootje en dan kunt u me rustig alles vertellen. Woont u hier op de gang?'

'Nee, de verdieping hierboven. Drinkt u dan een kopje thee met mij?'

'Een glaasje water is ook goed. Oké?'

'Prachtig.' Het vrouwtje lachte gelukkig. Ze draaide zich traag om en tastte onmiddellijk naar de muur langs de andere kant. Voetje voor voetje gingen ze door de gang, die toch wel griezelig donker was, vond Grietje. Het oude vrouwtje bleef plotseling staan.

'Die jongeman vroeg mij of ik er ergens klachten over had. Ik kon er toen niet op komen. Maar nu weet ik het weer. Ruikt u het niet?'

Die vieze geur was haar daarstraks ook al opgevallen. 'Weet u waar het vandaan komt?'

'Ja. Van bij mijnheer Boon. Hij kwam vroeger af en toe buurten. Hij is ook alleen. Wij zijn lotgenoten. Wij hebben allebei wel iets. Hij is potdoof en ik zie niet goed meer. Maar voor de rest konden we heel goed met elkaar opschieten.'

'Komt hij u niet meer bezoeken? Is hij soms ziek?' Grietje lachte vriendelijk naar het vrouwtje en nam haar zachtjes bij de arm om haar vertrouwen te geven. Wat een liefderd. Klein en mager, maar kaarsrecht en met een spierwitte natuurlijke krullenbol. Jammer dat ze zo weinig tijd had. Ze nam zich voor haar in haar vrije tijd eens te gaan bezoeken.

'Ik weet niet of hij ziek is. In ieder geval heb ik mijnheer Boon al een paar maanden niet meer gezien. Waarschijnlijk is hij opgenomen in een bejaardenhuis en heeft hij het me niet durven te zeggen. U weet hoe mannen zijn. Ze willen hun zwakheden nooit toegeven tegen ons, vrouwen. Ik had het echter allang in de gaten. De arme man was niet meer in staat om voor zichzelf te zorgen. Stram en kromgegroeid als een oude wilg.'

Grietje luisterde ontroerd naar de lyrische ontboezeming van het vrouwtje. Ze had er nooit bij stilgestaan dat oude mensen zo eenzaam konden zijn. Zielig eigenlijk. Zou ze geen familie hebben?

'Ik denk dat Boontje, zo noemde ik hem altijd, voor hij vertrok zijn vuilnisbak vergat leeg te maken. Het stinkt hier elke week nog meer.'

'Inderdaad. U hebt gelijk. Het stinkt hier verschrikkelijk. Weet u wat? Ik zal u eerst naar uw studio brengen en daarna zal ik eens gaan kijken. Ik heb de sleutel.'

'Nee, nee. Ik ga met u mee. Ik vind het spannender dan op televisie, al heb ik die niet meer.'

Grietje twijfelde nog. Het was tegen alle regels. Kon ze het echter over haar hart krijgen dat lieve, kranige mens teleur te stellen? Bovendien zou ze zich dan niet meer ongerust hoeven te maken over haar vriend, Boontje.

'Oké. Maar u vertelt het aan niemand, want dan brengt u mij in de problemen.'

'Beloofd.'

Voor de vorm belde Grietje aan. Ze hadden tevergeefs geprobeerd telefonisch contact op te nemen. Volgens de papieren die ze van Myriam gekregen had, werd de huur van mijnheer Boon regelmatig betaald. Naar een bejaardenhuis was hij dus niet. In dat geval zou de huur opgezegd zijn. De enige mogelijkheid was dat hij in het ziekenhuis was opgenomen.

Het kon dus geen kwaad te gaan kijken. Ze opende voorzichtig de deur en onmiddellijk sloeg haar zo'n walgelijke stank in het gezicht dat ze ervan moest kokhalzen. Ook het mevrouwtje bracht brakend haar hand voor de mond en deinsde achteruit.

'Wacht u liever hier tot ik weet waar de stank vandaan komt.'

'Het is hier nog veel erger. Wees maar voorzichtig.'

Grietje nam haar zakdoek en hield hem voor haar neus en mond. Ze deed langzaam de deur open die naar de enige kamer van de studio leidde.

In een bruine lederen zetel zat het halfvergane lijk van mijnheer Boon waarop ze maden zag rondkruipen.

6

'In het verslag van de wetsdokter staat dat mijnheer Boon overleed ten gevolge van een hartaanval'.

Ellen, die de wijkagent in haar kantoor had ontvangen, haalde opgelucht adem. Ze mocht er niet aan denken dat er misdadig opzet in het spel was geweest. Het was zo al erg genoeg. 'Gelukkig maar. Aanvankelijk vreesden we dat mijnheer Boon een gewelddadige dood was gestorven. De studio bood een desolate aanblik alsof hij was leeggeroofd.'

'Wij hebben geen sporen van inbraak vastgesteld. Mijnheer Boon had een klein pensioentje als zelfstandige. Waarschijnlijk verklaart dat de armoedige aanblik. We hebben ook geen waardevolle papieren of voorwerpen in de studio aangetroffen. Voorts hebben zich geen familieleden gemeld ondanks onze opzoekingen en oproepen via de pers.'

'Wat een zielig einde.'

'Inderdaad, mevrouw De Ridder. Het is echter, jammer genoeg, geen alleenstaand feit. U zou opkijken van het aantal eenzame mensen dat door de overheid via de tussenkomst van de commissie van openbare onderstand begraven wordt. Dat gebeurt niet alleen in een stad als Parijs zoals verleden zomer tijdens de hittegolf nog het geval bleek. Hier bij ons in Antwerpen gebeurt het ook, en steeds vaker.'

'Wat ik niet begrijp,' zei Grietje, die de agent bij Ellen had gebracht en was blijven luisteren, 'is dat niemand van de bewoners zich vragen heeft gesteld toen ze mijnheer Boon niet zagen of hoorden. Behalve dat mevrouwtje en dan nog louter toevallig omdat ze mij tegenkwam.'

'Het blijkt dat de bewoners weinig of geen contact hebben met elkaar. Ook dat is heel gewoon de dag van vandaag.'

'En die stank dan? Iemand moet die indringende geur toch vastgesteld hebben? Zich ongerust gemaakt hebben over mijnheer Boon?'

'Er werd geklaagd over de stank bij de vorige beheerder die er, volgens zijn zeggen, niet op in is gegaan.'

'Maar dat is toch schandalig. Een beheerder zou zich toch het lot van deze mensen moeten aantrekken.'

Nog voor Ellen iets kon zeggen, reageerde de agent.

'Dat is niet zo meteen de taak van een makelaar, denk ik. Daar zijn de sociale diensten voor. Huurders klagen altijd, zullen ze gedacht hebben. Gelukkig was de studio door mijnheer Boon zelf zo goed als tochtvrij gemaakt. Alles waar enigszins tocht doorkwam, had hij zorgvuldig met tape afgeplakt om de kosten van verwarming zo laag mogelijk te houden. Daardoor is de stankhinder lange tijd beperkt gebleven.'

De agent stond op.

'O ja, voor ik het vergeet en wat u uiteraard aanbelangt. De studio kan, na reiniging en ontsmetting opnieuw verhuurd worden. Zo, dan ga ik maar.'

Ellen begeleidde hem tot aan de deur van haar kantoor en nam afscheid.

'Bedankt dat u het ons persoonlijk kwam melden.'

'Graag gedaan. Tot ziens, mevrouw De Ridder'.

Toen de agent vertrokken was, nam Ellen terug plaats achter haar bureau en keek ietwat verbaasd naar Grietje, die was blijven staan.

'Is er iets, Grietje?'

'Ja en nee. Ik bedoel, langs de ene kant ben ik blij dat de zaak Boon afgehandeld is en dat er geen misdaad is gebeurd. Langs de andere kant hoop ik dat wij als beheerder ons het lot van de huurders wél aantrekken en het ons niet alleen om het geld te doen is!'

Ellen schrok een beetje van de felheid waarmee Grietje uitviel. Ze zag Koen van zijn werk opkijken. Hij verwachtte blijkbaar een reactie van haar, want hij glimlachte uitdagend. Ze had veel zin om niet in te gaan op de opmerking van Grietje, gezien zijn irritante gedrag. Soms had hij iets over zich wat haar niet beviel. Intussen bleef Grietje duidelijk op een antwoord staan wachten en Ellen wilde ook niet dat ze met vragen bleef zitten.

'Luister, Grietje, ik begrijp dat de erbarmelijke omstandigheden waarin mijnheer Boon leefde, je tegen de borst stuiten en dat je door het beeld van zijn dood geschokt bent. Je kunt de vroegere privatieve beheerder niet het verwijt maken dat hij niet is opgetreden om iets aan de sociale wantoestand van mijnheer Boon te doen. Daarvoor is er de sociale dienstverlening. Onze taak is, en dat gold ook voor de vroegere beheerder, de huren te innen en het gebouw in orde te houden. In het geval Boon is het de maatschappij in haar geheel die tekortschoot en niet de privé-bedrijven. Wij zullen er in de toekomst nochtans over waken dat het contact met de bewoners in de mate van het mogelijke zal onderhouden worden. Ben je nu gerustgesteld?'

Grietje knikte een beetje beschaamd.

'Ik had ook niet anders van jou verwacht, Ellen. Het moest me echter van het hart. Neem het me alsjeblieft niet kwalijk.'

Ellen glimlachte haar bemoedigend toe.

'Je hoeft je niet te verontschuldigen. Ik begrijp het wel. Ga nu maar.'

Grietje verliet schoorvoetend het kantoor alsof ze net een bolwassing had gekregen. Ellen keek haar even na. Toen nam ze resoluut haar agenda en zette de zaak Boon uit haar hoofd.

Grietje opende een van de kasten om er een dossier uit te halen en ging ermee naar haar eigen bureautje.

'Jij bent echt nog een onnozel wicht.'

Grietje, die de woorden van Ellen nog aan het verwerken was, werd uit haar gedachten opgeschrikt. Wat was dat voor een rotopmerking. Wat had die kerel tegen haar?

'Wat bedoel je daarmee, Koen?' Ze besloot zich door hem niet op de kop te laten zitten.

'Ik bedoel dat, als je met dergelijke sociaal voelende ideetjes aan je makelaarsopleiding begint, je het wel kunt vergeten. Makelen is keihard zakendoen. Iemand die denkt zoals jij, is daar niet voor geschikt.'

'Dat jij geen hart hebt en op die plek alleen een portefeuille en creditcards hebt zitten, is mij duidelijk. Maar je hoeft ons niet allemaal over dezelfde kam te scheren.'

Ellen, die net een klant wilde bellen, legde de telefoon terug in de haak. Ze vroeg zich af of ze tussenbeide moest komen. Koen was veel te scherp, maar Grietje was ook te emotioneel. Dergelijke ruzies waren hier niet op hun plaats. Zeker niet als er klanten in de wachtkamer zaten.

'Sorry dat ik jullie discussie onderbreek. Maar we hebben vandaag al te veel tijd verloren. Grietje, kun je me de verkoop-cijfers geven die ik je gevraagd heb? Koen, er zitten mensen te wachten.'

Op de bezoekersgalerij van het parlement volgde Robert rustig de debatten nu hij toch even tijd had voor hij naar zijn afspraak ging. Naast hem stond een groep niet bijster geïnteresseerde studenten die een rondleiding kreeg.

Hij herinnerde zich nog goed dat, toen hij op college zat, hij hier als jonge kerel ook had gestaan. Hij was toen zeer onder de indruk geweest. Het contrast tussen nu en vroeger was opmerkelijk. Destijds zaten er in het halfrond voor het merendeel oudere heren in deftig maatpak en al liepen de debatten soms hoog op, ze behielden hun parlementaire waardigheid. Vandaag lag de gemiddelde leeftijd veel lager. De jongere generatie nam het niet zo nauw met kleding, houding en taalgebruik. Het ging er allemaal vlotter en minder vormelijk aan toe, al verliepen de debatten, zoals nu, even heftig. Zo niet heftiger.

Het groepje studenten dat naast hem het verloop volgde, was een zootje ongeregeld en helemaal niet zoals zijn klas destijds. Hun leraar had niet het minste gezag, of liet hen gemakshalve begaan. Het enige wat af en toe effect leek te hebben was de strenge blik van de MP's in hun richting.

De confrontatie tussen heden en verleden bracht Robert in een nostalgische stemming. Het was trouwens tijd voor zijn afspraak en hij stond op om de galerij te verlaten. Een MP kwam meteen naar hem toe. Robert gaf hem zijn naam en de reden van zijn aanwezigheid. De militair salueerde, gaf zijn collega een teken en die nam Robert van hem over. Begeleid door de MP stond hij even later bij het bureau van Reinhilde Deconinck. Hij klopte aan en een kordate stem zei in het Frans dat hij mocht binnenkomen.

De senator kwam achter haar bureau vandaan om hem te verwelkomen.

'Mevrouw de senator, vereerd u te ontmoeten', begroette hij haar in het Frans.

'De eer is volledig aan mij, mijnheer De Ridder. Ik ben een groot bewonderaarster van u', antwoordde ze in perfect Nederlands.

'Overschat mij niet, alstublieft', lachte hij het compliment weg.

'Geen valse bescheidenheid, mijnheer De Ridder. Ik heb rechten gestudeerd en heb me sindsdien onafgebroken beziggehouden met het voorbereiden van wetshervormingen en nieuwe wetten. Ik weet dus dat u onze belangrijkste specialist ter zake bent. Maar gaat u zitten. Koffie?'

'Graag.'

Terwijl ze via de intercom koffie bestelde, nam hij haar goedkeurend op. Ze was elegant en toch sober gekleed. Een klassieke schoonheid, dacht Robert gecharmeerd. Bovendien zag ze er veel jonger uit dan op televisie tijdens een recent interview.

Nadat de koffie was gebracht, stak ze van wal.

'Laat ik eerst beginnen met te zeggen dat de eerste minister het erg waardeert dat u, zo korte tijd na het overlijden van uw echtgenote, bereid bent tot dit gesprek.'

Ze merkte dat hij onder een weemoedige glimlach zijn verdriet probeerde te verdringen.

'Het leven gaat verder, om het met een platitude te zeggen,

mevrouw Deconinck. Ik ontken echter niet dat ik nieuwsgierig ben naar de details van uw voorstel.'

'Dat hoor ik graag. U hebt ongetwijfeld de documenten ingekeken die we u bezorgden?'

'Vanzelfsprekend. De meeste hervormingen zijn in grote lijnen haalbaar, al zijn een aantal elementen veel te summier uitgewerkt om nu al een definitief standpunt in te nemen. Er is nog veel werk te doen.'

'Daarvoor hebben wij u juist nodig. Niet alleen moet het voorstel volledig zijn, het moet ook de zwaarste kritiek aankunnen. De oppositie gaat er zich uiteraard met veel enthousiasme op werpen.'

'Het zal niet gemakkelijk zijn hiervoor een consensus te vinden. Zeker nu het migrantenprobleem steeds weer opduikt.'

'Inderdaad, dat is een van de hete hangijzers. Daarom hebben wij nood aan een expert van uw niveau. U wordt onze hoofdadviseur. U mag zelf een staf samenstellen met juristen en andere specialisten van uw keuze. Ik zal functioneren als tussenpersoon tussen u en uw team enerzijds en het kabinet van de eerste minister anderzijds. Wij willen er in dit stadium, buiten uw staf die door de staatsveiligheid gescreend zal worden, zo weinig mogelijk mensen bij betrekken.'

'Dat begrijp ik. De eerste minister is er zich toch van bewust, hoop ik, dat mijn werk maanden, zo niet jaren kan duren?'

'Natuurlijk. Zodra u de grote lijnen vastgelegd hebt, willen wij ze publiek maken zodat de officieuze debatten in de coulissen kunnen beginnen. Die zijn erg belangrijk, daar kun je nog mensen overtuigen voor de officiële stellingen zijn ingenomen. Ondertussen blijven u en uw medewerkers verder werken.'

'Ik veronderstel dat de datum van die bekendmaking van de grote lijnen kort voor de volgende verkiezingen gepland wordt? Deze grondwetswijziging zal namelijk het politieke landschap helemaal hertekenen, een kwestie die gevoelig ligt bij de kiezers.'

Ze glimlachte geamuseerd. 'Ik hoor dat wij niet veel voor u zullen kunnen verbergen. U doorziet onze politieke manoeuvres. Ik doe er dus goed aan de eerste minister daarvoor te waarschuwen.'

Het gesprek liep veel vlotter dan hij had verwacht. Reinilde Deconinck was uitermate sympathiek. Alvast een meevaller dat zij zijn contactpersoon zou worden.

'Verwacht men van mij dat ik de hervorming ook in wetteksten omzet om aan het parlement voor te leggen?'

'Ja. U staat erom bekend dat uw vonnissen en commentaren niet alleen juridisch perfect en vooruitstrevend zijn, maar ook dat de taal waarin ze geformuleerd worden correct en verstaanbaar is, zelfs voor leken.'

'U bent te complimenteus.'

'Het is niet alleen mijn standpunt, ook dat van de eerste minister. Hij moet de publieke opinie achter zich krijgen. In politieke kringen, vooral in de oppositie, gaat deze hervorming voor hevige tegenwind zorgen.'

'Politici die het beste met het land en zijn bevolking voorhebben, zullen de hervorming steunen.'

'Dat hopen wij ook, mijnheer De Ridder. U zou ons daarbij moeten helpen.'

'Ik zou graag de uitdaging aangaan. Maar door het overlijden van mijn vrouw ...'

Ze onderbrak hem met een handgebaar.

'Neem rustig de tijd om een beslissing te nemen. U zou prachtig werk kunnen leveren en uw naam verbinden met misschien wel de belangrijkste wetshervorming sinds het ontstaan van België.'

Robert zal vol twijfels. Het verdriet om het heengaan van Louise had zijn krachten aangetast. Hoe kon hij een dergelijke verantwoordelijke taak op zich nemen als zijn energie hem in de steek liet? Zou hij bovendien nog tijd hebben om voldoende aandacht te besteden aan zijn twee dochters? Vroeger nam vooral Louise deze taak op zich.

'Ik begrijp dat het een moeilijke beslissing is, mijnheer De Ridder. Ik herhaal echter, neem uw tijd. Zeg niet te vlug nee, dat is alles wat ik op dit moment vraag.'

Ze stond op.

'We worden verwacht bij de eerste minister. Hij wil u persoonlijk ontmoeten en nodigt u uit voor de lunch.'

Het charmeoffensief begint, dacht hij.

De woonkamer bij Lieve en Dirk zag er weer uit als een puinhoop. Overal slingerde speelgoed van de kinderen rond en lagen hemdjes, broekjes, een schoentje hier een schoentje daar, over de vloer verspreid, die al weken niet meer was schoongemaakt. Hoe kun je zo leven, dacht Ellen.

Met Lieve was het niet beter gesteld. Ze zag er ellendig uit. Nog magerder geworden en de blauwzwarte kringen onder haar ogen voorspelden niet veel goeds. Ze kwam uit de keuken met een glas bronwater voor Ellen en een glas sherry voor zichzelf. Ellen keek bedenkelijk, maar hield haar mond. Het had geen zin haar zus erop te wijzen dat drinken zo vroeg in de ochtend niet verstandig was. Bovendien zou het weer op ruzie uitdraaien en daarvoor was ze niet langsgekomen. Ze vermoedde al een tijd dat Lieve een alcoholprobleem.

'Gaat het een beetje met je?' vroeg ze terwijl ze haar glas aannam.

'Het moet wel. Vier kleine kinderen laten je geen tijd om te rouwen. Dirk heeft daar trouwens geen begrip voor. Op hem hoef ik niet te rekenen.'

'Heb je al een keer geprobeerd er met hem over te praten?'

'Waarom zou ik? Voor hem zijn de kinderen het belangrijkste. Dat ze gezond zijn, is alles wat voor hem telt. Niet mijn verdriet.'

'Hij had ook geen hechte band met mama.'

'Hij was bang van haar.'

'Van mama bang? Van papa, ja. En dan enkel en alleen maar omwille van zijn functie. Mama had Dirk graag.'

'Nonsens. Ze vond hem een zwakkeling. Dat is hij ook, al ziet hij dat zelf niet in.'

Ellen gaf wijselijk geen commentaar. Altijd weer probeerde

Lieve haar dingen te doen zeggen die ze haar later kon verwijten. Dat was haar geliefkoosde tactiek. Ze zou er dit keer niet intrappen. Was Dirk inderdaad zwak van karaker, hij was een goede vader voor zijn kinderen.

'Verder alles goed met de kinderen?'

'Er is er altijd wel eentje of verkouden of ziek. Wat wil je, in dit huis? Het is vochtig en moeilijk te verwarmen. Verhuizen en een hogere huur betalen, kunnen we ons niet veroorloven.'

Opgepast, dacht Ellen. Dadelijk begint ze weer te zeuren over mijn ruime moderne appartement in Antwerpen waarvoor ik weinig hoef te betalen omdat ik het van de zaak huur. Ze mocht er niet aan denken dat Lieve in haar buurt kwam wonen.

'Gelukkig dat Dirk nu al een tijdje aan het werk is in dat nieuwe bedrijf. Misschien raakt hij er hogerop en kunnen jullie verhuizen naar een groter en beter huis.'

Lieve lachte schamper. Het was duidelijk dat ze er niet in geloofde. Ellen zocht zenuwachtig naar een nieuw onderwerp om over te praten. Ze sakkerde binnensmonds. Waarom was ze verdorie langsgekomen? Dat ze in Hasselt moest zijn was nog geen reden om Lieve op te zoeken. Maar zoals steeds had ze zich schuldig gevoeld en had ze, haar belofte aan mama voor Lieve te zorgen indachtig, op het laatste moment toch besloten langs te gaan.

'Hoor jij nog af en toe van papa?' vroeg Lieve terwijl ze weer een sherry nam.

'Hij belt wekelijks zoals afgesproken. Belt hij jou niet?'

'Ja, maar... Och, dat wil jij zeker niet horen.'

'Wat dan, Lieve?'

'Ik kan niet met hem praten zoals met mama. Eenmaal ik hem alles over de kinderen heb verteld, zijn we uitgepraat. Met mama kon ik uren zitten kletsen.'

Bij haar was het net andersom, mijmerde Ellen terwijl Lieve verder zeurde. Ze had soms lange en interessante telefoongesprekken met papa. Met mama daarentegen verliepen de doorgaans korte telefoontjes moeizaam, waarbij ze allebei probeerden netelige kwesties zoveel mogelijk uit de weg te gaan. Wat zou ze nu niet geven om nog een keer met haar moeder te kunnen praten. Ze zou nu wel een manier vinden om de kloof tussen hen beiden te dichten. Te laat echter. Ze miste mama meer dan ze ooit had kunnen vermoeden.

'Waar gaat papa wonen, denk je, Ellen?'

'Dat hangt ervan af of hij die opdracht in Brussel aanneemt.'

'Hij doet het. Ik ben er zeker van. Wat kan hij in Luxemburg nog blijven doen? Zodra hij in Brussel werkt, komt hij weer in België wonen. Waarom niet hier in Hasselt? Ik zou voor hem kunnen zorgen. Misschien zouden we samen in een grote, mooie woning kunnen gaan wonen.'

Ellen was ervan overtuigd dat haar vader nooit op een dergelijk voorstel zou ingaan.

'Lieve, je hebt je handen vol met je eigen huishouden.'

'Bedoel je soms dat ik het hier in dit krot al niet aankan? Denk je niet dat ik het in een mooi, ruim huis met een minimum aan modern comfort beter zou hebben? Dat ik dan mijn huishouden beter zou kunnen organiseren? Ik ben geen slons, als je dat bedoelt. Het gaat me hier alleen boven mijn krachten.'

'Laten we er niet over kibbelen. Papa zal zijn beslissing zelf nemen en ze ons op tijd en stond meedelen. Ik hoop dat hij zich niet te eenzaam voelt.'

'Hij? Eenzaam? Zijn werk is voor hem altijd belangrijker geweest dan mama. Ik vraag me zelfs af of hij haar mist.'

'Hoe durf je zoiets te zeggen! Natuurlijk mist hij haar.'

'Zoals jij Marc mist zeker? Jij en papa zijn net hetzelfde. Mensen zijn niet belangrijk voor jullie.'

'Dat is niet waar!'

'O nee? Sinds je met dat kantoor bent begonnen, heb je mama amper nog gezien. Net zomin als ons hier in Hasselt trouwens. Ik ben niet dom, hoor! Ik weet waarom je hier zo onverwachts bent komen binnenvallen.'

Daar gaan we weer, dacht Ellen. Ze gaat me weer met alle plezier mijn tekortkomingen onder de neus wrijven.

'Je hebt schuldgevoelens. Je beseft dat mama gestorven is terwijl ze zich door jou in de steek gelaten voelde. Je hebt haar diep gekwetst en dat kun je nooit meer goed maken. Wat je nu bij mij komt zoeken, is vergiffenis daarvoor.'

'Dat is niet waar!'

'O nee? Hoe leg je dan uit dat je nu plotseling wel tijd hebt voor mij?'

'Ik moest in de buurt zijn.'

'Vroeger ook.'

Het bleef opeens ijzig stil. Toen vatte Ellen moed en besloot eerlijk te zijn.

'Ik maak me zorgen over jou.'

Lieve lachte weer met dat schampere lachje van haar.

Ellen beet op haar lip. Ze deed er beter aan meteen op te stappen. In deze stemming viel er met haar zus niet te praten. Later bood zich misschien een gunstigere gelegenheid aan. Ze was echter niet van plan het lang uit te stellen.

'Ik moet nu gaan. Wanneer komen jullie een keer naar Kontich?'

'Wanneer je óns uitnodigt.' Ze legde speciaal de nadruk op ons omdat Lieve er zeker van was dat Ellen een bezoek van de vier kinderen niet zag zitten.

'Wel...'

'Zie je! Je zegt maar wat. De waarheid is dat je mij, Dirk en de kinderen liever kwijt bent dan rijk.'

'Vertel geen onzin! We moeten het alleen een beetje plannen. Ik heb...'

'... het druk. Ja, dat liedje kennen we. We mogen zelfs blij zijn dat je ondanks je drukke agenda toch tijd hebt gevonden om mama te begraven. Dat was zeker een hele heksentoer?'

'Ik ben niet gekomen om ruzie te maken en je zult me er ook niet toe kunnen verleiden. Ik hoop je mét de kinderen en Dirk spoedig weer te zien. Het is onze taak de familie bij elkaar te houden. We kunnen dat niet eisen van papa. Probeer dat alsjeblieft te begrijpen.'

'Ik begrijp alles, Ellen. Meer zelfs dan jij denkt. Je wilt de goed-keuring van papa, vergiffenis krijgen van mama in de hemel en op die manier jezelf weer de betere voelen. En dat allemaal ten koste van mij en mijn gezin? Nee, bedankt. Wij hebben het ook heel druk. Je zult voorlopig dus van ons geen last hebben. Haast je nu maar, want je bent hier al bijna een halfuur gebleven. Je zult elders wel met ongeduld verwacht worden.'

'Ik weet niet hoe laat mevrouw De Ridder of mevrouw Verbeeck terugkomen. Kan ik u echt niet helpen?'

'Nee, bedankt. Ik wacht wel.'

Koen haalde zijn schouders op. 'Zoals u verkiest.'

Waarom zei die man gewoon niet waarover het ging? Het was niet de eerste keer dat een bezoeker hem geen uitleg wilde geven over de reden van zijn komst. Was er iets aan zijn persoon dat geen vertrouwen inboezemde? Of was hij door zijn op-dracht van De Deyne iets te nadrukkelijk? In ieder geval bleek het almaar moeilijker om dingen aan de weet te komen. Daar kwam nog bij dat Grietje elk dossier onmiddellijk achter slot en grendel opborg. Elk belangrijk telefoontje gaf ze door aan Ellen of Myriam, of ze noteerde de naam met het verzoek om terug te bellen. Alleen de bellers die informatie vroegen over de weke-lijkse vastgoedadvertenties gaf ze, en dan nog met tegenzin, aan hem door. Wie dacht dat stomme wicht wel dat ze was? Een dezer dagen zou hij haar een loer draaien die ze niet vlug zou vergeten.

'Karl! Wat doe jij hier!'

Tot zijn verbazing zag hij dat Myriam, die net van een afspraak kwam, en de vervelende kerel elkaar lachend begroetten. Zelfs vriendschappelijk zoenden. Geen zakenrelatie zo te zien. Zijn belangstelling verdween op slag want de liefdesaffaires van zijn bazen lieten hem Siberisch koud. Veel zouden ze trouwens niet voorstellen, want ze waren allebei heel druk met hun werk bezig. Typisch voor de hedendaagse carrièrevrouwen, al busi-ness wat de klok sloeg. Fun en seks waren er niet meer bij. Hij zou wat blij zijn als zijn opdracht hier was afgelopen. In elk geval had hij er vandaag de pest in en hij wilde stilletjes verdwijnen.

'Ik ga naar afspraken in Kontich. Waarschijnlijk loopt het uit en kom ik niet meer langs. Tot morgen.'

Niemand leek zich daar iets van aan te trekken. Myriam, helemaal in de ban van die kerel, liet met een vaag handgebaar verstaan dat ze hem gehoord had. Of het echter tot haar was doorgedrongen, was twijfelachtig. Grietje gunde hem geen blik. Dat had hij ook niet van haar verwacht. Soms had hij de indruk dat ze hem doorzag. Niet dat zij hem ervan verdacht voor De Deyne te werken, dan zou ze inderdaad helderziende zijn, maar dat hij er de kantjes van afliep. Misschien deed hij er beter aan vanaf morgen op zijn tellen te passen, want als die trut bij Myriam of Ellen ging klagen over zijn gebrek aan werklust, zat hij in de problemen als hij de opdracht van De Deyne tot een goed einde wilde brengen. Die drie vrouwen waren ook vriendinnen. Hij moest dus dubbel voorzichtig zijn.

Koen was nauwelijks de deur uit of Grietje, die zich nieuwsgierig afvroeg wie die knappe man was met wie Myriam stond te praten, werd op haar wenken bediend.

'Grietje, we hebben belangrijk bezoek uit Spanje. Dit is Karl Van Langenaeken. Hij heeft ons geholpen in de zaak notaris Decanque. Karl, dit is Grietje, onze ijverige kantoorbediende en makelaar in spe. Ze start met de makelaarscursus als het nieuwe schooljaar begint.'

'Gegroet, jonge dame. Ik begrijp de kerel niet die net buitenging. Hoe kan hij zo zuur kijken wanneer hij de hele dag omringd wordt door zoveel vrouwelijk schoon? Dat zou mij niet zo lukken.'

'Overdrijf niet, Karl.'

'Nee, echt! Jullie moeten Company 21 veranderen in Company De Drie Sirenen of zoiets.' Hij lachte uitbundig met zijn grapje. Daarna ging hij ernstig verder. 'Wat jammer dat Ellen er niet is. Gaat alles goed met haar? Je moeder zo plots verliezen, het zal wel een schok geweest zijn voor haar.'

'Ze heeft het moeilijk. Gelukkig leidt het werk haar af.'

'Ja, dat was in mijn geval ook zo. Daarmee is je verdriet echter niet van de baan. Je schuift het alleen maar voor je uit. Vroeg of laat zal ze in het verlies van haar moeder moeten berusten.'

'Vertel dat maar aan Ellen, want naar mij wil ze niet luisteren.'

Op dat moment kwam Ellen binnen, duidelijk in geen al te beste stemming.

'Hadden jullie het over mij?' Dat Myriam met een klant over haar stond te praten, ergerde haar. Haar ergernis sloeg om in nieuwsgierigheid toen de klant zich omdraaide.

'Ellen De Ridder. Eindelijk! Steeds even jong en mooi. Proficiat met je makelaarsdiploma. Ik heb spannende verhalen gehoord over de schitterende manier waarop je het ervan af hebt gebracht. Iedereen in de sector praat erover.'

Ze bleef hem een beetje overdonderd aanstaren en keek vragend in de richting van Myriam, die evenwel niet tussenbeide wilde komen en stom stond te lachen.

'Ik moet tot mijn spijt vaststellen dat ik destijds minder indruk op jou heb gemaakt dan jij op mij. Van Langenaeken. Karl in Vlaanderen, Carlos in Spanje! Collega-makelaar en jullie reddende engel in het dossier Decanque. Ik ben blij dat ik de gelegenheid heb om je eindelijk beter te leren kennen.'

'Sorry, Karl. Ik had je niet herkend.'

Ze drukte stijfjes zijn uitgestoken hand. Het kon best dat Myriam hem van op de cursus kende, zelf kon ze zich niet herinneren hem daar ooit te hebben ontmoet. Nochtans was hij een knappe verschijning. Zijn gezicht mooi bruingebrand door de Spaanse zon, met van die natuurlijke lichtblonde lokken in zijn donkerblonde haar dat hij vrij lang droeg. Blauwe ogen die guitig keken. Slanke sportieve gestalte. Misschien allemaal iets te knap om goed te zijn. Sinds haar pijnlijke ervaring met de huwelijksontrouw van Marc stond ze wantrouwig tegenover knappe mannen die meenden in elke vrouw een gewillige prooi te zien. De manier waarop Karl haar probeerde te charmeren leek haar gelijk te geven.

'Dat je me zelfs niet herkent, Ellen, breekt mijn hart, besef je dat? Wij moeten daar onmiddellijk iets aan doen. Ik nodig jullie allebei uit op een etentje in het beste restaurant dat er in Antwerpen te vinden is. Aan jullie de keuze.'

Ellen vond het allemaal geforceerd klinken. Myriam daarentegen bleek gretig op zijn voorstel te willen ingaan. Tja, waarom ook niet, zwichtte ze. Ze kon wat ontspanning best gebruiken. Na het bezoek aan Lieve, dat haar nog steeds zwaar op de maag lag, had ze een afspraak gehad met een industrieel die zijn fabrieksgebouwen echter niet te koop wilde zetten bij een makelaarskantoor dat uitsluitend door vrouwen geleid werd. En nu als afsluiter van de werkdag, een charmeur die verwachtte dat ze voor hem in katzwijm zou vallen. Hij moest niet denken dat hij haar kon overdonderen.

'Kunnen we het er wel op wagen, Myriam? Twee vrouwen met één Don Carlos?' Ze legde genoeg sarcasme in haar stem om hem meteen duidelijk te maken dat ze geen doetje was.

'Waarom niet? Hij bevindt zich op ons terrein. We kunnen hem gemakkelijk aan.'

'Het is niet fair wanneer jullie gaan samenspannen. Toch zou ik oppassen als ik jullie was, dames. Ik ben weliswaar geen Spanjaard, maar tijdens mijn jarenlange verblijf in Spanje heb ik toch een flinke dosis zuiders temperament aangekweekt.'

'En je denkt dat wij daar niet tegen opgewassen zijn?'

Hij deed alsof hij in zijn mannelijke trots gekrenkt was.

'Oké, ik hoor het al. Ik heb blijkbaar mijn meerderen gevonden. Arme ik die me al verheugd had op een aangenaam bezoekje aan het kantoor van de twee mooiste makelaars van Antwerpen. Correctie...' terwijl hij zich breed glimlachend tot Grietje wendde, ' ik bedoel de drie mooiste. Ook al moet u nog enkele jaren cursus volgen.'

Het werd Ellen te veel. Dacht hij echt dat iedereen zijn aanstellerige geflirt leuk vond? Bovendien hadden ze nog werk te doen waarbij ze geen pottenkijkers nodig hadden.

'Alvorens we hier afsluiten, hebben we nog een paar dingen te regelen. Ik zou je daarom willen voorstellen intussen boven in mijn appartement te wachten. Mijn zoon, Tom, zal je gezelschap houden. Ik schenk je een aperitiefje in en zodra wij hier klaar zijn, kom ik je halen.'

Karl doorzag haar onmiddellijk.

'Wat slim van je, Ellen! De concurrentie met zachte hand je kantoor uit werken. Knap, hoor! Ben je soms bang dat ik zakengeheimen inkijk wanneer ik hier blijf rondhangen?'

'Doe niet flauw. We moeten gewoon nog het een en ander afhandelen.'

'Oké, ik heb het begrepen.'

Hij hield zijn handen gestrekt voor zich uit, alsof hij wachtte tot ze hem geboeid zou wegbrengen.

'Doe niet gek', lachte Ellen. 'Kom, ik breng je naar boven en introduceer je even bij Tom. Let er niet op als hij niet erg spraakzaam is. Sinds het overlijden van zijn oma... Je weet hoe een kind daarop reageert. Ik beloof je dat het niet lang zal duren.'

Karl knipoogde naar Grietje, wuifde kort naar Myriam, die vrolijk terugwuifde. Toen haastte hij zich Ellen te volgen.

Deze vrouw had pit. Het beloofde geen saaie avond te worden.

Koen stond samen met John Staelens bij de kast waarin de reservesleutels van de appartementen hingen. Elke sleutel was voorzien van een label met daarop het nummer en de naam van de bewoner.

'Dat ziet er ordelijk uit, John. Ik heb al erger gezien.'

'Een sleutelkast moet ordelijk zijn. De meeste eigenaars geven me hun sleutel omdat ze mij voor honderd procent vertrouwen. Daarom geef ik je alleen de sleutels van leegstaande appartementen. Als je een bewoond appartement wilt laten bezichtigen, moet ik een geschreven akkoord hebben van Ellen én van de eigenaar.'

'Natuurlijk. Dat begrijp ik.' Verwaande ezel, dacht Koen terwijl hij zich zo vriendelijk mogelijk voordeed. 'Werk je hier al lang, John?'

'Al van toen het gebouw nog in aanbouw was. Ik was ploegleider voor de hoofdaannemer.'

'Hoe komt het dan dat je hier conciërge werd?'

Het gezicht van John betrok. Hij wilde niet praten over de ziekte en dood van Treesje. Zeker niet met een vreemde. Ook omdat deze vent er geen zaken mee had dat Ellen hem en Treesje toen uit de nood had gered. Zonder Ellen hadden hij en zijn vrouw de laatste mooie jaren niet meer gekend.

'Ik had er genoeg van als bouwvakker', antwoordde hij ontwijkend. 'Welke sleutels heb je nodig?'

'Die van de leegstaande appartementen. Ik kom kijken of alles wel in orde is voor ik ze door eventuele kopers en huurders laat bezichtigen.'

'Heb je een lijstje bij je?'

'Nee, ik dacht dat jij zou weten welke appartementen momenteel leeg staan. Het zijn er maar een stuk of vijf.'

'Verdomme. Dan moet ik terug naar mijn appartement. Ik loop niet voortdurend met die lijst rond. Ik was de containerruimte aan het schoonmaken.'

'Sorry. Ik wacht wel even.'

John aarzelde. Hij liet nooit iemand alleen in de berging waar allerlei reservespullen lagen voor het onderhoud van het gebouw én waar de sleutelkast zich bevond. Maar aangezien deze Koen Verhulst bij Ellen werkte, zou het wel in orde zijn.

'Oké. Ik ben direct terug.'

Zodra John weg was, bekeek Koen de sleutelkast van dichtbij. Hij had een plannetje in zijn hoofd dat de conciërge in een moeilijk parket kon brengen, en Ellen bijgevolg ook. Terwijl hij op John wachtte, kreeg zijn plan steeds meer vorm.

'Sorry, ik werd opgehouden door een bewoner.'

'Geen probleem.'

John nam aan de hand van de lijst een vijftal sleutels van de haakjes.

'Ik zie dat je niet van alle appartementen sleutels hebt?'

'Sommige eigenaars willen er geen geven. Ze hebben het recht te weigeren. Wanneer breng je ze terug?'

'Zodra de appartementen verhuurd zijn.'

'Dat kan niet. De sleutels verlaten het gebouw niet. Dat is zo afgesproken met Ellen.'

'Sorry, dat wist ik niet. Dan geef ik ze je straks terug. Ik waarschuw je, het zal wel even duren.'

'Dat is niet erg. Of toch. Ik moet straks de loodgieter begeleiden die aan een van de hoofdleidingen komt werken. Hoe ga je me dan vinden? Je kent het gebouw nog niet.'

'Weet je wat? Je geeft mij de sleutel van de berging en ik hang na de bezichtiging de sleutels zelf terug. Ik sluit goed af en kom daarna de sleutel van de berging in jouw brievenbus steken. Goed?'

Hij merkte dat John er niet gerust op was.

'Ik weet hoe hard je moet werken. Ellen spreekt altijd vol bewondering over je. Ze zegt dat ze altijd op jou kan rekenen.' Dat raakte hem. Toch zag Koen dat hij nog niet overtuigd was. 'Ik wil je geen extra werk bezorgen.'

John knikte en gaf hem de sleutel.

'Maar vergeet de berging niet af te sluiten en ik wil die sleutels terug in de kast vóór zes uur. Ik wil niet meemaken dat een van de eigenaars mij zijn reservesleutel vraagt en dat ik hem moet vertellen dat die er niet is.'

'Wees gerust. Je kunt op me rekenen.'

Ze verlieten samen de berging. Nadat hij in de hal van John afscheid had genomen, keerde Koen vlug op zijn stappen terug. Aan de hand van de lijst die John had laten liggen, nam hij de sleutels die hij wilde hebben. Daarna verliet hij het gebouw via de achterdeur van de garage en repte zich naar het pleintje, een paar honderd meter verderop. Daar liet hij bij een schoenmaker de sleutels bijmaken terwijl hij erop wachtte.

'Jullie hebben Company 21 in korte tijd uit de grond gestampt en doen meetellen in Antwerpen.'

'Maar het is niet zonder moeite gegaan.'

'In ons vak gaat niets zonder moeite, geloof me. Dat jullie een hecht team vormen, is een belangrijke troef. Ik weet waarover ik praat. Mijn schoonvader en ik kunnen het niet te best met elkaar vinden en dat bevordert geenszins de samenwerking.'

'Zijn jullie partners, zoals Ellen en ik?'

'Ja. Ik erfde de aandelen in het concern van mijn overleden echtgenote. Wij bouwen onder meer hotels, golfresorts, vakantiehuizen... Ons cliënteel komt voornamelijk uit Engeland en natuurlijk uit Duitsland wat Mallorca betreft. Het is een groot bedrijf met kantoren in alle belangrijke Spaanse steden.'

'Dat wist ik niet.'

'Ik loop daar in België niet mee te koop. Vooral omdat ik er zelf weinig verdienste aan heb. Ik ben in het bedrijf ingetrouwd. Zoals mijn schoonvader dat met plezier bij elke gelegenheid onder mijn neus duwt.'

'Waarom verkoop je de aandelen niet, als je niet goed met hem kunt samenwerken? Met de opbrengst kun je een eigen bedrijf beginnen.'

'Dat gaat niet, Myriam. De aandelen gaan later naar Isabella, mijn dochtertje van zestien. Dat is testamentair bepaald. De reden trouwens dat ik haar in Spanje laat opgroeien. Veel interesse voor de zaak blijkt ze tot nu toe nochtans niet te hebben.'

'Tom ook niet. Hij heeft steeds de mond vol van informatica. Zijn vader werkt in die sector.'

'Ja, dat heeft hij me uitvoerig verteld.'

'O ja?' vroeg Ellen enigszins verbaasd. Meestal was Tom erg gesloten tegenover vreemden.

'We hadden een gezellige babbel. Voor mij dé kans om hem eens lekker uit te horen over zijn moeder.'

Ze betrapte er zichzelf op dat ze hem verwijtend aankeek.

'Wees gerust. Over jou niets dan lof. Dat je weliswaar streng bent voor hem, maar dat het soms nodig is.'

Ellen schudde glimlachend haar hoofd.

'Hij is in elk geval beter opgevoed dan Isabella, en ik zeg dat niet om je te vleien. Ze is verwend tot en met. De dood van haar moeder heeft daar ongetwijfeld in mee gespeeld.'

'Wanneer was dat?'

'Vier jaar geleden. Een auto-ongeluk.'

Zijn korte antwoord maakte haar duidelijk dat hij er niet verder over wilde praten. Er flitsten allerlei vragen door haar hoofd. Of hij nog steeds treurde om haar? Of zijn huwelijk een mislukking was geweest? Of hij met haar getrouwd was om het geld? Wat voor een man hij was?

'Soms overweeg ik om Isabella toch in België te laten studeren. Mijn ouders zouden niets liever hebben. Ze zien haar te weinig.'

'Mijn ouders...' Ze verbeterde zich onmiddellijk. 'Mijn vader, bedoel ik, woont in Luxemburg en Tom mist hem ook. Soms heb ik het gevoel dat Tom beter met hem kan praten dan met zijn vader of met mij.'

'Isabella komt regelmatig in aanvaring met haar grootvader. Wat natuurlijk gepaard gaat met grote Spaanse gebaren. Hij wil per se van zijn kleindochter een kopie van haar moeder maken.'

Ellen vroeg zich af of hij het zijn schoonvader kwalijk nam dat hij zich met de opvoeding van zijn dochter bemoeide of dat Karl niet wou dat ze op zijn overleden echtgenote leek.

Karl keek terug in haar richting en op het ogenblik dat hun blikken kruisten, ging er een gevoel van herkenning door haar heen. Ze voelde hoe ze rood werd en keek vlug de andere kant uit. Myriam kwam haar gelukkig onbewust ter hulp. Terwijl Myriam praatte, probeerde ze haar kalmte te herwinnen.

'Wij werkten tot voor kort voor een Nederlandse investeringsbank die veel doet in het buitenland. De directeur vertelde me dat het daar soms heel moeilijk werken is. Ondervind jij dat ook, Karl?'

'Ja, maar ik heb er zelf weinig last van. Ik ben ook maar een pion in het Spaanse bedrijf van mijn schoonvader. Maar het is niet moeilijker werken in Spanje dan hier in België.'

'Wij zijn voorlopig al blij wanneer we ons hier in Antwerpen een deel van de markt kunnen toe-eigenen. Dat is al lastig genoeg.'

'Zitten de grote makelaars nog steeds op de kop van de kleintjes?'

'Een bende gangsters zijn het. Met De Deyne aan het hoofd.'

Myriam, die merkte dat Karl verbaasd opkeek van Ellens heftige uitval, haastte zich om een verklaring te geven.

'Ellen heeft al jaren een persoonlijk conflict met De Deyne. Voor het ogenblik is zij aan de winnende hand.'

'Voor het ogenblik, ja. Toch ben ik er niet gerust op. Ik heb niets meer van hem gehoord sinds hij geprobeerd heeft mijn examen te boycotten. Stilte voor de storm? Ik heb het gevoel dat hij ons in de gaten houdt. Weet je dat de klanten voor die villa in Wilrijk achter onze rug bij zijn kantoor een villa gekocht hebben? Ik kwam die mensen toevallig tegen. Ze gedroegen zich schichtig, alsof ze zich schuldig voelden.'

'Hebben ze dan toch iets gekocht? Dat verbaast me. Ze hadden ons nochtans laten weten dat ze voorlopig een aankoop uitstellen. Waarom zouden ze gelogen hebben?'

'Geen idee.'

Karl, die geïnteresseerd het gesprek had gevolgd, wilde hun teleurstelling over de gemiste deal afzwakken.

'Ik denk dat meer mensen zich ongemakkelijk voelen wanneer ze van makelaar veranderen. Dat zijn eigenlijk nog de eerlijksten. Zij leggen tenminste niet dagenlang beslag op je tijd terwijl ze alleen maar willen kijken. In Spanje krijgen wij daar veel mee te maken. Iedereen die er op vakantie komt, begint te dromen van een villa, een appartement. Ze vragen informatie, gaan panden bezichtigen en kosten ons heel wat tijd voor niets. Eenmaal ze weer thuis zijn, horen wij niets meer van hen.'

'Ja, van huizen kijken kennen ze hier ook iets. Gelukkig leer je vlug dat soort mensen door te hebben. In het begin ben ik er wel een paar keer ingetrapt. Aan de kust is het nog erger.'

'Goed dat je me er aan doet denken, Ellen. Schouten heeft daarstraks gebeld. Er is klacht ingediend tegen De Boeck.'

'De Boeck is een makelaar aan zee die het niet zo nauw neemt met zwart geld', verklaarde Ellen aan Karl.

'Dit keer gaat het echter over iets anders,' vervolgde Myriam. 'Herinner je het echtpaar dat zijn beklag had gemaakt over de toestellen die niet conform het lastenboek waren?'

'Natuurlijk. We hebben het aan Ruud gemeld. Meer konden we niet doen aangezien we vlak daarna uit het project gestapt zijn.'

'Het zijn die mensen die klacht hebben ingediend. Of liever de man, de vrouw is overleden.'

'Hoezo? Een ongeluk?'

'co-vergiftiging ten gevolge van een slecht werkende waterverwarmer in de badkamer en onvoldoende verluchtingsroosters. Er is een gerechtelijk onderzoek gestart en volgens Ruud ziet het er niet goed uit voor De Boeck. Hij komt morgen naar België omdat hij in deze zaak verhoord zal worden.'

Ellen schrok en probeerde de eventuele gevolgen van het gerechtelijk onderzoek te overzien. Zou Company 21 erbij betrokken kunnen worden? Dat koppel had haar en Myriam immers gevraagd iets aan het probleem met de toestellen te doen. Hadden ze de bank toen meteen meer onder druk gezet, dan hadden ze een fatale afloop misschien kunnen voorkomen.

'Wisten jullie dat die toestellen niet in orde waren?' vroeg Karl bijna verwijtend.

Terwijl Myriam hem op de hoogte bracht van de hele zaak, keek hij af en toe naar Ellen, die in gedachten was verzonken. Wat een vrouw! Intelligent, knap, bezeten door haar vak. Ellen had het daarstraks terloops over haar echtscheiding gehad en hij meende te hebben begrepen dat het gedrag van haar man de aanleiding was geweest. Hoe kon die man zo stom geweest zijn een vrouw als Ellen te verliezen?

Toen Myriam het hele verhaal had gedaan, zag Ellen er nog somberder uit. Kon hij haar maar helpen.

'Jullie kan niets verweten worden. Ik zou zelfs zeggen, integendeel. Jullie hebben de bank aangesproken over het probleem, ook al was dat jullie taak niet.'

'Karl heeft gelijk, Ellen. We hebben correct gehandeld. Geen paniek.' Myriam had al spijt dat ze erover begonnen was. Het kwam ook omdat ze bezorgd was om Ruud. Of was het meer dan bezorgdheid? Ze moest toegeven dat ze het regelmatige contact met hem miste.

Ellen vond dat haar partner er zich te gemakkelijk van af maakte.

'Ik maak me vooral zorgen over de fiscale kunstgrepen waartoe De Boeck de bank heeft kunnen verleiden. Als die aan het licht komen, komt onze naam zeker in de pers. Het zal moeilijk zijn te bewijzen dat wij ons precies daarom uit het dossier teruggetrokken hebben.'

'Daar is in dit onderzoek toch helemaal geen sprake van.'

'Nog niet...'

Myriam kreeg het opeens benauwd. Aan die mogelijkheid had ze niet gedacht.

Ze keken zwijgend voor zich uit.

De avond mocht niet in mineur eindigen, dacht Karl. 'Een beetje zwart geld op een verkoop van een appartementje wordt in België toch niet als een grove fout aangezien.'

'In dit dossier ligt het echter moeilijk. Kijk, Karl, we hebben ons teruggetrokken omdat de makelaar-bouwheer de bank heeft overgehaald de resterende appartementen, een vijftigtal, te verkopen aan één enkele belegger en bij die verkoop de fiscus zwaar te benadelen.'

'Jullie hebben toch zwart op wit een bewijs van jullie onschuld aangezien jullie die opzeggingsbrief stuurden.'

'Dat is het juist. Het contract is verbroken met wederzijdse instemming. Maar zonder duidelijke vermelding van de reden. We hebben de bank niet onder druk willen zetten omdat we jaren met hen hebben samengewerkt. En dankzij hen hebben wij de firma kunnen oprichten.'

'Oké. Jullie waren echter niet in de deal tussen die De Boeck en de bank betrokken. Het moet toch niet moeilijk zijn om dat te bewijzen.'

'Het feit alleen dat, wanneer het tot een proces komt, wij meer dan waarschijnlijk verhoord zullen worden of moeten getuigen, kan onze reputatie ernstig schaden.'

De opgewekte stemming die er van in het begin aan de tafel heerste, werd overschaduwd door de sombere gedachten van Ellen waaraan ook Myriam niet ontsnapte. Karl had zich het einde van het etentje anders voorgesteld. Hij deed een laatste poging.

'Wat denken de dames van een lekkere pousse-café?' probeerde hij de stemming er weer in te krijgen.

'Voor mij niet, dank je. Ik heb morgenochtend een aantal afspraken en zou het niet te laat willen maken. Maar doe jij gerust, Myriam.'

Karls gezicht betrok. De avond zou in mineur eindigen.

'Liever niet, dank je, Karl. Het was heel fijn. Maar ook ik heb een drukke dag morgen.'

'Ik neem wel een taxi, Myriam', zei Ellen, die met haar was meegekomen. 'Dan hoef je niet om te rijden langs Kontich.'

'Ik moet jouw kant uit. Ik zal je wel naar huis brengen.'

Wat kon het hem schelen dat hij een heel andere kant uit moest. Hij mocht vanavond deze laatste kans niet laten liggen. Tot zijn wanhoop zag hij haar even twijfelen. Maar uiteindelijk stemde Ellen toe. Haar veroveren zou geen gemakkelijke klus worden, dat voelde hij zo aan.

Nadat ze op de parkeerplaats van het restaurant afscheid hadden genomen van Myriam, stapten ze in de huurauto waarmee hij tijdens zijn verblijf in België rondreed. Een tijdlang werd er niets gezegd. Hij stelde zijn achteruitkijkspiegel zo bij dat hij een stukje van haar gezicht zag. Ze zag er plotseling erg moe uit.

'Gaat het?'

Ze knikte. 'Het was een zware dag en wat Myriam daarstraks zei over dat lopend gerechtelijk onderzoek verontrust me.'

'Dat begrijp ik.'

'Weet je, Karl, sinds ik in de makelaardij ben gestapt, ben ik al in moeilijke situaties terechtgekomen. Vroeger dacht ik dat het misschien wel aan mij zou liggen. Gebrek aan ervaring, weet je. Maar nu dit weer. Het is net of ik niet zonder problemen kan werken. Nochtans probeer ik altijd correct te handelen. Dat is zelfs een stokpaardje van me, zoals je misschien wel weet. Toch loopt er altijd iets mis. Het is om er de moed bij te verliezen.'

'Probeer het uit je hoofd te zetten. Jullie hadden als externe makelaars niets te maken met die slecht functionerende toestellen. Dat is het wat het gerecht momenteel onderzoekt. Als er rond de fiscale fraude een schandaal losbarst, moet je onmiddellijk zelf de pers op de hoogte brengen waarom je Company 21 toen uit die zaak hebt terugtrokken. Op die manier kom je er zelfs goed uit.'

'Misschien heb je gelijk. Het betekent echter ook dat ik de bank die mij van in het begin gesteund heeft, in opspraak breng.'

Karl besefte hoe groot het dilemma was.

'Ellen, luister. Iedereen in de sector weet hoe jij tegenover fraude en ander onfrisse praktijken staat. Als je het keihard speelt, krijg je de pers aan jouw kant. Trouwens, als ik in hun plaats moest kiezen tussen een Hollandse bankdirecteur en een Vlaamse vrouwelijke makelaar die er bovendien nog knap en sexy uitziet ook, zou mijn keuze vlug gemaakt zijn.'

Er kan toch nog een glimlach af, dacht hij, terwijl hij haar zijdelings gadesloeg.

'Is er iets?' vroeg ze enigszins geërgerd omdat hij haar stiekem zat te begluren.

'Nee. Of toch. Ik hoop dat je ondanks al je beslommeringen toch genoten hebt van deze avond.'

'Dat heb ik zeker.'

Bij haar appartement reed hij de parkeerplaats op, legde de motor stil en draaide zich naar haar toe. Hij schrok toen hij tranen in haar ogen zag. Had hij iets verkeerds of gezegd of gedaan?

'Sorry. De laatste weken zijn een hel geweest en ik denk dat mijn incasseringsvermogen op is. Ik reageer overal veel te emotioneel op.'

'Luister, Ellen, het is misschien niet het geschikte moment, maar...'

Hoe moest hij wat hij voelde in godsnaam verwoorden? Hij had dit niet meer meegemaakt sinds hij verliefd was geworden op zijn vrouw. Het was onbegrijpelijk dat dit hem zomaar overkwam, Ellen was eigenlijk zelfs zijn type niet.

'Ik ben geweldig onder de indruk van je. Ik weet wel dat je me een beetje een charmeur vindt, oppervlakkig, misschien zelfs onbetrouwbaar. Maar ik zou je heel graag weer ontmoeten om je te bewijzen dat het slechts een houding van me is.'

Ze keek hem scherp aan alsof ze wilde peilen naar de oprechtheid van zijn woorden. Toen glimlachte ze hem toe met een glimlach die tegelijkertijd iets uitdagends en geheimzinnigs had. Of was het spot?

'Bel me. Ik kan je niets beloven, maar ik zou het ook jammer vinden als we elkaar nooit meer zouden ontmoeten.'

De lach die over zijn gezicht gleed was zo intens dat ze even moest vechten om niet toe te geven aan de opwellende tranen. Ze boog zich naar hem toe en gaf hem een vlugge zoen op zijn wang. Dan stapte ze uit, maar voor ze het portier kon sluiten stond hij al naast haar. Hij nam haar handen in de zijne en even bleven ze zo staan.

'Je mag mijn telefoontje heel vlug verwachten.'

Ze knikte. Hij trok haar plotseling tegen zich aan terwijl zijn lippen haar linkermondhoek beroerden. Een verrassend sterke sensuele rilling trok door haar lichaam. Even snakte ze naar adem, maar dan herwon ze haar kalmte.

'Tot spoedig dan, Ellen?'

'Daar mag je op rekenen.'

Ze ging snel naar binnen, zonder nog om te kijken, en holde de trap op naar haar appartement. Ze deed de deur met een klap achter zich dicht en bleef er tegenaan geleund roerloos staan tot ze de auto hoorde vertrekken en de straat uitrijden. Daarna liet ze zich op de vloer zakken en met haar hoofd op haar knieën huilde ze alle emoties van die dag van zich af.

Ze zaten ietwat verdoken achteraan in de taverne. De Deyne, Koen Verhulst en VDB, die zich in hun gezelschap een beetje onwennig voelde. Tenslotte was hij maar een kleine garnaal, zeker in vergelijking met De Deyne, die driftig de rook van zijn Havana in zijn richting blies. Hij kreeg er warempel een hoestbui van.

'Jullie hebben dus een plan ontwikkeld. Een onfeilbaar plan nog wel. Ik ben benieuwd.'

Het sarcasme droop ervan af. De Deyne trommelde ongeduldig met zijn dikke, korte vingers op het tafeltje. Hij betaalde die klungelaar van een Verhulst al twee maanden en tot nu toe had het in hem geïnvesteerde, dure geld niets opgebracht. Vanochtend had Verhulst hem opgebeld om te zeggen dat hij een geniale manier had bedacht om De Ridder in moeilijkheden te brengen en dat ze direct moesten vergaderen. Veel verwachtte hij er echter niet van.

'Mijnheer Verhulst heeft het plan bedacht. Maar zonder mijn hulp kan hij het onmogelijk uitvoeren. Dus is het ook een beetje van mij', wilde VDB nog vlug kwijt voor Koen het plan kon ontvouwen.

De Deyne nam VDB minachtend op. Dacht dat mannetje misschien dat er voor hem ook iets aan te verdienen viel? Dat kon de zielenpoot op zijn buik schrijven. De Deyne wendde zich tot Koen.

'Ik luister, Verhulst.'

Koen vertelde hem in het lang en in het breed over sleutels en lege appartementen, dat de conciërge hem eerst de sleutel niet had willen geven en daarna wel...

De aandacht van De Deyne verslapte. Hij had onlangs een serieuze aanvaring gehad met de bestuursleden van de overkoepelende beroepsorganisatie. Hij was op het matje geroepen en men had hem verweten dat hij, door de pers op de thesisverdediging van De Ridder uit te nodigen, een enorm risico had genomen. Gelukkig was het goed afgelopen en had De Ridder een prachtige indruk gelaten, maar het had evengoed verkeerd kunnen uitdraaien. Hoeveel van hun studenten hadden het intelligentiepeil van een De Ridder? Had hij misschien uit het oog verloren dat er, hoe goed de cursus ook was en hoe de lesgevers ook hun best deden, nog steeds diploma's uitgereikt werden aan mensen die het niet verdienden? Bijvoorbeeld aan zonen of neven van gekende makelaars! Om nog te zwijgen van niet-gediplomeerde personeelsleden voor wie de makelaar in zijn kantoor toch een certificaat aan de muur wilde, zonder dat ze de kostbare tijd van hun werkgever hoefden te besteden aan het volgen van de cursus. Hij wist beter dan wie ook dat dergelijke praktijken bestonden. Hij had er meer dan eens gebruik van gemaakt voor zijn personeel. Het was dus heel dom van hem geweest het risico te nemen de aandacht van de pers op deze cursus te vestigen.

Het had hem heel wat overredingskracht gekost om hen ervan te overtuigen dat het een berekend risico was geweest de pers uit te nodigen. Hij had de bestuursleden zelfs laten verstaan dat hij, zij het van op de achtergrond, persoonlijk de thesis van De Ridder had begeleid. Hij had geen seconde getwijfeld aan de goede afloop.

Vroeger zou men hem daarover nooit hebben durven aan te pakken. Nog iets dat hij aan De Ridder te danken had. Zijn positie in de overkoepelende organisatie van de vastgoedsector was allesbehalve safe.

'Als de conciërge de gevangenis in gaat, zal De Ridder daar ongetwijfeld bij betrokken geraken, want zijn aanstelling is op een heel verdachte manier tot stand gekomen', ging Koen Verhulst intussen voort.

Het woord gevangenis bracht hem weer in de realiteit. Sinds hij er twee jaar geleden kennis mee gemaakt had, lag het woord heel gevoelig in zijn oor. De manier waarop hij daar toen behandeld was geweest, zou hij nooit vergeten.

'Wie gaat de gevangenis in?'

'De conciërge uit Kontich nadat mijnheer Van den Broucke en ik hem hebben aangewezen als de dief.'

'De dief?'

Koen werd kregelig. Hij zat een subtiel uitgedokterd plan uit te leggen en degene die het aanbelangde, De Deyne *himself*, luisterde niet eens.

'U luistert niet naar wat ik zeg! Goed. Ik vat alles nog eens samen. Door een list heb ik een aantal sleutels kunnen laten namaken van appartementen in dat gebouw. Van appartementen die bewoond zijn, nota bene. Op een afgesproken tijdstip, wanneer de eigenaars niet thuis zijn, ga ik er binnen en steel enkele dingen. Nu pas wordt het echt mooi. Ik verstop enkele van deze dingen in het appartement van de conciërge. Van Den Broucke geeft een tip aan de politie en de zaak is gelanceerd. De conciërge gaat de gevangenis in en De Ridder krijgt een blaam omwille van haar blind vertrouwen. Wat zeg je ervan?'

'Hoe weet jij wanneer de eigenaars niet thuis zijn?'

'Dat zoekt Van Den Broucke voor me uit. De meeste mensen hebben een vast levenspatroon. Hij houdt ze een week of twee in de gaten en dan sla ik mijn slag terwijl hij op de uitkijk staat.'

'Hoe komen die dingen terecht in de flat van die conciërge?'

'Dat is een klein kunstje. Er is een sleutel van zijn flat op het kantoor voor het geval er iets in het gebouw gebeurt wanneer John afwezig is. En ik ken zijn uurrooster.'

'Wat als hij daarvan afwijkt?'

'Ik zorg er wel voor dat het niet gebeurt. Ik zit dagelijks achter zijn veren', zei een trotse VDB. 'Ik kijk uit naar de dag waarop die lompe arbeider, geboeid tussen twee agenten, wordt afgevoerd. Die dag trakteer ik op een etentje.'

De Deyne haalde zijn schouders op. Alsof dat hem kon interesseren. Wat hem wel erg interesseerde was het antwoord op de vraag of het rendement van deze intrige de moeite loonde om dat toch wel riskante plan te organiseren. Het was of Koen zijn gedachten las.

'Ellen rekent hoe langer hoe meer op John om haar zoontje op te vangen. Zelfs tijdens het weekend. Er moet iets aan de hand zijn met haar ex, want de jongen gaat steeds minder naar zijn vader toe.'

'Ik stel me toch vragen bij die inbraak. Ik snap niet waarom zij daarbij betrokken zou kunnen zijn.'

'Wees gerust, daar zorg ik voor', zei VDB. 'Ik leg een verklaring af dat zij het was die erop stond dat we allemaal onze sleutels zouden afgeven in handen van de conciërge. Zij stelde zich toen borg voor hem.'

Eindelijk iets waarmee we wat kunnen doen, dacht De Deyne. Als spion had Koen tot nu toe in het kantoor van Company 21 niet veel gepresteerd. Het mooie van dit plan was dat hijzelf volledig buiten schot bleef. Hij had geen enkele binding met het gebouw in Kontich, op voorwaarde natuurlijk dat VDB en Verhulst hun mond hielden. En zij konden niet praten zonder zichzelf te beschuldigen. Hij zat dus op rozen.

Wat nog ontbrak, was iets waarmee hij De Ridder nog dieper kon treffen, iets dat haar als het ware de doodsteek zou geven. Haar met een verbrand dossier opzadelen misschien? Hij had genoeg connecties om zoiets te regelen. Zo'n link dossier in combinatie met het diefstalschandaal zou haar van haar voetstuk halen.

'Wat denk je, De Deyne? Doen we het of niet?'

Hij glimlachte breed en voldaan.

'Natuurlijk doen we het. De gestolen goederen worden teruggevonden, dus we doen er niemand kwaad mee. Maar De Ridder en haar conciërge, die hangen.'

De Deyne draaide zich om en riep vrolijk in de richting van de toog: 'Ober, kom nog eens langs!'

Toen ze het restaurantje binnenkwam waar ze hadden afgesproken, zag ze Ruud niet meteen zitten. Het was een eenvoudig eethuisje, helemaal niet zijn stijl. Hij hield van lekker eten en goede wijnen. Ze keek zoekend om zich heen in de niet zo bijster goed verlichte zaak. Omdat hij opstond en naar haar wuifde, zag ze hem eindelijk zitten. Ze ging vlug naar hem toe.

'Myriam. Ik ben blij dat je op mijn verzoek bent ingegaan. Bedankt.'

'Geen probleem.'

Ze schrok danig toen ze hem de hand drukte. Wat was hij in korte tijd veranderd! Ruud, een grote, charmante man, een nog steeds jonge veertiger, had er opeens enkele jaren bij gekregen. Zijn teint was vaal en zijn haren, die er ook niet fris uitzagen, waren net iets te lang. Van zijn trotse, rechte houding die ze altijd zo bewonderd had, ging geen kracht meer uit. Het leek wel of hij een stuk kleiner was geworden. Om van de schok te bekomen, ging ze zelf haar jas weghangen en toen ze terugkwam, stond hij meteen even hoffelijk als altijd op. Daarin was hij tenminste niet veranderd.

'Hoe gaat het met je?' vroeg ze terwijl ze ging zitten, erop lettend dat haar stem niets van haar bezorgdheid verraadde.

'Niet goed. De bank heeft me geschorst uit al mijn functies.'

'Wat?'

'Hangende het onderzoek.'

'Maar jij hebt met die foute toestellen toch helemaal niets te maken?'

'Nee, maar het hele dossier wordt door de federale politie uitgeplozen en als zij ook maar een spoor vinden van de fiscale fraude, moet je niet schrikken dat er een levensgroot schandaal van komt. Bovendien doen de directieleden, die het destijds nochtans een uitstekend idee vonden, alsof ze door mij onder druk gezet werden om de fiscale fraude te aanvaarden.'

'Dat was niet zo?'

'Natuurlijk niet. Ik hou niet van dat soort fiscaal gerommel en had het alleen aan mij gelegen, dan had De Boeck geen kans gekregen. Maar ik durfde het niet op mij te nemen om het voorstel niet door te geven aan de bank. Wiertsma heeft me vaak genoeg verweten dat ik geen oog had voor de directie en de hoofdaandeelhouders.'

'Waarom zijn ze op het voorstel ingegaan?'

Ruud vertelde dat er verschillende vergaderingen geweest waren met de accountants van de grote West-Vlaamse textielbaron. Dat zijn accountants samen met die van de bank een netwerk van off shore transfers hadden opgezet waar zelfs een financieel genie het noorden bij verloor en dat op die manier de verkoop uiteindelijk tot stand was gekomen. Met een uitgesproken financieel voordeel voor elke partij. Behalve voor de kleine aandeelhouders van de bank, want voor hen werd het project van De Boeck nu afgesloten met een fors verlies en dat betekende minder dividend. Maar die kleine aandeelhouders konden toch nooit te weten komen dat er geknoeid was.

'Door het ongeluk met die arme mevrouw Van Dam komt alles misschien aan het licht. Maar zelfs als de fraude niet uitkomt, is het met mijn carrière gedaan. Ze moeten bij de bank een zondebok hebben. Iemand die moet boeten voor de heisa.'

'Verschrikkelijk. Dat verdien je niet, Ruud.'

'Eigen schuld. Ik had slimmer moeten zijn en naar jou moeten luisteren. Waar ik echter kapot van ben en wat me slapeloze nachten bezorgt, is dat die arme vrouw nog steeds in leven zou zijn wanneer ik naar jou en Ellen had geluisterd. Ik voel me medeschuldig aan haar dood.'

Zijn gezicht had een asgrauwe kleur gekregen en de tranen stonden in zijn ogen. Voor ze er erg in had, legde ze haar hand op de zijne.

'Dat mag je niet denken. Je kon die dramatische afloop niet voorzien.'

'Ik had het kunnen vermijden, Myriam. Ik had er De Boeck onmiddellijk over moeten aanpakken. Maar nee, we waren druk bezig met de fiscale deal.'

Er viel een stilte. Myriam dacht aan Ellen. Hoe zij op dit weinig opbeurende verhaal zou reageren. Ze was de laatste dagen in een beter humeur en ze leek eindelijk uit de sombere stemming te raken waarin ze sinds de dood van haar moeder had verkeerd. Ook het feit dat Gijsels, een industrieel uit Hasselt, na zijn aanvankelijke weigering om de verkoop van zijn industriepand aan Company 21 toe te vertrouwen, haar uiteindelijk telefonisch zijn fiat had gegeven, had haar een extra professionele impuls bezorgd. Het was een netelig dossier omdat de arbeiders er nog niet van op de hoogte waren dat de eigenaars de fabriek gingen overbrengen naar een lagelonenland en zich waarschijnlijk tegen de verkoop zouden verzetten. Ze zuchtte en Ruud schrok op uit zijn sombere overpeinzingen.

'Ik ben je erg erkentelijk, Myriam. Dankbaar dat je ondanks alles toch tijd wilt maken voor mij. Ik had het je niet kwalijk genomen als je niets meer met mij te maken had willen hebben.'

'Niets te danken, Ruud. Ik weet immers hoe de zaak gelopen is. De Boeck, en hij alleen, is schuldig in deze zaak. Daarom zou ik je aanraden zo spoedig mogelijk bij de politie een verklaring af te leggen.'

'Dan verklikt die schurk sowieso onze fiscale fraude, reken maar. Hij heeft er al mee gedreigd.'

'*So what?* De bank gaat jou toch ontslaan. Wat kan het je dan nog maken? Niet jij, maar zij hebben gefraudeerd. Verlaat de bank met opgeheven hoofd. Jij hebt je plicht gedaan door de politie te informeren en ik kan getuigen dat je van De Boeck geëist hebt de toestellen te vervangen door de toestellen voorzien in het lastenboek. Ik was daarbij aanwezig, weet je nog wel?'

'Zou je dat echt voor mij willen doen?'

'Voor jou en voor mijnheer Van Dam, die zijn vrouw verloren heeft. Een zinloze dood op het ogenblik dat ze hun droom verwezenlijkt hadden.'

'Snap je dat ik niet meer kan slapen? Ik word er gek van.'

'Reden te meer om naar de politie te gaan.'

'Maar wat moet ik daarna? Als ik mijn werkgever aanklaag, vind ik in heel Nederland geen baan meer in de banksector. En ook niet in België, want de feiten speelden zich hier af.'

'Je hebt gestudeerd in de Verenigde Staten. Ga terug naar ginder.'

Hij keek haar verstomd aan. Dat hij daar zelf niet aan gedacht had. Maar daarna betrok zijn gezicht.

'Wat is er?'

'Ik zag mijn leven zich eerder hier afspelen. Niet in de Verenigde Staten.'

'Kan je partner niet met je meegaan?'

'Ik heb geen partner. Ik stond wel op het punt om... Maar nu, nee.' Hij slaakte opnieuw een diepe zucht.

Aan zijn uitleg te horen veronderstelde Myriam dat Ruud eindelijk iemand had gevonden met wie hij een vaste relatie wilde beginnen en schrok hij ervoor terug haar over deze onverkwikkelijke zaak te moeten inlichten. Je stuitte inderdaad vaak op onbegrip bij iemand die niet in het vak zit, dat had ze zelf meer dan eens ondervonden.

'Ze zal je wel begrijpen indien ze echt van je houdt.'

'De vraag is of ze dat doet.'

'Tja, dat zou je dan eens aan haar moeten vragen. Ik kan het niet weten', voegde ze er lachend aan toe. Mannen konden toch stuntelig doen als het op liefdesverklaringen aankwam.

'Ik denk van wel.'

Waar had hij het in godsnaam over? Hoe kon zij weten of die vrouw van hem hield? Toen werd het haar opeens allemaal duidelijk. Hij bedoelde haar natuurlijk! Zij was die vrouw! De manier waarop hij haar vol verwachting aankeek, sprak boekdelen. Ze was blij, opgetogen zelfs en toch voelde ze alle kleur uit haar gezicht wegtrekken door de plotse emotionele schok.

'Ik heb nooit iets laten merken. Om verschillende redenen. Eerst onze samenwerking. De bank zou er misschien moeilijk over gedaan hebben. En dan was er Ellen. Ik weet niet of ze het van ons zou aanvaard hebben. Maar ik was vooral bang een blauwtje te lopen. Op mijn leeftijd is dat belachelijk en erg pijnlijk. Dus stelde ik het steeds uit.'

De blik die ze wisselden ging tot in hun ziel en bezegelde hun lot. De kus die ze wisselden was nieuw, maar toch ook heel vertrouwd. Alsof ze nooit iemand anders gekust hadden en altijd geweten hadden dat dit moment zou komen.

Grietje begreep niet wat er met Ellen en Myriam aan de hand was. Ze hadden zich de laatste dagen weinig op kantoor laten zien en ze kon het vele werk in haar eentje niet langer aan. Het was vrijdagmiddag en ze was doodmoe. Ze had bovendien het onbehaaglijke gevoel dat die twee zich meer met andere dingen bezighielden dan met de zaak. Nooit hadden ze tijd voor haar. Ze probeerde dan maar zo goed als het ging de zaak draaiende te houden. Af en toe nam ze noodgedwongen zelf een bezichtiging op zich, met als gevolg dat ze het kantoor een tijd onbemand moest achterlaten en de zaak op het antwoordapparaat aangewezen was.

Tot overmaat van ramp had de administratie intussen behoorlijk wat achterstand opgelopen, waarvoor ze van Ellen, die vanochtend even op het kantoor was binnen komen lopen, een uitbrander had gekregen.

En waarom werd het noodzakelijke werk in het nieuwe gebouwtje dat als proefdossier diende voor Cefab, steeds weer uitgesteld? Toen ze Myriam erover had aangesproken, had deze gezegd dat ze het, samen met Koen, zelf maar moest zien te organiseren. Terwijl Ellen heel duidelijk gesteld had dat ze het alle vier samen zouden doen.

Koen, die aan zijn bureau zat, begon in te pakken. Die werkte ook alleen maar laat als Ellen of Myriam in de buurt waren, dacht ze geërgerd. Als ze samen met Koen aan het dossier Cefab moest werken, zou ze het hem nu moeten vragen. Enkel op zaterdag had ze er tijd voor.

'Koen, heb je een momentje voor je weggaat?'

'Eigenlijk niet. Ik ga voor ik naar huis ga nog naar een afspraak.'

Haar zesde zintuig zei haar dat hij loog. Het had echter geen zin daar een opmerking over te maken, ze kon dat toch niet hard maken.

'Ellen zei vanmorgen dat we samen naar dat gebouw van Cefab moeten gaan. Ik zou het graag dit weekend doen. In de week is het te druk. Kun jij morgen?'

'Ben je gek? Ik zal er volgende week wel eens langsgaan.'

'Maar Ellen...'

'Luister eens goed. De vorige keer hebben we er allemaal een vrije zaterdag voor opgeofferd. Jij hebt toen alles in het honderd gestuurd. Laat dat soort werk dus over aan mensen die daar ervaring mee hebben.'

'Ik kon er toch niets aan doen dat ik die dode man gevonden heb.'

'Nee. Maar je hebt niet erg professioneel gereageerd, is het niet? In ieder geval, dit weekend heb ik sowieso geen tijd. Ik heb andere plannen. Als jij je zo nodig wilt uitsloven, hou je dan liever met je administratie bezig. Het lijkt nergens meer op. Ik heb de post van vandaag zelfs nog niet gehad.'

Ze zag hoe hij zijn bureau begon op te ruimen en besloot niet verder aan te dringen. Ze zou het werk in het gebouwtje tijdens het weekend zelf wel doen, zonder hulp. Ze kon tevens van de gelegenheid gebruikmaken om dat oude mevrouwtje te bezoeken. Waarschijnlijk was het arme mens het overlijden van Boontje, zoals ze hem grappig noemde, nog niet te boven gekomen.

'Tot maandag.'

Grietje mompelde iets terug en keek Koen geërgerd na. Ze verdacht hem ervan tegen Ellen geklaagd te hebben over de administratieve achterstand. Na de uitbrander van Ellen zat er niets anders op dan dringend de hoop post te behandelen.

Ze nam de map waarin ze zorgvuldig alle correspondentie verzamelde en ook het brievenboek waarin elke inkomende brief werd ingeschreven met daarbij de naam van diegene aan wie de brief ter behandeling werd gegeven.

Terwijl ze de brieven aan het inschrijven was, viel het haar op dat het er de laatste tijd zo weinig waren. Zou het kunnen dat er brieven ontbraken? Het was nochtans de strikte regel dat er geen brief van haar bureau mocht weggenomen worden voor hij was ingeschreven. Ze zocht tussen de dossiers op haar bureau, maar er lagen nergens brieven onder.

Dat Ellen of Myriam een brief zou wegnemen zonder haar er iets van te zeggen, achtte ze uitgesloten. Er bleef dus alleen Koen over. Wat spookte hij allemaal uit wanneer hij alleen op kantoor was? Ze had voortdurend het gevoel dat haar dossiers van plaats veranderden. En nu was ze er zeker van dat er brieven verdwenen. Als er daardoor problemen ontstonden, zouden Ellen en Myriam haar daarvoor aansprakelijk stellen.

Zonder bewijzen kon ze helaas bij Ellen niet aankloppen. Het enige dat ze kon doen, was Koen extra in de gaten houden. Ze was niet van plan zich door deze kerel in een verkeerd daglicht te laten stellen.

7

'Ik vind het echt lief dat je mij komt bezoeken.'

Grietje lachte vriendelijk naar het oude dametje dat voorzichtig twee porseleinen kopjes vulde met waterachtige thee, getrokken uit één enkel zakje dat blijkbaar al een keer gebruikt was. Op een mooi schoteltje waarvan de rand beschadigd was, schikte ze zorgvuldig drie schamele koekjes alsof het een assortiment was van de duurste bakkerij. Door de opwinding van het onverwachte bezoek had ze wat kleur op haar wangen gekregen. Ze had zich al een paar keer verontschuldigd dat het er allemaal wat rommelig bijlag, al was er in het studiootje geen pluisje of stofje te bespeuren. Grietje voelde zich bij dit hartelijke onthaal schuldig dat ze haar bezoek steeds maar had uitgesteld.

'Het is lang geleden dat ik nog een keer bezoek heb gehad. Zeker nu Boontje...'

Het vrouwtje zuchtte diep, maar zette dapper alle donkere gedachten van zich af. Haar stem klonk zelfs een beetje ondeugend.

'Ik moet u iets bekennen. Mijn relatie met Boontje heb ik een beetje overdreven. Waarschijnlijk door de schok. Hij liep hier niet de deur plat, zoals ik u wilde laten geloven. Ik had het wel heel graag gehad. Boontje was echter erg verlegen en kwam niet veel buiten. Nu heb ik spijt dat ik niet nog meer aangedrongen heb. Indien hij meer op mijn invitaties was ingegaan, was er misschien een vriendschap ontstaan en had ik een oogje in het zeil kunnen houden. Dan was hij waarschijnlijk niet zo eenzaam gestorven.'

'Niemand zou op die manier mogen sterven', antwoordde Grietje opstandig.

'Ik denk dat het vooral oudere mensen zijn die dat risico lopen. En hoe kunnen wij het voorkomen? Ik heb geen familie meer. Wie zal er naar mij omkijken als ik op een dag niet meer verder kan? En voor u het me zegt, nee bedankt, ik ga niet naar een bejaardenhuis. Niet dat ik het zou weigeren, eens ik mezelf niet meer zou kunnen behelpen. Ik heb er gewoon het geld niet voor.'

Mevrouw Van Opstal bood daarop het schoteltje met de drie koekjes aan waarvan Grietje er aarzelend eentje nam. Ze wilde het arme mens niet ontrieven, maar ook niet kwetsen door te weigeren.

'Is er niemand in het gebouw met wie u een beetje contact heeft? Iemand die het zou merken als u een paar dagen niet was buiten gekomen en ons zou kunnen waarschuwen?'

'Die jongelui? Ik mag al blij zijn wanneer ze me niet omverlopen omdat ik te traag ben naar hun zin. Jonge mensen hebben altijd haast. Vroeger probeerde ik al eens een praatje met hen te maken, maar ik heb het opgegeven. Ze hebben niet alleen nooit tijd, ze spreken volgens mij ook een andere taal. Met dingen als gsm's, chatten, internet en nog veel meer moeilijke woorden. Ik versta daar niets van.'

'U praat met mij. Ik ben toch ook jong.'

'Ja, maar jij bent een schatje! En we hebben toen samen die vreselijke ontdekking gedaan. Dat schept een band.'

Even waren ze allebei stil, het beeld van het halfvergane lijk van mijnheer Boon bijna tastbaar tussen hen in.

'Toch hoop ik dat mijn dood zo rustig mag zijn als die van Boontje. Hij stierf in zijn zetel en waarschijnlijk in zijn slaap. Ik ben bang dat ik op een dag zal vallen en dat niemand zal reageren wanneer ik om hulp roep. In mijn slaap droom ik soms dat ik hier in hevige pijnen langzaam lig dood te gaan.'

'U moet een keer langsgaan bij het ziekenfonds. Er is een dienst die alarmtoestelletjes uitleent waarmee u rechtstreeks een noodnummer alarmeert wanneer er met u iets gebeurt. De noodcentrale stuurt dan meteen iemand ter plaatse.'

'Meent u dat?'

'Ik heb er in een brochure over gelezen toen ik er eens zat te wachten.'

'Bij het ziekenfonds, zei u? Dan zal ik er eens langsgaan. Ik vraag mij af waarom niemand mij dat ooit gezegd heeft. Is het gratis?'

'Dat weet ik niet. Hoog kan de bijdrage in ieder geval niet zijn.'

Grietje zag meteen aan haar angstige blik dat 'niet hoog' voor haar waarschijnlijk toch 'veel te hoog' zou zijn.

'In ieder geval, ik beloof u af en toe langs te komen.'

'Doe geen moeite, kindje. Je hebt het al zo druk. Je moest zelfs vandaag werken, op een zaterdag! Alweer een dag dat je jouw zoontje aan anderen moest toevertrouwen.'

'Dat is niet erg. Ik doe mijn werk graag. Maar nu ga ik naar huis. Bedankt voor het kopje thee en het koekje.'

'Graag gedaan, kind.'

'Als er iets is, bel mij dan. Afgesproken? Hier is mijn kaartje. Mijn privé-nummers staan er ook op. U mag altijd bellen, ook tijdens het weekend.'

Toen ze, na veel dankbare woorden van mevrouw Van Opstal, eindelijk in de lift stond, schoot het haar opeens te binnen dat ze nog moest gaan kijken of beneden alles in orde was. Huurders hadden vaak de onhebbelijke gewoonte kelderruimtes te gebruiken als dumpplaats voor alles en nog wat. Ze had een hekel aan kelders, als kind al was ze er verschrikkelijk bang voor geweest. Als ze echter makelaar wilde worden, moest ze haar angst overwinnen. Ze drukte kordaat op het liftknopje. Erger dan wat ze de vorige keer in dit gebouw had aangetroffen, zou ze in de kelders zeker niet vinden.

Ellen had het weekend met Karl in het grootste geheim gepland en dat was niet eenvoudig geweest. Maar ze wou voorlopig niet dat iemand iets wist over hun relatie. Omdat ze twee dagen in Brussel zou blijven, had ze Tom noodgedwongen wat vroeger naar Marc gestuurd.

De belangrijkste reden waarom ze haar afspraak met Karl geheim had gehouden, was dat ze er niet zeker van was of haar gevoelens voor hem wel juist waren. Ze durfde er gewoon nog niet in te geloven.

Ze was extra vroeg naar Zaventem gereden om niets aan het toeval over te laten en voelde zich pas wat kalmer toen ze met een kop koffie bij het grote raam van de snackbar zat te kijken naar de vliegtuigen op de landingsbanen. In een hotel aan het Brouckèreplein had ze een suite gereserveerd. Alles was geregeld om er een mooi weekend van te maken.

Waarom voelde ze zich dan zo gespannen en onzeker? Het werd tijd dat ze haar vrijgezellenleven onderbrak of ze zou nog verzuren. Zelfs al werd het niets meer dan een kortstondig avontuur, ze besloot er in ieder geval van te genieten. Erger dan weekend na weekend alleen te zitten en de tijd te doden met werk en nog eens werk, kon het zeker niet worden. De tijd was rijp voor zwoele pret!

Terwijl ze van haar koffie dronk, dacht ze eraan dat ze hier met Lieve ook had gezeten voor ze samen naar Rome vlogen. Ze had eigenlijk al een tijdje niet meer aan mama gedacht. Het gevoel van hooggespannen verwachting verdween meteen. Was ze mama al vergeten? En haar vader? En Lieve? Ze had hen niet meer gebeld, ondanks alle gemaakte afspraken over wekelijkse telefoontjes. Papa zou het haar niet verwijten, omdat hij wist dat ze het druk had. Maar waarom belde hij niet eens zelf, zoals mama dat vroeger zou gedaan hebben? Nee, ze besloot geen excuses te zoeken, ze was gewoon schuldig. Na het weekend zou ze papa en Lieve zonder verder uitstel bellen.

Ze keek naar de landende en opstijgende vliegtuigen zonder ze echt te zien en vroeg zich af hoe het weekend met Karl zou verlopen. Het was leuk geweest erover te praten en het te plannen, maar als ze eerlijk met zichzelf was, dan moest ze bekennen dat ze zich momenteel onzeker voelde.

Ze hadden zich allebei erg blootgegeven tijdens hun lange en meestal nachtelijke telefoongesprekken. Te veel geheimen prijsgeven kon een averechts effect op een man hebben. Ze had hem dingen verteld waar ze zelfs met Marc nooit over gepraat had. Frustraties uit haar jeugdjaren. Fouten die ze gemaakt had en nooit aan iemand anders had toevertrouwd. Verlangens en dromen die ze ooit hoopte te verwezenlijken en de angst dat ze dat niet zou kunnen waarmaken.

Nu maakte ze zich zorgen dat ze zich daardoor zwak had getoond. Zou Karl nog wel zoveel respect voor haar hebben, nu hij wist dat haar sterkte en zelfverzekerdheid slechts uiterlijke schijn waren? Ze had hem verteld dat ze het bedrog van Marc jarenlang lijdzaam had ondergaan omdat ze dacht dat de schuld ervoor bij haar lag. Zou hij haar daardoor niet anders beoordelen, straks wanneer het tussen hen tot lichamelijke intimiteiten kwam? Zou hij kritischer zijn en zich afvragen waarom ze Marc niet had kunnen geven wat hij nodig had? Of zou hij haar vergelijken met zijn overleden echtgenote, die blijkbaar een te temperamentvolle Spaanse schone was geweest?

Want Karl was ook over zijn eigen leven beginnen te praten. Ellen had vreemd opgekeken. Bij zijn bezoek op het kantoor had ze uit zijn houding tegenover het tragische overlijden van zijn vrouw gemeend te moeten afleiden dat hij er nog steeds erg onder leed. Op zich was dat wel zo, maar dat zijn huwelijk gelukkig was geweest, bleek helemaal niet juist te zijn.

Karl vertelde dat het leven met zijn vrouw lang voor haar dood al een hel was geworden. Zij nam het niet zo nauw met de huwelijkstrouw en ging haar eigen gang. Ze verwachtte van hem dat hij discreet de andere kant opkeek.

Zijn schoonvader had trouwens al van in het begin een hekel aan Karl gehad en liet niets onverlet om het huwelijk te verhinderen. Toen hij er niet in slaagde en Karl door zijn huwelijk partner werd in zijn bedrijf, werd hij door zijn schoonvader slechts gedoogd. Zelfs de geboorte van zijn kleindochter, Isabella, veranderde niets aan zijn negatieve houding. Integendeel, naarmate Isabella ouder werd, deed zijn schoonvader er op een subtiele manier alles aan om haar van haar vader te vervreemden.

Over de avond van het tragische ongeval vertelde hij dat hij en Maria-Christina laaiende ruzie hadden. Zoals dat wel vaker gebeurde, zouden ze naar een feestje gaan bij vrienden van zijn schoonvader. Karl wilde thuisblijven, er weer geen nacht van zuipen en uitspattingen van maken. Hij wilde eindelijk een normaal gezinsleven leiden. Ze had hem uitgelachen, hem een zedenpreker genoemd en gezegd dat hij, als het leventje hier hem niet langer aanstond, zijn koffers kon pakken en naar België gaan. Zonder Isabella!

In de auto op weg naar de fuif was de ruzie weer opgelaaid. Hij had gezegd dat hij haar losbandige levenswijze niet langer tolereerde, gedreigd dat hij de scheiding zou aanvragen, dat er genoeg bewijzen waren van haar ontrouw, dat Isabella aan hem zou toegewezen worden en dat hij haar zou meenemen naar België!

Maria-Christina was toen hysterisch geworden. Ze had hem blind van woede met haar vuisten bewerkt. Hij had geprobeerd haar van zich af te houden, terwijl de auto slingerend over de weg scheurde. Op een bepaald moment had ze het stuur gegrepen en verloor hij de controle. De auto ging over kop, sloeg tegen de rotswand en bleef tollend liggen. Versuft en bloedend aan zijn hoofd was hij uit de auto gekropen die naar benzine begon te ruiken. Tevergeefs had hij geprobeerd zijn vrouw, die in de auto geklemd zat, uit het wrak te sleuren. Het beeld van de brandende auto waarin hij Maria-Christina gillend van helse pijn en in doodsangst had moeten achterlaten, zou hij nooit vergeten.

Een laatste oproep voor een passagier die zich zo snel mogelijk naar een gate moest begeven, verdreef de donkere gedachte aan dat telefoongesprek. Het was tijd om met het verleden te breken, waren zijn woorden geweest.

Ellen zat vol twijfels of zij daartoe zelf in staat zou zijn. Haar echtscheiding had diepe sporen bij haar achtergelaten en ze had haar zoon meegesleurd in deze traumatische ervaring. Tom zei er nooit iets over, maar ze wist dat hij het er soms nog moeilijk mee had. Vooral omdat ze zo weinig tijd vrij kon maken voor hem. Zo stelde ze zich meer dan eens de vraag of ze nog wel een goede moeder voor hem was.

Karl had haar getroost en zij hem. Samen hadden ze gelachen om hun verloren illusies. Aan de telefoon met elkaar praten, elkaar hun geheimen toevertrouwen, hun ziel voor elkaar blootleggen, was vrijblijvend en er waren geen risico's aan verbonden. De gesprekken leken ook zo gemakkelijk te gaan, als vanzelfsprekend. De afstand die hen van elkaar scheidde, was een veiligheid die er hen toe aanzette meer over zichzelf te vertellen dan ze aanvankelijk van plan waren.

Ellen besefte dat de veilige afstand tussen hen beiden slonk met de minuut. Over iets meer dan een halfuur zouden ze oog in oog staan. Zou de zielsverwantheid die ze bij elkaar meenden ontdekt te hebben, geen plaats maken voor gêne of schaamte?

Ellen zag zich in de reflectie van het raam zitten. Een jonge vrouw die uiterlijk alle troeven in handen had om een man te veroveren. Tegen haar gewoonte in had ze haar naakte lichaam de laatste dagen herhaaldelijk voor de grote spiegel van haar slaapkamer aan onderzoekende blikken onderworpen. Sinds de breuk met Marc, die haar met striemende woorden had toegeschreeuwd dat zij om een man te boeien meer nodig had dan haar intelligentie en haar carrièregedoe, had ze elke confrontatie met haar naaktheid in de spiegel gemeden en haar lichamelijke verlangens genegeerd. Ze had na een tijd ook geen behoefte meer aan seks gevoeld. Tot plotseling Karl in haar leven was komen opdagen. Het was begonnen met seksueel getinte dromen, maar na een tijdje betrapte ze zich zelfs in het midden van de dag op seksuele fantasieën.

De laatste week was er een ongedurig gevoel van verlangen geweest. Haar hele lichaam had ze op de komende ontmoeting voorbereid. Haar hartstocht aangewakkerd met bodycrème, massage en mooi ondergoed. Ze was klaar om door Karl verleid te worden.

Maar in hoeverre was Karl er klaar voor? Was hij wel bereid om zich aan een relatie te wagen na zijn ervaringen met Maria-Christina? En hoe moest het dan verder? Hij was partner in het bedrijf van zijn schoonvader. Zijn dochtertje zou ooit dat bedrijf erven en zou dus in Spanje moeten opgroeien. Of niet?

Ze voelde zich met de minuut onzekerder en rustelozer worden. Haar handen trilden en voor het eerst sinds lang had ze er spijt van dat ze niet meer rookte. Ze wilde het liefst opstaan en weglopen. Karl vergeten.

Ze had er nooit mogen in toestemmen dat hij van Spanje overvloog om elkaar tijdens een intiem weekend in Brussel beter te leren kennen. De gezochte intimiteit van de suite leek nu geforceerd. Wat als het fout ging? Marc had haar meer dan eens duidelijk gemaakt dat ze niet in staat was een man lichamelijk te boeien. Dit weekend was gedoemd om een ramp te worden.

Karl had met opzet geen bagage meegenomen om er aan de band niet op te hoeven wachten. Uit vrees voor terroristische aanslagen waren de controles echter verscherpt en bij de uitgang stond een lange rij mensen aan te schuiven om door te lopen.

Het oponthoud gaf hem de tijd om zich af te vragen of hij niet beter het excuus van een zakenreis had gebruikt om Ellen te ontmoeten dan direct een vaste afspraak met haar te maken. Een toevallig weerzien zou minder officieel geweest zijn. Nu waren haar verwachtingen waarschijnlijk zo hoog gespannen dat hij geen ruimte meer had om zich eventueel, zonder gezichtsverlies, uit het avontuur terug te trekken.

Waarom was hij tijdens hun telefoongesprekken ook zo

openhartig geweest? Om haar medelijden op te wekken? Om haar ervan te overtuigen wat voor een goede echtgenoot hij was geweest? En een liefhebbende vader voor zijn opgroeiende dochter? De telefoon had het hem wel gemakkelijk gemaakt om zich van zijn beste zijde te laten zien. Aan romantische ontboezemingen had het hem ook niet ontbroken.

Ze hadden ook uren gekletst over hun vak. Met haar kon hij er als gelijke over praten. Een deugddoende ervaring na alle subtiel betoonde minachting van zijn schoonvader. Hij kon niet wachten om haar in Spanje enkele projecten te laten zien die hij mee verwezenlijkt had. Het enthousiasme voor zijn werk met haar delen. In de avondzon samen op het strand wandelen. Samen in een restaurantje gaan eten terwijl een zigeunerorkest speelde tot de nacht over de haven viel. Naakt zwemmen in het verlichte zwembad. Luisteren naar de krekels in de zwoele avondlucht.

Wat kwam hij in dit druilerige Brussel zoeken? Hij bleef het antwoord schuldig. Of was het omdat hij geen dag langer kon wachten om haar terug te zien?

Terwijl zijn paspoort en zijn handbagage werden gecontroleerd, probeerde hij telkens wanneer de klapdeuren opengingen om een passagier door te laten, een glimp van haar op te vangen. Zonder resultaat. Misschien stond ze iets verderop, in de met touwen afgebakende zone.

Toen hij eindelijk op zijn beurt door de klapdeur mocht, was er nergens een spoor van Ellen te bekennen. Moest hij nu opgelucht of teleurgesteld zijn? Hij kon zich wel voor het hoofd slaan dat hij zich in deze hele affaire gedragen had als een puber. Had hij nu werkelijk gedacht dat zij hem zou staan opwachten? Zij was er niet klaar voor en hij evenmin. Punt uit. Het beste zou zijn dat hij met het eerstvolgende vliegtuig terugging.

Terwijl hij doelloos rondliep in de aankomsthal, overwoog hij de mogelijkheid dat ze in het drukke verkeer op de autosnelweg was opgehouden. Hij zou haar nog een uur respijt geven om te komen opdagen. Of was het eerder hijzelf die uitstel van executie vroeg? Hij ging intussen een kop koffie drinken in de open koffieshop waar hij de uitgang in de gaten kon houden. Toen hij langs een bloemenstandje kwam, prees hij zich gelukkig dat hij geen bloemen had gekocht. Hij zou daar mooi gestaan hebben.

'Karl!'

Hij had bloemen moeten kopen.

Met toenemende ergernis moest Grietje de resem klachten aanhoren die Koen tijdens de wekelijkse bespreking op kantoor over haar werk had. Ze had hem al een paar keer nijdig willen onderbreken, maar Ellen gaf haar telkens weer een teken dat ze haar beurt moest afwachten. Zo had hij opmerkingen over het late verdelen van de post, ook over het feit dat zij het gebouw van Cefab op zaterdag had bezocht zonder hem daarin te kennen. Hij durfde zelfs te beweren dat zij haar administratieve werk verwaarloosde en niet alle brieven en telefoons doorgaf. Intussen had ze wel het kookpunt bereikt. Toen Koen eindelijk klaar was met zijn klachten en beschuldigingen, wilde ze direct in de tegenaanval gaan en hem eens flink de waarheid zeggen. Alweer beduidde Ellen haar te wachten.

'Moment, Grietje. Ik wil eerst zelf iets zeggen.'

Grietje keek haar boos aan, maar ze wilde Koen niet het plezier gunnen dat hij het als een overwinning zou beschouwen. Ze knikte daarom glimlachend Ellen toe, al voelde het meer als een grijns dan een glimlach.

'Myriam en ik hebben al een tijdje in de gaten dat het tussen jullie beiden niet goed gaat. Wij zijn niet blind.'

Zowel Koen als Grietje wilden haar onderbreken, maar Ellen maakte duidelijk dat ze geen tegenspraak duldde.

'Grietje, je werkt reeds lang genoeg bij ons om te weten dat we je vertrouwen. Je probeert nu zelf je weg in de makelaardij te vinden en daardoor loop je enige achterstand op in je administratieve taken. Begrijp ons niet verkeerd, we nemen je dat niet kwalijk. Je weet dat we je steunen in je verzuchtingen het ooit tot makelaar te schoppen. Koen heeft nochtans gelijk wanneer hij onze aandacht vestigt op het feit dat het administratieve werk eronder lijdt. We moeten allemaal samen naar een oplossing zoeken voor dit probleem.'

'Maar...'

De blik van Ellen was vriendelijk doch legde haar dwingend het zwijgen op.

'We zijn, althans voorlopig, een klein kantoor. Als we toelaten dat hier mensen aan het werk zijn die niet met elkaar kunnen opschieten, brengt dat niet alleen een goede onderlinge samenwerking in het gedrang, maar is dat ook voor onze klanten nadelig. Bovendien gaan de resultaten eronder lijden en al onze inspanningen om de zaak uit te breiden kunnen erdoor tenietgedaan worden. Ik heb daarom met Myriam besproken hoe we dat probleem gaan aanpakken.'

Grietje voelde zich door haar twee vriendinnen in de steek gelaten. Hoe durfden ze achter haar rug over haar zogenaamde fouten te oordelen en er conclusies uit te trekken! Ze was altijd loyaal geweest. Er was geen enkele reden waarom ze er niet vooraf eerlijk met haar over hadden kunnen praten. Ze zou hen wel gezegd hebben wat ze van Koen dacht. Waren ze soms blind?

Grietje was door haar bedenkingen even afgeleid en dwong zich te luisteren naar wat Ellen voorts te zeggen had.

'... in geen geval willen we bij een welles nietes discussie betrokken worden. Zelf zijn we tevreden over jullie werk. De problemen zijn er volgens ons enkel en alleen door een gebrek aan teamspirit. Het is bijgevolg aan jullie om het op te lossen. Daarom stellen we voor dat jullie gedurende een veertiental dagen al het werk samen doen. De administratie, de makelaardij én zelfs het koffiezetten en opruimen van de keuken. Kortom, alles. Wanneer jullie een tijdje op die manier heel nauw moeten samenwerken, krijgen jullie de gelegenheid foutjes en tekortkomingen met elkaar te bespreken en bij te leggen en zo weer op een constructieve wijze met elkaar om te gaan.'

Grietje zag dat Koen met zichtbare ontzetting naar Ellen keek. Hier had hij niet op gerekend, dat was duidelijk. Zij vond het voorstel ook geen prettig vooruitzicht, maar plots begreep ze dat Ellen haar met deze maatregel eigenlijk wilde beschermen. Wanneer zij en Koen in hun bijzijn het gloeiend oneens zouden zijn, werden Ellen en Myriam gedwongen het voor een van de twee partijen op te nemen. Wat eventueel tot ontslag van Koen of tot haar ontslag zou kunnen leiden. Het was beter dat zij en Koen het onder elkaar uitvochten. Ze glimlachte dankbaar naar Ellen.

'Ik zie dat je het begrepen hebt, Grietje. Dergelijke conflicten leiden alleen tot ernstige problemen wanneer we er te veel belang aan hechten. We weten dat het de laatste tijd hectisch is geweest en wij zijn niet altijd aanspreekbaar geweest. Maar jullie moeten leren samenwerken of zelf daaruit conclusies trekken. Gaan jullie akkoord?'

Grietje knikte. Ze zou die kerel wel kleinkrijgen, dacht ze. Ze merkte dat Koen even aarzelde en toen met perfect gespeelde jovialiteit toestemde.

De verdere werkverdeling werd besproken. Grietje greep haar kans. Ze had een idee dat haar het hele weekend niet had losgelaten.

'Mag ik iets vragen, Ellen?'

'Natuurlijk.'

'Zaterdag ben ik in het gebouw van Cefab ook een kijkje gaan nemen in de kelders, zoals je gevraagd had. Het viel al bij al mee. De rondslingerende rommel bleef beperkt. Maar er is daar een groot lokaal met stromend water en elektriciteit dat niet gebruikt wordt.'

'Dat heb ik gezien op het plan, ja. Uit ervaring weet ik dat een dergelijke ruimte meestal door de bewoners als rommelhok gebruikt wordt.'

'Het staat helemaal leeg. En daar gaat mijn vraag over. Een van de problemen in het gebouw is dat de huurders geen contact hebben met elkaar. Het gevolg is dat ze ook geen begrip kunnen opbrengen voor elkaar. Ze hebben nergens respect voor en verwaarlozen de algemene ruimtes zoals de trapzalen en de gangen.'

Koen kreeg het op zijn heupen.

'Zeur niet, Grietje. Kom ter zake. Ik heb verschillende afspraken.'

'Laat Grietje uitspreken, Koen. Trouwens, je mag geen afspraken maken op maandagvoormiddag. Dat weet je. Dan vergaderen we en zijn er doorgaans veel telefoontjes.'

Grietje keek Myriam even dankbaar aan en vervolgde met wat meer moed.

'Kunnen we aan Cefab niet voorstellen om in die kelder een wasruimte in te richten? Enkele wasmachines en een droogkast zouden volstaan.'

'Waarom zou Cefab daartoe bereid zijn? Zij zijn geen liefdadigheidsinstelling, maar een investeringsfonds. Voor hen moet elke investering geld opbrengen.'

'Dit zal geld opbrengen. Ten eerste betalen de mensen voor die wasbeurten door betaling met muntstukken, zoals in een wasserette. Ten tweede leren de bewoners elkaar kennen en zullen ze zich daardoor niet meer zo asociaal gedragen. Het gebouw wordt daarom beter onderhouden en huurders blijven er langer wonen. Allemaal positieve effecten.'

'Door een paar stomme wasmachines? Belachelijk! Trouwens, iedereen heeft zelf een wasmachine.'

'Nee, Koen. In de meeste van die studio's en appartementjes is er geen plaats voor. Ik heb wat rondgevraagd en iedereen die ik erover sprak, reageerde enthousiast op het idee. Sommigen zouden zelfs bereid zijn iets meer huur te betalen voor het extra comfort.'

'Je hebt toch wel duidelijk laten voelen dat het alleen maar een idee van je was? Of Cefab een dergelijke investering wil doen, is lang niet zeker', merkte een ongeruste Myriam op.

'Natuurlijk. Ik ben heel voorzichtig geweest.'

'Luister toch niet naar die onzin. Het is de dood van die oude sukkel die haar nog steeds dwarszit. Dat is alles. Makelaars zijn geen maatschappelijk werkers. Neem dat nu eens van me aan.'

'Rustig maar, Koen. Ik denk toch dat er iets voor het voorstel van Grietje te zeggen valt. Soms ga ik zelf naar een wasserette. Het gaat er daar vaak sympathiek aan toe. De mensen helpen elkaar en na een tijdje ontmoet je ook steeds dezelfde mensen. Uiteindelijk weet je zowat alles over hen.' Myriam wendde zich tot Grietje. 'Je idee is niet slecht. Maar ik betwijfel of Cefab erop in zal gaan. Want op één gebied heeft Koen gelijk. Het gaat hen geld kosten.'

'Mag ik het niet eens laten berekenen? Misschien valt het mee.'

'Weet je hoe je daarvoor te werk moet gaan?' vroeg Ellen.

'Dat zoek ik wel uit. Als ik mag tenminste.'

'Doe maar, dat kan nooit kwaad. Eerlijk gezegd, de dood van mijnheer Boon heeft me ook aangegrepen. Die arme man moet erg eenzaam geweest zijn. Indien wij iets kunnen doen aan de eenzaamheid van sommige bewoners, mogen we dat niet laten. We zijn makelaars, maar ook mensen met een hart. Vraag dus offertes en dan zien we verder. Pols ook de huurders met een briefje met antwoordstrook. Zo weten we of er inderdaad belangstelling voor is. Laat je briefje eerst door mij of Myriam lezen, het mag zeker geen belofte inhouden. Ik wil geen herrie met Cefab.'

Grietje was tevreden. Deze slag had ze alvast thuisgehaald. Ze deed dit werk elke dag liever! En Ellen en Myriam waren schatten van vrouwen. Ze zou zich door die etter van een Koen niet laten wegpesten. Al kon ze zich niet meteen iets ergers voorstellen dan de volgende weken met hem te moeten samenwerken.

'Ik vind het verschrikkelijk dat ik je op het werk niet mag bellen. Besef je wel hoe lang een dag duurt voor iemand die werkloos is?'

'Niet echt, nee.' Myriam moest op haar tanden bijten. Ruud had er geen flauw benul van hoe moeilijk het was om er op een maandag zomaar vandoor te gaan. 'Heb je dan niet genoeg om handen? Je moet zo snel mogelijk al je relaties contacteren. Hoe langer je wacht, hoe moeilijker het wordt hulp te krijgen om een geschikte baan te vinden.'

'Indien ik ooit nog een baan vind.'

'Toe, Ruud, schat. Niet zo pessimistisch. Je bent er nu tenminste zeker van dat je niet wordt betrokken bij het schandaal rond het sterfgeval van mevrouw Van Dam. Dat zou pas een ramp geweest zijn.'

'Het heeft me wel mijn carrière gekost.'

'Maar ons bij elkaar gebracht.'

Hij zuchtte glimlachend en nam haar hand in de zijne. 'Je hebt gelijk. Ik ben ondankbaar. Trek me maar eens flink aan de oren als ik te veel ga zeuren.'

Ze zag dat hij wanhopig zijn best deed om uit zijn negatieve stemming te komen. Arme Ruud. Hij had het heel moeilijk met zijn ontslag. Als jonge student al had hij ervan gedroomd zijn vader op te volgen, die een prachtige carrière had opgebouwd bij de Amsterdamse Bouwbank. Nu lag zijn droom aan scherven. Het ergste van al was dat hij er zelf geen schuld aan had.

Het zou wellicht even duren voor hij een andere baan in overweging zou willen nemen. Eerst moest deze pijn een beetje slijten. Toch moedigde ze hem aan al rond te kijken, want als hij de hele dag alleen thuis zat te kniezen, zou hij binnen de kortste tijd depressief worden.

'Wanneer ga je het Ellen over ons zeggen? Of durf je het niet?'

'Maar nee. Ik wacht nog even.'

'Waarom? Ik vind dat geheimzinnige gedoe niet leuk. We lijken wel een stel tieners. Ze is jouw vriendin en mij kent ze al jaren. Bovendien heb ik geen connecties meer met Amsterdam. Wat is dus het probleem?'

'Ik wil Ellen nog wat ontzien. De dood van haar moeder is hard aangekomen. En die gekke zus van haar doet er alles aan om het nog erger te maken. Elk contact met haar brengt bij Ellen spanningen teweeg. Gelukkig is er veel werk, dat leidt haar af.'

'Ja, daar zijn jullie keien in. Werken en de rest vergeten. We hebben amper de tijd om elkaar te zien.'

'Dat lijkt alleen maar zo omdat je...'

Ze stopte net op tijd. Of net te laat misschien, want het gezicht van Ruud liet het niet mis verstaan.

'Omdat ik tijd zat heb, nu ik werkloos ben. Duw het mes nog maar dieper in wond. Bedankt, hoor!'

'Laten we geen ruzie maken. Het komt allemaal weer goed. Je bent nog maar net een week thuis. Probeer eerst wat tot rust te komen.'

Hij antwoordde niet en zat als een nukkig kind naar zijn bord te kijken.

'We hebben het toch goed met elkaar?'

'Natuurlijk. Dat mankeerde er nog aan.'

'Waar maak je je dan druk over? Samen raken we er wel doorheen. Binnenkort vertellen we het aan Ellen, beloofd. We nodigen haar uit en we verrassen haar. Misschien kan ze je zelfs helpen. Haar vader heeft heel wat connecties.'

Ruud ging meteen rechtop zitten. Zijn gezicht klaarde op.

'Daar had ik nog niet aan gedacht. Woonde hij niet in Luxemburg? Hij kan me misschien bij een van de banken daar introduceren. Ik heb mijnheer De Ridder van bij onze kennismaking een prachtmens gevonden.'

'Spiegel je dus aan hem. Blijf rustig en doe alles wat je kunt om je carrière weer op het goede spoor te krijgen. Uiteindelijk is het belangrijkste dat we elkaar gevonden hebben. Voor mij toch.'

'Voor mij ook, liefste. Sorry dat ik onze afspraak alweer verknoei door mijn gezeur.'

'Je kunt het nog goedmaken!' zei ze, terwijl ze langzaam met haar voet langs zijn been streek.

Op slag viel alle ellende van zijn schouders. Hij stond op en wachtte niet tot de ober bij hun tafel kwam om af te rekenen, maar ging er zelf naartoe. Myriam had er plezier in. Mannen kun je toch zo vlug verleiden.

Toen Ruud terugkwam en ongeduldig klaarstond om haar jas aan te reiken, voelde ze zich een beetje beschaamd omdat ze een te lange middagpauze nam. Maar haar liefde voor Ruud ging nu voor.

Door de idiote beslissing van Ellen dat hij en Grietje, om zo te zeggen als een Siamese tweeling, gedwongen waren alles samen te doen, had Koen het plan om John als dief te laten oppakken moeten uitstellen. Hij kon immers niet uit het kantoor weg zonder dat Grietje overal met hem meeging. Hij liep er slecht-gehumeurd bij en was onvriendelijk tegen haar, zonder echter zo ver te gaan dat ze erover bij Myriam of Ellen kon gaan klagen. Om haar te pesten, gaf hij haar zo weinig mogelijk uitleg over het makelen. Dat kon haar blijkbaar niet schelen, want haar enthousiasme voor het werk nam zelfs toe.

Elke minuut van deze week leek een eeuwigheid te duren en hij ergerde zich iedere dag meer. Het toppunt was dat ze, ondanks zijn tegenwerking, succes had bij de klanten. Nadat hij in het begin enkele ogenblikken met hen gepraat had, lieten ze hem staan en wendden ze zich om onverklaarbare redenen tot Grietje. Om dood te vallen!

Bovendien vertrouwden ze haar de meest persoonlijke din-gen toe die ze anders waarschijnlijk nooit aan iemand zouden vertellen. Niet dat het interessante dingen waren, soms ronduit vervelend om naar te luisteren. Maar die trut slaagde er zelfs in uit die stomme verhalen gegevens te halen waaruit ze kon aflei-den welk pand uit hun aanbod de klant het best zou bevallen. Nadat ze dan een bezichtiging had georganiseerd, had ze tot zijn niet geringe verbazing al vaak op deze onwaarschijnlijke manier een verkoop afgesloten. Zij, de beginner die er nog niets van kende.

Naderhand op kantoor zorgde hij natuurlijk voor de afhan-deling van de verkoop, maar het was duidelijk dat de klanten niet hem doch Grietje als hun makelaar beschouwden. Tot overmaat van ramp was haar succes Ellen en Myriam natuurlijk niet ontgaan. Indien ze nog lang als team zouden moeten samen-werken, zou zijn reputatie als verkoper een serieuze deuk krij-gen. Hij kon zich niet veroorloven dat die trut hem in verkoop-cijfers klopte. Hij moest, hoe dan ook, aan deze verplichte samenwerking zo snel mogelijk een einde maken.

Helaas vonden Ellen en Myriam dat het systeem goed functioneerde. Ze waren zelfs zo tevreden over de stijgende verkooppresultaten dat ze op de volgende werkvergadering besloten hem en Grietje nog een tijd als team te laten doorgaan. Hij kon zich met veel moeite net voldoende beheersen om zijn machteloze woede niet te laten merken. Er bleef hem niets anders over dan er zelf voor te zorgen dat de samenwerking definitief stopgezet werd. Van nu af aan zou hij haar op alle mogelijke manieren proberen te ontmoedigen.

Hij begon met de banden van haar wagentje met een schroevendraaier te bewerken. Toen Grietje 's avonds na een lange dagtaak haar auto met vier platte banden aantrof, was ze de wanhoop nabij. Ben Jr. moest afgehaald worden bij de onthaalmoeder en haar man Ben had de nacht en zou haar niet kunnen helpen.

Hij had zich zitten verkneukelen. Tot het moment dat Ellen hem gevraagd had of hij Grietje wilde helpen. Hij had een uur lang in de gietende regen de banden van haar auto moeten afhalen, was vervolgens helemaal naar een bandencentrale gereden om nieuwe banden en had ze daarna gemonteerd! Toen hij de sleutels bij Grietje ging afgeven, was hij bekaf en vuil van top tot teen. Om te rotten! Deze stunt zou hij niet zo vlug herhalen.

Hij had zich dood gepiekerd om iets te bedenken waarmee hij Ellen en Myriam ervan kon overtuigen om Grietje terug als gewone administratieve kracht te laten werken. Of haar uit het bedrijf te laten verwijderen. Maar vermits de vrouwen ook vriendinnen waren, leek het hem onbegonnen werk een poging in die richting te ondernemen.

Op een avond zag hij tijdens een reality soap hoe een jonge vrouw, na een late afspraak voor haar werk, verkracht en in elkaar getimmerd werd op een verlaten parkeerplaats en daarna maanden niet meer durfde buiten te komen. Tot verkrachting zou hij het niet laten komen, dat had hij er niet voor over. Maar als hij haar de daver op het lijf zou kunnen jagen, verloor ze misschien alle interesse voor het makelen.

Vanaf dat ogenblik liet het plan hem niet meer los. Hij moest eerst zorgen voor een geschikte gelegenheid en voor een sluitend alibi. Hij had geen zin om voor die stomme geit een paar jaar de gevangenis in te gaan. Als ze eenmaal uitgeschakeld was, zou hij zich eindelijk met de vermeende diefstal van John kunnen bezighouden. Tijdens het schandaal dat ongetwijfeld ging losbarsten, zou hij door zijn valse verklaringen en door het verspreiden van geruchten, de reputatie van Company 21 ondermijnen en onherstelbare schade toebrengen.

Daarna kon hij naar Spanje of Tenerife uitwijken. Ginder kon een makelaar altijd aan de slag. Met zijn door De Deyne goed aangedikte spaarpotje, zou hij er zelfs een eigen kantoor kunnen beginnen.

'Als we zo verdergaan, kun je beter een privé-vliegtuig kopen.'

Ellen nestelde zich behaaglijk in de holte van zijn arm. Zij en Karl waren van Zaventem onmiddellijk naar het centrum van Brussel gereden, waar Ellen opnieuw een hotelkamer had gereserveerd waarvan ze het bed zojuist aan een wilde test hadden onderworpen.

'Als we zo verdergaan,' herhaalde hij, 'krijg jij me niet meer weg uit België. Ik kan je niet vertellen hoe saai de dagen zijn zonder jou. Wanneer ga je er met Tom over spreken? Dan kan ik zo goed als elk weekend overvliegen. Isabella brengt toch meestal de weekends bij haar vriendinnetjes door.'

'Als ik het Tom durf te vertellen, weet binnen de kortste tijd iedereen het. Daarom houd ik het voorlopig nog geheim.'

'Ben je beschaamd over onze relatie?'

'Natuurlijk niet. Maar alles verandert wanneer we ermee naar buiten komen. We zullen met de anderen rekening moeten houden. Tom, mijn vader, mijn zus. Zelfs op de zaak zal het gevolgen hebben.'

'Je moet je privé-leven en je zaak van elkaar gescheiden houden.'

Niet zo eenvoudig, dacht Ellen. Zowel Grietje als Myriam

waren meer dan collega's. Wat als ze haar relatie met Karl afkeurden?

'Hoe zal Isabella trouwens reageren?'

'Geen idee. Ik krijg wel eens te horen dat ik een droogstoppel ben geworden. Dat ik wat meer plezier moet maken in het leven.'

'En is het eindelijk zover? Weet je weer waarvoor dit alles dient?'

Hij duwde lachend haar hand weg. 'Daar heb jij vast niet over te klagen. Je lijkt wel uitgehongerd! Te lang op dieet gestaan?'

'Dat klopt. En zelfs zo lang dat ik bang was om weer aan seks te beginnen. Ik voelde me onzeker, bang dat ik frigide was geworden.'

'Jij, frigide? Ik wist niet wat me overkwam. Je overtrof mijn geilste dromen.'

Ellen grinnikte en nestelde zich dichter tegen hem aan. Ze had nooit gedacht dat ze ooit nog zo ongeremd van seks zou genieten.

Terwijl ze bevredigd in zijn armen lag, overvielen haar toch weer de zorgen die ze zich over de firma maakte. 'Waar lig je aan te denken?'

'Aan het werk.'

'Stomme vraag natuurlijk. Ben je niet beschaamd? Eerst put je mij uit tot ik erbij neerval en daarna lig je naast me aan je werk te denken. Net of ik niet meer besta. Richt je aandacht op belangrijker zaken, Ellen De Ridder. Hier luidt de klok.'

Giechelend als een schoolmeisje dat voor het eerst een erectietoestand ziet, gaf ze zijn penis de volle aandacht. Van die spielerei kwam meer, tot ze allebei uitgeput in een diepe slaap vielen.

Toen ze wakker werden, begon het al donker te worden. Terwijl ze zich klaarmaakten om te gaan dineren, overlegden ze wat ze die avond gingen doen.

'Als we thuis waren, bij jou of bij mij in Spanje, zou ik er een rustige avond van maken. Wat lezen, wat muziek maken. Of een mooie film. Met mijn hoofd in je schoot en dan maar genieten.'

'Dat kunnen we hier toch ook doen?'

'Een hotelsuite, hoe luxueus ook, heeft niets huiselijks. Ik verlang naar huiselijkheid. Waarschijnlijk omdat ik het met Maria-Christina nooit heb gekend. Er was altijd wel een of andere reden om ergens iets te gaan vieren.'

'Bij mij was het net andersom. Marc was niet veel thuis 's avonds. Sportclubs, vrienden, cafébezoek. Andere vrouwen. Ik zat meestal alleen thuis, met Tom natuurlijk. Maar die lag al vroeg in zijn bed.'

'En wat deed je dan?'

'Werken. Of wat televisie kijken. Een boek lezen. Naar muziek luisteren. Mozart, Rachmaninov, zelfs Beethoven wanneer ik erg somber was.'

Karl had de indruk dat Ellen in het verleden begon af te dwalen. Hij wou niet dat hun avond erdoor werd vergald.

'Ik heb een schitterend idee. Waarom kom jij niet naar Spanje volgende week?'

'Je bent gek. En Isabella? Je schoonvader?'

'We kunnen naar een hotel gaan in het binnenland. Een suite nemen met woon- en slaapkamer. Ik ken een aantal ongelooflijke adressen. Ik heb meer in hotels geleefd de laatste jaren dan mij lief is.'

'Wat moet ik zeggen tegen Tom?'

'Dat je er een weekendje tussenuit moet. Stress.'

Ze dacht er even over na. Het zou natuurlijk fantastisch zijn. Samen zijn onder de Spaanse zon. Genieten van elkaar. Maar nee, het was nog te vroeg.

'We hebben nog tijd. Ik wil voorlopig hier in België blijven.'

'Als je maar weet dat hotelweekends als deze niet meer genoeg zijn om mijn verlangen naar jou te bevredigen.'

'Mijn verlangen naar jou evenmin. Toch is het meer dan ik ooit had durven te hopen.'

Hij nam haar in zijn armen en kuste haar zachtjes. 'Ik zweer dat ik je gelukkig zal maken, Ellen. Vertrouw op mij.'

Ze had een moeilijke week achter de rug en had het gevoel dat ze er in alles alleen voor stond. Myriam had weer de hele week een passieve indruk gemaakt. Ze had haar uitgenodigd om samen iets te gaan eten en bij te praten, maar Myriam beweerde geen tijd te hebben. Op zich niet erg natuurlijk, maar ze had het gevoel dat Myriam iets voor haar verborg. Wat was er met haar toch aan de hand?

De spanningen tussen Koen en Grietje waren ook nog niet afgenomen. Integendeel! Koen had, tijdens de vergadering van maandag, bijna geëist dat de verplichte samenwerking onmiddellijk beëindigd werd. Ellen had gezegd dat ze er niet aan dacht en dat hij, als het hem niet aanstond, kon gaan. Koen had eerst wat tegengepruttteld om ten slotte toch in te binden. Tot die twee niet meer zanikten over het samenwerken, zou ze hen als een team laten functioneren.

Daarenboven had ze tijdens een van haar bezoeken aan de fabriek in Geel ondervonden dat de toestand daar explosief was geworden. De arbeiders hadden lucht gekregen van de sluitingsplannen en toen ze samen met de eigenaar, die haar een rondleiding gaf, door de fabriekshallen liep, was ze door een aantal heetgebakerde arbeiders op vijandig protest onthaald. Het zou haar niet verwonderen als er een van de volgende dagen een wilde staking uitbrak. In de streek waren al veel werkplaatsen verloren gegaan. De sluiting van dit bedrijf en de overplaatsing ervan naar een lagelonenland zou de spreekwoordelijke druppel kunnen zijn.

De rest van de week was het hollen van de ene afspraak naar de andere. Toch was niet alles kommer en kwel. Cefab had besloten om op het voorstel van Grietje in te gaan. Grietje was natuurlijk in de wolken en ze was al volop bezig de hele wasmachinetoestand te organiseren. Ellen had er een goed gevoel bij. Binnenkort zou de proeftijd van het Cefab-dossier afgelopen zijn en ze had de indruk dat Company 21 het volledige beheerdossier in handen zou krijgen. Pas daarna zou ze aan personeelsuitbreiding kunnen denken, met verhuizen naar een groter kantoorgebouw als logisch gevolg. Met vijf of meer man personeel in dienst, was het huidige kantoor te klein.

Indien haar relatie met Karl verder gunstig zou evolueren, was het ook interessant dat de kantoorruimte vrijkwam. Isabella kon er haar slaapkamer hebben en Karl kon er beschikken over een privé-ruimte die hij naar eigen goeddunken zou kunnen inrichten. Ze hoopte erop dat, als ze zouden besluiten om samen te gaan wonen, Karl uiteindelijk voor België zou kiezen. Ze had geen zin om in Spanje in de buurt van die dominante schoonvader te gaan wonen. Aangezien hij Karl de dood van zijn dochter verweet, zou haar aanwezigheid waarschijnlijk een doorn in het oog zijn voor hem.

Een lang weekend in Spanje, daar keek ze wel naar uit. Ze wilde ook dat deel van het leven van Karl leren kennen, al zou ze ginder met de herinnering aan zijn overleden vrouw geconfronteerd worden. De gedachte aan een onvermijdelijke kennismaking met zijn schoonvader en Isabella maakte haar nu al zenuwachtig.

Wat was het toch gecompliceerd om op haar leeftijd aan een nieuwe relatie te beginnen. Als je jong was, volgde je gewoon je hart en je seksuele verlangens. Nu woog ze voortdurend allerlei dingen tegen elkaar af. Soms was ze bang dat ze niet verliefd genoeg was, omdat ze alles zo koel beredeneerde. Ze hoefde echter maar even aan Karl te denken om beter te weten. Voor het eerst sinds haar scheiding had ze het zalige gevoel dat ze aan het begin stond van een nieuwe toekomst.

Toen vrijdagavond haar vader geheel onverwachts aanbelde, moest Ellen even van haar verbazing bekomen. Ze hadden onlangs nog telefonisch contact met elkaar gehad, maar het was al een hele tijd geleden dat ze elkaar nog gezien hadden. Ze viel haar vader blij om de hals. Ook Tom kon zijn blijdschap niet op en trots vertelde hij zijn opa over zijn uitstekende schoolrapport. Ze vergat er zowaar Karl bij. Toen Robert echter vroeg of hij kon blijven slapen, prees ze zich gelukkig dat ze niets voor het weekend met Karl had afgesproken.

'Hij doet het blijkbaar goed op school.'

Robert bladerde door de agenda van Tom. Ellen had Tom eindelijk naar bed gekregen en zij en haar vader dronken samen nog een slaapmutsje.

'Hij gaat er graag naar school. Ze hebben zich gespecialiseerd in informatica en hij is daar echt door bezeten. Als je soms plannen voor hem hebt in jouw branche, papa, vergeet het maar. Hij wil ingenieur informatica worden en daarna naar de Verenigde Staten. Sillicon Valley is voor hem zoiets als het aards paradijs.'

'Dat heeft hij dan van geen vreemden. Hoor je trouwens nog iets van Marc?'

'Natuurlijk. We hebben contact telkens wanneer Tom bij hem op weekend gaat. Maar dat contact blijft erg oppervlakkig. Marc heeft het ook druk. Hij heeft nu een heel belangrijke managementfunctie. Ze hebben blijkbaar een of andere doorbraak ontwikkeld in informaticasystemen die gebruikt worden voor televisie-opnames en uitzendingen. Volgens de verhalen van Tom moet het iets sensationeels zijn en maakt het bedrijf veel kans weldra tot de toptien van de informaticawereld te behoren.'

'Goed voor Marc.'

'Misschien.'

Verrast keek Robert haar aan.

'Ik heb er mijn twijfels over. Volgens mij is zijn baas corrupt, onbetrouwbaar en heeft hij verdachte connecties. Kortom, een soort gangster. Ik heb George destijds vaak ontmoet op feestjes waar ik met Marc naartoe moest. Hij gaf mij steeds rillingen als ik hem zag. Marc is erg afhankelijk van hem en ik hoop dat hij niet betrokken wordt bij dubieuze deals. Je weet hoe het er in het wereldje van de informatica aan toegaat.'

'Je bedoelt zoals destijds hier met Lernout en Hauspie?'

Ze knikte. Eigenlijk had ze geen bewijzen om in dergelijke termen over de zaak van George te praten. Dat je een decadent seksleven leidde, wilde nog niet zeggen dat je een slechte zakenman was. Maar instinctief voelde ze aan dat er uit die hoek niet veel goeds te verwachten viel.

'In ieder geval is het jouw probleem niet meer.'

'Hij is nog altijd de vader van Tom. Marc zal dus een deel blijven uitmaken van mijn leven. Zelfs een scheiding snijdt dat soort van band niet volledig door.'

'Dat doet alleen de dood.'

Ellen keek verschrikt haar vader aan. Maar hij glimlachte haar geruststellend toe.

'Heb je het er nog steeds zo moeilijk mee, kind?'

'Jij niet dan?'

'Ik mis mama elke dag. Niet alleen omdat ik van haar hield, maar ook omdat ik pas nu besef hoeveel dagelijkse beslommeringen en problemen ze van mij verwijderd hield en hoe haar zorgzame toewijding mij het leven aangenaam maakte. Maar ik heb haar overlijden aanvaard. Ik mag de hemel danken dat ze een plotse dood is gestorven en dat een lange lijdensweg haar is bespaard gebleven.'

'Je bedoelt, indien we de machines niet hadden laten stopzetten?'

'Het was een moeilijke beslissing. Zit je er zelf nog mee?'

'Nee. Waar ik wel mee zit, is dat ik niet echt afscheid van haar heb kunnen nemen. We hadden zoveel meningsverschillen, zoveel conflicten. Ik had het graag allemaal goedgemaakt.'

'Ze was je moeder, ze begreep dat. Je weet toch zelf dat moederliefde alle conflicten overstijgt.'

Ze keek haar vader dankbaar aan. Hij had gelijk. Zij zou Tom nooit minder graag zien, al deed hij verschrikkelijke dingen.

'Toch had ik haar graag nog één enkele keer gezegd dat ik van haar hield. Soms ben ik bang dat ze daaraan twijfelde.'

'Maar nee. Ze begreep je niet altijd, net zoals ze sommige dingen van mij moeilijk kon aanvaarden of begrijpen. Maar ze hield van ons en wist dat wij van haar hielden. Daar ben ik voor tweehonderd procent zeker van.'

Ellen zuchtte. Kon ze de zekerheid van haar vader maar met hem delen. Toch had het haar deugd gedaan erover te kunnen praten.

'Zie je Lieve wel eens?'

'Zelden, papa. Telkens wanneer ik extra moeite doe om naar Hasselt te gaan, maakt ze ruzie met me.'

'En kom jij verdrietig thuis.'

Ellen knikte.

'Laat haar niet los, Ellen. Lieve heeft jouw karaktersterkte niet. Ze ontvlucht haar problemen door anderen de schuld te geven. Ik vrees dat zij door de hel zal moeten gaan voor ze het zelf zal inzien.'

'Kun jij niets voor haar doen?'

'Materieel wel. Hoeveel ze ook van me houdt, en ik heb daar niet de minste twijfel over, ze zal altijd blijven denken dat ik niet genoeg van haar houd. Dat doet pijn, maar ik heb ermee leren leven. Ergens zijn wij als ouders de fout ingegaan. Jij en Lieve waren ook zo verschillend. En omdat we elk een dochtertje hadden dat een van ons als toevlucht, als veilige haven koos, hebben we nooit beseft dat onze houding een breuk tussen jullie beiden zou veroorzaken. En tussen elk van jullie en de persoon bij wie ze geen toevlucht zocht. Ik heb er spijt van. Ik kan er, helaas, niets meer aan veranderen. Je moeder besefte het ook op het laatste, denk ik, maar zij zag evenmin een oplossing.'

'Ik zal Lieve niet opgeven, dat beloof ik je. Of ik haar kan helpen, dat is twijfelachtig.'

'Die tijd komt nog wel.'

Het werd even stil. Een stilte van verstandhouding, van bezinning en wederzijds begrip.

'Vertel eens, papa, hoe is het met dat voorstel uit Brussel? Heb je daar nog iets aan gedaan?'

Robert kuchte nerveus alsof hij door deze vraag een beetje uit zijn lood was geslagen.

'Je laat deze kans toch niet voorbijgaan? Je praatte er zo enthousiast over voor je vertrok naar Rome.'

'Ik heb gesprekken gehad met de eerste minister en met enkele andere verantwoordelijken van het project. Het is inderdaad een prachtig aanbod.'

'Dus je doet het!'

Vanaf het ogenblik dat hij het enthousiasme van zijn oudste dochter zag, wist Robert plots duidelijk dat hij het moest doen. Ellen zou hem steunen. En Lieve, die zou zich erbij moeten neerleggen.

'Ja. Ik ga het aannemen.'

'Proficiat! Ongelooflijk! Wat jammer dat ik er met niemand over mag praten. Mijn papa die de grondwet even gaat aanpassen!'

'Laat dat "even" er maar af. Het is een project dat een paar jaar in beslag zal nemen. Een mooier einde van mijn carrière als jurist had ik me niet kunnen voorstellen.'

'En daarna ga je terug naar je geliefde Rome. En dan kom ik elk jaar bij jou voor een lange vakantie.'

'Afgesproken.'

'Ga je in Brussel wonen?'

'Dat lijkt me het meest praktisch.'

'Uiteraard. Ik mag er niet aan denken dat jij elke dag je leven riskeert op de Belgische wegen.'

'Bedankt voor het vertrouwen in mijn chauffeurskunst.'

'Zo bedoel ik het niet, dat weet je best. Heb je al iets op het oog of moet ik je helpen zoeken? Ik ken een aantal collega-makelaars in Brussel.'

'Nee. Mijn contactpersoon in Brussel zorgt voor een woning die bij de baan hoort. De dag waarop mijn opdracht is afgelopen, zal ik beslissen waar ik mij definitief ga vestigen.'

'Als je hulp nodig hebt met de verhuizing en de inrichting van je huis, laat het me dan weten. Beloofd?'

'Ja. Wat ik nu zou willen vragen is dat jullie allemaal nog één keer naar Luxemburg komen. Jij en Lieve kunnen dan allebei enkele memento's kiezen van wat toch lang jullie ouderlijk huis is geweest. En me helpen bij het opruimen van mama's garderobe. Ik weet daar niet goed raad mee.'

'Laat het maar aan ons over.'

'De verhuizing zelf wordt door mijn contactpersoon geregeld. Ik hoef me er niet veel van aan te trekken. Vanaf volgende week zal ik trouwens meestal in Brussel blijven. Voorlopig nog op hotel.'

Vandaag of morgen kom ik papa tegen als ik daar met Karl ben, dacht Ellen verschrikt. En vanuit Brussel zal hij ook gemakkelijker naar Antwerpen kunnen komen. Haar appartement was dus ook niet meer veilig voor hun afspraken. De onverwachte komst van haar vader vanavond was daarvan een duidelijk bewijs. Lang zou ze haar relatie niet meer geheim kunnen houden.

Grietje was blij dat de week er bijna op zat. De hele dag had ze samen met Koen de administratie bijgewerkt en natuurlijk was het grootste deel ervan op haar schouders terechtgekomen. Ze hoopte dat Ellen het nu welletjes vond en dat ze vanaf maandag alleen aan de slag kon zonder die vervelende Koen. Toch was vanavond hun samenwerking nuttig geweest. Ze was voor de eerste keer meegegaan naar een vergadering van syndicusbeheer. Myriam had moeten afzeggen en Ellen had onverwacht bezoek gekregen van haar vader. Zij en Koen mochten Company 21 vertegenwoordigen. Het betrof een klein gebouw dat prima in orde was en de bewoners, allemaal eigenaars, gaven blijk van een goede onderlinge verstandhouding. Een uitzondering, had Ellen haar vooraf gezegd. Daarom bleef Company 21 het gebouwtje beheren hoewel het werk dat je er als syndicus moest voor doen, niet in verhouding stond tot de minieme opbrengst.

De vergadering was vlot verlopen. De meeste eigenaars waren reeds vertrokken en Koen was nog in gesprek met iemand die geïnteresseerd was in een van de appartementen in Kontich. Ze wilde nu echt wel naar huis. Het vele werk van de laatste twee weken begon door te wegen. Bovendien had Ben Jr. vorige nacht onrustig geslapen. Maar het weekend kwam eraan en ze ging eens lekker uitrusten.

Koen was eindelijk klaar en kwam terug naar de tafel waar ze ongeduldig op hem zat te wachten.

'Grietje? Ben jij hier nog?'

'Natuurlijk. Ik ben toch in je auto met je meegekomen.'

'Dan is er blijkbaar een misverstand. Ik ga niet terug naar Kontich. Ik moet naar vrienden in Sint-Niklaas, helemaal de andere kant op. Weet je wat? Neem de tram naar het centrum en dan de bus naar Kontich. Ik moet me haasten, ik ben al te laat.'

Nog voor ze van haar verbouwereerdheid bekomen was, was hij al weg. Even dacht ze eraan een taxi te bellen. Maar per taxi van Linkeroever naar Kontich zou een dure grap worden. Er zat dus niets anders op dan de raad van Koen te volgen.

Toen ze meer dan een uur later in Kontich van de bus stapte, had ze nog een hele wandeling voor de boeg tot bij het gebouw waar ze nu al bijna drie jaar een appartement huurden. De laatste tijd sprak Ben over de aankoop van een eigen woning. Maar zij zag dat niet zo meteen zitten. Een huis bracht meer onderhoud met zich mee. Wanneer zou ze daar in godsnaam tijd voor vinden? Zeker wanneer ze binnenkort aan de makelaarscursus zou beginnen.

Ze wandelde stevig door in de schaars verlichte omgeving van het gebouw. Rondom lag een park met een vijver en een eilandje er midden in. Het was prachtig zo vlakbij een beetje natuur te hebben, maar het was er wel erg donker.

Gewoonlijk trok ze zich daar niet veel van aan, maar eigenaardig genoeg was ze er vanavond niet gerust op. De vermoeidheid waarschijnlijk. Of was het haar zesde zintuig? In ieder geval hield ze haar sleutelbos wat steviger in haar hand. Als ze ermee uithaalde, zou een eventuele belager wel terugschrikken.

Haar verbeelding speelde haar weer parten, dacht ze. Belachelijk gewoon. Het einde van het donkere stuk kwam dichterbij, en ze begon zich al wat meer op haar gemak te voelen. Bijna thuis. Hopelijk sliep haar Ben nog niet. Ze had behoefte aan een dikke knuffel.

De slag kwam totaal onverwachts. Het leek of haar hoofd in twee stukken barstte. Ze was langs achter aangevallen en viel voorover. In een poging om haar val te breken, liet ze haar tas en sleutels vallen en kwam op haar handen terecht. De stekende pijn in haar polsen ging door haar hele lichaam. Nog voor ze de kans kreeg recht te komen, kreeg ze een stamp in haar zij die haar de adem afsneed. Ze wilde om hulp schreeuwen, maar ze kreeg geen lucht. Haar belager bleef haar maar stampen. Ze probeerde zich zo klein mogelijk te maken terwijl ze haar handen krampachtig voor haar gezicht hield. Ze mocht niet met een gehavend en bloedend gezicht thuiskomen en de kleine Ben doen schrikken.

Het stampen hield maar niet op, de pijn bereikte een ongekende intensiteit. Toen verloor ze het bewustzijn.

'Waarom ben je niet gaan slapen?'

'Ik kan begrijpen dat je niet wou dat ik meeging naar het ziekenhuis, maar je kunt niet van mij verwachten dat ik rustig ging slapen.'

Natuurlijk had ze dat van hem niet verwacht. Ze was alleen in de war en moe.

'Wat is er juist gebeurd?'

'Ze is volgens de politie vakkundig in elkaar getrapt. Gekneusde ribben, een polsbreuk en een hersenschudding.'

'Was ze bij bewustzijn?'

'Ja. En onwaarschijnlijk kalm. Ze vertelde me dat ze even ervoor al wist dat er iets ging gebeuren. Haar zesde zintuig, weet je.' Grietje zou haar altijd blijven verbazen.

'Heeft de politie een spoor?'

'Nog niet. Eerst werd gedacht dat het om verkrachting ging, maar dat is gelukkig niet het geval. Ze is zelfs niet bestolen. Waarschijnlijk was de rammeling voor iemand anders bedoeld. Een afrekening misschien.'

'En zelf heeft ze niemand gezien?'

'Nee. De klap op haar achterhoofd werd met een dik stuk hout toegebracht. De politie heeft het later teruggevonden. Er zat bloed op. Meer hebben ze voorlopig niet.'

'Dan vrees ik dat ze het nooit zullen achterhalen.'

'Ik snap het niet. Waarom Grietje? Het was waarschijnlijk voor iemand anders bedoeld, maar waarom zij? Het arme kind heeft al eens een traumatische ervaring meegemaakt. Waarom moet uitgerekend zij hiervan het slachtoffer worden?'

'Rustig, Ellen. Grietje is sterker dan je denkt. Ze redt het wel.'

'Koen had haar nooit alleen naar huis mogen laten gaan.'

'Hoe kwam dat trouwens?'

'Ze zegt dat ze veronderstelde dat hij na de vergadering terug naar Kontich zou rijden en dat ze met hem mee terug kon. Maar hij had een afspraak met vrienden in Sint-Niklaas, dus de andere kant uit. En wat dan nog, met de auto had het hem niet meer dan een halfuurtje gekost! Niet erg collegiaal van Koen. Ik hoop dat het niet is omdat ze niet goed met elkaar kunnen opschieten.'

'Is dat zo?'

Ellen knikte. Ze hield aan de hele toestand een vervelend gevoel over. Indien zij Koen en Grietje niet verplicht hadden gedurende een paar weken dag in dag uit samen te werken, had Koen haar misschien wel naar huis gebracht. Nu was de verhouding tussen hen geforceerd.

'We hebben geprobeerd er iets aan te doen door ze meer te laten samenwerken.'

'En?'

'Het leek beter te gaan. Myriam en ik waren zelfs van plan hen vanaf volgende week weer elk hun eigen taak te laten doen. En nu is Grietje voor een tijd uitgeschakeld. Hoe ik dat moet oplossen, weet ik niet. We zijn nu al onderbemand.'

'Bel een interimkantoor.'

'Dat zal ik maandag doen, ja. En de verzekering contacteren. Aangezien ze rechtstreeks van de vergadering kwam, was ze op weg van haar werk naar huis. Dit valt dus onder onze ongevallenverzekering.'

'Laat het nu maar rusten. Drink iets en dan naar bed. Neem een cognacje of zo, voorschrift van de dokter!'

Toen ze wat later in bed lag, een beetje soezerig van de stevige cognac die haar vader voor haar had uitgeschonken, vroeg ze zich af of ze er wel goed aan gedaan had Koen in dienst te nemen. Ze had over zijn prestaties wel niet te klagen, toch bleven ze onder het verwachte peil. En dan zijn gedrag. Tegenover haar en Myriam gedroeg hij zich onberispelijk, niets op aan te merken. Het gebrek aan collegialiteit tegenover Grietje wierp echter een heel ander licht op hem. Welke man met zin voor verantwoordelijkheid liet een jonge vrouw van begin twintig op dat late uur alleen naar huis gaan? Hij wist toch dat het in die buurt donker en eenzaam was.

Robert had er bij Ellen sterk op aangedrongen dat ze met hem meeging om met Lieve af te spreken wanneer ze een laatste keer samen een weekend in Luxemburg konden doorbrengen.

Ze was blij dat ze was meegekomen. Robert had hen op een etentje getrakteerd. De sfeer was best gezellig en ze vond het eigenlijk jammer dat Tom, die voor een kort weekend naar Marc was vertrokken, er niet bij was. Lieve leek zich zelfs een beetje te ontspannen. Wie weet hoe lang het geleden was dat ze nog eens op restaurant was geweest. Dirk, die zich in het bijzijn van Robert nooit erg op zijn gemak voelde, was blij dat hij na het dessert met de kleintjes naar de speelruimte kon ontsnappen. Nu konden ze rustig praten en iets afspreken.

'Weet je al iets over die aanstelling, papa?' vroeg Lieve zodra de kinderen van tafel waren.

'Daarover wilde ik het, onder andere, met jullie hebben. Na lang beraad heb ik besloten de aanstelling te aanvaarden.'

'Dus toch!' Haar goede humeur was op slag verdwenen.

Ellen zag onmiddellijk dat het fout zou gaan. Lieve was van plan zich heftig tegen de plannen van papa te verzetten.

'Zo'n kans mag papa toch niet laten liggen', begon ze, maar Robert hield haar tegen.

'Laat mij, Ellen. Ik heb het er met jou gisterenavond al over gehad. Ik wil nu aan Lieve vertellen waarom het zo belangrijk voor me is.'

Naarmate hij uitleg verschafte, zag Ellen de ergernis van Lieve toenemen. Hoorde ze dan niet met hoeveel liefde hij over zijn vak sprak! Nee, wat ze hoorde was dat hij in Brussel ging wonen en dat het huis in Luxemburg werd leeggemaakt. En daaruit concludeerde ze dat elke herinnering aan mama onherroepelijk in de prullenmand zou belanden.

'Daarom hoop ik dat we vandaag een weekend kunnen afspreken dat we allemaal samen in Luxemburg doorbrengen. Daarna pas wil ik de verhuisfirma laten komen', beëindigde hij zijn uiteenzetting.

'Je bent mama vlug vergeten.'

'Ik zal haar nooit vergeten, Lieve. Ze leeft verder in mijn hart.'

'Wie gaat er in Brussel voor je zorgen?'

'Ik zorg momenteel voor mezelf in Luxemburg. Waarom zou ik dat niet in Brussel kunnen doen?'

'Je moet zelfs nog een geschikte woning zoeken!'

'Daar hoef ik me niks van aan te trekken. Daar wordt allemaal voor gezorgd.'

'Wat ga je doen met de kleren van mama? Op de vuilnisbelt gooien misschien?'

'Wanneer we samen in Luxemburg zijn, zullen we dat rustig bespreken.'

'Je wilt de periode met haar afsluiten!'

Ze raakt over haar toeren, dacht Ellen. Als haar vader niet ingreep, kwam er hysterisch gedoe van.

'Ik wil alleen maar vermijden dat vreemden haar spullen opruimen. Het is jullie taak. Enkel en alleen die van jullie. Begrepen? Wanneer spreken we een weekend af?'

Zijn kordate aanpak leek Lieve wat te kalmeren. Ze griende nog wat, maar riep er toch Dirk bij, die ook in het weekend in shifts werkte. Toen hij een voor hem vrij weekend opgaf, zag Ellen in haar agenda dat ze juist dat weekend met Karl had afgesproken. Ze kon onmogelijk zeggen dat het haar niet schikte, want ofwel zou Lieve haar weer het verwijt maken dat ze nooit tijd voor haar familie had, ofwel zou ze haar relatie bekend moeten maken.

Ellen kon niet anders dan meegaan, toen Lieve papa na het restaurantbezoek vroeg om nog even mee naar haar thuis te komen.

Lieve bracht de tweeling naar bed voor hun middagdutje en Dirk vertrok met de twee oudsten om een wandeling te maken. Gek hoe hij steeds opnieuw zijn schoonvader probeerde te ontlopen. Ellen vond het eigenlijk wel grappig, omdat het veel zei over het ontzag dat haar vader inboezemde. Hij zou die autoriteit in zijn nieuwe functie goed kunnen gebruiken, dacht ze trots.

'Wat willen jullie drinken?' Lieve ging naar de kast en haalde de fles sherry tevoorschijn.

Ellen en Robert bekeken elkaar. Ze hadden in het restaurant een fles wijn besteld, waarvan Lieve meer dan haar deel had gedronken.

'Papa wil nog wel koffie, is het niet, papa?'

'Laat hem zelf kiezen, Ellen.' Ze wendde zich tot haar vader. 'Ik heb ook whisky en cognac.' Ze keek Ellen uitdagend aan. 'Als jij koffie wilt, ga hem dan maar zetten. Je vindt de weg wel in de keuken, ook al kom je hier niet vaak.'

'Jij koffie, papa?'

'Doe geen moeite, dank je, kind. Ik heb echt niets meer nodig.'

Lieve haalde haar schouders op en schonk een boordevol glas sherry in. De fles zette ze ostentatief naast zich op het salontafeltje.

Er viel een onbehaaglijke stilte.

'Weet je al iets over de mensen met wie je gaat samenwerken in Brussel?'

'Ik mag zelf mijn team samenstellen.'

'Dat zal wel een hele aanpassing worden. In Luxemburg had je een goed gestructureerd team.'

'Wees gerust Lieve, ik zal kunnen rekenen op een team van experts. De eerste contacten zijn reeds gelegd met senator Reinhilde Deconinck, die voor de regering als tussenpersoon zal fungeren. Zij hoopt er vurig op dat ik de aanstelling zal aanvaarden en is uiterst hulpvaardig.'

'Dat zal wel.' Lieve dronk haar glas zo goed als leeg en schonk direct weer bij.

'Wat bedoel je met "dat zal wel"?'

Ellen had onmiddellijk spijt van haar woorden, want daardoor gaf ze Lieve de kans om erop door te gaan.

'Ik bedoel dat papa zich duidelijk laat charmeren door deze vrouw. Dat hij mama al lang vergeten is en dat hij daarom zo graag naar Brussel gaat.'

'Hoe durf je!' Ellen sprong op. 'Je hebt niet het recht om zo over papa te spreken.'

'Iemand van ons moet de herinnering aan mama levend houden, vermits jullie dat blijkbaar niet meer nodig vinden.'

Weer dronk Lieve in één teug haar glas leeg. Ellen keek vragend om hulp naar haar vader. Door de onzin die zijn jongste dochter uitkraamde, bleef hij echter even sprakeloos.

'Je hebt genoeg gedronken. Geef die fles hier!'

Ellen wilde ze grijpen, maar Lieve was vlugger. Ze hield de fles sherry stevig tegen zich aan gedrukt.

'Ik drink zoveel ik wil en wanneer ik wil! Jij hebt mij geen bevelen te geven. Ik ben in mijn eigen huis!'

Nog voor Ellen iets kon doen om haar tegen te houden, stormde ze de kamer uit. Even later hoorden ze de deur van de slaapkamer met een klap dichtslaan.

Ellen liet zich moedeloos op een stoel zakken.

'Nu zie je het zelf eens, papa. Zo kan het echt niet verder. Lieve heeft een serieus drankprobleem.'

Eindelijk kwam Robert zijn ontsteltenis te boven.

'Zo veel heeft ze in het restaurant toch niet gedronken?'

'Maar wat had ze ervoor al binnen? Ik ben er zeker van dat ze regelmatig de hele dag door drinkt. En het is al een hele tijd bezig. Mama maakte zich daar ook al zorgen over.'

'Ze heeft er nooit over gesproken. Wat zegt Dirk ervan?'

Ellen haalde haar schouders op. 'Dirk zegt niets. Je kent hem toch. Dirk kan niet tegen haar op en laat haar begaan.'

'Dan zullen wij moeten ingrijpen. Of liever, ik zal ingrijpen.'

'Met alle respect, papa, maar het is beter dat jij je er buiten houdt. Je hebt zelf gehoord wat ze denkt over je nieuwe functie. Ze zou je goede raad momenteel niet accepteren, vrees ik. En Dirk is nog altijd bang van je.'

'Wil jij het dan doen voor me, Ellen? Praat met Dirk.'

'Dat heb ik al gedaan. Maar hij heeft geen greep meer op Lieve. Lieve legt de schuld van haar drinken immers bij hem. Omdat ze geldzorgen hebben en hij geen enkele baan lang kan volhouden. Maar ik zal proberen met Lieve te praten. Niet alleen omdat jij het me vraagt, maar omdat ik het mama beloofd heb.'

'Probeer haar zover te krijgen dat ze een ontwenningskuur wil volgen, of hulp zoekt. Ik betaal alle kosten. We moeten aan de kinderen denken, zo kan het immers niet verder.'

Toen Koen maandagochtend op kantoor kwam, kreeg hij er van Myriam flink van langs. Ze verweet hem zijn gebrek aan collegialiteit en zijn egocentrische houding. Indien Grietje er het leven bij gelaten zou hebben, had hij haar dood op zijn geweten gehad. Koen vond echter dat hij correct gehandeld had. Grietje had hem nooit gevraagd haar na de vergadering terug te brengen naar Kontich. Voor hem betekende het een grote omweg, omdat hij een afspraak had met vrienden. Trouwens, Company 21 deelde in de verantwoordelijkheid voor wat er gebeurd was, of niet soms? Je moest een kantoorhulp niet de baan op sturen. Normaal dat daar problemen van kwamen. Ze konden hem dus niets verwijten.

Toen de administratieve medewerkster die het interimkantoor gezonden had, zich aanmeldde, maakte Ellen onmiddellijk een einde aan de discussie.

Dat Koen Company 21 verantwoordelijk stelde voor de feiten, vond ze een onterechte beschuldiging. Grietje wilde opgeleid worden tot makelaar en had geen bezwaren tegen afspraken buiten de kantooruren.

Nochtans werd daarmee haar geweten niet gesust. Integendeel, wanneer ze er goed over nadacht, had hij misschien wel gelijk. Waarom was ze zelf niet naar die vergadering gegaan? Nam Karl te veel van haar aandacht en tijd in beslag?

En dan was er Myriam. Misschien was zij ook niet helemaal vrij te pleiten. Waarom was zij niet met Koen naar die vergadering gegaan? Hoe had dit kunnen gebeuren? Ze hadden er zich beiden al te gemakkelijk van afgemaakt, besefte ze nu. Ze moesten in de toekomst dergelijke situaties voorkomen. Grietje was jong en onervaren. Ze hadden niet het recht om van haar enthousiaste medewerking misbruik te maken. Stel je voor dat het fataal was afgelopen.

Tot haar grote opluchting belde Grietje tijdens de voormiddag dat ze zich al wat beter voelde. Ze maakte zelfs een grapje dat ze er echt niet uitzag om op kantoor klanten te woord te staan, maar het klonk wat geforceerd. Toen Ellen haar vroeg of ze dan helemaal geen idee had wie haar overvaller kon zijn, aarzelde ze net iets te lang. Dan maakte ze er zich van af met te zeggen dat het te donker was en dat alles te snel was gegaan.

Ellen had de indruk dat Grietje meer wist. Ze zou de afspraken van Koen voor de verkoop in het gebouw in Kontich overnemen, dan kon ze Grietje, die daar woonde, telkens een bezoekje brengen tijdens de werkuren. Want dat ze de eerste weken niet veel vrije tijd zou hebben, dat stond vast. Zeker nu papa haar ook nog gevraagd had Lieve te helpen. Dat betekende een of meer bezoeken in Hasselt. Die zou ze moeten doen vóór het weekend in Luxemburg. En hoe ze dat weekend dan weer moest aankaarten met Karl, daar had ze zelfs nog niet over durven na te denken.

Haar hele leven liep weer eens goed in de war. Hoe kon ze er in godsnaam ooit in slagen om iedereen tevreden te stellen?

8

'Mevrouw De Ridder! Dat doet me plezier. Het is alweer een tijdje geleden dat u nog hier bent geweest.'

'Ja. En ik heb er geen excuus voor. Hoe gaat het ermee, John?'

'Redelijk goed. Wat wil je, hoe zwaar het soms ook is, een mens moet verder.'

Het verlies van Treeske had diepe sporen nagelaten in het verweerde gezicht van John. Ook haar vader was door het overlijden van zijn vrouw getekend. Ze besefte nu dat ze ook allebei ongeveer even oud waren. Hoewel een vergelijking niet mogelijk was, hadden beiden één ding gemeen: hun vaderlijke warmte en bezorgdheid. Misschien was het daarom dat Tom zo goed met John kon opschieten.

'Bedankt voor de opvang van Tom. Ik hoor hem nooit klagen dat ik hem te veel alleen laat wanneer hij naar jou kan komen. Hij helpt je graag.'

'Ik zou hem missen als hij niet meer kwam. Maar ik wil zijn hulp bij mijn werk in het gebouw zoveel mogelijk beperkt houden. Anders gaat VDB weer zeuren over de verzekering.'

'Laat VDB maar zeuren. Dat doet hij al drie jaar. Het enige wat hij ermee heeft bereikt, is dat de meeste eigenaars een omweg maken als ze hem zien aankomen.'

'Hij heeft zijn trouwe aanhangers, onderschat hem niet.'

Ellen merkte aan zijn aarzelende houding dat hem iets dwarszat.

'Wat is er nog verder, John?'

'Ik hoor links en rechts dat, wanneer het contract met jullie is afgelopen, de bewoners het beheer aan een andere firma willen geven.'

'Onzin! Dat kunnen ze alleen maar met meerderheid van stemmen. De Nederlandse Bouwbank is voorlopig nog de belangrijkste eigenaar en die stemt voor ons. Momenteel kunnen ze ons dus niets maken. Het is wel zo dat het moeilijker wordt wanneer al de huurappartementen eenmaal verkocht zullen zijn.'

'Tegen die tijd ben ik allang gepensioneerd en mag VDB zijn gebouw hebben. Ik ga dan rustig zitten vissen in de vijver en kijken hoe anderen het werk doen.'

'Stop er maar niet te vlug mee, John. Het is voor mij een veilig gevoel te weten dat hier iemand is die onze belangen verdedigt.'

'Daar mag u op rekenen. Treeske zou zich omdraaien in haar graf als ik u in de steek zou laten.'

'En Tom zou zich geen raad weten zonder jou. Je ziet het, John, we hebben elkaar echt nog wel een tijdje nodig.'

'Jammer van VDB. Hij vergalt veel van mijn plezier in mijn werk.'

'Wat haalt hij nu weer uit?'

'Ik kan nergens in het gebouw aan het werk zijn of ik zie hem rondsluipen.'

'Rondsluipen nog wel! Spelen jullie cowboy en indiaantje misschien?"

'Lach er maar mee. Die vent is iets van plan, ik weet het zeker! Hij is er al een hele tijd mee bezig. Voor het overige houdt hij zich opmerkelijk kalm.'

'Eindelijk eens positief nieuws! Hij laat je rustig je werk doen zonder voortdurend met zijn traditionele klachtenlijst te komen aandraven.'

'Ja. Maar hij bekokstooft iets.'

Ellen schudde glimlachend haar hoofd. John zou nooit begrijpen dat VDB altijd het kleine, zielige ambtenaartje zou blijven, dat met zijn spaarcentjes een appartement had gekocht en nu zijn belangen als eigenaar verdedigde. Een zeurderig mannetje dat zich altijd tekortgedaan zou voelen.

'Zolang jij je werk goed doet, heeft hij niets te vertellen. Ik hoor trouwens van veel mensen hier dat ze je werk appreciëren.'

'Ik doe ook allerlei klussen voor hen. Nu Treeske er niet meer is, heb ik toch tijd genoeg.'

Je kon geen drie minuten met John praten of zijn overleden vrouw kwam ter sprake, dacht Ellen. Maar ze moest voortmaken. Grietje verwachtte haar en voor sluitingstijd wilde ze terug op kantoor zijn.

'Ik zie je straks misschien nog. Grietje verwacht me. Heb jij niets gehoord? Zijn er soms mensen uit de buurt die ruzie hebben met onze bewoners bijvoorbeeld? De doorgang via het parkje wordt bijna uitsluitend door hen gebruikt. Als die rammeling niet voor Grietje bedoeld was, zoals de politie denkt, kan ze goed voor iemand anders in het gebouw bestemd zijn geweest.'

'Voor zover ik weet, is er niets speciaals aan de hand. Ik snap ook niets van die agressieve aanval. Wie doet nu zoiets? In de toekomst zal ik dat parkje een beetje in de gaten houden. De kerel die Grietje afgerammeld heeft, kan beter niet in mijn handen te vallen. Ik maak gehakt van hem.'

Ellen twijfelde er niet aan dat John ertoe in staat zou zijn.

'Wees toch maar voorzichtig. Je weet nooit of dergelijke kerels niet gewapend zijn. Ik wil niet nog meer gekwetsten. Beloofd?'

'Oké. Doe de groetjes aan Tom, ik verwacht hem woensdag.'

'Die afspraak zal hij zeker niet missen.'

Ze gaf hem een kus op de wang. Er was zoveel gebeurd sinds ze John in dienst genomen had dat hij een vriend was geworden. Hijzelf beschouwde zich steeds een ondergeschikte op wie Ellen altijd zou kunnen rekenen.

Wat Grietje overkomen was, bleef hopelijk een eenmalig incident. Buiten een kort bericht in de krant was er gelukkig geen ruchtbaarheid aan gegeven. Op het ogenblik dat de meeste huurappartementen stilaan in de verkoop kwamen, kon Company 21 slechte publiciteit missen als kiespijn. Ze hadden die drie jaar het beheerswerk moedig volgehouden, ondanks alle moeilijkheden en tegenkantingen. Het zou erg zijn als het gebouw, dat eindelijk weer geld ging opbrengen, juist nu een slechte reputatie zou krijgen.

Tot haar grote opluchting eiste Ben Jr. het eerste kwartier van haar bezoek alle aandacht van zijn meter op. Toen ze binnenkwam, was ze geschrokken hoe Grietje eruitzag en het had haar moeite gekost om haar ontzetting niet te laten blijken. Ze had zich dan ook zoveel mogelijk met haar petekind beziggehouden.

Hoewel haar gezicht geen sporen van geweld vertoonde, had Grietje diepblauwe, bijna zwarte kringen onder haar ogen. Ze was ook vermagerd en bewoog zich door de ingebonden ribben uiterst moeizaam. Haar benen waren helemaal verkleurd, met hier en daar pijnlijk uitziende zwellingen die wezen op inwendige bloeduitstortingen. De pijn moest verschrikkelijk zijn en een aanval met zoveel agressie een uitermate traumatische ervaring.

Nadat Ben Jr. in zijn bedje lag voor zijn middagdutje, verplichtte Ellen Grietje te gaan liggen en ging zelf in de keuken voor koffie zorgen. Toen ze terugkwam, lag Grietje te huilen.

'Gaat het niet, heb je te veel pijn? Moet ik de dokter roepen?'

Grietje antwoordde niet en draaide zich moeizaam weg om haar tranen te verbergen.

'Toe Grietje, je hoeft niet beschaamd te zijn. We hebben samen veel erger meegemaakt dan dit. Er is niets dat wij voor elkaar moeten verbergen. Wil je erover praten?'

Grietje knikte bevestigend, maar kon haar tranen niet de baas.

'Huil maar eens goed uit. Het is normaal dat je met al die opgekropte emoties geen raad weet.'

Een poosje later ging het wat beter en kon er een flauw glimlachje af.

'Het lijkt erop of ik talent heb om in onmogelijke situaties verzeild te raken, vind je ook niet?'

'Je bedoelt: eerst die gijzeling drie jaar geleden en nu dit?'

Grietje knikte heftig en keek zo angstig dat Ellen begreep dat ze zich daarover zorgen maakte. Kort nadat ze Grietje had leren kennen, waren ze samen betrokken geraakt bij een gijzeling in het gebouw waar Grietje nu nog woonde. Toen de politie er een gesignaleerde gangster wilde arresteren, bevonden ze zich bij toeval net op dat moment in dezelfde gang. Ze werden door de gangster gegijzeld en enkele dagen vastgehouden. Het was een vreselijke ervaring geweest waaraan ze ternauwernood ontsnapt waren. Slechts door de koelbloedigheid van Ellen en haar gedetailleerde kennis van het gebouw, hadden zij en de hoog-zwangere Grietje de gijzeling overleefd. De gangster en zijn vriendin waren bij de bevrijding omgekomen. Blijkbaar had de aanranding van vorige week bij Grietje het oude trauma weer opgeroepen.

'Er is geen enkel verband tussen deze twee zaken. Volgens de politie heb je trouwens heel verstandig gehandeld door je niet met alle middelen te verweren. Het had je belager nog meer opgehitst. Hoe is het je in godsnaam gelukt je gezicht te beschermen?'

'Ik weet ook niet waar ik de kracht vandaan heb gehaald. Mijn gezicht beschermen was het enige waar ik me tot op het laatste ogenblik van bewust ben geweest. Ik mocht die smeerlap niet het plezier gunnen me voor mijn hele verdere leven te tekenen. Ik deed het ook voor Ben Jr. Ik wou niet dat hij bang van mij zou zijn.'

'In jouw plaats was ik niet zo moedig geweest.'

'Jij? Ik ken niemand die moediger is, en ik kan het weten.'

'Je mag het verleden niet opnieuw oprakelen. Het kan het voor jou alleen maar erger maken. Nogmaals Grietje, er is geen verband tussen deze twee zaken. Dat weet je zelf toch ook.'

'Ik kan het niet helpen. Waarom ik, Ellen? Die vraag laat mij niet los.'

'Waarom jij? Waarom destijds jij en ik bij die gijzeling? Omdat wij toen, en jij vorige vrijdagavond, op het juiste moment op de verkeerde plaats waren. Dat is alles. De aanval was niet persoonlijk tegen jou gericht.'

'Denk je?'

'Natuurlijk niet!' Ze zag de radeloze twijfel in de ogen van Grietje. 'Of denk jij van wel?'

Toen kwam met horten en stoten het hele verhaal eruit. De hele tijd dat haar aanvaller haar met intense haat had mishandeld, had Grietje het gevoel gehad dat ze hem kende. Was het wegens zijn lichaamsgeur of de geluiden die hij maakte terwijl hij sloeg en stampte? In ieder geval had ze het gevoel dat zij deze keer het mikpunt was geweest en niet een toevallig slachtoffer zoals bij de gijzeling.

'Nu lig ik dag en nacht te denken wie mij zo kan haten. Ik snap het niet, Ellen. Ik heb toch nooit iemand kwaad gedaan?'

'Heb je er met de politie over gesproken?'

'Nee. En ook tegen Ben heb ik niets over dat gevoel gezegd. Anders mag ik van hem nooit meer alleen de straat op. Ik denk zelfs dat ik niet meer zou mogen gaan werken.'

Die kans is groot, dacht Ellen. Na de gijzeling was Ben als een schutsengel opgetreden. Grietje had toen heel wat moeite gehad om weer over haar bewegingsvrijheid te kunnen beschikken.

'Wat was het precies dat je het gevoel gaf dat je hem kende?'

'Ik kan het niet zeggen. Ik heb me al suf gepiekerd.'

'Misschien is het de herinnering aan de agressie van die kerel tijdens onze gijzeling?' Zelfs nu, twee jaar later, kreeg Ellen zijn naam niet over haar lippen. Ze nam haar gsm uit haar handtas en begon een nummer te zoeken.

'Wat doe je?'

'Weet je nog die psycholoog die ons na de gijzeling begeleid heeft? Ik heb zijn nummer destijds bewaard in mijn gsm en nooit gewist. Waarom bel je hem niet? Zo heb je iemand aan wie je al je angsten en gevoelens kwijt kunt.'

'Denk je?'

'Als je dit trauma niet kunt verwerken en het allemaal opkropt, vreet het je kapot. Alleen door erover te praten en het terug te brengen tot een noodlottig voorval, kun je het overwinnen. Je gaat die rotzak toch niet het plezier gunnen jou klein te krijgen?'

'Je hebt gelijk. Geef me dat nummer. Ik bel hem straks wel.'

'Beloofd?'

'Erewoord. Ik snap trouwens niet dat ik zelf niet aan die psycholoog gedacht heb. Hij heeft ons toen fantastisch geholpen.'

Het idee kikkerde haar zichtbaar op en Ellen was blij dat ze vandaag toch de nodige tijd had gemaakt om langs te komen.

'Vertel eens, hoe gaat het op kantoor? Missen jullie me een beetje?'

Toen Ellen een uur later vertrok met de belofte dat Grietje, wanneer ze hersteld was, aan de slag kon als leerling-makelaar en er iemand anders zou worden aangeworven voor de administratie, keek die weer positief tegen het leven aan. Ellen had haar ook verteld over Karl. Het was niet haar bedoeling geweest, maar voor ze het wist was het eruit. Grietje reageerde enthousiast. Ze vertelde Ellen dat ze hem bij zijn eerste bezoek op kantoor onmiddellijk sympathiek had gevonden. Bovendien kon Ellen best wat avontuur en romantiek in haar leven gebruiken. Ze werkte veel te hard. Het was de hoogste tijd om eens lekker te genieten. En werd het meer dan een romance, des te beter. Werd het echter niks, wat ze Ellen niet toewenste, dan waren er nog geen potten gebroken. Terug verliefd kunnen worden, dat alleen telde! Ze had meer dan eens gevreesd dat Ellen zich zou blijven verwijten dat ze als echtgenote en vrouw gefaald had.

Haar zegen had ze dus en geheimhouding kon ze ook krijgen! Al zag ze niet in waarom Ellen het geheim wilde houden. Wie kon er bezwaar hebben tegen het feit dat zij eindelijk wat plezier in haar leven had? Niemand toch!

Ellen kreeg er nauwelijks een woord tussen.

Daarna hadden ze beiden voorpretjes toen ze zich de verbazing van Myriam en Tom bij het horen van het grote nieuws probeerden voor te stellen.

Alles verliep volgens plan. Eenmaal al de voorbereidingen achter de rug waren, was de rest kinderspel. Voor de sleutels had hij zelf gezorgd toen John hem de vorige keer toegang tot de sleutelberging had gegeven. Twee van de appartementen waarvan hij dubbels had, kwamen spijtig genoeg niet voor inbraak in aanmerking omdat er volgens VDB zo goed als altijd iemand thuis was. Maar in de andere drie kon hij gerust zijn gang gaan. De bewoners hadden vaste werkuren, ze hadden geen huisdieren en de appartementen lagen niet te dicht bij dat van John. VDB had ze wekenlang bespioneerd en zijn notities waren nauwkeurig gedetailleerd. Het was een hele geruststelling, want Koen was als de dood dat John hem zou betrappen terwijl hij met de gestolen spullen uit een van de appartementen kwam. De conciërge zou in staat zijn hem een ongeluk te kloppen.

VDB had ook al de nodige voorbereidingen getroffen om John de schuld in de schoenen te kunnen schuiven zodra de diefstallen ontdekt werden. Hij had het werkschema van John aan Koen doorgegeven en alles moest gebeuren tijdens de uren dat ze er zeker van waren dat John in het gebouw aanwezig was én niet in het gezelschap was van anderen die hem een alibi zouden kunnen geven. Daarna zou VDB er persoonlijk op toezien dat John aan het werk was en zich niet in de omgeving van zijn appartement bevond wanneer Koen de spullen daar zou verbergen.

Al was de lastercampagne die VDB met veel geduld had opgezet niet echt een succes, toch was er een aantal eigenaars die de conciërge met een andere blik ging bekijken. De tijd was dus rijp om tot actie over te gaan.

Hij hoefde nu alleen nog maar de inbraken te plegen. VDB stond op uitkijk en zou hem via zijn gsm waarschuwen als er onraad was. Niettegenstaande al deze voorzorgsmaatregelen brak Koen het angstzweet uit toen hij het eerste appartement binnentrad. Hij kreeg hartkloppingen, dacht zelfs een moment dat hij flauw zou vallen, zo benauwd had hij het. Hoe was het mogelijk dat er mensen bestonden die dit soort dingen beroepshalve uitvoerden, telkens weer opnieuw?

Hij herwon echter zijn kalmte en ging vlug aan het werk. Hoewel hij geen echt dure spullen in dit appartement aantrof, vond hij toch wat juwelen van mindere waarde en een lade met wat zilverwerk. Bij zijn vertrek liet hij de lade half openstaan zodat de diefstal gemakkelijk en vlug ontdekt zou kunnen worden.

In het tweede en derde appartement had hij meer geluk. Hij kon er een nieuwe digitale camera meepikken en een portefeuille met creditcards. Deze spullen zou John nooit kunnen verantwoorden wanneer de politie ze in zijn werkkamer vond.

Koen was de laatste weken een paar keer bij hem binnengelopen, zogezegd voor informatie over de te verkopen appartementen. Toevallig had hij in zijn werkkamer een aantal blikken dozen zien staan waar John kennelijk allerlei dingen in bewaarde om in geval van nood bewoners te kunnen depanneren. Om zich toegang te verschaffen tot het appartement van de conciërge had, Koen een kopie laten maken van de reservesleutel die op kantoor lag. Deze blikken dozen waren de ideale plaats om de gestolen spullen in achter te laten.

De rol die VDB moest spelen was eenvoudig. Zodra de diefstallen ontdekt werden, zou VDB aan de politie verklaren dat John zich de laatste tijd verdacht had gedragen. En er tevens op wijzen dat de conciërge naar believen over de sleutels van al de appartementen in de sleutelberging kon beschikken. Wanneer de politie daarna tot huiszoeking bij John zou overgaan, zou het ongetwijfeld definitief met hem afgelopen zijn.

Koen brandde van nieuwsgierigheid hoe Ellen zou reageren wanneer ze vernam dat haar protégé, aan wie ze zelfs haar zoon toevertrouwde, een ordinaire dief was. Na het aftuigen van Grietje door een onbekende belager, zou ze niet weten wat haar allemaal overkwam. Hij snapte trouwens niet dat, op dat ene korte berichtje na, de pers daar niet meer aandacht aan besteed had. Hij zou ervoor zorgen dat het deze keer anders zou verlopen. Daarom was hij van plan zelf de diefstallen anoniem aan de pers door te spelen samen met voldoende gegevens die naar Company 21 verwezen. Misschien kon hij zelfs laten doorschemeren dat John de diefstallen in opdracht van Company 21 had gepleegd. Dat zou pas voor mooi vuurwerk zorgen! Ellen en Myriam als ordinaire dievegges door de politie verhoord!

Dat zou hen leren hem te beledigen met hun flauwe gedoe over correct makelen en klantvriendelijk denken. Hoe verlangde hij ernaar de twee ook eens persoonlijk onder handen te kunnen nemen zoals hij met die mislukte 'madame Soleil' had gedaan. Wat had hij daar van genoten. Het had hem een kick gegeven en hij betrapte zich er soms op dat hij hunkerend uitkeek naar een volgende afstraffing.

Het werd de hoogste tijd dat hij zichzelf weer in de hand kreeg. De donkere kant in hem de vrije hand te geven, was blijkbaar gevaarlijk. Hij werd bang de controle te verliezen en dat het van kwaad naar erger zou gaan. Zeker indien zijn werk voor De Deyne nog lang zou aanslepen. Hoe vlugger hij naar zonniger oorden vertrok en dit idiote land met zijn enggeestige mensen achter zich liet, hoe beter.

'Gij moest u schamen, madammeke!'

Myriam deed alsof ze de arbeider die naar haar schreeuwde niet hoorde en hield al haar aandacht bij haar klanten. De man verstond het echter zo niet en verliet zijn werkplaats om dreigend voor haar te komen staan.

'Ge moet niet doen of ge ons niet ziet en hoort, stuk pretentie! Dat wij hier allemaal onze job verliezen, daar trekt gij u blijkbaar niks van aan.'

Myriam kon niet anders dan hem te antwoorden.

'Of ik dit gebouw nu verkoop of niet, zal aan de bedrijfssluiting niets veranderen.'

'Ge denkt toch niet dat wanneer die smeerlap het hier aftrapt, hij onze ontslagvergoedingen nog gaat betalen zeker! Zijt gij naïef of alleen maar onnozel?'

Gelukkig kwam iemand van het managementteam haar te hulp. De arbeider bleef nog even dreigend voor haar staan, maar droop toen af en ging terug naar zijn werkplaats.

Daarna werd ze echter overal waar ze in de fabriek langskwam op vijandigheid onthaald. Ze voelde zich niet veilig. En terecht. Zo moest ze ijlings wegspringen voor een vorkheftruck waarvan de bestuurder haar zogezegd niet had gezien. En wat later sloeg een zware metalen deur vlak voor haar neus dicht.

De klanten met wie ze de fabriek bezocht, leken helemaal niet onder de indruk van deze 'toevallige' incidentjes. Integendeel, ze waren opgetogen over de gebouwen en vroegen haar hen al de bouwplannen én de voorwaarden van de verkoop te bezorgen. Overmorgen zouden ze naar het kantoor in Kontich komen om een en ander te bespreken.

Ondanks de vijandige houding van het personeel had ze op het einde van de rondleiding alle moeite van de wereld om een gevoel van triomf te bedwingen. Deze verkoop zou genoeg commissie opbrengen om Company 21 gedurende twee jaar draaiende te houden! De feeststemming bij het verlaten van de fabriek was echter van korte duur toen ze op de parkeerplaats bij haar auto kwam. De twee achterbanden stonden plat. Woedend draaide ze zich om in de richting van de fabriek, waar achter een van de ramen een groep grijnzende arbeiders haar reactie stond gade te slaan. Haar klanten boden haar gelukkig een lift aan en een toegesnelde onderdirecteur van de fabriek beloofde plechtig dat haar auto hersteld zou thuisbezorgd worden.

Haar eerste opwelling van woede was vrij vlug bekoeld. Eigenlijk kon ze het de arbeiders niet kwalijk nemen. Ze had destijds thuis dezelfde ellende meegemaakt toen haar vader zijn baan had verloren. Hij was het collectieve ontslag in zijn bedrijf nooit te boven gekomen.

Maar kon zij het als makelaar helpen dat een goed draaiende fabriek sloot? Deze arbeiders moesten dat toch ook begrijpen. Dat de baas verkoos naar een lagelonenland uit te wijken om nog meer winsten op te strijken, daar hadden zij als makelaars niets mee te maken.

Toch raakte de hele toestand haar diep. Door wat er met haar vader destijds was gebeurd en de manier waarop hij er uiteindelijk aan ten onder was gegaan, voelde ze zich niet in staat om de hele zaak naar behoren af te handelen. Misschien kon ze aan Ellen vragen de bezichtigingen in de fabriek en de afhandeling van de verkoop van haar over te nemen. Hoewel zijzelf erop aangedrongen had dit dossier te mogen doen. Niet omdat ze het een leuk project vond, maar omdat de fabriek hun verst afgelegen project was. Zo kon ze met Ruud gaan lunchen zonder dat haar afwezigheid op kantoor opviel. Ze voelde zich daar niet langer goed bij en ze wilde er vandaag nog met Ellen over praten.

'Ik geloof het niet. Wie heeft je dat wijsgemaakt?'

'Het is geen grap, Myriam. Een van de bewoners die het altijd voor hem opnam tegen VDB heeft me gebeld. John is door de politie opgepakt en geboeid meegenomen.'

Myriam keek ontsteld naar Ellen. Niet alleen om het schokkende nieuws, maar omdat haar partner totaal van streek was.

'Ben je er zeker van dat die man niet overdreef? Je weet hoe graag de mensen dergelijke dingen uitvergroten.'

'Ik heb zelf onmiddellijk de politie gebeld. John is inderdaad in beschuldiging gesteld. Ze hebben de gestolen goederen bij hem gevonden.'

'John, een dief? Dat geloof ik niet.'

'Ik ook niet. Maar de feiten liegen er niet om. Ik heb een advocaat onder de arm genomen en hem naar het politiekantoor gestuurd. Meer kan ik momenteel niet doen.'

'Waar is er dan ingebroken? Waar zou John die dingen gestolen hebben?' Myriam kon het allemaal niet vatten.

'Dat is het juist. Er is niet ingebroken. Wel gestolen. De dief had dus de sleutels! John heeft alle sleutels en was op het moment van de diefstallen ergens in het gebouw bezig. Daarom deden ze een huiszoeking.'

'Heeft hij bekend?'

'Natuurlijk niet! Hij heeft het niet gedaan, Myriam. Daar durf ik mijn hand voor in het vuur te steken.'

'Maar...'

'Zelfs al lagen die spullen in zijn appartement, hij heeft het niet gedaan! John is zo eerlijk als goud. Hij is er ingeluisd en ik heb een vaag vermoeden wie daarin de hand heeft gehad. Alleen begrijp ik niet hoe het gebeurd is. Daarom ga ik nu ter plaatse een onderzoek instellen. Ik weet niet of ik nog terugkom voor het sluitingsuur. Ik zie je morgen wel.'

'Wacht nu toch even, Ellen. Je bent veel te veel overstuur om meteen naar Kontich te gaan.'

'Wachten! Terwijl John onschuldig wordt vastgehouden? Nooit! Kun je je voorstellen hoe hij zich nu voelt? Elke minuut is er een te veel.'

'Laat me dan meegaan.'

'Nee, jij bent hier nodig, want Koen is er ook al niet. Die heeft uitgerekend vandaag een afspraak aan de andere kant van de provincie, voor die villa in Schilde. Hij belde me daarnet dat de klanten er nog niet waren. Hij zou nog een halfuurtje wachten en daarna rechtstreeks naar huis gaan.'

'Blijf nog even tot we alles overwogen hebben. Ik heb het gevoel dat je in deze zaak niet voorzichtig genoeg kunt zijn. Vergeet niet dat John bij ons in dienst is. Iedereen in dat gebouw is op de hoogte van zijn vriendschap met jou en Tom. Jullie mogen niet bij deze zaak betrokken raken. Heb je daar al wel eens aan gedacht?'

Ellen keek haar geschokt aan. 'Wil je soms beweren dat Tom hierbij betrokken zou zijn?'

'Nee. Ik bedoel alleen maar dat het slecht voor jou, voor Tom én voor Company 21 zou kunnen uitdraaien als jullie naam in dit verband genoemd wordt. Of wil je de pers op je nek krijgen?'

Ellen ging weer zitten. Sinds het telefoontje had ze enkel en alleen nog aan John gedacht. Maar Myriam had gelijk. Dit kon verstrekkende gevolgen hebben. Ze moest eerst en vooral Tom beschermen. Gelukkig was hij vandaag de hele dag op school. Stel je voor dat de diefstallen op een woensdagmiddag gepleegd waren.

Maar ze mocht John niet in de steek laten. Misschien was het beter dat ze eerst wat meer informatie inwon.

'Oké. Ik ga naar het politiebureau om informatie. En ik bel Grietje. Ze kan in het gebouw proberen meer te weten te komen.'

'Waarom bel je ook je vader niet? Misschien weet hij hoe je dit moet aanpakken.'

Ellen overwoog deze mogelijkheid, maar zag er voorlopig van af. Haar vader had het zo druk met het samenstellen van zijn team. Hij zou sowieso niet gemakkelijk te bereiken zijn. Nee, eerst moest ze weten waarvan John exact beschuldigd werd. Pas daarna zou ze hem bellen wanneer hij vanavond in zijn hotel in Brussel was. Misschien kon hij zelfs naar Kontich komen?

Ze zuchtte diep en sloeg haar handen voor haar gezicht alsof ze niets meer wilde zien noch horen.

'Het houdt inderdaad niet op', zei Myriam. 'Eerst die toestand met Grietje. Daarstraks kreeg ik in die fabriek een bak agressie over me heen en nu dit! Wat is er met ons aan de hand?'

'Ik weet het echt niet. Waarschijnlijk ging het ons de laatste tijd een beetje te goed. Sinds onze examens hoorden we niets meer van De Deyne en we zijn ontsnapt aan een boel ernstige problemen in de zaak van de Nederlandse Bouwbank. Misschien krijgen we nu de weerbots.'

'Ellen, het is misschien niet het geschikte moment om erover te praten. Ik moet je echter iets vertellen in verband met de Nederlandse Bouwbank. Ik had het al eerder moeten doen en nu ik wil het niet langer uitstellen.'

'Niet nog meer slecht nieuws, Myriam. Dat kan ik er niet meer bij hebben.'

'Het is geen slecht nieuws. Enfin, voor mij toch niet. Het is ook niet zakelijk, het is privé.'

'Wat heeft het dan met de Nederlandse Bouwbank te maken?'

'Heb je echt geen idee?'

Ellen fronste haar wenkbrauwen. Dit soort kinderachtige quizvraagjes werkte danig op haar zenuwen.

'Nee. En als het als afleidingsmanoeuvre bedoeld is, vind ik het ook niet leuk. Draai er dus niet omheen. Het is er niet het moment voor.'

'Shit! Ik pak het compleet verkeerd aan. Ik wilde het je vertellen tijdens een gezellig etentje en nu hebben we al bijna ruzie voor ik iets gezegd heb.'

'Onzin, we hebben geen ruzie. Ik wil me alleen zo snel mogelijk met het probleem van John bezighouden. Vertel me dus als de bliksem wat je op het hart ligt.'

'Ruud en ik...' Myriam aarzelde. Hoe stom van haar om er nu

over te beginnen. Ze kon niet meer terug. Ze haalde diep adem en ging voort. 'We zien elkaar nog regelmatig. We hebben, enfin, we zijn...'

'Stop met dat getreuzel. Wat hebben jullie? Ga je voor hem werken of wat?'

'Maar nee. Het is privé, heb ik je al gezegd. Snap je het dan niet?'

Ellen bleef haar ongeduldig aankijken.

'We zijn een koppel. We houden van elkaar.'

Het drong blijkbaar slechts langzaam tot Ellen door.

'Bedoel je dat jij en Ruud...'

'Ja! Al een hele tijd. Maar jij had zoveel verdriet om je moeder en zorgen om je zus en je vader. Ik wilde je met mijn geluk niet jaloers maken.'

'Jaloers maken? Jij! Waarom zou je?'

Myriam had niet meteen een antwoord klaar. Natuurlijk zou Ellen haar nooit haar geluk benijden. Zoals zij ook nooit Ellen haar geluk zou misgunnen. Ze had deze gedachte nog niet helemaal verwerkt toen Ellen iets zei wat niet goed tot haar doordrong. Eerst dacht ze dat ze verkeerd gehoord had.

'Sorry. Zeg dat nog eens.'

'Ik kan niet jaloers zijn, want ik heb ook iemand.'

'Wat?'

'Je hebt me gehoord, Myriam. Doe niet onnozel.'

'Ja, ik heb je gehoord. Maar ik snap het niet. Wie dan wel?'

'Ik weet niet of je verdient dat ik je het vertel.'

'Kom, Ellen. Doe me dat niet aan. Oké, sorry, ik had je in vertrouwen moeten nemen. Wijt het maar aan hormonale chaos. Ik ben in jaren niet meer zo verliefd en gelukkig geweest.'

'Ik ook niet!'

'Maar op wie? Je ziet nooit iemand! Je gaat niet uit, al je tijd gaat naar Tom of naar Company 21. Waar heb je deze man ontmoet? Hier op kantoor toch niet? Is het een klant?'

'Om eerlijk te zijn, jij hebt hem bij mij geïntroduceerd. Het is dus eigenlijk een beetje jouw schuld.'

Snel overliep Myriam in gedachten al hun huidige klanten. Wie had zij bij Ellen geïntroduceerd en viel in de categorie der kanshebbers?

Ellen had binnenpretjes omdat haar partner zich wanhopig een resem klanten probeerde voor de geest te roepen. Ik zal haar maar uit haar lijden verlossen, dacht ze.

'Het is geen klant.'

'Wie dan wel?'

'Karl Van Langenaeken.'

'Wat?'

Ellen knikte en lachte. De problemen van John waren opeens veraf.

'Maar Karl zit in Spanje.'

'Daar zou hij op het ogenblik toch moeten zitten, ja. In de weekends komt hij regelmatig hiernaartoe. We zien elkaar in Brussel. Eind deze week ga ik voor het eerst naar ginder.'

'Dat meen je niet!'

'Vind je het niet goed?'

'Natuurlijk wel! Ik vind het zelfs schitterend! Karl is een fantastische man. Zeker zo gedreven en vitaal als jij. Jullie passen gewoon bij elkaar. Het is geweldig!'

'Dat vind ik ook', antwoordde Ellen glunderend.

'Maar Ruud vind ik toch liever!'

'Daar twijfel ik niet aan. Maar ik hou het bij Karl.'

Even stonden ze elkaar aan te kijken als twee schoolmeisjes die net hun zorgvuldig verborgen gehouden liefdesgeheimpjes aan elkaar hadden toevertrouwd. Ze bleven wat staan giechelen.

Toen vlogen ze in elkanders armen.

Na veel en lang aandringen had ze gedaan gekregen dat John de volgende dag naar huis mocht. Het was hem wel verboden in het gebouw weer aan het werk te gaan. Bovendien moest hij zich ter beschikking houden van het gerecht. Zijn sleutel van de sleutelberging had hij aan de politie moeten overhandigen.

Ze had de vastgestelde borgsom gestort. Volgens de politie

zou het proces snel kunnen voorkomen. In ieder geval zag het er niet goed uit voor John. Zelfs al was het de eerste keer dat hij voor het gerecht kwam, zijn straf zou zwaar kunnen uitvallen. Hij had als conciërge een vertrouwensfunctie in het gebouw en daar zou de rechter stellig rekening mee houden bij het bepalen van de strafmaat.

Toen ze John mocht gaan afhalen aan de poort van de gevangenis in de Begijnenstraat, was ze geweldig geschrokken. Het was een gebroken en schichtige man die de gevangenis verliet. Bang en beschaamd ook. Hij durfde haar niet in de ogen te kijken. Haar hart brak toen ze zag hoe hij zich in de auto probeerde af te schermen van de buitenwereld alsof er een massa mensen klaar stond om hem uit te jouwen. In de auto werd er geen woord gezegd. Ellen keek af en toe in haar achteruitkijk-spiegeltje in de hoop een gesprek te kunnen beginnen. John zat ineengedoken op de achterbank als een hoopje ellende.

Ze reden eerst naar het kantoor van de advocaat met wie ze de verdediging van John bespraken. Hij zat roerloos voor zich uit te staren en antwoordde mompelend op enkele vragen die waarschijnlijk niet eens ten volle tot hem doordrongen. Ellen stond erop dat de advocaat haar vader zou contacteren. Hij zou hem vertellen dat John een doodeerlijk man was. Ze zag dat de advocaat sceptisch keek, maar gezien de faam van meester De Ridder vond hij toch dat een gunstige getuigenis van haar vader een troef was voor de verdediging. Er waren in de pers al lekken geweest dat Robert De Ridder binnenkort een topfunctie in Brussel zou bekleden.

Ellen hoopte dat de belangrijke getuigenis van haar vader John zou kunnen helpen.

Toen ze weer in de auto zaten, stelde ze John voor met haar mee naar huis te gaan om hem een pijnlijke confrontatie met de be-woners van het gebouw te besparen. Het nieuws zou zeker al de ronde gedaan hebben. John raakte zo overstuur dat ze de auto moest parkeren.

'John, maak jezelf niet zo van streek. Ik weet dat je onschuldig bent.'

'Ik kan niet met u meegaan naar huis. Wat zal Tom wel van me denken?'

'Die twijfelt geen moment aan jou. Daar ben ik zeker van.'

'Toch kan ik hem niet onder ogen komen. Ik slaap nog liever op straat.'

Ellen was ten einde raad. In het gebouw zou John spitsroeden moeten lopen, daar zou VDB wel voor zorgen. Waar moest ze met hem naartoe?

'Ik breng je naar een hotel voor één nacht. Morgen zorg ik ervoor dat je zo snel mogelijk een tijdelijk onderkomen hebt waar je privacy gegarandeerd is. Ik kom je morgenvroeg oppikken en je brengt de dag bij mij door.'

'Maar Tom...'

'Tom is dan naar school, John. Hij zal het niet appreciëren als hij later moet vernemen dat je aan zijn vertrouwen in jouw eerlijkheid getwijfeld hebt.'

Dat laatste had ze beter niet gezegd. John barstte in snikken uit. Het was schokkend deze grote, sterke man te zien huilen als een kind. Zijn verdriet was pijnlijk om aan te zien, zo intens en verscheurend. Ze moest zelf vechten tegen de tranen, maar liet hem geduldig begaan. Het zou hem opluchten. En inderdaad, na een tijdje werd hij weer rustig. Hij veegde de tranen met de rug van zijn grove werkmanshand weg.

'Wat een geluk dat Treeske dit niet meer hoeft mee te maken.'

'Treeske zou geen kwaad woord over jou getolereerd hebben.'

'Ik had nooit gedacht dat er een dag zou komen dat ik blij zou zijn dat ze dood is.'

'Zeg zo iets niet, John!'

'En toch is het zo. Gisteren was dat het enige waar ik kon aan denken. Ze hebben me geboeid uit het gebouw meegenomen, mevrouw De Ridder! Als een boef tussen twee agenten.' De tranen liepen weer over zijn wangen.

'Men zal vlug tot de ontdekking komen dat jij de dief niet

was. De mensen zullen beseffen dat je onrechtvaardig werd behandeld.'

'Maar de schande zal blijven. Trouwens, de waarheid is dat die spullen in mijn appartement gevonden werden. Ik stond erbij! Hoe leg ik de mensen uit dat ik niet de dief ben?'

'Maar hoe kan dat? Had jij die spullen ooit gezien? Mogelijk zijn ze per ongeluk in jouw appartement geraakt. Toen je bij die bewoners klussen hebt opgeknapt misschien?'

'Natuurlijk niet! In die dozen zitten alleen maar dingen die ik recupereer als kopers in hun appartement standaarddingen vervangen. Ik help er andere bewoners mee bij een of andere reparatie. Het is bovendien goedkoop. Ik was er gerust op toen de politie alles doorzocht.'

'Toch zaten die gestolen goederen in die dozen.'

'Ja. Ik schrok me dood. Het was niet veel, maar toch... Een portefeuille, wat zilverwerk en een fototoestel of zoiets. Het zag er raar uit. Ik hoorde de politieagent het vermelden. Maar ik ben vergeten hoe hij het noemde.'

'Een digitale camera waarschijnlijk. Duur spul is dat.'

'Ik zou zelfs niet weten waarvoor het dient. Waarom zou ik het dan stelen?'

'Om het te verkopen.'

John keek haar ontsteld aan. Het klonk als een beschuldiging, tot hij uiteindelijk snapte dat ze gewoon zijn vraag beantwoordde.

'Ja, natuurlijk. Daar had ik nog niet aan gedacht.'

'Alleen een dief denkt daaraan. Je bent geen dief, al is de politie van het tegendeel overtuigd.'

'Die advocaat geloofde mij ook niet.'

'Of hij je gelooft of niet heeft geen belang.'

'Voor mij heeft dat wél belang! Hoe kan hij mij verdedigen als hij denkt dat ik een dief ben ? Ik kan de vernedering niet aan. Ik ga liever dood.'

'Luister John, zijn taak is jou te verdedigen. Punt uit.'

Hij bleef haar koppig aankijken. Het zou niet gemakkelijk zijn hem te helpen.

'We moeten nadenken, John. Wie kan ervoor gezorgd hebben dat die spullen bij jou terechtkwamen?'

'Hoe bedoel je?'

'De persoon die de spullen gestolen heeft is bij jou in het appartement geweest om ze in de dozen te stoppen. Heb jij enig idee wie dat geweest zou kunnen zijn? Wie heeft jouw sleutel?'

'U, mevrouw De Ridder. Ik bedoel, jullie hebben een sleutel op het kantoor.'

'Ja, natuurlijk. Maar die sleutel hangt er nog altijd, dat heb ik gisteren direct nagekeken. Niemand van ons zou zoiets doen.'

John zweeg en keek haar plotseling scherp aan. Ellen begreep het meteen.

'Je denkt toch niet dat iemand van Company 21 jou zoiets zou aandoen?' Toen viel haar nog iets veel ergers te binnen. 'Je denkt toch niet aan Tom?'

'Natuurlijk niet! Maar die jonge gast, die Koen Verhulst, is de laatste tijd een paar keer bij mij binnen geweest.'

'Waarom? Hoe kwam hij aan de sleutel? Bracht hij die mee van kantoor?'

'Nee, hij belde gewoon aan. Hij had een paar keer informatie nodig over de appartementen die te koop komen.'

'Dat klopt. Als de huurcontracten aflopen, gaan we ze verkopen en we hebben hem naar jou doorverwezen voor de praktische dingen. Maar wat voor nut zou Koen hebben die dingen te stelen en ze daarna bij jou te verbergen? Dat is compleet idioot.'

'Juist. Maar ik kan niemand anders bedenken. De enige persoon die mij echt haat is VDB en ik geloof nooit dat hij ergens zou durven in te breken. Daar is hij een veel te grote platbroek voor.'

'Al zal hij er wel van genoten hebben toen ze je hebben opgepakt. Maar diefstal, daaraan durft dat ambtenaartje zich niet te wagen. VDB is een zeur van een vent en daarmee is ook alles gezegd.'

'Hoe zou hij trouwens zijn aanwezigheid in mijn appartement verklaard kunnen hebben wanneer ik hem had betrapt? Hij weet verdomd heel goed dat ik hem de nek had omgedraaid.

Nee, VDB is uitgesloten. Hij kon immers ook niet bij de sleutels.'

'Wie wel? Die sleutels liggen in een berging waar jij alleen toegang tot hebt.'

'Ik heb geen idee! En daarom gelooft de politie me niet.'

'Denk er goed over na, John. Iemand moet jou echt kwaad toewensen. Hou je intussen gedeisd. Ik zal in het gebouw proberen iets meer te weten te komen. Er moet iets zijn dat wij over het hoofd zien. Deze diefstallen werden zorgvuldig gepland om jou erin te luizen.'

'Waarvan moet ik nu leven? Ik ben mijn werk en mijn appartementje kwijt.'

'Ik zal je inderdaad op staande voet moeten ontslaan. De bewoners, onder leiding van VDB, zullen dat zeker van mij eisen. Maar wees gerust, ik neem je tijdelijk in dienst als klusjesman bij Company 21 tot je onschuld bewezen is. Daarna kun je terug naar het gebouw in Kontich.'

'Nooit meer. Na deze schande!'

'We zien wel. In ieder geval zal ik alles doen wat in mijn macht ligt om je onschuld te bewijzen. Dat weet je toch?'

'Ja, mevrouw De Ridder. Ik zweer u, op het graf van mijn Treeske, dat ik onschuldig ben.'

'Ik geloof je, John, maak je daarover geen zorgen. De anderen ervan overtuigen, dat zal niet eenvoudig zijn.'

'Hoe dikwijls moet ik nog herhalen dat John onschuldig is!' Ellen was boos dat haar vader er zelfs maar aan durfde te twijfelen.

'De bewijzen spreken je tegen.'

'Die spullen zijn door iemand bij hem verstopt.'

'Mogelijk, maar bewijs het.'

Ze sloeg uit pure frustratie met haar vuisten op de kussens van de zetel. Ook met Tom had ze een hevige woordenwisseling gehad. Toen hij had vernomen wat er met John aan de hand was, was hij volledig over zijn toeren geraakt en wilde hij meteen naar hem toe, wat ze hem had verboden. Dat was olie op het vuur. Tom verweet haar dat wat John was overkomen, haar schuld was. Ze had naar hem moeten luisteren toen hij meer dan eens om hulp had gevraagd. Had hij haar weken geleden niet verteld dat VDB iets van plan was? Die man zat achter het hele gedoe, dat wist hij zeker. Had hij niet zelf de diefstallen gepleegd, dan was hij het brein. Tom was naar zijn kamer gelopen en had de deur op slot gedaan.

De komst van zijn opa had hem een beetje gekalmeerd, maar pas nadat die hem plechtig had beloofd dat hij het dossier van John zou inkijken. Voor Tom betekende dat zoveel als dat de zaak opgelost was.

Ze besefte echter dat haar vader zijn carrière niet op het spel kon zetten door zich te mengen in een rechtszaak waarover een andere rechter een vonnis zou moeten uitspreken. Toch moest er iets gedaan worden om de onschuld van John te bewijzen.

Robert kon haar ervan overtuigen niet overijld te handelen en in de eerste plaats de advocaat van John zijn werk te laten doen. Het was diens taak John vrij te pleiten. Ze moest hem vertrouwen. Als John werkelijk onschuldig was, zou de waarheid wel aan het licht komen.

Om haar van het delicate onderwerp af te leiden, vertelde hij haar meer over zijn werk in Brussel. Zijn team bestond stuk voor stuk uit experts. Met deze veel jongere mensen te kunnen samenwerken was voor hem een echte openbaring geworden. Hij had het gevoel dat er jaren van hem afvielen en hij kon niet wachten om definitief met het project van start te gaan. De kantoren waren zo goed als klaar en zijn team was al volop bezig met de eerste opzoekingen en voorbereidingen.

De regering had hem een prachtig huis in art nouveau ter beschikking gesteld. Het lag in een rustige residentiële buurt, niet te ver van het centrum. Een chauffeur zou hem dagelijks thuis komen ophalen en 's avonds weer naar huis brengen. Zijn salaris was van topniveau en op de onkostenrekening zou niet beknibbeld worden.

Momenteel werd de woning in gereedheid gebracht dankzij

Reinhilde Deconinck. Ze had hem gevraagd haar zo spoedig mogelijk te laten weten wat hij vanuit Luxemburg wilde meebrengen. Zijn boeken had hij al overgebracht, die kon hij zo lang niet missen. Het was nu wachten tot het weekend waarop zij en Lieve, zoals afgesproken, een laatste keer naar Luxemburg kwamen. Daarna liet hij ook de andere persoonlijke zaken naar Brussel overbrengen.

Hoe moet ik dat allemaal oplossen, dacht Ellen terwijl haar vader enthousiast over zijn opdracht in Brussel bleef doorpraten. Myriam en Ruud verwachtten haar zo spoedig mogelijk voor een etentje, het liefst met Karl erbij. Dit weekend ging ze naar Spanje en volgend weekend moest ze dan weer naar Luxemburg. Op kantoor was het razend druk, Grietje was nog altijd afwezig en de interims waren best aardige meisjes, maar bleven meestal niet lang.

Wanneer zou ze zich kunnen bezig houden met de problemen van John? Tom vergaf het haar nooit als ze daar niet genoeg aandacht aan gaf. Hij was nog nooit zo boos op haar geweest als vandaag. Het leek wel of hij haar verantwoordelijk stelde. Volgens hem was alles immers op de een of andere duistere manier georganiseerd door VDB.

'Ellen, wat is er? Ik heb je al drie keer iets gevraagd en je antwoordt niet.'

'Sorry, papa. Ik was aan het piekeren.'

'Over John?'

'Onrechtstreeks. Ik besefte plots dat ik de volgende weken in tijdnood kom. Dat wordt weekendwerk.'

'Je zou liever dus niet naar Luxemburg komen.'

Het was geen vraag, meer een vaststelling. Tegen zijn gewoonte in legde haar vader er zich deze keer niet bij neer.

'Je hebt het beloofd, Ellen. Het is belangrijk dat we samen afscheid nemen van de plaats waar mama zo lang voor ons gezorgd heeft. Ook Tom heeft dat nodig. Je mag hem dat niet ontzeggen.'

'Sorry, papa, we zullen er zijn. Het is alleen maar dat ik niet weet hoe ik het allemaal moet organiseren.'

'Kun je Myriam niet vragen wat werk van je over te nemen?'

'Dat is net zo moeilijk. Myriam heeft de liefde van haar leven gevonden. Haar hoofd staat dus niet naar extra werk. Ze is trouwens heel druk bezig met een van onze grootste dossiers. Als we die verkoop halen, zitten we financieel voor een lange tijd op rozen.'

'Je hebt Grietje toch nog. En die jonge kerel, wat was zijn naam alweer? Hij doet altijd schichtig als hij me ziet.'

'O ja?'

'Dat zal wel iets te maken hebben met het feit dat ik rechter ben. Het overkomt meer mensen. Vooral degenen die ooit met het gerecht in aanraking zijn geweest.'

'Koen heeft in Engeland ooit eens problemen gehad, maar, voor zo ver ik weet, niet met het gerecht.'

'Ben je er zeker van? Ik vergis me niet vaak in die dingen. Een rechter moet mensenkennis hebben.'

'Zijn referenties zijn oké. Wat Grietje betreft, die is nog met ziekteverlof. Je weet toch dat ze werd aangevallen op straat.'

'Natuurlijk. Het was me even ontgaan. Was het zo ernstig?'

Ze vertelde over de brutale, nietsontziende manier waarop de agressor te werk was gegaan. Dat Grietje tijdens de aanval het gevoel had dat ze de dader kende en dat ze ervan overtuigd was dat de aftuiging echt voor haar bedoeld was.

'Wat zegt de politie?'

'Niet veel. Er is geen enkel spoor en Grietje kon niemand bedenken die haar zo diep haatte dat hij haar zoiets zou aandoen.'

'Een ontevreden klant misschien?'

'Doe niet gek, papa. Iedereen die bij ons over de vloer komt, is tevreden. Bovendien is Grietje erg populair bij haar klanten. Ze weet hen altijd op de juiste manier aan te pakken. Haar verkoopcijfers stijgen ten koste van die van Koen, die dalen.'

'Doen ze nu allebei verkoop?'

'Deeltijds. Ik heb je toch verteld dat we ze een tijd verplicht hebben samen te werken omdat er wrijvingen tussen hen waren. Koen heeft het daar heel moeilijk mee gehad.'

Ellen zag in de ogen van haar vader een vraag rijzen waar ze niet meteen een antwoord op had. Zou Koen Grietje afgetuigd hebben alleen maar omdat ze betere verkoopcijfers had? Ze konden elkaar niet uitstaan, dat was een feit. Het was tevens een feit dat Grietje al geruime tijd probeerde Myriam en haarzelf ervan te overtuigen dat Koen niet correct makelde en dat hij niet de man was voor wie zij hem namen. Zou er misschien toch een grond van waarheid in zitten?

'Ik weet wat je denkt, papa, en ik zal het onderzoeken. Maar ondanks de duidelijke wrevel die tussen beiden heerst, kan ik me moeilijk voorstellen dat je daarom iemand gaat mishandelen zoals Grietje mishandeld werd.'

'Als rechter kan ik je vertellen dat je nooit weet wat er gebeurt als de stoppen bij iemand doorslaan.'

Er was nog iets in verband met Koen, iets belangrijks. Maar ze kon het zich niet meer herinneren, althans niet op dit ogenblik.

'Als we eens een cognac dronken. Om al onze muizenissen te vergeten.'

Robert stond al op voor ze de kans kreeg naar de bar te gaan. Terwijl hij fles en glazen nam, viel het haar op dat hij er weer beter uitzag. Zijn rechte houding, zijn energieke manier van doen was zoals vóór de dood van Louise.

Waarom het haar vader niet meteen vertellen van haar en Karl? Grietje en Myriam wisten het al. Het zou niet eerlijk zijn om voor haar vader het heuglijke nieuws achter te houden. Morgen kon ze het dan aan Tom vertellen, hoewel ze bang was dat hij er in zijn huidige stemming negatief zou tegenover staan. Tijdens het weekend in Luxemburg ten slotte zou ze ook Lieve op de hoogte brengen. Daarna mocht de hele wereld weten dat ze weer gelukkig was.

Misschien kon ze Karl overhalen met haar mee te gaan naar Luxemburg? Tenminste, als haar vader ermee akkoord ging. Op die manier zou ze de herinneringen aan haar moeder en aan het huis dat haar thuis was geweest, met hem kunnen delen.

Toen Robert haar cognac aanreikte en weer ging zitten, stond

haar besluit vast. Wat zou Karl opkijken als ze hem vrijdagavond bij haar aankomst in Spanje vertelde dat ze haar vader op
de hoogte had gebracht van hun relatie.

Karl lag dicht tegen haar aan nog in een diepe slaap. Hij had zijn
hand op haar lichaam gelegd alsof hij bang was dat ze midden
in de nacht stilletjes zou gaan lopen.

Waarom zou ze? Spanje was een heerlijk land voor hartstoch-
telijke liefde. De nacht was één onstuimige, wilde vrijpartij
geworden die haar totaal had bevredigd. Nooit eerder had ze
zich zo vrouw gevoeld. En niet alleen op seksueel gebied. Ze had
altijd geweten dat het als vrouw mogelijk moest zijn je carrière
te combineren met een relatie tussen gelijke partners. Karl was
het bewijs dat ze zich niet had vergist.

Het vroege zonlicht dat door de Venetiaanse luiken priemde,
tekende kleurrijke patronen op de muren van de slaapkamer en
de geur van bloemen die vanuit de tuin kwam binnenwaaien, was
bedwelmend. België leek ver af, somber en koud.

Sinds haar aankomst in Spanje had ze zich voorgenomen de
enkele dagen die ze bij Karl doorbracht, niet met de zaak bezig te
zijn. Het was haar wonderwel gelukt. Tot ze vanochtend naast de
slapende Karl wakker werd. De ellende van de laatste week kwam
het gelukzalige gevoel van intens geluk verstoren.

Haar eerste zorgenkind was John, die ze in een gemeubelde
studio in het gebouw van Cefab had ondergebracht. Op aanraden van zijn advocaat had ze hem naar een psychiater gestuurd
die aan de hand van de gesprekken later kon opgeroepen worden als getuige voor de verdediging. Ze liet hem in het gebouw
ook wat klussen uitvoeren, onder meer in de wasruimte die
eerstdaags in gebruik zou worden genomen. Ze had hem op het
hart gedrukt zich met niks of niemand te bemoeien. Hopelijk
volgde hij haar raad op. Ze had echt medelijden met de arme
man die, weerloos bijna, zijn lot moest afwachten. Ze kon
weinig voor hem doen en ze voelde zich daar heel ongelukkig
bij. Maar zoals haar vader het stelde: hij had een advocaat die
hem zou verdedigen.

Grietje, haar tweede zorgenkind, was in zoverre hersteld was dat ze weer zou komen werken. In hoever ze echter moreel hersteld was van wat haar was overkomen, zou nog moeten blijken. Ze troostte zich met de gedachte dat Grietje al erger had meegemaakt. Haar reactie op de aanhouding van John was het bewijs van haar weerbaarheid. Ze was categoriek dat hij onmogelijk de dief kon zijn. Toen Ellen vroeg of haar zogeheten zesde zintuig een mogelijke dader kon aanwijzen, bleef ze helaas het antwoord schuldig.

Met Koen had ze vrijdagmorgen nog een lang gesprek gehad waaruit geen elementen naar voren waren gekomen die het raadsel van de diefstallen konden oplossen. Hij sprak zeer lovend over John, die steeds bereid was geweest hem te helpen. Ze had hem ook aangesproken over zijn verkoopcijfers die onder de verwachtingen bleven. Volgens hem lag het alleen maar aan het feit dat hij enkele jaren uit België was weg geweest en het daarom iets moeilijker ging om een klantenbestand op te bouwen. Op haar vraag waarom hij naar België was teruggekomen, antwoordde hij ontwijkend dat hij de Engelse mentaliteit niet kon appreciëren. De makelaar voor wie hij werkte, had het met de eerlijkheid niet zo nauw genomen. Ze had niet verder aangedrongen omdat ze aanvoelde dat hij geen duidelijke reden wilde geven. Daarom had ze, langs haar vader om, in Londen een contactpersoon gevonden die de gegevens zou opzoeken van de firma's waar Koen volgens zijn curriculum vitae had gewerkt en van eventuele rechtszaken waarin deze firma's de laatste jaren mogelijk betrokken zouden zijn geweest.

Met Myriam en Ruud was ze na kantoor iets gaan drinken en het had haar plezier gedaan hen zo gelukkig te zien. Ruud vond ze wel erg veranderd. Hij had het er moeilijk mee zijn ontslag te verwerken. Ze had hem beloofd aan haar vader te vragen of hij geen introductie kon geven bij enkele mensen in Luxemburg. Dat had hem opgekikkerd.

Toen ze op het vliegtuig stapte, had ze het vaste voornemen haar zorgen in België achter te laten en alleen nog maar te genie-

ten van het samenzijn met Karl en van het romantische droom-
weekend in Andalusië dat hij haar als liefdesgeschenk wilde aanbieden. En wat een liefdesgeschenk was het geworden!

'Waarom lig je zo te monkelen?'

'Binnenpretjes!'

Ze nestelde zich in zijn armen en de geur van zijn lichaam
deed haar weer naar hem verlangen.

'Je ruikt lekker. Ik kan er niet genoeg van krijgen. Ik weet niet
of ik, eenmaal ik thuis in mijn eigen bed lig, zonder je geur zal
kunnen slapen.'

Hij trok haar lachend nog meer naar zich toe terwijl zijn handen tastend over haar lichaam gingen.

'Je bent een lekker snuffeldiertje.'

Het verlangen naar hem werd bij elke intieme aanraking
steeds heftiger en een golf van genot nam bezit van haar buik.
Ze was dan ook teleurgesteld toen hij haar plotseling losliet en
uit bed stapte. Ze zag hoe opgewonden hij was en ze spreidde
uitdagend haar benen.

'Nee, je moet niet proberen me te verleiden. Ik heb andere
plannen.'

'Ben je daar heel zeker van?'

Ze stak uitnodigend haar hand naar hem uit.

'Ik kan de hele dag en nacht met jou vrijen en ooit doen we dat
wel eens. Maar nu wil ik je laten zien wat mij in Spanje heeft
vastgehouden, ondanks al de ellende die dit land me gebracht
heeft.'

'De zon?'

'Veel meer! Het is niet zomaar in woorden samen te vatten.
Het is een andere leefcultuur, een andere wereld die ik voortaan
met jou wil delen.'

'Je wilt hier dus nooit meer weg?'

'Ik ga waar jij gaat, Ellen. Spanje voorgoed verlaten zal ik echter nooit kunnen. Daarom wil ik een deel van ons leven hier met
jou doorbrengen.'

'Maar...'

'Niet over het werk praten. Dat lossen we op eenmaal het zo ver is. Nu gaan we als twee Spaanse geliefden genieten van de zon, het lekkere eten, het prachtige landschap en van heel veel passie.'

'Ik leg dit weekend mijn lot in jouw handen!'

'Alleen dit weekend? En als ik meer zou vragen?'

Hij keek plots heel ernstig. Van spielerei was geen sprake meer. Ellen ging rechtop zitten.

'Dat zal ik je zeggen wanneer je het vraagt.' Ze lachte om zijn beteuterde gezicht en gaf hem een vluchtige kus. 'Nu geen grote dingen doen of zeggen. De hele dag gewoon genieten zoals je daarnet zelf voorstelde. We hebben tijd, Karl. We hebben ons hele leven nog voor ons liggen.'

Het was rustig op het terrasje dat aan het strand grensde. Ze hadden gewandeld en gepraat, gezeild en gepraat, lekker gegeten en gepraat, en nu zaten ze allebei in stilte te genieten van een fles champagne. Het strandje lag in een baai en aan de overkant zagen ze de witte huizen met prachtige tuinen en hier en daar de blauwe schittering van een zwembad. Overal waar ze vandaag geweest waren, werd Karl hartelijk begroet als 'Don Carlos!' Hoewel de mensen heel vriendelijk waren tegen haar, merkte ze toch dat ze verrast waren Karl te zien in gezelschap van een vrouw. Het zou niet lang duren voor zijn schoonvader en zijn dochter ervan zouden horen. Maar dat was haar probleem niet. Ze wilde ook de stemming niet bederven door erover te praten en weigerde zich zorgen te maken over de toekomst.

Karl kwam terug aan hun tafeltje, gevolgd door de dienster die een schotel tapas bracht.

'Ik vroeg me al af waar je bleef. Nu weet ik het, je hebt de dienster verleid.'

'Ja. Om ons extra te verwennen. Hier worden de beste tapas uit de hele omtrek geserveerd. Proef maar.'

Hij stak een van de hapjes in haar mond. De smaak was heerlijk zuiders, pikant maar net niet te veel. Ze genoot met haar ogen dicht en liet gewillig een druppeltje olie dat van haar kin droop, door Karl met de punt van zijn servet opvangen.

'Heel lekker! Het smaakt naar nog.'

'Net als jij', zei hij terwijl hij met het puntje van zijn tong even haar tong beroerde.

'Als ik een poes was, zou ik nu gaan spinnen.'

'Als ik een kater was, zou ik andere dingen met je doen!'

'We kunnen naar onze kamer gaan. Of heb je andere plannen?'

'Daar wilde ik het net met jou over hebben.'

Meteen ging Ellen rechtop zitten. Dat klonk eerder onheil-spellend.

'Vertel op.'

'Ik miste je vorig weekend zo erg, dat ik uit de biecht geklapt heb.'

'Tegen Isabella?'

Hij knikte.

'Hoe reageerde ze? Zeg het me eerlijk, Karl.'

'Het viel mee. Ze zei wel dat ze eerder had verwacht dat ik met een Spaanse schone zou afkomen.'

'En niet met een Vlaamse boerendochter', zei ze een beetje nijdig.

'Het zal je misschien verbazen, mijn lieveling, maar ze vond de boerendochter een heel knappe vrouw.'

'Zei ze dat echt!'

'Vraag het haar zelf.'

Ellen voelde dat ze zich had aangesteld.

'Hoe wist ze dat ik... Ik bedoel...'

Karl had er plezier in dat ze het vervelend vond van zichzelf te zeggen dat ze een mooie vrouw was.

'Ik heb haar foto's van jou laten zien.'

Natuurlijk, wat stom van me, dacht ze. De foto's die hij in Brussel genomen had en waar ze zo stralend gelukkig op keek dat het bijna pijn aan de ogen deed.

'Ze vond het hoog tijd dat haar vader weer een lief had.'

'Zei ze dat? Gewoon "een lief"?'

'Vrij vertaald.'

'Een lief, dat is nogal vrijblijvend. Dat zal ze je dus wel gunnen.'

'Ik heb haar meteen verzekerd dat het ernstig was tussen ons beiden. Ze wil je leren kennen.'

Ellen werd er stil van. Ze was blij dat Karl hun liefde niet langer meer kon verzwijgen en tegelijkertijd besefte ze dat het gedaan was met de heerlijke liefdesweekends waarin de spanningen die geheime minnaars in elkaars armen drijven, tot explosie kwamen. Ze zouden beiden braafjes kennismaken met de respectievelijke families en iedereen zou zich gaan bemoeien met hun toekomstplannen.

'Je kijkt boos. Vind je het te vroeg om het aan jouw familie te vertellen?'

'Nee. Om eerlijk te zijn, ik heb deze week mijn vader op de hoogte gebracht. Ook Myriam en Grietje heb ik het verteld. Het was niet mijn bedoeling, het gebeurde gewoon. Myriam heeft ook een nieuwe relatie.'

'Is het dat wat ik ben? Een "nieuwe" relatie?'

'Word jij nu niet boos. Je hebt toch wat van het Spaanse temperament overgenomen. Hoe heb jij het dan geformuleerd toen je er met Isabella over sprak?'

Hij zweeg en keek voor zich uit. Er lag verdriet in zijn blik. Ongetwijfeld had hij het met Isabella over haar moeder gehad. Zo is dat. Wanneer je een nieuw leven begint, moet je eerst het oude begraven, begreep ze.

'Ik heb haar verteld dat ik hoop met jou te kunnen trouwen. Dat ik mijn leven met jou wil leven en met niemand anders. Dat ik hoop dat ze jou aanvaardt. En als dat niet het geval zou zijn, ik toch voor jou zal kiezen.'

'Maar Karl, je hebt mij zelfs nooit gevraagd of ik wel met jou wil trouwen. Isabella op die manier mijn aanwezigheid in jouw leven opdringen, is op zijn minst voorbarig en zeker niet diplomatisch.'

'Natuurlijk wil je met me trouwen. Ik moet het je alleen heel mooi vragen om aan je behoefte voor romantiek te voldoen. Ik weet dat wij samen horen en jij weet dat ook. Ik laat je nooit meer los, daar moet je niet op rekenen. Al de rest wil ik opgeven, mijn werk, Spanje, zelfs Isabella indien ze jou niet wil aanvaarden. Maar jou laat ik nooit meer los.'

Als hij niet zo verbeten was bezig geweest, had het een heel lief huwelijksaanzoek kunnen zijn. Nu werd ze er echter wat kregelig en zelfs opstandig van. Hij had niet zomaar over haar leven te beschikken.

'Heb ik dan geen inspraak in jouw plannen voor ons?'

'Je mag zelfs over alles beslissen. Waar we wonen, hoe we het met ons werk gaan regelen, waar de kinderen gaan wonen. Over alles wat je maar wilt. Zolang je maar bij me bent. Denk eraan, ik heb nog een ander Spaanse karaktertrekje gekregen. Ik ben onvoorstelbaar jaloers. Ik wil zo snel mogelijk met je trouwen en je voor de rest van je leven tegen alle andere mannen beschermen.'

Ze was helemaal de kluts kwijt en wist niet wat ze moest antwoorden. Ze was nog niet klaar voor een dergelijke belangrijke beslissing. Ze twijfelde zelfs of ze daar ooit wel klaar voor zou zijn. Het was beangstigend je leven van seconde op seconde te moeten omgooien.

Misschien was net daarom wat Karl deed het beste? Gewoon doorzetten voor ze de tijd hadden om te gaan twijfelen. Voor ze goed en wel besefte wat er gebeurde, zat hij op zijn knieën voor haar. Het jonge paar dat ook op het terrasje was komen zitten, keek stomverbaasd toe.

'Ellen, trouw met mij. Ik wil je niet verliezen.'

'Ik wil niet met je trouwen omdat je bang bent me te verliezen.'

'Dat bedoel ik ook niet. Ik hou van je en ik wil je voor de rest van mijn dagen als mijn vrouw, mijn partner, mijn betere helft. Ik wil eindelijk weer volop leven. Ellen, zeg dat je van me houdt en dat je met mij wilt trouwen. Ik smeek je.'

Ze keek verbouwereerd om zich heen en zag het jonge paar

elkaar giechelend aanstoten. Karl was compleet gek geworden, dacht ze.

'Antwoord me. Laat me hier niet zo zitten, je breekt mijn hart.'

Plotseling was het allemaal duidelijk voor haar. Natuurlijk wilde ze met hem trouwen. Met hem de rest van haar leven samen zijn. Dat was wat ze van Marc altijd verlangd had en nooit had gekregen, deze spontane, warme liefde, deze verering ook. Ze zou wel gek zijn nee te zeggen. Het lag echter niet in haar aard iets te beloven zonder er eerst grondig over na te denken.

'Ellen!'

Hij keek zo vol bange verwachting naar haar dat ze bijna moest huilen van geluk. Hij hield echt van haar en zij echt van hem.

'Ja. Ik wil met je trouwen, grote idioot van me!'

Hij sprong recht, tilde haar op van haar stoel en onder luid applaus van het jonge paar omhelsde hij haar hartstochtelijk. Karl bedankte hen met een fles champagne. Toen ze weer hadden plaatsgenomen, was hij nog steeds niet van zijn doorstane emoties bekomen.

'Je hebt me de doodsangst op het lijf gejaagd, besef je dat wel? Waarom moest je zo lang nadenken?'

'Het is een grote stap en het gaat allemaal zo snel. We moeten nog zoveel regelen.'

'Daar hebben we alle tijd voor. Maak je geen zorgen.'

Terwijl ze van haar champagne nipte en hij haar voorbereidde op de feestelijke ontvangst waarmee de familie Real Cortez haar naar goede Spaanse traditie zou verwelkomen, bekroop haar het bange gevoel dat ze, overdonderd door de manier waarop hij zijn aanzoek had gedaan, misschien te vlug ja had gezegd.

Nee, ze was heel zeker van haar stuk. Ze hield van Karl en ze had hem haar woord gegeven. Ze zou haar belofte niet verbreken. Ze wist dat hij zijn gegeven woord aan haar gestand zou doen. Alles in het leven is immers een kwestie van vertrouwen. Vertrouwen dat ze, na het bedrog van Marc, nooit had gedacht nog aan een man te kunnen geven.

De ontvangst in de prachtige luxueuze villa van zijn schoonvader, Don Juan Real Cortez, was inderdaad een onvergetelijke
belevenis. Toen Karl hem vanuit het hotel had gebeld dat hij
Ellen kwam voorstellen, had Juan Cortez onmiddellijk zijn
rijke vriendenkring uitgenodigd op een groot welkomstfeest.
Zelfs een zigeunerorkestje ontbrak niet op het appèl. De volledige personeelsstaf die dagelijks ten dienste stond van señor
Cortez, stond klaar om haar een schitterende ontvangst te bezorgen.

De kennismaking met Isabella verliep eerder stroef. Het
meisje was beleefd zonder meer. Ellen, die niet anders had verwacht, nam het haar niet kwalijk. Het was grappig om te zien
hoe Isabella rond haar vader draaide en telkens weer zijn aandacht opeiste. Het kind was natuurlijk bang dat de nieuwe
vrouw in het leven van haar vader haar plaats zou innemen.

Don Juan Real Cortez sprak vlot Engels en kende zelfs enkele
Vlaamse uitdrukkingen die hij waarschijnlijk geleerd had van
zijn kleindochter. Hoewel hij bijzonder vriendelijk en hoffelijk
was, zag ze iets in zijn blik dat haar niet beviel. Was het bedekte
boosheid omdat ze de plaats van zijn overleden dochter kwam
innemen? Wellust omdat ze een mooie vrouw was? Jaloezie omdat Karl haar had weten te veroveren? Hij feliciteerde hem nochtans uitbundig met zijn keuze, sprak met iedereen vol lof over
haar als een topzakenvrouw met wie zijn geliefde schoonzoon
weldra in het huwelijk zou treden. Ze hoopte dat Karl Company
21 niet te mooi had voorgesteld. Ze deden het weliswaar niet
slecht en hadden dit jaar vooruitgang geboekt, maar vergeleken
met de Spaanse pracht en praal van de onderneming van Don
Juan Real Cortez was Ellen De Ridder een heel klein makelaartje, vond ze van zichzelf.

Na afloop van het feest ging ze met Karl naar zijn eigen villa,
die grensde aan het domein van zijn schoonvader. Isabella verkoos tot grote opluchting van Ellen de nacht door te brengen in
de villa van haar opa. Ze zou zich zeker verkneukeld hebben aan
de onhandige manier waarop haar vader, onder invloed van te

veel champagne, zijn toekomstige bruid over de drempel probeerde te tillen.

In het vliegtuig terug naar Brussel keek ze af en toe stiekem naar de prachtige antieke ring die Karl haar had geschonken. De ring was een familiestuk uit de collectie juwelen van de Real Cortez. De schoonvader van Karl zelf had erop aangedrongen dat Ellen hem zou dragen. Zodra ze thuiskwam, zou ze de ring wegleggen, anders zou Tom vragen stellen en ze had hem nog niet op de hoogte gebracht. Ze wilde haar zoon voorzichtig over haar trouwplannen inlichten. Hopelijk stond hij er even positief tegenover als Isabella.

Haar vader had verrast gereageerd toen ze hem vanuit Spanje het grote nieuws meldde. Pas woensdagavond had hij voor het eerst over Karl gehoord en nu had zijn dochter het al over trouwplannen, had hij haar lachend aan de telefoon gezegd. Maar hij had haar veel geluk toegewenst en zelfs even met Karl gesproken.

Ze had tevens van de gelegenheid gebruikgemaakt om haar vader te vragen of Karl het volgende weekend mee naar Luxemburg mocht komen en hij had hem vriendelijk uitgenodigd. Wel stond hij erop dat ze Lieve eerst persoonlijk op de hoogte bracht. Als ze wilde dat haar zus de nieuwe man in haar leven aanvaardde, moest Ellen het voorzichtig zien aan te pakken. Ze had hem dus beloofd naar Hasselt te rijden om Lieve het nieuws te melden. Het drankprobleem zou ze op een andere keer aankaarten.

Ellen vroeg ze zich af hoe Marc zou reageren op haar trouwplannen. Hij zou meteen beseffen dat het haar ernst was, daarvoor kende hij haar te goed. Hij had haar in het verleden herhaaldelijk gezegd dat hij de hoop haar terug voor zich te winnen nooit zou opgeven. In de beginperiode na hun scheiding had ze zich daar nog illusies over gemaakt. Maar de laatste tijd waren hun contacten te schaars om aan zijn woorden nog belang te hechten. Marc was voltooid verleden tijd.

De reactie van Marc was dus onbelangrijk, Lieve, dat was het probleem. Hoe ze het zou aanpakken, wist ze nog niet. Ze mocht in ieder geval door onderlinge ruzie het weekend in Luxemburg niet in gevaar brengen, dat kon ze haar vader niet aandoen. Al de andere problemen zou ze wel oplossen. Ze voelde zich energieker dan ooit en was vastbesloten voor haar geluk te vechten.

Vanaf het ogenblik dat ze maandagochtend op kantoor kwam, werd Ellen geconfronteerd met een aantal nieuwe problemen. Er stond een artikel in de krant over de diefstallen in het gebouw in Kontich. Iemand had de pers ingelicht dat de gestolen goederen bij de conciërge van het gebouw gevonden waren. Het artikel was vooral gericht tegen Company 21, dat ervan beschuldigd werd de conciërge te hebben aangesteld zonder dat hij over de nodige bekwaamheid beschikte. Het herhaaldelijke protest van de bewoners tegen deze gang van zaken was, zo vertelde men in het artikel, door de directie telkens weer weggewuifd. Erger nog, Ellen De Ridder hield de man blijkbaar de hand boven het hoofd. Als dat niet de signatuur van VDB was, wist Ellen het ook niet meer.

In het artikel was verder sprake van 'onfrisse praktijken'. Company 21 zou van de bouwheer, een Nederlandse bank, voor een aantal jaren een vast beheerscontract gekregen hebben waardoor de andere eigenaars geen inspraak meer hadden in hun eigen gebouw. Een volledige verwrongen weergave van de werkelijkheid. Zolang de meerderheid van de appartementen niet verkocht was, besliste de bouwheer immers wie het beheer deed.

Wanneer je het artikel las, leek het of Company 21 de kleine eigenaars benadeelde ten voordele van hard geldgewin. Dat zij met de Nederlandse bank een deal bekonkeld had ten koste van particuliere eigenaars. Het werd natuurlijk niet zo uitdrukkelijk geformuleerd, want dan zou Company 21 gerechtelijke stappen kunnen nemen. Het was heel slim verwerkt in een aantal veronderstellingen en insinuaties die echter hun reputatie als make-laars schade toebrachten. Volgens de advocaat die Ellen direct raadpleegde, stond ze machteloos. Ze kon alleen maar hopen dat geen andere kranten nieuwswaarde zagen in het artikel zodat de hele affaire snel zou vergeten worden.

Het deed pijn, verdomd pijn, na al het werk dat zij voor dat gebouw gedaan had. Zij had er destijds voor gezorgd dat het niet gerechtelijk verkocht werd. Als ze dat niet had voorkomen, had het de waarde van de eigendommen in Kontich en omge-ving jarenlang nadelig beïnvloed. De advocaat verbood haar echter te reageren en ze kon zich dus alleen maar ziek ergeren, meer niet.

En dat was nog niet alles! Cefab had natuurlijk het artikel ook gelezen en had door een secretaresse telefonisch laten weten dat ze eerst nog de offertes van enkele andere firma's wilden onder-zoeken alvorens ze een definitieve beslissing namen over het beheer. Ze zouden binnen enkele dagen terugbellen. Het was voor haar duidelijk dat Company 21, dankzij het leugenachtige en kwaadwillige krantenartikel, de opdracht waar ze al die maanden hard voor gewerkt hadden, mocht vergeten.

Om het allemaal nog erger te maken, belde Myriam vanuit de fabriek dat er een wilde staking was uitgebroken en dat de arbeiders haar en de kandidaat-kopers niet wilden laten vertrek-ken tot de eigenaar afzag van zijn verkoopplannen. Myriam maakte zich zorgen dat de sfeer onder de arbeiders, die zich tot nu toe vrij rustig hielden, plotseling kon omslaan. Ze vroeg of Ellen, die over meer gezag beschikte dan zijzelf, naar de fabriek kon komen om met de bezetters te onderhandelen.

Koen was net vertrokken voor een aantal afspraken en ze kon het kantoor niet achterlaten in de handen van de interim. Er zouden telefoontjes van de pers kunnen komen en dat meisje wist natuurlijk niets af van de toestanden in Kontich. Dus belde ze Grietje, die, hoewel ze nog enkele dagen ziekteverlof had, bereid was onmiddellijk naar het kantoor te komen.

Toen ze aankwam, stelde Ellen vast dat Grietje nog steeds

moeizaam bewoog en bij elke stap pijn had. Eerst was ze erg nerveus, maar eens ze achter haar bureau zat, gaf ze, even kordaat als vroeger, de interim de nodige instructies en nam ze de telefoon over. Company 21 was duidelijk in veilige handen en Ellen herademde. Ze deed nog vlug enkele telefoontjes en vertrok naar de fabriek.

Haar bezoek aan Lieve dat ze voor die middag gepland had, zou ze moeten uitstellen. Ze was er niet echt rouwig om. Nog liever zag ze een aantal woedende arbeiders onder ogen dan haar eeuwig klagende en zeurende zus.

'Laat me tenminste met mijn partner spreken. Wij zijn als makelaars geen partij in het conflict met jullie baas. Het is niet eerlijk ons hierbij te betrekken.'

'Wie binnen is, blijft binnen. Wij eisen dat de eigenaar van de fabriek ons persoonlijk komt zeggen wat hij van plan is. Is er een reservefonds voor onze ontslagpremie of is het zijn bedoeling met de noorderzon te verdwijnen eenmaal de verkoop ondertekend is?'

Ellen besefte dat ze geen stap opschoot. Anderhalf uur had ze met de arbeiders die bij de poort van de fabriek een piketpost hadden opgericht, tevergeefs gepraat. De politie was ter plaatse, maar kwam niet tussenbeide. Ze was er zelfs niet zeker van of ze ervan op de hoogte waren dat er in de fabriek mensen werden vastgehouden. Ze zagen het vermoedelijk als een syndicale actie die niet lang zou standhouden. Voorlopig liet ze het liever zo. Dat de pers zich erop zou storten, was het laatste wat ze wilde.

Haar gsm rinkelde. Op het schermpje zag ze dat Myriam haar belde. Ze verwijderde zich van de fabriekspoort tot ze buiten gehoorsafstand was en maakte toen pas de verbinding.

'Ik dacht dat al dat je niet ging antwoorden. Waar ben je?'

'Buiten aan de poort. Ze laten me er niet in en zijn niet voor rede vatbaar. Hoe is het daar? Ben je alleen?'

'Momenteel wel. Ik ben op het toilet. De stemming is wel vastberaden, maar helemaal niet vijandig. We hebben daarnet zelfs gekaart. Mijn vader heeft me dat vroeger geleerd. Ik heb gewonnen en dat heeft mijn positie bij die mannen hier aanzienlijk versterkt.'

Ellen lachte. Myriam kon zo verrassend uit de hoek komen. Op het eerste gezicht leek ze zacht en kwetsbaar, maar ze was heel nuchter en niet vlug uit haar evenwicht te krijgen.

'Wat doen we nu? Roep ik er de politie bij?'

'Nee, beslist niet! Luister. Kun jij contact opnemen met het bedrijf dat de fabriek wil kopen? De directeur-generaal van dat bedrijf, zijn naam ontschiet mij, maar staat in het dossier, ik geloof dat hij in Parijs zit.'

'Ik heb het dossier meegebracht en vind hem wel.'

'Goed. Die mensen willen de fabriek inderdaad kopen en wel zo snel mogelijk. Praat met hem. Misschien kunnen ze ook een aantal arbeiders overnemen. Zo hebben we tenminste iets om mee te onderhandelen.'

'Prima idee. Is het een bedrijf uit dezelfde sector als het oude?'

'Nee, maar als een bedrijf een fabriek koopt van die grootte hier, heeft het arbeiders nodig. Veel arbeiders. Omscholen is dan het kleinste probleem. Deze mensen werken het liefst in eigen streek en zijn niet geneigd ander werk te zoeken. Daarenboven hoeven de nieuwe eigenaars niet bang te zijn dat ze een hoop geld moeten uitgeven aan personeelsaanwerving.'

'Juist. Dat zijn goede argumenten. Nog iets anders?'

'Ja. Bel naar die notaris in Antwerpen met wie je zo graag samenwerkt, die Van Biesen. Vraag hem of we een clausule in het verkoopcontract kunnen inlassen waardoor er een deel van de verkoopsom geblokkeerd wordt voor de afhandeling van het personeelsdossier. Ik weet niet of het mogelijk is, maar het is in ieder geval het proberen waard.'

'Als hij zegt dat er een mogelijkheid is, zal ik het ook meteen met de kandidaat-koper bespreken.'

'En met de verkopende partij. Hij wint er niets bij als de totnogtoe vreedzame bezetting zou uitdraaien op geweld. Haast je een beetje, Ellen. Hoe langer deze toestand aansleept, hoe groter de machtspositie van de arbeiders wordt en hoe minder ze geneigd zullen zijn een compromis te sluiten.'

'Als je maar voorzichtig bent. Als de situatie dreigend wordt, moet je me meteen waarschuwen. We moeten ook aan je klanten denken.'

'Die zijn heel kalm en geduldig. En zolang ik blijf winnen met de kaarten van de arbeiders kan het geen kwaad. Maar daarna kan ik je niets garanderen.'

'Myriam, dit is geen spelletje kaart, in godsnaam!'

'Maak je geen zorgen. Ik heb hen verteld dat mijn vader op identiek dezelfde manier zijn werk heeft verloren en hoe hij eronder geleden heeft. Ik sta aan hun kant en zal alles doen om een voor hen zo gunstig mogelijk financiële regeling uit de brand te slepen. Tot straks.'

Voor Ellen nog iets kon zeggen was de verbinding verbroken.

9

'Ik weet dat mevrouw De Ridder mij gelooft en vertrouwt, Grietje. Dat is het probleem niet. Het idee dat er iemand rondloopt die mij zoiets kan aandoen, dat is wat mij met de minuut zieker maakt. Ik zit zo vol machteloze woede dat ik er zelf bang van word.'

'Je mag de moed niet opgeven, John. Je onschuld zal bewezen worden.'

'Hoe dan wel? De politie noch mijn advocaat willen mij geloven.'

'Geef ze meer tijd.'

'Je kunt je niet voorstellen wat er in je omgaat als je onschuldig bent en niemand je gelooft. Ik voel me totaal vereenzaamd.'

Grietje zuchtte. Het verdriet van John was zo intens.

'John, ik zal je eens iets vertellen dat alleen Ellen weet. Over de aanranding in het parkje. Het is natuurlijk niet te vergelijken met jouw zorgen, maar het maakt mij elke dag machtelozer en angstiger.'

Ze vertelde John dat ze het gevoel had dat ze haar aanrander kende, maar dat ze er met niemand durfde over te spreken omdat men haar toch niet zou geloven. Ze was doodsbang dat ze opnieuw zou aangevallen worden en ze voelde zich zelfs in haar eigen appartement niet meer veilig. Zeker wanneer haar man, zoals deze week, de late had. Toch weigerde ze zich door haar angst te laten gijzelen. Ook John mocht zich door zijn machteloze woede niet laten kisten. Treeske zou dat ook niet willen. Opgeven deden alleen zwakkelingen, zou ze gezegd hebben.

John keek haar dankbaar aan. De ellende van Grietje, in zijn ogen nog een kind, verminderde daarom zijn eigen miserie niet, maar bood hem toch een ander perspectief.

'Sorry, meisje. Treeske zou mij inderdaad op mijn kop geven. Ik zit hier te zeuren over mezelf en vergeet wat jij hebt doorgemaakt.'

'Dat heeft geen belang, wat jij doormaakt is veel erger. Probeer te vertrouwen op Ellen. Zij laat haar vrienden nooit in de steek. Mij heeft ze ook altijd geholpen, in het verleden en nu weer. Wij moeten intussen sterk blijven en proberen ons erdoor te slaan. Er zit niets anders op.'

Beschaamd boog John zijn hoofd omdat dit jonge ding hem terecht op zijn zwakheid had gewezen. Treeske zou niet tevreden zijn over hem.

'Misschien kan ik iets doen om jou te helpen. Ik zal deze week 's avonds een oogje in het zeil houden. Hoe laat komt Ben thuis van zijn werk als hij de late heeft?'

'Om elf uur. Maar zei je daarstraks niet dat je nooit meer naar het gebouw in Kontich wilde komen?'

'Dat was bij manier van spreken. Het zal niet gemakkelijk zijn, dat geef ik grif toe. Maar ik heb niets verkeerds gedaan en hoef mij dus niet te verbergen. Pas op, ik ga daar overdag niet rondlopen met het risico me door de politie te laten oppakken. Dat zou VDB te veel plezier doen. Ik kan echter wel vanaf vandaag 's avonds in het geheim mijn rondes komen doen. En als de smeerlap die jou heeft aangevallen zich durft te vertonen, maak ik hem een kopje kleiner.'

Grietje lachte. John klonk zo stoer terwijl hij enkele minuten geleden nog als een kind zat te snotteren. Mannen!

Ze zou zich inderdaad wel een stuk veiliger voelen wanneer John 's avonds de buurt van het gebouw in de gaten hield. Gelukkig was Ben volgende week 's avonds thuis. Met de tijd zou ze zich wel veiliger gaan voelen. Enfin, dat hoopte ze, want de doodsangst die ze de bewuste avond had doorstaan was nog lang niet verwerkt.

Hoe kon ze John op haar beurt helpen?

'Zeg eens eerlijk, John. Heb jij echt geen idee wie die diefstal-historie heeft opgezet? Het moet toch iemand zijn die jou erg veel kwaad wil doen.'

'Ik heb er me al suf over gepiekerd. VDB zou mij natuurlijk heel graag uit het gebouw weg hebben. Ik kan echter moeilijk aannemen dat hij in zijn wrok zo ver zou gaan. Eigenlijk is het maar een zielenpoot. Wanneer ik me eens goed kwaad maakte op hem, zag ik hem een paar dagen alleen nog maar van ver. VDB is een bangerik met een grote mond. Inbreken, dat durft hij niet.'

'Wie dan wel?'

Ze zag dat hij aan iemand dacht, maar het niet wilde zeggen.

'Zeg wat je denkt, John. We zijn hier alleen met ons tweetjes. Ik praat er met niemand anders over. Beloofd.'

'Het kan goed zijn dat ik er naast zit. Ik wil op mijn beurt geen onschuldige mensen beschuldigen.'

Hij aarzelde, maar ze bleef hem strak aankijken.

'De persoon aan wie ik denk heeft trouwens geen enkele reden om mij dat aan te doen. Maar hij had wel de kans.'

Ze knikte een beetje ongeduldig.

'Het is eigenlijk te belachelijk om erover te spreken.'

Hij aarzelde weer en keek schichtig rond in het kantoor waar niemand anders was.

'Ik luister, John', zei ze, met meer aandrang nu.

'De kerel die hier werkt, die Koen Verhulst, is een paar keer in mijn appartement geweest en ik vond hem toen nogal opdringerig. Hij gedroeg zich vreemd. Hij volgde mij overal, zelfs tot in mijn werkkamer! En hij heeft ook eens een paar uurtjes de sleutels van de sleutelkast van het gebouw gehad. Ik was dat voorval helemaal vergeten, maar iemand moet de sleutels van de appartementen waar ingebroken is, hebben bijgemaakt. Die vraag stel ik me al een hele tijd. Wie kon bij die sleutels? Daardoor herinnerde ik mij plots dat Koen toen de sleutel heeft gehad. Verder kan ik gewoon niemand anders bedenken die daar de kans toe heeft gehad.'

Hij merkte dat Grietje lijkbleek geworden was.

'Wat is er, kindje? Word je niet goed? Moet ik een glas water halen?'

Grietje knikte heftig van ja en terwijl John vlug naar de kantoorkeuken om water liep, probeerde ze zich weer onder controle te krijgen. Op het moment dat hij de naam van Koen uitsprak, wist ze plotseling met absolute zekerheid dat de naam die haar telkens weer ontschoot, maar haar onderhuids niet met rust liet, dezelfde was. De man die haar had aangevallen, had haar aan Koen doen denken. Waarom wist ze niet. Het was ook niet meer dan een vaag gevoel. En zoals John daarnet al zei, het was belachelijk. In de eerste plaats zou Koen zoiets nooit doen omdat hij daartoe geen enkele reden had. Als iedereen die niet goed met elkaar kon opschieten tot dergelijke brutaliteiten zou overgaan, werd de wereld een gekkenhuis. En vervolgens was Koen die avond direct naar Sint-Niklaas vertrokken en had ze daarom noodgedwongen de bus naar Kontich moeten nemen.

'Hier, drink, kindje. Je bent veel te vroeg komen werken en dan val ik je op de koop toe ook nog lastig met mijn problemen. Gaat het?' John was een en al bezorgdheid.

Ze dronk langzaam het glas leeg om zichzelf tijd te geven om na te denken. Ze glimlachte krampachtig. Ze mocht John in geen geval vertellen dat zij Koen in verband bracht met de aanranding. Hij was in staat hem op te wachten en in elkaar te slaan. John was nu eenmaal een man van de oude stempel die een weerloze vrouw op gevaar van zijn eigen leven tot de laatste snik zou verdedigen.

300

Ze moest er in elk geval heel goed over nadenken. Was het spel der namen louter toeval? Waarom zou iemand als Koen die, naar eigen zeggen, graag voor Company 21 werkte, twee mensen die allebei met het bedrijf te maken hadden kwaad willen berokkenen? Zou hij echt in staat zijn tot geweldpleging, én tot diefstal? Ze moest haar kalmte bewaren, dacht ze, en haar verbeelding aan banden leggen. Zelfs indien Koen met de inbraak en met haar aanranding iets te maken zou hebben, zou ze dat nooit kunnen bewijzen.

Bovendien mocht ze zich door haar afkeer van Koen niet laten verleiden om hem dergelijke zwaarwichtige dingen in de schoenen te schuiven. Want zoals John daarnet zei, had Koen geen enkele reden om hem of haarzelf enig kwaad te doen.

De uren verstreken tergend traag. De toegang naar de fabriek werd nog altijd door de bezetters versperd en ze durfde er zich ook niet te ver van verwijderen.

Het was niet zo eenvoudig geweest alles wat Myriam gevraagd had te organiseren. Gelukkig had de kandidaat-koper inderdaad personeel nodig en was hij bereid arbeiders die nu in de fabriek werkten in dienst te nemen. Al zouden ze wel een normale selectieprocedure moeten doormaken. Maar hij kon er binnen de maand een paar honderd aan het werk zetten. Later misschien nog meer.

Het blokkeren van een bedrag van de koopsom bij de notaris was moeilijker te regelen geweest. Er was namelijk geen enkele wettelijke grond voor. Ze had de verkopende partij dus onder druk moeten zetten. Ze had hem erop gewezen dat het ongetwijfeld de krantenkoppen zou halen wanneer de pers te weten zou komen dat hij uit puur geldgewin de fabriek sloot terwijl het bedrijf goed draaide. Met de gemeenteverkiezingen die voor de deur stonden, zou de politiek zich zeker met de zaak gaan bemoeien. De plaatselijke politici zouden met een sociaal dossier als deze fabriekssluiting proberen te scoren. De huidige eigenaar deed misschien niets strafbaars met het overbrengen van zijn productie naar een lagelonenland, maar als de overheid het echt wilde, zouden ze wel iets anders vinden om hem te raken. Hard te raken zelfs! Waren alle verbouwingen aan de fabriek altijd gebeurd met de vereiste bouw- en milieuvergunningen? Was de hele personeelsadministratie perfect in orde? Zijn bijna ex-personeel had nu geen enkele reden meer om hem in bescherming te nemen. Waren er nooit afspraken gemaakt die niet aan het licht mochten komen?

En hoe zat het met de geldtransfers naar dat lagelonenland, had ze hem ook nog gevraagd. Zou de regering het hem daar niet moeilijk mee kunnen maken? Hij haalde de productie weg uit België, maar zijn grootste klanten zaten wel hier.

Ze bereikten uiteindelijk een compromis. Als bij de verkoop de koper op papier zette dat hij een aantal van de arbeiders zou overnemen, zou de verkoper voor de overblijvende arbeiders een ontslagfonds oprichten dat van de verkoopsom mocht afgehouden worden en geblokkeerd.

Er werd daarna nog wat gemarchandeerd over de verkoopprijs, maar om halfzeven 's avonds was de deal eindelijk rond. Ze belde Notaris Van Biesen, die ervoor zou zorgen dat de nodige handtekeningen op papier werden gezet. Daarna gaf ze het goede nieuws door aan de bezetters van de fabriek.

Een kwartier later kwam Myriam naar buiten omringd door juichende arbeiders. Zij raakten er maar niet over uitgepraat hoe ze rustig was blijven kaartspelen tussen de onderhandelingen door. Voor hen was ze de heldin van het hele gebeuren. Ellen gunde haar graag deze triomf.

Met al de drukte om haar persoon raakte Myriam niet zo maar meteen weg. Toen ze eindelijk in de auto zaten en naar huis reden, kwamen de tongen los. Ze hadden de fabriek verkocht én een sociaal drama kunnen vermijden.

'Je hebt een mooie commissie verdiend, partner!' zei Ellen.

'Wij hebben ze verdiend! Jij hebt er even hard voor gewerkt als ik.'

'Maar jij zat binnen. Jij liep een risico.'

'Toch niet. De arbeiders waren niet vijandig. Wel wanhopig.'

Zeker zo gevaarlijk, dacht Ellen.

'Je vader zou trots op je geweest zijn.'

'Daar heb ik veel aan gedacht. Het hield me recht op de momenten dat ik begon te twijfelen. Want het was soms erg moeilijk. Die mensen hadden al hun hoop op mij gesteld. Ik mocht hen niet teleurstellen. Maar dankzij jouw onderhandelingstalent is het ons gelukt.'

'Ik was dikwijls bang of het wel goed zou aflopen. De hemel was ons blijkbaar goedgezind, Myriam.'

'Denk er niet meer aan. We hebben het geflikt, partner!'

Ze gaven elkaar een high five terwijl ze verder reden.

Er was de laatste tijd zoveel om dankbaar voor te zijn, dacht Ellen. Zij en Myriam hadden een partner gevonden met wie ze hoopten een blijvende verbintenis te kunnen aangaan. De zaak begon steeds beter te draaien en van hun aartsvijand De Deyne hadden ze al maanden niets meer gehoord. Was hij van de aardbodem verdwenen? Wat zou hij knarsetanden als hij wist dat de verkoop van de fabriek hun genoeg financiële reserve garandeerde om een jaar lang geen geldzorgen te hebben. Ook hun reputatie zou erbij winnen.

'Gaan we nu extra personeel aannemen?' vroeg Myriam na een tijdje.

'Natuurlijk. Ik wil het trouwens met jou eens over Koen hebben.'

'Je bent niet tevreden over hem, is het niet?'

'Jij wel?'

'Hij past niet echt in het bedrijf. Ik vrees dat er altijd wrijvingspunten zullen blijven bestaan. Hij behandelt zijn klanten correct, maar heeft er geen enkele empathie mee. Voor hem zijn klanten een middel om geld te verdienen. Hoe het voor hen afloopt, interesseert hem geen barst, zolang hij maar scoort. Hij is erg materialistisch ingesteld.'

'Niet meteen de mentaliteit van Company 21. Er is zoveel concurrentie dat we iets meer moeten aanbieden dan louter zakelijke correctheid. Menselijkheid en de kwaliteit van onze service, dat zijn onze troeven. Ik heb geprobeerd dat bij Koen over te brengen, maar hij blijkt een ander standpunt in te nemen. Hij gaat over lijken om een commissie te halen. Deze week nog zette hij een oma onder druk om borg te staan voor haar kleinzoon. Een jonge kerel van wie je zo kon zien dat hij vroeg of laat in de problemen zou komen. Ik kon net op tijd de deal verhinderen door aan dat arme mens uit te leggen wat een borgstelling allemaal inhield. Bleek dat Koen het daar niet over had gehad. Haar kleinzoon was een gewetenloos kereltje dat haar geruïneerd zou hebben. Maar Koen zweeg uit winstbejag.'

Zijn manier van werken zat Ellen steeds meer dwars. Maar aangezien zijzelf zijn indienstneming had voorgesteld en verdedigd, lag het voor haar moeilijk om met Myriam over zijn ontslag te praten. Het zou hun bovendien een pak geld kosten.

Zoals wel vaker was voorgekomen sinds ze met elkaar samenwerkten, voelde Myriam intuïtief aan wat haar partner op de maag lag en waar ze niet durfde over te beginnen.

'Jammer genoeg is zijn proeftijd voorbij. Koen is nu vast in dienst. Hoe lossen we dat op? We kunnen hem toch geen opzeg van zes maanden betalen.'

'Daar moeten we eens goed over nadenken. Misschien nog eens met hem praten? Het een laatste keer goed uitleggen en hem dan de keuze laten: op onze manier werken of zelf zijn conclusies trekken. Desnoods laten we hem kantoorwerk doen tot hij het zelf moe wordt en zijn ontslag indient. Hij is geen administratief genie, dus lang houdt hij het op kantoor niet vol.'

'Goed idee. We zullen dan wel naar twee goede medewerkers moeten uitkijken, of we zitten straks nog zonder verkopers! Wie weet of Grietje nog een baan in de verkoop zal willen na wat haar overkomen is.'

'Misschien komt Karl naar België.'

'Hij zou in elk geval een aanwinst zijn voor ons bedrijf. En voor jou persoonlijk ook', voegde ze er lachend aan toe.

'We hebben er nog niet over gepraat. Maar als we willen trouwen, zullen we iets moeten doen. Hij ginder en ik hier, zie ik ons niet lang volhouden. Hij moet zijn Spaanse projecten daarom niet opgeven. Wij zouden samen "Company 21 International" kunnen oprichten.'

'Doe niet gek, Ellen.'

'Waarom niet? We hadden het over een paar maanden toch ook al willen proberen met de buitenlandse dossiers van de Bouwbank. Ik zou graag buitenlandse projecten in ons aanbod hebben. Die markt wordt steeds sterker. Er zijn steeds meer Belgen die beleggen in onroerend goed in het buitenland. Zeker nu de euro ingeburgerd is en terrein wint op de dollar.'

'Misschien kan Ruud ook voor ons werken! Hij zou de Nederlandse markt voor ons kunnen openen.'

'Daar had ik ook al aan gedacht. Maar zou hij niet liever naar het bankwezen terug willen?'

'Willen wel. Of die mogelijkheid er is, is een andere kwestie. In die sector is een ontslag als het zijne een ernstige zaak. Vooral omdat Ruud de echte reden ervan natuurlijk niet kan vermelden. Hij kan moeilijk gaan rondvertellen dat de bank de fiscus bedrogen heeft.'

'Zou jij het zien zitten? Het is een hele stap. Ons partnerschap uitbreiden met Ruud en Karl én internationaal gaan.'

'Als jij dat wilt en je gelooft dat het kan werken, waarom niet? Wat mij betreft, je kent me. Ik ben geen avontuurlijke ondernemer zoals jij. Ik verlaat me dus op jouw oordeel. Company 21 ligt je te nauw aan het hart om domme dingen te gaan doen.'

'Ik praat er dit weekend in Luxemburg met papa over. Hij is ook partner in de zaak door zijn kapitaalinbreng. Zonder hem zouden we Company 21 niet hebben kunnen starten, bijgevolg moeten we hem kennen in deze belangrijke stap. Als hij voor ons voorstel gewonnen is, gaan we ervoor. Als Karl en Ruud het willen natuurlijk.'

'Als de mannen willen? Zij hebben niets te willen! Ben je soms vergeten dat we Company 21 hebben opgericht omdat we het samenwerken met mannen die dachten dat zij het alleen voor het zeggen hadden, hartgrondig beu waren?'

'Je hebt gelijk, Myriam. Als we het doen, moeten we eerst voor tweehonderd procent zeker zijn van onze eigen partner. Ik bedoel dat ze allebei achter onze manier van werken staan, en nog belangrijker, dat we allebei de partner van de andere vertrouwen. Want als ooit het vertrouwen tussen ons vieren zoek is, is het met ons bedrijf gedaan. Dat risico mogen we niet lopen.'

Myriam knikte. Met zijn vieren het bedrijf leiden, zou inderdaad niet eenvoudig worden. Ze zouden elkaar niet alleen voor honderd procent moeten vertrouwen, maar bovendien moeten vermijden dat ze rond bepaalde beleidsbeslissingen in een patstelling terechtkwamen. Koppel tegen koppel, of nog erger, vrouwen tegen mannen. Het zou ze hun relatie kunnen kosten.

'Laten we niet onbesuisd te werk gaan, Ellen. Praat eerst met je vader, maar voorlopig niet met Karl. Laten we er allebei nog een tijdje over nadenken. Er is geen haast bij. Company 21 International loopt niet weg.'

'Afgesproken. Maar ik zeg je nu al dat ik er een goed gevoel bij heb. We moeten het alleen heel goed zien aan te pakken, de bevoegdheden en stemverhouding duidelijk vastleggen. Een internationaal makelaarskantoor is iets waar ik altijd van gedroomd heb. Makelen over de grenzen heen. Heel Europa als werkterrein, een Europa dat nog steeds groter wordt! Een keten van makelaars die willen werken zonder bedrog en geknoei. Gewoon hard onderhandelen zoals we vandaag deden en eerlijke deals afsluiten die alle partijen ten goede komen.'

'Uitsluitend mensen in het bedrijf opnemen die dezelfde principes hebben. Ieder personeelslid van Company 21 International moet van onze visie op het makelen doordrongen zijn. Wij worden de "Bodyshop" van het onroerend goed. Eerlijk en correct makelen, een nieuwe manier van zakendoen. Met mannelijke alertheid en zakelijkheid, maar met vrouwelijke intuïtie en gevoel.'

'Met mannelijke hardheid, maar met vrouwelijke warmte.'

'Met mannelijke berekening, maar met vrouwelijke soepelheid.'

In hun enthousiasme vergaten ze de realiteit, besefte Myriam met een bang hart.

'Utopie?' vroeg ze.

'Niet als wij de mannen ervan kunnen overtuigen dat onze manier van werken op termijn even winstgevend is. Dat eerlijkheid geen domheid is en dat gevoelens ook in het zakenleven een plaats hebben.'

Hoe graag zou hij de kerel te pakken willen krijgen die Grietje had afgeranseld. Dat doen zou hem tenminste het gevoel geven zijn naam te zuiveren van de diefstallen waarvan men hem ten onrechte betichtte. Geen ogenblik verliet het gevoel van onrechtvaardigheid hem. Akkoord, een gemakkelijk mens was hij beslist nooit geweest, maar wel altijd eerlijk. Wat hem was overkomen, verdiende hij echt niet.

Maar Grietje verdiende dat nog minder! Dat lieve kind zou geen vlieg kwaad doen. Zelfs de mensen in het gebouwtje van Cefab waar hij momenteel op een studiootje verbleef, hadden het voortdurend over hoe hulpvaardig ze wel was. Wanneer hij vanavond iets verdachts opmerkte, zou hij niet aarzelen hardhandig op te treden.

Hij had al zijn moed bij elkaar moeten rapen om terug hiernaartoe te komen. Het viel mee dat hij totnogtoe niemand van de bewoners had gezien. Na acht uur 's avonds bleven ze meestal binnen. In het gebouw zelf zou hij geen rondes doen. Hij had trouwens geen sleutels meer. Niemand kon hem echter beletten de parkeerplaatsen, de tuin én het parkje in de gaten te houden. De ingang van het gebouw waar Grietje haar appartement had, hield hij extra in het oog. Aangezien hij al de mensen kende die er woonden, zelfs de vaste bezoekers had hij meer dan eens gezien, zou een vreemde hem onmiddellijk opvallen.

Terwijl hij zijn fantasie de vrije teugel liet hoe hij de schurk zou overmeesteren en hem daarna aan de politie zou overleveren met als gevolg dat ze zijn dossier misschien met heel andere ogen zouden bekijken, begon hij aan een nieuwe ronde. Hier en daar raapte hij, gewoontegetrouw, papier of blikjes op. Aangezien de containerruimte nooit op slot was, kon hij de rommel straks in een van de containers gooien.

Hij stelde vast dat het gebouw eigenlijk niet zonder een conciërge kon. Hij was nog maar enkele dagen weg en je zag al sporen van slecht onderhoud. Hopelijk zou het de eigenaars ook opvallen, anders zou het gebouw snel aan standing inboeten.

Je kon het de mensen van de onderhoudsfirma niet kwalijk nemen. Voor hen was dit de zoveelste klus per dag, een paar uurtjes werken en dan naar de volgende opdracht. Het gebouw en zijn bewoners betekenden niets voor hen.

Voor hem was dat anders geweest. Niet alleen was hij vanaf het begin betrokken geweest bij dit gebouw, hij kende er elke bewoner bij naam. Daarbij was het de laatste plaats waar hij en Treeske samen gelukkig waren geweest.

Het zou niet lang meer duren voor mevrouw De Ridder hem noodgedwongen zou moeten vervangen, ook al probeerde ze het zo lang mogelijk tegen te houden. Ze wist hoe erg zijn ontslag zou aankomen. Hij kon zich inderdaad niet indenken dat hij zou moeten verhuizen. In hun appartementje voelde hij nog steeds heel duidelijk de aanwezigheid van Treeske. Tussen die vier muren hadden ze samen hun laatste jaren beleefd. Nooit eerder hadden ze zich inniger met elkaar verbonden gevoeld. Wat had Treeske genoten van zijn verhalen over de bewoners. Hij had er zelfs voor de lol nog wat bij gefantaseerd ook, tot ze allebei moe waren van het lachen en de ellende van haar ziekte even konden vergeten.

Nooit zou hij nog gelukkig zijn. Dat het ergste verdriet om haar dood zou slijten, was mogelijk. Zoals na een tijd ook het verdriet dat ze geen kinderen konden krijgen, sleet. Al stak de wrange pijn af en toe de kop weer op. Vooral Treeske had er erg onder geleden. Maar hij, nog ooit gelukkig zijn? Nee, die tijd was voorgoed voorbij.

Het zou zelfs best niet lang meer duren voor hij bij Treeske zou zijn. Als ze hem in de gevangenis zouden steken, zou hij zich laten doodgaan. Hij was daar koppig genoeg voor. Hij zou zich uithongeren. Niet ostentatief, zo stom was hij niet. Hij zou gewoon ophouden met te willen leven. Als een boom die van-binnen uit rot en uitgehold was. Zo zou hij zichzelf uithollen door zijn verdriet, zijn onmacht en zijn schaamte en door het onrecht dat hem was aangedaan.

Een geur van brandend plastic haalde hem uit zijn bittere be-denkingen. Hij stond nu aan de kopgevel van het gebouw, vlak bij de ingang van het parkje. De kant van het appartement van VDB. De geur werd steeds sterker. Onbewust keek hij naar boven en zag dat er nog licht brandde bij VDB. Hij wilde verdergaan toen hij plotseling besefte dat er iets mis was met dat licht. Hij draaide zich om en ging wat dichter naar het gebouw toe. Verdomme! Dat was geen licht. Er was brand bij VDB!

Zonder zich een seconde te bedenken liep hij naar de voorkant van het gebouw en pas bij de inkomdeur besefte hij dat hij geen sleutel meer had. In paniek bonkte hij op de glazen deur die de nachthal van het gebouw scheidde. Maar dat hoorde natuurlijk niemand omdat op het gelijkvloers alleen maar fietsenbergin-gen waren. Toen drukte hij met volle kracht aanhoudend op vier bellen tegelijkertijd. Enkele bewoners antwoordden geïrriteerd, maar daar trok hij zich niets van aan.

'Politie! Doe open! Vlug!'

De diefstallen zaten nog fris in het geheugen, want de tussen-deur klikte direct open, terwijl stemmen opgewonden door elkaar praatten. John wachtte niet op de lift. Met twee treden tegelijk rende hij de trappen op naar de verdieping van VDB. Hij liep naar de berging van de brandslang, draaide de kraan open en ontrolde de brandslang tot aan het appartement. Onder de deur kwam al rook uit. Hij belde, maar kreeg geen antwoord. Zonder dralen stampte hij een eerste keer met al zijn kracht tegen de deur en de tweede keer sprong het slot open.

'Brand! VDB, kom naar buiten! Brand!'

Niemand antwoordde. John aarzelde. Als hij de deur van de living opende, zou de brand kunnen uitslaan. Waarschijnlijk lagen VDB en zijn vrouw al in bed. Hij nam zijn gsm en drukte het noodnummer in. Nadat de verbinding tot stand kwam, gaf hij het adres, de juiste plaats van de brand en de manier om binnen te komen. Binnen de vijf minuten zou de brandweer ter plaatse zijn.

De rook werd almaar dichter. Hij kon niet op de brandweer wachten. Zijn longen deden al pijn. VDB zou zich doodschrikken als hij onverhoeds de slaapkamer binnendrong, maar beter dat dan te stikken. Met een met de brandslang natgemaakte zakdoek voor zijn mond, deed hij de deur van de nachthal open en ging naar de slaapkamer.

'Niet schrikken! Ik ben het, John Staelens. Er is brand bij u in de living.'

De slaapkamer was echter leeg, het bed onbeslapen.

John vloekte. Die mensen waren niet thuis. Straks werd hij nog beschuldigd dat hij de brand had aangestoken! Even dacht hij eraan vlug weer weg te lopen, de brandweer zou toch dadelijk hier zijn. Maar iets zei hem dat niet te doen. Hij spoot zichzelf nat, bond zijn natte zakdoek terug voor zijn mond en opende de deur naar de woonkamer. De vlammen sloegen als bij een ontploffing de gang in en de haren op zijn onderarmen verschroeiden tot bruine stoppeltjes. Met de brandslang in de aanslag slaagde hij erin de kamer binnen te gaan. Het plafond en de gordijnen brandden. Het ergste vuur kwam echter van de keuken. Terwijl hij met de brandslang om zich heen spoot en voorzichtig naar de keuken liep, zag hij VDB en zijn vrouw voor de zetels op de grond liggen. De vlammen kropen langzaam naderbij.

Hij richtte de brandspuit op de twee lichamen en zag tot zijn enorme opluchting dat ze bewogen. Terwijl hij de vlammen met de brandslang op afstand probeerde te houden, kroop hij laag tegen de grond naar hen toe.

'Kunt u mij horen?'

'Help!'

De stem van VDB was een rauwe kreet van doodsangst.

'Probeer te kruipen. Ik zal u volgen en u natspuiten.'

'Mijn vrouw. Bewusteloos.'

'Kruip naar buiten, zeg ik. Ik breng haar wel naar buiten. Vooruit! Kruipen, verdomme!'

VDB begon naar de hal te kruipen terwijl John de vlammen met de brandspuit van hem en zichzelf af probeerde te houden. Met zijn vrije hand greep hij de kleding van mevrouw Van Den Broucke vast en begon haar naar buiten te sleuren. Zijn longen brandden en hij kon bijna geen lucht meer krijgen. Even zwijmelde hij en bijna liet hij de brandslang vallen, maar hij dacht aan Treeske en voelde onmiddellijk dat ze hem hielp door te zetten. Eindelijk hoorde hij de loeiende sirenes van de brandweerwagens. De dikke rook belette hem nog te ademen. Hij had overal pijn. Hij zakte in elkaar en wilde het opgeven. Ze zouden hem wel komen halen. Op de grond kreeg hij toch wat lucht. Hij zag dat mevrouw Van Den Broucke niet meer ademde en met het laatste greintje kracht dat hem restte, lukte het hem haar de living uit te trekken naar de hal, waar VDB werd opgevangen door een toesnellende brandweerman. Toen verloor hij het bewustzijn. Het laatste dat hij zag, was niet de brandweerman die mevrouw Van Den Broucke van hem overnam en een deken wierp over zijn brandende kleding, maar Treeske, die voor hem stond en naar hem lachte. Zijn glimlach vormde een witte streep in zijn zwartgeblakerde gezicht.

In de man wiens hoofd helemaal omzwachteld was en de ogen geen wimpers of wenkbrauwen meer hadden, herkende Ellen onmiddellijk John. Ze was diep geschokt. Ze vroeg zich af wat John op dat uur in het gebouw deed. Even spookte de gedachte door haar hoofd dat hij mogelijk zelf de brand had aangestoken uit wraak voor de beschuldiging van diefstal waarvan hij VDB verdacht. Ze verwierp deze gedachte echter als volslagen onzinnig. John zou zoiets afschuwelijks nooit doen, zoals hij ook die diefstallen niet kon gepleegd hebben.

Maar hoe was het dan te verklaren dat hij op dat ogenblik in het gebouw aanwezig was en VDB en zijn vrouw had kunnen redden? Ze legde een verklaring van identificatie af bij de politie die intussen was aangekomen en ging daarna terug de ziekenkamer van John binnen. Haar hart brak toen ze die boom van een vent zo zag liggen. Het was nog niet genoeg dat ze hem vernederd en gebroken hadden, nu was hij ook nog lichamelijk gekwetst en onherroepelijk getekend.

Een verpleegster kwam binnen en checkte de zuurstoftoevoer.

'Hoe is zijn toestand, zuster?'

'Gestabiliseerd. Het moet een sterke man zijn. De andere slachtoffers zijn er veel erger aan toe.'

Het drong eerst niet tot Ellen door, maar toen begreep ze dat ze met de andere slachtoffers het echtpaar Van Den Broucke bedoelde. Ze wilde hen ook even bezoeken.

'Kan ik er even bij? Ik ben de beheerder van het gebouw waar de brand woedde. Ik zal moeten zorgen voor het verzekeringsdossier.'

'Dat zal jammer genoeg niet gaan. Ze liggen op de intensieve afdeling en daar is uitsluitend familiebezoek toegelaten. U zult een paar dagen moeten wachten.'

'Weet u iets over hun toestand?'

'Zware vergiftiging door inademing van de giftige stoffen van de kunststof plafondtegels, volgens de dokter echte moordwapens bij brand.'

'Maar het appartement is pas drie jaar oud. Waarom zou hij daar een vals plafond aanbrengen?'

'Dat zult u hem zelf moeten vragen. Als u daar tenminste nog de kans toe krijgt.'

'Bedoelt u dat ze in levensgevaar zijn?'

'Ik ben bang van wel, ja. Als ze het redden is het alleen aan deze patiënt te danken. Volgens de dokters had elke minuut langer in die brandende kamer voor deze mensen de vergiftigingsdood kunnen betekenen.'

De verpleegster trok het gladde laken onder de ingezwachtelde handen van John nog iets rechter. 'Hij had gelukkig een natte zakdoek voor neus en mond. Dat is zijn redding geweest. Behalve zijn hoofdhuid zijn ook handen en onderarmen door druppels van de smeltende tegels verbrand. De rest van zijn lichaam heeft er gelukkig minder onder geleden. Hij was zo slim zijn kleding nat te houden.'

'John heeft jaren in de bouwsector gewerkt. Hij heeft me eens verteld dat hij als ploegleider verschillende EHBO- en veiligheidscursussen had gevolgd.'

'Daaraan heeft hij dan waarschijnlijk nu zijn leven te danken.'

'Niet alleen daaraan. Hij heeft ook een uitstekende engelbewaarder.'

De jonge verpleegster keek haar aan alsof ze niet goed snapte waarover Ellen het had. Ellen deed nog een poging.

'Zijn vrouw, Treeske, is een paar maanden geleden gestorven. Hij verafgoodde haar. Ik heb zelden een diepere liefde gezien dan tussen John en zijn Treeske.'

Het was duidelijk dat de jonge verpleegster het verband niet zag tussen die liefde en het feit dat John de brand overleefd had.

'Is er nog andere familie?' vroeg de verpleegster na een korte stilte.

'Geen nabije. Neven en nichten misschien.'

'We hebben niemand als naaste familie in het opnamedossier en dat is lastig als er iets fout gaat.'

'Vreest u daarvoor?'

'Niet echt. Je weet echter nooit.'

'Noteert u mij dan maar. Ik weet zeker dat John dat zo zou willen. We zijn niet alleen vrienden, hij is ook bij mij in dienst. Mijn zoontje is erg aan hem gehecht. John weet als niemand anders met zijn puberteitskronkels om te gaan.'

'Als ik u zo hoor, lijkt me deze man inderdaad een bijzonder iemand te zijn.'

Ellen knikte. Ze herinnerde zich plotseling weer het moment dat John meer dan drie jaar geleden in haar kantoor kwam smeken hem de baan van conciërge te geven om Treeske in haar strijd tegen kanker thuis te kunnen houden en zelf te kunnen verzorgen. Ze voelde weer het verdriet dat haar toen overmeesterd had toen ze tot het besef kwam dat de liefde tussen haar en haar man, vergeleken met die van John voor Treeske, onbestaande was.

'Denkt u dat hij vannacht nog bijkomt?'

'Nee, hij is zwaar verdoofd. Dat doen we altijd met brandwondenpatiënten. De pijn is anders niet te harden. Het zou zelfs kunnen dat ze hem een paar dagen in deze toestand houden.'

'Wilt u ervoor zorgen dat men mij waarschuwt wanneer er verandering in zijn toestand komt? Ik zou er graag bij zijn als hij bijkomt.' Ze gaf haar kaartje aan de verpleegster. 'Al mijn telefoonnummers staan erop. U mag mij eender wanneer laten bellen. John heeft voorrang.'

'Ik zal het doorgeven.'

'Bedankt. Dan ga ik nu. Het is al bijna ochtend.'

Ellen bleef nog even aarzelend staan. De verpleegster zag het.

'Wees gerust, we bellen u. Voor iemand die zo moedig is als deze man hebben wij het grootste respect.'

Ellen knikte slechts. John verdiende inderdaad alle respect, daar was verder niets aan toe te voegen.

De volgende dag, nadat ze alles in orde had gebracht in verband met de brandverzekering en met Myriam, Grietje en Koen de dringendste klussen op kantoor had weggewerkt, besloot ze naar Lieve te gaan. Karl had intussen zijn vlucht naar Luxemburg geboekt en ze had haar vader beloofd Lieve eerst persoonlijk in te lichten.

De middag in Hasselt was in het begin vlot verlopen. Lieve had in de krant iets gelezen over de brand in het gebouw in Kontich. Ze vroeg haar zus honderduit. Ellen vertelde haar, tot haar eigen verbazing, het hele verhaal tot zelfs de beschuldiging van diefstal en de aanranding van Grietje.

Lieve zat de hele tijd naar haar boeiende verhaal te luisteren. Ellen had er plezier in dat haar moeilijke zus eindelijk eens geïnteresseerd naar haar luisterde.

'Wanneer de conciërge voorkomt voor die diefstallen, zal de rechter met zijn heldendaad wel rekening houden', zei Lieve toen ze het verhaal afsloot.

Aan die mogelijkheid had Ellen zelf nog niet gedacht.

'Mogelijk. Maar ik geloof niet dat John daar genoegen mee zal nemen. Hij wil van alle schuld vrijgesproken worden. Hij heeft de diefstallen niet gepleegd. Iemand heeft hem erin geluisd.'

'Wat een toestanden! Ik snap maar niet dat jij dat beroep zo leuk vindt. Vanaf dat je makelaar bent geworden, sukkel je van het ene probleem in het andere. Word je dat niet beu?'

Ellen lachte. 'Zo erg is het nu ook weer niet.'

'O nee? Gijzeling, fraude, omkoperij, ongelukken met dakplaten, diefstallen, brand... En ik vergeet er zeker nog enkele!'

'Een lijk dat al zes maanden in een zetel zat misschien?'

'Jakkes! Ik zou dat werk voor geen geld willen doen.'

'Wees gerust, Lieve. Het is allemaal louter toeval. Meestal is het leven van een makelaar vrij saai. Huisjes verkopen, appartementjes verhuren en af en toe een villaatje! Maar ik moet toegeven, het lijkt of ik de laatste jaren niet zonder een of ander drama kan. Ik moet me eens laten belezen.'

Het was grappig bedoeld, maar Ellen bedacht dat het misschien nog niet zo een slecht idee was.

'Je kunt ook weer van werk veranderen. Je was toch directiesecretaresse?'

'Personal assistant', wilde Ellen haar zus terechtwijzen. Ze hield zich gelukkig net op tijd in.

'Er zijn ook mooie kanten aan dit vak. Dankbare klanten, onverwachte successen. We hebben net, tegen alle verwachtingen in, een grote fabriek verkocht en het zo kunnen regelen dat er van de verkoopsom een fonds wordt afgehouden voor de ontslagen arbeiders. Het heeft me uren onderhandelen gekost.'

'Jij had in de politiek moeten gaan.'

'Ik heb dat wel niet in mijn eentje klaargespeeld. Myriam werd in de fabriek door de arbeiders vastgehouden tot er een oplossing uit de bus kwam. Zij heeft ze door haar overredingskracht kalm kunnen houden. Ze heeft zelfs met hen zitten kaartspelen.'

'Nog meer moeilijkheden! Ik zou toch een carrièrewissel overwegen als ik jou was.'

Nu of nooit, dacht Ellen.

'Ik plan geen carrièrewissel, wel komt er een ommezwaai in mijn privé-leven. Ik ben eigenlijk hiernaartoe gekomen om het jou te vertellen.'

Ze zag dat Lieve direct wantrouwend reageerde. Hoewel ze zich vooraf had voorgenomen het omzichtig aan te pakken, veranderde ze van tactiek.

'Er is weer een man in mijn leven', zei ze botweg.

De reactie liet niet op zich wachten.

'Wat?' Lieve sprong op en werd zowaar lijkbleek.

'Rustig maar, het is goed nieuws. Ik hoop dat je deelt in mijn geluk. Hij is ook makelaar én projectontwikkelaar. Hij is Belg, maar woont in Spanje. Hij heeft me ten huwelijk gevraagd en ik ben stapelgek op hem.'

Het werd even ijselijk stil in de living.

'Wat zegt Marc daarvan?'

'Hoezo, Marc?'

'Je man. Weet je nog wel?'

'Mijn ex-echtgenoot, bedoel je!'

Typisch dat Lieve daar meteen over begon. Ellen had niet anders verwacht trouwens. Ze moest nu proberen heel diplomatisch te werk te gaan.

'Ik weet dat je nog steeds contact hebt met Marc en ik heb daar uiteraard geen bezwaar tegen. Hij is de peter van een van je kinderen en jullie konden goed met elkaar opschieten. Misschien was jij zelfs een veel betere echtgenote voor hem geweest.'

'Ik zou hem in ieder geval niet voor mijn carrière in de steek gelaten hebben.'

Ellen moest even hard op de tanden bijten om niet uit te vliegen. Karl, als je eens wist wat ik voor jou moet doen, dacht ze. De gedachte aan hem gaf haar weer moed om kalm het gesprek voort te zetten.

'Ik ben niet van Marc gescheiden voor mijn carrière, als je dat denkt. Hij bedroog me, tot in mijn eigen bed toe. Zelfs wanneer Tom thuis was. Er zijn grenzen aan wat een vrouw kan verdragen, Lieve.'

Zoals bij de vorige keren dat ze het over zijn ontrouw gehad hadden, wilde Lieve er niet van weten. Ellen gaf haar de kans niet om haar verwijten nogmaals te herhalen. Zou haar zus daar nooit mee ophouden?

'In ieder geval, voor mij is Marc voltooid verleden tijd. Ik beschouw hem alleen nog als de vader van onze zoon, en daar blijft het bij.'

'Marc houdt nog van je.'

'Dan heeft hij een vreemde manier om dat te laten zien. Laten we nu, alsjeblieft, zwijgen over Marc. Hij heeft hiermee niets te maken. Ben je niet nieuwsgierig naar Karl?'

'Heet hij zo?'

Het volgende kwartier vertelde ze enthousiast over Karl, over hun geheime ontmoetingen in Brussel en daarna over de schitterende ontvangst in Spanje. Over de gekke manier waarop hij haar ten huwelijk had gevraagd. Zelfs over hun gezamenlijke toekomstplannen. België zou hun vaste verblijfplaats worden en de villa in Spanje hun toevluchtsoord. Over de oprichting van Company 21 International hadden ze het nog niet gehad. Ook niet of Isabella mee naar België zou verhuizen of niet. Na het weekend in Luxemburg zou ze in elk geval met haar vader mee naar Kontich komen om kennis te maken met Tom.

'Bedoel je dat je vriendje naar Luxemburg komt?'

'Niet mijn vriendje. Mijn verloofde. Vriendjes stel je niet voor aan je voltallige familie en nodig je niet uit op een intieme herdenkingsplechtigheid. Papa gaf me de toestemming Karl dit weekend in Luxemburg uit te nodigen. Ik wilde het jou echter eerst zelf komen vertellen, je bent mijn zusje.'

'Hoe durf je onze laatste familiebijeenkomst in het huis van mama op die manier te verstoren!'

'Ik wil Karl juist laten delen in onze gevoelens voor mama. Ik vind het zo jammer dat hij haar nooit gekend heeft.'

'Onzin! Je wilt dat alle aandacht alleen maar op jou gericht is. Zoals je steeds in de belangstelling wilt staan met al die toestanden met je werk. En of dat niet genoeg is, sleep je een wildvreemde man mee naar een intieme familiebijeenkomst. En liefst van al een man die stikt van het geld, enkel om indruk te maken. Heel typisch.'

'Dat is niet waar!'

'Ik ken je beter dan je jezelf kent.'

'Jij kent me helemaal niet. En weet je ook waarom? Omdat je altijd alleen maar met jezelf en je eigen bekrompen leventje bezig bent. Je kijkt niet verder dan je neus lang is.'

'Terwijl jij alleen leeft wanneer je in het middelpunt van de belangstelling staat. Al moet je daarvoor een Spaanse aanbidder verzinnen.'

'Ik verzin helemaal niets. Bovendien is Karl geen Spanjaard, maar een Belg. Een rasechte Antwerpenaar zelfs. Net als wij.'

'Al was hij een pekinees! We gingen gewoon met zijn allen dit weekend samen zijn, voor mama. Om haar samen te herdenken in het huis waar ze voor ons gezorgd heeft. Jij wilt er natuurlijk een happening van maken, met een wildvreemde als attractie.'

Kort daarna was het bezoek afgelopen. Zoals gewoonlijk geëindigd in een wederzijdse scheldpartij en een bruusk vertrek. Naderhand verweet ze zich dat ze het niet beter had aangepakt.

Toen ze een paar uur later weer thuis was, zocht ze troost in een lang telefoongesprek met Karl. Het zou allemaal wel loslopen volgens hem. Hij zou Lieve extra aandacht geven en haar wel voor zich winnen. Ellen moest zich geen zorgen maken. Het weekend in Luxemburg zou schitterend worden. Hij had nu al het gevoel dat hij iedereen van de familie kende. Zelfs haar overleden moeder was niet langer een onbekende voor hem.

'Ik snap het niet, Marc. Je bent mijn beste vriend en een waardevolle zakenpartner, onmisbaar in het bedrijf. Maar wat de vrouwen betreft, maak je er steeds weer een knoeiboel van.'

'Hoor de pot de ketel verwijten! Vergeet niet, beste George, dat jouw liefdesleven voor mij ook geen geheimen heeft.'

'Mijn vrouw heeft mij tenminste niet laten zitten om met iemand anders te hertrouwen.'

Marc besefte dat hij een geweldige blunder had begaan door George te vertellen over het telefoontje van Lieve. Hij wist hoe gevoelig zijn ex bij George lag.

'Je kunt Ellen niet met Chrisje vergelijken. Ellen is altijd al ambitieus geweest terwijl jouw vrouw tevreden is met haar ondergeschikte rol.'

'Je bedoelt, haar "onderliggende" rol', voegde George er cynisch aan toe.

Marc haalde zijn schouders op. Het kon hem geen barst schelen dat George hem zijn verhouding met Chrisje regelmatig onder de neus duwde. Was hij misschien de tijd vergeten dat hij geil had gestaan op Ellen? George had zijn relatie met Chrisje aangemoedigd in de hoop dat het zou uitgroeien tot een echte partnerruil, wat uiteindelijk Ellen deed besluiten de scheiding aan te vragen. Dat verwijt kon Marc hem helaas niet hardop maken. Ze runden wel samen het bedrijf, maar alle papieren stonden op naam van George. Zelfs over de patenten van de ontwikkelingen die Marc had verwezenlijkt en die hun bedrijf op zakelijk topniveau hadden gebracht, had George alle rechten.

'In ieder geval, Ellen gaat hertrouwen en ik kan daar niets aan veranderen. De laatste maanden hebben we elkaar nog nauwelijks gezien.'

'Ik heb je meer dan eens gezegd dat ik Ellen wilde hebben: zakelijk als pion in het bedrijf én om onze triootjes om te zetten in een meer evenwichtiger kwartet. Je had haar nooit mogen loslaten.'

'Besef jij wel hoe hard ik gewerkt heb de laatste jaren? Ik werd door jou voortdurend opgejaagd. Mijn werk laat me niet veel speling toe. Ons bedrijf zou niet staan waar het nu staat als ik tijd had moeten maken om mijn ex te heroveren. En bovendien, Ellen was duidelijk. Ze wilde mij niet meer en jou heeft ze nooit gewild. Leg je daar nu eindelijk eens bij neer! Je zult Ellen nooit hebben, punt uit.'

George antwoordde niet en schonk nors een glas cognac in zonder er een aan hem te presenteren. Marc besefte dat hij het over een andere boeg moest gooien. George was heel kittelorig en je kon hem beter te vriend houden. Hij had bovendien zijn toekomst in handen!

'We staan in onze sector op het punt een van de belangrijkste bedrijven te worden. Elke televisiezender, elk productiebedrijf, elke filmploeg zal ons procédé in de toekomst willen gebruiken. Het is dus niet het moment om ruzie te maken over mijn ex waar jij al jaren op geilt. Had je haar destijds anders aangepakt, dan was alles niet zo gelopen. Ellen is een vrouw die je niet kunt dwingen. Als ze iets doet, is het omdat zij ervoor kiest.'

'En ze kiest nu voor een of andere Spaanse idioot en dat laat jou koud!'

'Zeg ik dat? Ellen zal mij nooit koud laten, maar ik weet dat ik het bij haar definitief heb verknoeid en ik heb me daarbij neergelegd. Bovendien moet ik aan Tom denken. Ik kan niet het gevaar lopen mijn zoon te verliezen omdat ik Ellen onder druk zet.'

'Straks ga je me nog vertellen dat je getuige op de bruiloft gaat zijn!'

'Als ze dat zou vragen, ja. Maar wees gerust', voegde hij er snel aan toe toen hij de nijdige reactie van George zag. 'Dat zal ze niet doen. Die man wordt trouwens vandaag voor het eerst voorgesteld aan de familie. Wie zegt dat er niets fout loopt en het nooit tot trouwen komt? Aan mijn ex-schoonzus zal het niet liggen!'

'Heb jij Ellen ooit mijn voorstel overgemaakt om bij ons in het bedrijf te komen? We zouden haar zakelijke talenten kunnen gebruiken. Het zou als het ware in de familie blijven, ik haat het er vreemden bij te betrekken. Kijk maar eens hoe ze het heeft klaargespeeld haar bedrijf in korte tijd naambekendheid te geven.'

'Ik heb het er met haar ooit wel eens over gehad. Maar ze heeft, zoals je zelf zegt, haar eigen bedrijf waarin ze al haar ambitie en energie steekt. Neem gerust van mij aan dat ze een van de grootste makelaarsbedrijven van België aan het uitbouwen is. Waarom zou ze dat ruilen voor jouw bedrijf, waar ze een ondergeschikte rol zou moeten spelen?'

Wat Marc er niet bij zei, was dat Ellen er nog niet aan dacht ooit met George samen te werken. Ze walgde van hem. George daarentegen had een dwangneurose over Ellen. Vanaf het moment dat ze in zijn leven was gekomen, toen Marc zich met haar had verloofd, was hij echt bezeten van haar. Aangezien hij en George van in hun studententijd hun liefjes met elkaar hadden gedeeld, had George niet anders verwacht dan dat hij Ellen met Marc zou delen. Ellen was voor dergelijke spelletjes helemaal niet te vinden. Stom genoeg was hij destijds in de fout gegaan. Hij had George veel te lang in de waan gelaten dat het met wat geduld in orde zou komen tussen hem en Ellen. Hij hoopte het lang genoeg te kunnen rekken tot George zijn bezetenheid voor Ellen zou opgeven. Maar dat was, helaas, niet gebeurd. Nu bracht het Marc nog maar eens in een moeilijke situatie. George was niet alleen een dominante en tirannieke man, hij had Marc ook volledig in zijn macht. Hij wist veel over Marc en Marc was financieel afhankelijk van hem. Zonder het geld van George had hij zijn nieuwe computerprogramma en het daarbij horende beeldverwerkingssysteem nooit kunnen ontwikkelen. Als George zich tegen hem keerde, zou hij alles kwijtraken en helemaal opnieuw moeten beginnen. Nu zijn programma eindelijk geld begon op te brengen, kon hij zich dat niet veroorloven. Er stond te veel op het spel.

'Laten we ons voortaan concentreren op de introductie van ons beeldverwerkingssysteem in de wereld van de media, George. Daarmee hebben we onze handen meer dan vol. Eenmaal ze het systeem geprobeerd hebben, kunnen ze niet meer zonder en worden we allebei multimiljonair. Dan liggen alle vrouwen die je maar wilt aan je voeten. Vergeet niet dat we ons in de sector gaan begeven waar de mooiste vrouwen te vinden zijn. Waarom je nog druk maken over Ellen? Ze is al in de verkeerde helft van de dertig. Wij hebben andere katten te geselen.'

Bij George kon er opeens weer een glimlach af. Hij was weer de charmante man, de intieme vriend.

'Je hebt gelijk. Maar ooit laat ik haar boeten voor de streek die ze me gelapt heeft op mijn veertigste verjaardag. Ik ben er de man niet naar om mij in aanwezigheid van al mijn vrienden en zakenrelaties door een vrouw belachelijk te laten maken.'

'Krijg ik nu eindelijk mijn cognac?' vroeg Marc om hem op andere gedachten te brengen.

Een paar uur later reed Marc terug naar Grobbendonk. Het huwelijk van Ellen was na de laatste rancuneuze oprisping van George gelukkig niet meer ter sprake gekomen en hij hoopte dat George, wanneer Ellen eenmaal getrouwd zou zijn, van zijn pogingen om haar te veroveren definitief af zou zien. George was een niet te onderschatten tegenstander wanneer je hem als vijand had. Indien de prognoses voor hun bedrijf correct waren, waaraan hij allerminst twijfelde, zou George spoedig een machtig en rijk man worden. En waar veel geld is, zijn mooie vrouwen nooit ver weg. Marc hoopte dat George zijn wraak op Ellen zou vergeten. Zoniet zou zijn ex wel eens serieus in de problemen kunnen raken.

'Toch toevallig dat ze te ziek is om morgen samen met ons naar de herdenkingsdienst van mama te gaan. Ze doet het gewoon om het mij achteraf te kunnen verwijten. Nu zal ik het nog jaren moeten horen dat ze het laatste afscheid van mama door mijn schuld heeft moeten missen.'

'Hou daar nu mee op. Totnogtoe is alles goed gegaan. Volgens wat je mij over haar allemaal hebt verteld, had ik me eerlijk gezegd aan het ergste verwacht. Ze gedroeg zich wel heel normaal toen ik hier aankwam. Het belangrijkste is dat Tom positief gereageerd heeft op onze verloving.'

'Tom is verstandig genoeg om te zien dat het zijn moeder ernst is. Hij heeft bij zijn vader andere dingen meegemaakt. Er was een periode dat hij ieder weekend bij zijn vader in Grobbendonk met een andere vrouw geconfronteerd werd. Hij kwam het me thuis telkens weer vertellen.'

'Je bedoelt dat hij spionnetje voor je speelde.'

'Helemaal niet. Het kon me niet schelen met wie Marc zich amuseerde. Ik vond het wel vervelend dat Tom ermee geconfronteerd werd. Hij was toen nog een kind.'

'Terwijl Tom bij zijn moeder daarentegen nooit een andere man heeft moeten verdragen. Ze is een heilige.'

Ellen nam het hoofdkussen beet en sloeg Karl ermee op zijn hoofd.

'Jij hebt een slecht karakter en je bent een plaaggeest. Denk vooral niet dat je de enige man bent die ik na Marc heb gekend. Ik heb je toch verteld dat ik een tijdlang een relatie had met Jan. Hij had een manege en was aannemer in schilderwerken. Hij heeft zich als het ware over mij ontfermd toen ik dat incident heb gehad met George, de baas van Marc.'

'De smeerlap die jou wilde dwingen tot partnerruil!'

'Hang niet de jaloerse minnaar uit, Karl. Dat behoort allemaal tot het verleden. Tom en Jan konden wel goed met elkaar opschieten. Tom was er zelfs het hart van in toen ik met hem brak.'

'Waarom heb je aan die relatie eigenlijk een einde gemaakt?'

'Omdat ze op foute gronden was gebaseerd. Het was een relatie gebaseerd op de rebound, om het met een sportterm uit te drukken. Hij ving me op tijdens het diepste dieptepunt in mijn leven met Marc en ik was hem zo dankbaar dat ik hem meer gaf dan wat ik voor hem voelde. Het heeft niet lang geduurd voor we beiden inzagen dat we niet bij elkaar pasten.'

'Ik heb na het dodelijke ongeval van Maria-Christina ook een kortstondige relatie gehad. Ik denk dat veel mensen die plotseling alleen komen te staan dezelfde fout maken. Je wilt immers het geluk herstellen dat je had. Je kunt de eenzaamheid niet aan en je begint te vroeg aan een relatie. Daarna kom je weer tot bezinning en ben je doodsbang van elke nieuwe toenadering.'

'Zo is het. En toen kwam jij onverwachts. Ik wist meteen dat jij de ware was.'

Karl richtte zich op en kuste haar terwijl ze zich dicht tegen hem aandrukte. Omdat de kinderen in de logeerkamers sliepen, lagen zij in de oude meisjeskamer van Ellen. Het bed was iets breder dan een eenpersoonsbed. Veel ruimte hadden ze dus niet. Maar Ellen had er de voorbije nacht niet de minste hinder van ondervonden. Integendeel, het had haar niet belet duchtig met Karl te vrijen.

'Lieve zal zich morgen wel weer beter voelen en meegaan naar de dienst.'

'Misschien wel. Ze had veel gedronken vanmiddag en dan wordt ze querulant.'

'Gelukkig voor haar is haar man een heel ander type. Ik heb met hem te doen. De arme jongen heeft zijn handen vol met zijn vrouw en vier kindjes.'

'De kinderen zijn schatten. Je mag van Lieve zeggen wat je wilt, maar haar kinderen komen niets te kort. Hopelijk blijft het zo, want dat drinken van haar wordt steeds erger.'

'Jij hebt altijd wel iets om je zorgen over te maken, is het niet, Ellen?'

'Ik vind nochtans van mezelf dat ik vrij optimistisch ben.'

'Jij een optimist? Je bent nuchter, dat wel. Je blijft niet bij de pakken neerzitten als er iets mis gaat. Een optimist zou ik je echter niet noemen. Een doemdenker evenmin.'

'Gelukkig maar met al de ellende van de laatste weken.'

'De deal met die fabriek heb je toch voor elkaar gekregen! Ik zou jou eens willen bezig zien bij dergelijke moeilijke onderhandelingen. Ik denk dat veel mensen zich aan jou mispakken. Ogenschijnlijk het zachte, mooie zakenvrouwtje, en plotseling de keiharde onderhandelaarster.'

'Als je dat maar weet', lachte Ellen. 'Toen ik pas aan de slag was als makelaar, deed ik in het begin van een bespreking soms opzettelijk onhandig. Je zag al de blikken van die mannen gaan: och, dat arme mevrouwtje, hoe onhandig! Hoe charmant onhandig en dom! Wanneer we echter tot de kern van de zaak kwamen, keken ze heel raar op dat ik hen de hele tijd doorhad. Notaris Van Biesen was de enige man die mijn tactiek doorzag.'

'Vrouwen!'

Ellen wilde hem weer tot vrijen verleiden. Ze legde haar rechterbeen over hem heen en drukte zich tegen hem aan. Tot haar grote teleurstelling bleef zijn reactie uit.

'Ik ben benieuwd wat Bella gaat zeggen. Ik hoop dat mijn dochter tegenover onze plannen even positief zal staan als jouw zoon.'

Ellen ging rechtop zitten. 'Bedoel je dat je me dumpt wanneer Isabella niet akkoord gaat?'

'Wat ben je geestig, Ellen', en hij gaf haar speels een klap op haar bibs. Maar daar bleef het bij.

Ellen was nog geen tien minuten op kantoor die maandag toen Cefab haar telefonisch het heuglijke nieuws meldde. De raad van bestuur had uiteindelijk dan toch voor Company 21 gekozen. De testen bij de andere bedrijven waren niet meegevallen, beweerden ze. Ellen was er eerder van overtuigd dat het de gunstige pers was die Company 21 had gekregen over hun onderhandelingen in verband met de fabriek, die voor Cefab de doorslag had gegeven. Hoe dan ook, de buit was binnen. Met dit contract werd hun omzet op slag vertienvoudigd! Het volledige onroerendgoedbezit van de trust was aanzienlijk. Het zou hen jarenlang een stevig inkomen en naambekendheid bezorgen. Ze kon haar opwinding nauwelijks de baas toen ze een afspraak maakte om de nodige documenten te ondertekenen.

'Grietje, dat contract hebben we hoofdzakelijk aan jou te danken!' riep ze uit nadat ze de telefoon had neergelegd. 'Maandagochtend of niet, dit is een fles champagne waard.'

'Akkoord voor de champagne, maar mijn aandeel was klein. Het is niet omdat mijn idee van die waskelder een succes is geworden, dat ze ons het beheer van al hun gebouwen hebben toegezegd. We zijn gewoon de beste makelaars van België.' Grietje stak apetrots haar beide armen in de hoogte.

'Hebben jullie de artikels gelezen?' vroeg een opgewonden Myriam terwijl ze naar de kranten wees die over de vergadertafel verspreid lagen. 'Bij twee kranten halen we zelfs de frontpagina. *"Makelaar Company 21 Vermijdt Nieuw Sociaal Drama in de Kempen!"* Is dat niet fantastisch, Koen?'

'Onwaarschijnlijk.'

Ellen en Myriam wisselden een blik van verstandhouding. Leek het maar zo of klonk er iets ironisch in zijn stem? Hij hoorde het waarschijnlijk zelf, want hij herstelde zich vlug.

'Jullie verdienen alle lof, dames! Een verkoop van die omvang met sociale bemiddeling erbovenop, is een krachttoer waartoe alleen de allerbesten in staat zijn.'

'Bedankt, Koen.' Als zijn lovende woorden gespeeld waren, was hij een verdomd goed acteur, dacht Ellen terwijl ze zich tot Myriam en Grietje wendde. 'En nu wil ik een uitgebreid verslag over John en het echtpaar Van Den Broucke. Ik moet dadelijk met de mensen van de verzekering praten en ik wil weten waar we aan toe zijn.'

'Houden we onze gebruikelijke maandagochtendvergadering dan niet?' vroeg Koen een beetje geërgerd.

'Nee, vandaag niet. Ik moet met Myriam een aantal dingen voorbereiden voor we het contract met Cefab ondertekenen en ik wil het met Grietje over de zaak in Kontich hebben. Misschien kun jij de telefoon intussen bemannen?'

Weer zag ze heel even die verbeten trek op zijn gezicht verschijnen die hij onmiddellijk daarop met een glimlach camoufleerde. Waarom had ze de laatste tijd het gevoel dat die kerel iets voor hen verborg?

Ellen en Myriam begonnen eerst aan de voorbereiding van de geplande vergadering met de directeurs van Cefab. Het dossier was zo omvangrijk dat ze niets aan het toeval mochten overlaten. Grietje nam intussen ijverig notities, want er viel veel te organiseren. Zoals de personeelsadvertenties in de kranten, een herschikking van het kantoor zodat er meer mensen konden werken, er moesten nieuwe computers worden aangesloten op het kantoornetwerk. Misschien kon ze daar Marc voor bellen. Hij zou op korte termijn wel iemand van hun bedrijf sturen. Ook moest het definitieve verslag van hun werkzaamheden die ze voor Cefab in het gebouw hadden verricht, nog opgemaakt worden. Zolang ze geen akkoord voor het beheer ervan hadden gekregen, was ze niet begonnen aan het eindverslag. Nu kon dat wel.

Het liep intussen al tegen de middag. Koen was net met klanten naar een bezichtiging en Ellen bracht het dossier Kontich ter sprake. Ze had ermee gewacht tot hij weg was. Iets zei haar dat het beter zo was.

'Hoe maakt John het eigenlijk? Daarstraks zeiden jullie dat hij aan de beterhand was, maar ik voelde aan dat jullie iets verzwegen.'

'De dokter verzekerde ons dat het met John weer goed komt, ook al zal hij er na de littekenvorming kale plekken op zijn hoofd aan over houden. Met de brandwonden aan zijn handen komt alles in orde.'

'Wat vertelt John zelf over het gebeuren? Ik vraag me nog altijd af wat hij in Kontich te zoeken had.'

'Er is iets dat ik je nog niet heb verteld, Ellen.' Grietje zat zenuwachtig op de achterkant van haar pen te bijten.

'Over de brand?'

'Onrechtstreeks. John was in Kontich omdat ik hem had verteld dat ik bang was wanneer Ben de avondshift had. Ik zag hem die avond regelmatig rond het gebouw wandelen en door het parkje.'

'Misschien niet zo verstandig met die beschuldigingen die tegen hem lopen, maar ik begrijp dat hij je in bescherming wilde nemen.'

'Er is nog meer. John vertelde me dat hij er Koen van verdacht geknoeid te hebben met de sleutels. Hij had John in zijn appartement een paar keren opgezocht en Koen had zich telkens weer vreemd gedragen, vond John. Hij veronderstelt dat Koen op verkenning kwam waar hij de gestolen spullen ergens in het appartement het best kon dumpen. Om hem daarna van de diefstallen te kunnen beschuldigen, is maar een kleine stap.'

'Dat kan ik niet geloven.'

'Waarom Koen hem zoiets zou flikken, wist John ook niet te vertellen.'

'Natuurlijk niet. Hij kent John amper.'

'Dat klopt. Maar... luister, ik weet dat ik geen enkel bewijs heb, maar ik denk dat Koen mij die avond aangerand en afgeranseld heeft. Daarom probeer ik zo weinig mogelijk met hem alleen te zijn op kantoor.'

Zowel Myriam als Ellen zaten haar met open mond aan te staren. Omdat geen van beiden geneigd leken om haar om meer uitleg te vragen, ging Grietje verder met haar verhaal.

'Door wat John vertelde, klikte er iets in mijn geheugen. Ik had al de hele tijd het gevoel dat ik mijn aanrander kende. Opeens wist ik het zeker. Iets in de manier waarop hij mij brutaliseerde, aan het geluid dat hij daarbij maakte, deed mij op dat ogenblik aan Koen denken.'

'Maar je hebt ons zelf verteld dat Koen naar Sint-Niklaas vertrokken was.'

'Ja, en daarom moest ik met de bus naar huis komen. Ik vond het toen al wat vreemd. Als je iemand meeneemt naar een avondvergadering, vind ik persoonlijk dat je hem of haar ook terug naar huis brengt.'

'Het is toch niet je tegenzin voor Koen die maakt dat je hem verdenkt? Jullie hebben het al een hele tijd moeilijk met elkaar.'

'Nee! Het was iets wat hij deed tijdens die aframmeling. Daardoor heb ik het ook helemaal verdrongen. Ik kan onmogelijk langer dan enkele seconden denken aan wat er toen gebeurd is. Dan blokkeert mijn geheugen. Dat komt door het trauma, zei de psychiater.'

'Dus jij verdenkt hem van de aanslag en John verdenkt Koen ervan dat hij de gestolen spullen bij hem gedumpt heeft en de sleutels aan de dieven heeft bezorgd. Hoor je zelf niet hoe onzinnig dat klinkt?'

'Ik weet het. Het lijkt allemaal onzinnig, maar...'

'Je zesde zintuig.' Ellen schudde bedenkelijk haar hoofd. Met een dergelijk belachelijk argument moest je bij de politie niet afkomen.

Grietje knikte en verbeet haar tranen.

'Maak je niet van streek, Grietje. Het is goed dat je het ons hebt verteld. Ik denk ook, net als Ellen, dat jouw verhaal niet klopt, maar als jij en John het zo zien en aanvoelen, zullen wij het onderzoeken. Oké?'

Grietje was te emotioneel om iets te kunnen zeggen.

'Je mag bovendien weten dat wij het er vorige week nog over gehad hebben dat Koen eigenlijk niet in het bedrijf past. We hadden zelfs besloten hem op een zijspoor te rangeren in de hoop dat hij zelf zou opkrassen.'

'Echt waar?' Grietjes gezicht klaarde meteen op.

'Ja. Dat heeft echter niets met die voorvallen te maken. Gewoon omdat hij blijft makelen op een manier die ons niet aanstaat.'

'Ik dacht dat jullie dat helemaal niet zagen. Ik werd er soms ziek van. Voortdurend zet hij mensen onder druk. Vooral mensen die daar gevoelig voor zijn, eenvoudige mensen voor wie zelfs een appartement huren een grote stap is. Ik durfde het niet te zeggen omdat jullie zouden denken dat het was omdat ik Koen niet kan uitstaan.'

'We zijn niet blind. We merken ook hoe hij zaken doet. Ook zijn gebrek aan collegialiteit ergert ons.'

Ze praatten nog even na, tot Grietje weer kalmer was geworden. Ellen besloot naar het ziekenhuis te gaan om met John te praten.

Voor ze vertrok drukte Ellen haar twee vriendinnen op het hart uitermate voorzichtig te zijn. Hoewel ze niet kon geloven dat Koen echt zo boosaardig was, mochten ze geen enkel risico nemen.

In het ziekenhuis ging Ellen eerst langs bij de hoofdverpleegster om naar de toestand van John te informeren. Ze was opgelucht te horen dat hij niet langer beademing nodig had. Wel was hij nog licht verdoofd voor de pijn, maar hij zag het leven weer wat optimistischer in, voegde ze eraan toe. En of Ellen ook eens wilde langsgaan bij het echtpaar Van Den Broucke. Mevrouw Van Den Broucke had er speciaal om gevraagd. Want mijnheer wilde met niemand spreken.

Typisch, dacht Ellen. VDB speelde weer voor martelaar. Hij zou het wel zo'n draai proberen te geven dat het allemaal de schuld was van Company 21 en van Ellen De Ridder in het bijzonder. Ze was hier in de eerste plaats voor John gekomen. De VDB's konden wachten.

Ze opende de deur van zijn kamer en bleef stomverbaasd in de deuropening staan.

'Dat is nogal wat, hè?' Door het verband zag Ellen alleen maar een deeltje van zijn gezicht. Maar aan zijn ogen merkte Ellen dat hij glunderde.

'Dit is geen ziekenkamer, maar een bloemenwinkel!'

'Dat zeggen de verpleegstertjes ook.'

Ze gaf hem voorzichtig een zoen op zijn omzwachtelde hoofd.

'Dag, grote held!' plaagde ze hem.

'Allemaal van mensen in het gebouw!' wees John moeizaam met zijn stevig verbonden hand naar de bloemen.

'Ze zullen ook vinden dat je een held bent.'

'En ze geloven helemaal niet dat ik een dief ben. Ze hebben zelfs een open brief naar de krant gestuurd.'

'Ik zal nog deze week een vergadering met de bewoners vastleggen. Ik wil horen wat zij van deze zaak denken.'

'Hebt u nog iets vernomen van de politie? Hebben ze al een spoor?'

Ellen schudde ontkennend haar hoofd. Trouwens, ze twijfelde eraan of de politie daarnaar zocht. Voor hen was de schuldige gekend.

'Maak je geen zorgen, John. Je hebt het niet gedaan en de waarheid zal wel uitkomen. Zorg nu maar eerst dat je gauw beter wordt.'

'Denkt u dat ik nog zal kunnen werken?' Hij toonde haar zijn omzwachtelde handen.

'De dokter zegt van wel. Niet meteen natuurlijk en geen zwaar werk. Maar daar zoeken we een oplossing voor. Voor het toezicht op de veiligheid en de orde in en om het gebouw, zullen we nooit een betere dan jij vinden. Dat is nu voldoende gebleken.'

'Als we de dief kunnen vinden.'

Ellen nam een stoel en ging naast zijn bed zitten. John bevestigde enkel wat Grietje hen reeds verteld had, maar had geen enkel concreet bewijs van de betrokkenheid van Koen. Toch besloot ze de zaak tot de bodem uit te zoeken.

Een halfuur later stapte ze naar de lift op weg om het ziekenhuis te verlaten, toen de hoofdverpleegster met wie ze daarstraks had gesproken, haar tegenhield.

'Bent u bij die andere patiënten geweest? Mevrouw heeft ons om de vijf minuten gebeld dat ze u zeker wilde spreken.'

'Een andere keer. Ik heb nu andere dingen aan mijn hoofd.'

'Ze is echt over haar toeren, hoor! Doe ons een plezier, spring er even binnen. Alsjeblieft.'

Ellen gaf met een diepe zucht toe. De hoofdverpleegster begeleidde haar tot aan de deur alsof ze dacht dat Ellen er toch nog vandoor zou gaan.

Een uur later verliet Ellen geschokt om wat ze vernomen had de ziekenkamer en reed onmiddellijk naar het politiebureau.

10

Toen Reinhilde Deconinck in het restaurant aankwam waar ze met Robert had afgesproken, zat hij reeds ongeduldig op haar te wachten. Hij stond onmiddellijk op en drukte haar de hand, die hij net even te lang vasthield. Of beeldde ze zich dat maar in? Daarna bood hij haar galant een stoel aan en nam ze tegenover hem plaats.

Het verraste haar telkens weer hoe verlangend ze uitkeek naar hun afspraken die steeds talrijker werden sinds Robert het voorstel tot samenwerking had aanvaard. Soms ergerde ze zich aan haar meisjesachtige hunkering hem te ontmoeten. Maar hoe ze zich er ook probeerde tegen te verzetten, het verlangen hem weer te zien nam steeds toe.

Ze zou het nooit hardop durven te bekennen, maar voor het eerst in jaren was ze hopeloos verliefd. Verliefd op de knappe, in haar ogen onweerstaanbare zestiger die Robert De Ridder was. Helaas was hij onbereikbaar voor haar. Telkens weer sprak hij met intens verdriet over het overlijden van zijn vrouw en hoe verloren hij zich voelde zonder haar. De aandacht en genegenheid die hij tijdens hun ontmoetingen voor haar toonde, en waarvan de nadrukkelijke handdruk daarnet een blijk was, had waarschijnlijk alleen te maken met het feit dat hij bij haar een luisterend oor had gevonden. Ze moest zich geen illusies maken. De kans dat ze op haar leeftijd nog de man van haar leven zou kunnen ontmoeten, was statistisch gezien zo goed als nihil.

Niets belette haar evenwel tijdens deze lunch weer volop te genieten van zijn aanwezigheid. Robert was aangenaam gezelschap en daarbij een van de weinige mannen die de oude galanterie nog in ere hield. Reinhilde stelde dat laatste erg op prijs, want in de politieke jungle waarin ze zich vaak hardhandig een weg moest banen, was hoffelijkheid vervangen door een gedragscode die louter op macht was gebaseerd.

'Vertel! Hoe is je drukke weekend verlopen?'

'Zoals ik verwacht had', antwoordde Robert, terwijl de kelner haar met een uitnodigende glimlach de menukaart zonder prijzen overhandigde. 'Zoals gewoonlijk waren er weer spanningen tussen Ellen en Lieve. Gelukkig bleef alles binnen de perken. Ik ben er zeker van dat Louise van ons familieweekend zou genoten hebben.'

Ze zag dat Robert het even moeilijk kreeg. Wat een verademing eindelijk nog eens een man te ontmoeten die zich voor zijn gevoelens niet schaamde. Soms werd ze misselijk van al dat holle politieke gepraat, van al de leugens, bedrog en beloftes die nooit werden ingelost en alleen bestemd waren voor electoraal gebruik.

'Je kinderen en kleinkinderen zullen je later dankbaar zijn voor dit weekend. Ik ben er zeker van dat ze daardoor het bruuske afscheid van hun moeder en oma beter zullen kunnen verwerken. Maar ik begrijp dat het voor jou pijnlijke dagen geweest zijn.'

'Dat viel al bij al nog mee. Ik weet, het is een platitude, maar gedeelde smart is inderdaad makkelijker om dragen.'

Robert haalde diep adem alsof hij het verleden van zich af wilde zetten en zich enkel en alleen nog wilde bezighouden met het heden.

'Zoals met hen afgesproken was, hebben mijn twee dochters de spullen van Louise opgeruimd en verdeeld zodat ik de villa nu definitief kan verlaten. Wanneer schikt het voor jou? Ik wil de periode in Luxemburg zo vlug mogelijk afsluiten.'

Reinhilde stelde hem gerust. 'Ik zorg ervoor dat alles ginder wordt opgehaald en ook dat het huis wordt schoongemaakt en overgedragen aan de bevoegde instantie. Als je me laat weten waar precies de verhuizers alles moeten uitpakken en plaatsen, zal je huis in Brussel vanaf volgende maandagavond perfect bewoonbaar zijn.'

'Prachtig! Het over en weer reizen wordt me te veel. Ik zou niet in Ellens plaats willen zijn. Stel je voor, zij en haar verloofde zijn van plan regelmatig te forensen tussen Spanje en België! Ik vrees dat ze de stress die het heen en weer reizen met zich meebrengt, zwaar onderschatten.'

'Ze zijn jong én verliefd, dan speelt afstand geen enkele rol. Wat vond je trouwens van je nieuwe toekomstige schoonzoon?'

Hoewel Robert met de keuze van zijn dochter instemde, liet hij toch enige reserve horen. Hij was niet de persoon die bij een eerste ontmoeting een definitief oordeel velde. Daarvoor wist hij veel te weinig van de achtergrond van Karl. Er was in het drukke familieweekend immers geen tijd geweest om daarop in te gaan. Hij vermoedde dat het huwelijk vrij spoedig plaats zou hebben, omdat er ook een soort samengaan van de bedrijven van Karl Van Langenaeken en van Ellen gepland was.

'Is dat wel verstandig van je dochter? Ik dacht dat zij op zakelijk vlak een zeer onafhankelijk type was en daarom haar eigen bedrijf had opgericht. Door haar echtgenoot in de zaak op te nemen, geeft ze die voor haar zo belangrijke onafhankelijkheid toch op?'

'Dat klopt. Maar Ellen is heel ambitieus. Ze wil een internationaal makelaarsimperium opbouwen en ik vrees dat deze ambitie haar terughoudendheid beïnvloedt. Bovendien wil ze de nieuwe partner van haar vriendin eveneens als vennoot in de zaak opnemen. Ruud Schouten, heet hij. Hij is Nederlander, ex-bankdirecteur en een zeer geschikte kerel. Ik ken hem al een paar jaar.'

'Dus twee nieuwe vennoten in de zaak, die tegelijkertijd ook hun partners zijn?'

'Een risico, ik weet het. Hopelijk is Ellen verstandig genoeg om de nodige garanties in te bouwen. In elk geval, ik kon het idee niet uit haar hoofd praten. Elke samenwerking is gebaseerd op vertrouwen, zei ze. Nu ze eindelijk de man heeft gevonden met wie ze de rest van haar leven wil samen zijn, wil ze alles met hem delen. Ook haar professionele verzuchtingen. Ellen en Karl zijn allebei zo bezeten van hun vak dat ik er niet aan twijfel dat ze hun ambities samen waar kunnen maken.'

'Jouw oordeel over hem is dus gunstig?'

'Tot nu toe, zoals ik daarnet al zei. Tijdens het familieweekend is duidelijk gebleken dat hij gek is op Ellen. Hij kon het goed vinden met Tom zonder hem al te nadrukkelijk proberen in te palmen en gaf heel diplomatisch ook genoeg aandacht aan Lieve en Dirk. Ik vermoed dat Ellen hem duidelijke instructies heeft gegeven', grinnikte Robert, die zijn oudste dochter maar al te goed kende. 'Jammer genoeg heb ik met Karl niet voldoende kunnen praten om mij een goed oordeel te kunnen vormen. De kleinkinderen eisten heel wat van mijn aandacht op en ik moest ook Ellen en Lieve in de gaten houden zodat ze elkaar niet in de haren vlogen. In ieder geval: de eerste indruk die ik van Karl had, was positief.'

'Je zult je nieuwe schoonzoon nog wel beter leren kennen.'

'En niet alleen als schoonzoon, maar ook zakelijk. Aangezien ik financieel betrokken was bij de oprichting van Company 21, zullen ze met mij, als aandeelhouder, de uitbreiding van de zaak moeten bespreken. Ondertussen heb ik de tijd om het een en ander uit te pluizen over de privé- en zakelijke achtergronden van Karl. Of ga ik daarmee te ver in de bescherming van mijn dochter?'

'Nee. Het is je volstrekte recht je dochter en vooral je kleinzoon te beschermen. Als ik je kan helpen, hoef je het maar te zeggen. Wij beschikken in politieke kringen daarvoor over onze eigen kanalen. Jij kunt er steeds gebruik van maken.'

'Bedankt, maar ik wil er zeker geen misbruik van maken. Toch hoop ik dat ze mijn discreet onderzoek niet kwalijk zal nemen. Ellen is een schat, maar eigenzinnig. Ze wil wel overleg, maar heeft een hekel aan inmenging. Ze wil alles zelf onder controle houden. Ze is beetje zoals jij, vermoed ik. Ze heeft jouw gedrevenheid en doorzicht. Ik hoop dat je haar spoedig zult ontmoeten.'

Reinhilde was aangenaam verrast door de manier waarop hij over haar dacht. Ze liet het echter niet merken. Tot nu toe waren haar contacten met Robert weliswaar gezellig en openhartig verlopen, maar uitsluitend professioneel. De toon van hun gesprek was nu heel anders.

'Als jij dat wilt, natuurlijk. Ik wil mij en mijn familie niet aan je opdringen', voegde Robert, die de verrassing in haar ogen verkeerd interpreteerde, er vlug aan toe.

Er viel een korte stilte waaruit Robert opnieuw de verkeerde conclusies trok.

'Neem me mijn voortvarendheid niet kwalijk, Reinhilde. Maar het voelt zo goed met jou te praten dat ik er soms bij vergeet dat onze contacten zakelijk moeten blijven. Ik mag jou met mijn privé-zaken niet lastig vallen.'

'Onzin! Ons beperken tot zakelijkheid zou dom zijn. Ik voel me ook goed bij jou en ik ben je dankbaar dat je zo openhartig met me bent. Het is een teken van vertrouwen. Ik kan je nu al zeggen dat ik uitkijk naar de dag dat ik jouw onvolprezen dochter mag ontmoeten.'

Robert glimlachte om dat 'onvolprezen'. Hij besefte dat hij zijn trots voor zijn oudste dochter en de verwachtingen die hij voor haar koesterde, moeilijk kon verbergen.

Het eten werd opgediend en aanvankelijk spraken ze weinig. Het was geen ongemakkelijke stilte zoals bij twee mensen die elkaar niets meer te vertellen hadden. Waarschijnlijk was hij moe van het drukke weekend. Wanneer het gesprek dan toch even op gang kwam, beperkte de conversatie zich tot oppervlakkigheden. Het was het soort gesprek dat Reinhilde niet van hem gewoon was en ze vroeg zich af wat er met hem was. Ze kon zich niet herinneren dat ze iets verkeerds had gezegd. Zat er hem iets dwars en durfde hij er niet over te beginnen? Ze wilde het weten en daarom legde ze vriendschappelijk haar hand op de zijne om er hem toe aan te moedigen erover te praten. Ze schrok toen hij haar hand greep en naar zich toe trok. De blik die hij met haar wisselde was bijzonder intens.

'Nogmaals mijn excuses, Reinhilde. Ik ben vervelend gezelschap vandaag.'

'Maar nee! Je bent alleen stiller dan ik van jou gewend ben. Misschien door het zware weekend?'

'Het is niet het weekend.'

'Wat dan wel? Ik maak me ongerust.'

'Ik zit met een vraag en ik weet niet hoe ik die moet aankaarten. Misschien zou ik er zelfs beter aan doen te zwijgen. Maar ik wil ook niet de indruk wekken dat ik niet genoeg vertrouwen in je heb.'

Reinhilde liet hem rustig de tijd om zijn probleem onder woorden te brengen. De moeilijke relatie met haar vader had haar geleerd dat je mannen de tijd moest geven om hun gevoelens te uiten. Of het nu regeringszaken betrof of persoonlijke zaken, luisterbereidheid was voor een vrouw een belangrijke troef om een man tot een open gesprek te brengen. Ze glimlachte hem bemoedigend toe en wachtte geduldig af terwijl hij haar hand nog intenser in de zijne hield. Het gaf haar een opwindend en tegelijkertijd vertrouwd gevoel.

'We kennen elkaar nu enkele maanden en mijn werk voor de regering is, vooral dankzij jouw onmisbare hulp, al aardig opgeschoten. De sluiting van het huis in Luxemburg betekent, zoals ik daarnet al zei, voor mij ook het einde van mijn diepe verbondenheid met Louise. Nu pas voel ik dat ze me loslaat, dat een tijdperk in mijn leven definitief is afgesloten.'

Hij zuchtte diep alsof hij zich om zijn bekentenis schaamde en nam vrij bruusk zijn hand weg.

'Mag ik zo vrij zijn jou in dat verband een louter hypothetische vraag te stellen?'

'Natuurlijk.'

'Is het normaal dat een man die meer dan veertig jaar gelukkig getrouwd is geweest en zielsveel van zijn vrouw gehouden heeft, zich enkele maanden na haar overlijden in een zekere zin bevrijd voelt?'

Omdat hij zijn vraag had gesteld, dacht ze dat hij van haar een antwoord verwachtte. Maar hij beduidde haar dat hij nog niet klaar was.

'Mag die man in dat geval actie ondernemen en een nieuwe relatie beginnen? Of zou dat getuigen van onkiesheid, van onbeschaamdheid?'

Wat moest ze hem antwoorden?

Had ze het wel goed begrepen dat Robert het over haar had? Ze was over de vijftig en had nooit een echt gelukkige relatie gehad. Ze had wel een aantal mannen gekend, maar geen enkele had ze de kans gegeven een belangrijke rol in haar leven te spelen. De eenzaamheid en de bitterheid van haar moeder in het liefdeloze huwelijk met haar vader hadden haar ervan weerhouden.

Toch hoopte ze dat zijn vraag niet hypothetisch was. Al enkele weken was de manier waarop ze met elkaar omgingen, grondig veranderd. In het begin ging het er uiteraard officieel aan toe, hoewel nooit echt afstandelijk. De laatste tijd daarentegen had ze soms zitten fantaseren dat het om meer ging dan alleen maar om collegiale vriendschap. Nu het zo ver was, greep de angst haar om het hart.

Politieke ambities en liefde waren onverenigbaar, had haar vader haar steeds voorgehouden. Een politica die een relatie aanging met een collega-politicus, liep het gevaar tot een ondergeschikte rol te worden gedegradeerd. Zeker indien de man in kwestie een hogere functie had.

Ze had hard geknokt om te raken waar ze nu was. Kon ze riskeren haar carrière te schaden? Haar vader zou het haar in ieder geval nooit vergeven hebben. En Robert was er niet de man naar die zich zou willen beperken tot een oppervlakkige en losse verhouding.

Robert had haar vol verwachting zitten aankijken. Reinhilde besefte dat van haar antwoord voor hen beiden veel zou afhangen. Ze wikte daarom haar woorden.

'Dat een man betrekkelijk korte tijd na het overlijden van zijn echtgenote een nieuwe relatie wil aangaan, is een normale zaak die niemand hem kwalijk zal nemen.'

Ze bleef opzettelijk vaag. Ze was bang dat ze zich vergiste, dat hij het helemaal niet over haar had. Ze zou hem nooit meer onder ogen durven te komen.

'Ik hoor aan je stem dat er een "maar" gaat volgen.'

'Dat heb je goed gehoord. Het probleem stelt zich wanneer deze hypothetische man inderdaad actie onderneemt. Op dat ogenblik moet hij zichzelf veel vragen stellen: laat hij zich niet leiden door zijn plotselinge eenzaamheid, bijvoorbeeld? Moet hij zichzelf niet meer tijd gunnen om het overlijden te verwerken? Hoe zal zijn familie reageren? Zou de nieuwe relatie zijn carrière niet kunnen schaden, of haar carrière, gesteld dat het iemand is uit zijn eigen werkomgeving?'

Robert zweeg.

Ze werd ongerust. Zou hij zich gekwetst voelen? Zag hij haar antwoord als afkeuring? Of erger, had hij eruit geconcludeerd dat zij de vraag persoonlijk had opgenomen terwijl hij helemaal niet aan haar had gedacht? Net op het moment dat ze er nog iets aan wilde toevoegen om haar opmerkingen enigszins af te zwakken, nam hij resoluut het woord.

'Is de belangrijkste vraag niet hoe de vrouw met wie hij een relatie wil beginnen, over hem denkt? Of hij heeft het totaal mis en de vrouw is helemaal niet in hem geïnteresseerd, of er zijn ook van haar kant gevoelens ontstaan. Als dat laatste het geval is, kunnen ze evengoed proberen al de vragen die jij net opsomde, samen te bespreken en op te lossen.'

'De man moet nochtans terdege beseffen dat de nieuwe relatie ook voor haar een risico inhoudt. En niet alleen voor haar carrière.'

Daarin had ze gelijk, dacht Robert. Daarom was hij ook zo voorzichtig geweest zijn vragen niet rechtstreeks te stellen. Een negatief antwoord van haar mocht hun werkrelatie niet in gevaar te brengen.

'Eerlijk. Wat raad jij ons hypothetische paar aan?'

Reinhilde aarzelde geen ogenblik langer. Als ze nu geen stap in zijn richting zette, zou ze het zich waarschijnlijk de rest van haar leven blijven verwijten.

'Tegen mijn verstand in, raad ik de man aan ervoor te gaan. Indien ze elkaar vertrouwen en elkaar de tijd geven naar elkaar te groeien, liggen er nog vele mooie jaren in het verschiet. Zou het niet zonde zijn de toekomst zomaar op te geven uit angst voor welk risico dan ook, of uit schaamte voor de buitenwereld die het een foute timing zou vinden?'

De kelner die de dessertborden van hun tafel wilde weghalen trok zich discreet terug. Deze twee mensen storen, zou ongepast zijn.

Na het gesprek met Ellen ging de politie van Kontich onmiddellijk naar het ziekenhuis om er de verklaringen van VDB en zijn vrouw op te tekenen. VDB en Koen Verhulst werden vervolgens officieel van de diefstallen in beschuldiging gesteld.

Gezien de toestand van VDB werd niet tot zijn directe aanhouding overgegaan. Verhulst daarentegen werd door de politie voor ondervraging opgepakt.

De inspecteur die zich met het dossier bezighield, kwam haar later persoonlijk melden dat haar werknemer tot bekentenissen was overgegaan.

'Ik begrijp nog steeds niet waarom Koen Verhulst zich tot dergelijke praktijken heeft laten verleiden, inspecteur. Hij kende John Staelens amper.'

'Het is ook voor mij een wat vreemd verhaal, mevrouw. Kent u een zekere Jacques De Deyne? Een belangrijke makelaar uit Antwerpen.'

'Natuurlijk ken ik hem. Maar wat heeft De Deyne met de diefstallen te maken?'

'Volgens Verhulst werkten hij en VDB beiden in opdracht van De Deyne. Verhulst probeert daarmee de schuld in de schoenen van zijn opdrachtgever te schuiven. Hij zou door hem onder druk gezet zijn de diefstallen te plegen om sneller resultaten te behalen. Hij werd immers door hem betaald om bij u in het bedrijf te infiltreren.'

'Beweert Koen dat hij door De Deyne betaald werd om bij mij te komen werken? Dat is toch krankzinnig!'

'Alles is, steeds volgens Verhulst, terug te brengen tot het feit dat De Deyne u weg wil uit de markt. Hij heeft het u nooit vergeven dat hij door uw toedoen betrapt werd op beroepsfouten en zijn positie als de leidinggevende makelaar in Vlaanderen verloren ging. Volgens diezelfde verklaringen werd Verhulst door De Deyne aangezocht om, mits ruime vergoeding, bij u te solliciteren. Eenmaal dat hij in dienst was, werd elke stap die u in uw bedrijf ondernam aan De Deyne doorgespeeld. Bedrijfsspionage dus. Iets waar wij hier bij de politie in Kontich nog maar zelden mee te maken kregen.'

'Kom nu. U gelooft hem toch niet!'

'U hebt nog niet alles gehoord. Omdat ze u niet snel genoeg naar hun zin uit de markt kregen, namen ze een paar weken geleden contact op met Pierre Van Den Broucke. Tijdens zijn ondervraging in het ziekenhuis zei Van Den Broucke niets tegen u persoonlijk te hebben, wel tegen uw manier van werken. De conciërge die u had aangesteld, bijvoorbeeld, was een doorn in zijn oog. Daarom is hij op het voorstel van De Deyne en Verhulst ingegaan om u tegen te werken. Ze hebben samen de diefstallen georganiseerd. Van Den Broucke om de conciërge uit het gebouw weg te krijgen. De Deyne en Verhulst om u en uw bedrijf te raken.'

'Dat is volkomen belachelijk. Volgens mij probeerde VDB gewoon mij John te doen ontslaan en betrok hij daar op een of andere manier Koen Verhulst bij. Laat De Deyne erbuiten. Trouwens, hoe zou een diefstal gepleegd door een conciërge mij en mijn bedrijf kunnen raken?'

'Ook al lijkt het misschien een krankzinnig scenario, toch stak het goed in elkaar. Zodra de rechtszaak zou voorkomen, was De Deyne van plan de pers te informeren dat uw zoon de ware schuldige was en de spullen bij de conciërge verstopt had. Heel geloofwaardig, aangezien uw zoon regelmatig in het gezelschap van Staelens in het gebouw rondliep en via u ook toegang had tot de sleutels. U zou ernstige nalatigheid verweten worden, zowel als makelaar en beheerder van het gebouw als in uw opvoedende taak.'

Ellen had ontsteld zitten luisteren. Hoe kon iemand haar zo haten dat hij Tom bij deze smerige zaak wilde betrekken? Hoe kon De Deyne mensen zoals Koen en VDB ertoe overhalen in dergelijke schandelijke praktijken een rol te willen spelen? Het had de toekomst van Tom, haar reputatie als makelaar en het voortbestaan van Company 21 in gevaar kunnen brengen. Ze besefte dat ze ternauwernood aan een nieuw drama was ontsnapt.

'En wat nu?" vroeg ze toen ze zich enigszins van de schok hersteld had.

'John Staelens is van de verdenking van diefstal vrijgesproken. Koen Verhulst zit in voorlopige hechtenis.'

'En De Deyne?'

'Die moeten we nog verhoren. Zijn boekhouding is intussen in beslag genomen en wordt uitgeplozen. Indien er geldtransfers gevonden worden tussen hem en uw personeelslid Koen Verhulst, kan u klacht tegen hen indienen wegens bedrijfsspionage en oneerlijke concurrentiepraktijken.'

'Is dat strafbaar?'

'Dat valt te bezien. Het is moeilijk te bewijzen. Misschien kan een goede advocaat er iets mee doen. In ieder geval is de beschuldiging van diefstal voor u een reden om Verhulst op staande voet te ontslaan.'

'Ik kan het nog steeds niet geloven.'

'U mag blij zijn dat John Staelens het echtpaar Van Den Broucke gered heeft uit de brand. Zijn heldenmoed heeft de man doen nadenken over zijn wandaad en hij heeft zijn vrouw op de hoogte gebracht, die op haar beurt alles aan u opbiechtte. Anders was Staelens voor de diefstallen veroordeeld en had de pers u, uw zoon en uw bedrijf ongetwijfeld hard en ongenadig aangepakt. De morele en materiële schade zou niet te overzien zijn geweest. U mag dit niet zonder meer laten voorbijgaan.'

'Toch weet ik niet of ik het tot een rechtszaak wil laten komen. Ik zal mijn vader en mijn advocaat daarover raadplegen. Bij de raad van bestuur van onze beroepsvereniging dien ik in ieder geval klacht in.'

'De beslissing ligt bij u natuurlijk, maar u kunt wel eens gelijk hebben. Je weet nooit hoe de pers in dergelijke zaken zal reageren. Misschien is het inderdaad beter dat uw conflict met De Deyne binnenskamers wordt geregeld.'

'Hebt u John Staelens ervan op de hoogte gebracht dat zijn onschuld bewezen is?'

'Ik had gedacht dat u dat graag zelf zou doen. Maar de officiële bevestiging zal ik hem persoonlijk mededelen.'

'Bedankt.'

'Graag gedaan.'

'Er is nog één ding dat ik u zou willen vragen. Kan de politie het alibi van Verhulst de avond van de aanranding van Grietje Verstraeten checken?'

Ellen vertelde de inspecteur dat Grietje vermoedde dat Koen Verhulst de man was die haar had aangerand. Ze had haar eerst niet geloofd omdat er al een tijd spanningen tussen Grietje en Koen waren.

Nu ze echter besefte dat zij hem zelf zo fout had beoordeeld, stond ze er anders tegenover. Misschien kon een grondig onderzoek omtrent de identiteit van de belager de beklemmende onzekerheid bij Grietje wegnemen.

Indien Verhulst inderdaad de dader was, mocht hij zijn gerechte straf niet ontlopen.

Weer stond ze plots en tegen haar zin in het middelpunt van de publieke belangstelling. Soms vroeg ze zich zelfs af of het niet haar eigen schuld was dat ze steeds opnieuw in de problemen kwam. Lieve had ook al zoiets beweerd. Wat deed ze in godsnaam verkeerd?

Gelukkig was De Deyne met deze laatste stunt voor eens en altijd uitgeschakeld. Met hem zou ze bij het opstarten van Company 21 International geen rekening meer moeten houden, en dat was een geruststellend gevoel. Toen ze van de bedrijfsspionage op de hoogte was gesteld, had de beroepsorganisatie hem definitief geschrapt. De pers had lucht gekregen van de zaak en had brandhout gemaakt van de vroegere Antwerpse makelaarsicoon. De vooraanstaande rol van De Deyne in het Vlaamse bedrijfsleven was nu definitief uitgespeeld en hij had zich dan ook uit zijn zaak teruggetrokken. Zijn aandelen werden verkocht aan een Engelse makelaarsgroep die al een paar jaar probeerde in Antwerpen een marktaandeel te veroveren. Volgens de laatste geruchten zou De Deyne, tot grote opluchting van haarzelf en ongetwijfeld van veel kleine makelaars, naar het zuiden van Europa uitgeweken zijn.

Na de heisa rond De Deyne had de *Gazet van Antwerpen* haar gevraagd of die een reeks interviews mochten afnemen. Over haar visie op het makelen. Over de onderlinge concurrentiestrijd en ook over de hamvraag of makelen überhaupt wel eerlijk kon verlopen. De eerste aflevering was in de zaterdageditie verschenen en de meeste reacties waren positief, ook al waren er collega's die haar de gratis publiciteit kwalijk namen. Ze maakte natuurlijk van de gelegenheid dankbaar gebruik om via deze artikels uit te leggen wat Company 21 onderscheidde van een doorsnee makelaarskantoor. En ze sprak uitgebreid over haar plannen om een keten van gelijk ingestelde makelaarskantoren te beginnen.

Haar opmerkelijke standpunt over het makelen kreeg in vakkringen steeds meer bijval. Zodanig zelfs dat ze met enkele collega-makelaars momenteel gesprekken voerde om tot een samenwerkingsovereenkomst te komen. Haar droom om een nationale en internationale makelaarsketen op te richten, begon stilaan vorm te krijgen en daar genoot ze met volle teugen van.

John was intussen aan de beterhand en gelukkig met zijn eerherstel. Aanvankelijk begreep hij niet waarom Ellen hem afraadde een rechtszaak te beginnen tegen VDB. Ze had hem geduldig moeten uitleggen dat de aandacht van de pers niet moest gevestigd worden op de onterechte beschuldiging van diefstal, maar wel op zijn heldhaftige en moedige optreden tijdens de brand. Het belangrijkste was dat alle bewoners in het gebouw overtuigd waren van zijn onschuld. VDB had op haar uitdrukkelijke verzoek een bekentenis van zijn aandeel in de diefstallen ondertekend die John volledig vrijpleitte. Ze had de bekentenis voorgelezen op een inderhaast bijeengeroepen vergadering van de raad van beheer die besliste dat John, zodra hij hersteld was, terug aan de slag kon gaan als conciërge.

Van VDB zou hij dan geen last meer hebben. Ellen had het echtpaar in het ziekenhuis opnieuw moeten bezoeken in verband met de brandschade. Als syndicus moest zij immers de verzekeringsaangifte in orde brengen.

Het was een moeilijk gesprek geweest. Enkel mevrouw Van Den Broucke sprak, terwijl VDB star uit het raam staarde en geen ogenblik in de ogen van Ellen keek.

Zijn echtgenote was rustig, maar zichtbaar vastbesloten de

nodige beslissingen te nemen. Ze vroeg Ellen hun appartement te verkopen zodra de brandschade hersteld was. Zij en haar man keerden terug naar hun geboortedorp. In Kontich zouden ze zich nooit meer durven te vertonen.

Ellen betrapte er zich op dat ze op dat ogenblik snel naar VDB keek in het andere bed. Bijna voelde ze medelijden met hem, maar de pijn die hij John had aangedaan, zou ze hem nooit kunnen vergeven.

Mevrouw Van Den Broucke merkte haar blik op en ondanks alles nam ze het op voor haar man. Ze vroeg Ellen niet om vergeving, maar indien mogelijk om begrip. Haar man had zijn opgelegde vroegtijdige pensionering als ambtenaar nooit kunnen aanvaarden, legde ze uit. Zonder werkkring was hij zich eenzaam en onbegrepen gaan voelen.

In hun geboortedorp zou hij zich veel minder eenzaam voelen, had ze gezegd. Hij zou er de kans niet meer krijgen idiote dingen uit te halen, zoals zelf een vals plafond steken of zich laten verleiden tot vuile zaken zoals met die Verhulst en De Deyne! Ze was Ellen en John dankbaar dat ze geen gerechtelijke vervolging instelden tegen haar man. Hij was genoeg gestraft door de vreselijke brand en de littekens die ze er allebei aan overhielden. Daarbij zou hij verder moeten leven met het idee dat de man wiens reputatie hij had willen vernietigen, hun leven had gered.

Tot haar grote ontgoocheling waren het Tom en Isabella die nu voor moeilijkheden zorgden en die haar huwelijk en het oprichten van Company 21 International dreigden in gevaar te brengen.

Was het tussen haar en Karl liefde op het eerste gezicht geweest, Tom en Isabella hadden onmiddellijk een hartgrondige hekel aan elkaar.

Het was nochtans allemaal goed begonnen. Voor het eerste weekend van Isabella in België hadden zij en Tom samen heel wat activiteiten gepland. Paardrijden in de manege, een fietstocht, een etentje in een bekend restaurant én een huizenjacht. Iedereen zou stemmen voor de gezinswoning en elke stem was evenwaardig, had ze Tom uitgelegd. Het moest mogelijk zijn een pand te vinden dat hen alle vier kon bekoren. Hun flat in Kontich boven de kantoren was een praktische tussenoplossing geweest, maar het nieuwe huis moest een echte thuis worden. Ook voor Tom en Isabella.

Vanaf de eerste dag vielen hun zorgvuldig voorbereide weekendplannen echter in het water. Het klikte helemaal niet tussen Isabella en Tom. Het bezoek aan de manege werd zelfs een compleet fiasco. Isabella weigerde de lompe boerenpaarden, zoals ze de dieren smalend noemde, te berijden. Voor Tom, die de paarden al meer dan drie jaar kende en er een hechte vriendschapsband mee had, was het een belediging die hard aankwam.

Het kostte Ellen en Karl heel wat moeite om 's avonds in het restaurant het gesprek gaande te houden. Zowel Isabella als Tom reageerden met eenlettergrepige antwoorden en raakten hun eten amper aan. Bij thuiskomst gingen ze allebei onmiddellijk naar bed zonder elkaar goedenacht te wensen. Ellen en Karl zagen het met lede ogen aan en konden alleen maar hopen dat het de tweede dag zou beteren.

De volgende ochtend begaven ze zich met z'n allen naar de villa's en herenhuizen die Ellen met veel zorg voor gezamenlijke bezichtiging had uitgezocht. Het was niet gemakkelijk geweest afspraken te krijgen op een zondag en Ellen was dan ook verontwaardigd toen Isabella duidelijk lieten blijken dat geen enkel huis voor haar in aanmerking kwam. In de vierde woning die ze bezochten, liep het helemaal mis.

De eigenares, een mevrouw die na het overlijden van haar man besloten had kleiner te gaan wonen, sprak in bewoordingen die duidelijk lieten merken dat ze haar woning slechts met pijn in het hart te koop stelde. Bovendien was ze erg aardig en ze probeerde Tom en Isabella bij het gesprek te betrekken. Beiden reageerden echter in eenlettergrepige antwoorden en Ellen en

Karl werden steeds bozer. Zij deden dan ook hun uiterste best het gesprek op gang te houden en wisselden af en toe veelzeggende blikken over het gedrag van Tom en Bella.

'Dit was de kamer van onze dochter. Vind je het geen leuke kamer?' vroeg de mevrouw aan Isabella. 'Ik veronderstel dat dit jouw kamer zal worden.'

'No way! Het is donker en zelfs mijn badkamer thuis is groter dan dit hok.'

'Bella!'

'Maar het is toch waar, papa! Je wilt toch zeker niet dat ik in zoiets ga slapen?'

'Gedraag je, Bella!' Hij richtte zich naar de eigenares, die duidelijk ontsteld was over de reactie van Bella. 'Verontschuldig mijn dochter, mevrouw. Ze is nog niet gewend aan het idee te verhuizen naar België. We wonen momenteel in Spanje en de bouwstijl is daar erg verschillend, begrijpt u? Het zal wel wennen.'

'Ik wil er niet aan wennen en ik wil ook niet verhuizen! Zeker niet naar een donker oud kot als dit met al die griezelige donkere kleuren en zielige inrichting. Het is nog niet erg genoeg dat België een grijs land is, moeten ze van de huizen hier ook nog opzettelijk grafkelders maken?'

Ze hadden de bezichtiging daarna snel afgebroken en in de auto gaf Karl zijn dochter een uitbrander.

'Je was onbeleefd, Bella. Voor die mevrouw is het een grote stap haar woning te verlaten en je hebt haar door je opmerkingen en gedrag onnodig gekwetst. Als je een woning niet mooi vindt, dan zeg je dat tegen ons, na de bezichtiging, maar niet tegen de bewoners. Begrepen!'

Bij de volgende bezoeken sjokte Bella als een zombie achter Karl, Ellen en Tom aan zonder de woningen een blik waardig te keuren en met een houding die geen verdere uitleg behoefde. Het kon Isabella allemaal gestolen worden en de hele voormiddag was een maat voor niks.

Het dieptepunt van het weekend kwam tijdens de fietstocht op zondagmiddag.

Ellen en Karl hadden dringend nood aan wat tijd voor elkaar en in het Waasland, waar ze hun fietstocht hadden gepland, vertelden ze de kinderen dat ze te moe waren om te fietsen.

'Wij ook', antwoordde Tom terwijl Bella het zelfs vertikte iets te zeggen.

'Luister, wij willen praten over de uitbreiding van de zaak en dan zitten jullie er maar voor spek en bonen bij. Het is mooi weer, dit is een prachtige streek en de fietsroute is goed aangeduid. Ze is niet zo erg lang en het eindpunt is terug hier op deze plek. Probeer het. Als het echt tegenvalt, kunnen jullie na een halfuurtje nog altijd gewoon omkeren. In ieder geval gaan wij niet weg voor we rustig hebben kunnen praten. Over vervelende zakelijke onderwerpen waar jullie helemaal niets aan hebben.'

Karl viel haar bij en ondanks de lange gezichten van hun twee tieners, lukte het hen uiteindelijk toch om Tom en Isabella er alleen op uit te sturen met gehuurde fietsen en een plannetje. Zelf installeerden ze zich aan de oever van de vaart op het terras van het oude cafeetje waar de fietsroute begon en eindigde. Hopelijk zouden Tom en Bella, nu ze verlost waren van de aanwezigheid van hun respectievelijke ouders, er eindelijk in slagen elkaar iets beter te leren kennen.

Groot was hun ontsteltenis toen een uur later Karl telefoon kreeg van een hysterisch snikkende Isabella vanuit de spoeddienst van een ziekenhuis waar ze met de ziekenauto naartoe was gebracht. Ze beweerde dat Tom haar opzettelijk van de weg had gereden, dat ze gewond was en dat ze onmiddellijk terug naar Spanje wilde. Ze haatte Tom, ze haatte België en nooit zou ze hier willen wonen! Als Karl wilde trouwen met Ellen, oké, geen bezwaar. Maar met Tom hetzelfde huis delen, kon hij van haar niet verlangen. Dan bleef zij liever bij haar *abuelo Juan* in Spanje.

Ellen zette Karl, die zich de hele rit in een ijzige stilte hulde, af bij het ziekenhuis en ging Tom ophalen. Toen ze bij het kruispunt kwam waar hij naast de twee fietsen op een muurtje zat, was haar humeur dan ook om te snijden.

'Bedankt, Tom! Voor één keer dat ik op je reken. Prachtig hoor!'

'Nu nog mooier! Wat kan ik eraan doen? Ik heb niks gedaan.'

'Inderdaad, je hebt niets gedaan! Je hebt zelfs niet de moeite genomen om het Bella gemakkelijk te maken. Ik rekende erop dat je de ruzie van in de manege zou uitpraten met haar. Je weet hoe belangrijk dit bezoek voor mij is.'

'Dat stomme wicht wilde geen woord zeggen en fietste opzettelijk tergend langzaam. Ik moest de hele tijd wachten om haar niet kwijt te raken.'

'Dat is nog geen reden om haar te doen vallen.'

'Ik heb haar niet doen vallen! Hoe kun je dat zelfs maar denken! Toen ik het beu werd bij elke splitsing van de weg op haar te moeten wachten, heb ik haar zelfs voorgesteld ergens te stoppen waar we iets konden gaan drinken en jullie bellen. Maar die Spaanse trut was opnieuw tegendraads en toen we na veel discussie terug vertrokken, zijn we per ongeluk met onze fietsen tegen elkaar gebotst en gevallen.'

'Zomaar per ongeluk?'

'Het was allemaal ook niet zo erg. Maar juffrouw Isabella was op haar tenen getrapt omdat ik met haar onhandige gedoe begon te lachen en sprong meteen terug op haar fiets om enkele meters verder met een noodsmak tegen de grond te gaan. De ketting van haar fiets was door de aanrijding geblokkeerd. Je had ze moeten horen! Het hele Waasland heeft haar waarschijnlijk gehoord. Ze ging zo hysterisch tekeer dat ik de 101 wel moest bellen, al heeft ze volgens mij maar een paar schrammetjes. Ik dacht dat ze een toeval ging krijgen. Dus kom jij nu niet de schuld bij mij leggen. Ik heb geen bezwaar tegen je relatie met Karl en al had ik dat, dan zou dat voor jou blijkbaar geen verschil uitmaken.'

'Wat is dat nu voor onzin?'

'Onzin? Jij kijkt tegenwoordig alleen nog maar door zijn ogen. Mij niet gelaten, maar van dat bezoek van dat wicht heb ik mijn buik meer dan vol.'

'Kom nu. Ik had zo niet tegen jou mogen uitvaren, maar ik was ook geschrokken. Natuurlijk is jouw mening over alles belangrijk voor mij.'

'Is dat zo? Wel, als ik jou was, zou ik nog maar eens goed nadenken voor je je plannen met Karl doordrijft. Hij is misschien oké, maar moet het allemaal zo snel gaan?'

'We kunnen toch niet blijven over en weer reizen. Daarbij, Karl wordt partner in Company 21. Ik heb hem hier nodig.'

'Oké. Maar die dochter van hem is niet normaal en ik wil met haar niets meer te maken hebben. Zeker niet als jij al meteen partij voor haar kiest zonder mijn kant van het verhaal af te wachten.'

Gelukkig was Tom geen ruziemaker en tijdens de rit naar het ziekenhuis had ze het opnieuw goed gemaakt. Ze voelde zich schuldig en besefte dat ze het allemaal verkeerd had aangepakt. Zij en Karl hadden de kinderen meer tijd moeten geven om aan het idee van hun huwelijk te wennen. Waarom had ze de dingen toch niet op hun beloop gelaten? Haar drang om alles te regelen en te plannen was haar dit keer zuur opgebroken.

Even leek het erop dat de ruzie tussen hun kinderen ook ruzie ging veroorzaken tussen haar en Karl. Hij was geschrokken door de lelijk uitziende schaafwonden op knieën en armen van zijn dochter en verweet Tom meteen dat hij zich als een bruut had gedragen.

Ellen nam het op voor haar zoon en in de gang van het ziekenhuis van Sint-Niklaas hadden zij en Karl hun eerste ruzie. Isabella's schaafwonden werden ondertussen schoongemaakt en behandeld onder luid gekerm en geklaag van het slachtoffer, wat de situatie niet vergemakkelijkte. Ellen was zo boos op Karl omdat hij het verhaal van Isabella blindelings had geloofd, dat ze bijna met Tom naar huis vertrok. Toen ze uiteindelijk toch alle vier samen naar huis reden, was de stemming in de auto om te snijden.

Natuurlijk had die avond niemand nog zin in een etentje buitenshuis en Ellen probeerde met het weinige dat ze in huis had toch nog een koude maaltijd te serveren. Isabella weigerde te eten en Tom ging op zijn kamer zitten mokken.

Gelukkig zagen zij en Karl daardoor het grappige van de situatie in. Twee balorige tieners op hun kamers, en twee hulpeloze ouders die elk aan een kant van een tafel zaten bij een miezerig uitziende koude schotel. Ze hadden de boosheid weg gekust en samen, geholpen door een goede fles witte wijn, giechelend de hele schotel leeggemaakt.

Het weekend was een ramp geworden, dat konden ze niet ontkennen. Maar wat ze zeker niet mochten doen was zich door de kinderen in de rol van slechte stiefvader en stiefmoeder laten manoeuvreren. Ze zouden het een paar weken rustig aan doen en daarna een nieuw familieweekend organiseren. In Spanje deze keer. Hopelijk zou het mooie weer en de prachtige omgeving de gemoederen wat bedaren.

Het feit dat Isabella de rol van gastvrouw zou moeten spelen, zou haar misschien ook doen inzien hoe kinderachtig ze zich in Kontich gedragen had door nukkig te reageren op alle dingen die Tom had bedacht om haar een leuke tijd te bezorgen.

Ellen bracht Karl en Isabella naar de luchthaven en merkte dat Isabella onderweg al wat vriendelijker tegen haar was. Terwijl Karl het nodige deed voor het inchecken, ging ze met haar naar de winkeltjes om een doosje Belgische pralines te kopen voor opa Juan. Het viel Ellen op dat de slanke, wat onhandige Isabella de aandacht trok. Het gaf haar een soort van trots moedergevoel. Ze hoopte maar dat alles tussen de kinderen in orde zou komen. Het zou verschrikkelijk zijn als de liefde die Karl en zij voor elkaar voelden, het onbegrip tussen hun kinderen niet zou kunnen overbruggen. Eens ze elkaar beter leerden kennen, zouden ze allebei wel begrijpen dat hun vijandige houding uitsluitend werd ingegeven door angst. Angst om de ouder voor wie ze al die jaren de belangrijkste persoon waren, met iemand anders te moeten delen.

Toen Isabella voor een etalage met kunstig gemaakte miniatuurpoppetjes bleef staan kijken, vroeg ze haar of ze er graag eentje wilde hebben. Als kind was Ellen er zelf ook gek op geweest. Isabella reageerde blij verrast en aanvaardde een beetje verlegen het geschenk. Toen ze afscheid namen bij de pascontrole, gaf ze, tot verbazing van Karl, Ellen onhandig een vluchtige zoen.

Ondanks de ruzies en de problemen was het weekend dus niet helemaal een mislukking geworden en ze begon met goede moed aan de nieuwe werkweek.

Toen de bel ging, haastte Ellen zich naar de voordeur om haar vader te verwelkomen. Ze keek verrast omdat hij in het gezelschap was van een vrouw van rond de vijftig die haar vaag bekend voorkwam.

'Reinhilde, mag ik je voorstellen: Ellen, mijn oudste dochter. Ellen, dit is Reinhilde Deconinck, mijn contactpersoon bij de regering.'

Ellen was zo verbouwereerd dat ze hen vergat uit te nodigen binnen te komen.

'Mogen we niet binnenkomen?'

'Natuurlijk, papa. Sorry.' Ze liet haar vader en mevrouw Deconinck voorgaan, deed de deur dicht en volgde hen naar de living.

Tom, die de bel gehoord had en op blote voeten en in een oud T-shirt en trainingsbroek nonchalant kwam aangesloft om zijn opa te begroeten, schrok zich een ongeluk. Na de korte kennismaking die stroef verliep, wat ze Tom deze keer niet kwalijk nam, ging hij vlug terug naar zijn kamer.

Verstandige jongen, dacht ze, want zelf was ze nog niet helemaal bekomen van de onverwachte confrontatie met mevrouw Deconinck. Ze vond het allemaal erg vreemd. Het was niets voor haar vader om zomaar met een werkrelatie bij haar binnen te vallen.

Robert leek echter heel ontspannen alsof hij het allemaal heel gewoon vond. Ellen voelde zich er ongemakkelijk bij, maar liet niets merken. Ze serveerde een glaasje wijn en wat zoute koekjes en liet het aan papa over om het gesprek in gang te zetten.

'Sorry voor mijn onverwachte komst, kind. Ik wilde je geen uitleg geven over de telefoon. Misschien was dat fout van me.'

'Je had me alleen moeten vertellen dat mevrouw Deconinck bij je was. Dan hadden Tom en ik haar zeker beter kunnen ontvangen. Komen jullie van een zakelijke afspraak misschien?'

'Toch niet. Je weet dat ik ingetrokken ben in mijn nieuwe woning in Brussel. Welnu, vrijdagavond geef ik een dineetje voor enkele van mijn medewerkers en een paar mensen van de regering. De eerste minister zal er ook op aanwezig zijn. Hij is vrijgezel zoals je wel weet, en ik zou graag hebben dat jij de rol van gastvrouw voor je rekening neemt.'

'Vrijdagavond?' vroeg Ellen aarzelend.

'Is dat een probleem?'

'Nee, natuurlijk niet.' Ze probeerde alleen maar tijd te winnen omdat ze verbaasd was dat haar vader met deze mevrouw helemaal naar Antwerpen was gekomen om het haar te vragen. Daar moest iets achter zitten.

'Komen Lieve en Dirk ook?'

Ellen merkte dat ze haar vader met deze vraag in verlegenheid bracht.

'Je weet hoe onstabiel Lieve momenteel is. Ik kan me die avond geen toestanden veroorloven.'

'Maar ze zal zich gekwetst voelen als ze later verneemt dat ze niet werd uitgenodigd.'

Het was vervelend dat hij privé-zaken besprak in het bijzijn van een vreemde. Ze vond het dan ook ongepast dat deze dame zich plots in het gesprek mengde en haar zus zelfs heel familiair bij de voornaam noemde.

'Lieve hoeft het niet te weten te komen. In ieder geval is het voor jou een uitstekende gelegenheid belangrijke mensen te leren kennen. Indien ik mij baseer op wat je vader me over jou reeds heeft verteld, ben ik ervan overtuigd dat jij in dat elitaire gezelschap voor niemand zult moeten onderdoen. Ik verdenk hem ervan dat hij die avond met jou wil uitpakken.'

Ellen herinnerde zich opeens waarom de vrouw haar bij het binnenkomen bekend voorkwam.

'Bent u niet de dochter van oud-minister Deconinck?'

'Inderdaad. Hij was mijn vader én mijn politieke mentor.'

'Ik heb ook lang de hoop gekoesterd dat Ellen in mijn voetstappen zou treden. Maar zij verkoos zakenvrouw te worden.'

'Ik ben er zeker van dat het onroerend goed een even boeiend milieu is.'

'Vraag dat aan mijn dochter. Haar gedrevenheid kennende, zal ze je dat haarfijn kunnen uitleggen', lachte haar vader.

De luchthartige toon van het gesprekje tussen haar vader en de vrouw stoorde Ellen. Hij was eerder een gereserveerde man. Bovendien voelde ze zich vreemd genoeg buitengesloten.

'Een groot deel van mijn werk als makelaar is zuivere routine. Al moet ik zeggen dat ik af en toe voor verrassingen kom te staan.'

'Daar heb ik Reinhilde al het een en ander over verteld.'

'U hebt wel geluk gehad met de heldendaad van die arme conciërge! Zonder hem had het goed fout kunnen aflopen voor u en Tom.'

Ellen voelde zich steeds minder op haar gemak. Loslippigheid was haar vader totaal vreemd. Integendeel, hij hamerde steeds op discretie als een absolute noodzaak om iemands vertrouwen te winnen. Wat was er met hem aan de hand?

'Ik denk dat het stilaan tijd wordt dat we Ellen de tweede reden van ons bezoek vertellen.'

Door de manier waarop Reinhilde Deconinck haar vader instemmend toelachte, had Ellen niet veel uitleg meer nodig. Ze luisterde zelfs maar half naar haar vader, die uitvoerig vertelde over zijn nieuwe relatie. Intussen bracht een storm van opstandige gevoelens haar op de rand van complete ontreddering.

Ze was woedend omdat hij, zo kort na het overlijden van mama, een nieuwe relatie zelfs maar overwoog. Er was ook verdriet om het besef dat haar moeder nu pas echt overleden was en het gevoel dat de herinnering aan haar door haar vader postuum verraden werd. Hoe konden zij en Lieve ooit aanvaarden dat iemand anders de rol en de plaats van hun moeder zou overnemen?

Hoe zou Lieve hierop reageren? Dit werd een nieuw familiedrama, zoveel was duidelijk. Een veel erger drama dan wat Lieve, toen nog bijgestaan en gesteund door mama, destijds gemaakt had rond de scheiding van haar en Marc. Besefte papa wel waaraan hij begon? Lieve zou hem dit nooit vergeven en als hij het ondanks alles toch moest doordrijven, zou het haar wankele evenwicht geen goed doen.

Wat zou Tom ervan vinden? Misschien kon dat wel meevallen. Tom had lessen getrokken uit de scheiding van zijn ouders en uit haar korte relatie met Jan. Hij had ondervonden dat relaties tussen volwassenen snel konden wijzigen. Al zou het hem natuurlijk wel erg zwaar vallen. Nu kreeg hij twee nieuwe relaties te verwerken. Die van zijn moeder en van zijn grootvader. Om nog niet te spreken van de moeilijkheden met Bella.

Papa had haar altijd gesteund, wat ze ook deed of ondernam. Kon zij hem in de steek laten nu hij haar steun vroeg? Nee, daarvoor hield ze te veel van hem. De vraag was dus of ze het aankon deze vreemde vrouw in zijn en haar leven te aanvaarden.

Plotseling viel er een stilte. Ellen begreep dat ze hun verhaal beëindigd hadden en haar oordeel afwachtten. Ze bleef star naar haar handen kijken die ze onbewust zo sterk had samengeknepen dat haar vingers er wit van zagen.

Uiteindelijk keek ze aarzelend op en zag hun angstig vragende blikken en ook de tedere manier waarop haar vader de hand van Reinhilde vasthield. Ze glimlachte naar hen.

Ellen liet zich tevreden in de zetel vallen. Het diner bij haar vader had haar verwachtingen ver overtroffen. In het begin was ze erg nerveus geweest. Niet alleen door de haar opgelegde rol als gastvrouw, maar ook in een voor haar totaal andere, onbekende politieke wereld. De aanwezigheid van haar vader, die haar uitvoerig aan zijn gasten voorstelde, had haar snel gerustgesteld. Ze had genoten van de belangstelling die haar als de dochter van Robert De Ridder werd betoond. Ze was dan ook bijzonder trots op hem toen hij haar aan de eerste minister voorstelde.

Ondanks het nachtelijke uur en de vermoeidheid die zich van haar begon meester te maken, was ze te opgewonden om meteen naar bed te gaan. Ze wilde haar belevenissen van de voorbije avond met Karl delen. Ze nam de telefoon en belde hem in Spanje op. Blijkbaar had hij haar telefoontje verwacht, want ze kreeg hem onmiddellijk aan de lijn.

'Moeten kleine meisjes niet reeds lang in bed liggen?'

'Het kleine meisje heeft veel te vertellen. Of wil je het niet horen misschien?'

'Vertel. Anders ga je toch niet gerust slapen. Hoe was je avond?'

Ellen trok haar schoenen uit en installeerde zich comfortabel in de zetel. Het volgende halfuur bleef er Karl niets anders over dan alleen maar te luisteren. Hij liet haar rustig begaan. Het had geen zin haar in haar opgewonden relaas te willen onderbreken.

Vooral toen ze het over de eerste minister had, met wie ze als diens tafeldame een groot deel van de avond had zitten praten, was haar woordenvloed niet te stuiten. Ze beschreef hem als een charmante man wiens politieke ambities haar bekoord hadden. Het had hem heel wat gekost om aan de top de raken, maar nu was hij klaar om zijn plannen uit te voeren, het land te hervormen en de grondwet te wijzigen. Het zou leiden tot een hogere welvaart en België internationaal meer aanzien geven. Behalve het feit dat haar vader bereid was gevonden zijn gewaardeerde dossierkennis ter beschikking te stellen, stelde hij blijkbaar eveneens de kennismaking met zijn dochter zeer op prijs.

Zij had met hem over haar werk en over haar toekomstplannen verteld en in ruil daarvan had hij haar onderhouden met een aantal anekdotes uit de politieke wereld. Ze begreep dat men ook in die wereld niet terugschrok voor laster, bedrog en erger. Ze bewonderde hem omdat hij de aanvallen van zijn politieke vijanden kon relativeren en ondanks alles even enthousiast zijn werk bleef doen.

'Ben je misschien van plan in de politiek te stappen en Company 21 International in de steek te laten?' vroeg Karl schamper.

'Doe niet flauw. Ik heb me nooit echt geïnteresseerd voor politiek en dat is nog steeds niet veranderd. Het merendeel van de politici hebben vooral hun eigen profijt op het oog. Maar de eerste minister leek me een sociaal bewogen man met een duidelijke beleidsvisie. Misschien moet ik mijn radicale standpunt herzien.'

'Geef toch toe dat hij je op een geraffineerde manier heeft ingepakt. Die man weet verdomd goed hoe hij de brave burger moet manipuleren.'

'Ik laat me door niks of niemand manipuleren. Ik ben niet vlug te beïnvloeden en heb genoeg mensenkennis om me niet te laten misleiden door hol gepraat. Hij is echt sociaal bewogen en ik ben er trots op dat papa een van zijn naaste medewerkers is.'

'Al goed. We spreken er niet meer over. Het belangrijkste is dat jij de eerste minister in mijn leven bent. Ik moet je al delen met de zaak en met de kinderen, dus ik wil niet dat je daarbovenop extra ballast op je schouders neemt. Laat je dus niet verleiden om je ook nog te gaan inzetten voor zijn plannen.'

Ze vond het niet prettig dat hij eisen begon te stellen over haar doen en laten. Maar ze wilde er verder niet op ingaan. Via de telefoon komen woorden soms harder over dan bedoeld. Toch zou ze hem ooit wel laten weten wat ze erover dacht.

'Is Isabella al wat bijgedraaid?' vroeg ze om van onderwerp te veranderen.

'Ik heb met haar gepraat. Ze gaf toe dat ze jaloers was en dat ze bang was dat ik minder tijd voor haar zal maken zodra ik ook nog een "zoon" zal hebben, zoals ze Tom noemde.'

'Tom keek echt uit naar de ontmoeting met zijn nieuwe zus. Hij was diep gekwetst dat ze zijn lievelingspaard belachelijk maakte en van haar beschuldigingen was hij helemaal het hart van in. De brokken zullen niet zo eenvoudig te lijmen zijn, vrees ik. Hij verweet mij dat ik geen rekening hield met hem en te overhaast te werk ging met onze huwelijksplannen.'

'Sorry, schat. Hopelijk draait hij vlug weer bij. Vertel hem maar dat Isabella rot verwend werd door haar moeder en door haar opa. Juan dweept met zijn Bella en geeft haar het gevoel dat ze de belangrijkste persoon op aarde is. Juan Real Cortez is een charmeur die vrouwen het idee geeft dat hij hun de maan in geschenkverpakking cadeau kan geven. Jou heeft hij ook gecharmeerd, beken het maar.'

'Niet overdrijven. Ik was wel aangenaam verrast dat hij mij zo hartelijk heeft verwelkomd. Het moet niet gemakkelijk voor hem geweest zijn mij als de plaatsvervangster van zijn overleden dochter te moeten ontvangen. Toch heeft hij mij daar niets van laten merken.'

'Onderschat mijn schoonvader niet. Je zult hem wel beter leren kennen. Na bijna twintig jaar weet ik nog altijd niet wat ik aan hem heb. Hij is ondoorgrondelijk. Alles wat hij doet heeft een reden, geloof me. Hij manipuleert iedereen. Daar is jouw eerste minister klein bier tegen.'

'Dan hoop ik dat Isabella niet de streken van haar opa heeft geërfd. Na al de problemen van de laatste maanden kan ik er niet veel meer bij hebben. We moeten snel een beslissing nemen waar we gaan wonen voor we de nieuwe firma oprichten.'

'We hebben nog een week voor Tom en Isabella elkaar weer ontmoeten. Wees gerust, het zal wel loslopen. Het moet, want ik wil je voor niets ter wereld opgeven.'

Dirk zag lijkbleek en was duidelijk nog niet van de schok bekomen toen ze in het Virga Jesse Ziekenhuis in Hasselt aankwam.

'Hoe is het met haar?'

'Ze is buiten gevaar en slaapt nu. Ik ben zo blij dat je gekomen bent, Ellen. De kinderen komen zo meteen thuis van school. Iemand moet ze opvangen.'

'Ga jij maar, anders schrikken ze te erg. Heb je niemand waar ze de rest van de dag naartoe kunnen?'

'Af en toe gaan ze wel eens naar de vrouw van een collega van mij. Ik zal haar bellen.'

Dat had hij al veel eerder kunnen doen, dacht ze geërgerd. Veel initiatief nam hij niet.

'Zodra je de kinderen bij die vrouw hebt afgezet, kom je terug. Dan praten we verder.'

'Bedankt.'

Ze zag dat Dirk het emotioneel moeilijk had. Dat had Lieve hem niet mogen aan doen, dacht ze bitter. Haar zus die een man had die van haar hield en vier schatten van kinderen waar ze dankbaar voor mocht zijn, had geen enkele reden om een zelfmoordpoging te ondernemen. Dat zou ze haar vertellen ook. Lieve had iedereen in de familie lang genoeg gegijzeld met haar ontevredenheid over haar eigen leven, haar jaloezie op dat van Ellen en haar vlucht in de drank.

'Moed houden, Dirk. We komen er wel uit. Misschien is het zelfs goed dat ze niet meer de schijn moet ophouden. Sinds de geboorte van de tweeling vecht ze al tegen een depressie. Daardoor ging ze drinken. De dood van mama heeft haar over de grens geduwd. Nu ze in het ziekenhuis is opgenomen, kan ze eindelijk geholpen worden.'

Hij knikte, niet in staat om te spreken.

'Ga nu maar. De kinderen hebben voorrang. Maak je niet te veel zorgen, we zoeken wel oplossingen. Je staat er niet alleen voor.'

Toen Dirk vertrokken was, vroeg ze of ze de dokter die haar zus had behandeld, even kon spreken. Eerst reageerden de verpleegsters wat weigerachtig, maar ze drong aan en wat later werd ze naar een klein lokaaltje gebracht dat blijkbaar dienstdeed als een soort noodpraktijkruimte. Een jonge dokter zat er tussen hoge stapels dossiers enkele voorschriften en verslagen te schrijven.

'Dit is mevrouw De Ridder, dokter. De zuster van mevrouw Nolens-De Ridder. De mevrouw die...' De verpleegster onderbrak bruusk haar zin. Rond poging tot zelfmoord heerste er blijkbaar een zekere schroom. 'De patiënte van bed vijf op intensieve', probeerde ze met een verlegen blik naar Ellen de pijnlijke situatie te redden, waarna ze vlug het lokaal verliet.

'Bedankt dat u mij even wilt ontvangen, dokter, ik zal niet te veel van uw tijd in beslag nemen. Mijn schoonbroer is vertrokken om de kinderen van school te halen. Kunt u mij zeggen wat er precies gebeurd is?'

'Uw zus heeft een overdosis slaapmiddelen ingenomen tezamen met een grote hoeveelheid alcohol. Toevallig kwam uw schoonbroer vroeger dan verwacht thuis wegens een defecte machine op de fabriek. Hij alarmeerde de spoeddienst. We hebben haar onmiddellijk gereanimeerd en een maagspoeling gedaan. Uw zus is buiten gevaar en, voor zover wij kunnen zien, zullen er geen onherstelbare gevolgen zijn. We houden haar veiligheidshalve nog vierentwintig uur op intensieve.'

'Bent u zeker dat het opzet was en geen vergissing?'

'De hoeveelheid slaap- en kalmeringsmiddelen die we gevonden hebben spreekt voor zich. Ze moet deze pillen trouwens al een hele tijd bijeen gespaard hebben, aangezien ze alleen verkrijgbaar zijn op voorschrift. Was ze al langer depressief?'

'Ze heeft een moeilijke tijd achter de rug. Sinds de geboorte van de tweeling is ze nooit meer volledig in orde geweest. Onlangs is dan ook nog onze moeder plotseling overleden. Haar dood heeft ze niet kunnen verwerken.'

De dokter knikte begrijpend. Gelukkig maar, ze was niet van plan hem te vertellen dat de problemen ergens anders lagen. Zoals in het feit dat zowel zijzelf als haar vader een nieuwe partner gevonden hadden en dat Lieve zich in haar mislukte huwelijk en haar te grote gezin gevangen voelde. Want daar was Ellen zeker van. Deze zelfmoordpoging was het wapen van Lieve om vader en haarzelf te straffen voor het feit dat zij allebei een tweede kans kregen op geluk.

'Ik ben internist. Ik verzorg alleen de schade die haar lichaam heeft opgelopen. Ik heb een afspraak voor haar gemaakt met een psychiater. Waarschijnlijk zal hij een opname in een aangepaste instelling vragen.'

'Kunt u haar hier niet helpen?'

'Dat is twijfelachtig.'

'Ik vrees dat een verblijf in een psychiatrische instelling te confronterend zal zijn voor haar.'

'U kunt natuurlijk voor een discrete privé-instelling kiezen. De kosten daarvoor liggen wel veel hoger en moeten door de patiënt of door de familie gedragen worden.'

'Ik zal mijn vader bellen, maar ik kan u nu al zeggen dat de kosten geen probleem zullen vormen. Wij zullen allebei alles doen om Lieve te helpen.'

'Mag ik u iets vragen, mevrouw?'

'Natuurlijk, dokter.'

'Is uw naam Ellen?'

'Ja.'

De dokter knikte alsof hij iets bevestigd zag.

'Waarom?'

'Ze heeft uw naam toen ze bijkwam verschillende malen genoemd. Niets samenhangends. Toch raad ik u aan ook een gesprek te hebben met de psychiater die haar zal behandelen. Om de een of andere reden blijkt uw zus heel boos op u te zijn.'

Ellen voelde het schaamrood naar haar wangen stijgen onder de scherpe blik van de jonge arts. Hoe kon Lieve haar dit aandoen!

'U moet zich niet opwinden en vooral niet boos worden, mevrouw. Mensen die tot een poging van zelfdoding overgaan, hebben geen duidelijk beeld meer van zichzelf, laat staan van hun directe omgeving. Laat het aan de psychiater over dat beeld terug op te bouwen. Nu heeft de patiënte alleen begrip nodig, geen verwijten.'

Ondanks het feit dat de arts haar een beetje gerustgesteld had, voelde Ellen dat de boosheid in haar hoofd alle andere gedachten verdrong. Hoe kon Lieve zoiets gruwelijks doen! Vier kinderen had ze, waarvan de twee jongsten nog geen vier jaar oud waren. En dan durfde ze ook nog de schuld in de schoenen van haar zus te schuiven.

Ze dwong zich met al haar wilskracht om haar emoties terug onder controle krijgen, want ze moest haar vader nog bellen. Maar eerst zou ze Lieve even bezoeken op intensieve, samen met Dirk. Daarna pas zou ze papa proberen te bereiken. Misschien kon Reinhilde helpen, die had haar gelukkig haar gsm-nummer gegeven. Ja, dat zou ze doen. Het zou inderdaad niet slecht zijn haar op de hoogte te brengen, dan kon ze papa een beetje opvangen. Want hij zou zich natuurlijk ook schuldig gaan voelen. Ook hij zou best eens met de psychiater over Lieve praten.

Wat een ellende!

Zondag had hij Lieve en Dirk op de hoogte gebracht van zijn vriendschap met Reinhilde. Hij had haar zaterdag bij het diner in Brussel al verteld dat hij daarvoor naar Hasselt zou gaan en ze had hem aangeraden er nog even mee te wachten. Maar hij vond het blijkbaar nodig de goedkeuring van zijn beide dochters te hebben voor zijn nieuwe relatie.

Gisteravond had hij haar opgewekt gebeld dat Lieve het vrij goed had opgenomen. Het zou wel even duren voor ze Reinhilde zou willen ontmoeten, maar ze was opmerkelijk rustig gebleven.

Nu begreep Ellen waarom! Lieve had natuurlijk meteen gezien hoe ze papa kon beletten met zijn relatie met Reinhilde door te gaan. Deze zelfmoordpoging was een waarschuwing en een dreiging, meer niet.

Maar zij zou dat niet laten gebeuren. De psychiater zou haar visie te horen krijgen, daar zou ze voor zorgen. Zowel haar vader als zijzelf hadden het recht weer gelukkig te worden. Lieve was een jaloers kreng dat niemand iets gunde, omdat ze wist dat ze door haar eigen stommiteiten zelf doodongelukkig was.

Robert had zijn chauffeur naar huis gestuurd en besloot die avond met Ellen van het ziekenhuis mee naar Kontich te rijden en morgen pas naar Brussel te vertrekken. Toen ze eenmaal goed onderweg waren, sloot hij moe zijn ogen. Ze had in het ziekenhuis al gemerkt dat deze nieuwe slag hem diep geraakt had, hoewel hij het zowel voor haar en Dirk, en zeker voor Lieve, probeerde te verbergen. Hij deed net of Lieve zich vergist had met haar pillen en beloofde haar de beste verzorging. Zodra het kon, zou ze worden overgebracht naar een geschiktere instelling waar ze in de kortste tijd helemaal hersteld zou zijn. Lieve had amper gereageerd op hun aanwezigheid.

'Waar denk je aan?'

Ze schrok. 'Ik dacht dat je sliep. Je zag er zo moe uit.'

'Ik word er niet jonger op en wat Lieve gedaan heeft, komt heel hard aan. Ik begrijp dat ze overstuur is en ongelukkig, maar...' Hij zweeg. Hij kon de realiteit van de zelfmoordpoging niet verwerken. Waar hadden hij en Louise gefaald in de opvoeding van hun jongste dochter?

'Het zat er al lang aan te komen, papa. Ik had al eerder met je moeten spreken. Lieve gedraagt zich al enkele jaren heel labiel. Mama hielp haar het binnen de perken te houden, maar sinds haar overlijden is er niemand die Lieve nog durft aan te pakken wanneer ze zich weer tot hét slachtoffer aller tijden verklaart.'

'Niet zo bitter zijn, kind. Lieve is diep ongelukkig, anders zou ze zoiets niet doen.'

'Ongelukkig? Omdat ze vier prachtige kinderen heeft misschien? Of een man die al jaren haar verbittering en alcoholisme moet verdragen?'

'Omdat ze mama mist.'

'Wij missen haar ook.'

'Wij hebben andere dingen aan ons hoofd. Lieve leeft veel te opgesloten in Hasselt. En dan zijn er de kinderen die al haar energie opslorpen.'

'De kinderen waren haar eigen keuze.'

'Die ze nu betreurt.'

'Akkoord. Maar waarom is ze dan nog steeds zo bitter omdat ik gescheiden ben? Weet je dat ze nog altijd contact met Marc houdt en hem zelfs gebeld heeft over Karl? Je moet maar durven! Waar bemoeit ze zich mee?'

'Ze bedoelde dat zeker niet verkeerd.'

Ellen wilde er niet op antwoorden. Haar vader was een lieve schat, maar af en toe niet realistisch. Hij wilde blijkbaar vandaag van zijn jongste dochter geen kwaad woord horen.

'Hoe reageerde Reinhilde?'

'Geschokt natuurlijk.'

'Je begrijpt toch dat Lieve daarom...'

'Nee! Reinhilde heeft hier niets mee te maken!' Hij schrok blijkbaar zelf van zijn bruuske uitval en ging op een zachte toon verder. 'Echt waar niet, Ellen. Ik heb haar en Dirk alleen maar gezegd dat Reinhilde en ik bevriend zijn. Een vriendschap onder medewerkers aan een belangrijk project, meer niet. Ik durfde de waarheid niet te vertellen omdat ze er zo ellendig uitzag. Wat Lieve ertoe gedreven heeft is inderdaad al veel langer bezig. Zoals je het daarstraks zelf tegen Dirk zei: de geboorte van de tweeling heeft iets in haar veranderd. Ik hoop dat de dokters in die instelling haar kunnen helpen, want anders gaat het definitief fout met haar. Dat mogen we niet laten gebeuren. Mama zou het ons nooit vergeven.'

Hoe dom waren zelfs de meest intelligente mannen als het over de gevoelens van vrouwen ging? Natuurlijk had Lieve meteen haar vader doorzien. Waarom zou hij haar op de hoogte brengen van een doodgewone vriendschap als daar niets meer achter schuilde?

'Dat is fantastisch, Yves! Ik kan je verzekeren dat ik momenteel goed nieuws echt nodig heb. Bedankt!'

De plannen van de nieuwe fase in Wemmel waren eindelijk klaar en hij wilde de voorverkoop nu al lanceren.

'De zaken gaan toch goed, lees ik. Je haalt zelfs de media! Prachtige reeks interviews. Gefeliciteerd.'

'Bedankt. De zaken gaan inderdaad beter dan ooit. We hebben bijkomend personeel aangenomen en onderhandelen met

enkele kleinere makelaarskantoren over een samenwerkings-
akkoord. We onderzoeken ook de mogelijkheden om buitenlandse projecten te pakken te krijgen.'

'Is dat niet wat te hoog gegrepen? Al neem je er extra personeel bij, voor de leiding en het echte werk zijn jullie op jullie
tweetjes aangewezen.'

'Daar komt ook verandering in. We krijgen versterking in het
management. Company 21 blijft geen exclusieve vrouwenzaak.'

Yves trok een bedremmeld en somber gezicht. Net een kind
dat zijn snoepje niet krijgt. Ellen besefte ze dat ze het voorzichtig moest aanpakken. Omdat ze elkaar een tijdje niet gezien
hadden, was het haar helemaal ontgaan dat Yves niet op de
hoogte was van haar relatie met Karl. Plezierig zou hij dat waarschijnlijk niet vinden. Ze wist dat hij speciale gevoelens voor
haar koesterde.

Het probleem was dat Yves voor haar op de eerste plaats een
zakenrelatie was. Ze wilde de verkoop van de nieuwe fase in
Wemmel niet op het spel zetten omdat ze zijn amoureuze plannen moest dwarsbomen, als die er tenminste waren. Enige
diplomatie was dus aan te raden.

'Voor de buitenlandse projecten gaan we in eerste instantie
samenwerken met een Spaans bedrijf en met een Nederlander
die prospectie gaat doen voor ons in Nederland en Duitsland.
Wanneer dat allemaal goed gestart is, zien we verder. Voorlopig
blijven Myriam en ik hier in België.'

'Dat is een hele geruststelling. Natuurlijk zou voor ons project in Wemmel een Brusselse makelaar praktischer werken,
maar wij hebben toch weer voor jullie gekozen. Dat waren we
natuurlijk ook een beetje verplicht, nadat jullie dat probleem
met notaris Decanque zo goed hebben opgelost.'

'Dat was vooral het werk van Myriam.' Ze besloot van onderwerp te veranderen en een geschikter ogenblik af te wachten om
hem over Karl te vertellen.

'Hoe is het met je vader?'

'Goed. Al klaagt hij wel eens dat hij jou niet meer ziet in
Wemmel.'

'Daar komt dan binnenkort verandering in.'

'We begrijpen dat je een moeilijke tijd doormaakt sinds het overlijden van je moeder. Ik was op de begrafenis, maar waarschijnlijk heb je me niet opgemerkt.'

'Er was zoveel volk. En door het verdriet zie je niks of niemand.'

'Toen mijn moeder gestorven is, heb ik dat ook ondervonden. Wanneer ik me die tijd probeer te herinneren, is het of er stukken uit mijn geheugen zijn gewist. Ik weet nog steeds niet hoe ik er mij doorheen heb geslagen. Ik was haar troetelkind. Mijn oudere broer was altijd jaloers op mij.'

Het jongste kind kreeg nog maar eens de voorkeur, dacht Ellen, net zoals bij haar moeder. Gek toch. Of zouden moeders instinctief steeds de jongste uit het nest uitkiezen als hun troetelkind? Of is het eenvoudig omdat het oudste kind vlugger op eigen benen moet staan en daardoor sterker van karakter is? Het verschil tussen haarzelf en Lieve leek die theorie te bevestigen.

'Mijn jongere zus heeft het overlijden van mama heel slecht verwerkt. Ze is opgenomen in het ziekenhuis met een zware depressie.'

'Wat erg. Maar ik begrijp het. Na de dood van mijn moeder ben ik enkele jaren op de dool geweest. Van de ene baan en relatie naar de andere. De drank, erop los leven. Ik ben toen dicht bij de afgrond geëindigd. Het is pas met het project in Wemmel dat ik er weer helemaal bovenop gekomen ben. Werkt je zus?'

'Nee. Ze heeft vier kleine kinderen, waarbij een tweeling van drie jaar. Ze heeft haar handen vol.'

'Dat zal wel.'

Het gesprek viel stil. Dat was altijd zo met Yves, dacht ze. Zodra de gewone, banale dingen gezegd waren, wist hij niet goed wat te vertellen. Nochtans had hij het voor haar, al van bij de eerste contacten. Ellen vermoedde zelfs dat het een niet onbelangrijke rol had gespeeld in de aankoop van het project in Wemmel. Hij was toen wild enthousiast geweest over de manier waarop ze daarin bemiddeld had. Ook toen had De Deyne stokken in de wielen proberen te steken. Gelukkig was de vader van Yves bij alle gesprekken aanwezig geweest. Hij was een gezellige babbelaar met wie ze zich wel volledig op haar gemak voelde. Wanneer ze met Yves alleen was, vlotte het zo niet.

'Wil je dat we nu de bouwplannen en het lastenboek overlopen, of doen we dat wanneer ik naar Wemmel kom?' vroeg ze om de stilte te verbreken.

'In Wemmel liefst.'

'Goed.' Hopelijk zal de oude Lombard erbij aanwezig zijn, dacht ze.

'Ik heb een maquette besteld van het project. Je kunt die meteen meenemen naar Antwerpen als je komt. Wat denk je van dit weekend? Dan kunnen we daarna ook wat ontspanning nemen. Een wandeling in de bossen van Tervuren, misschien? Of zal ik proberen plaatsen te krijgen voor de opera?'

'Sorry, Yves. Ik ben dit weekend niet in België. Ik moet naar Spanje. Die buitenlandse projecten, weet je wel.'

'En het weekend daarna?

'Dan heb ik familiebezoek. We zullen een dag in de week moeten afspreken en ik zou graag hebben dat ook Myriam erbij is. Zij zal zich meer met het project bezighouden dan ikzelf.'

'O!'

Ze zag dat hij dat niet zo'n prettig vooruitzicht vond. Na een korte aarzeling ging hij verder.

'Goed, bel me als je met Myriam afgesproken hebt. Zolang we niet gestart zijn met de bouw, kan ik me wel vrijmaken.'

Ze besefte dat het beter was nu meteen iets te zeggen over haar relatie met Karl, anders werd het allemaal nog moeilijker. Ze mocht haar privé-leven hun zakelijke relatie niet laten beïnvloeden.

Net op het ogenblik dat ze hem voorzichtig wilde inlichten, begon hij een lang verhaal over zijn nieuwe bouwprocédé dat voor het eerst in het nieuwe project gebruikt zou worden. Het zag er erg goed uit, vertelde hij trots. Als alles meeviel, zou hij het ook voorstellen op de volgende internationale uitvindersbeurs. Ellen moest hem dus eerlijk vertellen wat ze ervan vond en hoe de kopers erover zouden denken. Alhoewel, het was nogal technisch. Waarschijnlijk zouden ze er niet veel van begrijpen. Aan Ellen zou hij het echter met plezier allemaal tot in de kleinste details uitleggen.

Toen Yves een uur later vertrok, nadat hij de opdracht tot verkoop had ondertekend, had ze hem niets over Karl gezegd. Aangezien Karl ook haar zakenpartner ging worden, had Yves als klant recht op deze informatie. De manier waarop hij haar de hele tijd bewonderend zat aan te kijken en naar haar luisterde alsof alles wat ze zei een orakel voor hem was, had haar er echter van af doen zien. Ze was er zeker van dat Yves haar relatie met Karl niet zou appreciëren.

Uitgelaten als een stel pubers kwamen Ellen en Karl arm in arm het kantoor binnen, waar Myriam, die zaterdagdienst had, de vergadering aan het voorbereiden was die ze straks zouden houden. Ellen vertelde wild enthousiast dat ze net een optie tot aankoop van een oud herenhuis hadden ondertekend. Het pand lag aan de rand van de stad in een residentiële wijk en was zo ontzettend mooi, dat zelfs de kinderen er zeker van zouden gaan houden. In ieder geval, de eerste stap was gezet. Dat de kinderen hun relatie zouden aanvaarden was de tweede stap, waarop logischerwijze hun huwelijk zou volgen.

Toen even later Ruud binnenkwam, korte tijd daarna gevolgd door Robert en Reinhilde samen met Grietje en Ben, werd de champagne bovengehaald en in een feestelijke stemming gedronken op de nieuwe gezinswoning. Ellen deed opnieuw het hele verhaal en met een uur vertraging begonnen ze uiteindelijk aan de geplande vergadering.

Grietje had onlangs om een gesprek gevraagd. Als toekomstig makelaar voor Company 21 International wilde ze graag betrokken worden bij het beleid ervan. Zij en Ben waren bereid te investeren in het nieuwe bedrijf, indien Ellen en Myriam ermee akkoord konden gaan.

Ze hadden het voorstel besproken met de andere partners, Karl, Ruud en Robert, die er geen bezwaar tegen maakten. Robert had intussen ook Reinhilde voor partnership gewonnen. Twee nuttige aanwinsten, vond Ellen. Enerzijds wist Grietje exact hoe Ellen Company 21 International wilde uitbouwen. Ze was overtuigd van de noodzaak correct te makelen en zou door haar werkkracht en haar loyauteit zeker haar steentje bijdragen tot een internationale doorbraak. Terwijl Reinhilde dankzij haar politieke relaties toegang had tot belangrijke internationale kringen.

Vandaag hadden ze dus hun eerste voltallige voorbereidende vergadering voor de nieuwe vennootschap. Het was een goed voorteken dat zij en Karl net vandaag het huis van hun dromen gevonden hadden.

Ze begon met een toelichting over de oprichtingsakte en het financiële plan van de nieuwe vennootschap. Daarna werd de manier waarop ze zouden samenwerken met makelaars en projectontwikkelaars over de hele wereld, uitgebreid besproken.

'Franchisenemers noem je de aangesloten makelaars in deze documenten. Wat houdt die "franchise" juist in, Ellen?' vroeg Reinhilde.

'De makelaars die bij ons aansluiten, blijven bestuurlijk en financieel volledig onafhankelijke bedrijven. Maar ze werken onder een gemeenschappelijke naam en worden door ons centraal ondersteund. Onder meer door uitwisseling van projecten én van vakkennis, en door administratieve en gerechtelijke hulp. Ze krijgen wereldwijde publiciteit en naambekendheid en volgen allemaal een identieke werking.'

'Is dat wel reëel? Ik kan me voorstellen dat men anders makelt in Engeland dan bijvoorbeeld in Italië.'

'Dat klopt. Maar Company 21 International wordt een bedrijf waar voor makelaars als destijds De Deyne geen plaats is. Onze makelaars zullen een vastgelegde gedragscode volgen. Aan de ene kant zal de makelaar die met oneerlijke concurrentie te maken heeft gehad, daar het voordeel van inzien, en aan de andere kant zal de klant die ooit geconfronteerd werd met ge-knoei van malafide makelaars, een bedrijf uit onze keten zijn vertrouwen geven. Deze twee elementen vormen de sleutel tot ons succes, geloof me. We krijgen nu reeds aanvragen om informatie, terwijl er totnogtoe geen publiciteit werd gevoerd.'

Ze wachtte even en keek naar Karl, die haar bemoedigend toelachte. Hij wist hoe belangrijk ze het vond het op de juiste manier te verwoorden. Urenlang had ze aan de voorbereiding van deze vergadering gewerkt. Zelfs zijn beste verleidingstechnieken hadden haar niet kunnen afleiden. Maar dat zou ze nog goedmaken, nam ze zich voor.

'Company 21 International, de keten van franchisenemers-makelaars enerzijds, en Company 21 Projects, voor ontwikkelaars van bouwprojecten anderzijds, zullen een wereldketen vormen die op een veilige en correcte manier haar klanten zal bijstaan in het aankopen, ontwikkelen, verkopen, verwerven en beheren van onroerend goed. Ik besef dat het natuurlijk allemaal gemakkelijker gezegd is dan dat het verwezenlijkt zal kunnen worden. Ik vertrouw er echter op dat we zeer snel zullen groeien en daardoor in heel Europa invloed zullen uitoefenen op de ethische code van ons beroep.'

'Hecht je aan de ethische code niet te veel belang?' vroeg Robert, die zich zorgen maakte over de idealistische geest van de vergadering waar toch in de eerste plaats louter zakelijke beslissingen aan bod zouden moeten komen.

'Vanaf de eerste dag dat ik werkte als makelaar, werd ik geconfronteerd met onethisch gedrag van de zogeheten grote makelaarskantoren. Met deze franchiseketen zullen wij voor een tegengewicht zorgen.'

Ze wachtte even om de emoties in haar betoog niet de bovenhand te laten halen. Om dit punt te bereiken, had ze ontzettend veel op het spel gezet. Zo niet alles. Haar geluk en haar huwelijk. Voortdurend was ze op onbegrip gestuit, op jaloezie, op vijandschap. Hoe vaak was ze niet eenzaam geweest? Nu wenkte haar een nieuwe uitdaging en haar partners moesten weten hoe belangrijk dat voor haar was.

'Dit is wat ik altijd gewild heb en wat ik samen met Myriam en later ook met Grietje heb geprobeerd te verwezenlijken binnen ons bedrijf. Zoals jullie weten zijn we op korte tijd enorm gegroeid. Maar om echt invloed te krijgen op de sector, moeten we het grootser aanpakken, daarom de internationale keten. Wanneer wij ons met zijn allen ervoor inzetten, zullen we slagen en zullen we kunnen zeggen dat we de sector inhoudelijk veranderd hebben. Company 21 International zal en moet het vertrouwen van onze klanten winnen en een belangrijke plaats veroveren op de wereldmarkt. Dat kan alleen als we onszelf de hoogste kwaliteitsnormen opleggen. Ik ben bereid daarvoor tot het uiterste te gaan.'

11

De dokter gaf Ellen een teken dat ze kon gaan zitten terwijl hij verder schreef in het dossier dat voor hem lag. Waarom werkte de man niet eerst dat dossier af voor hij haar binnenliet? Het werkte haar danig op de zenuwen. Wilde hij haar misschien intimideren door haar opzettelijk te laten wachten? Er zijn nu eenmaal van die mensen die over hun gesprekspartner de baas willen spelen door hen in onzekerheid te laten.

Maar dan misrekende hij zich. Zij kende ook al de trucjes om tijdens een gesprek de overhand te krijgen. Ze bleef dus rustig afwachten alsof het geschrijf van de dokter haar helemaal niet stoorde en keek wat om zich heen.

Dat er geen divan stond, had ze meteen al bij het binnenkomen gezien. Indien er een had gestaan, had ze sowieso geweigerd erop te gaan liggen. Zij was de patiënte niet. Integendeel, zij was kerngezond en ondanks de drukte op kantoor had ze op zijn verzoek tijd gemaakt voor dit vervelende gesprek. Ze zou dus niet dulden dat die dokter haar als patiënte behandelde. Ze was bereid Lieve te helpen, maar vertikte het zichzelf te laten analyseren. Daar had ze helemaal geen behoefte aan. Bij het eerste teken dat de dokter zou proberen de oorzaak van de problemen van Lieve bij haar te leggen, zou ze onmiddellijk opstappen. Het was al erg genoeg dat Lieve haar hele leven lang de schuld van alles wat fout ging, altijd bij haar en vader legde. Aan dergelijke onzin zou ze niet meewerken.

'Wenst u koffie?'

Ze schrok op. Verdomme, er was helemaal geen reden om te schrikken. Alweer zo'n trucje om iemand uit zijn evenwicht te brengen.

'Nee, dank u', beet ze kortaf.

'Bent u er zeker van dat u er geen wilt? Gewoonlijk neem ik rond deze tijd altijd een korte koffiepauze. Echt geen zin?'

Hij glimlachte haar uitnodigend toe. Maar ook het trucje van de sympathieke jonge dokter uit te hangen, kon hij vergeten.

'Bestelt u gerust uw koffie, dokter. Ik had al koffie gedronken op kantoor voor ik naar hier kwam. Ik heb er al enkele werkuren opzitten. Ik kan me onmogelijk veroorloven een halve dag zomaar weg te blijven op de zaak. Wij zitten midden in een grote uitbreiding en elke minuut is kostbaar.' Zo, nu wist hij meteen dat hij dit gesprek niet onnodig moest rekken en dat hij blij mocht zijn dat ze hier was.

'Lieve vertelde mij dat u het zo druk hebt. Onroerend goed, is het niet?'

'Ik ben zelfstandig makelaar in Antwerpen en start binnenkort een eigen keten van makelaarskantoren en projectontwikkelingsvennootschappen over heel Europa', antwoordde ze niet zonder trots.

'Dat heb ik vernomen.'

'En dat Lieve het afkeurt ook natuurlijk. Ze heeft me mijn carrière altijd al kwalijk genomen.'

'Nee, ik vernam het via de media. Uw internationale initiatief krijgt heel wat persaandacht. Vooral na uw reeks interviews in de zaterdagkrant. Die reeks verscheen ook in *Het Belang van Limburg*, zoals u waarschijnlijk wel weet.'

Shoot, dacht Ellen, in een verbeterde versie van het krachtwoord dat ze Tom probeerde af te leren. Ze moest uitkijken dat ze Lieve niet afschilderde als een onmogelijk mens. Ze besloot hem niet de kans te geven verder op dit onderwerp in te gaan en nam zelf de leiding van het gesprek.

'Hoe is het met Lieve? Volgens Dirk is ze aan de beterhand.'

'Ze is veel kalmer nu en werkt beter mee. Wij kunnen niets doen als de patiënt niet meewerkt. Uw zus beseft dat ze op het dieptepunt zat en dat ze hulp nodig heeft. Alleen gelooft ze niet dat wij haar kunnen helpen.'

'Kunnen jullie haar helpen?'

'Met "wij" bedoelde ik uiteraard mezelf als arts en de verpleging, maar ook en vooral de mensen die haar na staan. Haar man, haar vader en uzelf.'

'Laat mijn vader erbuiten. Hij heeft altijd alles gedaan wat maar mogelijk was om Lieve te helpen en te steunen. Net als mama trouwens. U moet de fout niet bij de familie zoeken, maar bij haar. Zij maakte verkeerde keuzes.'

'En welke bedoelt u dan?'

Oppassen, dacht ze. 'De keuzes die haar nu ongelukkig maken.'

'Zoals?'

Verdorie, ze zat in de val en dit keer vond ze niet meteen een manier om eraan te ontsnappen. Ze zou het dus heel voorzichtig moeten spelen. Alleen de evidente dingen zeggen en er vooral zichzelf niet bij betrekken.

'In de eerste plaats betreurt ze haar huwelijk en het feit dat ze vier kinderen heeft. Drie waren er misschien gepland, alhoewel ik bij het derde al mijn twijfels had, maar een vierde was net iets te veel van het goede. Het belet haar om te kunnen gaan werken. Ze is aan huis gebonden en verliest het contact met de buitenwereld. Toch weet ik zeker dat ze gek is op de tweeling, maar het werk gaat haar boven haar krachten. Trekt u dus alstublieft geen verkeerde conclusies. Lieve heeft een normale verhouding met haar kinderen, alleen was de laatste zwangerschap erg uitputtend. Sinds toen is het bergaf gegaan met haar.'

Zij moest die dokter toch niet gaan voorzeggen dat Lieve toen waarschijnlijk een postnatale depressie had gehad. Dat had hij allang zelf moeten uitzoeken. Ze vroeg zich voor de zoveelste keer af of al dat psychoanalyse gedoe nodig was.

'Wat voor soort van man had ze dan wel moeten huwen volgens u? Waarom denkt u dat uw schoonbroer niet de goede keuze was?'

'Hij is...' Ze stopte net op tijd. 'Pardon. Ik heb nooit gezegd dat Dirk geen goede keuze was. Ik vind hem een goede echtgenoot en vader. Maar Lieve is ontevreden over hem en voelt zich gevangen in haar huwelijk. U moet mij geen woorden in de mond leggen die ik niet heb gezegd.'

'Akkoord. Maar wat denkt u persoonlijk van hem?'

'Dat zei ik u al. Een goede echtgenoot en vader. Ik heb daar niets aan toe te voegen.'

'U bent gescheiden, is het niet?'

De plotselinge vraag sloeg haar even uit haar lood. Wat een onbeschofterik, dacht ze nijdig. Ze kon niets anders dan antwoorden.

'Inderdaad. Gelukkig gescheiden intussen.'

Als hij hoopte dat ze het over de ellende van haar scheiding zouden hebben, had hij het verkeerd. Bovendien was het haar fout niet dat haar zus altijd jaloers was geweest op haar. Lieve was heimelijk gek van Marc en vergeleek Dirk voortdurend met hem, dat was het probleem. Het huwelijk en de scheiding van haar en Marc hadden met de depressie van Lieve niets te maken.

'Had u dan ook een verkeerde keuze gemaakt?'

'Mijn man en ik zijn uit elkaar gegroeid.'

Hij knikte en noteerde iets in het dossier. Waren haar ogen kogels geweest, ze had hem neergeknald. Wat was dat nu voor onzin? De reden van haar echtscheiding had niets te maken met de depressie en het alcoholisme van Lieve. Ze vertikte het over haar echtscheiding uitleg te geven. Dat hoofdstuk was afgesloten en daarbij, Lieve zou hem al wel verteld hebben van de nieuwe man in haar leven. Ze zou hem eens verrast doen opkijken, dan wist hij meteen hoe de zaken stonden.

'Ik sta op het punt te hertrouwen.'

'Proficiat.'

Dat was het. Geen verdere vragen. Ze bekeek hem eerst kwaad en besefte toen dat ze daar eigenlijk geen reden toe had. Het gesprek verliep echter niet zoals ze het wilde en ze ging opnieuw zelf in de aanval.

'Hoe reageert Lieve op de alcoholontwenning?'

De dokter zou toch niet ontkennen dat haar zus een alcoholist was, of wel?

'In onze instelling is dat niet echt een probleem. Zolang het bezoek haar geen alcohol toestopt, drinkt ze niet omdat er gewoon geen sterke drank beschikbaar is. Ze krijgt trouwens medicatie die haar rustig houdt. Het alcoholprobleem zal zich dus pas stellen wanneer ze terug naar huis gaat.'

'Als u de ware oorzaak van haar drankzucht kan achterhalen, is ze hopelijk in staat om, als ze eenmaal terug thuis is, het ook vol te houden.'

'Volgens u drinkt ze dus uit zwakte?'

O nee, dacht ze, daar trap ik niet in. 'Ze drinkt om dezelfde redenen waarom ze depressief is, dokter. Om de verkeerde keuzes die ze heeft gemaakt en die haar steeds ongelukkiger maken.'

'Maar uw zus kan en wil die keuzes niet opgeven. Ze houdt van haar man en van haar vier kinderen. Dat zei u daarnet zelf trouwens al.'

'Als Lieve zo gelukkig is met haar man en haar kinderen, moet ze dat maar eens beginnen te tonen en zich wat minder aanstellen. Je slikt verdomme toch geen overdosis omdat je zoveel van je man en kinderen houdt!' Het was eruit voor ze het wist en ze probeerde haar kalmte terug te vinden, wat haar na een korte adempauze lukte. 'Lieve probeert haar gevoel van mislukking te verdringen en wijt al haar problemen aan een zogezegde moeilijke relatie met papa en met mij. Onzin natuurlijk. U hebt er geen idee van hoe ze de laatste twee en een half jaar verbitterd is. Haar gezin heeft daaronder geleden. Ze terroriseert gewoon iedereen met haar minderwaardigheidscomplex.'

'Praatte ze met u over dat minderwaardigheidscomplex?'

'Nee.'

'Toch weet u dat ze dat heeft.'

'Natuurlijk!'

'Hoe dan?'

'Omdat ze verdomme altijd de schuld ervan bij mij legt!'

'Waarom doet ze dat?'

'Omdat ze gewoon jaloers is op het feit dat ik mijn leven wél goed in de hand heb. Dat ik wél een carrière heb en nu ook een nieuwe kans op huwelijksgeluk. Ze zal haar jaloezie echter nooit toegeven, en daarom is ze begonnen met die onzin dat wij thuis niet gelijk behandeld zouden zijn. Dat zij niet genoeg aandacht en liefde heeft gekregen. Dat ik op haar neerkijk en haar minacht.'

'Is dat zo?'

'Natuurlijk niet! Papa en mama hielden evenveel van ons allebei en ik heb altijd van mijn jongere zusje gehouden. Altijd! We zijn gewoon anders, meer niet. Lieve houdt gewoon niet van zichzelf, daar ligt het probleem. Zolang u dat niet onder ogen ziet, dokter, zult u haar niet kunnen helpen.'

Juan Real Cortez keek de auto na tot hij uit het zicht verdwenen was. Isabella was uiteindelijk dan toch meegegaan om Ellen De Ridder en Tom af te halen op de vlieghaven. Eerst wilde ze niet. Ze sprak er zelfs over bij een vriendin te gaan logeren voor de duur van het aangekondigde bezoek. Karl mocht smeken, dreigen met straf, niets hielp. Ze wilde met Tom niets te maken hebben. Wat een furie! Er stak pit in dat meisje! Te veel zelfs, om goed te zijn.

Toen Karl voor een paar dagen naar België was, had hij haar erop gewezen dat haar houding begrijpelijk was, maar dat ze er volgens hem niet veel mee zou bereiken. Het zag ernaar uit dat het huwelijk van haar vader met Ellen niet meer te voorkomen was. Bella won er dus niets mee zich ertegen te verzetten. Ze zou daar alleen veel ergernis mee veroorzaken die haar naderhand zou worden aangewreven.

Waarom maakte ze zich toch zo druk over dat huwelijk? Ze kon na het huwelijk gerust bij hem in Spanje blijven wonen. Ze zou altijd welkom zijn bij hem, zij was zijn enige kleindochter en zijn erfgename. Ze was alles wat hij nog had.

Het was niet verstandig het conflict op de spits te drijven en een breuk tussen haar en haar vader te veroorzaken. Over twee jaar ging ze toch naar de universiteit, waarschijnlijk in Spanje, en daarna lag haar toekomst sowieso in Spanje. In het familiebedrijf dat ze zou erven. Lang zou haar eventuele ballingschap in België dus niet duren.

Hij zou het persoonlijk als een bewijs van volwassenheid zien, wanneer ze nu een stap in de richting van haar vader zette en de strijd tegen zijn huwelijksplannen opgaf.

Bella moest leren dat ze op een diplomatische manier kon verkrijgen wat ze wilde. Een manier die paste bij haar opvoeding en achtergrond. Een rechtstreekse afstammeling van het nobele Spaanse geslacht Real Cortez, gedroeg zich immers niet als een verwend en onhandelbaar kind.

Vooral dat laatste argument had indruk gemaakt. Zij mocht dan de dochter zijn van een Vlaamse koppigaard, haar trotse Spaanse bloed kon en wilde ze niet verloochenen.

Wat leek ze op zijn dochter, Maria-Christina! Net hetzelfde temperament, dezelfde levenshonger. Maria-Christina had nooit met Karl mogen trouwen. Hij had niet de minste klasse. Hij zag niet in dat een schoonheid als Maria-Christina niet onder een stolp tot volle bloei kon komen. Ze moest kunnen schitteren en alle aandacht krijgen die haar toekwam.

Vanaf het ogenblik dat zijn dochter haar kinderjurkjes ontgroeid was, had hij haar overal mee naartoe genomen. Hij had haar aangemoedigd ervaringen op te doen en ervoor gezorgd dat ze interessante mannen ontmoette, zonder zich aan hen te binden. Want dat wilde hij niet. Niemand kon beter voor Maria-Christina zorgen dan hij. Ze was een kostbaar juweel dat je veilig in een kluis bewaarde en regelmatig liet bewonderen.

Anders verloor het zijn glans. De mannen die hij haar aanbood, wisten dus waaraan ze zich moesten houden. Haar dienen en laten genieten. Haar bezitten zouden ze echter nooit. Maria-Christina was van hem, van hem alleen.

Tot Karl met de onuitspreekbare Vlaamse familienaam in haar leven kwam. Voor het eerst was hij zwaar in aanvaring gekomen met zijn dochter, die zich door die kerel het hoofd op hol had laten brengen. Maar zij hield voet bij stuk. Carlos was anders dan de mannen die ze tot dan toe ontmoet had. Die originaliteit had haar betoverd. Hij speelde immers het door haar vader opgelegde spel niet. Hij wilde Maria-Christina bezitten en dat was voor haar een nieuwe emotie.

Vanaf het moment dat hij hoorde dat ze zwanger was, wist hij dat het ooit fout zou aflopen. Hij had nochtans alles gedaan wat hij kon om nog te redden wat er te redden viel. Om het jonge paar in Spanje te houden had hij Carlos een baan gegeven in zijn bedrijf. Hem zelfs laten opklimmen tot de hoogste echelons. Carlos zelf had niet in de gaten dat hij gemanipuleerd werd en dacht dat hij omwille van zijn talent een schitterende carrière maakte, dat hij bijdroeg tot het succes van het bedrijf. Niets was minder waar, Juan hield de touwtjes zelf in handen. Zijn ondergeschikten wisten dat elk initiatief van Carlos eerst door hem gecheckt werd en dat bepaalde transacties niet aan zijn neus werden gehangen.

De eerste vier jaar had hij geduldig gewacht op het moment dat zijn dochter eindelijk de ogen zou openen en zien waar het huwelijk haar had gebracht. Vereenzaming werkt immers als een langzaam dodelijk gif. Dan zou hij ervoor zorgen dat ze haar vrijheid terugkreeg en hij alleen zou haar van dan af bezitten.

Voor zijn kleinkind was hij inmiddels de perfecte grootvader. In het geval hij Maria-Christina niet zou kunnen heroveren, zou Isabella hem niet ontsnappen.

Na een jaar of vijf begon, zoals hij voorzien had, de monogamie Maria-Christina grondig te vervelen. Het lag niet in haar natuur thuis te zitten wachten tot haar man thuiskwam en tijd voor haar maakte. Ze had hem toevertrouwd dat haar huwelijk haar dreigde te verstikken. Ze snakte naar de vrijheid waarvan ze vroeger zo genoten had. Het was voor hem een koud kunstje zijn schoonzoon naar alle bouwwerven te sturen die hij in Spanje bezat. Maria-Christina kon dus weer rustig haar gang gaan. Door het moederschap nog mooier geworden, had ze bij de mannen meer succes dan ooit. Hij had er in alle discretie voor gezorgd dat ze, ongemoeid en zonder probleem, van al haar aanbidders kon genieten.

Maar Carlos had toch van haar escapades lucht gekregen en had geëist dat ze zich van haar vader zou losmaken. Hij dreigde ontslag te nemen en met het geld dat de verkoop van de aandelen van Maria-Christina in het bedrijf van haar vader zou opbrengen, een makelaarskantoor te beginnen in België. Isabella zou er naar school gaan en opgevoed worden ver van de verderfelijke invloed van de Spaanse hogere kringen waarin zijn schoonvader verkeerde.

Juan zwichtte. Hij wilde niet het risico lopen zijn kleindochter te verliezen. Maria-Christina had voor Carlos gekozen, dus moest ze er de gevolgen van dragen. In geen geval mocht ze haar aandelen overdragen aan haar man, dat had hij meteen wettelijk en testamentair vastgelegd. Indien ze toch naar België zou vertrekken, werd ze onterfd en ging alles rechtstreeks in een trust voor Isabella.

Een tijd lang wijdde Maria-Christina zich plichtsgetrouw aan haar taak als echtgenote en moeder om op die manier Carlos in Spanje te houden. Om haar tegemoet te komen, ging het jonge paar veel uit. Niet in de kringen waar Maria-Christina thuishoorde, maar in de vriendenkring die Carlos inmiddels had opgebouwd. Tot die noodlottige avond.

Hij had om Maria-Christina getreurd, maar haar nooit kunnen vergeven. Ze had haar eigen lot bepaald. Zijn kleindochter Isabella zou hij echter nooit loslaten. Integendeel, zij zou het werktuig van zijn wraak worden.

Alhoewel de Guarda Civil bewijzen had gevonden dat een technisch mankement aan de auto het dodelijke ongeval had veroorzaakt, hield hij dat voor Carlos verborgen. Met leedvermaak zag hij hoe de jonge man vergiftigd werd door schuldgevoelens, ook tegenover Isabella, waardoor ze meer en meer van haar vader vervreemdde.

Hij had dus weer de touwtjes in handen en wachtte rustig af tot Isabella de leeftijd zou bereiken waarop ze de glansrol van haar moeder kon overnemen. Isabella zou hij nooit laten ontsnappen.

Trouwens, hoe meer Carlos in België verbleef, hoe meer hijzelf in Spanje zijn greep op Isabella kon verstevigen. Maar nu Carlos door zijn huwelijk met Ellen dreigde zijn geliefde Isabella voorgoed bij hem weg te halen, sloeg de paniek hem om het hart. Dat zou hij niet laten gebeuren.

Tom keek vanuit de auto naar het Spaanse landschap dat voorbijschoof. Hij en Bella zaten op de achterbank, wel zo ver mogelijk uit elkaar, maar de stemming was niet vijandig. Toen Ellen haar daarnet bij aankomst een nieuw miniatuurpopje had gegeven dat ze in Zaventem voor haar gekocht had, was ze er erg blij mee geweest. Ze deed zelfs moeite om Tom op een fatsoenlijke manier te begroeten. Natuurlijk gaf die niet meteen toe aan het charmeoffensief. Daar was hij al te veel man voor. Er zou minstens een knieval voor nodig zijn! Maar een eerste stap was gezet en de zuiderse zon zou de rest wel doen. Dat hoopte Ellen toch.

'Hoe is het met Lieve?' vroeg Karl haar.

'Laten we het er nu niet over hebben.'

Ze gaf een waarschuwend teken met haar hoofd naar de kinderen op de achterbank. Ze was niet van plan om over het gesprek met de psychiater te beginnen, en zeker niet in hun bijzijn. Ze had het zelf nog niet verwerkt. Het idee dat er nog meer van deze gesprekken zouden volgen, maakte haar nu al bloednerveus en haar wrok tegen Lieve werd met de dag erger.

'Komt die makelaar uit Frankrijk dit weekend hiernaartoe? Ik wil niets ondertekenen voor ik hem persoonlijk ontmoet heb. Hij moet in ons bedrijf passen, anders gaat de deal niet door', vroeg ze om van onderwerp te veranderen. De makelaar was een kennis van Karl en zou voor hen in Frankrijk prospectie doen en ervoor zorgen dat Company 21 International er voet aan de grond kreeg.

'Hij komt morgen aan. We kunnen met hem lunchen en daarna de zaken bespreken. Morgenavond heeft Juan een feest georganiseerd en daarop is hij ook uitgenodigd.' De negatieve reactie van Ellen ontging hem niet. Hij wist dat ze gehoopt had op een rustig weekend met hem en de kinderen. 'Sorry, Ellen. Juan kon het weer niet laten. Ik heb geprobeerd hem ervan af te doen zien, maar zonder resultaat. Zijn wil is wet, en daar moet iedereen zich bij neerleggen.'

'*Abuelo Juan* wil Ellen alleen maar een plezier doen, papa. Trouwens, het zal een leuk feest worden.' Ellen keek naar Karl als om te zeggen dat de kinderen inderdaad letten op wat er werd verteld. Die blik was Isabella niet ontgaan, maar ze sprak verder.

'Hij heeft ook wat jongelui uitgenodigd en hij heeft voor Tom een smoking besteld. Daarom vroeg ik je hoe groot Tom was.'

'Wat?' riep Tom. 'Een echte smoking! Cool!'

'Geen sprake van dat Tom in smoking naar dat feest gaat. Ik denk er niet aan. Daar is hij nog veel te jong voor.'

'Doe niet onnozel, mama. Ik ben zestien. Bella gaat toch ook en die is nog jonger.'

'Een paar maanden maar, dat maakt niets uit', beet Bella hem toe. Maar ze herstelde zich meteen. 'Ik ben bang dat opa niet zal willen dat Tom wegblijft, Ellen. Hij organiseert het feest juist voor hem. Als een soort van compensatie voor mijn slechte gedrag in België. Hij zei dat ik Spanje en mijn familie beschaamd had.'

'Meen je dat echt?' vroeg Tom verbaasd. Hij had niet verwacht dat Bella zou bekennen dat ze zich misdragen had.

'Reken maar. Mijn opa is niet te onderschatten als het de

familie betreft. Ik moet me bij jou verontschuldigen, dat is dus bij deze gebeurd, en hij heeft dat feest georganiseerd. Hij heeft trouwens enkele heel mooie meisjes voor je uitgenodigd. Je zult niet weten wat je overkomt. En...'

'Het is al goed, Bella,' onderbrak Karl haar. 'Breng Tom het hoofd niet op hol. Ik zal nog wel een hartig woordje wisselen met Juan. De normen in België liggen nu eenmaal anders dan hier. Wat Tom betreft, heeft Ellen het laatste woord. Jullie moeten er niet aan denken ons tegen elkaar uit te spelen. Voor jou beslis ik, voor Tom beslist Ellen. Dat is een strikte regel waarvan we nooit zullen afwijken. Zelfs niet voor opa Juan.'

Isabella trok een gek gezicht naar Tom waaruit moest blijken dat hij niet te veel waarde moest hechten aan wat haar vader vertelde.

'Zoals die regel van jullie dat wij het huis mee mochten kiezen zeker? Daar gingen jullie ook niet van afwijken.' Hij moest Bella laten voelen dat hij geen moederskindje was. Zij was zo zelfverzekerd en kordaat.

'Dat huis is perfect en als we toen de verkoopovereenkomst niet getekend hadden, was het onder onze neus verkocht. Dan had Bella veertien dagen geleden maar niet zo stom moeten doen. Bovendien, we hebben haar de foto's en video-opnames per mail gestuurd. Ziet het er niet fantastisch uit?'

'Het huis is oké. Maar jullie hebben jullie belofte gebroken, zoals Tom zei. Dat zul je nog goed moeten maken. Misschien door te beloven dat we allebei tot het einde toe op het feest mogen blijven?'

Karl schoot in een lach bij zo'n geraffineerde zet. 'We moeten toch nog maar eens goed nadenken of we haar wel in België willen, Ellen. Je ziet hoe ze ons nu al samen proberen te manipuleren. Ik kan Bella misschien het best hier in Spanje bij haar opa laten. Dat zal voor Tom ook beter zijn. Zo krijgt ze geen kans hem en zijn vrienden op het slechte pad te brengen.'

'Alsof ik en mijn vrienden dat slechte pad niet alleen kunnen vinden', grapte die.

Ze lachten alle vier en voor het eerste voelde Ellen hoe het zou kunnen zijn met haar nieuwe gezinnetje. Een intens gevoel van geluk overviel haar.

'Kijk, Tom!' riep Ellen uit. 'Zie je die prachtige tuin ginder op de helling? Dat is de tuin van Juan. De villa van Karl en Bella ligt een eind verderop, achter de heuvel. Van op de terrassen kun je én de zee zien én de bergen. Ik hoop dat je ervan zult genieten.'

'Het spijt me, mijnheer De Ridder, maar uw dochter wil geen bezoek ontvangen.'

'Wat is dat nu voor onzin, wij komen speciaal van Brussel.'

'Sorry. Onze instructies luiden dat, wanneer een patiënt weigert bepaald bezoek te ontvangen, we ons daar moeten bij neerleggen. We kunnen haar niet dwingen.' De verpleegster keek in de richting van Reinhilde.

Voor Robert wilde antwoorden, legde Reinhilde haar hand op zijn arm. 'Laat het, Robert. Het heeft geen belang.' Ze richtte zich vervolgens tot de verpleegster. 'Bedankt.'

De verpleegster excuseerde zich nogmaals met een handgebaar om haar spijt uit te drukken en ging weg. Robert was helemaal niet opgezet met het hele gebeuren.

'Geen belang, zeg jij? Mijn dochter weigert jou te ontvangen en jij vindt dat van geen belang? Ze gedraagt zich als een ongemanierd kind. Ik kan je verzekeren dat Louise en ik haar zo niet hebben opgevoed. Ik ben geschokt.'

'Wees niet boos op haar, Robert. Wat ze doet of zegt is te wijten aan haar depressie.'

'Dat ze depressief is wil nog niet zeggen dat haar alles toegestaan is.'

Reinhilde besefte dat ze hem even tot rust moest laten komen. 'Zullen we een koffietje gaan drinken? Daarna kunnen we het eventueel nog eens proberen. Misschien is ze dan redelijker.'

Robert zuchtte. Hoe kon Lieve Reinhilde deze vernedering aandoen? Na een korte aarzeling begaven ze zich naar de cafetaria. Toen ze voorbij de receptiebalie kwamen, hield hij haar tegen.

'Sorry. Een ogenblikje.'

Ze keek hem niet-begrijpend na.

Enkele minuten later kwam hij terug bij haar en liepen ze naar de cafetaria. Ze wist dat ze hem niet moest vragen wat hij geregeld had. Hij zou het haar wel vertellen als hij daar zin in had. Toen ze hun koffie hadden en een rustig tafeltje hadden opgezocht, vertelde hij het meteen. Hij had gevraagd de behandelende geneesheer dringend te kunnen spreken. Hij was het die de rekeningen van deze dure instelling betaalde, dus was het zeker niet te veel gevraagd om hem op de hoogte te brengen van de evolutie van zijn dochter. Uit haar houding bleek duidelijk dat haar toestand nog niet veel verbeterd was. Hij wilde daar vandaag nog uitleg over. Reinhilde nam zijn hand in de hare om hem tot kalmte te manen.

'Moeten we echt weer bij Juan gaan eten? We hebben er gisterenavond en zelfs de halve nacht doorgebracht. De bedoeling van dit verlengde weekend was toch, dacht ik, dat wij met zijn vieren beter vertrouwd met elkaar werden.'

'De kinderen maken al geen ruzie meer, dat is al iets. En dat heb je deels aan het initiatief van Juan te danken. Het maakte indruk op Bella dat al haar vriendinnetjes vielen voor Tom.'

'Dat heeft hij van zijn vader. Ook een onverbeterlijke charmeur. Zonder enige moeite veroverde hij elke vrouw die hij tegenkwam. Of het nu een dokter, een leerkracht of de poetsvrouw was.'

'En jou.'

'Helaas wel, ja. Maar ik ben slimmer geworden, jij zult meer je best moeten doen als je me wilt houden.'

'Ik laat je nooit meer los, daar mag je gerust op zijn.'

Ze omhelsden elkaar en vergaten even alles. Maar de realiteit was niet zo gemakkelijk te verdringen.

'Wat doen we, gaan we eten bij Juan of niet?'

'Oké, we gaan. Maar de rest van het weekend brengen we samen door. Akkoord?'

Als antwoord omhelsde hij haar, met iets meer nadruk nu. Samen met Ellen kon hij alles aan. Zelfs zijn schoonvader.

Het middagmaal was goed verlopen. Omdat Ellen en Karl vrij stil waren – Juan schreef het plagend toe aan hun gebrek aan slaap – hield hij zich voornamelijk met Bella en Tom bezig die hij uitvroeg. Hij vergeleek hun studies, de manier waarop ze hun vrije tijd doorbrachten, polste naar hun kennis en wist de twee tieners met allerlei grapjes te amuseren.

Ellen stoorde zich een beetje aan zijn overdreven aandacht voor Tom. Het was zo doorzichtig. Op een geslepen manier kreeg hij een duidelijk beeld van het leven dat zijn kleindochter in België zou hebben. Mede door de versneden wijn die hij te drinken kreeg, was Tom vrij loslippig en vertelde over de vele uren dat hij alleen thuis was omdat Ellen overwerkte. Hij sprak zelfs over zijn vriend John en over zijn heldhaftige redding van het echtpaar Van Den Broucke. Alhoewel Juan het nodige geduld opbracht om te luisteren, merkte ze aan zijn geforceerde interesse dat hij over dat vriendschappelijke contact met een werkman niet erg opgetogen was. Gelukkig merkte Tom daar niets van. Het was niet omdat Juan uit een adellijke familie stamde dat hij op haar en haar zoon en hun vrienden hoefde neer te kijken. Vriendschap met eenvoudige mensen was blijkbaar not done in de kringen van Juan Real Cortez. Voor haar zoon was John heel belangrijk.

Na het eten werd haar stemming er niet beter op. Als op een afgesproken teken kwamen een aantal jonge mensen binnen. Sommige in tenniskleding, andere in vlotte, zij het vrij schaarse zomerkleding. Ze namen Isabella en Tom mee naar de uitgestrekte tuin waar de tennisbanen lagen en het zwembad. Ze vermoedde dat ze de twee tieners de eerste uren niet meer terug zou zien. Daar ging de middag die ze met hun vieren gezellig zouden doorbrengen.

Toen ze op het terras zaten en de koffie geserveerd werd, stelde Juan vragen over de geplande huwelijksdatum, het huis dat ze net gekocht hadden en de school waar Isabella eventueel naartoe zou gaan. Daarna begon hij te informeren naar de plannen van Company 21 International. De gemoedelijke toon maakte al vlug plaats voor een nuchtere en zakelijke analyse die de zwakke plekken in het project blootlegde. Onvoldoende beginkapitaal en het probleem rond de ethische code waaraan de franchisenemers zich moesten houden, waren zijn belangrijkste bezwaren.

Ellen liet zich door zijn argumenten niet intimideren en wees erop dat het respecteren van de ethische code juist een troef was die de franchisenemers zouden uitspelen tegenover de klanten. Tegen de code zondigen zou dus hun geloofwaardigheid aantasten. Company 21 International was een keten waar je je als klant veilig bij kon voelen. Deze gedachte was in België al een feit aan het worden.

Het gebrek aan voldoende beginkapitaal daarentegen was een probleem dat ze niet kon ontkennen. Het aandeel dat ze zelf inbracht bestond uit haar goedlopende zaak Company 21 en een beperkte kapitaalinbreng in liquide middelen. Haar spaargeld was, jammer genoeg, niet van die grootte dat ze meer kon doen. De inbreng van de andere partners was zelfs nog beperkter. Maar Ruud onderhandelde intussen met enkele banken over een stevige financiering van hun project. Daar zouden ze spoedig meer nieuws over hebben.

Karl had zich weinig in het gesprek gemengd. Wanneer Juan zich met een vraag rechtstreeks tot hem richtte, deed hij heel onzeker en moest Ellen hem ter hulp komen. Zo kende ze hem niet. Het was of Karl in het bijzijn van Juan alle zelfverzekerdheid verloor. Ellen veronderstelde dat de tragische dood van Maria-Christina er de oorzaak van was dat hij zich tegenover zijn schoonvader nog steeds ongemakkelijk voelde. Gelukkig dat dankzij Company 21 International Karl niet langer afhankelijk van hem zou zijn. Deze hoopvolle gedachte werd zwaar op de proef gesteld toen Juan even later met een voorstel op tafel kwam dat Karl noch zij had verwacht.

Juan stelde voor deel te nemen in de nieuwe vennootschap. Het bedrag dat hij noemde deed Ellen duizelen. Alles ten persoonlijke titel, verduidelijkte hij. Zijn zaak zou hij er volledig buiten houden. De Spaanse 'ethische normen' zouden bij Ellen toch geen goedkeuring vinden, voegde hij er met een sarcastisch lachje aan toe.

Ellen was diep onder de indruk. Deze man was wel heel bijzonder. Hij aanvaardde haar als nieuwe echtgenote voor zijn schoonzoon en had er evenmin bezwaar tegen dat zijn geliefde kleindochter van het nieuwe gezin deel zou uitmaken. Daarbovenop kwam hij nu met een aanbod voor de dag dat Company 21 International een droomstart zou geven en de kans zou bieden in de kortst mogelijke tijd internationaal door te breken.

Ze keek dan ook stomverbaasd op toen Karl, na wat gekuch en gestotter, uitstel vroeg voor ze een beslissing namen. Een verzoek waarvoor Juan gelukkig begrip toonde, alhoewel de aarzeling van Karl om het aanbod met dank aan te nemen in haar ogen erger was dan een uitgestoken hand te weigeren.

Hierna beschouwde Juan het gesprek blijkbaar als voorlopig afgesloten en stelde voor dat Ellen en Karl een tochtje met de auto zouden maken. De Rolls met chauffeur stond ter beschikking. Toen ze eenmaal ingestapt waren, stopte Karl de chauffeur wat geld toe, terwijl hij in het Spaans met hem een paar woorden wisselde. De chauffeur deed even een ommetje en stopte daarna voor de villa van Karl. De enkele uren zonder de kinderen wilde hij niet met sightseeing verknoeien, zei hij. Ellen kon hem geen ongelijk geven.

Het gesprek verliep niet zoals hij had verwacht. De jonge dokter hield vast aan het beroepsgeheim en wilde Robert niet informeren over het verloop van het genezingsproces van zijn dochter, hoezeer hij er ook op aandrong. Wel wees hij erop dat Lieve ernstig ziek was en alle hulp en steun nodig had.

'Stelt u het niet te zwart voor, dokter? Een depressie is niet zo abnormaal vlak na de dood van je moeder. Lieve had een heel hechte band met Louise. Zelfs haar schijnbare zelfmoordpoging vindt daarin een verklaring.'

'De poging tot zelfdoding was reëel, mijnheer De Ridder. Maakt u zich geen illusies. Bovendien is er ook nog het drankprobleem. U beseft toch dat uw dochter al jaren een drankprobleem heeft?'

'Heeft zij u dat zelf verteld?'

'Niet met zoveel woorden. Maar het is een feit dat uw dochter alcoholiste is en ze zal dat de rest van haar leven blijven.'

'Wanneer Lieve het verdriet om haar moeder verwerkt heeft, zal ze snel beter zijn. Ze is beginnen te drinken na de geboorte van de tweeling uit onmacht tegenover die belastende gezinssituatie. Na de dood van mijn vrouw heeft ze zich niet meer onder controle kunnen houden. Ik weiger te geloven dat ze alcoholiste is voor het leven, zoals u dat stelt. Dit is een voorbijgaande fase.'

'Ik ben bang dat u uw standpunt vroeg of laat zult moeten herzien. Maar dat is in dit stadium niet het belangrijkste. Wat Lieve op dit ogenblik het meeste bezighoudt, is het bittere gevoel dat ze door iedereen in haar omgeving verraden werd.'

'Verraad in welke zin?'

'Het verraad van haar man omdat hij haar niet krachtdadig van de drank heeft gehouden. Uw vrouw pleegde verraad door haar plotse overlijden, hoe gek dat voor u ook mag klinken. U hebt haar verraden door gebrek aan aandacht in haar jeugd en nu weer door uw nieuwe relatie. En ten slotte, niet minder belangrijk trouwens, legt zij een grote verantwoordelijkheid voor haar intense gevoel van verraad bij uw oudste dochter. Maar daar werk ik aan met haar persoonlijk. We hadden deze week samen een eerste gesprek.'

Robert was geschokt. Toen hij zijn kalmte herwonnen had en wilde antwoorden, ging de dokter verder.

'Dat zijn natuurlijk niet mijn woorden of bevindingen, mijnheer De Ridder, en zeker geen oordeel. Het is de visie van uw dochter Lieve op de oorzaken van haar verlies aan levenslust en haar poging tot zelfdoding. Het is haar visie van waaruit ik mijn therapie met haar uitwerk. Ze moet niet meer hooi op haar vork nemen dan ze aankan. In die zin steun ik haar beslissing u nog niet te willen ontmoeten, en zeker niet uw nieuwe partner. Het spijt me dat u zich daaraan ergert, maar u kunt mij niet dwingen daar iets aan te veranderen. Indien u haar wens ondanks mijn advies echter niet wilt respecteren, zullen wij ons genoodzaakt zien haar uit onze instelling te ontslaan. Ik kan de verantwoordelijkheid over Lieve niet aanvaarden als u mij uw medewerking niet verleent of mij beperkingen oplegt. De beslissing ligt bij u. Het is hard, ik weet het, maar ik ben deze houding tegenover mijn patiënt verplicht.'

'Geloof me dan toch, Ellen, hij doet nooit iets uit sympathie. Hij is een keiharde zakenman. Het verloren fortuin van zijn adellijke familie heeft hij van niets terug opgebouwd en niet alleen met correct zakendoen. Juan Real Cortez is een van de rijkste Spanjaarden en in nagenoeg elke belangrijke onderneming van het land heeft hij zijn zeg. Nu wil jij hem ook nog macht geven in ons nieuwe bedrijf!'

'Denk eens aan onze andere aandeelhouders. Met het beginkapitaal dat hij ons aanbiedt, krijgen ze zekerheid over het rendement van hun inbreng tot we de zaak rendabel hebben. Kunnen we zijn prachtige voorstel dan zomaar weigeren?'

'Je moet! Omdat je onze vrijheid opgeeft. Ik herhaal het nogmaals, hij doet niets zonder berekening. Als hij dergelijke aanzienlijke bedragen in ons wil investeren, heeft hij ook plannen. Plannen die jij niet kent en waarmee je misschien helemaal niet akkoord zou gaan.'

'Je laat je leiden door je oude wrok. Je hebt me zelf verteld dat je vond dat je vrouw te veel naar haar vader luisterde en jou niet als volwaardige gesprekspartner zag. Dat je je vaak gefrustreerd voelde in zijn bedrijf.'

Karl antwoordde niet meteen. Hij vroeg zich blijkbaar af of

hij inderdaad niet te impulsief het voorstel afwees. Dat waardeerde Ellen zo in hem. Karl hoefde niet per se gelijk te hebben, maar als hij fout was, wilde hij dat zelf uitzoeken en moest zij er hem niet op wijzen. Dat had ze de laatste maanden met vallen en opstaan moeten leren.

'Het geld zou ons enorm vooruit kunnen helpen', sprak ze verder. 'En later gaat de zaak toch naar Isabella en Tom. Wij kunnen bepalen dat het kapitaal van Juan dan naar haar aandeel gaat.'

'Daar gaat het niet over, Ellen. Daarbij, voor mij zijn de kinderen gelijk. Geen onzin over kleinere of grotere aandelen. Laten we hen als "onze" kinderen beschouwen, zoals in elk ander gezin.'

Ze glimlachte, ook dat was typisch Karl, voorbijgaan aan praktische dingen zoals erfenisrechten. Maar dat was nu niet aan de orde.

'Als Juan Company 21 financieel mee gaat ondersteunen, zijn we altijd verantwoording aan hem verschuldigd.'

'Is dat een probleem?'

'Ik weet het niet.'

'Maar je hebt het er moeilijk mee.'

'Ja. Alhoewel ik in zijn bedrijf een aantal mooie dingen heb gedaan, heb ik me er nooit gelukkig gevoeld. Ik had het gevoel dat ik bij elke stap gewikt en gewogen werd.'

'En te licht bevonden?'

'Zoiets. Het klinkt stom, maar zo is het. Ik vond het juist zo fantastisch om in ons nieuwe bedrijf van die dwingende familiebanden verlost te zijn. Ruud en Myriam, Grietje en Ben, en zelfs je vader en Reinhilde zijn anders.'

'In welke zin? Mijn vader is, of liever, wordt ook je schoonvader. Hij is ook heel dominant, dat zul je nog wel merken.'

'Maar hij is ook jouw vader. Robert zal nooit iets ondernemen dat jou zou kunnen schaden. Juan zal nooit jouw vader zijn, zelfs geen familie. Hij zal zich nooit aan jou gebonden voelen. Daarbij is er het overlijden van zijn dochter, je weet in welke omstandigheden.'

'Door jouw schuld, bedoel je?'

Hij knikte. 'Zou jij de persoon die schuld heeft aan de dood van je zoon, ook al was het niet met opzet, ooit kunnen vergeven?'

'Ik geef toe dat ik het er moeilijk mee zou hebben. Maar jij hebt even hard onder haar dood geleden als hij.'

'Oh nee, Ellen. Je vergist je. De band tussen Juan en Maria-Christina was veel sterker dan de band tussen haar en mij. Hij was alles voor haar. Daarom ging er ook zoveel fout in ons huwelijk. De eerste jaren gaf ze me het idee dat ze echt van me hield, dat ik de belangrijkste persoon in haar leven was. Later schoof ze mij steeds meer naar de achtergrond en werd Juan weer de alleenheerser in haar hart.'

Ellen vroeg zich af wat hij daarmee precies bedoelde. Welke andere binding dan vader en dochter hadden die twee samen?

'Dus je wilt dat we zijn aanbod weigeren?'

Hij aarzelde, terwijl hij zijn persoonlijke bezwaren afwoog tegen het zakelijke, niet te onderschatten voordeel van de enorme financiële injectie.

'Als jij dat over je businesshart kunt krijgen?'

'Voor jou wel. Ik wil niet dat je gevangen blijft in een relatie waar je ongelukkig in bent. We redden het wel zonder dat geld. Het zal alleen wat langer duren.'

Hij nam dankbaar haar handen in de zijne.

'Je bent fantastisch. Om het even welke andere vrouw zou me gek verklaren.'

'Om het even welke andere vrouw houdt niet van jou zoals ik van je hou.'

Ellen kuste hem. Ze boog zich over hem heen en ging met haar vingers strelend over zijn borst. Het duurde niet lang of ze lagen in elkaar verstrengeld.

Toen ze een tijd later naast hem wakker werd, lag ze erover te piekeren hoe ze hun beslissing het best aan Juan konden overbrengen. Als hij inderdaad zo bezitterig en autoritair was als Karl deed uitschijnen, zou de weigering van zijn genereuze aanbod niet in goede aarde vallen. Ze mochten een man als Juan vooral niet tot vijand krijgen. Ze had ondervonden tot wat vijandigheid van mensen die over macht beschikten, kon leiden.

'En waarom wilde je niet met je vader spreken?'

'Omdat hij dat mens mee hiernaartoe had genomen, daarom. Wie denkt ze wel dat ze is?'

'Voor zover ik kon beoordelen, de vrouw die voor hem heel belangrijk in zijn leven is geworden. Heb je het daar moeilijk mee?'

'Mijn moeder is amper begraven.'

De dokter antwoordde niet, maar bleef haar indringend aan-kijken. Dat was zijn methode om haar te dwingen het gesprek verder te zetten en te verduidelijken wat ze bedoeld had. Dat hij deze houding lang kon volhouden, had ze al vaker ondervon-den. Ze kon er zo intens moe van worden.

'U zult toch moeten toegeven dat mijn vader wel heel vlug een andere vrouw heeft gevonden. Ik vraag me soms af...'

Alweer die onderzoekende blik, die afwachtende houding. Verdorie, psychiaters konden zich vervelend opstellen.

'Ze maakt deel uit van zijn nieuwe baan, dat weet ik ook wel. Maar hij was daar al mee bezig voor hij met mama naar Rome vertrok.'

'Je vader had toen nog geen definitieve beslissing genomen, Lieve. Hij heeft deze vrouw pas later ontmoet, op het ogenblik dat hij de opdracht aanvaardde. Dat heb je een van de vorige keren zelf verteld.'

Ze antwoordde niet, maar bleef koppig naar de grond zitten kijken.

'Gun je hem dan niet dat hij gelukkig met haar wordt? Zou je liever hebben dat hij zijn hele verdere leven ongelukkig en een-zaam blijft?'

Als de dokter het zo stelde, was ze wel erg egoïstisch, en die indruk wilde ze hem niet geven.

'Natuurlijk niet. Ik kan alleen niet aanvaarden dat hij mama nu al vergeten is.'

'Denk je dat echt?'

'Wat?'

'Dat hij je moeder is vergeten?'

Lieve zweeg. Ze dacht terug aan de avond dat papa haar verteld had dat hij Reinhilde ontmoet had en dat ze een echte steun voor hem was. Dat zij de enige was met wie hij over mama kon praten. De enige die begreep hoe verloren hij zich voelde.

'Nee. Maar toch voel ik het zo aan.'

'Hoe denk jij dat het huwelijk van je ouders was?'

Ze keek hem verbaasd aan.

'Beter dan dat van jou?'

'Natuurlijk! Mama en papa waren verschillend natuurlijk, maar ze hielden echt van elkaar en hielden rekening met elkaar. Ze zullen wel eens ruzie gehad hebben, maar daar hebben wij nooit iets van gemerkt. Papa vertelde ons zelfs dat hij die reis naar Italië gepland had omdat hij vond dat hij nog niet genoeg tegen mama had gezegd hoeveel hij van haar hield. Toen ik jong was, hoopte ik dat ik ooit een man als papa zou vinden.'

Ze voelde de tranen opwellen. Tijdens de eerste gesprekken met de psychiater had ze meer gehuild dan gepraat. Tranen hoorden bij verdriet, had hij haar gerustgesteld. Nu besefte ze dat ze haar tranen stelselmatig had verdrongen. Door bitterheid en alcohol.

'Mama was heel trots op hem. Ze zou alles gedaan hebben om hem te helpen in zijn carrière. Alles draaide altijd rond papa, en rond ons toen we nog niet getrouwd waren. Ze wilde het niet anders. Ze waren heel gelukkig samen.'

'Dat had jij ook in jouw huwelijk verwacht, is het niet?'

Ze wilde nee zeggen, maar besefte dat ze dat eigenlijk wel had gewild. Ze wist dat Dirk niet de man was die papa was, maar toch had ze ook van hem verwacht dat hij haar gelukkig zou maken. Dat hij, net als papa, alle problemen voor haar zou oplossen en dat zij even trots op hem zou zijn als haar moeder op haar man. En dat zij voor hem en de kinderen zou zorgen op dezelfde perfecte manier als mama dat gedaan had. Een ideaalbeeld dat ze niet had kunnen bereiken.

'Het is niet gemakkelijk voor kinderen uit een goed huwelijk om er zelf een te hebben, dokter. Je gaat steeds vergelijken.'

'En Dirk kan die vergelijking niet aan.'

Ze moest lachen. Dirk met papa vergelijken? Belachelijk gewoon.

'Dirk is een schat, maar helemaal anders dan papa. Dirk is niet ambitieus zoals papa. Voor hem telt alleen zijn gezin. Als de fabriek hem een promotie zou aanbieden waardoor hij minder tijd had voor de kinderen, zou hij die beslist weigeren. Zelfs als het werk hem zou bevallen.'

'Wat vind jij daarvan?'

Ze besefte meteen dat de dokter weer een van haar stellingen had doorprikt. Dirk was geen egoïst, zoals ze hem verteld had. Ze wist dat eigenlijk wel en ze zag nu ook in dat hij voor de kinderen had moeten kiezen omdat ze niet in staat was geweest voor hen te zorgen. Ze had heel wat goed te maken met Dirk, jaren van oneerlijke verwijten.

'U bedoelt dat het tijd wordt dat ik de zorg voor de kinderen weer op mij neem. Niet alleen eten geven en wassen en plassen, maar ook met hen spelen en wandelen. Al die leuke dingen die Dirk met hen doet en waarop ik zo jaloers was. U hebt gelijk. Maar dan moet ik ophouden met drinken en ik weet niet of ik dat aankan.'

De dokter glimlachte haar bemoedigend toe.

'Volgende keer praten we verder,' zei hij. 'Misschien kunnen we het dan eens hebben over je zus.'

'Zie je wel dat Juan het ons niet kwalijk nam. Ik vond het wel erg gênant dat we zijn genereuze aanbod zonder meer geweigerd hebben. Hij verzekerde me dat het geldig bleef.'

Karl antwoordde niet. Het had ook geen zin. Ellen luisterde toch niet. Ze ging naar de badkamer om zich te verfrissen en om te kleden. Het lange weekend was eindelijk voorbij en deze keer vloog hij met Ellen en Tom mee naar België. Er was nog heel wat werk te doen voor ze met Company 21 International van start konden gaan, en ook om hun huwelijk voor te bereiden. Tot zolang zou Bella bij haar opa blijven. Vandaag had ze er plots mee ingestemd na het huwelijk in België te komen wonen. Het begon gelukkig beter te klikken tussen haar en Tom. Bella was zelfs jaloers geworden toen haar vriendinnen telefoonnummers en e-mailadressen met hem uitgewisseld hadden.

Vreemd genoeg had Juan op de beslissing van zijn kleindochter geen commentaar gegeven. Karl was blij dat zijn dochter met hem in België zou gaan wonen. Het idee dat zij in Spanje zou blijven, stond hem allerminst aan. De houding van zijn schoonvader tegenover Bella deed hem denken aan de ingewikkelde en volgens hem ongezonde relatie tussen zijn schoonvader en zijn dochter. Hopelijk zouden enkele jaren in België Bella onafhankelijker van hem maken.

Nooit zou hij Ellen kunnen uitleggen hoe raar zijn eigen verhouding met Juan wel was. Er viel ook niets essentieels te vertellen. Zijn schoonvader had hem openlijk niets in de weg gelegd.

Er was alleen maar dat gevoel dat zijn vriendelijkheid en warmte en de joviale collegialiteit niet echt waren. Juan minachtte hem, daar was hij zeker van. Hij was het langzaamaan gaan inzien door reacties van Maria-Christina of van medewerkers of vrienden. Toch kon hij op het gedrag van Juan niets aanmerken. Zelfs niet nu Ellen in zijn leven was gekomen. Hij was niet alleen een gulle en attente gastheer, maar ook geïnteresseerd in de nieuwe plannen van Karl en Ellen en zelfs bereid eraan deel te nemen.

Hoe kon hij Ellen dan uitleggen dat hij blij zou zijn wanneer hij terug in België woonde en volledig onafhankelijk zou zijn van Juan? Wanneer er tussen Bella en haar opa die veilige vierduizend kilometer zouden zitten.

De weigering van Ellen was nochtans hard aangekomen bij Juan, dat had Karl duidelijk gezien. Heimelijk had hij ervan genoten dat Juan zijn zin niet had gekregen. Eindelijk iemand die tegen hem in durfde te gaan.

Het gevoel van triomf verdween meteen toen Juan hem nog even wilde spreken vlak voor zijn vertrek. Karl kwam met een aan angst grenzende ongerustheid de werkkamer van Juan binnen.

'Ga zitten.'

Juan bleef zelf staan bij de monumentale open haard, maar schonk voor Karl een glas cognac in. Ze bespraken kort de dossiers waar Karl zich de laatste tijd mee bezig had gehouden. Net op het ogenblik dat Karl zich begon te ontspannen, kwam Juan terug op zijn aanbod.

'Ik wil dat je Ellen overhaalt mijn aanbod aan te nemen.'

'Ellen heeft je haar standpunt uitgelegd.'

'En daar heb ik alle begrip voor. Ze moet inderdaad met de andere partners rekening houden. Maar financiële zekerheid weegt zeker op tegen het gevoel onafhankelijk te zijn. Mijn aanbod blijft dus geldig en ik reken erop dat jij zowel Ellen als de andere partners zult overhalen het te aanvaarden.'

'Onmogelijk. Jouw manier van werken en die van Ellen passen niet bij elkaar, Juan. Dat weet ze trouwens. Je lacht met haar ethische code terwijl ze erbij zit.'

'Eens Ellen grof geld gaat verdienen, vergeet ze die ethische code zelf ook meteen. Neem dat van mij aan.'

'Jij kent Ellen niet.'

'Jij wel?' Juan lachte met de verontwaardigde reactie van Karl. 'Jullie staan gewoon heet op elkaar en doordat jullie dat nieuwe bedrijf gaan oprichten, gaan jullie overhaast te werk voor dat huwelijk. Besef je wel dat je jouw leven helemaal aan haar ondergeschikt maakt? Mijn kapitaalinbreng kan je helpen voor een deel onafhankelijk te blijven.'

En afhankelijk van jou, dacht Karl.

'Ik ben perfect gelukkig met de huidige afspraken', antwoordde hij.

'Jij je zin, maar ik sta erop dat er een samenwerking komt tussen jullie bedrijven en onze bedrijven hier. Je moet maar eens bekijken welke van onze projecten geschikt zijn om aan te bieden via Company 21 International.'

'Een project dat voldoet aan de strenge normen die Ellen stelt? Ben je er zeker van dat er een is dat volledig eerlijk en correct is uitgevoerd? Dat je op niets onwettelijks kunt betrapt worden?'

'Vertel geen onzin, Carlos.'

'Ik weet hoe vaak er is geknoeid met bouwvergunningen. Om nog maar te zwijgen van de tientallen dubieuze manieren die je gebruikt hebt om op sommige van je projecten abnormaal grote winsten te maken. Hoe zal Ellen reageren wanneer ze achter die praktijken komt?'

'Jij moet er maar voor zorgen dat ze daar niet achter komt. Het is toch niet meer dan logisch dat jij in jullie bedrijf de Spaanse projecten onder jouw verantwoordelijkheid neemt. Dat zal je echtgenote je toch niet ontzeggen?'

'Dat spelletje speel ik niet mee, Juan. Ellen en ik zijn eerlijk tegenover elkaar.'

'Is dat zo? Heb je haar echt alles verteld wat je hier professioneel gedaan hebt? Heb je alles opgebiecht?'

Karl zweeg. Het had geen nut te zeggen dat hij zich steeds verzet had tegen het gesjoemel van Juan. Hij had eraan meegewerkt en dat kon hij niet ontkennen.

'Ik zie dat je beseft dat je niet in de positie bent om mijn voorstel niet te steunen. Daarbij, je moet aan Bella denken.'

'Wat bedoel je?' vroeg Karl, alhoewel hij de dreiging meteen begreep.

'Iedereen heeft een achilleshiel. Bella is die van jou. Onderschat mijn invloed op haar niet. Heb ik haar niet zover gekregen Ellen en Tom te aanvaarden? Jou lukte het niet. Als ik haar afraad mee te gaan naar België na het huwelijk, denk je dat jij haar dan daartoe zou kunnen dwingen?'

'Laat Bella erbuiten, Juan. Zij hoort bij mij op te groeien.'

'Zorg dan dat Ellen mijn aanbod aanneemt.'

Karl besefte dat hij op deze als verzoek vermomde bedreiging zou moeten ingaan. Hij zou niet kunnen vermijden dat een aantal dubieuze dossiers hun weg naar Company 21 International zouden vinden. Tot Bella veilig bij hen in België was en daar ingeburgerd was. Daarna zou Juan eindelijk zijn greep op zijn kleindochter verliezen en zou hij eindelijk al zijn banden met zijn ex-schoonvader kunnen verbreken.

Hopelijk kwam Ellen nooit te weten dat hij, als haar man en partner, bewust de door haar opgestelde gedragscode al van bij de aanvang van hun bedrijf had gebroken. Voor haar zou zijn afspraak met Juan een daad van persoonlijk verraad betekenen.

Een afspraak maken met Marc in het bijzijn van Karl, was iets dat Ellen hoegenaamd niet zag zitten. Ze wist dat Marc door Lieve op de hoogte was gebracht van haar huwelijksplannen en waarschijnlijk wist hij ook via de pers alles over haar plannen voor Company 21 International.

Toen Marc had gebeld en op een afspraak had aangedrongen, ging ze akkoord hem te ontmoeten op neutraal terrein, ver van het kantoor. Maar vooral ver van Karl, die ze daarom met een opdracht naar Antwerpen had gestuurd.

Ze zag Marc al zitten toen ze het restaurant binnenkwam, terwijl hij druk pratend met een van de dienstertjes al zijn charmes ontplooide. Hij kan het gewoon niet laten. Toen hij haar zag, stond hij meteen op en kwam naar haar toe. Ze was zich bewust van het feit dat ze er goed uitzag. Haar talrijke weekendjes in Spanje hadden haar een mooi kleurtje bezorgd en door al de drukte had ze ook wat gewicht verloren. Of kwam het door de liefde?

'Je ziet er schitterend uit.'

Ze omhelsden elkaar vriendschappelijk. Heel even voelde ze de pijn om wat er ooit tussen hen geweest was. Maar tegelijkertijd was ze niet ontevreden dat hun relatie, na de moeilijke en bittere beginperiode van de scheiding, weer genormaliseerd was. Ze bleven hoe dan ook met elkaar verbonden via Tom.

'Ik kan niet hetzelfde van jou zeggen, Marc. En dat is niet hatelijk bedoeld. Je ziet er echt moe uit.'

'Ik heb je vroeger altijd uitgelachen wanneer je klaagde dat je het druk had, weet je nog? Wel, de laatste maanden ben ik zelfs te moe om een avontuurtje te beginnen. Stel je voor!'

'Tom vertelde me zoiets. Ik geloofde hem natuurlijk niet. Zo moe kun jij toch niet zijn?'

Ze konden er allebei hartelijk om lachen.

'Ik werk me kapot. We zijn met een project bezig dat geweldig aanslaat. De bestellingen lopen binnen en we rekruteren bijna dagelijks nieuw personeel. Ik ben nu officieel tweede in bevel en bovendien voor het eerst ook aandeelhouder en lid van de raad van bestuur. Je spreekt met een rijk man, Ellen. Virtueel rijk dan toch. Zolang onze aandelen het blijven doen.'

'Dus George begint je eindelijk als een gelijke te behandelen in plaats van als een soort loopjongen.'

'Je overdrijft. Maar het is een feit dat ik een belangrijke rol heb gespeeld in de ontwikkeling van het nieuwe systeem waarmee we nu die successen boeken. Wil je er meer over weten?'

'Tom heeft het me al eens proberen uit te leggen. Maar je kent me, ik heb geen technische knobbel. Iets voor televisie, is het niet?'

'Zoiets, ja. Ik weet dat het je niet echt interesseert, dus ik ga het niet zitten uitleggen. Maar ik kan je verzekeren dat binnen nu en een jaar er geen enkele televisiezender in Europa meer is die ons systeem niet gebruikt. De rest van de wereld zal heel snel volgen. Het is uniek, kostendrukkend, technisch zeer vooruitstrevend en we kunnen het blijven uitbreiden. Je zou het kunnen vergelijken met wat Bill Gates deed voor de pc.'

'Ik ben blij voor je. Ik meen het.'

'Dank je.'

'Ik had alleen graag gezien dat je succes je niet zo aan George bond. Ik heb die man nooit vertrouwd. Zorg er maar voor dat hij je niet kan opzijschuiven. Hij kan iedereen gebruiken wanneer het in zijn kraam past. Dat weet je toch.'

'Natuurlijk. Ik kijk wel uit. Ik heb intussen vernomen dat jij ook grootse plannen hebt?'

Het was duidelijk dat hij van onderwerp wilde veranderen.

'Dat klopt.'

'Ik moet zeggen dat ik onder de indruk ben. Nog maar een paar maanden geleden je diploma als makelaar behaald en al een Europese keten opzetten. Mijn hoed af!'

'En wat vind je van mijn andere plannen? Ik bedoel, die waarover Lieve je gebeld heeft.'

'Eerlijk gezegd, ik had het er moeilijk mee.'

'Nog altijd? Na drie jaar?'

'Ik blijf onze scheiding een jammerlijk misverstand vinden. Het is allemaal uit de hand gelopen. We hadden het goed met elkaar, Ellen. Maar ik geef het toe, ik had jou vlugger je eigen ding moeten laten doen. Nu je met die makelaarsketen bezig bent, zou je er geen drama van maken telkens wanneer ik een avontuurtje had.'

'Dat betwijfel ik. Ik ben nu eenmaal monogaam ingesteld.'

'Je vriend ook?'

'We hebben ons verloofd en hopen heel binnenkort te trouwen. Ik laat je nog weten wanneer.'

'Waarom trouw je met hem? Dat is toch niet meer van deze tijd.'

'Steek het maar op mijn hang naar monogamie.'

'Het feit dat wij getrouwd waren, heeft bij mij niet geholpen.'

'Bij jou helpt niets, Marc. Jij zult je altijd laten leiden door je veroveringsdrift. Maar je blijft wel met lege handen achter. Of heb je dat nog steeds niet in de gaten? Nu ben je ook nog het contact met Tom aan het verliezen. Hij klaagt erover dat je geen tijd meer hebt voor hem.'

'Tom moet niet zeuren. Hij gaat graag genoeg mee naar George en Chrisje. Je moest de uitbreidingen zien die ze aan hun villa gedaan hebben. Grandioos!'

'Ik zou willen dat je Tom niet te veel met George in contact brengt.'

'Jij ziet in George alleen maar het slechte. Het feit dat hij jou onder druk zette om met hem seks te hebben. Was dat nu zo erg? Je hebt intussen toch ook al een paar relaties gehad. Ben je nu nog altijd zo strak en ouderwets op dat gebied?'

'Seks is voor mij verbonden met liefde en respect voor elkaar. Iets wat voor George dode letter is.'

'Die ene misstap had je hem allang moeten vergeven. Hij bewondert je, ook voor je zakelijke talent heeft hij alle respect. Ik moet je trouwens een zakelijk voorstel doen. Iets dat je veel geld kan opbrengen en de organisatie van je makelaarsketen kan vereenvoudigen.'

'Ik wil niets met George te maken hebben.'

'Doe niet zo rechtlijnig. Je krijgt niets met George te maken, ik zal het zelf afhandelen. Reageer als de zakenvrouw die je beweert te zijn en luister naar mijn voorstel.'

Gedurende het volgende halfuur sprak hij geestdriftig over hun nieuwe camerasysteem dat ook perfect kon toegepast worden in de onroerendgoedsector. Marc had een echte presentatiemap meegebracht die hij geduldig toelichtte. Het kwam erop neer dat via deze toepassing van het nieuwe beeldverwerkingsysteem, alle aangesloten makelaarskantoren perfecte virtuele bezichtigingen konden organiseren van alle panden in hun portefeuille. Waar ook ter wereld.

'Maar de klanten willen toch zelf ter plaatse gaan kijken. We werken soms wel met videobeelden en er zijn al zoveel onroerendgoedwebsites.'

'Ons systeem is veel meer dan een website. Geef me de kans je een demonstratie te geven. Ik verzeker je dat je niet zult weten wat je ziet. Jouw idee van die makelaarsketen is prachtig, maar met ons systeem worden jullie wereldwijd bekend. Dan is niets of niemand nog in staat jullie uit de toptien van de onroerendgoedmarkt te drukken.'

Marc was een goede verkoper. Ze voelde dat ze begon te twijfelen.

'Moet ik met George onderhandelen?'

'Niet rechtstreeks. Ik vertelde je toch dat ik aandeelhouder en tweede in bevel ben. Ik kan de verantwoordelijke voor jouw account worden.'

'Maak me niets wijs, Marc, ik ken je te goed. Ik hoor dat je iets voor me probeert te verbergen.'

'Oké. Om de exclusiviteit van ons systeem te vrijwaren, verwerven we in alle bedrijven waar het wordt toegepast kapitaalsaandelen.'

'Wat? George aandeelhouder in mijn bedrijf. Over mijn lijk!'

'Dat is toch maar op papier. We zouden wel gek zijn als we ons met het beheer van al die bedrijven gingen moeien. Het is gewoon een manier om greep te houden op onze uitvinding. Er is een ingewikkelde juridische constructie voor opgezet en het lijkt te werken. We werken nu al samen met alle televisiezenders in Vlaanderen en Nederland en met de grote Europese reclameagentschappen.'

'Maar niet met mij. *No way!*'

'Denk er toch nog maar eens goed over na. Je bent ook niet meer alleen in je bedrijf om te beslissen. Ons systeem kan van jou en je partners miljonairs maken. De hele onroerendgoedwereld zal over de vernieuwende aanpak van jullie makelaarsketen praten. Niet alleen qua ethiek, maar ook technisch. Laat deze kans niet liggen omdat George zich ooit eens tegenover jou misdragen heeft. Hij betreurt dat voorval zelf heel erg.'

'Dat zal wel.'

Ellen kon haar minachting voor George niet verbergen. Toch liet Marc niet af.

'Luister, ik zal ervoor zorgen dat je amper met hem contact hebt en ik beloof je persoonlijk voor jouw dossier te zorgen. Lees de documenten door, bespreek het met je partners, laat mij aan hen komen uitleggen waarover het gaat en een demonstratie geven. Pa daarna beslis je. Ik heb George met moeite kunnen tegenhouden het aan andere makelaars aan te bieden. Je krijgt exclusiviteit in jouw sector van een primeur die de wereld van het onroerend goed voor altijd zal veranderen. Je kunt je niet veroorloven deze kans niet te grijpen. Vergeet het verleden.'

De dagen vlogen voorbij. Karl en Ruud waren constant onderweg om nieuwe contacten te leggen en voorlopige overeenkomsten af te sluiten. Na Nederland en Frankrijk was er nu ook interesse uit Duitsland en Denemarken. De aanvragen tot aansluiting bij Company 21 International bleven binnenstromen. Myriam en Grietje hadden handen te kort om ook hun normale makelaarsactiviteiten af te werken. Ellen was boven in het appartement bezig allerlei zaken in orde te brengen om met hun franchiseketen te kunnen starten. Zodra het huis dat ze gekocht hadden beschikbaar was, begonnen de werken om het appartement om te vormen tot de maatschappelijke zetel van hun franchiseketen. Er werkten inmiddels al twee administratieve uitzendkrachten die het werk amper aankonden.

Vandaag was ze op kantoor, want Yves zou langskomen met de plannen en de maquette van fase twee van het project Wemmel. Ellen had beloofd het gesprek met Yves, hopelijk in gezelschap van zijn vader, voor haar rekening te nemen. Ze rekende erop dat Karl pas na het gesprek terug op kantoor zou zijn. Ze wilde Yves eerst inlichten over haar aanstaande huwelijk. Hem zomaar meteen met Karl confronteren, was misschien niet zo verstandig.

'Bedankt, Grietje. We vinden het verder wel.'

Yves en zijn vader kwamen binnen en ze stond op om hen te begroeten.

'Je ziet er schitterend uit, Ellen. Proficiat met je nieuwe plannen. We hebben alles gevolgd in de pers. Je haalde zelfs het nieuws! Een prachtig initiatief en we zijn blij dat ons project door jullie nieuwe keten zal worden verkocht.'

'Bedankt.' Ze gaf een hand aan de oude Lombart en Yves gaf haar een kus. Dat was zo gegroeid in de drie jaar dat ze samenwerkten. De kussen bleven heel vriendschappelijk, maar nu had ze er eigenlijk spijt van dat ze hem toegelaten had er een gewoonte van te maken.

'Is dat de maquette? Ze ziet er schitterend uit.'

Het project, dat vrij grillig was van architectuur, zou perfect kunnen dienen om het systeem van Marc en George toe te passen, dacht Ellen meteen. Stel je voor dat je de kandidaat-klanten virtueel door de gangen van het gebouw kon laten lopen! Niet alleen zouden de verschillen tussen de appartementen snel duidelijk worden, maar volgens wat Marc had verteld, konden de klanten zelfs het uitzicht vanuit de ramen van de appartementen te zien krijgen. Zo zouden ze op kantoor al een eerste keuze kunnen maken en dat zou de bezichtigingen inkorten. Een behoorlijke besparing op personeelskosten.

Yves gaf intussen uitleg over de verschillende bouwlagen en materialen. En ook over de plaatsen waar en de manier waarop zijn nieuwe bouwprocédé gebruikt zou worden. Vader Lombart keek over zijn schouder toe en glimlachte af en toe naar Ellen. Hij was trots op zijn zoon, dat was duidelijk.

'Het klinkt echt veelbelovend allemaal, Yves. Wij hebben inmiddels een prijsberekening opgesteld en een publiciteitscampagne met bijhorende brochure. Misschien kunnen jullie die nu inkijken?'

Ze namen plaats aan de vergadertafel en onder het koffiedrinken werd alles grondig besproken en ook goedgekeurd. Yves en zijn vader waren gemakkelijke klanten. Hun eerste project was vlot verkocht en ze hadden vertrouwen in Company 21.

'Aangezien ons project in Brussel ligt, vroegen we ons af of je het niet tegelijkertijd kon lanceren in verschillende Europese landen via je nieuwe franchiseketen. Veel van onze klanten zullen mensen zijn die werken voor de Europese Unie. Het kan jullie keten enkel nog meer naambekendheid geven.'

Ellen voelde hoe haar hart een slag oversloeg. Ze had heimelijk gehoopt dat het nieuwe bedrijf niet verder zou besproken worden en dat het project door Company 21 zou worden verkocht, niet via de keten. Karl was daarvan immers mededirecteur en oprichter en zijn naam zou op alle officiële documenten vermeld staan.

'Die mensen hebben we vorige keer toch ook bereikt, niet? De franchiseketen staat nog in het beginstadium, misschien is het beter dat Company 21 zich uitsluitend om deze opdracht bekommert. We hebben nieuw personeel en Myriam is momenteel bezig met verdere rekrutering. Jullie kunnen dus rekenen op een vlotte werking.'

'Ik zou toch graag hebben dat jij je zoveel mogelijk persoon-lijk met het project bezighoudt, Ellen. Zoals je dat trouwens de eerste keer ook al deed. Ik was van plan om voor jou een kantoor ter plaatse in te richten. Kijk, hier.' Yves stond op en wees de plaats aan op de maquette.

Ellen aarzelde. Ze besefte dat ze niet langer kon zwijgen.

'Het kantoortje is een prachtidee. We zullen er met plezier gebruik van maken. Dat ik de verkoop op mij zou nemen, zou echter niet zo verstandig zijn. Ten eerste zal ik me het eerste jaar vooral met de lancering van de franchiseketen bezighouden, en ten tweede zal ik binnenkort voor een tijd naar Engeland en Amerika gaan.'

De beide Lombarts bekeken haar verbaasd, maar in de ogen van Yves zag ze meer dan alleen maar verbazing.

'Ik heb nog niet de kans gehad het jullie te vertellen. Ik weet trouwens niet goed hoe ik het moet aankondigen, het is nogal privé. Maar ik beschouw jullie als vrienden. Kortom, ik ga trou-wen en we plannen een lange reis waarbij wij, mijn man en ik, de franchiseketen gaan promoten in het buitenland.'

Ze zag hoe Yves wit wegtrok. Ze had zich dus niet vergist, Yves had hun relatie verkeerd ingeschat.

'Maar...' stotterde hij. 'Laatst in Brussel heb je me daar niets van gezegd.'

'Toen was het allemaal nog onzeker. Mijn toekomstige man is weduwnaar. We hebben gewacht om het officieel te maken tot onze kinderen met elkaar kennis hadden gemaakt. Dat is ondertussen gebeurd.'

'Dat was dus het familieweekend waarover je het had. Waarom heb je me toen niet geïnformeerd?' De toon van Yves was als die van een kind van wie ze het geliefkoosde teddybeer-tje had afgepakt.

'Ellen is niet verplicht haar privé-leven uit te doeken te doen tegenover zakenrelaties, Yves', probeerde zijn vader hem te doen inzien.

'Het eerste wat je van een zakenrelatie mag verwachten is dat ze eerlijk met je is. Ik vind niet dat Ellen tegenover mij eerlijk heeft gehandeld.'

'Moment, Yves. Dat is niet waar. Jullie zijn de eersten, buiten mijn directe familie, die ik op de hoogte breng.'

'Omdat je niet anders meer durft! Die nieuwe partner van jou, wat doet die?'

'Hij is makelaar, net zoals ik.'

'Komt hij bij jou in het bedrijf?'

Ze knikte. Waar wilde Yves naartoe? Ze voelde dat het verkeerd ging aflopen.

'Is hij betrokken bij het beleid van die nieuwe firma?'

'Ja, hij is mijn nieuwe partner en mijn toekomstige echtgenoot.'

'Yep! *That's me!* Ik deed het hoogste bod op deze schoonheid en won de hoofdprijs.'

Karl en Ruud waren vrij luidruchtig komen binnenvallen. Ze hadden enkele makelaarskantoren bezocht die wilden toetreden en waren blijkbaar overvloedig getrakteerd. Wat het nog erger maakte was dat ze allebei, toen ze het verschrikte gezicht van Ellen zagen, in een kwajongensachtige lachbui schoten.

'Karl, dit zijn de heren Lombart van het project in Wemmel over wie ik je al zoveel heb verteld.' Ze hoopte dat Karl zou beseffen dat hij zich dringend moest herstellen.

'Aangenaam. Sorry, maar we hebben een nogal zware middag achter de rug met enkele kandidaat-franchisenemers. Ik ben Karl Van Langenaeken, en de mijnheer hier naast me is Ruud Schouten, een van onze partners in Company 21 International.'

Vader Lombart haastte zich om Karl en Ruud hartelijk de hand te drukken. Yves daarentegen stond als aan de grond genageld.

'Is dat het fameuze project in Wemmel?' Karl bekeek de maquette. 'Ik hoorde van Ellen dat u een innoverend bouwprocédé hebt uitgevonden. Mag ik er iets meer over weten?'

'Liever niet.' Yves had eindelijk zijn spraakvermogen teruggevonden.

Karl keek stomverbaasd naar Ellen, die hem met een klein handgebaar probeerde duidelijk te maken zich rustig te houden. Ze had hem weinig of niets verteld over haar persoonlijke relatie met Yves. Hij had er dus geen idee van dat hij zich op drijfzand bevond.

'Zoals u verkiest. Maar tegen de tijd dat we de verkoop starten, had ik toch graag wat technische uitleg. U weet hoe klanten zijn, ze willen alles weten, zelfs de dingen die ze niet begrijpen. Wees gerust, ik heb jarenlang in de bouw gezeten in Spanje, voor mij zal het geen problemen stellen. Integendeel, het interesseert me ten zeerste.'

'Waar leerde u Ellen kennen?'

'Op de makelaarscursus. Maar dat is alweer een tijdje geleden.'

Na deze opmerking liep alles fout. Yves viel scherp uit tegen Ellen dat ze minstens de beleefdheid had kunnen hebben hem van haar relatie met Karl op de hoogte te brengen. Zijn vader probeerde wanhopig Yves te kalmeren. Ruud vluchtte het kantoor uit en Karl stond eerst een beetje verbaasd de hele bedoening te bekijken, maar werd toen stilaan boos.

'Luister goed, mijnheer Lombart. Met alle respect, maar ons privé-leven gaat u geen moer aan.'

'Karl!'

'Het is toch waar, Ellen. Als al jouw klanten zich zo gedragen, stel ik me daar toch vragen bij.'

'Ik ben niet zomaar een klant.' Yves keek Karl hooghartig aan.

'Mijn zoon bedoelt dat we met Ellen een relatie hebben die iets ruimer is dan alleen maar zakelijk. Maar maakt u zich geen zorgen, mijnheer Van Langenaeken, alles is in orde. De aankondiging van uw huwelijk enerzijds en de kennismaking met u anderzijds, kwamen misschien wat kort na elkaar. Yves is er gewoon van geschrokken. Wij wensen jullie beiden heel veel geluk, zowel privé als zakelijk. Is het niet, Yves?'

Yves antwoordde niet, maar wendde zich tot Ellen.

'Was het daarom dat je nooit tijd had om met mij iets te gaan eten of naar een concert te gaan?'

'Nee, Yves. Als ik op een uitnodiging niet ben ingegaan, was het gewoon omdat ik het druk heb.'

'Je had het blijkbaar toch niet voor iedereen te druk. Je man ken je al van op de makelaarscursus. Daar had je wel tijd voor.'

'Hij heeft mij daar opgemerkt, maar ik hem niet. Eigenlijk heb ik hem pas leren kennen door de zaak met notaris Decanque. Hij ging in Spanje voor ons op onderzoek. Dankzij hem hebben we jullie en ons geld kunnen recupereren.'

'Dat verzin je.'

'Maar nee. Kort daarna kwam Karl naar België en hebben we echt kennisgemaakt. Ik herinnerde me hem zelfs niet meer van de cursus. Myriam heeft hem daar langer gekend. Ik ben later met de cursus begonnen, in de loop van het cursusjaar.' Was ze hem deze hele uitleg wel verschuldigd? Waarom zei ze gewoon niet dat hij er geen zaken mee had?

'En nu hebben jullie al huwelijksplannen. Je herstructureert je bedrijf om plaats te maken voor je man waarschijnlijk?'

'Nee, we beginnen samen, ook met andere partners, een franchiseketen zoals je vernam in de pers. Met deze plannen loop ik al van in het begin rond. Je weet dat ik een hekel heb aan al dat geknoei van makelaars.'

'Maar geknoei met vriendschap, daarvoor draai je je hand niet om.'

'Yves!' Vader Lombart probeerde zijn zoon te kalmeren door een hand op zijn arm te leggen. Yves was echter zo over zijn toeren dat niets hem nog kon tegenhouden. Hij rukte zich los en stapte op Ellen toe, die, verschrikt, achteruitdeinsde.

'Waarom heb je me niets verteld toen je laatst in Brussel was? Toen was dit allemaal allang aan de gang.'

Ellen antwoordde niet, ze had immers geen antwoord.

'Omdat ik toen de verkoopopdracht nog niet getekend had misschien? Mooi, die ethische code van je!'

'Ik vind het nu wel genoeg!' Karl ging pal voor Yves staan. 'Wilt u met deze onzin ophouden! U bevindt zich in ons kantoor en u gedraagt zich als een onbeleefde snotneus.'

'Karl!'

Even leek het erop dat Yves en Karl met elkaar op de vuist zouden gaan. Maar vader Lombart kwam snel tussen beide.

'Kom, Yves. We gaan naar huis. Morgen heb je er spijt van.'

'O nee. Morgen hebben zij hier spijt van. Want ik ga vandaag nog naar de advocaat. Deze verkoopopdracht is onder valse bedinging afgesloten en zal geannuleerd worden. Mét schadevergoeding.'

'Dat is onzin. Er is niets fouts met de verkoopopdracht. Maar maak je geen zorgen. Je kunt ze nu meteen verscheuren, want wij wensen deze opdracht niet meer. Is het niet, Ellen?'

Ellen keek wanhopig van Yves naar Karl en vervolgens naar vader Lombart, die zijn zoon kordaat bij de hand nam.

'We gaan. Ellen, ik bel je nog. Mijnhccr Van Langenaeken, het spijt me dat dit gesprek zo uit de hand is gelopen. Wij hadden met Ellen van in het begin een prima relatie. Ik geef mijn zoon zeker geen gelijk. Nochtans had het met meer diplomatie van uw kant niet zover hoeven te komen.'

Vader Lombart nam zijn zoon stevig bij de arm en leidde hem kordaat naar buiten.

12

'Ik begrijp je niet, Ellen. Eerst zweer je dat je nooit meer met die George te maken wilt hebben en nu overweeg je om zaken met hem te doen!'

'Ik moet het verlies van het project Wemmel goedmaken', antwoordde ze hem kortaf. 'Het is trouwens niet mijn fout dat we het zijn kwijtgeraakt', voegde ze er venijnig aan toe terwijl ze hem verwijtend aankeek.

Karl zuchtte. Hij had het inderdaad door zijn onbesuisde gedrag bij de Lombarts definitief verknald.

'We hebben de inkomsten nodig, Karl', vervolgde Ellen op een mildere toon. 'Het oprichten van de franchiseketen in zoveel landen tegelijkertijd kost handenvol geld. Het computersysteem van George en Marc zou ons niet alleen een aardig bedrag kunnen opbrengen in aansluitingsgeld van onze franchisenemers, maar de exclusiviteit ervan zal ons ook de nodige push geven om sneller door te breken.'

De telefoon ging en belette hen op het knelpunt George door te gaan. Karl was er trouwens niet rouwig om. Wanneer Ellen in een dergelijke prikkelbare stemming was, kon je met haar niet redeneren. Sprak je haar tegen, dan werd ze boos. Gaf je haar gelijk, dan kreeg je het verwijt dat je het deed om een einde te maken aan de discussie.

Sinds vader en zoon Lombart hun opdracht voor de verkoop van Wemmel hadden ingetrokken, deed Ellen vaak vervelend tegen hem. Dacht ze soms dat hij het met opzet had gedaan? Zij was in deze zaak trouwens ook niet helemaal onschuldig. Waarom had ze hem in 's hemelsnaam nooit verteld dat die Yves gek op haar was? Dan had hij deze blunder niet gemaakt. De drank had hem en Ruud die dag evenwel parten gespeeld. Het was gewoon een samenloop van omstandigheden geweest en het was niet fair van Ellen dat ze er bleef over zeuren.

Ze waren een project kwijt en dat was jammer. Maar er kwamen elke dag nieuwe projecten binnen, net als aanvragen van kandidaat-franchisenemers. Ze werden door aanvragen uit steeds meer landen overrompeld om ook daar zo snel mogelijk met hun makelaarsketen van start te gaan. Het was duidelijk dat Company 21 International een wereldwijd megasucces ging worden.

Iedereen in de sector bleek plots gewetensvol. De kranten stonden vol over de eerlijke makelaarsketen en er werd gesproken over het internationale charter van menselijk en eerlijk makelen dat opgesteld was door Ellen De Ridder. De makelaars verdrongen zich om het charter te ondertekenen en aan te sluiten als franchisenemer.

Karl had dit succes als argument gebruikt om Juan per telefoon nogmaals uit te leggen waarom Ellen niet inging op zijn aanbod om deel te nemen aan Company 21 International. Samenwerken kon alleen wanneer Juan het charter ondertekende.

Het charter was klinkklare onzin, had Juan geantwoord. De belofte eerlijk te makelen was een goede publiciteitsstunt, maar niet meer dan een zeepbel die snel zou uiteenspatten. Geen enkele franchisenemer zou zich er immers aan houden. Het kon niet anders dan verkeerd aflopen, met het risico dat alles wat Ellen en Karl in Company 21 International geïnvesteerd hadden, zou verdwijnen als sneeuw voor de zon.

Wanneer dat gebeurde, moesten ze niet meer rekenen op het vele geld dat hij hun nu ter beschikking wilde stellen. Zijn aanbod bleef niet eeuwig geldig. Karl moest er dus dringend voor zorgen dat Ellen het aanvaardde. Er stond voor hem veel meer op het spel dan alleen zakelijk succes. Karl mocht dat zeker niet uit het oog verliezen!

Juan van zijn kant was bereid zijn goede wil te tonen en Ellen nog een laatste kans te geven om op haar beslissing terug te komen. De vorm van zijn inbreng kon aangepast worden aan haar wensen. Aan Karl om een geschikte formule te vinden en haar te overtuigen.

Karl besefte dat hij dat niet kon doen zonder Ellen te beliegen. Hij wist immers dat zijn schoonvader nooit vies was geweest van gesjoemel als ontwikkelaar van grote bouwprojecten, gesjoemel dat hem rijk gemaakt had. In de meeste van zijn projecten werd er in een of andere vorm gefraudeerd en dat zou ook in de toekomst niet anders zijn. Het hoorde er volgens Juan gewoon bij. Karl vond wel dat zijn ex-schoonvader soms buiten de schreef ging. Maar tot nu toe was het allemaal goed verlopen en Juan was er zeker van dat er nooit problemen van zouden komen.

Alhoewel Juan dus niets wilde weten van het charter, wilde hij wel deel hebben aan het wereldwijde succesverhaal van het nieuwe bedrijf en er, via zijn kapitaalinbreng, veel geld mee verdienen.

Karl kon niet anders dan zijn aanbod bij Ellen verdedigen,

ondanks zijn oorspronkelijke verzet ertegen. De macht die Juan over Bella had moest gebroken worden en daarvoor moest ze bij hem en Ellen in België komen wonen. Hij hoopte dat het enorme succes van de franchiseketen dat hoofdzakelijk aan het charter te danken was, Juan uiteindelijk zou doen inzien dat men in onroerend goed ook geld kan verdienen zonder te knoeien.

Inmiddels moest hij hopen dat er in Spanje, en meer precies in een van de bedrijven van Juan, geen onroerendgoedschandaal losbrak. Hij was als de dood dat Ellen vroeg of laat lucht zou krijgen van de dubieuze praktijken van zijn schoonvader en vooral van het feit dat hijzelf daar meer dan eens bij betrokken was geweest. Ze ging er immers van uit dat hij haar afkeer voor dergelijke zaken deelde en hij had haar nooit tegengesproken.

Eigenlijk was hij het met Juan eens dat je dat gedoe met die eerlijkheid en dat 'menselijk makelen' niet mocht overdrijven. Wat Ellen nu deed, leek een soort waanzinnige kruistocht. Onder het vaandel van totale betrouwbaarheid trok ze ten strijde tegen het kwaad in de sector! Dat ze daarbij zelf in goed vertrouwen handelde, stond voor hem vast, maar kon ze alle deelnemende bedrijven vertrouwen? Hoe kon ze bereiken dat al haar medewerkers en franchisenemers haar hoge normen respecteerden?

Wat als de pers, die haar nu inderdaad de hemel in prees, in de gaten kreeg dat ze zich met deze kruistocht schatrijk aan het maken was? Hoe lang zou men dan haar lof nog blijven zingen en in haar eerlijkheid blijven geloven?

Het voorval met Yves was een duidelijk bewijs hoe sommige mensen Ellen idealiseerden, maar haar ook meteen lieten vallen zodra ze niet meer aan hun ideaalbeeld voldeed. Ze had dat gedrevene dat mensen kon overtuigen en veroveren. Maar hoe hoger de sokkel waarop je stond, hoe dieper de val! Vroeger had dat idealiseren zich beperkt tot haar directe medewerkers en enkele trouwe en tevreden klanten. Nu waren er overal ter wereld jonge makelaars die van haar een icoon maakten. Hoe zouden ze reageren indien er iets misging met het charter? Hoe zouden haar vijanden reageren? Want dat ze vijanden aan het maken was in de sector, dat was duidelijk.

'Sorry, schat, waar waren we gebleven?'

Ze had het gesprek met de accountant beëindigd en was duidelijk tevreden met de cijfers die ze had gekregen. Misschien zou dat haar minder lastig maken over het voorval met Yves Lombart en het verlies van zijn project. Nu even oppassen en dat conflict niet meer in het gesprek aan bod laten komen.

Hij ging achter haar staan en masseerde haar schouders en hals.

'Je overwoog daarnet om eventueel op het voorstel van George Pools en je ex in te gaan, ondanks het feit dat je die kerel haat als de pest en je ex wantrouwt. Je kunt me niet kwalijk nemen dat ik mij daar vragen bij stel. Ik maak me echt ongerust over jou. Ik weet dat je terecht een hartsgrondige hekel hebt aan die kerel.'

Ellen liet moe haar hoofd tegen hem aanleunen. De warme aanraking van zijn handen ontspanden haar hals en rug. De laatste weken was de werkdruk toegenomen, en de steeds groeiende verantwoordelijkheden bezorgden haar veel stress die haar lichamelijk uitputte.

'Wat ga je doen, lieveling? Wat je ook beslist, je zult steeds op mij kunnen rekenen.'

Karl ging verder met de weldadige massage terwijl hij haar af en toe zachtjes in haar hals kuste. Ze voelde een rilling van genot en verlangen door haar heen gaan. Ze wilde er echter niet aan toegeven. Ze mocht zich niet laten afleiden, er moest nog zoveel geregeld worden vandaag. Toch sloot ze genietend even haar ogen voor ze antwoordde.

'Ik stel voor dat we onderzoeken of het systeem wel zo goed is als ze beweren. Valt het tegen, is er niets verloren. Als het inderdaad goed is, en ik vermoed van wel, moeten we met onze partners overleggen. Het gaat over veel geld, Karl. Heel veel geld!'

Ze drukte intens haar lippen in de palm van zijn hand. Karl wist dat hij niet kon weerstaan aan de belofte van genot die van haar gebaar uitging.

'Goed, jij je zin, liefste. Maar als die kerel één vinger naar je durft uit te steken, maak ik hem kapot.'

Toen Tom en Isabella bij hem aanbelden, stond John op het punt de schoonmaak in het gebouw te controleren. Hij was terug aan de slag, maar schoonmaken kon hij nog niet. Hij droeg beschermende handschoenen over de brandwonden en had een baseballpet op om de kale plekken op zijn hoofd te bedekken. Het was een heel gek gezicht.

'Kom binnen. Ik had je niet verwacht, jongen.' John ging hen voor naar de woonkamer.

'Nu heb je mij niet meer nodig om je te helpen, is het niet, John? Zomaar je eigen schoonmaakploeg waar je lekker de baas over kunt spelen. Van promotie gesproken', plaagde hij hem.

'De firma die komt schoonmaken is maar een tijdelijke oplossing tot ik weer met mijn handen in zeepwater mag zitten. Zou je mij trouwens niet voorstellen aan je vriendinnetje?'

Bijna zou hij Bella vergeten, zo blij was hij om John terug te zien in zijn normale omgeving.

'Bella, dit is John over wie ik je heb verteld. John, dit is Bella Van Langenaeken. De dochter van Karl en ze logeert dit weekend bij ons. Eigenlijk is ze mijn toekomstige zus.'

'Doe niet onnozel. Ik ben je zus niet en zal dat ook nooit zijn.' Ze stak haar tong naar hem uit en lachte dan breed naar John. 'Tom praat veel over u. Hoe maakt u het?'

'Goed, kind. Alleen nog wat lelijker dan vroeger.'

'Dat zijn littekens waarop u trots mag zijn. Ik ben erg onder de indruk. U bent de eerste held die ik in levenden lijve ontmoet. Als ik durfde, zou ik een handtekening vragen.'

'Wat heb je dat lieve kind allemaal wijsgemaakt?' vroeg John quasi-boos, al was hij duidelijk blij met de lovende woorden van de mooie Bella.

'Ik heb haar niks wijsgemaakt. Het is de waarheid dat jij die mensen uit de brand hebt gered,' weerlegde Tom trots alsof hij het zelf had gedaan.

'Hij overdrijft, juffrouwtje. Te veel computerspelletjes, dat verweekt de hersenen.'

'Oh, heeft hij die dan? Daar had ik nog niets van gemerkt.'

John lachte hartelijk mee met Bella, die hem zonder moeite aan het inpalmen was. Waarom deed ze tegen hem altijd zo kattig?

'Mama doet je de groeten. Als je iets nodig hebt, moet je het maar even doorbellen naar kantoor. De gemeenschap van eigenaars kan je nu niets meer weigeren, zei ze.'

'Zal ik dan maar opslag vragen?' De ondeugende pretlichtjes in zijn ogen maakten John jaren jonger. Het deed Tom deugd zijn vriend weer de oude te zien na al de ellende die hij had moeten meemaken.

'Vertel eens, hoe is het met jullie nieuwe huis?'

'Prima. Officieel verhuizen we pas na het huwelijksfeest. Maar omdat het kantoor van Company 21 International nu al onze hele flat inneemt, kunnen we niet zo lang wachten. Dus trekken we, noodgedwongen, volgende week al in het nieuwe huis. Het wordt daar voorlopig wel kamperen.'

De gsm van Bella rinkelde en ze verwijderde zich een beetje om het gesprek aan te nemen.

'Knap grietje, dat zusje van je!' fluisterde John terwijl hij bewonderend in haar richting keek.

'Dat is mijn zus niet. Ik zei dat maar om haar te pesten.'

'Ze trekt zich daar niet veel van aan, geloof ik. Komt ze in België wonen?'

'Dat is nog niet beslist.'

'Zou je het niet prettig vinden?'

'Misschien wel. In het begin vond ik haar een stom wicht, maar wanneer ze niet te veel kuren heeft, valt ze best mee. Maar de manier waarop ze haar vader rond haar vinger draait, loopt soms echt de spuigaten uit.'

'Ach zo! Heeft ze dan een nog betere manier gevonden dan jij met je moeder doet? Jij kent daar ook wat van, niet, vriendje!'

'Dat kun je niet vergelijken! Bella is gewoon schandelijk verwend. En niet alleen door Karl. Van haar grootvader krijgt ze letterlijk alles gedaan.'

'Kijk dus maar goed uit dat jij niet het volgende slachtoffer bent dat valt voor haar onweerstaanbare charmes.'

'Ik? Nooit!'

John schaterde van het lachen. Bella, die het telefoongesprek beëindigd had, keek verbaasd naar Tom, die er met een nukkig gezicht bij stond. Omdat ze haar geen uitleg gaven, kon het haar ook verder geen barst schelen. Mannen met hun geheimen altijd!

'Het was *abuelo Juan*', zei ze na het gesprek. 'Hij komt nog dit weekend naar België om met Ellen en papa over een nieuw project te praten en hij blijft tot na het huwelijk. Ga we nu de stad in?'

'Op één voorwaarde. Als jij voor kleren en meer van dat soort idiote spullen wilt shoppen, wacht ik wel zolang in een internet-café. Ik heb geen zin om me belachelijk te maken wanneer ik een van mijn vrienden zou tegenkomen.'

'Ik hoop dat Lieve nu echt bereid is tot een gesprek, dokter. Ik kon me erg moeilijk vrijmaken. Het zal trouwens voorlopig mijn laatste bezoek zijn. Mijn agenda staat volledig volgeboekt voor de volgende weken en ik vertrek naar het buitenland. Sorry.'

'Geen probleem. Lieve vertelde me al zoiets. Iemand van de verpleging is haar gaan halen. Ik geloof dat ze naar dit gesprek uitkijkt. Ze heeft vooruitgang geboekt.'

'Dat is goed nieuws. Moet ze nog lang hier blijven?'

'We zouden haar perfect als externe patiënte kunnen behandelen. Maar we laten haar die beslissing zelf nemen. Dat is onze gewone werkwijze.'

'Ik weet niet hoe Dirk het blijft bolwerken met de zorg voor de vier kinderen en zijn werk op de fabriek. Staat Lieve daar nooit bij stil?'

'Uw zus is zwaar ziek geweest. Haar man begrijpt dat.'

Lieve kwam binnen. Ze zag er inderdaad erg goed uit. Ze was een beetje bijgekomen, had weer kleur en was opgemaakt. Ze droeg ook geen nachtkleed, maar een sportieve broek met een mooi truitje.

'Dag Lieve, je ziet er schitterend uit.'

'Dat kan ik van jou niet zeggen.'

Ellen wilde haar omhelzen, maar stopte bruusk.

'Hoe bedoel je?'

'Je ziet er moe uit. En dat voor een toekomstige bruid! Nee, je hoeft het mij niet te zeggen, ik weet het al. Je hebt het druk.'

'Dat klopt.'

'Moet ik in katzwijm vallen van dankbaarheid omdat je toch tijd voor dit gesprek maakt? Sorry, maar daar heb ik geen zin in.' Lieve ging zitten en begon tegen de dokter te praten, en negeerde haar ostentatief.

Ellen nam teleurgesteld ook plaats. Ondanks de bewering van de dokter dat Lieve er klaar voor was om uit te zoeken waarom het tussen haar en haar zus fout ging, voelde ze aan dat hun gesprek niet goed zou verlopen. Hopelijk zou de aanwezigheid van de dokter Lieve een beetje intomen. Ze had geen zin in een nieuwe versie van het oude drama, daar was ze veel te moe voor.

Binnen de kortste keren zouden ze alweer verwijten naar elkaars hoofd slingeren. Er was in hun verhouding geen merkbare verbetering gekomen door de therapie die Lieve gevolgd had. Lieve had haar nu eenmaal tot zondebok gemaakt en zou daar nooit meer van afstappen. Stom dat ze zich zoveel illusies gemaakt had over dit gesprek en over de doorbraak die het volgens de dokter zou kunnen betekenen.

'Hoe is het met Dirk en de kinderen?' vroeg ze voorzichtig, om te beginnen met een veilig onderwerp.

'Prima. Maar dat zal jou wel niet verbazen. Ze hebben nu immers geen last meer van mij. Beter een vader die moet gaan werken, dan een dronken moeder die thuisblijft. Ik zie het je zo denken.'

'Je moet niet vertellen wat ik denk, want je hebt het mis.'

'Lieg niet omdat de dokter erbij zit. Ik ken je. Je vindt het schandelijk dat ik Dirk zo lang alleen laat met de zorg voor de kinderen. Of durf je dat te ontkennen?' Ze keek Ellen uitdagend aan, want ze zag aan haar reactie dat ze het juist geraden had.

De dokter zweeg nog steeds, en toen Ellen naar hem keek voor hulp, bladerde hij quasi-verstrooid in het dossier dat voor hem lag. Stom dat ze daarnet die opmerking tegen de dokter had gemaakt, anders kon ze Lieve nu eens goed op haar plaats zetten.

'Oké, ik geef het toe. Ik maak me inderdaad zorgen over Dirk. Hij moet ook nog gaan werken.'

'Juist! En ik moest dat niet. Wat een schande, een vrouw die niet werkt! Daar word jij een beetje misselijk van, is het niet?'

'Doe niet zo sarcastisch. Dat is weer typisch iets voor jou. Jij beweert te weten wat ik denk en voel, maar er klopt niets van. Ik vind dat iedereen het recht heeft het leven te kiezen dat hij of zij wil.'

'Dat zal wel! Jij kijkt neer op thuisblijvende moeders, zoals je dat met mij én met mama deed. Alleen al je blik wanneer je binnenkwam op je spaarzame bezoekjes. Die sprak boekdelen. Steeds dezelfde minachting voor het huissloofje!'

'Hoort u het nu, dokter? Zo kan ik toch niet op een redelijke manier met haar praten? Lieve legt me altijd woorden en meningen in de mond die ik nooit zou uitspreken.'

'Denken ook niet?' zei Lieve op een poeslief toontje waar de ironie van afdroop.

Ellen wilde verontwaardigd uitvliegen, maar klemde haar lippen stevig op elkaar terwijl ze dacht aan de enkele gesprekken die ze de voorbije weken met de dokter had gehad. Toen had ze, zonder het te willen, meer losgelaten dan wenselijk. Misschien had ze zich inderdaad wel negatief uitgelaten over vrouwen die zich uitsluitend met hun huishouden bezighielden. Niet dat ze dat minderwaardig vond, maar huisvrouwen hadden het volgens haar veel gemakkelijker dan vrouwen die, zoals zijzelf, ook een carrière hadden. Ze moest dus oppassen dat de dokter er niets van verklapte aan Lieve. Ze richtte zich dus tot hem.

'Ik heb er nooit bezwaren tegen gehad dat Lieve niet ging werken, dokter. Hoe kon ze immers, met vier kleine kindjes?'

'Maar u bent zelf carrièrevrouw en vindt dat een leven als huisvrouw en moeder minder voldoening geeft?'

'Om eerlijk te zijn, voor mij is dat inderdaad het geval. Maar dat is persoonlijk. Het is geen algemeen principe waar ik andere vrouwen op beoordeel. Wat Lieve u ook mag wijsgemaakt hebben.'

'Ik heb de dokter niets wijsgemaakt. Hoe durf je!'

'U had het er met mij over dat uw moeder koos voor een leven als huisvrouw en moeder. Vindt u dat jammer?'

'Helemaal niet. Mama had niet gestudeerd en de tijden waren toen anders.'

'Zie je wel dat je mij afkeurt', zei Lieve voor de dokter iets kon zeggen. 'Ik heb wél gestudeerd, maar werk niet. In jouw ogen ben ik dus een jammerlijke mislukking.'

'Niemand noemt jou een mislukking! Hou nu eens in godsnaam op met iedereen daarvan te beschuldigen. Denk liever eens na hoe je over jezelf denkt. Misschien ligt daar wel het probleem.'

Ze zag dat haar laatste opmerking hard aankwam. De dokter zag het ook.

'Rustig maar, dames.'

Ze zaten allebei tegenover hem, zo ver mogelijk van elkaar verwijderd en hun hele lichaamshouding drukte vijandigheid en wantrouwen tegenover elkaar uit.

'Ik heb een vraagje', ging de dokter verder na een korte denkpauze. 'Sinds wanneer zijn jullie in dit ruziepatroon verzeild geraakt? Want dat staat volgens mij vast: jullie zitten verstrikt in een relatiepatroon dat onherroepelijk bij elke ontmoeting fout gaat. Dat hebben jullie me allebei trouwens verteld. Jullie klagen er beiden over dat de andere je verwijten maakt.'

Ze zwegen allebei, een beetje beschaamd.

'Ik herhaal mijn vraag, sinds wanneer maken jullie zoveel ruzie?'

Ze keken de dokter aan, en vervolgens elkaar. Ze dachten allebei terug in de tijd. Het leek wel of ze altijd al ruzie hadden gemaakt.

'Van in de humaniora?' zei Ellen onzeker. Omdat ze toen veel tijd met papa had doorgebracht, dacht ze erbij.

'Nee, veel vroeger! Al van in de lagere school keek Ellen op me neer.'

'Dat is onzin! We hadden het leuk samen, we gingen bijvoorbeeld altijd samen naar school. Herinner je de spelletjes niet meer die we samen speelden onderweg?'

'Die bestaan alleen in jouw fantasie.'

'Ben je dat echt vergeten?' Ze keerde zich enthousiast naar de dokter. 'We hadden veel plezier samen. Onderweg gokten we dat we bepaalde mensen of dingen wel of niet zouden zien op weg naar of van school. Degene die verkeerd gegokt had moest dan een opdracht uitvoeren die de ander haar gaf. Een straat lang hinkelen, of een lege vuilnisbak bij een ander huis neerzetten.'

Lieve begon te lachen. 'Weet je nog toen jij de kranten uit alle brievenbussen van de straat moest halen en bij het laatste huis op de stoep moest leggen? Toen we die middag terug naar huis gingen, hadden die mensen van het laatste huis ruzie met de hele straat over die stomme kranten!'

'Zie je wel! Je geeft toe dat we spelletjes speelden. Dus toen maakten we nog geen ruzie!'

Lieve besefte dat ze die periode inderdaad helemaal vergeten was. Maar dat kon ze natuurlijk niet toegeven. 'Die spelletjes, dat gebeurde wel eens. Maar zelden. Je vond mij maar een dom kind en dat je mij mee moest nemen naar school, was een blok aan je been. Je liet het me goed genoeg voelen.'

'Hoe verzin je het! Het was voor mij veel leuker met jou dan alleen naar school te moeten gaan. Toen je een vriendinnetje kreeg en niet meer met mij wilde meewandelen, vond ik dat heel erg.'

'Dat lieg je! Jij wilde het niet meer omdat je me te kinderachtig en te dom vond.'

'Nee! Jij wilde niet meer met me meegaan. Je had toen dat nieuwe klasgenootje dat in dezelfde straat was komen wonen. Hoe heette ze ook weer? Wacht, ik weet het weer, Marie was haar naam.'

'Marie! Die was ik helemaal vergeten.'

'Jullie werden onafscheidelijke vriendinnen en ik was de grote zus die in de weg liep. Jullie volgden zelfs opzettelijk een andere weg dan ik.'

'Oké. Misschien herinnerde ik het me niet zo precies meer. Maar eens jij ging verder studeren na je humaniora, heb je me vaak genoeg uitgelachen omdat ik te stom was om naar de unief te gaan.'

'Maar nee! Alleen vond ik al dat knutselwerk dat jij moest doen voor je opleiding wel een beetje gek. En ik zou het natuurlijk leuk gevonden hebben als we in Leuven een aantal jaren samen op kot hadden kunnen zitten. Als meisje alleen moest ik van mama in een saai studentenhuis wonen. Maar ik aanvaardde jouw keuze.'

'Dat lieg je weer! Je wilde me helemaal niet in Leuven.'

'Nee, ik meen het. Als je goed nadenkt, zul je het wel herinneren. Je wist dat ik altijd achter mijn boeken zat. Daardoor maakte ik niet veel vrienden. Jouw keuze om intern te worden op die kostschool voor kleuterleraressen was voor mij een diepe teleurstelling. Ik had gerekend op jouw komst, omdat jij veel socialer bent. Ik had gehoopt samen met jou meer deel te kunnen nemen aan het studentenleven.'

Lieve bekeek haar nadenkend, alsof ze dat wat Ellen beweerde toetste aan haar herinneringen.

'Kleuterleidster was nu eenmaal mijn keuze en dat doe je niet aan de unief', zei ze bruusk.

'Natuurlijk. Het was trouwens een keuze die bij jou paste.'

'Omdat ik voor iets anders niet goed genoeg was.'

'Maar nee! Omdat jij de gave hebt met kinderen fantastisch te kunnen omgaan. Weet je nog hoe populair je was als babysit? Iedereen vroeg altijd maar naar jou.'

'Jij wilde niet babysitten, dat was te min voor je.'

'Ik durfde het niet! Ik was doodsbang dat de kinderen wakker zouden worden. Ik wist gewoon niet wat ik er dan mee zou moeten aanvangen.'

Het bleef even stil. Ze keken allebei naar de dokter, maar die zat rustig te droedelen en keek niet op. Ellen besefte dat hij geen scheidsrechter wilde zijn in hun meningsverschillen over het verleden. Hij was alleen maar moderator. Ze moesten er zelf zien uit te komen.

'Misschien ging het tussen ons pas echt mis toen jij Marc leerde kennen en met hem trouwde. Je kwam amper nog naar huis. Ik miste je. Ik verwachtte je elk weekend, maar je kwam nooit.' Lieve klonk beschuldigend, maar ook droevig. Ellen besefte dat ze nu veel dichter bij de waarheid zaten.

'Marc had het veel te druk met zijn werk en ik studeerde nog. Bovendien hield hij er niet van om veel tijd door te brengen in familiekring. Niet iedereen is zoals papa of Dirk.'

'Je moet Marc niet vergelijken met Dirk. Marc maakt tenminste iets van zijn leven. Je had alles wat je maar wilde. Wij kunnen na bijna tien jaar huwelijk nog altijd de eindjes niet aan elkaar knopen.'

'Dirk doet zijn best, maar hij kiest ervoor veel bij jou en de kinderen te zijn. Ik vind dat fantastisch, maar op zijn werk wordt het niet erg gewaardeerd. Misschien is het daarom dat hij niet de promoties maakte die jij van hem verwachtte, zelfs van hem eiste.'

Ze zag in de ogen van Lieve dat ze schrok. Misschien drong er eindelijk iets tot haar door. Toe, mama, help me. Laat me de weg vinden om door de vijandigheid te breken. Ik mis je zo en ik wil het voor jou met Lieve goedmaken.

'Je kunt de camera afzetten wanneer je privacy wilt. Kijk, zo!'

'Dus je kunt me zien van in je kamer als ik dat niet doe?'

'Alleen maar als je de camera opzet. Kijk.' Hij sloeg enkele toetsen aan en zette een voor een de verschillende webcamera's in het huis in werking. Beelden van de voortuin, de hal, de living en keuken, maar niet van haar kamer.

'Keineig!'

Tom bekeek Bella verrast.

'Nee echt! Ik vind het een keitof systeem. Ga je het in het nieuwe huis ook installeren?'

'Dat denk ik niet. Ik vond het toen spannend, nu vind ik het kinderachtig. Ik hou nu meer van het experimenteren met programmeren en vooral met programma's voor beeldverwerking. Bij George en papa heb ik daarover veel geleerd.'

'Leer je het mij ook? Of beter nog, neem je mij daar eens mee naartoe?'

'Zou je dat willen?'

'Waarom niet? Ik hou ook van informatica, ik zal er zeker iets van opsteken.'

'Oké, ik zal het aan papa vragen.'

Ze keken even naar de beelden van het huis die steeds in een bepaalde volgorde terugkwamen.

'Vond je het erg toen je ouders gescheiden zijn?'

Tom bekeek haar verbaasd. Hij had daar al jaren niet meer over nagedacht.

'In het begin wel. Maar ze pasten inderdaad helemaal niet bij elkaar, dat besefte ik toen al. En nu zeker. Ze hebben trouwens altijd goed voor mij gezorgd. Zelfs in de slechtste periodes, toen ze veel ruzie maakten.'

'Wat vind je van het huwelijk van papa en Ellen?'

'En jij?'

'Jij eerst.'

'Ik vind het oké. Ik schiet goed op met Karl en ik weet al jaren dat mama niet haar hele leven alleen zou blijven. Ze mag dan een echte zakenvrouw zijn, ze zorgt ook graag voor andere mensen. Ik denk zelfs dat ze dat nodig heeft om zich gelukkig en tevreden te voelen. Maar ik had gehoopt dat ze voor Jan zou kiezen.'

'Jan? Wie is dat?'

'De eigenaar van de manege waar we geweest zijn toen jij voor het eerst hier was. Waar je toen de ezel hebt uitgehangen en je hebt aangesteld als een klein, verwend kind.'

Bella negeerde dat laatste. 'Wat heeft die Jan dat mijn papa niet heeft?'

'Paarden!' Hij lachte toen hij haar afkeer zag. Bella was Arabische hengsten gewoon, niet de schattige paarden van eenvoudige afkomst die Jan in zijn manege had.

'Hij heeft ook geen vervelende dochter die steeds maar vragen stelt.'

Bella gooide met een hoofdkussen naar zijn hoofd, maar hij wist het te ontwijken.

'En jij?'

'Wat, en ik?'

'Vind je het leuk dat je papa hertrouwt?'

'Het valt mee. Ellen is oké. Alles liever dan hem te zien met die pijn in zijn ogen, zoals na de dood van mama. Hij vluchtte toen jarenlang in zijn werk. Ik zag hem amper. Het was net of ik hen allebei verloren had. Sinds hij met Ellen samen is, gaat het terug beter tussen ons. We praten meer.'

'Mama deed dat ook. In haar werk vluchten, bedoel ik. Ik denk dat zij destijds niet wilde scheiden. Maar ze verdroeg het niet meer dat mijn vader slippertjes had en hij kon er niet mee ophouden.'

'Wist jij dat dan?'

'Ik ben niet achterlijk. Soms merkte ik wel iets. Maar ik verdrong het. Later heb ik begrepen welk spel hij speelde. Het flirten met de buurvrouwen, met de werkster, met de vriendinnen van mama, met de mama's van mijn vriendjes. Het hield niet op.'

'Dat meen je niet!'

'Je had hem moeten bezig zien na hun scheiding. Elk weekend was er een andere vrouw! Soms zelfs twee in één weekend.'

'Ook niet plezierig voor jou.'

'Dat viel mee. Het waren meestal knappe grieten. Er waren

twee soorten: de eerste, die me volledig negeerden. Die vond ik het leukst. En de tweede soort, die probeerden om via mij papa emotioneel aan hen te binden. Maar dat pakte niet. Ik had ze meteen door. Trouwens, in die tijd hoopte ik nog dat mama en papa terug zouden samenkomen.'

'Wanneer wist je dat het definitief gedaan was tussen hen?'

'Toen ze haar eigen zaak had opgericht en we hier kwamen wonen. Ik wist dat ze nooit meer de onderdanige echtgenote zou worden. Het type dat papa wilde dat ze was. Karl zal moeten uitkijken, want mama zal zich ook in dit huwelijk niet op haar kop laten zitten. Ze heeft haar les geleerd en ze heeft nu bewezen dat ze een keigoede zakenvrouw is.'

'Mijn papa zou geen sloofje dulden. Mijn mama was ook een heel onafhankelijke vrouw. Maar een heel ander type. Als ik aan haar denk, zie ik haar altijd in feestkleding.'

'Mama is eigenlijk een beetje te ernstig. Ze zou meer plezier moeten maken. Hopelijk neemt ze wat meer vrije tijd eens ze binnenkort getrouwd zijn.'

'Toen ze onlangs het nieuwe huis kochten, wist ik meteen dat hun huwelijk onvermijdelijk werd. Maar ze zetten er wel haast achter, vind je ook niet?'

'Ze moeten wel. Ze hebben het bijna te druk op de zaak om te trouwen. Dat hele internationale gedoe loopt uit de hand.'

'Niet erg romantisch, als je het mij vraagt.'

'Weet je nu al wat jij gaat doen, Bella?'

'Nee. Ik heb nog tijd. Ik maak in ieder geval het schooljaar af in Spanje.'

Tom knikte. Dat kon hij begrijpen, midden in het jaar van school veranderen, maakte je dikwijls tot mikpunt van spot in de klas. Je was een indringer in een hechte groep en dat kon tegenvallen. Alhoewel, een knappe griet als Bella zou waarschijnlijk niet veel tegenstand krijgen.

'Weet je al wat je later gaat doen?'

'Het bedrijf van *abuelo* overnemen. Ik ben zijn enige erfgename.'

'Over twee jaar, na de middelbare, bedoelde ik.'

'Eerst wil ik naar de unief. Liefst in Amerika. Ergens in Californië of Florida. Misschien word ik dan wel filmster. Je moet maar net het geluk hebben dat ze je ontdekken! Zoals die actrices uit Baywatch.'

'Onnozel kieken!'

'Lach maar! Je zult wel zien. Ooit ligt de wereld aan mijn voeten.'

'Als je er maar niet op rekent dat ik daaraan zal meedoen.'

'En jij? Wat ga jij doen na school?'

'Informatica studeren en daarna in die sector een carrière opbouwen. Dingen uitvinden en de nieuwe Bill Gates worden. Misschien zal ik het wel zijn die je ginder ontdekt als starlet en je filmcarrière sponsort.'

'Indien je in Amerika niet uit armoe bij mij moet komen wonen, omdat je geen cent verdient met je computertjes.'

'No way! Ik word schatrijk. Ik zal mijn uitvindingen niet laten inpikken door een ander, zoals papa deed.'

'Door George, bedoel je?'

Tom knikte. 'Hij is rijk genoeg en toch dwong hij papa die dingen onder zijn label en naam uit te brengen. Die man speelt het keihard. Papa legde me uit dat George daar het recht toe had, omdat papa bij de ontwikkeling van die programma's nog in loondienst was. Maar nu is papa aandeelhouder. Ze verdienen in de televisiesector geld als water met het systeem dat papa daarvoor ontwikkeld heeft.'

'Ik hoop dat je me eens aan je vader en George gaat voorstellen. Het lijken me interessante kerels te zijn. Is George getrouwd?'

'Min of meer. Met Chrisje.'

'Hoezo, min of meer?'

'Het is een raar koppel. Ze nemen het niet zo nauw met de huwelijkstrouw, denk ik. In ieder geval is George veel te oud voor jou. Hij vindt je vast en zeker een onvolwassen puber.'

'Dat zullen we dan wel eens zien, jongetje. Spaanse vrouwen zijn erg vroeg rijp!'

Hun gesprek verliep rustiger nu. Ellen moest toegeven dat een aantal punten waar ze steeds weer ruzie over maakten, op misverstanden berustten, of op problemen die destijds nooit waren uitgepraat. Dit gesprek legde veel oud zeer bloot. Al waren er harde woorden gevallen, Lieve was niet weggelopen en de hysterische beschuldigingen bleven eveneens achterwege. De aanwezigheid van de dokter hielp.

'Waarom trouwen jullie zo vlug? Ben je zwanger?'

'Natuurlijk niet!'

'Het zou toch kunnen. Ik zie jou tot alles in staat om de man te strikken op wie je je zinnen hebt gezet.'

Ellen knarste met haar tanden en keek geërgerd naar de dokter, die comfortabel achteruit geleund in zijn stoel zat alsof hun gesprek hem niet meer interesseerde.

'We trouwen nu omdat we een zeer drukke periode in de zaak tegemoet gaan, met veel reizen. Het is gewoon uit praktische overwegingen.'

'Het is dus een verstandshuwelijk.'

'Maar nee.'

'De grote liefde? Zoals toen met Marc?'

Dat kwam hard aan. Ellen kon moeilijk toegeven dat ze daar zelf ook over piekerde. Zou ze zich een tweede keer zo erg kunnen vergissen?

'Ik was nog jong toen. Marc heeft mijn vertrouwen stelselmatig misbruikt. Karl zal dat nooit doen, hij is anders. Ik kan hem volledig vertrouwen.'

'Als jij het zegt!'

Ellen antwoordde niet, haar relatie met Karl was haar zaak. Ze wist zeker dat ze hem kon vertrouwen. Karl was zelf in zijn eerste huwelijk te diep gekwetst geweest om stommiteiten uit te halen.

'Je krijgt er ook nog een dochter bij, is het niet?'

'Ja. Isabella. Een leuke meid. Ze blijft echter voorlopig nog in Spanje wonen. Je zult haar leren kennen op het huwelijk.' Ze zag dat Lieve opeens de andere kant uitkeek. 'Jullie komen toch!' riep ze ontzet.

'Wij zouden maar in de weg lopen.'

'Wat? Doe niet onnozel, Lieve! Dat kun je niet maken. Ik wil dat je mijn getuige bent, samen met Tom. Hij durft dat niet alleen. Toe Lieve, mama zou het ook zo gewild hebben.'

Ze zag dat Lieve aarzelde. Laat ze toezeggen, dacht ze. Dat zou wellicht dé doorbraak kunnen betekenen.

'Nodig je Reinhilde uit?'

'Natuurlijk. Heb je papa die vriendschap nog steeds niet kunnen vergeven?'

Lieve haalde haar schouders op en vocht tegen de tranen. Of zij nu de relaties van haar vader en zus goedkeurde of niet, ze zouden er toch geen rekening mee houden. De tijd die ze hier in de instelling had doorgebracht, had haar dat wel doen inzien. Nu wilde ze nog maar één ding: terug een normaal leven hebben. Met een familie waar ze af en toe op kon terugvallen. Ze miste mama elke dag, maar ze had gezworen zich nooit meer zo diep door wanhoop te laten meeslepen. Bijna was ze alles kwijtgespeeld, zelfs haar kinderen. Van nu af aan zou ze het anders spelen. Ze had de kranten gelezen. Er werd voortdurend gesproken over het megabedrijf dat Ellen opgericht had. Waarom zouden zij en Dirk, en ook de kinderen, daar niet mee van kunnen profiteren? Ze had er genoeg van haar leven te verpesten door de eeuwige geldzorgen en nam zich heilig voor haar zus voortaan op een andere manier aan te pakken. Nooit meer zou ze zich in het verdomhoekje laten drukken.

'Als de dokter me hier op tijd weg laat gaan, komen we vast en zeker.'

Ze keek naar de dokter en die glimlachte naar haar.

'Dat zullen we morgen bespreken, Lieve.'

'En dan zal ik je getuige zijn.'

Ellen kon niet beletten dat haar ogen zich met tranen vulden. Nooit had ze verwacht dat een gesprek als dit de verwrongen relatie tussen haar en haar zusje terug recht kon trekken.

'Ik denk dat deze sessie lang genoeg geduurd heeft. Goed werk, dames', zei de dokter.

Ze keken elkaar glunderend aan als twee tevreden kinderen die een prijs hebben gewonnen.

Ellen stond op. 'Bedankt, dokter. Dat meen ik.' De dokter knikte alleen maar. 'Ga je nog mee iets drinken in de cafetaria?' vroeg ze aan Lieve.

'Sorry, maar ik kom daar niet graag. Het is te confronterend. Wanneer ik al de patiënten zie die daar rondlopen, krijg ik het benauwd. En nu ik wat beter ben, voel ik me daar niet meer op mijn plaats.'

'Je bent niet wat beter, je bent genezen, Lieve! Daar ben ik zo verdomd blij om! Luister, Lieve. Wat er ook tussen ons gebeurt, en hoe boos we mogelijk ooit nog op elkaar zullen zijn, we mogen elkaar nooit meer loslaten. Ik heb jou even hard nodig als jij mij. Al is het maar om samen over mama te kunnen praten en over vroeger. Mama zou gewild hebben dat we elkaar steunden. Laten we het voor haar proberen.'

Lieve antwoordde niet, maar Ellen zag dat ze ontroerd was. Dat was voldoende voor haar. De hand die ze haar zusje had aangereikt, was niet afgewezen.

'Dan ga ik maar. Ik bel je nog.'

'Ik geef je een seintje wanneer ik naar huis ga.'

'Oké.'

De dokter kwam achter zijn bureau vandaan. Ze drukte hem hartelijk de hand.

'Nogmaals bedankt, dokter.'

'Waarom? Ik heb niets speciaals gedaan, jullie deden het zelf. Nu snap ik waarom jullie vader zo trots is op zijn beide dochters!'

Ellen en de dokter zagen niet de blik van minachting die Lieve niet kon onderdrukken.

Omdat ze in geen geval ook maar een seconde met hem alleen wilde zijn, had ze Ruud en Myriam gevraagd haar en Karl te vergezellen bij de eerste ontmoeting met George. Ze wilde nog voor hun huwelijk de zaak van het nieuwe computersysteem uitzoeken en een beslissing nemen.

Ruud en Myriam keken uit naar de demonstratie en hoopten dat het systeem geschikt was, maar Karl stond wantrouwig tegenover de samenwerking. Hij was buiten Marc de enige die wist dat George haar ooit had proberen te dwingen seks met hem te hebben. Ze vergaf het zichzelf nog steeds niet dat ze hem dat tijdens hun nachtelijke telefoongesprekken verteld had. Het zou zijn gedrag tegenover George en zijn oordeel over een mogelijke samenwerking ongunstig beïnvloeden.

Dat was niet de enige reden waarom Ellen nerveus was. Ze was ook onzeker omdat ze George terug zou zien. Hoewel ze hem nooit vergeven had, vroeg ze zich toch af of hij haar nog steeds onweerstaanbaar zou vinden. Ze voelde zich in elk geval veilig met Karl naast haar. Hij zou nooit toelaten dat George een vinger naar haar uitstak. Hij was geen zwakkeling zoals Marc. Op hem kon ze vertrouwen, hij zou haar beschermen.

'Is het hier, Ellen?'

Ellen schrok op uit haar gedachten. Ze waren inderdaad bij de villa van George en Chrisje aangekomen. Er was intussen bijgebouwd. Het zag er prachtig uit, de *American dream*. Typisch voor iemand als George om via zijn luxueuze villa te pronken met zijn prestaties en de daaruit voortvloeiende rijkdom.

'Laat je vooral niet imponeren, Myriam. Geloof me, de helft van wat hier staat, is meer dan waarschijnlijk op een of andere dubieuze manier verdiend. George is nu wel een geëerd en respectabel zakenman, maar vroeger zou ik mijn hand voor hem niet in het vuur gestoken hebben. Trouwens, nu nog niet.'

'Dan moeten we dubbel uitkijken', antwoordde Karl. 'Eens een gangster, altijd een gangster.'

'We zien wel. Het is een louter zakelijke deal. Wees gerust, het eventuele contract en de garanties zullen door onze advocaten tot in de kleinste details nageplozen worden.'

Voor ze zelf de deur van de auto kon opendoen, stond er een soort butler klaar die haar hielp uitstappen.

'U wordt verwacht, mevrouw De Ridder. Volgt u mij.'

Ze zag dat Karl grimmig keek omdat de man hem volkomen

negeerde. Zij was er zeker van dat dat gebeurde op instructie van George. Typisch iets voor hem. Alsof hij haar een lesje wilde leren. Haar partner was voor hem geen partij in het spel dat hij met Ellen speelde. Maar George misrekende zich. Ze negeerde de butler en wachtte opzettelijk tot Karl uitgestapt was. Ze stak haar hand naar hem uit en samen gingen ze hand in hand de brede, met bladgoud versierde ingangsdeur binnen.

Juan Real Cortez kon het eerst niet geloven.

'Dus, jullie doen het?'

'Het zou idioot zijn als we het niet deden. Het systeem is schitterend gewoon. Het zal Company 21 International meteen op de wereldkaart zetten. We stellen wel een keiharde leasing-overeenkomst op, waar geen speld tussen te krijgen is. We betalen veel voor het systeem, maar we krijgen vijf jaar exclusiviteit en we worden mede-eigenaar van het ontwerp, omdat we het mee verder zullen ontwikkelen. In ruil krijgen zij aandelen in ons bedrijf.'

'Goed zo, Ellen! Dit soort deal waardeer ik meer dan dat gedoe met dat eerlijkheidscharter en dat menselijk makelen.'

'Begin daar weer niet over. We weten hoe je daarover denkt. Wijt het maar aan de generatiekloof.'

Juan reageerde onaangenaam verrast. Het was duidelijk dat hij zichzelf nog niet bij de oudere generatie telde.

Bella keek met grote ogen vol bewondering naar hem op. Ze adoreerde haar opa. 'Trek het je niet aan, *abuelo*, jij blijft altijd jong. Jij bent de knapste man van heel Spanje.'

Ellen had de opmerking van Bella perfect verstaan. De lessen Spaans die ze via het internet volgde, droegen blijkbaar vruchten af, dacht ze tevreden.

'Ik bedoel dat het charter iets typisch is voor onze generatie. Wij houden van eerlijke dingen. Correct denken is dus een bestaande trend, waar we met ons charter gewoon op inspelen.'

'En ik die dacht dat je het uit idealisme deed', lachte Juan.

'Natuurlijk doe ik dat, Juan. Maar ik ben in de eerste plaats zakenvrouw. Dat is juist wat ik er zo goed aan vind. We hebben voor onszelf een niche in de markt gecreëerd. Het zakelijke aspect en correct handelen doen samengaan. De eerste 'biologische' makelaars, als je het zo zou willen stellen.'

'En toch aanvaard je me als investeerder, terwijl je goed weet dat ik dat charter nooit zal ondertekenen. Ik geloof niet in het correcte makelen.'

'Karl zegt dat ik je kan vertrouwen en ik geloof hem. Ik aanvaard je investering trouwens alleen op de voorwaarden die ik gesteld heb. Door het charter niet te ondertekenen, beperkt je deelname zich tot een kapitaalinbreng die je uitsluitend recht geeft op dividend, niet op inspraak. We doen geen zaken met je Spaanse makelaarsbureaus en bedrijven, zolang jij voor hen het charter niet ondertekent. Akkoord?'

'Wat denk jij, Bella?' Juan liet haar en Karl graag voelen dat Bella zijn bedrijf zou erven.

'Als papa in het zakeninstinct van Ellen gelooft, kunnen wij dat ook, *abuelo*. En het is leuk dat je daardoor regelmatig naar België zult komen. Zeker wanneer ik volgend schooljaar hier blijf om te studeren.'

Ellen zag dat Juan nerveus met zijn ogen knipperde. Ze was er zeker van dat hij zich bij de beslissing van Bella niet zonder slag of stoot zou neerleggen. Ze besloot het gesprek te beëindigen voor er een discussie rond dit thema zou kunnen ontstaan. Morgen was het vroeg dag. En een belangrijke dag!

'Als je dus akkoord gaat met onze voorwaarden, laat ik mijn advocaten de documenten opsturen. In het Spaans en in het Engels. Oké?'

Hij knikte. Eens hij aandeelhouder was, zou hij haar langzaamaan overtuigen de dingen te doen zoals hij dat verkoos. Karl zou hem daarbij moeten helpen. Die kon hij immers onder druk zetten, indien niet met Bella, dan met alle geknoei waarbij hij in Spanje betrokken was geweest.

'Maar jouw bedrijf blijft erbuiten, Juan. Je investeert in je persoonlijke naam.'

'Met de trust die ik voor Bella heb opgericht. Akkoord?'

Ellen was even uit haar lood geslagen. Ze wist helemaal niets van het bestaan van deze trust. Juan zou echter niets onwettelijks doen als het zijn kleindochter betrof. Dus was dit voorstel in zekere zin zelfs een geruststelling.

'Prima. Dan is Bella voortaan ook betrokken bij Company 21 International. Akkoord, Karl?'

Karl knikte kortaf. Ze wist niet wat hem scheelde. De hele avond was hij in een sombere stemming. Nochtans was het goed afgelopen bij George en Marc. Ze hadden zich allebei correct gedragen en strikt zakelijk de transactie besproken. Ruud had keihard onderhandeld over het financiële aspect en ze waren vlot tot een overeenkomst gekomen. Ze had af en toe wel een blik van George in haar richting opgevangen, maar Marc was de belangrijkste gesprekspartner geweest, zoals afgesproken.

Bij het afscheid nemen was George er wel in geslaagd haar een ogenblik af te zonderen.

'Ooit zal ik je veroveren, Ellen', had hij haar toegefluisterd. 'Ik ben niet iemand die het opgeeft. Wat ik wil, krijg ik.'

Gelukkig had niemand iets van de korte confrontatie gemerkt.

Ellen verdreef de onaangename gedachten die ze aan de ontmoeting met George had overgehouden en stond op.

'Ik ga slapen. Een bruid moet er fris en uitgeslapen uitzien. Tot morgen, Juan. Ga je mee, Bella? Je moet me raad geven welke oorringen en welk halssnoer ik morgen zal dragen. Jij hebt daar een goed oog voor.'

'Is het wel verstandig dat je haar in Amerika al die interviews laat doen?'

'Die interviews zijn goud waard. Elk televisie-optreden levert nieuwe kandidaat-franchisenemers op.'

'Als je maar weet hoe ik over haar eerlijkheidsprincipe denk. Het is zakelijk niet vol te houden.'

'Dan zal ze dat zelf wel ondervinden. Laat haar.'

'Zolang je maar niet van mij verwacht dat ik mijn manier van werken wijzig.'

'Wees alleen wat voorzichtiger.'

'In Spanje zien ze meer door de vingers.'

'Misschien. Maar het zou Company 21 International onherstelbare schade kunnen toebrengen als we, zelfs maar onrechtstreeks, betrokken zouden raken bij een fraudedossier. Dus kijk uit, Juan. Als Company 21 ten onder gaat, verlies jij nu ook heel veel geld.'

'En Ellen zou het jou nooit vergeven. Ik weet dat je dingen voor haar hebt verzwegen.'

Karl zweeg, schuldbewust. Hij had eerlijker moeten zijn tegenover Ellen. Hij had wel nooit aan erge dingen meegewerkt, dat niet. Maar hij had toch wel het een en ander te verbergen. Gelukkig ging het om oude dossiers. De kans dat daar nog iets van aan het licht zou komen, was miniem. Alleen gaf het Juan nog altijd macht over hem, en dat was een gevoel dat hij haatte.

'Tom is een knappe jongen. Hou hem een beetje in de gaten met Bella.'

'Natuurlijk.' Karl was opgelucht dat Juan van onderwerp veranderde.

'Je weet hoe gevaarlijk het is als je de kat bij de melk zet.'

Ze lachten er allebei om. Dat Juan erin had toegestemd dat Bella volgend schooljaar in België zou komen studeren, was een bewijs dat Juan tevreden was over het feit dat Karl zijn deelname in het bedrijf bij Ellen had verdedigd.

'Komen de mensen van dat computerbedrijf ook naar het huwelijk?'

'Alleen maar naar de receptie.'

'Goed. Ik wil hen vragen of ze ook iets voor mij zouden kunnen ontwerpen dat ik in de projectontwikkeling kan gebruiken. Ik heb daar een idee over en dat wil ik met hen bespreken.'

'Denk eraan, het is een trouwpartij, geen beurs. Je zult er ook de vader van Ellen ontmoeten, en zelfs haar ex-man die, zoals je weet, in het computerbedrijf een belangrijke functie bekleedt.'

'Gaat dat zo, hier in België? In Spanje zou een vrouw nog liever doodvallen dan de man die haar bedrogen had, op een feest uit te nodigen. Laat staan op haar eigen trouwfeest. Maar ja, Ellen is ook niet de eerste de beste. Van haar kun je alles verwachten. Ik hoop dat je weet wat je doet.'

Toen Juan Real Cortez naar zijn hotel vertrokken was, bleven zijn laatste woorden bij Karl hangen. Hij kon het onheilspellende gevoel dat Juan iets voor hem verborg, niet van zich afzetten.

Tom had het fantastisch gedaan. Hij had als een volleerde ceremoniemeester de gasten ontvangen en iedereen aan elkaar voorgesteld. Toen het tijd werd om naar het stadhuis te vertrekken, was hij haar komen halen. Zoals het een bruid immers past, was Ellen, opgemaakt en aangekleed, in haar kamer gebleven terwijl Lieve, Bella en Reinhilde elkaar afgelost hadden om haar gezelschap te houden.

Toen Tom zei dat de auto's klaarstonden om naar het stadhuis te rijden en dat ze naar beneden moest komen, had ze het even heel moeilijk gehad. Het was hem niet ontgaan, en, voorzichtig om haar make-up niet in de war te brengen, had hij zijn moeder een innige knuffel gegeven.

'Je bent de mooiste bruid die ik ooit gezien heb. Eigenlijk ben je veel te jong om mijn mama te zijn.'

Ze kon niet antwoorden omdat ze een krop in haar keel had.

'Ik hoop dat je gelukkig wordt, mama. Je verdient het.'

Ze knikte en slikte haar tranen weg. Tom bood haar galant zijn arm en samen verlieten moeder en zoon de kamer.

Het moment dat ze als bruid de kamer binnenkwam en naar Karl ging, die haar sprakeloos aankeek, zou ze nooit vergeten. De liefde, de bewondering en de verwondering die ze in zijn ogen las, drukten al de woorden uit die hij op dat ogenblik niet vond. Ze omhelsden elkaar teder, wat door de aanwezigen werd begroet met een applaus. Ze hielden elkaar omarmd om hun emoties te verwerken. Of was het te verbergen?

Haar vader had haar, met liefdevolle trots, in het stadhuis binnengeleid en haar overgedragen aan Karl, die blijkbaar nog steeds sterk onder de indruk was.

Op de receptie stond ze voortdurend aan haar trouwring te draaien. Het was een vreemd gevoel, maar het zou wel wennen. Het was erg druk. Ze hadden niet alleen familie en vrienden, maar ook zakelijke connecties uitgenodigd. Er was zelfs pers, maar die werd door haar vader na enkele foto's verzocht de receptie te verlaten.

Ze was verbaasd hoeveel mensen op hun uitnodiging waren ingegaan. Kandidaat-franchisenemers en collega-makelaars, oud-studenten, zowel van de unief als van de makelaarscursus, en mensen met wie ze regelmatig samenwerkten. Notaris Van Biesen was even langsgekomen en zelfs de eerste minister, die vertelde dat er in de regering over haar en haar bedrijf gepraat werd, had erop gestaan hen persoonlijk te komen feliciteren. Ze was aardig op weg, zei hij, een van de bekende exportproducten van België te worden. Hij hoopte haar na haar terugkeer uit de States daarover te kunnen spreken.

Marc en George waren er ook en dat was voor haar een onbehaaglijk moment geweest. Toen zij en Marc elkaar onwennig begroetten, zag ze in zijn ogen de pijn omdat hij haar definitief verloren had.

Gelukkig dat Ruud en Myriam zich tactvol over hem en George hadden ontfermd. Toen de eerste minister vertrokken was nadat hij zich een tijdlang met haar vader en Reinhilde had onderhouden, hadden Grietje en Ben zich bij hen gevoegd. Bella en Tom gedroegen zich voorbeeldig en zorgden ervoor dat Lieve en haar familie zich niet afzijdig hielden. Juan Real Cortez leek zich tussen al die voor hem onbekende mensen best te amuseren.

De aanwezigheid van haar klanten had haar nog het meest plezier gedaan. Mensen die ze zelf bijna vergeten was en die nu even kwamen delen in haar geluk.

Met behoorlijk wat vertraging vertrokken ze met de fotograaf om enkele foto's te nemen aan de Scheldekaaien. Het avondeten zouden ze gebruiken in het restaurant dat verbonden was aan de feestzaal. Zij en Karl vertrokken de volgende ochtend al naar New York en Ellen wilde toch nog een beetje genieten van hun eerste nacht als echtpaar die ze zouden doorbrengen in Brussel, in hetzelfde hotel waar ze hun eerste nacht samen hadden doorgebracht.

Het was een idee van Karl geweest en ze had er meteen mee ingestemd. Ze herinnerde zich nog heel goed hoe bang en onzeker ze toen was geweest en hoe fantastisch het was geworden. Hopelijk zou dat met hun huwelijk ook zo zijn. Want zelfs op deze dag had ze nog altijd het onbehaaglijke gevoel dat ze te snel en te gemakkelijk deze belangrijke stap had gezet. Maar telkens als ze even in de ogen van Karl keek, wist ze dat het goed was. Ze hielden van elkaar en zouden elkaar nooit opzettelijk pijn doen.

Toen ze terug op het feestadres aankwamen, was de receptie nog niet afgelopen. Een aantal gasten zat verspreid in de tuin en op het terras. Bella stond in gezelschap van Tom en opa Juan met George en Marc te praten. Ze zag liever niet dat het mooie kindvrouwtje dat Bella was met George in aanraking kwam.

'Sorry, schat. Kun je me even missen?'

Karl, die net aangesproken werd door Myriam en Ruud, knikte en terwijl ze naar het groepje toeliep, hoorde ze hen lachen.

'Wat is er zo plezierig? Mag ik meelachen?'

'Mama! Zijn jullie al terug!'

'Ja. We gaan zo meteen de gasten bijeenroepen die op het avondeten zijn uitgenodigd. Misschien kun jij papa en George even naar de uitgang begeleiden? Dan kan Bella met mij meegaan. Ik heb een zachte vrouwenhand nodig om me wat op te knappen.'

'Er kan aan jou niets verbeterd worden, Ellen. Jouw nieuwe echtgenoot lijkt niet te beseffen wat voor een hoofdprijs hij heeft gewonnen. Anders zou hij je niet in mijn buurt laten.'

De manier waarop George haar met een grapje wilde plagen, stond haar helemaal niet aan.

'Marc, wil jij ervoor zorgen dat George veilig bij Chrisje raakt?'

'Marc weet maar al te best hoe hij bij Chrisje moet raken. Is het niet, schurk!'

'Genoeg, George!'

Marc keek hem woedend aan en verontschuldigde zich bij Ellen.

'Sorry dat we wat langer gebleven zijn dan gepland. We hadden een erg leuk gesprek met Bella en Juan. Tom heeft ons geïntroduceerd. Bella is ook erg geïnteresseerd in informatica.'

'Geen probleem, Marc', antwoordde ze met een glimlach die ze probeerde niet te krampachtig te laten overkomen. Wie weet wat George allemaal aan Juan had verteld? Het drong plots tot haar door dat ze geen van beiden vertrouwde en toch had ze met elk van hen een zakelijke overeenkomst afgesloten. Een ogenblik kon ze zich niet meer inbeelden hoe ze dat had kunnen doen. Een gevoel van paniek overviel haar.

Maar ze vermande zich. Wat ze had afgesloten waren zakelijke deals, ze zou ervoor zorgen dat ze zo weinig mogelijk persoonlijk contact had met hen. Karl moest die contacten maar op zich nemen, of Ruud. En Bella zou ze ver van George en Marc vandaan houden.

'Tom zal je nu naar buiten begeleiden. We waren blij met jullie komst en zien de samenwerking van onze bedrijven hoopvol tegemoet.'

'Hoor dat eens aan! Altijd de perfecte zakenvrouw, zelfs op je trouwdag. Maar ja, je hebt in het trouwen al ervaring natuurlijk. Dat belooft voor de volgende keer. Derde keer, goede keer, zegt men toch!'

Marc nam hem kordaat bij de arm.

'Kom, George. We gaan.'

'Oké. Maar niet naar Chrisje. Dit feest en het aangename gezelschap van de mooie Isabella heeft mij in de juiste stemming gebracht. We gaan samen op stap, Marc, zoals in de goede oude tijd. Misschien willen Juan en zijn kleindochter ons wel vergezellen? Bella? Zin om een stapje in de wereld te zetten? Ik kan ervoor zorgen dat je een onvergetelijke avond beleeft!'

Plotseling stond Karl naast haar.

'Bedankt voor de uitnodiging, George. Maar wij hebben Bella en Juan hier nodig. Bella, help jij Ellen. Ze wilde zich wat verfrissen. Tom, jij neemt Juan mee en zeg opa De Ridder dat hij moet aankondigen dat we aan het diner gaan beginnen. Marc, George, ik begeleid jullie wel even zelf naar de uitgang.'

Terwijl hij Karl volgde, wierp George een laatste blik op haar en Bella.

Ellen zag tot haar ontsteltenis zowel lust als haat in zijn ogen. Een ogenblik leek het of de zon verduisterd werd door een donkere schaduw.

Ellen had Myriam en Grietje gevraagd met hen mee naar huis te rijden. De drie vriendinnen hadden na al de drukte van de laatste dagen behoefte aan een moment voor hen alleen. De ongeduldige bruidegom kon nog wel even wachten, hadden ze hem plagend gezegd. Ze hadden een fles champagne mee naar boven genomen en terwijl Ellen zich in de badkamer omkleedde, zaten Grietje en Myriam op het bed te praten over de voorbije dag, elk met een glaasje.

'Kom nu eindelijk uit die badkamer, Ellen. Hij ziet van vermoeidheid toch niet meer hoe je eruitziet', plaagde Grietje.

'Vooruit! We wachten op je. Je gaat hier niet weg voor we samen deze fles hebben gekraakt. Dat ben je ons verplicht.'

Ellen kwam de kamer binnen. Ze was inderdaad moe, maar ze wist dat ze er ondanks de vermoeidheid goed uitzag. De blikken van haar vriendinnen bevestigden dat. Grietje floot zelfs waarderend.

'Jij hebt kosten noch moeite gespaard!'

'En dan heb je mijn ondergoed nog niet gezien!'

'Laat zien, opschepper!'

'No way! Ik wil jullie niet shockeren.'

'Wat flauw.' Myriam overhandigde haar een glas champagne. 'Kom erbij zitten.'

Even bekeken ze elkaar en dan tikten ze met de glazen.

'Op jouw geluk, Ellen!'

'Nee, op onze vriendschap!'

'Goed idee. Op onze vriendschap!'

Ze dronken en even bleef het stil. Ze kenden elkaar door en door. De vriendschap tussen hen was de laatste tijd wel sterk geëvolueerd. Vooral omdat ze de laatste maanden erg weinig tijd voor elkaar hadden, besefte Ellen. Zou haar relatie met Karl haar nu al van haar vriendinnen vervreemden? Of was het de schuld van haar ambitie en de plannen met het bedrijf?

'Als ik terugkom, moeten we samen afspreken. Op regelmatige basis. Onder ons, zonder de mannen.'

'Voor mij niet gelaten. Maar we zullen het druk hebben. En misschien begint Myriam dan aan de voorbereiding van haar huwelijk.'

'Ruud en ik gaan helemaal niet trouwen. Wij vinden dat boterbriefje niet nodig. Al die toestanden eromheen! Kijk maar eens hoe jij je afgebeuld hebt de laatste weken, Ellen. Maar het was een geslaagd feest, dat moet ik toegeven.'

'Het afbeulen kwam meer door het werk dan door het huwelijk. De combinatie van de twee, dat was het moeilijkste.'

'Komt ervan als je liefde en zaken vermengt.'

Myriam bedoelde het als een grapje, maar Ellen reageerde ernstig, zelfs bedrukt. Grietje zag het.

'Trek het je niet aan, Ellen. Maak jij je daar nu nog altijd zorgen over?'

'Hoe weet jij dat ik me zorgen maak?'

Grietje lachte dat speciale lachje. 'Wees gerust. Daar heb ik zelfs mijn zesde zintuig niet echt voor nodig. Jij vreest dat de combinatie van werk en liefde nefast zou kunnen zijn. Is het niet?'

'Dat klopt. Al zitten Karl en ik nu samen in het bedrijf, toch blijf ik daar bang voor. Kun je me misschien de toekomst voorspellen? Dan vertrek ik tenminste gerustgesteld op huwelijksreis.'

'Nee hoor. Daar ben ik veel te tipsy voor. Maar alles zal wel goed komen. En indien er problemen komen, dan los je die toch gewoon op. Het heeft zeker geen nut je er op voorhand zorgen over te maken.'

'Toen ik jullie hier zo samen op het bed zag zitten, besefte ik plots dat onze vriendschap door de omvang die ons bedrijf aanneemt, gewijzigd is. Wij hebben nog amper tijd voor elkaar.'

'Dat komt niet alleen door het werk. Wij hebben nu allebei een levenspartner. Vriendschap tussen vrouwen verschuift in die situatie dikwijls naar de tweede plaats.'

'Dat is onzin. Ik was al getrouwd en dat was tussen ons toch nooit een probleem?'

'Natuurlijk niet, Grietje. En Myriam en ik zullen onze vriendschap ook niet laten vallen omdat we nu geen vrijgezellen meer zijn. De laatste drie jaar hebben wij zoveel gedeeld. Zowel privé als zakelijk. Alleen gaat alles nu ineens zo snel en hectisch dat ik vrees dat we binnen de kortste tijd geen tijd meer zullen hebben voor elkaar.'

'Dat hebben we toch zelf in de hand.'

'Maar je moet toegeven dat het steeds moeilijker wordt. Hoe lang is het geleden dat we nog eens als vriendinnen samen zijn geweest?'

'Dat is toch logisch. Je bent bezig met een internationaal bedrijf op te starten. Ik weet niet waar je de energie en de werkkracht vandaan haalt.'

'Dat bedoel ik nu net. Het schept een afstand tussen ons.'

'Je maakt moeilijkheden waar er geen zijn, Ellen.'

'Grietje heeft gelijk. Daarbij, we zijn samen partners in Company 21 International. Zie het als ons kind, geboren uit onze vriendschap.'

'Maar het is een kind dat nog een hele weg heeft af te leggen en dat we samen moeten helpen. Het zakelijke aspect mag nooit ten koste van onze vriendschap gaan. Of van onze huwelijken.'

'Wat ben jij zwartgallig voor een kersverse bruid!'

'Steek het maar op de vermoeidheid. Soms vraag ik me af of ik niet veel te snel van stapel ben gelopen.'

'Met je huwelijk of met de zaak?'

'Allebei.'

Myriam en Grietje lachten.

'Stop met piekeren, controlefreak', zei Myriam. 'Je voelt je gewoon onzeker omdat je nu even afstand moet nemen. Wees gerust, de zaak is bij ons in veilige handen, wat je huwelijk betreft, daar moet je zelf voor zorgen. Maar als ik zie hoeveel moeite je daarvoor wilt doen, dan ben ik ook daar gerust op.'

'Zolang jullie me maar beloven dat we elkaar niet loslaten. Ik bedoel, als vriendinnen. Hoe compleet een huwelijk ook is, hoe goed we zakelijk ook samenwerken, er zijn dingen waarvoor je een vriendin nodig hebt. En die dingen wil ik met jullie blijven delen.'

'Ben je nu nog niet klaar? Ik breng je naar huis, George. Of anders moet je zelf maar zien hoe je er raakt. Tom komt straks naar Grobbendonk en ik heb verdomme nog geen oog dichtgedaan.'

'Het zou ook zonde geweest zijn! Al het mooie vlees dat we gezien hebben!'

Marc antwoordde niet. Hij had zich weer eens door George laten meeslepen in een nacht van seks en drank. Gewoonlijk ging de voorkeur van George uit naar rijpere vrouwen. Maar deze keer had hij de uitbaatster van de bar gevraagd een stel jonge meisjes op te trommelen. Dat Spaanse grietje moest hem danig opgewonden hebben.

'Komt er nog wat van? Breng ik je naar huis of niet? Ik vertrek in ieder geval over vijf minuten.'

'Oké, oké. Breng me maar naar huis.'

'Eindelijk kom je terug tot je verstand.'

'Hou op met zeuren. Ik haat het wanneer je de brave huisvader uithangt.'

Een kwartiertje later reden ze richting Oud Herentals. George zat uitgeteld naast Marc in de auto. Marc probeerde zich te concentreren op de weg. Hij was kapot van vermoeidheid. Toch waren zijn gevoelens nog altijd niet verdoofd. Ondanks de wilde neukpartijen in de bar was de pijn niet geluwd die hij tijdens de ontmoeting met Ellen op haar trouwreceptie had ervaren. Hij was haar voor altijd kwijt. Dat had hij klaar en duidelijk beseft vanaf het ogenblik dat hij haar en Karl samen had gezien.

Hij was altijd blijven hopen dat hij en Ellen op een dag terug samen zouden zijn. Honderden keren had hij scenario's verzonnen voor hun eerste nacht samen. Hij zou haar een lesje geleerd hebben. De wildste fantasieën hadden zich telkens weer van hem meester gemaakt.

Maar gisteren, op dat idiote trouwfeest, was het voor het eerst echt tot hem doorgedrongen dat Ellen niet meer in die zin aan hem dacht. Hij was gedegradeerd tot de vader van haar zoon. Zelfs niet tot haar vriend! Ze konden evengoed vreemden zijn. Ze had blijkbaar al de jaren met hem uit haar geheugen gewist. Hij betekende voor haar niet meer dan om het even welke andere zakelijke relatie. Het deed ontzettend pijn.

'Wat zit je zo te zuchten? Heb je hem niet stijf gekregen bij die hoertjes?'

'Doe niet zo ploertig.'

'Wat is er dan? Ik heb het al de hele tijd in de gaten. Er zit je iets dwars.'

'Er is niets, ik ben gewoon moe.'

'Het is Ellen. Is het niet?'

'Vertel geen onzin.'

'Mij kun je niets wijsmaken, man. Ik ken je door en door. Ik had het wel in de gaten. Als een stom kalf stond je naar haar te gapen. Ik moet toegeven, ze zag er schitterend uit. Jouw ex wordt jonger en mooier met de jaren. Brute pech dat ze je niet zag staan, kerel. Net zomin als ze mij zag staan. Ze keek alleen in de ogen van die boerenkinkel waarmee ze getrouwd is.'

'Het is al goed. Hou ermee op voor je weer stommiteiten zegt.'

'Stommiteiten? De enige stommiteit die wij gedaan hebben is dat we Ellen destijds hebben laten ontsnappen. Ik heb je altijd gezegd dat ze een onwaarschijnlijke potentie had.'

'Je had gewoon zin in haar, meer niet. Begin daar nu weer niet opnieuw over. Vergeet het.'

'Je moest beter weten, Marc. Ik vergeet en vergeef nooit iets. Dat zal Ellen in de komende jaren nog wel ondervinden.'

'Laat Ellen met rust! De deal die we met haar bedrijf afsluiten is bijzonder gunstig voor ons. We breken meteen over de hele wereld door. Ze kon op geen beter moment met deze franchise-keten beginnen.'

'Die deal, mijn beste, dat is een zakelijke afspraak. Wat ik met Ellen te regelen heb, is een privé-zaak. Hou je erbuiten. Al ben je nu mededirecteur van het bedrijf en aandeelhouder, ik kan je nog altijd het leven onmogelijk maken. Vergeet dat niet!'

'Ellen heeft jou nooit iets misdaan. Ze is niet op jouw uitno-diging tot partnerruil ingegaan omdat je het verdomme op de verkeerde manier hebt aangepakt. Dat is alles.'

'Nooit, hoor je me, nooit zal ik de vernedering van toen ver-geten, laat staan vergeven. Ik reken nog met Ellen af.'

'Pas dan maar op. Karl lijkt me niet iemand die met zijn vrouw zal laten sollen.'

'Dus niet zoals jij destijds, bedoel je.'

'Ik bedoel niets. Ik waarschuw je gewoon.'

'Maak je geen zorgen. Ik ben geen idioot en ik ben zeker niet van plan haar een tweede kans te geven om mij te vernederen. Ik wil alleen dat die oude rekening vereffend wordt. Ik denk zelfs dat ik de manier gevonden heb waarop dat zal gebeuren.'

Het signaal dat de veiligheidsriemen los mochten was nog maar pas gegeven, of Karl viel als een blok in slaap. Veel hadden ze die nacht ook niet geslapen.

Tom had daarstraks nog even gebeld. Hij was voor het week-end naar Marc vertrokken, net als al de volgende weekends, tot hun thuiskomst. Tijdens de week zou hij bij John slapen. Ze hoefde zich geen zorgen te maken.

Ze had John gevraagd haar zoon tijdens haar afwezigheid goed in de gaten te houden. Hij had haar ongerustheid weggelachen en gezegd dat ze daar niet over moest piekeren. Tom had wat stoer gedaan en zich volwassen allures aangemeten, omdat het mooie Spaanse meisje hem het hoofd op hol bracht. En het geflirt van dat mooie kind met George was alleen maar bedoeld om Tom uit zijn schulp te lokken. Dat koppeltje was smoorverliefd op elkaar, of was Ellen blind misschien?

Het was niet het geschikte moment geweest om op dergelijke veronderstellingen in te gaan. Maar na hun reis moest ze erover spreken met Tom. Indien hij en Bella zich inderdaad tot elkaar aangetrokken voelden, was het verstandiger en ook veiliger dat Bella in Spanje verder zou studeren. Tom en Bella moesten hun humaniora nog afmaken en zouden daarna waarschijnlijk naar de unief gaan. Ze moesten als ouders erop toezien dat die twee in hun jeugdige onbezonnenheid geen stommiteiten zouden uithalen die hun hele toekomst in gevaar konden brengen. Indien Tom en Bella inderdaad op elkaar verliefd waren, was het beter ze voorlopig niet onder hetzelfde dak te laten wonen.

Toen ze eenmaal naar het hotel vertrokken waren, had ze haar bezorgdheid over de kinderen terzijde geschoven. Alleen Karl telde nu nog, de man met wie ze vandaag haar leven voor altijd had verbonden.

'Wat zit je daar in je eentje te monkelen?' Karl was wakker geworden.

'Ik dacht dat je zo moe was? Je viel meteen in slaap.'

'Ik heb nog wat reserves, al kan ik een paar uren slaap goed gebruiken. Zo meteen komen ze met het eten. Daarna moet je ook maar proberen te slapen. Het is een lange vlucht naar New York.'

Ze vlogen businessclass. Er was ruimte genoeg en de zetels konden, volgens de brochure die ze had ingekeken, bijna tot bedden worden omgevormd.

'Ik wou dat ik mijn gedachten eindelijk kon stopzetten. Er is zoveel dat door mijn hoofd gaat dat ik er moe van word.'

'Weet je wat jouw probleem is, liefste? Je probeert voortdurend alles onder controle te hebben. Laat het allemaal los. John, Robert en Marc zorgen voor Tom. Bella is veilig bij Juan in Spanje. De zaak is in goede handen bij Ruud, Myriam en Grietje. Je zus zag er prima uit. Je vader is bij Reinhilde in veilige handen. Vergeet hen en concentreer je liever op je kersverse echtgenoot! Je zult het je niet beklagen, dat beloof ik je.'

Hij keek haar aan op een manier die verdere uitleg overbodig maakte.

'Doe niet zo gek, geil monster. Waar haalde jij trouwens vannacht nog al die energie vandaan? Ik ben geradbraakt.'

'Zo hoort dat na je huwelijksnacht.'

Hij greep haar hand en drukte er een kus op. 'Ik hou van je, Ellen De Ridder.'

'Mevrouw Van Langenaeken, alsjeblieft!'

'Nee, dat past niet bij je. Blijf jij maar Ellen De Ridder: schoonheid, geniale zakenvrouw én mijn levenspartner. De vrouw met wie ik alles wil delen.'

Ze voelde tranen opwellen. Karl aanvaardde haar met haar twijfels, haar gebreken, haar gedrevenheid, haar ambitie. Daarom zou dit huwelijk slagen. Omdat ze zichzelf kon blijven. Omdat ze hem kon vertrouwen. Een echt partnership dat hen zowel op het persoonlijke als op het zakelijke vlak gelijkwaardig aan en met elkaar verbond.

'Ik hou van je, mijnheer Van Langenaeken', zei ze met een wat schorre stem die ze probeerde grappig te doen klinken.

'En ik van jou, mijn pas verworven echtgenote! Niets of niemand kan ons nu nog raken. We vliegen een prachtige toekomst tegemoet.'

EINDE

Nawoord

Ellen is ervan overtuigd dat ze de man van haar leven heeft gevonden. Een man die van haar houdt en haar aanvaardt als vrouw én zakenvrouw. Een man die ze kan vertrouwen.

Zal de toekomst haar gelijk geven? Of hypothekeren de fouten die zij en Karl in het verleden hebben gemaakt, hun toekomst?

Zullen Juan en George hun geluk niet in de weg staan en kunnen ze beletten dat Tom en Bella in de problemen komen?

Zal Company 21 International de wereldmarkt veroveren zonder aan integriteit te verliezen? En wat heeft de eerste minister voor Ellen in petto?

Het derde boek in de 'Ellen De Ridder-reeks' wordt verwacht in 2006. Tot dan!

Ria van de Ven

Wat voorafging in *Breekpunt*:

Ellen De Ridder, een dynamische en talentvolle vrouw, wordt voor de keuze gesteld: haar job verliezen of haar carrière een nieuwe wending geven. Ze kiest voor het laatste en gaat ervoor! Maar zoals elke werkende vrouw moet ook zij de eisen van haar job proberen te combineren met die van haar privé-leven. Marc, haar man, heeft een speciale visie op huwelijkstrouw en vindt dat zijn pleziertjes belangrijker zijn dan haar carrière. Tom, hun zoontje, lijdt onder de extra spanningen en heeft haar nu meer dan ooit nodig. Zelfs haar moeder en zus reageren met onbegrip. Wat Ellen ook probeert, het wordt steeds moeilijker iedereen tevreden te stellen.

De situatie loopt volledig uit de hand wanneer Ellen ook op haar werk geconfronteerd wordt met tegenwerking, valse concurrentie en vijandigheid die bedreigende vormen aanneemt. Al vlug wordt het duidelijk dat de gedurfde carrièrekeuze een breekpunt in haar leven is geweest.

De pers over *Breekpunt*:
'Een intelligent verhaal waarin heel wat gebeurt waar je naar uitkijkt en waar denkwerk aan te pas komt. Het is boeiend en geen voorgekauwde kost.' – TEEK

Van RIA VAN DE VEN verschenen bij dezelfde uitgever:

Breekpunt
ISBN 90 223 1753 6

Vrouwen van gewicht
ISBN 90 223 1793 5